Gallmeister

MY
ABSOLUTE
DARLING

Gabriel Tallent

MY
ABSOLUTE
DARLING

Roman

Traduit de l'américain
par Laura Derajinski

Gallmeister

Collection
AMERICANA

Titre original : *My Absolute Darling*

© Éditions Gallmeister, 2018,
pour la traduction française

ISBN 978-2-35178-168-5
ISSN 1956-0982

Illustration de couverture © Owen Gent/colagene.com
Photo de l'auteur © Alex Adams
Conception graphique : Valérie Renaud

Pour Gloria et Elizabeth

1

LA vieille maison est tapie sur sa colline, avec sa peinture blanche écaillée, ses baies vitrées, ses frêles balustrades en bois envahies de sumac vénéneux et de rosiers grimpants. Leurs tiges puissantes ont délogé les bardeaux qui s'entremêlent désormais parmi les joncs. L'allée de graviers est jonchée de douilles vides tachées de vert-de-gris. Martin Alveston descend du pick-up et ne regarde pas Turtle qui reste assise derrière lui dans l'habitacle, il gravit le porche, ses chaussures militaires émettent un son creux sur les planches, un homme robuste en chemise à carreaux et jean Levi's qui ouvre la porte vitrée coulissante. Turtle attend, elle écoute les cliquetis du moteur avant de lui emboîter enfin le pas.

Dans le salon, une fenêtre est barricadée de feuilles de métal et de contreplaqué d'un centimètre clouées au chambranle, couvertes de cibles de tir. Les impacts sont si rapprochés, on croirait que quelqu'un y a plaqué un calibre 10 avant d'en exploser le centre ; les balles scintillent dans leurs trous déformés comme l'eau au fond d'un puits.

Son papa ouvre une conserve de haricots Bush's sur le vieux poêle et il gratte une allumette contre son pouce pour démarrer le feu qui grésille et se réveille lentement, sa flamme orange contre les murs sombres en séquoia, les placards en bois brut et les pièges à rats tachés de graisse.

À l'arrière de la cuisine, la porte n'a pas de verrou, rien que des trous en guise de poignée et de serrure, Martin l'ouvre d'un coup de pied et sort sur le porche à moitié terminé,

GABRIEL TALLENT

les lattes disjointes peuplées de lézards des palissades et de mûriers parmi lesquels jaillissent des prêles et de la menthe sauvage, douce avec son étrange duvet et ses relents amers. Debout jambes écartées sur les lattes, Martin saisit la poêle où il l'a suspendue sur les bardeaux défaits afin que les ratons laveurs l'y lèchent et la nettoient. Il ouvre le robinet à l'aide d'une clé à molette rouillée et asperge la fonte, puis il arrache des poignées de prêle pour frotter les endroits encore sales. Il rentre, dépose la poêle sur la plaque du fourneau où l'eau crache et siffle. Il ouvre le frigo vert olive dont l'ampoule a grillé et en sort deux steaks enveloppés dans un papier marron de boucher, il tire de sa ceinture son couteau Daniel Winkler et l'essuie sur sa cuisse avant d'embrocher chaque steak au bout de la pointe et de les lancer dans la poêle.

Turtle saute sur le plan de travail – des planches en séquoia rugueux, les clous entourés d'anciennes empreintes de marteau. Elle prend un Sig Sauer parmi les conserves jetées là et fait coulisser la glissière afin de voir le cuivre logé dans la chambre. Elle lève l'arme et se retourne pour voir sa réaction, il reste figé, une main sur les placards, il sourit d'un air fatigué sans lever les yeux.

À six ans, il lui avait enfilé un gilet de sauvetage en guise de protection, lui avait conseillé de ne pas toucher aux douilles brûlantes et lui avait tendu une carabine Ruger .22, l'avait fait asseoir sur la table de la cuisine et empoigner l'arme dans un torchon roulé. Papy avait dû entendre les détonations à son retour du magasin de spiritueux car il était entré vêtu de son jean, de son peignoir en éponge et de ses pantoufles en cuir ornées de petits glands, et il était resté planté dans l'embrasure de la porte et il avait lâché: "Nom de Dieu, Marty." Papa était installé sur une chaise près de Turtle et il lisait *Enquêtes sur les principes de la morale*, de Hume, il avait retourné le livre sur sa cuisse afin de marquer sa page et il avait dit: "Va dans ta chambre, Croquette." Et Turtle s'était éloignée dans l'escalier grinçant, dépourvu de rambarde et de contremarches, les planches taillées dans un tronc noueux de séquoia, les poutres

10

de renforcement fendues et tordues par un mauvais séchage, leurs déformations repoussant peu à peu les clous hors des planches à nu et tendues presque jusqu'au point de rupture, les deux hommes silencieux en bas, Papy qui observait sa petite fille, Martin qui caressait du bout du doigt les lettres dorés sur le dos de son livre. Même à l'étage, sur son lit en contreplaqué et le sac de couchage militaire au-dessus d'elle, elle les entendait, Papy qui disait : "Nom de Dieu, Martin, c'est pas une façon d'élever une gamine" et Papa, qui n'avait rien répondu pendant un moment, lâchait : "C'est chez moi, ici, l'oublie pas, Daniel."

Ils mangent leurs steaks dans un silence quasi total, une couche de sable se dépose au fond des grands verres d'eau. Un jeu de cartes est posé entre eux sur la table et un joker est dessiné sur la boîte. Un côté de son visage est tordu en un sourire fou, l'autre s'affaisse en un froncement de sourcil. Quand elle a terminé, elle repousse son assiette et son père la dévisage.

Elle est grande, à quatorze ans, une carrure maigrichonne et dégingandée, des jambes et des bras longs, des hanches et des épaules larges mais délicates, un cou long et nerveux. Ses yeux sont l'atout physique le plus frappant, bleus et en amande sur son visage trop mince, ses pommettes hautes et saillantes, sa mâchoire aux larges dents tordues – un visage laid, elle le sait, et inhabituel. Ses cheveux sont épais et blonds, des mèches entières pâlies par le soleil. Sa peau est constellée de taches de rousseur cuivrées. Ses paumes, la peau lisse de ses avant-bras et l'intérieur de ses cuisses sont veinés de bleu.

Martin dit :

— Va chercher ta liste de vocabulaire, Croquette.

Elle sort un cahier bleu de son sac à dos qu'elle ouvre à la page d'exercices hebdomadaires de vocabulaire copiés avec soin d'après le tableau noir. Il pose les mains sur le cahier, l'attire à lui sur la table. Il entreprend la lecture de la liste. "Ostensible", dit-il en la regardant. "Châtier." Et il parcourt ainsi la liste. Puis il annonce :

11

— Voilà. Numéro un. Le *blanc à compléter* aimait travailler avec les enfants.

Il retourne le cahier et le fait glisser vers elle sur la table. Elle lit :

1. Le _____ aimait travailler avec les enfants.

Elle parcourt la liste et fait craquer ses orteils contre le plancher. Papa la regarde mais elle ne connaît pas la réponse.

— Le "prévenu", dit-elle. C'est peut-être le "prévenu".

Papa arque les sourcils tandis qu'elle écrit au crayon de papier :

1. Le prévenu aimait travailler avec les enfants.

Il tire le cahier sur la table et lit la suite :

— Bon, alors, dit-il. Regarde la numéro deux.

Il lui fait glisser le cahier et elle observe la phrase numéro deux.

2. J'ai _____ que nous arriverions en retard à la fête.

Elle l'écoute respirer par son nez cassé, chaque respiration insoutenable car elle *l'aime*. Elle scrute son visage, chaque détail, et elle pense, Espèce de connasse, tu peux y arriver, espèce de connasse.

— Regarde, dit-il. Regarde.

Il prend son crayon et en deux gestes précis, il raye *prévenu* et écrit *pédiatre*. Puis il fait glisser le cahier vers elle et dit :

— Croquette, c'est quoi la réponse du numéro deux ? On vient de le voir. C'est juste là.

Elle regarde la page, qui est de loin la chose la moins importante dans cette pièce, et son esprit s'emplit de l'impatience paternelle. Il casse le crayon, pose les deux morceaux devant le cahier. Elle se courbe au-dessus de la page, elle pense, Débile, débile, débile, une petite merde dans tous les domaines. Il passe ses ongles sur les poils naissants de sa barbe.

— OK.

Voûté par l'épuisement, il fait courir son doigt dans l'écume sanglante qui macule son assiette.

— OK, d'accord, dit-il en balançant le cahier d'un revers de main à travers le salon. OK, d'accord, ça suffit pour ce soir. Ça suffit... Qu'est-ce qui tourne pas rond chez toi ? (Puis il secoue la tête.) Non, c'est pas grave, ça suffit.

Turtle reste assise en silence, les cheveux pendant devant son visage, il ouvre la mâchoire, la penche à gauche comme s'il en testait l'articulation.

Il tend le bras et pose le Sig Sauer devant elle. Puis il fait glisser le paquet de cartes sur la table, le fait tomber dans son autre main. Il s'avance jusqu'à la fenêtre condamnée, se poste devant les cibles criblées d'impacts, il sort les cartes du paquet, tire le valet de pique et le tient devant son œil, montre l'image à Turtle, le dos et la tranche de la carte. Turtle reste assise, les mains à plat sur la table et regarde le pistolet. Il dit :

— Fais pas ta petite connasse, Croquette. (Il se tient parfaitement immobile.) Tu fais ta petite connasse. Tu essaies de faire ta petite connasse, Croquette ?

Turtle se lève, écarte les jambes, ajuste le viseur devant son œil droit. Elle sait qu'il est aligné quand le trait est aussi fin qu'une lame de rasoir – si l'arme se redresse, elle aperçoit l'éclat révélateur de la surface supérieure du viseur. Elle rectifie l'alignement afin d'obtenir une unique ligne fine, elle pense, Fais gaffe, fais gaffe, gamine. Ainsi de profil, la carte fait une cible à peine plus épaisse qu'un ongle. Elle relâche la pression sur le 1,9 kilo de la détente, elle inspire, elle expire un souffle naturel et calme, puis elle appuie sur ce 1,9 kilo. Elle tire. La moitié supérieure de la carte volette et tourbillonne comme une graine d'érable. Turtle reste figée à l'exception des frissons qui lui parcourent les bras. Il hoche la tête, il affiche un petit sourire qu'il s'efforce de masquer, pose son pouce sur ses lèvres d'un geste sec. Puis il tire une autre carte qu'il tend à son intention.

— Fais pas ta petite connasse, Croquette, dit-il et il attend.
Comme elle ne bouge toujours pas, il ajoute :
— Nom de Dieu, Croquette.
D'un coup de pouce, elle vérifie le chien. Il y a une manière
de sentir si l'on tient le pistolet correctement et Turtle est à
l'affût de cette sensation, elle cherche la moindre anomalie,
le bord de son viseur recouvre le visage de Martin, la croix
brille d'un vert tritium comme une bille sur son œil. L'espace
d'un instant suspendu, elle vise ce qui attire son attention,
le mince horizon plat du viseur frôle cet œil bleu. Ses tripes
s'agitent et palpitent comme un poisson pris à l'hameçon, et
elle ne bouge plus, elle lâche toute la pression de la détente
et elle pense, Merde, merde, elle pense, Ne le regarde pas, ne
le regarde pas. S'il remarque quelque chose à l'autre bout du
viseur, il n'en montre rien. Avec aplomb, elle aligne le viseur
sur la carte tremblante et floue. Elle expire un souffle naturel
et calme, et elle tire. La carte ne bouge pas. Elle a manqué son
coup. Elle voit l'impact sur la cible derrière, à peine à quelques
centimètres de lui. Elle repousse le chien et abaisse le pistolet.
La sueur scintille sur ses cils.
— Essaie de viser, dit-il.
Elle reste parfaitement immobile.
— Tu vas réessayer ou quoi ?
Turtle arme le chien encore une fois et lève le pistolet
depuis sa hanche jusqu'à son œil directeur, elle aligne le viseur,
deux rectangles égaux de lumière entre le point de mire et le
guidon, le canon si stable qu'on pourrait poser une pièce de
monnaie en équilibre sur l'acier du guidon. La carte, elle, bouge
presque imperceptiblement de haut en bas. Un infime trem-
blement fait écho aux battements de son cœur. Elle pense, Ne
le regarde pas, ne regarde pas son visage. Regarde ton viseur,
regarde la partie supérieure de ton viseur. Dans le silence qui
suit la détonation, Turtle relâche la détente jusqu'à entendre
un cliquetis. Martin retourne la carte intacte dans sa main et
l'examine d'un geste théâtral. Il dit :
— C'est bien ce que je pensais.

Il laisse tomber la carte sur le parquet, retourne à la table, s'assied face à elle, reprend le livre qu'il avait posé ouvert, à l'envers, et il se penche au-dessus. Sur la fenêtre condamnée derrière lui, les impacts de balles créent un trou que l'on pourrait combler avec une pièce de vingt-cinq cents. Elle l'observe pendant trois battements de cœur. Elle fait sauter le chargeur, éjecte la douille qu'elle attrape au vol, replace la glissière puis elle pose le pistolet, le chargeur et la douille sur la table, à côté de son assiette sale. La douille roule et décrit un large arc de cercle dans un bruit de bille. Il se lèche un doigt et tourne la page. Elle reste debout et attend qu'il la regarde mais il ne lève pas les yeux, et elle pense, Alors c'est tout ? Elle monte dans sa chambre, sombre avec ses lambris de bois brut, les feuilles de sumac qui s'insinuent par le chambranle de la fenêtre ouest.

Cette nuit-là, Turtle attend sur sa planche en contreplaqué, dans le sac de couchage militaire et les couvertures en laine, elle écoute les rats grignoter les restes dans la vaisselle sale de la cuisine. Elle perçoit parfois le *clac clac clac* d'un rat qui se gratte le cou sur une pile d'assiettes. Elle entend aussi Martin arpenter les pièces. Accrochés à des clous au mur, son AR-10 Lewis Machine & Tool, son Noveske AR-15 et son fusil à pompe Remington calibre 12. À chacun sa philosophie et son usage particulier. Ses vêtements sont soigneusement pliés sur les étagères, ses chaussettes rangées dans une vieille malle au pied du lit. Un jour, elle avait oublié de plier une couverture et il l'avait brûlée dans le jardin en disant : "Seuls les animaux saccagent leur habitat, Croquette, seuls les animaux saccagent leur *putain* d'habitat."

Au matin, Martin sort de sa chambre en serrant la ceinture de son Levi's, et Turtle ouvre le frigo d'où elle sort une boîte d'œufs et une bière. Elle lui lance la bière. Il pose la capsule sur le rebord du plan de travail, y assène un coup, et boit debout. Sa chemise ouverte pend de chaque côté de son torse.

Les muscles de ses abdominaux bougent tandis qu'il déglutit. Turtle casse les œufs contre le plan de travail, elle les soulève dans son poing, écarte la fente et vide le contenu dans sa bouche avant de jeter les coquilles dans le seau à compost de vingt litres.

— T'es pas obligé de m'accompagner, dit-elle en s'essuyant la bouche d'un revers de manche.

— Je sais.

— T'es pas obligé.

— Je sais que je suis pas obligé.

Il l'accompagne jusqu'au bus, père et fille longeant les ornières qui encadrent la bande centrale couverte de grande brize. De part et d'autre, les cocardes épineuses sans fleurs des cirses. Martin tient sa bière contre son torse et boutonne sa chemise de l'autre main. Ils attendent ensemble sur la zone de stationnement gravillonnée ourlée de tisons de Satan et de bulbes d'amaryllis belladone en dormance. Des coquelicots de Californie poussent entre les graviers. Turtle sent les relents de pourriture des algues sur la plage en contrebas, et la puanteur des terres fertiles de l'estuaire à vingt mètres de là. Dans Buckhorn Bay, l'eau vert pâle est constellée d'écume blanche autour des pinacles rocheux du littoral. L'océan vire au bleu clair plus loin, et la couleur est exactement la même que celle du ciel, aucune ligne d'horizon, aucun nuage.

— Regarde-moi ça, Croquette, dit Martin.

— T'es pas obligé d'attendre.

— Regarder un truc pareil, c'est bon pour l'âme. Tu regardes ça et tu penses, nom de Dieu. Étudier, c'est s'approcher de la vérité. Tu passes ta vie près des confins du monde, tu crois que ça t'apprend quelque chose sur l'existence, de l'observer comme ça. Et tu penses ça, et les années défilent. Tu vois ce que je veux dire ?

— Oui, Papa.

— Les années défilent, tu penses que tu fais une sorte de boulot existentiel important, que tu contiens l'obscurité par ta simple contemplation. Et puis un jour, tu comprends que t'as aucune idée de ce que t'es en train de regarder. C'est terriblement étrange, et ça ne ressemble à rien d'autre qu'à ça, et toute cette contemplation morose n'était que de la vanité, chacune de tes pensées a loupé le côté inexplicable et insondable de tout ça, son immensité et son indifférence. Tu as observé l'océan des années durant en croyant que ça avait un sens. Mais ça ne signifie *rien*.

— T'es pas obligé de venir jusqu'ici, Papa.

— Bon Dieu, j'adore cette gouine, dit Martin. Elle m'adore aussi. Ça se voit dans ses yeux. Regarde. Un véritable attachement.

Le bus halète tandis qu'il s'engage sur les contreforts de Buckhorn Hill. Martin affiche un sourire malicieux et lève sa bière en guise de salut à l'intention de la conductrice, énorme dans sa salopette Carhartt et ses bottes de bûcheron. Elle le dévisage sans le moindre humour. Turtle grimpe dans le bus et tourne dans l'allée centrale. La conductrice regarde Martin qui rayonne, la bière contre son cœur, hochant la tête et répétant :

— Vous êtes une sacrée bonne femme, Margery. Une sacrée bonne femme.

Margery ferme les portes protégées de caoutchouc et le bus fait un bond en avant. Turtle regarde par la fenêtre et voit Martin lever la main en signe d'au revoir. Elle s'affale sur une banquette libre. Elise se retourne et pose le menton sur le dossier du siège avant de dire :

— Ton père il est, genre, trop *cool*.

Turtle regarde par la fenêtre.

Pendant la deuxième heure de cours, Anna fait les cent pas à l'avant de la salle de classe, ses cheveux noirs attachés en une queue-de-cheval trempée. Une combinaison de plongée est suspendue derrière son bureau et goutte lentement dans une corbeille en plastique. Ils corrigent le contrôle d'orthographe et Turtle est voûtée au-dessus de sa feuille, elle fait cliqueter son stylo encore et encore avec l'index, elle s'entraîne à appuyer sur la détente sans exercer aucune pression ni sur la droite si sur la gauche. Les filles ont des voix faibles et fluettes, et quand elle le peut, Turtle se retourne sur sa chaise pour lire sur leurs lèvres.

— Julia, dit Anna à Turtle. Peux-tu épeler et définir le mot "synecdoque" pour la classe, s'il te plaît ? Et puis nous lire la phrase dans laquelle tu l'as utilisé ?

Bien qu'ils soient en train de corriger le contrôle, bien qu'elle ait devant elle la feuille d'une autre élève, une fille que Turtle admire en lui jetant des coups d'œil en douce et en se mordillant le doigt, bien que le mot "synecdoque" soit épelé au stylo pailleté dans l'écriture impeccable de cette autre fille, Turtle n'y arrive pas. Elle commence.

— S-I-N...

Puis elle s'interrompt, incapable de retrouver son chemin dans ce labyrinthe. Elle reprend :

— S-I-N...

Anna dit doucement :

— Bien, Julia... Il est difficile, celui-là. C'est *synecdoque*, S-Y-N-E-C-D-O-Q-U-E, *synecdoque*. Quelqu'un voudrait nous dire ce qu'il signifie ?

Rilke, cette autre fille en question, bien plus jolie que Turtle, lève la main et ses lèvres roses forment un O impatient.

— Synecdoque. Une figure de style dans laquelle la partie représente le tout. "La couronne est mécontente."

Turtle et elle ont échangé leurs copies, Rilke récite donc cela de tête sans regarder le contrôle de Turtle car ce dernier est vide, à l'exception de la première ligne : 1. Prévenu. *Avertir. J'ai prévenu que nous arriverions en retard à la fête.* Turtle ne comprend pas ce que cela signifie, quand la partie représente le tout. Ça n'a aucun sens à ses yeux, et elle ne comprend pas non plus ce que veut dire *La couronne est mécontente.*

— Très bien, dit Anna. Encore une racine grecque, tout comme...

— Oh ! (Et la main de Rilke se lève brusquement.) Comme sympathique.

Turtle est assise sur la chaise en plastique bleu, elle mâchonne l'articulation de son doigt qui dégage les relents âcres de vase de Slaughterhouse Creek, elle porte un T-shirt usé et un Levi's roulé qui dévoile la peau sèche de ses mollets pâles. Sous un ongle, un reste d'huile de moteur synthétique. De ses doigts émane une odeur préhistorique. Elle aime appliquer le lubrifiant sur l'acier à mains nues. Rilke se met du baume à lèvres, elle a déjà parcouru le contrôle de Turtle et dessiné un petit *x* impeccable à côté de chaque ligne incomplète, et Turtle pense, Regarde donc cette pouffiasse. Regarde donc cette pouffiasse. Dehors, le terrain de sport battu par le vent est constellé de flaques, le fossé creusé dans l'argile couleur cendre est inondé; plus loin encore, l'orée de la forêt. Turtle pourrait entrer dans le sous-bois et ne jamais reparaître. Elle a promis à Martin qu'elle ne le ferait jamais, plus jamais.

— Julia, dit Anna. Julia?

Turtle se tourne lentement pour la regarder, elle attend, elle écoute.

Très doucement, Anna dit:

— Julia, est-ce que tu peux rester concentrée, s'il te plaît? Turtle acquiesce.

— Merci, dit Anna.

Quand la sonnerie annonce l'heure du déjeuner, tous les élèves se lèvent de concert, Anna marche dans l'allée et pose deux doigts sur le bureau de Turtle en souriant, puis lève l'index afin de lui demander un moment d'attention. Turtle regarde les autres partir.

— Alors, dit Anna.

Elle s'assied sur un bureau et Turtle, silencieuse et observatrice, attentive aux visages, parvient à lire presque tout en elle; Anna la détaille de la tête aux pieds en pensant, J'aime bien cette fille, et elle réfléchit à un moyen de parvenir à ses fins. C'est inhabituel et étrange pour Turtle, qui déteste Anna, qui ne lui a jamais donné la moindre raison de l'apprécier, qui ne s'aime pas elle-même. Turtle pense, Espèce de pute.

— Alors, répète Anna. Comment ça s'est passé, celui-là?

Son visage devient gentiment interrogateur – elle se mordille la lèvre, elle arque les sourcils et des mèches

humides de cheveux s'échappent de sa queue-de-cheval.
Elle dit encore :

— Julia ?

Aux oreilles de Turtle, habituées aux intonations de la
côte nord, Anna a un accent froid et prétentieux. Turtle n'est
jamais allée au sud de la Navarro River, et jamais au nord de
la Mattole.

— Hein ? dit Turtle.

Elle a laissé le silence se prolonger trop longtemps.

— Comment ça s'est passé, celui-là ?

— Pas très bien, répond Turtle.

— Tu as trouvé quelques définitions ?

Turtle ignore ce qu'Anna attend d'elle. Non, elle n'en a
trouvé aucune, et Anna doit bien le savoir. Il n'y a qu'une
seule réponse aux questions d'Anna, c'est que Turtle est un
cas désespéré.

— Non, dit Turtle. Je n'ai trouvé aucune définition. Enfin
si, la première. "J'ai prévenu que nous arriverions en retard à
la fête."

— Et pourquoi, à ton avis ?

Turtle secoue la tête – c'est impossible à dire et on ne la
contraindra pas à dire autre chose.

— Et si tu restais ici pendant la pause déjeuner, propose
Anna, et qu'on préparait des fiches de révision ensemble ?

— Mais je révise *vraiment*, dit Turtle. Je ne sais pas si
ça aidera.

— Et il y a quelque chose qui pourrait t'aider ?

Anna continue, elle pose des questions, elle fait mine d'éta-
blir un espace de sécurité mais il n'y a pas d'espace sécurisé.

— Je ne suis pas sûre, répond Turtle. Je révise les mots de
vocabulaire avec mon papa…

Et là, Turtle voit Anna hésiter, elle sait qu'elle vient de
commettre une erreur, car les autres filles de Mendocino
n'emploient jamais le mot *papa*. Elles appellent leurs parents
par leur prénom, pour la plupart, ou elles parlent de leur *père*.
Turtle poursuit.

— On les révise, et je pense que j'ai juste besoin de les réviser toute seule un peu plus.

— Alors il te faut juste y consacrer davantage de temps, c'est ça que tu veux dire ?

— Oui.

— Et comment tu fais tes devoirs avec ton père ? demande Anna.

Turtle hésite. Elle ne doit pas éviter la question, mais elle pense, Fais gaffe, fais gaffe.

— Eh bien, on révise le vocabulaire ensemble.

— Pendant combien de temps ?

Turtle attrape un de ses doigts, en fait craquer l'articulation, lève les yeux, fronce les sourcils et répond :

— Je ne sais pas. Une heure ?

Turtle ment. C'est là, sur le visage d'Anna, la prise de conscience.

— C'est vrai ? dit Anna. Tu étudies pendant une heure tous les soirs ?

— Eh ben…

Anna la dévisage.

— Presque tous les soirs, dit Turtle.

Elle doit protéger ces moments où elle nettoie les armes près du feu pendant que Martin lit à côté de la cheminée, tandis que la lueur des flammes s'échappe sur leur visage, s'échappe dans la pièce, avant d'être attirée à nouveau sur le sol et dans l'âtre jusqu'aux braises.

Anna dit :

— Il va falloir qu'on en discute un peu avec Martin.

— Attendez. Je sais épeler "synecdoque".

— Julia, il faut qu'on parle à ton père, répond Anna.

Turtle continue :

— S-I-N…

Puis elle s'arrête, sachant que c'est faux, qu'elle a faux, qu'elle ne peut pas se rappeler les lettres suivantes, même si sa vie en dépendait. Anna la regarde d'un air glacial, interrogatif, et Turtle soutient son regard en pensant, Espèce de salope.

Elle sait qu'en protestant davantage, en ajoutant quelque chose, elle risque de se trahir.

— D'accord, dit Turtle. D'accord.

Après l'école, Turtle va au service administratif et s'assied sur un banc. Il fait face au bureau d'accueil, et au-delà se trouvent celui de l'assistant, ainsi qu'un petit couloir et la porte verte du proviseur. Derrière la porte, Anna parle.

— Pour l'amour de Dieu, Dave, cette enfant a besoin d'aide. D'une aide réelle et constructive, bien plus que je ne peux lui apporter. J'ai trente élèves dans cette classe, bon sang.

Turtle reste assise et fait craquer ses articulations, l'employée de l'accueil lui adresse un coup d'œil gêné au-dessus de son ordinateur. Turtle a une mauvaise audition, mais Anna parle d'une voix haut perché et forte, elle dit :

— Tu crois que j'ai envie de discuter avec cet homme ? Écoute, écoute… Misogynie, repli sur soi et méfiance. Voilà trois *gros* signaux d'alerte. Je voudrais qu'elle voie un psy, Dave. C'est une paria, et si elle passe au lycée sans qu'on se soit souciés de tout ça, elle prendra *encore plus de retard*. On peut encore combler le fossé. Oui, je sais qu'on a déjà essayé. Mais il faut qu'on *continue* d'essayer. Et s'il y a *vraiment* quelque chose qui cloche…

L'estomac de Turtle se serre. Bon Dieu, pense-t-elle.

D'un geste sec, l'employée de l'accueil tapote une pile de papiers sur son bureau et se dirige dans le couloir vers la porte du bureau du proviseur Green qui a pris la parole, et Anna semble décontenancée :

— Personne n'en a envie ? Et pourquoi personne n'en a envie ? Il y a des solutions, voilà ce que je dis… Eh bien. Non. Rien. Tout ce que j'essaie de…

Et l'employée de l'accueil se poste à l'entrée, elle frappe et passe la tête dans l'entrebâillement de la porte pour dire :

— Julia est là. Elle attend son père.

Le silence se fait. L'employée revient à son bureau. Martin ouvre la porte, jette un regard à Turtle et se dirige vers l'accueil. L'employée lui décoche un regard dur.

— Vous pouvez... dit-elle en agitant le tas de papiers pour lui signifier d'entrer directement.

Turtle se lève et lui emboîte le pas, elle passe devant le bureau et longe le couloir, il frappe un coup et ouvre la porte.

— Entrez, entrez, dit le proviseur Green.

C'est un homme énorme, au visage rose et aux grandes mains pâles. Sa graisse pendouille et emplit son pantalon en toile aux plis impeccables. Martin referme la porte et reste devant, aussi grand que le chambranle, presque aussi large. Sa chemise à carreaux trop lâche est en partie déboutonnée et révèle ses clavicules. Ses épais cheveux longs bruns sont attachés en queue-de-cheval. Ses clés ont commencé à craquer le tissu de sa poche qui laisse apparaître des fils blancs par endroits. Si Turtle n'était pas déjà au courant, elle aurait deviné que Martin porte son pistolet rien qu'à la façon dont sa chemise pend, rien qu'à la façon dont il s'installe sur la chaise, mais ni le proviseur Green ni Anna ne sont au courant; ils ne le conçoivent même pas une seule seconde, et Turtle se demande s'il existe des choses qu'elle ne voit absolument pas, elle, mais qui sont évidentes pour d'autres, et quelles pourraient être ces choses-là.

Le proviseur Green tend un bol de chocolats Hershey's Kisses à Martin qui lève la main en signe de refus, puis à Turtle qui demeure immobile.

— Alors, vous avez passé une bonne journée? demande-t-il en reposant le bol sur son bureau.

— Oh, dit Martin. J'ai connu mieux.

Turtle pense, Ce n'est pas comme ça, ce n'est pas la bonne manière, mais comment pourrais-tu le savoir, tu n'es qu'une connasse.

— Et Julia, comment vas-tu?

— Je vais bien.

— Ah oui, bon, j'imagine que tout ceci est un peu stressant, enchaîne le proviseur.

— Alors? lâche Martin en lui faisant signe de poursuivre.

— Entrons dans le vif du sujet, si vous le voulez bien, dit M. Green. (Les nouveaux professeurs se font appeler par leur prénom, mais le proviseur est de la génération précédente, peut-être même encore de celle d'avant.) Depuis notre dernière conversation, Julia continue à peiner en classe et nous nous inquiétons pour elle. Ses notes sont une part du problème. Son niveau de lecture et de compréhension n'est pas aussi développé qu'il pourrait l'être. Elle est en difficulté lors des contrôles. Mais pour nous, le véritable problème – bien plus que ses capacités globales – c'est qu'elle a l'air de penser, eh bien, elle a l'air de penser que l'école ne l'accueille pas à bras ouverts, et nous estimons qu'un certain niveau de bien-être, un sentiment d'appartenance l'aideraient à s'épanouir en classe. C'est le problème que nous identifions actuellement.

Anna ajoute :

— J'ai pas mal travaillé avec Julia et je pense que…

Martin l'interrompt, se penche en avant sur la chaise et joint les mains.

— Elle rattrapera le travail raté, dit-il.

Turtle ravale sa surprise, elle dévisage Martin et pense, Qu'est-ce qu'on est en train de faire ? Ce qu'elle attend de Martin, c'est qu'il regarde Anna droit dans les yeux, elle sait qu'il en est capable – qu'il la regarde droit dans les yeux et qu'il la rassure.

— Julia semble avoir des ennuis avec les filles en particulier, continue Anna. Nous pensons que… peut-être qu'elle accepterait d'aller consulter Maya, notre psychologue. Beaucoup d'élèves sont rassurés après lui avoir parlé. Nous pensons qu'il serait bénéfique pour Julia de croiser un visage amical dans l'école, une personne à qui se confier…

— Ce ne sont pas les consultations chez un psy qui vont nous garantir que Julia obtienne son diplôme, coupe Martin. Alors qu'est-ce qu'on peut faire pour s'assurer qu'elle obtienne son diplôme ?

Il regarde le proviseur Green. Une vague d'horreur déferle en Turtle, elle l'étouffe car elle se dit qu'elle ne comprend peut-être pas tout, et que Martin si. Elle pense, Qu'est-ce que tu fais, Papa ?

Anna dit :

— Martin, je crois qu'on s'est mal compris. Julia ne va pas redoubler. Nous n'avons plus le budget suffisant pour mettre en place des cours de rattrapage en été, et comme les redoublements sont très limités, tous les élèves passent au lycée sans exception. Mais si elle quitte le collège sans quelques amitiés solides, et compte tenu de son niveau scolaire actuel et de ses capacités limitées de lecture, ses mauvaises notes risquent de nuire à son parcours au lycée, et par extension de réduire ses chances d'aller à l'université. C'est pourquoi il est important de continuer à nous occuper de ces soucis maintenant, en avril, car il nous reste encore du temps jusqu'aux vacances d'été. Il n'est question que du bien-être de Julia, nous pensons qu'un rendez-vous hebdomadaire avec une personne à qui se confier serait une des clés.

Martin se penche et sa chaise grince. Il rive son regard dans celui du proviseur et tend les mains, l'air de dire, s'il n'y a pas de conséquences particulières, alors qu'est-ce qu'on fout ici ?

Le proviseur Green regarde Anna. Martin la regarde, semble se demander pourquoi tout le monde la dévisage. Puis il détourne aussitôt le regard et attire l'attention du proviseur. Pour Martin, M. Green est le responsable et il est tout à fait capable d'en faire son affaire. Anna lui paraît à la fois trop agaçante et trop insignifiante. Turtle ignore pourquoi il pense ainsi. De toutes ces conversations, elle a toujours eu le sentiment que le proviseur Green était loin d'être impressionné par Martin. Elle le voit très bien en cet instant, à quel point il est solide. Il a un fils aux yeux bridés, un mongolien, Turtle le sait, et il est proviseur de ce collège depuis plus de vingt ans, Martin ne parle clairement pas la même langue que lui. Rien de ce que Martin pourra dire ne convaincra le proviseur. Ce rendez-vous ne sert qu'à être poli, à prouver que Turtle est motivée, que Martin s'intéresse aussi aux professeurs de Turtle, et Martin n'adopte pas la bonne tactique, il ne dit pas ce qu'il faut, il essaie de s'imposer par la force auprès du proviseur comme il l'a déjà fait plusieurs fois auparavant.

— Martin, dit Anna. Je suis très attachée à travailler avec Julia, et faire *tout* mon possible pour la préparer au lycée, mais mes compétences ont des limites quand Julia n'est pas concentrée, ni motivée à l'école.

— Monsieur Green, dit Martin comme s'il argumentait et contre-argumentait avec Anna.

Le proviseur fronce les sourcils, se balance doucement de droite à gauche sur sa chaise, les mains croisées sur son énorme ventre.

— La réussite de Julia ne dépend pas d'une attention spéciale ni d'une intervention thérapeutique. Ce n'est pas si compliqué. Ses devoirs sont ennuyeux. Nous traversons une époque à la fois palpitante et terrible. Le monde est en guerre dans le Moyen-Orient. Le carbone dans l'atmosphère approche des quatre cents ppm. Nous sommes témoins de la sixième grande extinction des espèces. Au cours de la prochaine décennie, nous connaîtrons le pic de Hubbert. On l'a peut-être même déjà franchi. Nous semblons poursuivre l'utilisation de la fracturation hydraulique, ce qui représente un risque, certes différent, mais bien présent quant à nos ressources en eau potable. Et malgré tous vos efforts, nos enfants pensent toujours que l'eau arrive par magie dans leurs robinets. Ils ignorent qu'il existe une nappe phréatique sous leur ville, ni même que son niveau est sérieusement en baisse, ni que nous n'avons aucun projet afin d'alimenter la ville en eau après qu'elle se serait définitivement tarie. La plupart d'entre eux ignorent que cinq des six dernières années ont été les plus chaudes de l'histoire. J'imagine que vos élèves pourraient s'intéresser à tout ça. J'imagine qu'ils pourraient s'intéresser à leur avenir. Mais au lieu de ça, ma fille passe des contrôles de vocabulaire. En classe de *quatrième*. Et vous vous étonnez qu'elle ait la tête ailleurs ?

Turtle l'observe, elle essaie de le percevoir comme le perçoivent le proviseur ou Anna, et elle déteste ce qu'elle voit.

Le proviseur Green a l'air d'avoir déjà entendu cet argument, de façon plus véhémente, dans la bouche d'autres personnes.

— Eh bien, Marty, dit-il. Ce n'est pas tout à fait vrai. Nos élèves passent leur dernier contrôle de vocabulaire en CM2. Nos quatrièmes apprennent l'étymologie grecque ou latine des mots, ce qui est un exercice utile pour comprendre et expliquer tous ces phénomènes que vous venez de décrire.

Martin dévisage le proviseur.

M. Green ajoute :

— Mais il est vrai qu'on exige d'eux qu'ils sachent épeler leurs mots de vocabulaire sans faute d'orthographe.

Martin se penche en avant et le Colt 1911 se dessine sous sa chemise au niveau de ses reins, et malgré l'expression calme de son visage, ce mouvement traduit la menace de sa puissance physique. Il est clair, à voir le face-à-face entre le proviseur Green et Martin, qu'ils font peut-être le même poids, mais là où le proviseur semble dégouliner de sa chaise, Martin, lui, est solide comme un roc. Turtle sait que ce rendez-vous a pour seul but d'exprimer leur inquiétude. Martin ne semble pas s'en rendre compte.

— Je crois, dit-il, que nous devrions autoriser Julia à prendre ses propres décisions au sujet de ses camarades, ses propres décisions quant à ses devoirs d'école, et ce, dans son meilleur intérêt. Vous ne pouvez pas obliger une fille à devenir extravertie. Vous ne pouvez pas l'obliger à consulter un psy, et vous ne pouvez pas considérer son ennui et sa démotivation comme anormaux avec un programme scolaire aussi fastidieux. À sa place, vous et moi serions tout aussi ennuyés ou démotivés. Alors je refuse de lui dire, et je n'autoriserai personne à lui dire, qu'elle a besoin d'une assistance particulière. J'entends bien vos inquiétudes sur les rigueurs du lycée, mais je ne peux m'empêcher de penser que ces rigueurs feront pour elle un contraste bénéfique comparé aux exercices abrutissants des contrôles de vocabulaire et des romans jeunesse sans intrigue ni intérêt. Elle fera face aux défis qu'elle rencontrera l'an prochain. Mais je suis tout à fait conscient de vos préoccupations et je peux m'engager d'ores et déjà à consacrer plus de temps à aider Julia à faire ses devoirs et lui inculquer les méthodes de travail qui lui font défaut à votre goût. Je peux dégager plus de temps pour ça, chaque soir et pendant le week-end.

Le proviseur Green se tourne vers Julia et lui dit:

— Julia, que penses-tu de tout ça? Aimerais-tu rencontrer Maya?

Turtle reste assise, figée, une main sur l'autre, sur le point de faire craquer une articulation de son doigt, bouche bée, et ses yeux passent de son papa à Anna. Elle veut rassurer Anna mais ne peut pas contredire Martin. Tout le monde la scrute. Elle répond:

— Anna m'aide beaucoup, et je crois que je ne fais pas d'efforts pour la laisser m'aider.

Ils ont tous l'air surpris dans la pièce. Elle continue:

— Je crois qu'il faut que j'étudie un peu plus, et que je laisse Anna m'aider un peu plus, et que je l'écoute plus aussi, peut-être. Mais je ne veux consulter personne.

Quand ils ont terminé, son papa se lève et ouvre la porte pour laisser passer Turtle, et ils marchent ensemble jusqu'au pick-up, ils montent en silence sur la banquette avant. Martin pose la main sur la clé de contact, plongé dans ses pensées, le regard rivé au-delà de la vitre du conducteur. Puis il lâche:

— C'est à ça que se résume ton ambition? À devenir une pauvre petite moule illettrée?

Il démarre le pick-up et ils s'éloignent, sortent du parking, Turtle se répète les mots *pauvre petite moule illettrée*. Leur sens prend soudain forme dans son esprit comme quelque chose enfermé dans une boîte qui jaillirait brusquement. Il existe des parts d'elle qui demeurent sans nom, sans identification, puis il leur donne un nom, et elle se perçoit alors clairement à travers ses mots, et elle se déteste. Il change de vitesse avec une colère puissante mais silencieuse. Elle se déteste, elle déteste ce fossé mal comblé et mal protégé. Ils remontent l'allée gravillonnée et il se gare devant le porche avant de couper le moteur. Ils gravissent les marches ensemble, Papa entre dans la cuisine, sort une bière du frigo et l'ouvre d'un coup brusque sur le rebord du plan de travail. Il s'assied à la table et gratte une tache avec l'ongle de son pouce. Turtle s'agenouille devant lui et pose les mains sur son Levi's bleu délavé. Elle dit :

— Pardon, Papa.

Elle glisse deux doigts entre les fils blancs décousus, pose la joue contre l'intérieur de sa cuisse. Il reste assis là, le regard ailleurs, il tient sa bière entre le pouce et l'index, et elle essaie de réfléchir désespérément à ce qu'elle pourrait faire, cette pauvre petite moule, cette moule illettrée.

Il lâche :

— Je ne sais même pas quoi dire. Je ne sais pas quoi te dire. L'humanité s'autodétruit, elle chie dans l'eau de son bain, les humains chient lentement, dangereusement et *collectivement* sur le monde, juste parce qu'ils sont incapables de concevoir l'existence de ce monde. Le gros et la pouffiasse, ils ne comprennent pas. Ils fabriquent des obstacles au-dessus desquels tu dois sauter, et ils veulent te convaincre que c'est ça, le monde ; que le monde entier est fait d'obstacles. Mais c'est faux, le monde n'est pas comme ça et tu ne dois jamais, jamais penser que c'est le cas. Le monde, c'est Buckhorn Bay et Slaughterhouse Gulch. C'est ça, le monde, et cette école n'est que... que des ombres, des diversions. Ne l'oublie jamais. Mais il faut que tu fasses attention. Au moindre faux pas, ils t'enlèveront et je te perdrai. Alors qu'est-ce que je suis en train de te dire ?... Que cette école, c'est rien mais que tu dois quand même jouer le jeu ?

Il la regarde, soupèse son intelligence. Puis il tend la main, attrape Turtle sous la mâchoire et lui dit :

— Qu'est-ce qui se passe, dans ta petite tête ? (Il lui tourne la tête d'un côté, puis de l'autre, il la regarde avec intensité. Puis il reprend enfin :) Tu le sais, Croquette ? Tu sais ce que tu représentes pour moi ? Tu me sauves la vie, chaque matin que tu sors du lit. J'entends le bruit léger de tes pas dans l'escalier et je pense, C'est ma fille, c'est pour elle que j'existe.

Il se tait un moment. Elle secoue la tête, son cœur grince de colère.

Ce soir-là, elle attend en silence, elle écoute, elle pose la lame froide de son canif contre son visage. Elle l'ouvre et la referme sans bruit, désengageant le verrou avec son pouce et rabaissant la sécurité afin de l'empêcher de cliqueter. Elle l'entend marcher d'une pièce à l'autre. Turtle cisaille ses ongles en petits croissants. Quand il s'arrête, elle s'arrête. Il est silencieux dans le salon. Lentement, sans le moindre son, elle referme le canif. Elle fait craquer ses orteils avec le talon de l'autre pied. Il monte l'escalier, il la prend dans ses bras et elle pose les mains autour de la nuque paternelle, il la porte au rez-de-chaussée, à travers la pénombre du salon jusqu'à sa chambre, où la lune projette l'ombre des aulnes tantôt nette et tantôt floue sur les murs en plâtre, les feuilles d'un vert si sombre et cireux contre la vitre, les lattes du plancher noir et rouille, leurs lézardes pareilles à des impacts de hache, les joints mal finis entre le séquoia du plancher et le plâtre des murs, une ligne noire qui laisse entrevoir les fondations sans plomberie où les énormes poutres centenaires exhalent un parfum de thé noir, de galets de rivière et de tabac. Il l'allonge, ses doigts impriment une légère pression sur ses cuisses, les côtes de Turtle montent et descendent, chaque creux dessinant une ombre et chaque crête d'un blanc immaculé. Elle pense, Fais-le, je veux que tu le fasses. Elle reste étendue, elle attend, regarde par la fenêtre les nouvelles petites pommes de pin vertes sur les aulnes, et elle pense, C'est moi, et ses pensées sont une moelle visqueuse et sanglante qui coule au creux de ses fémurs et dans la courbe légère du couple d'os de ses avant-bras. Il s'accroupit au-dessus d'elle et d'un ton rauque d'émerveillement, il dit :
— Nom de Dieu, Croquette, nom de Dieu.
Il pose les mains sur les pointes osseuses de ses hanches, sur son ventre, sur son visage. Elle le dévisage sans ciller.
Il dit encore :
— Nom de Dieu.
Et il fait courir ses doigts striés de cicatrices dans ses cheveux emmêlés, puis il la retourne, elle est allongée sur le ventre

et elle l'attend, et dans cette attente, elle le veut parfois, et parfois ne le veut pas. Son contact donne vie à sa peau, elle l'englobe dans le théâtre secret de son esprit où tout est permis, leurs deux ombres projetées sur les draps, tissées ensemble. Il remonte la main sur la jambe de Turtle, sa fesse loge juste dans sa paume, et il dit :

— Nom de Dieu, nom de Dieu.

Et il pose les lèvres sur chaque vertèbre, remonte, les embrasse, s'attarde sur chacune, le souffle étouffé par l'émotion et il répète "Nom de Dieu".

Ses jambes écartées laissent entrevoir une ouverture qui mène à l'obscurité de ses entrailles et qui représente pour lui la vérité de Turtle, elle en est convaincue. Il soulève ses cheveux par poignées entières, les pose sur l'oreiller afin de dévoiler sa nuque, et il dit "Nom de Dieu" d'une voix rocailleuse, il caresse du doigt les petites mèches rebelles. La gorge de Turtle repose sur l'oreiller, elle semble remplie de feuilles humides et parcheminées, comme si elle était une flaque froide en automne, imbibée d'eau grise, un goût de pin et de poivre, de feuilles de chêne et la saveur verte de l'herbe des prés. Il se croit en mesure de comprendre le corps de Turtle, et traîtreusement, c'est le cas.

Quand il s'est endormi, elle se lève et traverse la maison, seule, elle tient sa chatte engorgée afin de retenir la chaleur qui s'échappe. Elle s'accroupit dans la baignoire, elle observe la tuyauterie en cuivre, elle laisse couler sur elle l'eau froide, la texture grasse en toile d'araignée de son sperme entre ses doigts, qui colle malgré l'eau, et qui semble s'épaissir encore. Elle se tient devant l'évier en porcelaine, elle se lave les mains, ce sont les yeux de son père dans le miroir. Elle termine de se laver, elle tourne le robinet de cuivre, elle scrute l'amande de ce bleu nervé de blanc, la pupille noire qui se dilate et se contracte, dotée d'une volonté propre.

2

QUAND le brouillard se détache de l'herbe encore fumante de rosée, Turtle décroche le Remington 870 de son clou au mur, elle déclipse le chargeur et tire la pompe afin de dévoiler les munitions vertes. Elle referme le fusil d'un claquement sec, l'incline sur son épaule et descend l'escalier avant de sortir par la porte de derrière. Il commence à pleuvoir. Les gouttes tapotent les aiguilles de pin et tremblent au bout des feuilles d'ortie et des frondes de fougères. Elle se fraye un chemin sur les solives du porche arrière et longe la pente de la colline où se mêlent les tritons à la peau rugueuse et les salamandres de Californie longilignes parmi les troncs pourrissants, ses talons craquent la croûte gluante des feuilles de myrte et retournent la terre noire. Elle avance avec précaution et serpente jusqu'à la source de Slaughterhouse Creek où pendent les feuilles des fougères aux tiges noires pareilles à des larmes vertes, où les capucines s'entremêlent dans cette odeur humide et fraîche, où les rochers sont couverts d'hépatique.

Ici, le ruisseau jaillit d'une niche moussue à flanc de colline, et il a sculpté un bassin de pierre à l'endroit de son impact, une eau froide et limpide au goût métallique, un bassin grand comme une chambre à coucher où trempent des troncs d'arbres usés, rendus duveteux par le temps. Turtle s'assied sur un tronc, ôte tous ses vêtements, pose le fusil dessus avant de glisser dans la piscine de pierre, les pieds d'abord – car elle vient chercher ici son réconfort, étrange et personnel, et elle a le sentiment qu'ici règne le réconfort

33

des lieux froids, d'une entité limpide et glacée et vivante. Elle retient son souffle et s'enfonce jusqu'au fond du bassin, elle remonte les genoux à ses épaules, ses cheveux flottent autour d'elle comme des algues, elle ouvre les yeux, lève la tête et aperçoit les images grossies sur la surface piquetée de gouttes de pluie, et les silhouettes des tritons aux doigts écartés, leurs ventres rouge et or exposés au-dessus d'elle, leurs queues oscillant paresseusement. Ils sont déformés et tordus, flous comme le sont toutes choses vues sous l'eau, et la fraîcheur lui est agréable, elle la ramène à elle-même. Turtle brise la surface, se hisse sur les troncs, elle sent la chaleur revenir et elle contemple la forêt autour d'elle.

Elle se lève et remonte prudemment la colline, elle met un pied devant l'autre sur les solives du porche arrière dans la pluie battante, puis elle entre dans la cuisine où une belette à queue noire sursaute et la regarde, une patte au-dessus d'une assiette pleine de vieux os.

Turtle pose le fusil sur le plan de travail, se rend au frigo qu'elle ouvre, elle se tient là trempée, les cheveux plaqués sur son dos et collés autour de son visage, elle casse les œufs contre le rebord du plan de travail et les verse dans sa bouche avant de jeter les coquilles dans le seau à compost. Elle entend Martin sortir de sa chambre et longer le couloir. Il arrive dans la cuisine et regarde la pluie qui tombe au-delà de la porte ouverte. Elle ne dit rien. Elle pose les mains sur le plan de travail, les laisse là. Des perles d'eau ornent le fusil. Elles s'accrochent aux courbes des munitions rangées dans le porte-cartouches.

— Bon, Croquette, dit-il en regardant loin derrière elle. Bon, Croquette.

Elle range la boîte d'œufs. Elle sort une bière qu'elle lui lance et qu'il attrape au vol.

— C'est l'heure de t'accompagner au bus ?

— T'es pas obligé de venir.

— Je sais.

— T'es pas obligé, Papa.

— Je le sais bien, Croquette.

Elle ne répond rien. Elle reste debout devant le plan de travail.

Ils marchent ensemble dans la pluie plus forte. L'eau ruisselle dans l'allée et charrie des aiguilles de pin dans les ornières. Ils se postent au bout de l'allée. En bordure de l'asphalte effrité, la flouve odorante et la folle avoine semblent acquiescer sous l'averse, du liseron enroulé autour de leurs tiges. Ils entendent les échos de Slaughterhouse Creek dans le fossé qui longe la Shoreline Highway. Sur l'océan d'un gris de nickel, la crête blanche des vagues s'écrase contre les pinacles noirs.

— Regarde-moi cette saloperie, dit Martin, et elle regarde sans comprendre de quoi il parle – de l'anse, de l'océan, du pinacle, ce n'est pas clair.

Elle entend le vieux bus changer de vitesse tandis qu'il entre dans le virage.

— Fais attention à toi, Croquette, ajoute Martin d'un air sombre.

Le bus s'arrête dans un grincement, et dans le soupir épuisé des protections en caoutchouc, les portes s'ouvrent brusquement. Martin adresse un salut militaire à la conductrice, tient sa bière contre son cœur, maussade face à son dédain. Turtle gravit les marches et arpente l'allée en lino ondulé éclairée par des lampes au sol, les indentations débordant d'eau de pluie, les visages blancs pareils à des taches désordonnées sur le vinyle vert foncé des banquettes. Le bus soupire et, dans le mouvement, Turtle bascule de côté et s'affale sur un siège libre.

À chaque ralentissement du véhicule, l'eau coule vers l'avant sous les banquettes et dans les plis du lino de l'allée centrale, et les élèves lèvent les pieds, dégoûtés. Turtle regarde l'eau qui passe sous elle en emportant un croissant de vernis à ongles rose qui s'est détaché d'un seul tenant et flotte à l'envers dans le courant. Rilke est assise de l'autre côté de l'allée, les genoux contre le dossier devant elle, elle est penchée sur son livre et fait glisser une mèche de cheveux entre le pouce et l'index jusqu'à ne tenir plus que l'éventail des pointes, et sur son manteau rouge London Fog perlent encore des gouttes de pluie. Turtle se demande si Rilke l'a enfilé ce matin en pensant, Bon, d'accord mais il faut que je prenne bien soin de mon manteau. La pluie est inhabituelle en cette saison, bien qu'elle n'ait entendu personne y faire allusion. Turtle se dit que personne ne s'en préoccupe, à part son papa. Elle se demande ce que penserait Rilke si elle voyait Turtle le soir, assise sous l'ampoule nue de sa chambre aux lambris de séquoia où la baie vitrée donne sur Buckhorn Hill, penchée au-dessus de son fusil désassemblé, manipulant chaque pièce avec prudence, et elle se demande, si Rilke voyait cela, comprendrait-elle? Elle pense, Non, bien sûr que non. Évidemment qu'elle ne comprendrait pas. Personne ne comprend jamais les autres.

Turtle porte un vieux Levi's par-dessus un collant Icebreaker en laine noire, un T-shirt humide qui lui colle au ventre, une chemise à carreaux, un manteau militaire vert kaki bien trop grand pour elle, et une casquette moitié tissu moitié mailles ajourées. Elle pense, Je donnerais n'importe quoi pour être toi. Je donnerais n'importe quoi. Mais c'est faux, et Turtle sait que c'est faux.

— J'adore ton manteau, dit Rilke.

Turtle détourne le regard.

— Non, mais si, je l'adore, genre, *vraiment*. Je n'ai aucun vêtement de ce style, tu sais? Genre, vieux et cool.

— Merci, répond Turtle en serrant le manteau sur ses épaules et en enfonçant les mains dans les manches.

— T'as un style, genre chic, surplus de l'armée, Kurt Cobain et tout ça.

— Merci, dit Turtle.

— Et alors... Anna elle te fait, genre, la misère avec ses contrôles de vocabulaire?

— Putain d'Anna. Putain de pute, dit Turtle.

Le manteau est gigantesque sur ses épaules. Elle serre entre ses cuisses ses mains aux articulations blanches, trempées par la pluie. Rilke aboie un rire de surprise, elle jette un coup d'œil à l'avant de l'allée, puis de l'autre côté vers l'arrière, son cou est très long, ses cheveux encadrent son visage de mèches lisses, noires et lustrées. Turtle ignore comment ils peuvent être aussi lustrés, aussi lisses, comment ils peuvent avoir cet éclat, puis Rilke pose le regard sur Turtle, les yeux brillants, et elle porte la main à sa bouche.

— Oh mon Dieu, dit-elle. Oh mon Dieu.

Turtle la dévisage.

— Oh mon Dieu, répète encore Rilke en se penchant d'un air de conspiration. Ne dis pas ça !

— Pourquoi ?

— Anna est vraiment sympa, tu sais, répond Rilke en se penchant davantage.

— C'est une conne.

— Ça te dirait de traîner un peu avec moi, un de ces quatre ? demande Rilke.

— Non.

— Bon, dit Rilke après une pause. Merci pour la conversation.

Puis elle retourne à son livre.

Turtle détourne les yeux de Rilke, les pose sur le siège devant elle, puis sur la fenêtre dégoulinante d'eau. Deux filles bourrent l'extrémité d'une pipe en verre. Le bus tressaute et s'agite. Je préférerais encore t'éventrer, du trou du cul à ta gorge de petite pouffiasse, pense Turtle, plutôt que d'être ton amie. Elle porte un couteau Kershaw Zero Tolerance au fond de sa poche. Elle pense, Espèce de salope, assise là avec ton vernis à ongles, à te passer la main dans les cheveux. Elle ne sait même pas pourquoi Rilke fait ça ; pourquoi elle examine la pointe de ses cheveux. Qu'y a-t-il à voir ? Je déteste tout de toi, pense Turtle. Je déteste ta façon de parler. Je déteste ta voix de petite salope. J'arrive à peine à les entendre, tes petits couinements haut perchés. Je te déteste, et je déteste la petite moule humide entre tes jambes. Turtle, qui observe Rilke, pense, Bon Dieu, mais elle inspecte vraiment ses mèches comme s'il y avait quelque chose à voir sur les pointes.

Quand la sonnerie de midi retentit, Turtle descend la colline jusqu'au terrain de sport, ses chaussures font un bruit de succion. Elle patauge vers les cages de foot, mains dans les poches, et les rafales de l'averse balayent le terrain détrempé. Il est entouré d'une forêt noire de pluie, les arbres maigrelets et rongés dans la terre pauvre, fins comme des poteaux. Une couleuvre glisse sur l'eau en zigzags splendides, la tête levée et penchée en avant, le corps noir zébré de stries cuivre et vertes, une fine mâchoire jaune, le crâne noir et des yeux noirs brillants. Elle traverse le fossé inondé et disparaît. Turtle veut y aller, elle aussi, s'élancer. Elle veut couvrir du terrain. Partir, fuir dans les bois reviendrait à ouvrir le barillet de sa vie, à le faire tourner et à le refermer. Elle a promis à Martin, promis, et promis et promis encore. Il ne peut pas risquer de la perdre et, pense Turtle, ça n'arrivera pas. Elle ne sait pas tout au sujet de ces bois mais elle en sait suffisamment. Elle se tient enveloppée dans ce terrain ouvert, le regard plongé dans la forêt, et elle pense, Et merde, et merde.

La sonnerie retentit. Turtle se retourne et regarde l'école au-dessus d'elle, sur la colline. Des bâtiments bas, des allées couvertes, le flux des collégiens en imperméables, l'eau qui se déverse des gouttières bouchées.

3

C'est la mi-avril, presque deux semaines se sont écoulées depuis le rendez-vous avec Anna. Les mûriers ont grimpé dans les vieux pommiers et s'entremêlent en une folle canopée fleurie. Des cailles marchent à petits pas en groupes nerveux, houppettes tressautantes, tandis que des moineaux et des bouvreuils volent et virevoltent entre les troncs. Elle émerge du verger et traverse le champ de framboisiers tuteurés jusqu'au mobile home de Papy. Des stries de moisissure courent sur les parois. La mousse envahit les chambranles en aluminium des fenêtres. De jeunes pousses de cyprès jaillissent de tas de feuilles mortes. Elle entend Rosy, la vieille chienne de Papy, un croisé de beagle et de teckel, qui se lève péniblement et s'approche de la porte, s'ébroue et fait tinter son collier. Puis la porte s'ouvre en grand, Papy se tient sur le seuil et dit :

— Tiens, salut, ma puce.

Elle gravit les marches et pose le AR-10 contre le montant de la porte. C'est son fusil à elle, un Lewis Machine & Tool avec une lunette U.S. Optics 5-25x44. Elle l'adore mais il est foutument trop lourd. Rosy saute et bondit, ses oreilles tressautent.

— C'est qui, le gentil chien ? demande Turtle à Rosy.

Rosy se dandine avec excitation et remue la queue.

Papy s'installe à la table pliante, se verse deux doigts de Jack. Turtle s'assied en face de lui, elle sort le Sig Sauer d'un étui dissimulé dans son jean, elle fait sauter le chargeur et pose l'arme vide sur la table car Papy a coutume de dire que lorsqu'un homme joue au cribbage avec sa petite-fille, mieux vaut que tout le monde soit désarmé.

Il dit :

— T'es venue faire une petite partie de cribbage avec ton papy ?

— Ouais.

— Tu sais pourquoi tu aimes le cribbage, ma puce ?

— Pourquoi, Papy ?

— Parce que le cribbage, ma puce, c'est un jeu qui stimule notre intelligence animale perverse.

Elle lève les yeux vers lui, un léger sourire aux lèvres, parce qu'elle ne comprend absolument pas ce qu'il veut dire.

— Ah, ma puce. Je te charrie.

— Oh, dit-elle, et elle autorise son sourire à gagner le reste de son visage, elle se détourne légèrement de lui et porte un pouce à ses dents d'un geste timide.

C'est si agréable de se faire taquiner par Papy, même si elle ne comprend pas tout.

Il regarde son Sig Sauer. Il tend le bras au-dessus de la table, pose la main dessus et le soulève. La glissière est tirée en arrière, le canon ouvert, il l'examine en quête d'un défaut, inspecte la graisse du bout du doigt, il le fait tourner à la lumière dans un sens puis dans l'autre.

— C'est ton papa qui le nettoie pour toi ? demande-t-il.

Elle secoue la tête.

— C'est toi qui t'en charges toute seule ?

— Ouais.

Il dégage le levier de désarmement et actionne l'arrêtoir de culasse. Avec prudence, il retire la glissière de la carcasse et il examine les rails.

— Mais tu ne tires jamais avec, constate-t-il.

Turtle prend le paquet, sort les cartes de leur étui, les coupe, les mélange et finit par un pont. Les cartes sifflent sous l'effet de la friction satinée. D'un geste sec, elle fait claquer le paquet contre la table.

— Si, tu tires avec.

— Pourquoi c'est un jeu qui stimule notre intelligence animale perverse ? demande-t-elle en coupant le paquet et en scrutant les deux moitiés dans chacune de ses mains.

— Oh, je sais pas, dit-il. C'est ce qu'on dit.

Chaque soir, elle démonte le pistolet et le nettoie à l'aide d'une brosse en cuivre. Papy regarde entre le rail propre et bien huilé du pistolet, puis il replace la glissière sur son support. Ses doigts tremblent lorsqu'ils maintiennent la glissière contre le ressort récupérateur. Il semble avoir oublié comment insérer le levier de désarmement, il reste assis là à regarder les ressorts et les leviers comme s'il hésitait, comme s'il s'était subitement perdu dans la contemplation du pistolet. Turtle ne sait pas quoi faire. Elle reste assise en tenant dans chaque main une moitié des cartes. Puis il finit par trouver le levier de désarmement et s'y reprend à deux fois avant de parvenir à enfiler et faire tourner le goupillon en acier, puis il l'insère de ses mains tremblantes et laisse revenir la glissière vers l'avant de l'arme. Il repose le pistolet et la dévisage. Turtle mélange et coupe les cartes, puis fait claquer le paquet juste devant lui.

— Eh ben, dit-il. T'es pas comme ton paternel, toi, c'est certain.

— Comment ça ? demande Turtle, curieuse.

— Oh, rien, rien.

Il tend une main tremblante et coupe le paquet. Turtle reprend les cartes et en distribue six à chacun. Papy les lève en éventail devant lui et soupire, effectue quelques infimes ajustements du pouce et de l'index. Turtle défausse deux cartes. Papy soupire encore et enroule sa large main autour de son verre de whiskey, le fait tourner lentement sur son cercle de condensation et les cubes de stéatite tintent doucement contre la paroi.

Il avale l'alcool d'une traite, aspire l'air entre ses dents et s'en sert un autre. Turtle attend en silence. Il boit d'une traite, s'en sert un troisième. Il reste assis là à le faire tourner lentement. Puis il choisit deux cartes qu'il jette dans la pioche.

Il coupe le jeu et Turtle pioche la carte de départ, la reine de cœur, qu'elle dépose découverte sur la table. Il semble sur le point de faire remarquer à quel point la carte d'ouverture a déterminé le destin de son jeu, et c'est comme s'il demeurait figé et muet face à la complexité de cette observation.

— Les rails de ce pistolet, dit-il au bout d'une minute, m'ont l'air plutôt bons.

— Ouais.

— Ils m'ont l'air plutôt bons, répète Papy d'un ton de doute.

— Je les graisse comme il faut, dit-elle.

Il observe soudain l'intérieur du mobile home autour de lui, d'un air songeur. Ses yeux se posent sur le plafond, sur les parois en imitation bois qui s'écaillent par endroits, et sur la kitchenette miteuse. Il y a du linge sale par terre dans le couloir et Papy fronce les sourcils, sévère, devant ce spectacle.

— C'est à ton tour, dit Turtle.

Papy sélectionne une carte et la plaque sur la table.

— Dix, annonce-t-il.

Turtle jette un cinq, marque deux points pour quinze.

— Papy?

— Vingt, dit-il en marquant deux points pour la paire.

— Trente, continue Turtle en abattant un valet.

— Pioche.

Turtle tire une carte de la pioche, lance une dame. Papy dépose un sept, d'un air d'épuisement. Turtle jette un trois pour vingt. Papy dépose un six et dit:

— Tiens, ma puce.

Il défait sa ceinture et en détache son vieux couteau Bowie. L'étui a usé le cuir de la ceinture et l'a rendu noir brillant, et il le lui tend dans la paume ouverte de sa main comme s'il le soupesait.

— Je m'en sers plus, lui dit-il.

— Pose ça, Papy. Il faut encore qu'on calcule les scores de la partie.

— Ma puce, dit Papy sans lâcher le couteau.

— Alors, voyons ce que tu avais dans ton jeu.

Papy pose le couteau devant elle sur la table. Le cuir du manche est ancien et noirci par la graisse, le pommeau en acier est gris sombre. Turtle tend le bras, récupère les cartes de Papy et les attire vers elle. Elle rassemble les quatre cartes et les regarde : le cinq de pique, le six de pique, le sept de pique, le dix de pique, et la carte d'ouverture, la reine de carreau.

— Eh ben, dit-elle. Eh ben.

Papy ne regarde pas son jeu, il se contente de la dévisager, elle. Les lèvres de Turtle bougent tandis qu'elle compte.

— Quinze, ça fait deux points, plus quinze ça fait quatre, la suite ça fait sept et le flush, ça fait onze. J'ai loupé quelque chose ?

Elle lui attribue onze points.

Papy dit :

— Prends-le, ma puce.

— Je comprends pas, Papy.

— Il faut que tu aies un ou deux trucs à moi.

Elle fait craquer les articulations d'une main, puis de l'autre. Il lui dit :

— Tu en prendras bien soin. C'est un bon. S'il t'arrive un jour de planter un fils de pute avec, ça risque de le piquer. Ce couteau, il est à moi et je te le donne.

Elle le sort de son fourreau. L'acier est d'un noir fumé par le temps. Oxydé à la manière d'un très vieil acier au carbone. Elle tourne la lame vers elle, elle est parcourue d'une ligne continue et mate, sans le moindre défaut ni la moindre entaille, un côté brillant et poli. Turtle fait doucement passer la lame sur son bras, ses poils blonds suivent le mouvement comme une vague.

— Va chercher les pierres à aiguiser, ma puce, dit-il.

Elle se rend à la cuisine, ouvre un tiroir et en tire la vieille bourse en cuir avec les trois pierres à aiguiser qu'elle rapporte à la table.

— Prends-en bien soin, lui dit-il.

43

Elle s'assied et scrute la lame, muette. Elle adore prendre soin des choses.

Rosy, assise entre eux, lève les yeux et son collier tinte. Elle regarde vers la porte et un martèlement sourd retentit alors. Turtle tressaille.

— Ça doit être ton père, dit Papy.

Martin ouvre la porte à la volée et entre. Le sol gémit sous son poids. Il inspecte le couloir, immobile.

— Oh, bon Dieu, Papa, dit Martin. Je préférerais que tu ne boives pas devant elle.

— Ça la dérange pas que je boive un coup, dit Papy. Pas vrai, ma puce?

— Bon Dieu, Daniel, dit Martin. Évidemment que ça la dérange pas. Elle a quatorze ans. C'est pas à elle de s'en préoccuper, c'est à moi; c'est mon boulot de me préoccuper d'elle et je le fais. Et ça devrait être ton boulot à toi aussi, mais tu t'en soucies pas, apparemment.

— Eh bien, je vois pas ce qu'il y a de mal.

— Moi, ça me gêne pas si tu bois une bière, dit Martin. Ça me gêne pas. Ça me gêne pas si tu te verses un ou deux doigts de Jack. Mais j'aime pas quand tu en as plusieurs dans le nez. Ça, c'est pas bien.

— Je vais bien, dit Papy avec un geste de la main.

— D'accord, rétorque Martin sèchement. D'accord. Allez rentre à la maison, Croquette.

Turtle récupère le pistolet, fait coulisser la glissière, claque le chargeur et rengaine l'arme. Puis elle se lève sans lâcher le couteau et les pierres à aiguiser, elle marche vers la porte où Martin pose le bras autour de ses épaules. Elle enfile la bandoulière de son AR-10 et se retourne pour jeter un coup d'œil à son grand-père. Martin hésite sur le seuil, la main sur Turtle.

— Ça va aller, papa? demande-t-il.

— Je vais bien.

— J'imagine que tu ne veux pas venir dîner chez nous? dit Martin.

— Oh. J'ai une pizza au congélo.

— Tu peux venir dîner avec nous. On aimerait bien t'inviter, papa. Pas vrai, Croquette?

Turtle garde le silence, elle ne veut pas être mêlée à ça, elle ne veut pas que Papy vienne dîner.

Martin dit:

— Bon, comme tu voudras. Si tu changes d'avis, passe un coup de fil et je viendrai te chercher avec le pick-up.

— Oh, tout va bien, dit Papy.

— Et papa, ajoute Martin. Vas-y mollo. Ma gamine mérite d'avoir un grand-père. D'accord?

— D'accord, répond Papy en fronçant les sourcils.

Martin hésite encore sur le seuil de la porte. Papy l'observe, sa tête tremblote et Martin reste là comme s'il attendait que Papy ajoute quelque chose, mais il n'en fait rien, Martin resserre son étreinte sur l'épaule de Turtle et ils redescendent ensemble le vieux chemin gravillonné au milieu du verger. Il forme une large présence silencieuse à côté d'elle. Ils traversent le bois au crépuscule et longent l'endroit où Papy gare son pick-up. Des mûriers se sont entremêlés sur la bande centrale au milieu des ornières. De la camomille sauvage pousse entre les graviers.

— Le prends pas mal, Croquette. Mais ton grand-père est un vrai fils de pute.

Père et fille gravissent ensemble les marches du porche et entrent dans le salon. Turtle saute sur le plan de travail de la cuisine et pose le couteau à côté d'elle. Martin gratte une allumette sur son Levi's pour démarrer le poêle, il décroche une casserole et prépare le dîner. Turtle est assise au bord du plan de travail. Elle dégaine son arme, fait coulisser la glissière et tire quatre balles qui dessinent un seul et même impact. Martin lève les yeux de la courgette qu'il est en train de trancher, il observe Turtle vider son chargeur. La glissière se remet en place, fumante, et Martin reporte son attention sur la planche à découper, il affiche un sourire en coin fatigué, un sourire destiné à ce qu'elle le voie.

— C'est le couteau de ton grand-père?

Il s'essuie les mains et en tend une vers elle.

Turtle hésite.

— Quoi ? dit-il, et elle lui donne le couteau.

Il le sort de son fourreau, contourne le plan de travail pour se poster à ses côtés, il le lève à la lumière.

— Quand j'étais gamin, je me souviens de ton grand-père assis dans son fauteuil. Il était de mauvais poil, il buvait du bourbon et il lançait son couteau contre la porte. Et puis il se levait, il allait le récupérer et il se rasseyait. Il regardait la porte et le lançait à nouveau. Le couteau se plantait et il se relevait pour le récupérer. Des heures durant, il faisait ça.

Turtle observe Martin.

— Regarde, dit-il.

— Non, attends.

— Ça va aller.

Il se dirige vers la porte du couloir près de la cheminée et la referme. Il se recule et fait face à la porte.

— Vise-moi un peu ça, dit-il.

— C'est pas un couteau fait pour être lancé, proteste-t-elle.

— Tu vas voir, putain.

Elle l'attrape par la chemise.

— Attends, dit-elle.

— Vise-moi un peu ça, répète-t-il comme s'il évaluait la distance.

Il lance le couteau en l'air et le rattrape par le dos de la lame. Turtle l'observe en silence et mordille l'articulation de son doigt. Martin arme son bras et lance le couteau qui heurte la porte et fait un ricochet contre la pierre de l'âtre. Turtle s'élance mais Martin est plus rapide, il la repousse et le ramasse sur les galets du foyer, il se penche, place son dos entre Turtle et le couteau, et il dit :

— Nan c'est bon, tout va bien.

— Rends-le-moi, dit Turtle.

Martin se détourne d'elle, toujours penché au-dessus du couteau, et il répète :

— Tout va bien, Croquette, tout va bien.

— Rends-le-moi.

— Rien qu'un moment, dit-il. (Turtle perçoit le ton dangereux de sa voix et recule.) Attends encore un moment, putain, répète-t-il en tendant le couteau à la lumière alors que Turtle patiente, la mâchoire crispée par l'agacement. Eh ben, putain de merde, lâche-t-il enfin.

— Quoi ?

— C'est du putain d'acier au carbone, Croquette, c'est fragile comme du verre.

— Rends-le-moi, dit-elle, et il lui tend le couteau.

La lame est ébréchée.

— C'est pas grave, assure Martin.

— Mais putain ! dit Turtle.

— Cet acier au carbone, là, ça vaut rien. Je viens de te l'expliquer, c'est fragile comme du verre. C'est pour ça qu'on fabrique maintenant des couteaux en acier inoxydable. L'acier au carbone, on peut pas s'y fier. Ça peut couper foutument bien, mais cette saloperie rouille et explose. Je sais pas comment mon vieux a réussi à le garder dans cet état pendant toute la guerre. En le graissant, sûrement.

— Putain, dit Turtle, rouge de colère.

— Bon, attends, je vais arranger ça.

— Laisse tomber. C'est pas grave, dit Turtle.

— Mais si c'est grave. Tu es en colère, ma chérie. Je vais t'arranger ça.

— Non, je m'en fous.

— Croquette, donne-moi ce couteau, je veux pas que tu me fasses la gueule à cause d'un couteau aussi fragile qu'un foutu joujou. J'ai fait une erreur, et je peux réparer ce couteau à ton goût, comme neuf.

— Il faut en prendre soin.

— Ben ça c'est tordu, dit Martin en riant de sa colère. Je pensais que le couteau était censé prendre soin de toi, pas l'inverse. Je pensais que c'était son rôle.

Turtle se lève, les yeux rivés au plancher, elle sent qu'elle rougit jusqu'à la racine de ses cheveux.

— Donne-moi le couteau, Croquette. Un coup sur l'aiguiseur et la marque disparaîtra.

— Non, c'est pas grave.

— Je vois bien à ton visage que c'est grave, alors donne-le-moi, et laisse-moi arranger les choses.

Turtle lui donne le couteau et Martin ouvre la porte, s'engage dans le couloir, passe devant la salle de bains, le hall d'entrée, et se glisse dans le garde-manger où se trouve un long établi en bois le long d'un mur où sont accrochés des serre-joints et des étaux, et au-dessus, un tableau entier couvert d'outils. Sur le mur d'en face sont alignés des coffres pour armes à feu, des placards en acier inoxydable remplis de munitions et de chargeurs, des boîtes de mille cartouches de calibre 5,56 et 308. Un escalier en colimaçon métallique mène à la cave, une pièce humide tapissée de moisissure, regorgeant de seaux de vingt litres de nourriture déshydratée. Ils ont assez de stock pour nourrir trois personnes pendant trois ans.

Martin se dirige vers une affûteuse rivée à l'établi et la met en marche.

— Non, attends, dit Turtle par-dessus le rugissement de la machine.

Martin juge l'angle du biseau à l'œil nu.

— Ça va aller, dit-il. Ça va aller.

Il fait passer la lame sur la pierre de l'affûteuse. Elle hurle. Il la plonge, sifflante, dans une boîte à café d'huile minérale, la repose sur la pierre, l'y tient d'une main ferme, une expression intense sur le visage, il la fait passer sur l'affûteuse qui projette une queue de coq scintillante d'étincelles orange et blanches, le bord est d'un blanc vaporeux, des marques de chaleur se répandent sur l'acier. Il lève la lame, la replonge dans l'huile, la fait tourner dans sa main et la repose sur la pierre. Il l'inspecte à nouveau, la teste sur son pouce, acquiesce et affiche un sourire discret. Il éteint l'affûteuse, la pierre ralentit, le mécanisme est déréglé quelque part et la pierre émet un son irrégulier, un *womp-womp, womp-womp.*

Il rend le couteau à Turtle. L'aspect poli de miroir a disparu sur le côté supérieur de la lame, le côté tranchant est inégal et entaillé. Turtle dirige le couteau vers la lumière, la lame reflète un millier d'étincelles scintillantes dans les encoches et les défauts de l'acier.

— Tu l'as bousillé, dit-elle.

— Bousillé ? rétorque-t-il, vexé. Non, c'est juste parce que… Non, Croquette, c'est foutument mieux que ce qu'en avait fait Papy avec sa pierre. Cette affûteuse, elle t'a fait une lame parfaite, cent indentations microscopiques, c'est ça qui donne son véritable tranchant à une lame. Le côté rasoir que tu avais avant, c'était juste une vanité d'homme patient. C'est pas bon pour le but premier de la découpe, Croquette, qui est de scier les choses. Un côté poli en miroir comme ça… C'est seulement bon pour une découpe en pression, tu sais de quoi je parle, Croquette ?

Turtle sait très bien ce qu'est une découpe en pression mais Martin ne peut résister.

Il dit :

— Une découpe en pression, Croquette, c'est la découpe la plus simple, quand tu poses ton couteau sur un steak et que tu coupes en *appuyant* simplement, sans faire *glisser* la lame dessus. Mais Croquette, il ne suffit pas d'appuyer son couteau sur un steak, on le fait glisser dessus. Ça, ce que tu avais avant, c'était une sorte de rasoir amélioré. Dans la vraie vie, on fait glisser une lame sur quelque chose. C'est tout l'art de couper, Croquette, il faut une lame rugueuse. Le côté poli du miroir, sa beauté, ça détourne le couteau de sa fonction première. Tu comprends ? Tu comprends ? Cet aspect de rasoir, c'est beau, mais un couteau n'est pas censé être un bel objet. Ce couteau, il est fait pour égorger, et pour ça il te faut les micro-indentations qu'on obtient avec une affûteuse. Tu verras. Avec cette lame tranchante, tu ouvriras la chair comme du beurre. Tu es triste que je t'aie privée de tes illusions ? Cette lame, ce n'était qu'une ombre, pas la réalité, Croquette. Il faut que tu arrêtes d'être déconcentrée par les ombres.

Turtle teste la lame sur son pouce, elle regarde son père.

— En voilà, une putain de leçon de vie, dit-il.

Elle fait tourner le couteau entre ses mains, hésitante.

— Tu me fais pas confiance, c'est ça ? dit-il.

— Si, je te fais confiance, dit-elle.

Et elle pense, Tu es dur avec moi mais tu es bon envers moi, et j'ai besoin de cette dureté. J'ai besoin que tu sois dur avec moi parce que je ne vaux rien pour moi-même, et tu me pousses à faire ce que je veux mais que je n'arrive pas à faire seule ; et pourtant, pourtant… parfois tu n'es pas prudent. Il y a quelque chose en toi, quelque chose de pas prudent, de presque… Je ne sais pas, je ne suis pas sûre, mais c'est là en toi et je le sais.

— Viens, dit-il en lui prenant le couteau des mains et en la poussant dans le couloir jusqu'au salon.

Ils franchissent la porte et il lui désigne une chaise.

— Grimpe là-dessus, dit-il.

Turtle le regarde, elle monte sur la chaise. Martin lui montre la table, elle monte dessus, elle se tient entre les bouteilles de bière, les assiettes sales et les os à viande.

— Cette poutre-là, dit-il.

Elle lève les yeux vers la poutre.

— Je veux te prouver quelque chose, dit-il.

— Quoi ?

— Saute et agrippe-toi à la poutre, Croquette.

— Qu'est-ce que tu veux me prouver ?

— Putain de merde.

— Je ne comprends pas, dit-elle.

— Putain de merde.

— Je sais que le couteau est aiguisé.

— T'as pas l'air de le savoir, non.

— Si, je te fais confiance, vraiment. Le couteau est aiguisé.

— Putain de merde de nom de Dieu, Croquette.

— Non, Papa. C'est juste que c'était le couteau de Papy et qu'il va être déçu.

— C'est plus le sien, si ? Allez, accroche-toi à cette poutre.

— Je voulais essayer de prendre soin de l'aspect poli en miroir, dit-elle. Je voulais juste essayer de l'entretenir et d'en prendre soin, c'est tout.

— Peu importe. C'est de l'acier, il sera rouillé et bon à foutre en l'air d'ici la fin de l'année.

— Non, c'est pas vrai.

— T'as jamais eu à prendre soin de ce genre de trucs, tu verras. Allez, accroche-toi à cette poutre.

— Pourquoi?

— Mais putain de bon Dieu, Croquette. Putain de bon Dieu.

Elle saute et s'agrippe à la poutre.

Martin renverse la table, faisant tomber le jeu de cartes, les assiettes, les bougies et les bouteilles de bière. Puis il la pousse d'un coup d'épaule, emportant avec tous les détritus à la manière d'un bulldozer, laissant Turtle suspendue à la poutre au-dessus du sol.

Elle ajuste et réajuste ses doigts afin qu'ils soient confortablement disposés sur le grain du bois. Martin l'observe d'en bas, le visage empreint d'une grimace qui s'apparente presque à de la colère. Il marche jusqu'à elle et se poste entre ses jambes, il fait tourner le couteau d'un côté et de l'autre.

— Je peux redescendre? demande-t-elle.

Il lève les yeux vers elle, le visage de plus en plus impassible, lèvres pincées. Turtle baisse le regard et elle a l'impression que le simple fait de la voir dans cette position le rend furieux.

— Ne le demande pas comme ça, réplique-t-il.

Puis il lève le couteau et pose la lame entre les jambes de Turtle, il lui jette un regard mauvais. Il lui dit:

— Tiens bon, là-haut.

Turtle garde le silence, ne trouve pas ça drôle, garde les yeux rivés sur lui. Il appuie le couteau et dit:

— Allez, on monte.

Turtle fait une traction, pose le menton sur la poutre pleine d'échardes, elle reste suspendue là, Martin en contrebas, le visage dénué de chaleur et de gentillesse, semblant transfiguré et en proie à une haine rêveuse. Le couteau entame le denim bleu de son jean et Turtle sent l'acier froid contre sa culotte.

Elle regarde la poutre voisine, et la suivante, jusqu'au mur du bout, chacune saupoudrée de poussière où s'inscrivent les traces de pattes des rats en cavale. Ses jambes frémissent. Elle commence à descendre mais Martin dit "Hé…" brusquement, d'un ton d'avertissement, le couteau toujours contre son entrejambe. Elle tremble, ne parvient pas à se hisser totalement jusqu'à la poutre, elle pose le visage contre le côté rugueux et laisse sa joue là. Elle lutte, elle pense, S'il te plaît, s'il te plaît, s'il te plaît.

Puis il baisse la lame, elle descend avec elle, incapable de résister davantage, elle tremble et frémit sous l'effort de suivre la lenteur de la lame. Elle reste suspendue en extension et demande :

— Papa ?

— Tu vois, c'est exactement ce que je voulais dire, putain, répond-il.

Puis il relève une fois encore la lame, il fait claquer sa langue comme un avertissement. Elle remonte en traction et pose le menton sur la poutre, reste là et frissonne. Elle commence à redescendre mais Martin lâche "Hé…" pour l'arrêter, il grimace comme si la tournure des choses était triste, et qu'il la changerait s'il en avait la possibilité, mais qu'il n'y peut rien.

Turtle pense, Espèce de connard, espèce de foutu connard.

— Ça fait deux, annonce-t-il.

Il abaisse la lame, elle descend en suivant le mouvement, puis il la relève et dit :

— Quand on te motive, tu arrives bien à les faire, ces tractions, hein ?

Il l'oblige à redescendre à une lenteur désespérante. Elle en fait douze, puis treize. Elle reste suspendue, tremblante, au bout de ses bras épuisés et Martin relève la lame avec une pression menaçante, et il dit :

— C'est tout ce que tu as ? T'es cuite ? Va chercher au plus profond de toi, Croquette. T'as intérêt à trouver quelque chose. On en fait *quinze*.

Les doigts de Turtle sont douloureux, le grain du bois lui cisaille la chair. Ses avant-bras s'engourdissent. Elle n'est pas sûre de pouvoir refaire une traction.

— Allez, dit-il. Encore deux.

— Je peux pas, dit-elle en pleurant presque de peur.

— Tu le trouves aiguisé maintenant, ce couteau ? Hein ? Tu me crois, hein ?

Il remonte encore la lame et elle entend le jean craquer doucement. Elle puise dans ses dernières forces, essaie désespérément de résister, et Martin lui dit :

— T'as plutôt intérêt à tenir le coup, Croquette. Vaut mieux pas que tu lâches, fillette.

Les bouts de ses doigts glissent un à un sur la poutre et Turtle tombe sur la lame.

Martin retire brusquement le couteau, à la toute dernière seconde, mais il lui écorche la cuisse et la fesse. Turtle atterrit sur les talons, elle reste là debout, jambes écartées, abasourdie, et elle baisse les yeux vers son entrejambe où elle ne voit rien d'autre que la déchirure dans son jean. Martin brandit le couteau Bowie, dépourvu de sang et de marques, il arque les sourcils d'un air ahuri et ses lèvres s'étirent en un sourire.

Turtle s'assied par terre et Martin éclate de rire. Elle se penche en avant pour regarder à travers le tissu déchiré.

— Tu m'as blessée, tu m'as blessée, dit-elle bien qu'elle ne voie ni ne sente aucune entaille.

— T'aurais dû... dit Martin mais il s'interrompt, plié en deux de rire.

Il agite le couteau pour lui faire signe d'arrêter afin qu'il retrouve son souffle.

— T'aurais dû... halète-t-il.

Elle s'allonge sur le dos et déboutonne son jean. Martin pose le couteau sur le plan de travail, attrape le bout du pantalon et libère Turtle. Elle s'étale sur le sol, se redresse et se penche à nouveau au-dessus de ses cuisses pour tenter d'apercevoir la blessure.

— T'aurais dû… T'aurais dû…

Et ses paupières se plissent, tant il rit.

Turtle repère l'entaille et le filet de sang.

— T'aurais dû voir… ta *tronche*, dit Martin.

Il affiche une grimace, mime une expression adolescente de trahison, les yeux écarquillés par l'effarement et, agitant la main comme pour écarter les taquineries, il ajoute :

— Ça va aller, gamine, ça ira. Mais la prochaine fois, ne lâche pas prise !

Et à ces mots, il repart d'un rire puissant, secoue la tête, il ferme les yeux et les larmes coulent, puis il demande à la pièce tout entière :

— Bon Dieu ! J'ai pas raison ? J'ai pas raison ? Bon Dieu ! Faut rien lâcher ! C'est pas vrai ? Putain !

Il s'agenouille, pose les mains sur sa cuisse nue, semblant voir sa détresse pour la première fois, et il dit :

— Je ne sais pas pourquoi tu as si peur, mon bébé, tu es à peine entaillée. Tu sais bien que j'allais pas te taillader. Je l'ai retiré à temps, non ? Et si t'as si peur que ça, bon Dieu, faudra pas lâcher prise la prochaine fois.

— C'est pas si facile que ça, rétorque-t-elle, cachée derrière ses mains.

— Mais si, faut juste… *rien lâcher*, dit-il.

Turtle s'allonge par terre. Elle a envie de tout réduire en miettes.

Il se relève et longe le couloir jusqu'à la salle de bains. Il revient avec la trousse de premiers secours, il s'agenouille entre ses jambes. Il déchire l'emballage d'une compresse stérile et la tamponne sur la blessure.

— C'est ça ? C'est ça qui t'inquiète ? Allez, je vais m'en occuper, tiens.

Il dévisse le bouchon du désinfectant et tamponne encore la blessure. Chacun de ses contacts envoie des vagues de sensations à travers tout son corps. Il ouvre un pansement, le dispose sur sa peau et le lisse afin d'assurer une bonne adhésion.

— Voilà ça va mieux, Croquette, regarde, tout va bien.

Elle lève la tête, les muscles saillent depuis son mont de Vénus jusqu'à son sternum comme une miche de pain. Elle l'observe, elle repose la tête au sol, elle ferme les yeux et elle sent son âme pareille à une tige de menthe qui pousse dans la pénombre des fondations, qui s'insinue vers un trou de lumière entre les lattes du plancher, assoiffée et avide de soleil.

4

C'EST vendredi et ils ont un rituel, le vendredi. Turtle quitte l'arrêt de bus et se dirige vers les deux bidons métalliques de deux cents litres dans lesquels ils brûlent leurs déchets, ils sont remplis d'eau de pluie comme n'importe quels seaux, bidons ou pots abandonnés sur leur terrain et qui se gorgeront d'eau jusqu'en juin, bien que la météo ait été imprévisible dernièrement. Elle empoigne le tisonnier de cheminée posé en travers de l'ouverture d'un des bidons, elle le plonge au fond de l'eau gris cendre, en ressort une boîte de munitions accrochée à un mousqueton et un filin métallique. Elle l'ouvre, s'empare d'un Sig Sauer 9 mm et d'un chargeur supplémentaire. Elle doit prendre soin d'inspecter la maison depuis la porte d'entrée, passer avec lenteur et prudence dans chaque pièce, y découvrir chaque cible. Mais Turtle s'est lassée de cette routine, elle gravit les marches du porche, fait coulisser la porte vitrée, le pistolet prêt, il y a trois cibles d'entraînement près de la table de la cuisine, des chevalets en contreplaqué et en métal où sont agrafées des silhouettes, et Turtle les vise l'une après l'autre, fait plusieurs pas à l'oblique pour s'écarter du seuil de la porte en tirant deux coups à chaque fois, l'un après l'autre, six tirs en un peu moins d'une seconde, et sur les trois cibles, les impacts s'enfoncent entre les deux yeux, juste au-dessous, si proches que les trous se touchent.

Elle marche avec nonchalance jusqu'à l'âtre de la cheminée et la porte du couloir qu'elle ouvre doucement, elle effectue un arc de cercle rapide devant le seuil, trois pas en arrière, puis quelques enjambées en biais afin que le couloir se dévoile devant elle progressivement, puis elle tire sur les trois cibles en contreplaqué et métal qui apparaissent derrière le chambranle, deux balles rapprochées dans la cavité nasale, puis elle franchit le seuil et s'éloigne rapidement du passage périlleux. Une progression de tireur à l'affût le long du couloir jusque dans la salle de bains, R.A.S. – dans le hall d'entrée, un méchant, deux balles, R.A.S. – dans le garde-manger, R.A.S. Elle éjecte le chargeur et le remplace par le nouveau avant de se faufiler jusqu'à la chambre de Martin au bout du couloir. Il n'y a pas assez de place pour lui permettre de décrire son arc de cercle devant le seuil, elle ouvre donc la porte à la volée avant d'effectuer trois pas en arrière dans le couloir sans cesser de tirer – six coups, deux secondes, et quand son champ de vision est libre, elle avance à nouveau vers la porte et trouve trois autres cibles qu'elle abat tour à tour. Puis le silence s'installe, à l'exception des douilles en cuivre brûlantes qui roulent dans la chambre et le couloir. Elle retourne à la cuisine et pose le Sig Sauer sur le plan de travail.

Elle entend Martin remonter l'allée. Il se gare dehors et fait coulisser d'un geste brusque la porte vitrée, il traverse le salon et s'assied lourdement dans le canapé rembourré. Turtle ouvre le frigo, en sort une Red Seal Ale qu'elle lui lance à la cuillère, il l'attrape, place le bouchon entre ses molaires et décapsule la bouteille. Il boit en longues gorgées satisfaites, puis il la regarde et demande :

— Alors, Croquette, comment ça s'est passé à l'école ?

Elle contourne le plan de travail, s'assied sur le bras du canapé, ils contemplent tous deux la cheminée pleine de cendres comme si un feu y brûlait et absorbait leurs pensées, et elle répond :

— Comme un jour d'école normal, Papa.

Il gratte sa barbe naissante avec l'ongle de son pouce.

— Tu es fatigué, Papa ?

— Nan.

Ils s'installent et dînent ensemble. Martin garde les yeux rivés sur la table, le front plissé. Ils mangent en silence.

— Comment tu t'en es sortie pour nettoyer la maison ?

— Bien.

— Mais pas parfait ?

Elle hausse les épaules.

Il repose sa fourchette et l'observe, les avant-bras sur la table. Il plisse l'œil gauche. Son œil droit est grand ouvert, brillant. Les deux ensemble lui confèrent un air de concentration totale et subtile, mais quand elle les examine ils lui paraissent dérangeants et inhabituels, et plus elle prête attention à son expression, plus elle lui semble étrangère, comme si le visage paternel n'était pas un seul et même visage, comme s'il tentait d'imposer deux expressions contraires à la face du monde.

— T'es allée vérifier à l'étage ? demande-t-il.

— Oui.

— Croquette, t'es allée vérifier à l'étage ?

— Non, Papa.

— Ce n'est qu'un jeu pour toi.

— Non, c'est pas vrai.

— Tu ne le prends pas au sérieux. Tu entres, tu gambades ici et là, tu tires pile dans les cavités oculaires. Mais tu sais, dans un vrai échange de tirs, dans un véritable combat, tu ne peux pas compter atteindre la cavité oculaire à chaque fois, tu dois parfois viser la hanche, casser la hanche d'un homme, Turtle, pour qu'il tombe et ne se relève pas. Mais tu n'aimes pas ce genre de tirs et tu ne t'entraînes pas à le faire parce que tu ne le juges pas nécessaire. Tu te crois invincible. Tu penses que tu ne manqueras jamais ta cible. Tu entres ici tranquille et détendue parce que tu as trop confiance en toi. Il faut qu'on arrive à instaurer la peur en toi. Il faut que tu apprennes à tirer quand tu as tellement peur que tu te chies dessus. Il faut que tu t'abandonnes à la mort avant même de commencer, que tu acceptes ta vie comme un état de grâce, et seulement alors seras-tu à la hauteur. C'est à ça que sert cet exercice.

— Je m'en sors bien quand j'ai peur. Tu le sais.

— Tu es à chier, fillette.

— Même les fois où je vise comme une merde, Papa, je suis toujours à cinq centimètres de décalage sur un tir à vingt mètres.

— C'est pas une histoire de viser, c'est à quel point tu peux être solide, et c'est pas une question de vitesse, parce que tout ça tu l'as déjà et tu penses que ça vaut quelque chose. Ça vaut rien du tout. C'est autre chose, Croquette, c'est ton cœur. Quand tu as peur, tu t'accroches à la vie comme une petite fille effrayée, et si tu fais ça, tu meurs, et tu mourras effrayée, avec ta merde qui te coule entre les jambes. Tu dois être bien plus que ça. Parce que le moment viendra, Croquette, où la rapidité et la précision ne suffiront plus. Le moment viendra où ton âme devra être solide et pleine de conviction, et quelle que soit ton envergure, ta rapidité, tu gagneras seulement si tu sais te battre comme un putain d'ange tombé sur terre, avec un cœur absolu et une putain de conviction totale, sans la moindre hésitation, le moindre doute ni la moindre peur, aucune division qui risque de monter une partie de toi-même contre l'autre. Au final, c'est ce que la vie exige de toi. Pas d'avoir une maîtrise technique mais un côté impitoyable, du courage et une singularité dans tes objectifs. Fais attention. Alors tu peux gambader ici et là, mais ce n'est pas le but de cet exercice, Croquette. Ce n'est pas pour ton envergure. Ce n'est pas pour ta capacité à viser. C'est pour ton âme.

"Tu es censée arriver à cette porte et être *convaincue* que l'enfer t'attend de l'autre côté, être *convaincue* que la maison est pleine de cauchemars. Chacun de tes démons enfouis, tes pires frayeurs. C'est ça que tu dois traquer dans cette maison. C'est ce qui t'attend au bout du couloir. Ton putain de pire cauchemar. Pas une silhouette en carton. Entraîne-toi à avoir de la conviction, Croquette, élimine l'hésitation et le doute, développe en toi une singularité absolue dans tes objectifs, et si tu dois un jour franchir le seuil d'une porte et entrer dans ton enfer personnel, alors tu auras une *chance*, une *unique* chance de survivre.

Turtle ne mange plus. Elle le dévisage.

— Tu n'aimes pas le cassoulet? demande-t-il.

— Il est bon.

— Tu veux autre chose?

— J'ai dit qu'il était bon.

— Bon sang.

Elle recommence à manger.

— Regarde-toi, dit-il. Ma fille. Ma petite fille.

Il repousse son assiette et reste assis à l'observer. Au bout d'un moment, il fait un geste du menton en direction de son sac d'école. Elle va le chercher, l'ouvre, rapporte son cahier. Elle s'assied en face de lui, le cahier ouvert. Elle dit:

— Numéro un. "Érinye."

Elle s'interrompt, lève les yeux vers lui. Il pose une large main lacérée de cicatrices sur le cahier, l'attire à lui. Baisse le regard sur la page.

— Ben ça, dit-il. Ça alors. Érinye.

— C'est quoi? demande-t-elle. Ça veut dire quoi, Érinye?

Il lève les yeux, porte son attention sur elle, une attention qui déborde d'affection et d'autre chose, plus intime.

— Ton grand-père, dit-il avec prudence en se léchant les lèvres. Ton grand-père était un homme dur, Croquette. Il l'est encore. Un homme dur. Et tu sais que ton grand-père... Eh ben, bon Dieu, il y a beaucoup de choses que ton grand-père n'a jamais dites, ni jamais faites. Il y a quelque chose de brisé chez lui, de profondément brisé, et cette cassure se retrouve dans tout ce qu'il a fait, toute sa vie. Il n'a jamais réussi à voir au-delà. Et je veux te dire, Croquette, eh bien, à quel point tu comptes pour moi. Je t'aime. Je fais pas toujours comme il faut, je sais, et je n'ai pas toujours été à la hauteur avec toi, ça arrivera encore, et le monde dans lequel je te fais grandir... Ce n'est pas le monde que je voudrais. Ce n'est pas le monde que je choisirais pour ma fille. J'ignore ce que nous réserve l'avenir, ni pour toi ni pour moi. Mais j'ai peur, ça je peux te le dire. Tu as manqué de choses, je n'ai pas su te donner tout, mais tu as toujours été aimée, Croquette, profondément et inconditionnellement. Et je ferai plus pour toi que ce que j'ai pu faire jusqu'à présent. Tu seras meilleure et bien davantage que moi. Ne l'oublie jamais. Alors allons-y. Numéro un. Érinye.

Turtle se réveille avant l'aube et elle pense à tout ça. Elle repense à ce qu'il a dit. Elle n'arrive pas à se rendormir. Elle s'assied à la baie vitrée et contemple l'océan, les épines de roses qui grattent le chambranle. Que voulait-il dire, *il y a quelque chose de brisé chez lui*? Dehors, le temps est limpide. Elle pense, Tu seras meilleure et bien davantage que moi, elle reproduit cette expression dans son esprit, elle essaie de comprendre ce qu'il cherchait à dire. Elle aperçoit les étoiles au-dessus de l'océan, mais quand elle se tourne vers le nord elle voit les lumières de Mendocino reflétées sur les nuages. Elle pivote, pose les pieds au sol, les coudes sur les genoux, et elle observe sa chambre. Les étagères de parpaings et de planches où sont soigneusement rangés ses vêtements. Sa paillasse en contreplaqué rivée au mur, son sac de couchage et ses couvertures en laine pliées. La porte, la poignée ronde en laiton, le verrou en cuivre, la serrure à l'ancienne. Elle enfile son jean, accroche le couteau de son grand-père à sa ceinture, ajoute un étui discret juste au cas où, se dit-elle, juste au cas où, elle marche jusqu'à son lit, glisse le bras en dessous et sort son Sig Sauer accroché à un tasseau. Elle se faufile dans un épais pull en laine, passe une chemise à carreaux par-dessus, traverse le couloir pieds nus en rangeant son pistolet dans l'étui.

Elle descend l'escalier mais reste un instant sur la dernière marche, elle hésite, elle s'imprègne de la solitude de la maison, comme si ces murs avaient quelque chose à lui révéler, sur les générations d'Alveston qui avaient vécu là, tous, pense-t-elle, malheureux, élevant leurs enfants à la dure, mais abritant au fond d'eux quelque chose de particulier.

Au bout du couloir, Martin est dans son immense lit en séquoia, la lune projette les ombres des aulnes sur le mur en contreplaqué, elle l'imagine là, solide, la main posée sur son large torse. Elle entre dans la cuisine et ouvre doucement la porte de derrière. La nuit est limpide. Le clair de lune lui éclaire le chemin. Elle arpente les solives du porche et reste un instant à contempler les fougères noires. Elle sent l'odeur de la rivière. Elle sent l'odeur des pins. Elle sent l'odeur de leurs aiguilles recourbées et poussiéreuses.

Elle serpente parmi les myrtes et les frondes couleur rouille. Elle atteint le ruisseau rocailleux, le remonte en pataugeant, les pieds engourdis par le froid. Les arbres se dressent, noirs sur la voûte céleste constellée d'étoiles. Elle pense, Je vais rentrer, maintenant. Retourner dans ma chambre. J'ai promis, et promis, et promis encore, et il ne supportera pas de me perdre. À l'est, le cours d'eau scintille dans la pénombre sauvage. Elle reste là longtemps à respirer, à absorber le silence. Puis elle avance.

5

TURTLE sort de Slaughterhouse Gulch et débouche dans une forêt de pins muricata et de myrtilliers, elle les identifie dans l'obscurité par l'aspect lustré de leurs feuilles et le désordre cassant de leur ramure, l'aube est encore à des heures de là. Elle émerge parfois du sous-bois dans des espaces à découvert éclairés par la lune et envahis de rhododendrons aux fleurs roses, fantomatiques dans la nuit, leur feuillage pareil à du cuir, préhistorique. Turtle conserve en elle une part secrète et dissimulée de son être, à laquelle elle ne prête qu'une attention diffuse et dénuée de jugement, et quand Martin s'aventure dans cette part d'elle-même, elle joue au chat et à la souris, elle se replie sur elle-même presque sans un mot, sans se préoccuper des conséquences ; son esprit ne peut être pris par la force, Turtle est une personne tout comme lui, mais elle n'est pas lui, elle n'est pas non plus une part de lui. Et il existe des instants silencieux et solitaires où cette part d'elle-même semble s'épanouir comme une fleur nocturne, elle boit la fraîcheur de l'air et elle aime ce moment, mais elle a honte aussi parce qu'elle aime Martin et qu'elle ne devrait pas se réjouir ainsi, ne devrait pas se réjouir de son absence, elle ne devrait pas éprouver le besoin d'être seule, mais elle s'accorde cependant ces instants rien qu'à elle, elle se déteste et elle en a besoin, et c'est si bon de suivre ces trajectoires anonymes à travers les myrtilliers et les rhododendrons.

Elle marche des kilomètres, pieds nus, elle mange le cresson d'eau dans les fossés. Les pins douglas et muricata laissent place à des cyprès chétifs, aux joncs, aux manzanitas pygmées, aux vieux pins tordus voûtés, séculaires mais à peine plus hauts que ses épaules. Le sol est dur et couleur cendre, parcouru de touffes de lichen vert et gris, la terre trouée d'étangs argileux et asséchés.

À l'aube, le soleil dissimulé entre les collines, elle enjambe une clôture et traverse le tarmac d'un petit aérodrome, fermé et silencieux, elle a la piste pour elle seule. Elle marche depuis un peu plus de trois heures, elle a rampé dans le sous-bois. Elle aurait dû emporter des chaussures mais ça n'a pas franchement d'importance. Elle a tellement l'habitude de marcher pieds nus qu'elle pourrait aiguiser un rasoir sur sa plante de pieds. Elle enjambe la clôture de l'autre côté et s'engage sur une route plus large. Elle se positionne en plein milieu, sur la double bande jaune centrale.

Un lapin jaillit du sous-bois, un mouvement gris foncé dans le noir. Turtle dégaine son pistolet, fait claquer la glissière en un seul mouvement fluide, et elle tire. Le lapin virevolte dans un buisson de palommier. Elle traverse la route, se poste près de l'animal délicat qui se débat, il est plus petit qu'elle n'aurait cru. Elle le ramasse par les pattes arrière, revêtues d'une fine et douce fourrure sur deux os joints, articulées et musclées, qui s'agitent follement dans sa main.

Turtle s'approche d'un vieil empierrement de ballast bordé de buissons de mahonia et jonché de feuilles mortes. Elle contemple la vallée de l'Albion River. Le soleil s'est levé de quelques centimètres au-dessus de l'horizon, il surmonte les collines à l'est et projette un rai de lumière qui tombe en diagonale entre les arbres rabougris. La route serpente en contrebas et épouse les contours d'une crête encadrée de ravins à l'épaisse végétation. Turtle descend doucement, s'arrête pour observer les terriers soyeux des araignées dans le fossé où elles chassent les mantes religieuses camouflées dans l'herbe et retournent les cailloux en bordure de route. Elle s'imagine Martin dans la cuisine qui prépare les pancakes du samedi matin, fredonnant doucement et s'attendant à la voir descendre d'une minute à l'autre. Son cœur se brise à cette pensée. Il se demandera quoi faire tandis que les pancakes refroidiront, puis il se postera au pied de l'escalier et il criera "Croquette? T'es réveillée?" Elle pense qu'il montera, ouvrira sa porte, contemplera sa chambre vide en grattant du pouce les poils naissants de sa barbe, puis il redescendra et regardera les assiettes, les pancakes et la confiture de framboise tiède qu'il aura installés sur la table.

Le matin se change en début d'après-midi, des nuages bleus et cotonneux, leur base plate, traînent dans leur sillage des ombres sur les flancs boisés des collines. Sur un promontoire argileux désertique, la route prend un virage et descend dans la partie la plus orientale de deux ravins, où une avancée rocheuse surplombe la vallée. De longues ornières desséchées. Un vieux Combi Volkswagen aux pneus pourrissant dans la terre, un lilas de Californie qui pousse contre la carrosserie du côté conducteur.

Turtle pose le lapin au sol, elle ouvre la portière rouillée et découvre l'intérieur agrémenté de tapis orientaux. Elle en tire un dehors, elle le déroule, n'y trouve que des cloportes et des araignées-loups. Elle se dirige à l'avant du Combi. Elle ouvre la portière passager, s'installe sur le siège et inspecte soigneusement les lieux. Un couinement étrange et intermittent se fait entendre. Comme un ressort de literie mal fixé, mais ce n'est pas ça. Elle ouvre la boîte à gants, y trouve des cartes routières en décomposition et quelque chose de long et pourri. Elle se penche, passe les doigts sur le plancher où le tissu moisi s'est plissé. Elle dégaine le couteau Bowie de son grand-père, coupe le tapis et le tire. Trois souriceaux roses, à peine plus grands que le bout du doigt, sont recroquevillés dans un pli du tapis bosselé, les yeux fermés, leurs pattes serrées en minuscules poings, et ils couinent furieusement. Turtle replace le tapis au-dessus des souris.

Elle descend du Combi, retourne à l'endroit où le lapin gît au sol. Elle bloque ses pattes arrière, l'ouvre de l'anus à la gorge, arrache sa fourrure comme une chaussette sanglante avant de la jeter dans les broussailles. Elle empoigne les entrailles qu'elle lance au même endroit. Elle prépare un feu d'herbe sèche et de bois mort, elle empale le lapin et le fait rôtir au-dessus des flammes, contemplant tour à tour le brasier et la vallée.

Une souris sort de sous le châssis du camion, Turtle la regarde s'aventurer çà et là. Elle grimpe d'un geste maladroit sur un brin d'herbe afin de récupérer les graines dans leurs cosses fines, la tige ploie. La souris tend le museau, flaire les alentours et ouvre enfin la bouche, dévoilant ses petites dents acérées. Ses oreilles sont minuscules et rondes, et le soleil en éclaire l'intérieur rose, embrase l'unique veine rouge et sinueuse au centre.

Turtle secoue le lapin pour le décrocher de la broche et la souris s'enfuit, court à droite puis feinte en zigzaguant, elle fonce désespérément vers le rocher le plus proche. Mais la cachette qu'elle cherche n'est pas là, la souris suit une trajectoire paniquée autour du rocher. Dans un dernier effort, elle s'écrase contre la roche et attend, haletante. Turtle arrache les côtes de la colonne vertébrale du lapin et mord dans leur chair, laisse couler le jus sur ses doigts couverts de croûtes et de plaies. La souris finit par revenir et arpente le promontoire argileux, lève une minuscule patte pour s'appuyer à un brin d'herbe ou un autre, et fronce les moustaches lorsqu'elle flaire autour d'elle. Turtle termine la carcasse et la balance par-dessus la saillie dans les arbres en contrebas. Son feu meurt lentement. Elle reste assise, mains croisées, à le regarder.

Il faut qu'elle se lève et rentre à la maison. Elle le sait mais elle ne bouge pas. Elle veut attendre ici, sur ce promontoire argileux au-dessus de la vallée fluviale, et elle veut regarder s'écouler la journée. Elle a besoin de temps, besoin de rester assise et de trier ses pensées comme on trie des pois dans une passoire. Ce n'est pas ainsi qu'agit Martin, quand il fait les cent pas en *cogitant* et *cogitant* encore, gesticulant parfois pour lui seul tandis qu'il essaie de démêler une notion difficile. La journée se réchauffe, la fin d'après-midi approche, et Turtle ne bouge toujours pas, ne part toujours pas.

Elle aperçoit une araignée. Elle a la couleur argentée du bois flotté séché par le soleil. Elle est immobile au bord de son trou, morne, les yeux dissimulés derrière l'entremêlement de ses pattes poilues. Elles se déplient et émergent prudemment du petit terrier comme des doigts effrayants et insidieux. Turtle ne distingue pas les yeux ni la tête, rien qu'un ensemble de doigts. L'araignée avance, à l'affût. La souris est à quelques mètres de là, penchée sur une cosse de graines, son ventre rond et dodu entre ses pattes. Quand elle en a terminé avec les graines, elle baisse la tête et observe d'un œil dur les petits poils de son ventre rose, les ébouriffe soudain de ses pattes en émettant un couinement pressant, puis elle plonge le museau et se mordille un moment le ventre.

L'araignée progresse avec prudence. Hypnotisée, Turtle la regarde décrire un cercle autour de la touffe d'herbe et s'approcher. Elle entend un bruit sur la route en contrebas – quelqu'un marche dans les ornières et elle songe frénétiquement à Martin. Il est tout à fait possible qu'il ait réussi à la pister. Il l'a déjà fait. C'est même très probable. Elle se lève lentement, en silence, elle dégaine son pistolet et fait coulisser la glissière, elle voit le cuivre étincelant dans le chargeur, chacun de ses mouvements est rapide et discret, mais elle s'interrompt pour observer. L'araignée surgit derrière la souris, elle comble les quinze derniers centimètres, puis elle saute et plonge deux crochets noirs dans l'épaule de la souris. La souris est secouée de spasmes, sa patte arrière pédale dans le vide. Turtle entend des bruits de pas mais elle est captivée dans son observation de l'araignée qui traîne à présent la souris en arrière vers son trou où elle se bloque en travers contre les parois en toile soyeuse. Les doigts dans la bouche, Turtle regarde l'araignée ressortir à demi, les crocs plantés dans le dos de la souris. Elle retourne la souris de ses pattes agiles et elle l'attire dans la pénombre, la queue rose agitée de soubresauts.

Turtle se mordille les articulations, anxieuse. Les pas se rapprochent et elle se réfugie dans le sous-bois, s'allonge derrière un tronc mort. Un garçon mince et brun arrive sur la route, de son âge ou à peine plus vieux, quinze ou seize ans, il ne regarde pas où il pose les pieds, il porte un sac à dos et un short de surf, et un vieux T-shirt représentant une bougie entourée de barbelés avec une inscription qu'elle ne comprend pas. Il reste là à inspecter le promontoire calcaire en mâchonnant la valve de sa gourde d'eau. Il n'est pas très expérimenté. Le short de surf, c'est une mauvaise idée. Ses baskets sont impeccables, le sac à dos, neuf. Il ne sait pas ce qu'il contemple, ni ce qu'il cherche. Il laisse juste errer son regard. Il semble ravi.

Un autre garçon arrive sur la route derrière lui, celui-là porte un vieux sac à dos en cuir et en velours moisi, une immense bâche bleue roulée au-dessus et une corde élastique fixée sur le côté. Ce gars-là dit :

— Mec ! Mec ! Mate-moi ça ! Un minibus !

Il tient une bouteille d'Easy Cheese en spray et il étale le fromage sur une barre chocolatée Butterfinger. Elle place le cran de mire de son arme sur la bouteille.

— Jacob, mec ! lance-t-il au garçon brun. Jacob, mec ! Ça te dit de dormir dans ce bus de malade, il a l'air mortel ?

Il enfourne le biscuit dans sa bouche et mâche. Son sourire est si large que sa mâchoire s'étire et laisse entrevoir ses dents maculées de chocolat. Il peine à manger le biscuit entier et il en sort une extrémité de sa bouche qu'il repousse ensuite avec l'index. Turtle pourrait tirer sur la bouteille et la faire tomber de sa main.

Jacob sourit et s'accroupit près des braises du feu de camp de Turtle, qu'il remue à l'aide d'un bâton. Elle a déjà vu ces deux gars, l'année dernière quand ils étaient en quatrième et elle, en cinquième. Celui qui mange la barre chocolatée s'appelle Brett. Ils doivent être en première année au lycée, maintenant, et elle ignore comment ils ont pu arriver jusqu'ici mais ils doivent être sacrément perdus. Elle se demande à quoi pense le brun. Elle a du mal à le regarder, son visage si beau et innocent. Ils doivent avoir prévu une aventure pour le week-end. Leurs parents les ont déposés, ils vont passer la nuit à la belle étoile et rentrer le lendemain, quelque chose dans ce goût-là. Jacob pose le sac à dos et sort une carte de la poche latérale en mailles. Il la déplie et dit :

— Bon.

— Ce fromage, dit Brett en levant la bouteille sur laquelle Turtle maintient son viseur à la perfection, ce fromage est dingue. Une tuerie, je te jure.

Il appuie son sac à dos contre une roue du minibus et s'allonge, la tête sur le sac, et il pulvérise le fromage directement dans sa bouche.

— Je sais que tu me crois pas, mais je te jure. Genre, mortel.

Jacob regarde tour à tour la carte et la vallée, et lâche :

— Mec, on est trop nuls.

— C'est pas parce qu'il est dans une bouteille que c'est pas du *vrai* fromage, tu sais.

— On est franchement, mais alors *franchement*... je veux pas dire perdus, mais je suis pas vraiment sûr de savoir où on est.

— T'as des préjugés en matière de fromage, voilà le problème.

Jacob s'allonge sur le tapis que Turtle a déroulé quelques heures plus tôt.

— Notre sens de l'orientation est hallucinant, dit-il.

Il ouvre son sac à dos, en sort un morceau de fromage Jarlsberg et une focaccia dans un sachet de la boulangerie Tote Fête. Brett et lui se passent les aliments, adossés à leurs sacs et étendus sur le tapis oriental où des petits papillons de nuit gris émergent péniblement de leur sieste. Ils mordent directement dans la motte de fromage.

— On n'a qu'à camper ici.

— Y a pas d'eau.

— Dommage qu'il y ait pas une fille, dit Brett d'un ton songeur, les yeux au ciel. On pourrait la subjuguer avec notre incroyable sens de l'orientation.

— Si elle était aveugle et qu'elle était incapable de se repérer dans l'espace.

— C'est pas cool, dit Brett. Pas cool du tout, de tromper une fille aveugle comme ça.

— Moi, je pourrais sortir avec une fille aveugle, dit Jacob. Pas parce qu'elle serait aveugle. Mais juste parce que... je crois pas que ça aurait de l'importance.

— Je sortirais avec elle juste parce qu'elle serait aveugle, rétorque Brett.

— Ah ouais?

— En quoi c'est différent de l'objectiver pour son intelligence?

— Son intelligence est indissociable de sa personnalité, alors que sa cécité est secondaire, elle peut être dissociée, dit Jacob. Par exemple, ce n'est pas une *fille aveugle*. Mais c'est une fille qui est, accessoirement, *aveugle*.

— Mais, proteste Brett. Mais mec! C'est pas comme si elle était, genre, responsable de son intelligence. C'est carrément superficiel, mec.

— Elle n'est pas responsable de sa cécité non plus, dit Jacob, dégoûté.

— À moins qu'elle se soit arraché les yeux dans un accès de rage.

— Tu sortirais avec une fille qui se serait arraché les yeux dans un accès de rage?

— Ben au moins, t'es sûr qu'elle est fougueuse. Sûr et certain.

— Tu parles d'un euphémisme.

— Mec, sérieux. Ça me branche, moi.

— Je parie qu'elle aurait un tempérament de feu.

— Les filles ont intérêt à être déterminées dès le départ, Jacob, sinon elles sont lessivées dès l'année de troisième.

Turtle est tapie dans les buissons, le viseur posé sur le front de Brett, puis sur celui de Jacob, et elle pense, Mais putain? Mais putain? Ils restent vautrés sur le tapis à arracher des morceaux de pain. Brett fait un geste en direction du paysage.

— On est des dieux, dit-il. Mais j'aurais aimé avoir plus d'Easy Cheese.

Quand ils ont terminé, ils s'aident mutuellement à se relever et s'éloignent en plaisantant sur la piste qui s'enfonce dans les séquoias. Turtle se lève et attend là un instant, puis elle se faufile à leurs trousses entre les arbres. La route est à peine meilleure que le lit d'un torrent. De longues racines brunes émergent des bas-côtés. Ils marchent des heures durant et atteignent enfin une clairière où se dresse une cabane en bois de récupération. Elle est plongée dans le noir et la porte est ouverte. Turtle s'accroupit derrière une souche charbonneuse, dévorée par le feu et formant une hélice envahie de champignons aux chapeaux marron plats et aux pieds pareils à des gorges de grenouilles. Les ombres du crépuscule se déploient. Tout est peint de vert profond et de violet somptueux. Elle regarde les garçons pénétrer dans la clairière. Les nuages ressemblent à des bougies consumées en flaques de cire bleue stratifiée.

Brett dit :

— Mec, mec, si tu rentres là-dedans et qu'il y a… et qu'il y a juste, genre, un gamin albinos difforme dans un fauteuil à bascule avec un banjo ?

— Et il nous ferait prisonniers et nous obligerait à lire *Finnegans Wake* à ses cactus ? répond Jacob.

— Tu dois jamais dire à personne que ma mère nous obligeait à faire ça. Jamais. À personne.

— Mais pourquoi *Finnegans Wake*, à ton avis ? demande Jacob. Pourquoi pas *Ulysse* ? Et pourquoi pas simplement *L'Odyssée*, en fait ? Ou… ou *Les Frères Karamazov* ?

— Parce que, mec… Si tu lis des conneries russes à tes plants de peyote, ça risque de pas le faire du tout.

— D'accord, d'accord. Alors, *La Promenade au phare*. Ou… Non, non, les personnages meurent en propositions subordonnées dans ce livre. Alors peut-être D.H. Lawrence ? Pour un trip passionné, du genre faire-l'amour-avec-le-garde-chasse.

— Mec, dans ta bouche ça fait "Hé, regardez tous les bouquins que j'ai lus", mais avec tes yeux, ça fait "Aidez-moi, s'il vous plaît".

— Tu sais quel livre serait bien, en fait ? *Harry Potter*.

— Bon, ben j'imagine qu'on saura jamais ce qu'il y avait derrière cette porte, dit Brett.

— On le sait déjà, Brett.

— Ah ouais?

— L'aventure, dit Jacob. Derrière chaque porte nous attend l'aventure.

— Seulement si par "chaque", tu veux dire "certaines", et si par "aventure", tu veux parler de "ploucs sodomites".

— Mais nan.

— Mec. Ça pourrait être dangereux. Vraiment, et réellement dangereux.

— C'est bon, dit Jacob, et il gravit les marches avant de franchir le seuil.

— Physiquement périlleux, Jacob! crie Brett dans son sillage. Du genre vrai de vrai et du genre franchement pas hilarant.

— Allez, viens!

Turtle suit l'orée de la forêt derrière la cabane et se fraye un chemin à travers les broussailles. Elle pense, Garde ton calme, reste tranquille. Elle monte sur la terrasse grinçante à l'arrière et observe les arbres. Au pied du porche se trouvent de larges tuyaux d'arrosage noirs et des sacs de vingt-cinq kilos d'engrais organique entassés. Il y a des morceaux de tuyaux et des raccords posés près d'un seau retourné, surmonté d'une boîte à café en guise de cendrier. La terrasse est équipée d'une salle de bains extérieure avec toilettes et douche, l'évacuation installée grossièrement dans les planches de séquoia, un tuyau en PVC s'écoulant dans un trou. Une canette de PBR a été oubliée près des toilettes, et quand Turtle la ramasse elle entend le tintement de la gazéification à l'intérieur. Elle repose la canette de bière, ouvre la porte et entre dans une cuisine vide. Elle se trouve à l'arrière de la maison, les garçons sont à l'avant, isolés d'elle par une cloison et une porte fermée. Elle les entend parler.

— Mec, dit Brett. J'aime pas trop ça.

— Tu crois que quelqu'un habite ici?

— Mec... C'est *évident* que quelqu'un habite ici.

— Quelqu'un qui lit *La Roue du temps*.

— De la lecture pour ses cactus, sûrement.

— C'est énorme. Genre il les lit, les treize romans, ça fait pousser quelques fleurs de cactus et puis alors là, accroche-toi. Elle entre dans une sorte de salon. Elle y voit un établi avec des sécateurs et des cisailles de jardinier, ainsi que l'intégralité des essais de Thomas Jefferson. Des paquets intacts de sacs-poubelles Hefty sont empilés près d'une statue de Quan Yin en bois haute de deux mètres, aux détails intriqués. Au plafond s'entrecroisent des cordes à linge. Elle pénètre dans une chambre avec un grand lit à baldaquin et une commode où sont posés un bocal en verre plein de bourgeons de cannabis, une pile de romans de Robert Jordan et un exemplaire de *Surmonter ses traumatismes d'enfance*.

Elle retourne à la porte arrière et la fait claquer en sortant pour les faire sursauter, et ça marche. Elle entend Brett chuchoter "Merde! Merde!" et elle entend Jacob rire. Ils filent dehors. Elle regarde la forêt, pistolet à la main.

La route s'arrête au niveau de la cabane et les garçons effarouchés s'élancent vers le sud à travers la végétation, en direction de la vallée. Elle écoute longuement le silence de la clairière. Puis elle leur emboîte le pas. Ils marchent le long d'une grande haie de ronces parviflores parmi les tiges de houlques laineuses et les flouves douces et odorantes. Turtle avance sans bruit entre les vieilles souches d'arbres. Elle fait une pause près d'un grand cercle de béton au milieu de l'herbe, et, à côté, une sorte de pompe couverte d'une bâche.

Elle entend les garçons mais ne les écoute pas. Elle pense, Arrête-toi et regarde. Elle s'accroupit à demi, avance lestement dans l'herbe haute et elle pense, Oh mon Dieu, bon sang, vous deux, arrêtez-vous et regardez. Elle les voit devant elle, près d'un ruisseau en bordure de forêt, le lit presque envahi de fougères.

Elle ouvre la bouche pour les appeler, mais elle aperçoit soudain un homme à l'autre bout du ruisseau, vêtu d'un pantalon de camouflage et d'un T-shirt du Grateful Dead, un collier de chanvre agrémenté d'un fil métallique et d'une grosse améthyste, une carabine à levier calibre 20 accrochée dans le dos. C'est un petit homme au ventre rond et au visage rouge, la peau tannée au fil des ans par le soleil. Le bout de son nez est luisant et bulbeux, parcouru de petites veines rouges. Il tient une bouteille de jus de citron et d'échinacée. Turtle lève son Sig Sauer vers lui, elle place la croix du viseur sur la tempe de l'homme en pensant, Seulement s'il le faut, seulement s'il le faut.

— Salut les gars, s'écrie-t-il. Comment ça va ?

Brett se redresse et regarde autour de lui afin de localiser l'homme. Jacob le repère et répond :

— Ça va bien. Un peu perdus, et vous ?

Turtle traverse les herbes folles en armant le chien de son pistolet. Elle pense, Vas-y doucement, doucement et lentement, petite connasse, et fais pas tout foirer, fais-le tranquillement, chaque étape, exactement comme il faut, putain, à chaque seconde. Fais exactement, seulement le nécessaire, mais fais-le bien, et fais-le correctement, pouffiasse.

— Vous venez d'où, les gars ? demande l'homme.

— Eh ben, moi je suis de Ten Mile, et lui de Comptche, répond Jacob. (Il s'approche de l'homme et tend la main.) Je m'appelle Jacob. Lui, c'est Brett. (Ils échangent une poignée de main.) Ravi de vous rencontrer, l'ami.

Turtle s'agenouille derrière une souche et replace la mire sur la tempe de l'homme.

— Bien, bien, dit l'homme en acquiesçant.

Il sort une boîte de tabac à chiquer Grizzly, la tapote du plat du pouce, prend une grosse pincée de feuilles qu'il glisse sous sa lèvre.

— Vous chiquez ?

— Non, répond Brett.

— Seulement en de rares occasions, dit Jacob.

— Ah, dit l'homme. Ben commencez jamais, alors. Moi, j'essaye d'arrêter. Ils foutent de la fibre de verre, dans ces trucs-là. Vous le croyez, ça ? Alors, les gars, laissez-moi vous donner un conseil, si jamais vous vous y mettez, et ça a du bon, c'est moi qui vous le dis, payez un peu plus et prenez du tabac bio. D'accord?

— D'accord, dit Jacob. Merci pour le tuyau.

— Le bio, y a que ça de vrai, dit l'homme. Pas ces trucs chimiques. Je crois aux produits bio, moi. En fait, mieux que ça, contentez-vous de fumer de la marijuana. Si y avait pas le nylon, on fumerait que ça.

— À ce sujet, dit Jacob en ôtant son sac à dos qu'il pose par terre. Vous en auriez pas, par hasard, qu'on pourrait vous acheter?

— Eh ben, dit l'homme en faisant tourner la boîte de tabac dans sa main.

Il fronce les sourcils.

— Pas de souci, ajoute Jacob. On cherche juste un truc pour pimenter un peu notre aventure.

— Je comprends, dit l'homme avec un hochement de tête. Parfois, on cherche juste un petit truc pour soulager la fatigue de la marche et ça aide à mieux voir les détails, pas vrai? On remarque des choses qu'on verrait pas en temps normal.

— C'est exactement ce que je voulais dire, lance Jacob. J'en conclus, monsieur, que vous êtes poète et érudit.

— Bon, ça m'embêterait bien de laisser un ami en rade, dit l'inconnu.

— C'est bon, ça, dit Jacob.

— Je peux vous aider, finit par dire l'homme après une hésitation.

C'est quoi ce bordel? pense Turtle. Elle reste dans l'herbe, le pistolet braqué sur l'homme. Jacob tend un billet de vingt dollars et l'homme ouvre une sacoche en tissu à sa ceinture dont il sort une boîte de thé. Il dévisse le couvercle, fait tomber quelques bourgeons dans sa main et les donne à Jacob. Puis il sort une pipe creusée dans un os de cerf, avec un bec en bois fixé à une structure en os, le bol formé par la cavité articulaire à l'extrémité. Il dépiaute un bourgeon entre ses doigts et bourre l'extrémité de la pipe en disant:

— Ce truc. Ce truc-là. C'est pas comme le tabac, qui te rend plus dépendant que tout. Aussi addictif que l'héroïne, et t'en crèves. Pourquoi j'ai commencé à fumer du tabac, ça m'échappe complètement. J'essaie d'arrêter. C'est pour ça que je chique, vous comprenez. Le seul problème avec la marijuana, c'est qu'en la faisant pousser ici, l'engrais est mauvais pour le saumon, même l'engrais bio, et ça m'embête. J'essaie de trouver d'autres moyens. Et puis aussi, on a des rongeurs et des bestioles qui sortent de la forêt et qui grignotent les tiges des plantes, et on est obligés soit de les empoisonner, soit de faire avec. Je fais avec, c'est pour ça qu'il faut consommer local. Les producteurs mexicains, ces mecs-là se contrefichent de tout, et c'est terrible, vraiment terrible, ils tuent les bassaris, les ratons laveurs, les fouines, toutes ces bestioles. C'est pour ça qu'il faut acheter son herbe à des types comme moi. Les gars du coin. Ça permet de soutenir l'économie locale et de préserver l'environnement. Vous allez où, au fait ?

— On essaie juste de trouver un endroit où camper, répond Jacob.

L'homme acquiesce et fait tourner le tabac dans sa lèvre replète.

— Vous êtes sympas, les gars, vous êtes sympas alors je vais vous indiquer la bonne direction.

Il plisse les yeux en direction de l'ouest.

— Pourquoi de la fibre de verre ? demande soudain Brett.

— Hein ? De quoi tu parles ?

— Vous avez dit qu'ils ajoutent de la fibre de verre dans le tabac, pour quoi faire ?

— Oh, ben la fibre de verre, répond l'homme, elle te coupe les lèvres et le tabac est plus vite absorbé, ça te rend plus vite accro. Pareil pour tous les plats industriels, ne jamais faire confiance à ces grandes entreprises, les gars, surtout ne pas faire confiance à une grande entreprise pour préparer votre nourriture. C'est pour ça aussi que je n'ai pas de voiture, vous voyez. Je ne peux pas cautionner ça. Pas quand j'ai vécu en Amérique du Sud parmi les tribus de la jungle amazonienne, que j'ai vu les dégâts causés par l'industrie pétrolière. On devrait tous manger plus de produits locaux, fumer plus d'herbe et conduire moins, en tout cas c'est mon avis. Et on devrait s'aimer les uns les autres. J'y crois vraiment. La communauté, les gars, c'est la seule solution.

Il allume la pipe en os et tire une longue bouffée. Il expire, puis il tend la pipe à Jacob. Ils restent là, à acquiescer et à faire tourner la pipe.

— Bon, dit Brett, je suis d'accord avec vous, mais je suis obligé de prendre le bus pour aller à l'école. J'ai aucun autre moyen.

— Moi non plus, dit Jacob. Enfin, parfois j'y vais en voiture, mais vous m'avez fait réfléchir.

Turtle ne sait pas quoi faire. Elle observe, relâche son doigt sur la détente, mais elle n'abaisse pas le pistolet. Au terme d'un silence seulement interrompu par les mastications moites de l'inconnu et le cliquetis répété du briquet que les garçons allument, Brett finit par dire :

— Vous savez par où on doit aller ? On est un peu largués, là.

— Le chemin menant à la gloire s'est avéré simple et rapide, mais notre destination nous échappe à présent.

L'inconnu fait un signe du menton en direction du ravin.

— C'est par là, en longeant le ruisseau, dit-il, puis il se tourne et fait signe vers l'endroit d'où ils arrivent. Ou bien alors de ce côté-ci.

— Le ruisseau nous mènera à la route ?

L'homme acquiesce, soit pour marquer son approbation, soit pour appuyer la question, Turtle hésite.

— La route est par là, dit l'homme.

— Très bien, dit Jacob. Merci pour les conseils, mec.

— Ouais, mec, on apprécie vraiment, ajoute Brett.

— Bon, eh ben allez-y, dit l'homme.

Brett et Jacob s'engagent dans la pente qui mène au ruisseau. L'homme tapote la pipe, la range, tourne les talons et se fraye un chemin dans les fougères. Turtle le suit avec le viseur de son Sig jusqu'à ce qu'il ait disparu. Puis elle regarde au sud, vers le ravin. C'est une mauvaise décision. Je devrais rentrer, se dit-elle. Elle pense soudain, Que va faire Martin ? Ça va mal se passer pour moi, mais je m'en fous. Avec moi, les choses se passent toujours mal, je suis ce genre de fille. Une bruine se met à tomber, Turtle tend les mains et lève les yeux au ciel, vers les énormes monceaux de nuages difformes, puis la pluie s'intensifie, lui trempe les cheveux, lui trempe la chemise, et elle pense, Bon, on y est jusqu'au cou, maintenant.

6

TURTLE est debout sur un tronc mort dans la pluie battante.
À cinq ou six mètres en contrebas, le faisceau jaune et vacillant
de la torche de Brett passe sur l'écorce rugueuse et ridée des
séquoias, les fougères, les ronces parviflores, les troncs écailleux
et longilignes des pruches de l'Ouest, et sur l'autre rive du ruisseau en crue. Elle s'engage dans leur direction. L'eau ruisselle,
les tannins lui donnent une couleur de thé, elle serpente parmi
les rhizomes noueux des fougères, elle traverse de minuscules
cascades, le sol est strié d'une matière dorée qui n'est pas de l'or,
un minéral stratifié qui entoure les petite flaques et reflète la
maigre lumière. L'inondation emporte des mille-pattes de sous
les troncs, un mystérieux mouvement du courant les projette par
douzaines sur les berges boueuses où ils s'échouent et s'amassent,
presque tous recroquevillés, bleu et jaune et noir brillant.
Elle pense, Ces abrutis, complètement abrutis. Il faut
qu'elle parte, il faut qu'elle s'en aille, mais ils sont perdus et ne
retrouveront pas leur chemin dans les collines sans elle. Mais
retrouver son chemin est plus facile à dire qu'à faire. Marcher
à travers la broussaille sous le clair de lune et le ciel limpide
de l'aube est totalement différent que de se repérer dans cette
pénombre nuageuse. Cela risquait d'être compliqué.
Juste à côté d'elle, Brett dit :
— Je sais pas, mec.
— Ouais. Moi non plus je sais pas, vieux.
Turtle remonte sur le tronc et recule en silence dans les
fougères, se met à quatre pattes à l'instant où Brett aperçoit

le tronc et s'en approche, appuyant son sac à dos afin d'en soulager le poids.

— On continue ?

Jacob secoue la tête, mais ils ne peuvent pas s'arrêter là, c'est certain. Le terrain est désastreux. Turtle pense, Dis quelque chose, dis-leur quelque chose, indique-leur le chemin, mais elle n'arrive pas à parler. La seule lumière est l'éclat trompeur des vers luisants, un vert phosphorescent presque identique à la croix de tritium du viseur de son Sig Sauer, et elle y pose la main en pensant, Je n'ai pas peur de ces garçons, et si je dois retrouver mon chemin dans cette obscurité, j'y arriverai. Mais elle a peur d'eux. Elle sait rien qu'à sa manière de poser la main sur la crosse réconfortante de son Sig Sauer, cette crosse qui dit, *personne ne te fera jamais de mal*, rien qu'à sa volonté de braver seule cette pénombre inondée, elle sait qu'elle a peur des garçons.

Jacob remonte le sac à dos sur ses épaules et ils poursuivent leur chemin sur la pente, ils suivent le ruisseau qui déborde de son lit étroit et inonde les rives si bien que les garçons pataugent dans l'eau jusqu'aux chevilles. Elle pense, Je vais attendre de voir si on rejoint une route. Et si c'est le cas, je n'aurai rien à faire ; ils iront d'un côté, et moi de l'autre. Mais s'il n'y a pas de route, alors ils auront besoin de moi.

Ils descendent dans un bassin où le ruisseau forme un étang avant de se déverser de l'autre côté, ses berges marécageuses piquetées de roseaux. L'étang regorge de rainettes et quand Brett balaye l'eau du faisceau jaune pâle de sa lampe, Turtle aperçoit des centaines d'yeux, et les contours précis et abrupts de leurs têtes qui brisent la surface.

— On n'a qu'à tenter par là, dit Jacob en faisant un geste vers l'ouest de l'autre côté du bassin d'évacuation, mais pas dedans. Si on suit le ruisseau, ça va devenir trop pentu.

— Mec, proteste Brett. Le ruisseau doit nous mener à la route. C'est ce qu'a dit le gars. On est pas doués, genre, pour improviser avec notre sens de l'orientation.

— Est-ce que je t'ai donné la moindre raison de douter de mon sens de l'orientation ?

Ils éclatent de rire, Jacob regarde dans le ravin et acquiesce.

— Bon allez, mon pote, allez, tu veux longer ce ruisseau ?

— Ouais, répond Brett, c'est par là qu'il nous a dit d'avancer.

— D'accord, va...

— Chuut ! murmure Brett, et il fait volte-face, pose le faisceau de sa lampe presque sur Turtle.

Elle est tapie dans les fougères, elle sourit. Espèce de connard, pense-t-elle, ravie. Espèce de connard ! Elle pense, Qu'est-ce qui a pu me trahir ? Elle le sent sur son propre visage. Le ravissement. Ses yeux plissés par la joie. Elle pense, Espèce de connard, tu m'as entendue ? Tu m'as vue, tu as perçu un mouvement ? Elle est contente d'elle-même, et de lui, qui l'a presque repérée, elle pense, Ah ah, Easy Cheese Boy n'est pas si aveugle que ça, finalement.

Jacob regarde Brett.

— Désolé, mec, dit Brett, j'ai juste eu un pressentiment, genre... je sais pas. J'ai eu un pressentiment.

— Quoi, comme pressentiment ?

— Y a rien là-bas, dit Brett en braquant son faisceau sur les fougères dégoulinantes et l'entremêlement de roseaux, presque directement sur elle.

Espèce d'enfoiré, pense-t-elle, ravie de son geste, espèce de fils de pute d'enfoiré. Elle déborde de joie.

Ils traversent l'étang, les sacs à dos au-dessus de leurs têtes, et ils écrasent les roseaux sur leur passage. Ils gravissent la berge boueuse, la cascade dégringole juste à côté d'eux, et les deux garçons regardent en bas du ravin. Turtle ne voit pas ce qu'ils voient, mais Jacob se penche et dit :

— Ça m'a l'air vraiment pentu, mec.

Brett acquiesce.

— Bon, dit Jacob.

Il pose son sac à dos et franchit le bord de l'étang. Brett lui passe les sacs l'un après l'autre, Jacob les cale soigneusement contre le flanc de la colline. Puis Brett descend à son tour.

Ils s'entraident pour enfiler les sacs à dos, puis ils disparaissent de son champ de vision. Quand elle ne les voit plus, elle se traîne dans l'eau à leur suite. Le fond vaseux est parsemé de tubercules de nénuphars. Ils sont épais comme son bras, leur chair rugueuse et crénelée, d'une texture semblable à celle des pommes de pin pas encore écloses. Les algues ont une texture épaisse et gonflée comme des toiles d'araignées. Elle atteint la berge de l'étang et l'escalade, l'eau s'écoule sur elle en rideaux de gouttes. En contrebas, le ravin est plongé dans le noir à l'exception du halo bleu de la lampe frontale de Jacob et du rai lumineux de la torche de Brett. Par-dessus le clapotis de la pluie et le grondement de la cascade, elle les entend s'appeler. Leurs têtes dépassent des fougères comme des rats dans l'eau.

Brett s'arrête et regarde dans la direction de Turtle, qui se baisse parmi la végétation. Jacob scrute la pénombre avec sa lampe frontale. Brett dit :

— Je te jure que... J'ai eu un mauvais pressentiment.

Elle reste étendue, parfaitement immobile, et elle les observe.

— Genre, quoi ?

— Y a un truc, répond Brett.

Jacob patauge vers Turtle, il procède à une inspection méticuleuse avec le faisceau de sa lampe.

— Y a rien par ici, dit-il.

— Juste un mauvais pressentiment. Un pressentiment flippant.

Jacob décrit un cercle lent et scrute la pénombre. Il se tourne vers Brett, navré.

— Si tu vois rien, dit Brett, alors y a rien.

— Je vois rien.

— J'espère que c'est pas le type de tout à l'heure.

— C'est pas le type.

— J'espère qu'il est pas, genre, en train de nous suivre dans le noir.

Le ravin se fait plus étroit et pentu, jonché de séquoias morts, les parois scarifiées par les coulées de boue. Trois mètres plus bas, le passage est condamné par un mur impénétrable de sumac vénéneux. La lampe de Brett commence à faiblir, à pâlir, puis elle s'éteint. Il la frappe dans la paume de sa main, l'éclat réapparaît, un morne filament qui meurt quelques instants plus tard. Turtle attend au-dessus d'eux, nerveuse, et elle pense, Allez vas-y, Turtle. Elle pense, Y a plus trop le choix, mais elle n'y arrive pourtant pas. Elle va devoir se mettre à quatre pattes et ramper pour demander pardon à son papa, supplier, et peut-être alors la laissera-t-il tranquille.

Elle entend Brett ouvrir la lampe et faire tomber les piles dans sa main. Il les abrite dans ses paumes et souffle dessus.

— S'il y a une route, dit Jacob, alors on devrait être pile dessus.

— Merde, fait Brett. Oh merde.

— On n'a pas le choix.

— Ça fait beaucoup de sumac à traverser, là.

— La route doit être juste derrière.

Brett se penche au-dessus de la lampe et murmure aux piles :

— Allez, allez, *allez*.

Dans cet instant de silence, ils n'entendent que la pluie, discrète, son tapotement sur les feuilles, les craquements du sol humide et le bruit de la rivière.

— Il a dit qu'on avait juste à marcher par ici pour trouver la route, lâche Brett comme s'il avait été trahi.

— On doit être juste dessus, dit Jacob, on doit être juste à côté de cette foutue route.

Il se met à descendre, malhabile, s'accrochant aux fougères et aux branches de sumac, il s'enfonce dans la boue à chacun de ses pas. Turtle voit bien qu'il n'arrivera jamais en bas de la pente et avant d'avoir pu s'en empêcher, avant d'avoir eu le temps d'hésiter, elle jaillit d'entre les fourrés, elle grimpe sur un tronc mort et elle dit :

— Attendez.

Ils font tous les deux volte-face et la cherchent dans l'obscurité, puis elle est soudain baignée d'une lumière étincelante provenant de la lampe de Jacob, debout au-dessus des orties et des berces, consciente de sa laideur, de son long visage de connasse, de ses mèches emmêlées qui dégagent une odeur de vase et de cuivre, elle se détourne à demi afin de dissimuler l'ovale pâle de sa figure. L'espace d'un instant, personne ne parle. Puis elle demande :

— Vous êtes perdus ?

— C'est plutôt qu'on on est incertains de notre position géographique actuelle, répond Jacob.

— On est perdus, dit Brett.

— Je crois pas que vous soyez dans la bonne direction, dit Turtle.

Jacob regarde le ravin. La lumière balaye l'enchevêtrement de sumac, la boue, le sol gorgé d'eau.

— Je vois pas ce qui te fait dire ça, lâche-t-il.

— On est au-dessus d'un chemin ? demande Brett.

— Je sais pas, dit-elle.

— T'es qui ? s'enquiert Brett.

— Je m'appelle Turtle.

Elle descend, se poste devant Jacob, il tend le bras et ils échangent une poignée de main.

— Jacob Learner.

— Brett.

Ils se serrent la main.

— Qu'est-ce que tu fais ici ? demande Jacob.

— J'habite dans le coin, répond-elle.

— Alors on est près d'une route ?

— Non, je crois pas.

Brett lève un regard songeur vers le haut de la pente.

— Y a des gens qui habitent par ici ?

— Bien sûr.

Jacob la dévisage et elle est aveuglée encore une fois par la lumière bleue.

— Pardon, dit-il en détournant légèrement le faisceau de sa lampe. Tu peux nous guider jusqu'à la rivière ?

Turtle détourne les yeux et examine l'obscurité.

— Qu'est-ce qui se passe? Elle est encore là? fait Brett.

— Elle réfléchit, dit Jacob.

— On l'a mise en rogne?

— Elle est songeuse.

— Elle ne parle toujours pas.

— Bon, d'accord. Elle est *très* songeuse.

— Par là, dit Turtle en les guidant dans une sente boueuse à flanc de colline, en quête d'un passage dégagé plus loin.

— Putain de merde, s'écrie Brett. Putain de merde. Regarde-la partir.

— Hé! appelle Jacob. Attends-nous.

Turtle ouvre le passage parmi les troncs morts de séquoias et descend vers la rivière au milieu des sapins majestueux sur une crête affaissée, la lampe de Jacob projetant l'ombre de Turtle devant elle, les garçons avançant lourdement derrière.

La rivière est sortie de son lit, Turtle atterrit dans un large bosquet d'aulnes, l'eau lui monte jusqu'aux hanches, de longues tiges d'orties ploient dans le courant et se balancent comme des algues, des plants de symplocarpes fétides dépassent tout juste à la surface, des radeaux de feuilles mortes s'entassent dans chaque escarpement et chaque lézarde, les vagues noires circulent, surmontées d'énormes nuages d'écume.

— Putain de merde, de merdouille merdouillée, dit Brett avant de siffler.

— Y a pas de route, constate Jacob.

— On n'en a pas besoin, rétorque Turtle.

— *Toi*, peut-être, dit Brett.

Jacob reste là, engoncé dans la boue jusqu'à la taille, il éclate de rire et dit "Eh ben" en étirant longuement la dernière syllabe, lui donnant une sorte d'intensité humoristique et une profondeur optimiste qu'elle n'a pas coutume d'entendre, il passe sa langue sur ses lèvres maculées de boue et avec ravissement, il répète "Eh ben" comme s'il n'arrivait pas à croire la chance qu'il a d'être complètement perdu en bordure d'une rivière en crue, et Turtle n'avait encore jamais vu quelqu'un affronter ainsi les revers de fortune.

— Eh ben, dit Brett, mais son intonation à lui est différente, et puis il ajoute : On est foutus.

Turtle les regarde, l'un après l'autre.

— On est foutus, répète Brett. On ne rentrera jamais, jamais chez nous. On est foutus.

— Oui, dit Jacob d'un ton de fascination discrète, pesant ses mots avec délectation. Oui.

— C'est ironique parce qu'on allait bien, avant, on avait trouvé un coin parfait pour camper mais nooooon, il fallait qu'on trouve de l'eau.

— Et regarde, dit Jacob. Hashtag succès ! Hashtag on a réussi !

— Il nous faut un endroit pour pieuter, dit Brett avant de se tourner vers Turtle. Tu sais où on est ? Y a un endroit où on pourrait dormir ? Y a que de la boue, c'est ça ? Y a pas un seul endroit qui soit pas recouvert de boue dans le coin ?

Il pleut encore dru et tout le monde, même Turtle, est frigorifié, et le terrain n'est sec nulle part, pas avec cette crue, et s'ils veulent trouver un endroit où camper, ils doivent remonter sur la crête. Turtle en est capable, mais elle ignore si les garçons le peuvent.

— J'ai froid, dit Brett. Mec, j'ai carrément trop froid.

— Il fait frisquet, admet Jacob avec humour, en essayant d'essuyer la boue dans ses yeux.

Il se tient là, raide, comme les gens dont les vêtements sont froids et dont chaque mouvement met en contact la peau encore sèche avec le tissu humide et rugueux. Il regarde Turtle et quelque chose lui traverse l'esprit.

— Comment tu nous as trouvés ?

— Je suis tombée sur vous par hasard.

Les garçons échangent un regard et haussent les épaules comme s'ils avaient déjà entendu plus étrange.

— Tu peux nous aider ? demande Brett.

Il est voûté sous son sac à dos, frissonnant. La pluie tombe autour de lui. Jacob découvre une feuille de sumac collée à sa joue et la jette dans l'obscurité d'un geste dégoûté. Turtle se mordille les doigts et cogite.

— Bon Dieu, dit Brett, t'éprouves pas l'envie pressante de combler les blancs dans la conversation ?

— Ça veut dire quoi ? demande Turtle.

— Rien.

— Tu as l'air très patiente, remarque Jacob.

— Tu avances à ton propre rythme, ajoute Brett.

— Songeuse, dit Jacob.

— Songeuse, c'est vrai. *Réfléchie*, acquiesce Brett.

— Où est-ce que t'as étudié le bouddhisme zen ?

— Et ton maître zen était-il le lent reptile sans âge à la carapace rugueuse sur laquelle repose l'univers tout entier, le monde connu et le monde inconnu, le monde conscient et le monde inconscient ?

— C'est pour cela qu'on t'appelle Turtle ?

— C'est un koan ? Tu peux nous aider ? Question qui n'appelle qu'une seule réponse, maintenant et à jamais : le silence.

— Ouah, c'est profond, mec.

Turtle est surprise de les entendre discuter ainsi sous la pluie battante, puis elle pense, Ils t'attendent, Turtle. Ils t'attendent et ça les aide de bavarder.

— Par ici, dit-elle en les ramenant dans le sous-bois.

Dans l'obscurité, elle contourne les grands arbres que Jacob éclaire du faisceau de sa lampe. Elle laisse les garçons serrés l'un contre l'autre et s'aventure dans plusieurs directions, revenant vers eux quand elle n'a pas trouvé ce qu'elle cherchait. Elle espère tomber sur un tronc de séquoia foudroyé et creux, mais elle ne trouve pas mieux qu'une haute souche d'arbre abattu depuis longtemps, avec des marques de hache à l'endroit où l'échafaudage des bûcherons avait été rivé au tronc.

Elle lève la tête vers le sommet dissimulé de la souche, Jacob l'observe, se protège les yeux de la pluie, et suit son regard. Un éclair frappe sur Albion Ridge de l'autre côté de la rivière, Turtle compte, trois kilomètres avant que le tonnerre ne se fasse entendre et gronde dans le lointain.

Elle grimpe le long de l'écorce, parvient à s'accrocher en s'étirant au maximum et se laisse tomber dans le trou profond et circulaire où le cœur de l'arbre a pourri. Le creux de trois mètres de diamètre est assez haut pour que l'on puisse s'y asseoir sans voir de l'autre côté de la paroi. Un myrtillier solitaire pousse au centre du bois pourri qui draine l'eau. D'une main, elle entoure la base de la tige, l'arrache et le jette dans l'obscurité. Elle aide Brett et Jacob à monter, et ils préparent une couchette de feuilles mortes. Elle ouvre le sac de Brett, y trouve trente mètres de corde parachute encore enroulée dans son emballage, elle défait la bobine, la plie en quatre et passe son couteau dans les boucles afin de couper quatre longueurs de sept mètres et demi.

Ils déplient la bâche bleue et Turtle fait glisser la corde dans les œillets des quatre coins. Puis elle ressort de la souche, Jacob la suit tandis que Brett maintient la bâche. Elle lance à Brett un poteau central qu'il tient en place. Elle enroule la première corde à un chicot, passe l'extrémité de l'autre côté du dormant et fait un nœud de fouet, un nœud coulissant qui peut tenir sur la corde humide, bien qu'en effectuant le nœud, elle se demande si un nœud Tarbuck n'aurait pas été plus efficace. Elle tend chaque corde tour à tour. À la dernière, elle découvre que Jacob a déjà tendu et noué la corde. L'eau coule sur le cordage jusqu'au nœud d'où elle s'écoule en un unique ruban. La lumière bleue de la lampe frontale suit l'eau sur la corde parachute. Turtle saisit le nœud entre le pouce et l'index, le trouve serré et bien fait. Jacob se tient à côté d'elle.

— Tu connaissais déjà ce nœud ? lui demande-t-elle.

— Non, je viens de te regarder faire.

Elle tire sur la corde qui vibre. Elle le regarde mais ne sait pas quoi dire car il a réalisé un bon nœud, en pleine obscurité, sans avoir appris, et elle estime qu'on devrait lui dire à quel point c'est bien, à quel point c'est rare, mais elle ne sait pas comment dire tout ça. Elle défait le nœud de Jacob, réalise le sien avec une lenteur évidente. Elle place le nœud coulant haut sur le dormant. Elle récupère l'extrémité de la corde qu'elle passe autour d'une branche, puis elle la refait passer dans le nœud, la plie vers le sol et crée une poulie. Elle tire jusqu'à ce que la corde dessine une marque blanche crénelée sur ses paumes. La poulie resserre toute l'installation ; la bâche craque sous la tension. Elle le regarde à nouveau.

La pluie coule sur son visage et il s'essuie les yeux en acquiesçant.

Elle fixe la tension de la corde par une série de demi-clés qu'elle effectue avec une lenteur exagérée. Elle lui jette un nouveau coup d'œil et teste la corde.

— Ahh, dit-il.

— La pluie desserre les liens, explique-t-elle.

Il acquiesce encore.

Voilà la différence entre Martin et moi, pense-t-elle, voilà la différence – je sais que la pluie desserre les liens et je m'en soucie, Martin sait que la pluie desserre les liens mais il ne s'en soucie pas, et je ne sais pas pourquoi, je ne comprends pas comment on peut ne pas s'en préoccuper car il est important de bien faire les choses, et si ce n'est pas vrai, alors je ne sais pas ce qui l'est.

Elle contourne la souche, teste chaque corde, les serre au maximum et termine par des demi-clés en songeant, Putain, Martin, et comment je vais trinquer pour ça, comment je vais devoir ramper et le supplier de ne pas me faire payer, et comment je vais trinquer quand même.

— On dirait qu'elle voit dans le noir, dit Brett.

— Elle y arrive, dit Jacob. C'est évident.

— Non mais on dirait qu'elle voit vraiment dans le noir. Et pas qu'un peu.

— Ouais, répond Jacob. C'est bien ce que je dis.

— Elle est où en ce moment, à ton avis ?

— Dans sa tête, dit Jacob.

— Je vous entends, hein, dit Turtle.

Elle remonte dans la souche et aide Jacob derrière elle.

— Elle est tellement silencieuse.

— Tout le monde ne traverse pas la vie dans une rage caféinée, Brett, lâche Jacob.

— Hé, dit Brett. C'est bon pour l'estomac. Le café brûle les ulcères des parois intestinales.

— De quoi vous parlez? demande Turtle.

— De café, dit Jacob. De la façon dont il minéralise les os.

— Et c'est vrai?

— Non, dit Jacob.

À l'intérieur, ils se sont fait une sorte de grotte sombre et humide de trois mètres de large, environ un mètre de profondeur. Brett a installé un tapis de sol en plastique épais, il est recroquevillé à l'extrémité de la grotte dans son sac de couchage, les bras serrés autour de lui-même, tremblant. Jacob défait son paquetage. Il en sort un étui en tissu étanche qu'il tend à Turtle.

— Quoi? demande-t-elle.

— Prends mon sac de couchage.

— Pas question.

— Tu trembles.

— Toi aussi.

— Je vais me coller à Brett, dit-il.

— Hein? lance Brett.

— Prends le sac.

— Non, dit-elle.

— D'abord, on t'est redevables, dit Jacob. On n'aurait jamais trouvé un coin sec, sans toi. Et puis, Marc Aurèle a dit...

Brett grogne.

— Si seulement le journal de bord de l'empereur avait été brûlé, comme il l'avait ordonné. Est-ce qu'on devrait vraiment suivre les instructions d'un homme dont l'ultime instruction a été de demander à ce que ses instructions précédentes soient détruites?

— Marc Aurèle, continue Jacob, a dit que la joie des êtres humains réside dans les actions suivantes: la bonté envers autrui, le mépris des sens, le questionnement des apparences, l'observation de la nature et des événements naturels. En te prêtant mon sac de couchage, je satisfais toutes ces exigences. Prends-le, s'il te plaît.

Turtle le dévisage, incrédule.

— Qu'est-ce qui se passe ? demande Brett.

— Je sais pas, dit Jacob. Je crois qu'elle affiche une expression faciale.

— Quoi ? dit Turtle.

— S'il te plaît, laisse-moi te prêter mon duvet.

— Non.

— Turtle, intervient Brett. Prends le duvet. Sérieusement. Son lien avec le réel est très mince, alors c'est dangereux de débattre avec lui. Personne ne sait ce qui risque de détruire ce dernier lien et le faire sombrer dans la folie. Et puis bon, mon sac de couchage peut s'ouvrir comme une couverture.

Turtle regarde les garçons l'un après l'autre, puis d'un geste hésitant elle accepte le sac de couchage qu'elle sort de son étui. Le nylon est d'une qualité telle qu'il est doux comme de la soie. Le sac est fait main, sans fermeture Éclair. Elle se glisse à l'intérieur. La pluie tambourine sur le toit en plastique et emplit leur caverne de bruit. Elle sent son propre souffle s'élever en nuages humides, elle frotte ses mains frigorifiées, le bout de ses phalanges fripées comme des raisins secs. Elle entend les garçons dans le noir, leur respiration haletante, leurs mouvements tandis qu'ils se blottissent sous l'unique sac de couchage.

— Jacob ? dit Brett.

— Ouais ?

— Jacob, tu crois que c'est une ninja ?

— Je suis pas une ninja, dit-elle.

— C'est une ninja, hein, Jacob ?

— Je suis pas une ninja, rétorque-t-elle.

— Hmmm... (Brett murmure et marmonne.) Hmmmm... si, un peu quand même, un peu une ninja, en fait.

— Non.

— Elle est où, ton école de ninja? demande Brett.

— Je suis pas allée dans une école de ninja.

— Elle a fait vœu de silence, remarque Jacob.

— Ou peut-être, avance Brett, peut-être que les animaux de la forêt lui ont tout enseigné.

— Je suis pas une ninja! hurle-t-elle.

Ainsi réprimandés, les garçons restent muets un long moment. Puis, comme si ses protestations avaient fini par apporter l'ultime preuve de leur théorie pourtant vague, Brett dit:

— C'est une ninja.

— Mais possède-t-elle des pouvoirs surnaturels? enchaîne Jacob.

Les garçons parlent d'une façon qu'elle trouve à la fois inquiétante et excitante – fantastique, légèrement jubilatoire et loufoque. Pour Turtle qui est si lente dans son élocution, avec son esprit circulaire et tourné vers l'intérieur, leur facilité d'expression orale est déconcertante. Elle se sent brillamment incluse dans cet univers qui l'attire, illuminée au plus profond d'elle-même par tant de possibles. Grisée et nerveuse, elle les observe et se mordille le bout des doigts. Un nouveau monde s'ouvre à elle. Elle pense, Ces garçons seront là quand j'entrerai au lycée. Elle pense, Et comment ça sera, d'avoir des amis là-bas, des amis comme eux? Elle pense, Se lever chaque jour et monter dans le bus, et se préparer à, quoi, une autre aventure? Et il me suffira juste d'ouvrir la bouche et de dire "Aidez-moi pour ce cours", et ils m'aideront.

Lentement, les garçons glissent dans le sommeil et Turtle reste étendue de l'autre côté de la grotte. Elle pense, Je l'aime, je l'aime si foutument fort mais, mais laisse-moi prendre un peu le large. Qu'il vienne à ma poursuite. Et on verra bien ce qu'il fera, pas vrai? On joue à un jeu, et je pense qu'il le sait bien; je le déteste pour quelque chose, quelque chose qu'il fait, il va trop loin et je le déteste, mais je me montre incertaine dans ma haine; coupable, pleine de doutes et de haine envers moi-même, presque trop pour réussir à le lui reprocher; c'est moi, ça, une foutue pouffiasse; alors je franchis à nouveau les limites pour voir s'il refera quelque chose d'aussi mal; c'est une façon de voir si j'ai raison de le détester; je veux savoir. Alors tu t'en vas et tu te demandes: est-ce que je devrais le détester? Et je pense que tu auras la réponse à ton retour, car il réagit toujours à ton absence d'une manière que tu aimes, ou alors il réagit au-delà de toute raison, et ce sera la preuve, mais il a toujours, toujours, Turtle – et tu le sais –, il a toujours une longueur d'avance sur toi à ce jeu-là. Il te regardera et il saura exactement jusqu'où il pourra aller, et il t'amènera au plus près du précipice, puis il se rendra compte qu'il s'est approché du précipice et il reculera; ou alors non, ou alors il ira trop loin, ou peut-être qu'il ne fait pas ce genre de calculs prémédités.

Elle sent une démangeaison dans le bas de son dos. Elle passe la main sous la taille de son jean et découvre la tique juste au-dessus de l'élastique de sa culotte. Elle sent le corps lisse comme une perle.

— Brett? souffle-t-elle, en déboutonnant son pantalon et en retirant son étui de pistolet avant de le glisser au fond du sac de couchage pour l'y cacher. Jacob?

— Ouais? répond Jacob dans un murmure.

— T'aurais une pince à épiler?

— Brett en a une. Dans son sac.

Elle entend Jacob s'asseoir dans l'obscurité. Il fouille dans le sac pendant ce qui lui semble une éternité, puis il la trouve.

— C'est bon, dit-il. T'as une tique?

— Ouais, une tique.

— Où ça?

— Dans le bas du dos.

— D'accord.

— J'arriverai pas à l'enlever toute seule.

— D'accord.

Elle roule sur le ventre, descend un peu son jean et remonte son T-shirt pour dévoiler ses reins. Jacob marche à quatre pattes jusqu'à elle en silence, il essaie de ne pas déranger le sommeil de Brett. Elle est étendue, la joue contre le plastique froid de la bâche noire. Jacob s'agenouille à ses côtés. Il allume la lampe frontale et ils sont baignés d'un halo bleu.

— J'ai encore jamais fait ça, dit-il.

— Enlève bien la tête.

— Il faut tourner dans le sens des aiguilles d'une montre ? J'ai entendu dire qu'elles s'enfonçaient en pivotant. Que leur bouche était comme une vis.

— Non. Elle va vomir le contenu de son estomac si tu commences comme ça. Tire-la juste d'un seul coup vers le haut, si tu y arrives, dit-elle.

— D'accord.

Il pose une main sur ses reins, encadre la tique entre son pouce et son index. Sa main est chaude et assurée, la peau de Turtle s'électrise. Son champ de vision ne contient que la bâche de sol noire, sale et striée de plis, mais son attention est totalement concentrée sur lui, invisible, penché au-dessus d'elle.

— Allez, vas-y, dit-elle.

Il garde le silence. Elle sent la pince se positionner autour de la tique. La pointe lui mord la chair, puis une sensation de picotement quand il arrache l'insecte.

— Tu l'as eue en entier ? demande-t-elle.

— Je l'ai eue.

— Tu l'as eue en entier ?

— Je l'ai eue en entier, Turtle.

— Bien.

Elle baisse son T-shirt et roule sur le dos. Elle entend Jacob écraser la tique entre les pointes de la pince. La pluie tambourine sur la bâche tendue au-dessus d'eux. Jacob éteint la lampe, et elle écoute les garçons, là, dans l'obscurité avec elle.

7

TURTLE se réveille en sursaut, le cœur battant, et elle attend, elle écoute, les yeux collés par la déshydratation, la bouche sèche comme du cuir. Quelqu'un a donné un coup de pied dans le poteau central et la bâche pend, à moitié pleine d'eau, des feuilles mortes stagnent en cercle noir au fond. Elle attend, elle respire et elle se demande ce qui l'a réveillée, si Martin est dehors, près de la souche avec son fusil automatique. Lentement, silencieusement, elle dégaine le Sig Sauer et le pose contre sa joue, le métal presque tiède d'avoir capturé la chaleur du sac de couchage. Elle entend son propre souffle haletant. Elle pense, Calme-toi mais elle ne peut pas se calmer et elle se met à respirer plus fort, et elle pense, C'est pas bon, c'est pas bon du tout.

Quelque chose heurte l'eau et Turtle sursaute, elle aperçoit un objet de la taille d'un poing dans l'eau au-dessus d'elle, elle touche la bâche et l'objet flotte loin d'elle. Elle attend, le pistolet contre le visage, entre ses deux mains tremblantes. C'est une pomme de pin, sans doute de pin muricata. C'est ce qui l'a réveillée : les pommes de pin tombant dans l'eau et heurtant la bâche dans une gerbe d'éclaboussure. Elle prend une profonde inspiration, puis elle sursaute à nouveau quand une deuxième pomme de pin frappe l'eau et plonge, ralentissant alors qu'elle se dirige vers Turtle. Elle touche la bâche puis remonte à la surface et s'éloigne. Des vaguelettes s'étirent de tous côtés. Leur ombre lape les garçons, les sacs de couchage, les paquetages, le désordre de ce petit taudis. Elle pense, J'aime tout ce qu'ils ont car c'est à eux, et j'aime la façon dont on est serrés ici avec toutes ces affaires, le bazar et la profusion, toute l'humidité et la chaleur et elle pense, J'adore ça. Elle étend les pieds contre le nylon mouillé du sac de Jacob. Elle s'allonge, ses muscles se relaxent, et quand elle le peut, elle rengaine le pistolet et attend, les mains sur la gorge, les yeux rivés sur la petite piscine au-dessus d'elle. Elle meurt d'envie de dégainer son pistolet, elle ne supporte pas de rester allongée là sans lui, elle porte la main à la crosse, elle caresse le chien désarmé, et elle pense, Laisse-le, laisse-le, et elle écarte sa main, elle reste étendue à écouter l'eau et la forêt au-delà.

Elle pense, L'espace d'un moment j'ai cru que c'était lui, et la seule chose que j'ignorais, c'était jusqu'où il irait, et à quel point il serait furieux. Elle pense, Il a toujours réussi à me surprendre. Une fois rassérénée, Turtle se hisse hors de la souche, se faufile maladroitement dans un espace entre la bâche et le tronc. Elle s'assied là-haut, pieds nus, le jean trempé et collé à ses cuisses, et elle boit l'eau de la bâche.

Elle se laisse tomber de l'autre côté, s'installe sur un tronc mort couvert de champignons translucides aux contours semblables à des oreilles difformes. Elle dégaine son couteau et entreprend de retirer les épines et les éclats de ses pieds calleux. Autour d'elle, du gingembre sauvage pousse parmi les racines de séquoia, ses feuilles vert foncé en forme de cœur, ses fleurs violettes, leurs bouches ouvertes et leurs pistils couleur lie-de-vin enfoncés profondément dans le feuillage. Elle pose son poing contre son front. S'il leur arrive quelque chose, pense-t-elle, qu'est-ce que tu vas faire, Turtle? Tu oublies qui tu es, et tu crois pouvoir être quelqu'un d'autre, et tu vas te blesser et tu vas blesser Martin, et que Dieu te vienne en aide, mais tu vas aussi blesser ces garçons et c'est ça le pire, mais pour une étrange raison, tu te fiches des risques qu'ils prennent en étant avec toi. Le risque semble en valoir la peine et ça prouve que tu n'as pas les idées claires, parce que le risque n'en vaut pas la peine, pas pour eux, pas si on leur posait la question, pas si tu pouvais leur expliquer jusqu'où ton papa est capable d'aller. Elle pense, Je sais qu'il est à mes trousses, et la seule question est de savoir s'il pourrait me trouver ici, et je parie que oui, mais je n'en sais rien. Elle pense, Je n'arrive pas à trouver la réponse exacte parce que parfois, je pense à lui et j'ai l'impression qu'il pourrait faire n'importe quoi. Il pourrait, pense-t-elle, faire du mal à ces garçons. Elle le sait, et elle pense, N'y pense pas.

Elle pense, Il fait assez jour maintenant. Je pourrais rentrer et ce ne serait pas si difficile, sauf que... à quoi renonces-tu si tu fais ça ? Elle pense, Tu sais exactement ce à quoi tu renonces, et la véritable question, c'est de savoir ce que tu es prête à risquer. Quand j'y réfléchis bien, pense-t-elle, je suis prête à risquer beaucoup. Je suis prête à risquer ces garçons, et c'est seulement pour moi, ce n'est rien pour eux, ils ne le savent même pas et je ne leur dirai même pas. Elle pense, S'ils s'en rendent compte, eh bien qu'ils s'en rendent compte, et je veux bien prendre ce risque car je suis une connasse.

Bientôt, Jacob escalade le flanc de la souche non sans difficulté. Il s'assied à côté d'elle et regarde les pieds de Turtle, qui sont petits et horriblement arqués. Ils paraissent sculptés dans le bois, presque, ou ciselés, les tendons articulés et les os sans la moindre douceur. Les contours de ses cals sont délimités comme le lit d'une rivière, ridés comme des empreintes digitales. Jacob l'observe un moment. Elle est heureuse de le voir, elle est particulièrement heureuse de le voir à cause des risques qu'elle prend afin de rendre tout ceci possible. Il ignore dans quoi il est impliqué, et il rend cet instant, assis à côté d'elle sur ce tronc, important aux yeux de Turtle.

— C'est bizarrement attirant, dit-il.

Il fait un signe de la tête en direction de l'endroit où elle creuse dans le cal avec la pointe du couteau. Sa voix est dénuée de malice mais pleine d'humour, et elle sourit malgré elle. Elle ne sait pas s'il se moque d'elle ou s'il se moque de lui-même et soudain, juste après son sourire, elle comprend.

Elle se raidit, voûtée au-dessus de son pied, le couteau à la main, elle serre la mâchoire, terriblement consciente de son visage de connasse et de sa vilaine peau. Sa blancheur est laide et irrégulière, elle le sait, une blancheur semi-transparente constellée de taches de rousseur, si bien que ses nichons, ridiculement petits et d'un blanc laiteux, sont presque bleus. Elle se sent pétrie d'imperfections, elle veut entrer dans le jeu de la taquinerie avec Jacob, comme si son aspect repoussant était une blague qu'elle s'était faite à elle-même. Elle affiche son sourire tordu, et en souriant, elle est prise d'une envie de détruire, de mettre en pièces car elle s'est juré de ne pas entrer dans le jeu de quelqu'un qui se montre cruel envers elle, mais ce garçon l'a tellement désorientée qu'elle ne parvient pas à s'en tenir à ses propres instructions.

Il a cette façon de l'observer qui lui donne l'impression d'être la chose la plus importante au monde. Elle reste voûtée là, elle pense à couper, couper, couper cette affreuse fente, cette moule logée entre ses cuisses, inachevée par inattention ou à dessein, qui dévoile sa propre particularité, son ouverture et son symbole, et elle comprend à présent ; la moule est illettrée – ces mots la déshabillent de tout ce qu'elle a noué, de tout ce qu'elle a tissé autour d'elle ; elle se sent abattue – chaque partie d'elle-même, amère et dégueulasse, abattue, à l'image de cette horrible moule.

— Où est-ce qu'on va maintenant, Mowgli ? demande-t-il.

— Vous voulez vraiment que je vous aide ?

Elle le regarde, prête à lâcher prise, mais refusant de perdre sa dignité. Elle demande quelque chose, et il lui donne tout en retour, rien que dans son expression, ouverte et généreuse et désolée.

— Oui. Vraiment.

— T'as pas encore de rougeurs avec tes piqûres de sumac, remarque-t-elle.

— Ça va faire mal.

— Ouais, dit-elle. Je peux t'aider.

— Bon, c'est pas mes affaires… commence-t-il.

— Oui ?

— Mais j'ai pas pu m'empêcher de remarquer, juste à l'instant, que tu portais un pistolet.

— Ouais.

— Pourquoi ?

Elle se penche et crache dans l'humus.

— Parce que j'ai le droit.

— Bon, c'est vrai. Mais tu... tu penses avoir besoin de tirer sur quelqu'un ?

— C'est une précaution.

— Mais t'es sûre ? Quand tu possèdes une arme, tu as neuf fois plus de chances de te faire abattre par un membre de ta famille que par un assaillant.

Elle fait craquer ses articulations, impassible.

— Excuse-moi, dit-il, radouci. Je ne veux pas te provoquer, ni te critiquer. Pas du tout. Je veux juste entendre ton point de vue. C'est tout. Je ne pense pas franchement que tu vas te faire abattre par un membre de ta famille.

Avant qu'elle ait eu le temps de répondre, Brett grogne et remue, puis il passe la tête sous la bâche.

Ils lèvent le camp. Jacob détache chaque corde et passe les extrémités détissées au-dessus d'un briquet, faisant tourner le nylon entre le pouce et l'index afin de former un bulbe noir. Ils secouent la bâche, Brett et Turtle la plient en un long rectangle. Jacob roule les sacs de couchage sur ses genoux. Turtle les lie à l'aide de demi-clés et les fixe aux sacs à dos. Puis elle monte dans la souche et lance leurs affaires qu'ils chargent dans les paquetages.

Ils longent la berge nord, ils mangent la focaccia et des morceaux de fromage, ils suivent de larges sentes entre les arbres où le ruissellement des pluies sépare les aiguilles de pin couleur rouille en vaguelettes.

Ils atteignent bientôt une route asphaltée qui serpente et dont le revêtement lézardé a été rapiécé ici et là avec du goudron. Elle pense, Eh puis merde, je ne fais que retarder le moment, mais le moment viendra, et on verra alors, et il se montrera juste avec moi, ou injuste, et s'il est juste, ce sera dur. Ils arrivent à un grand panneau en séquoia gravé où l'on peut lire RIVENDELL SPRINGS. Ils n'ont croisé aucune voiture ni personne. Le monde leur appartient, à eux seuls.

— Je crois que ma mère fait des massages là-bas, dit Brett.

— Tu veux dire qu'elle y serait, en ce moment ? demande Jacob.

— Sûrement. Elle y va presque tous les jours. Si on l'appelle.

— Elle pourrait nous raccompagner ?

— Bien sûr.

Ils suivent le virage jusqu'à un parking orné de camélias champêtres dans de grands pots dorés et bleus, et franchissent un haut portail en séquoia. Une douzaine de voitures décrépites. Brett ouvre une Ford Explorer à l'aide d'une clé trouvée derrière la trappe du réservoir et ils y fourrent leurs sacs. Un attrape-rêves est suspendu au rétroviseur, le compartiment central est plein d'huiles, de crèmes solaires, de baumes à la cire d'abeille pour les mains et pour les lèvres. Des factures dans leurs enveloppes scellées s'entassent sur le tableau de bord. Jacob retire son T-shirt boueux, le roule en boule et le jette sur le plancher côté passager avant de sortir un T-shirt Humboldt propre.

— Je vais vous laisser, dit Turtle.

Elle regarde la forêt derrière elle et elle sait que l'heure est venue.

— Mais tu peux pas t'en aller, dit Brett.

— Pourquoi ?

— Si jamais on ouvre le portail et qu'ils se sont tous transformés en zombies ? dit Jacob.

— Hein ?

— Si on est obligés d'errer dans les décombres post-apocalyptiques de la Californie du Nord, on veut que tu sois la reine taciturne de notre confrérie, armée jusqu'aux dents.

— Je pense qu'elle devrait s'équiper d'une tronçonneuse pour les combats de masse, dit Brett.

— Avec des zombies, dit Turtle, je préférerais un calibre 308 mais si on doit vraiment marcher pendant longtemps, je pourrais me laisser convaincre par un fusil d'assaut 5,56.

— Non mais une *tronçonneuse*, sérieux ? fait Brett.

— Tu risques de faire dérailler la chaîne, dit Turtle.

— Un sabre de samouraï.

— Si tu parles de zombies, Turtle continue, je prendrais un tomahawk, c'est sûr. Et je remplacerais tout le poids des munitions d'un pistolet pour embarquer plus de 5,56.

— Un fusil de chasse ? dit Jacob.

— Tu peux pas porter assez de munitions. Pour chaque cartouche de fusil que tu peux porter, tu pourrais prendre trois ou quatre balles de carabine. Et puis les fusils de chasse, c'est long à recharger.

— Tu pourrais pas trouver un fusil automatique avec un chargeur, comme sur les carabines ? propose Jacob.

— Si bien sûr, dit Turtle, mais les balles de carabine sont blindées et elles tiennent bien la longueur dans les chargeurs. Les cartouches de fusil, elles se déforment avec la pression et elles s'enrayent si tu les laisses trop longtemps dans un chargeur. Et puis les fusils automatiques, ils sont compliqués. Quand tu dois tirer souvent, et porter beaucoup de trucs, et récupérer des munitions un peu partout, alors le 5,56 est ta meilleure option.

— Tu vois, on pourrait jamais s'en sortir sans toi. Viens avec nous, dit Jacob. S'il te plaît.

— S'il te plaît ?

Elle sourit.

— Vous vous en sortiriez.

— Sans toi, non, impossible.

— Elle va venir, dit Brett. Regarde-la.

— Je viens.

Au portail, ils tirent sur la corde d'une cloche et attendent tous les trois en débattant des armes à prendre pour affronter l'apocalypse imminente, Turtle pieds nus, le jean roulé jusqu'aux genoux et maculé de boue séchée. Un homme torse nu vêtu d'un large pantalon en toile vient ouvrir, un bouddha sur des vagues en furie tatoué en travers de la poitrine, ses cheveux en dreadlocks épaisses comme des cigares lui tombant à la taille.

— Salut, frère, dit-il à Brett. On dirait que la météo t'a pris par surprise.

— Salut, Bodhi. Ouais, la météo nous a un peu surpris.

— Tu cherches ta mère ?

— On espérait se faire raccompagner.

— C'est qui ?

— Mon pote Jacob, et elle, c'est Turtle, la future reine à fusil et tronçonneuse de l'Amérique post-apocalyptique.

— Vraiment ? dit Bodhi avec intérêt. Très bien, Jacob, Turtle, entrez.

Il les mène à travers un pré entre de grandes pyramides en verre jusqu'à un bois de séquoias avec des cabanes couvertes de mousse et des bassins d'eau fumante en forme de tonneaux. Un parfum minéral flotte dans l'air et s'échappe d'une source chaude quelque part. Ils passent devant un groupe de femmes nues, Jacob est visiblement gêné et lève les yeux vers les bardeaux des toits, vers les arbres, n'importe où. Ils passent devant un autre bassin où trois hommes âgés se baignent nus en fumant une pipe en verre.

Ils suivent Bodhi jusqu'à un cottage, du lichen pend de l'avant-toit, de la mousse envahit les tuiles, et ils entrent dans un intérieur chaud où un feu brûle dans un coin. Une femme nue est assise en tailleur sur une estrade, elle mange des tomates cerises dans un bol en bois laqué. Les yeux de Jacob s'écarquillent de surprise. La femme a une peau couleur olive, des cheveux noirs et secs noués par des cordes de chanvre, un joli visage avenant, de larges seins aux tétons brun clair et piquetés comme par la chair de poule, un ventre ni ferme ni flasque, une peau saine mais abîmée. Sur sa chatte, deux petites langues de chair dépassent de l'intérieur. La chatte de Turtle est aussi fine et compacte qu'une anémone rétractée attendant la marée montante.

— Les amis, voilà ma mère, Caroline. Maman, tu pourrais pas...

Et la femme dit :

— Julia Alveston ?

Brett et Jacob se tournent vers Turtle, estomaqués.

— Quoi ? fait Turtle.

— Maman, dit Brett. Tu pourrais pas... tu pourrais pas mettre un pantalon ?

— Oh, minette, dit Caroline. La dernière fois que je t'ai vue, tu étais grande comme ça. (Elle lève la main à un mètre du sol.) Ta maman, Helena, était ma meilleure amie et bon sang... laisse-moi te dire que... c'était une... Bon.

Turtle éprouve une révulsion instantanée. Elle pense, Ne parle pas de ma mère, espèce de conne, espèce d'inconnue.

La mère de Brett se tourne à présent vers les garçons.

— Racontez-moi ce qui s'est passé.

— Maman, tu pourrais pas... dit Brett.

— Si, bien sûr, dit-elle.

Elle se lève et enfile un large pantalon avec un cordon en guise de ceinture tandis que les garçons parlent tour à tour.

— Elle a débarqué de nulle part, commence Jacob.

— Elle était là, dans l'obscurité, sans lampe, sans sac, sans chaussures, rien, elle s'en sortait très bien, comme si elle voyait dans le noir.

— Dans la pluie battante, dans l'obscurité totale.

— Tu devrais voir ses pieds. Ses cals, c'est un truc de fou.

— Elle marche partout pieds nus.

— Elle ne ressent pas le froid.

— Ni la douleur.

— Rien que la justice.

— On pense que c'est peut-être une ninja.

— Elle nie.

— Mais bon, évidemment elle est obligée de nier.

— Si elle nous avait dit qu'elle était ninja, on aurait su que c'était faux.

GABRIEL TALLENT

— Je ne dirais pas que la théorie du ninja est définitive mais c'est une vraie éventualité.

— Bref, elle nous a guidés hors de la vallée des ombres.

— Elle voit dans le noir.

— Elle marche sur l'eau.

— Elle avance à son propre rythme. Elle s'arrête, elle regarde, elle reste là à observer des trucs et toi, t'es là "Qu'est-ce que tu regardes ?" Mais elle, elle continue à observer et toi, t'es genre "Euh, ça va, tu t'ennuies pas trop ?" Mais ça, c'est parce qu'elle est maître zen.

— Elle est très patiente.

— Son débit de paroles n'est pas ce qu'on pourrait qualifier d'*habituel*.

— Euh, je suis là, hein, dit Turtle.

— Elle est songeuse, mais il y a quelque chose d'autre, quelque chose de plus étrange que ça.

— C'est pas tant songeuse qu'observatrice.

— Ouais. Ouais ! Observatrice. Tu lui poses une question et genre, elle t'observe simplement et, toi t'es là, genre "euuuuh ?" Et si t'attends assez longtemps, elle finit par te répondre.

— Elle sait faire les nœuds, elle sait s'orienter dans la forêt.

— Les animaux lui parlent et lui confient leurs secrets.

Quand ils ont terminé, Caroline dit :

— Très bien, les garçons. C'est très évocateur. (Elle se tourne vers Turtle.) Comment va ton père, en ce moment ?

— Il va bien.

— Il travaille dur ?

— Pas trop.

— Il sort avec quelqu'un ? Je parie que oui.

— Non, dit Turtle.

— Non ? répète Caroline. C'était le genre d'homme à toujours vouloir une femme dans sa vie. (Elle sourit.) Un vrai charmeur, ton père.

— Non, il a pas de femme dans sa vie, dit Turtle d'un ton un peu menaçant.

— Ah bon, désolée de l'entendre ; on doit se sentir seul, là-haut sur votre colline.

— Je sais pas, dit Turtle. Il y a Papy, et le verger, et le ruisseau. Et puis bon, il a ses copains du poker.

— Bien, dit Caroline. Les gens changent. Mais ton père était un des hommes les plus beaux que j'aie jamais croisés. Je parie qu'il l'est encore.

— Maman, dit Brett avec exaspération. C'est dégueu.

— Il avait une sacrée allure, continue Caroline. Et il était intelligent. J'ai toujours pensé qu'il ferait quelque chose de sa vie.

— Il n'a rien fait, dit Turtle.

— Il t'a élevée, et tu es devenue une fille courageuse. Mais tu sembles quand même à demi sauvage.

Turtle ne répond rien.

— Bon, Julia, continue Caroline. Ils t'ont croisée à quelques kilomètres d'ici ?

Turtle acquiesce.

— C'était au milieu de nulle part, si j'ai bien compris.

— Je me promenais, dit Turtle.

— Depuis où ?

— Quoi ?

Turtle met ses mains en coupe autour de ses oreilles et se penche en avant.

— Tu es partie d'où ?

— Depuis chez moi.

— Tu as marché depuis Buckhorn ? demande Caroline.

— Oui, c'est ça. J'ai traversé Slaughterhouse Gulch, l'aérodrome, et puis j'ai longé les rives de l'Albion, en passant plus ou moins dans les jardins des gens.

— Eh ben, ma puce, ton apparence suffit largement pour que je te croie, c'est sûr. Ça doit faire des kilomètres et des kilomètres. Sans eau ? Sans nourriture ?

Turtle ouvre et ferme la mâchoire. Elle baisse les yeux.

— Ma puce, dit Caroline. Je m'inquiète pour toi, c'est tout. Qu'est-ce que tu faisais là-bas en plein milieu de la nuit ? Tu crois que tu étais à quelle distance de chez toi ?

— Je sais pas.

— Brett, dit Caroline, pourquoi tu n'emmènerais pas Jacob regarder les pyramides de verre ?

Les garçons échangent un coup d'œil et Brett fait un geste bref du menton qui dit *allez viens*, et ils sortent. Turtle reste plantée au milieu de la pièce, elle se tord les mains et fixe la base de l'estrade où se trouve Caroline.

— Tu sais que j'ai failli être ta marraine ? dit Caroline.

Turtle fait craquer une articulation, lève les yeux vers Caroline et se souvient presque d'elle dans le flou du passé. Elle éprouve le besoin d'avancer avec prudence, de protéger sa petite vie à Buckhorn Hill.

— Ta mère et moi, on a fait les quatre cents coups ensemble et laisse-moi te dire qu'on les a arpentés nous aussi, ces bois, quand on était un peu plus âgées que toi, et on passait notre temps à embrasser les mecs et à prendre de l'acide. Après l'école, on allait au cap, il y avait un cyprès sur la falaise entre Big River et Portuguese Beach. On laissait pendre nos pieds dans le vide au bord de la falaise, on regardait les petites criques et les îles au loin, et puis on parlait, on parlait et on parlait encore.

Turtle garde le silence. Elle pense, Quelle salope. Quelle salope.

— Tu as de bonnes copines à l'école ?

— Non.

— Aucune ?

— Non.

— Et ça te plaît ?

— Ça va.

— Mais il y a quand même des femmes dans ta vie, j'espère ?

Turtle ne répond pas.

— Et Martin ? Je parie qu'il est incroyable pour t'aider.

— Ouais. C'est vrai.

— Il était capable d'expliquer n'importe quoi, s'il le fallait.

— Ouais.

— Il est doué pour parler, pas vrai?

— Oui, c'est vrai.

— C'était la personne la plus imaginative que j'aie jamais connue. Mon Dieu, il savait si bien lire! Et parler! Pas vrai?

— Oui.

Turtle sourit.

— C'est un type bien, dit Caroline. Mais quand il est en colère, il frappe fort, hein?

Turtle se passe la langue sur les dents.

— Quoi? lâche-t-elle.

Elle pense, Espèce de salope, espèce de pute. C'est le genre de piège que les adultes tendent aux enfants, ils essayent de leur faire répondre à une série de questions et puis tout à coup, ils vous posent une question sur votre famille. Turtle a déjà vu ça. Les femmes sont toujours des connasses, au final. Quelle que soit leur manière d'entamer la conversation. Elles ont toujours un objectif dont elles ne démordent pas.

Caroline reste assise en tailleur sur son tabouret et dévisage Turtle d'un air de concentration sereine, et Turtle pense, Espèce de salope. Espèce de sale pute. Je savais que ça arriverait, et c'est arrivé.

— Enfin, dit Caroline en comprenant son erreur et en faisant machine arrière. Il avait un sacré caractère à l'époque.

Turtle reste figée là.

— Je me souviens quand on était encore gamins... Eh bien... c'est juste qu'il avait un sacré caractère. C'est tout ce que je voulais dire, qu'il avait parfois un sale caractère. Alors, comment il va, en ce moment?

— Il faut que j'y aille.

Turtle tourne les talons.

— Attends, dit Caroline.

Turtle efface toute expression de son visage mais pas de sa posture, et elle pense, Regarde-moi bien. Elle pense, Regarde-moi bien. Tu sais que je suis sérieuse. Regarde-moi bien. Si tu essaies un jour de me l'enlever, tu verras.

— J'ai dit quelque chose de mal?

— Je ne sais pas de quoi vous parlez, c'est tout.

— Julia, ma puce, je me demande juste comment ça va à la maison, pour toi. Tu n'imagines pas le nombre de fois où j'ai pensé à toi, au fil des ans. Combien de fois j'ai cru te voir à Corners of the Mouth, combien de fois j'ai cru te voir attendre devant la poste ou marcher dans Heider Field. Et je ne pouvais jamais en être certaine, puisque je ne te connaissais pas. Et maintenant que tu es là... Eh bien, c'est évident que c'est toi. Tu ressembles tellement à ta maman.

— Mon papa ne ferait jamais ça, dit Turtle.

— Je sais, ma puce, je suis juste curieuse. J'étais si proche de ta mère, ça me donne le droit de m'inquiéter un peu, tu sais. Si elle était encore en vie, on se connaîtrait bien toi et moi, Brett et toi vous auriez grandi ensemble comme frère et sœur, mais au lieu de ça, je ne te connais pas du tout. Je ne peux pas m'empêcher de penser que c'est un drôle de tournant dans une vie, tu vois, qu'elle nous ait quittés et que tu aies grandi sans me connaître. Et Dieu sait, ma puce, que tu as besoin de côtoyer des femmes dans ta vie!

Turtle dévisage Caroline et pense, J'ai jamais connu de femmes que j'apprécie, et quand je grandirai, je ne serai jamais comme toi ni comme Anna; quand je grandirai, je serai franche et dure et dangereuse, je ne serai jamais une sale petite connasse sournoise, souriante et menteuse comme vous toutes.

— Oh, ma puce, continue Caroline. Laisse-moi te raccompagner chez toi. Je voudrais parler à Marty. Ça fait une éternité.

— Je sais pas.

— Oh, ma chérie, je ne peux pas te laisser refaire tous ces kilomètres à pied. C'est impossible. Si tu préfères, j'appelle ton père et il viendra te chercher ici, mais ça lui fait une heure de détour, et je préférerais te ramener moi-même.

Turtle pense, Je vais me retrouver en voiture avec cette femme, elle qui pense toutes ces choses sur Martin. Mais elle veut voir comment Caroline s'adresse à lui. Elle veut être là, une moitié d'elle-même veut savoir ce que pense Caroline, et une autre moitié ne veut pas.

8

Le soleil est presque couché quand ils atteignent l'intersection qui mène à la maison de Turtle. Caroline remonte l'allée de graviers bosselée sur environ six cents mètres, et l'Explorer bondit dans les ornières. Elle n'arrête pas de répéter :

— Regarde-moi ça, Julia, mon Dieu, si tu savais à quoi ressemblait cet endroit avant.

Les garçons plaquent leurs mains et leur visage contre les vitres de la voiture et contemplent les champs avec fascination. L'allée longe le flanc nord de la colline, sur leur gauche se dressent des pins tordus au-dessus de Slaughterhouse Gulch qui traverse le paysage à l'ouest en contrebas. Au-dessus, ils entraperçoivent la maison sur la crête, ses fenêtres noires. À leur droite, les champs dévalent la pente jusqu'au verger où se trouvent, hors de vue, les framboisiers et le mobile home de Papy. Un ruisseau traverse l'herbe, à peine visible, bordé de noisetiers et de ronces parviflores. Turtle pense, On va voir comment ça se passe, mais il ne sera pas dur avec moi tant qu'ils seront là.

Caroline ralentit, elle observe l'herbe de la pampa en bordure de route, et elle dit :

— Ce pré faisait la fierté de Daniel, je crois. Je ne sais pas combien d'heures il passait à s'en occuper, et tu sais, il n'y avait que de la fléole. Aussi loin que portait le regard, de la fléole des prés, rien d'autre. Mais il s'est laissé dépasser, on dirait.

Des biches allongées sur le gravier chaud se relèvent d'un bond et s'enfuient dans l'herbe. Caroline regarde Turtle.

— Tu grandis dans la jungle, hein ?

— Regardez ! s'écrie Brett. Regardez !

Ils voient un plateau à flanc de colline, non loin du verger, où pousse de la folle avoine et où sept portes se dressent en cercle, sans murs ni chambranles. Des corbeaux sont posés sur les linteaux et penchent la tête en observant l'Explorer gravir l'allée.

Caroline jette un nouveau coup d'œil à Turtle, puis à la maison où les roses blanches ont grimpé jusqu'aux fenêtres du premier étage, entremêlées au sumac qui lance ses longues pousses rouges et vertes dans les airs.

— Regarde-moi ça, dit Caroline. Regarde-moi ça. Regarde-moi ces roses. Quand je suis venue la dernière fois, c'était il y a quoi, dix ans de ça, c'était tellement différent, Julia. Tous ces rosiers étaient taillés, attachés à des treillis, la maison était joliment peinte, le pré n'avait pas la moindre pousse de chiendent, et l'allée était pleine de gravier tout propre. Je n'arrive pas à croire que ça ait pu changer à ce point. Ces roses, personne ne connaît leur cultivar. Un spécialiste est venu un jour les étudier et prendre des boutures. Ton arrière-arrière-grand-mère adorait les roses, elle avait toute une gamme de variétés différentes, notamment des espèces qu'on ne trouve qu'ici, dans la région de Mendocino, et qu'on croyait toutes disparues, sauf que non, il y en a peut-être encore sur ces terres. Il y avait des pots sur le porche, des grands pots vernis pleins de laitues, de kale, d'oignons et d'ail, de courges et d'artichauts, et il y avait… (Elle pointe l'index vers la grande chambre.) Il y avait même des ruches.

— Oh, Papy les a encore, les ruches. Elles sont dans le verger.

— Et le verger n'était pas envahi d'herbe comme ça. Les arbres donnent encore des fruits ?

— Plus vraiment.

Turtle regarde le verger, les arbres indomptables qui grandissent printemps après printemps sans la moindre taille, leurs branches tressées dans un océan de mûriers.

— Ce verger était pareil à une pelouse, une vraie pelouse, que ton grand-père tondait régulièrement. Et regarde-le maintenant. Regarde-moi ça. Ces arbres sont affreux. Enfin quoi, ils font peine à voir. Oh, ma puce.

Turtle s'enfonce un doigt dans la bouche. Elle n'aime pas la façon dont Caroline parle, comme si c'était la faute de son papa si les arbres ne donnaient plus de fruits, la faute de son papa si le pré était envahi de chiendent, mais ce qu'elle oublie de dire, c'est que Papy a dépensé tout l'argent, que sa mère est morte, que Martin a élevé Turtle tout seul, en acceptant des boulots ici et là quand il le pouvait, et ce n'est pas la même situation que quand Papy vivait avec Mamie, quand elle était vivante et qu'il était à la retraite et qu'il avait de l'argent.

Martin est assis dans un fauteuil Adirondack, une Red Seal Ale dans une main, et il les observe. Un Colt 1911 calibre 45 est posé sur l'accoudoir, et un fusil Saiga appuyé contre le dossier. La lumière du crépuscule tombe à l'oblique depuis la colline vers l'océan bleu scintillant.

— Restez dans la voiture, les garçons, dit Caroline à Jacob et Brett qui examinent à travers les vitres teintées le grand homme sur le porche.

Il se lève lentement, glisse le Colt dans son jean et descend les marches avec prudence. Caroline baisse sa vitre et Martin s'approche de la voiture, se penche à la fenêtre, ses larges épaules emplissent l'encadrement, il pose les coudes sur la portière et la voiture s'incline d'un côté. L'anxiété de Turtle lui trouble la vue, ses poils se dressent sur ses bras et ses jambes, sa nuque, ses cheveux sur son cuir chevelu, et une vague de froid lui parcourt le corps. Il regarde à l'intérieur de l'habitacle, dévisage Caroline, elle garde le silence un moment, et il semble intégrer le spectacle qu'il voit avant d'afficher un sourire tordu.

— Ben ça alors, Caroline, dit-il. Bon sang, c'est incroyable de te revoir.

— Martin, j'ai retrouvé ta fille.

— Si seulement tu avais pu retrouver sa mère, dit-il.

À ces mots, Caroline ouvre puis referme la bouche, perdue, mais Martin continue, presque gentiment, comme pour la mettre à l'aise, il fait un geste du menton en indiquant Julia.

— Cette gamine, dit-il en échangeant un regard espiègle avec Caroline, un regard si plein de conspiration et d'humour bon enfant qu'elle ne peut contenir un sourire.

— Marty, dit-elle en s'efforçant de rester ferme. Elle était à Little River, presque à Comptche.

— Eh bien, pour elle, ce n'est qu'un petit saut de puce, une balade, une promenade de santé. Entre nous, c'est impossible de retenir cette gamine, Caroline. Je l'ai déjà vue parcourir cinquante kilomètres en un jour, à travers la campagne. Elle est à moitié Helena Macfarlane, à moitié chat sauvage, elle est infatigable. Entre nous, Caroline, elle semble presque sortie tout droit d'un mythe. Tu peux la ligoter et l'emporter dans la broussaille, la laisser là, et si tu reviens un jour, tu découvriras qu'elle a appris à vivre avec les loups et qu'elle a fondé un royaume. Quand elle était toute petite, elle marchait jusqu'au magasin de Little River Market. Et là, je te parle d'une gamine en couche, pieds nus, et les filles à la caisse lui donnaient à manger une plaquette de beurre avant de me passer un coup de fil. Une fois, quand elle était un peu plus âgée, elle a marché jusqu'à la Ten Mile River avant que je la retrouve. Mais si tu la grondes trop, tu la pousses à partir encore plus, pas vrai, fillette ?

En l'entendant l'appeler ainsi, Turtle sourit et détourne aussitôt le regard. Martin prend plaisir à parler. Il continue.

— Mon Dieu, Caroline, dit-il en se passant la main dans les cheveux. Tu n'as pas changé en dix ans, tu le sais ?

— Oh, arrête, répond Caroline en souriant malgré elle.

— Exactement pareille, insiste Martin.

— Un peu plus de cheveux gris, dit Caroline.

— Mais ça te va bien, répond-il en tournant son attention sur la tignasse sèche de cheveux poivre et sel. C'est la seule chose qui peut laisser à penser que tu n'as pas vingt ans. Ça, c'est dû à ta peau bronzée et à l'air marin.

— Comment ça va pour toi ?

— T'es sûre qu'il n'y a pas une photo de toi quelque part où tu as l'air plus vieille et plus amochée par le temps qui passe ?

— Non, aucune photo de ce genre.

— Alors c'est que tu as la belle vie, j'imagine. Moi, dit Martin en détournant les yeux de la voiture et en les posant sur le soleil couchant au-dessus de l'océan. Ça n'a jamais été mieux.

— Ah bon, dit Caroline.

— Enfin, dit Martin en saisissant le ton de doute de sa réplique. J'ai ma fille. Et bon sang, c'est bien suffisant pour une personne. Comme tu peux le constater, elle me donne du fil à retordre. Si tu ne peux pas trouver ton bonheur avec une fille comme elle, bon sang, alors la vie ne vaut pas la peine d'être vécue. Elle est tout pour moi, Caroline. Regarde-la, quelle beauté, non ?

— Oui, effectivement, dit Caroline, perplexe quant à la beauté de Turtle.

— Tu sais, on ne peut pas se montrer trop dur avec elle, elle est exactement comme tu l'étais à son âge, sans les garçons et la psilocybine, jusqu'à présent.

— Je lui ai dit la même chose, s'exclame-t-elle dans un rire. C'est exactement ce que j'ai dit !

— Parce que c'est vrai, regarde-la, j'espère que tu n'as pas été trop dure avec elle, dit Martin, et les deux adultes toisent Turtle. Mais j'aurais bien besoin de tes conseils, reprend Martin.

— Oui, bien sûr, dit Caroline.

Martin contemple l'océan, il plisse les yeux comme s'il décrivait un paysage vu au loin, et il dit :

— Croquette…

Il fait une longue pause pour préparer sa description.

— Elle a du mal à l'école. Pas dans toutes les matières, surtout en littérature. Avec les listes de vocabulaire.

Le silence règne sur la banquette arrière, un ressort grince tandis que Jacob se penche afin de saisir la conversation.

117

Turtle se mord les doigts, furieuse qu'il aborde le sujet devant ses amis.

— Oh, tu sais, dit Caroline en décochant un regard compatissant à Turtle, on a tous du mal avec ça, non ?

Martin acquiesce lentement et sans la moindre trace d'humour.

— Il n'y a rien d'autre à faire, il me semble, que de les aider à passer le cap, et Dieu sait que ce n'est pas évident. Martin, je te présente mon fils, Brett.

Brett se penche en avant, Martin passe le bras par la fenêtre, ils échangent une poignée de main, et il adresse un sourire à Brett, sa mâchoire se tend et sa chemise à carreaux s'ouvre.

— Ça alors, dit Martin. Un grand gars sacrément beau.

Il regarde Caroline. Elle semble scruter son visage en quête de quelque chose qui ne s'y trouve pas. Elle tourne le dos à Turtle, si bien que cette dernière n'arrive pas à deviner ce qu'elle pense, mais Turtle sait que Caroline doit jouer la comédie, qu'elle doit s'inquiéter, qu'elle doit essayer de deviner quelque chose. Turtle observe Martin et se demande s'il le sait, et en l'observant, elle pense qu'il le sait.

— Tu devrais m'inviter plus souvent, Martin, dit Caroline. J'aimerais faire partie de la vie de ta fille.

— Bien sûr.

— J'ai toujours le même numéro de téléphone, dit Caroline.

— C'est vrai ? Le même numéro ? Bon, alors je l'ai toujours.

— Et j'ai la même maison.

— Sur Flynn Creek Road ? Je me souviens très bien de cette maison. Elle est toujours infestée de recluses brunes ?

— On est obligés de taper les bûches et la moindre brindille contre un pilier du porche avant de pouvoir rentrer le bois à l'intérieur.

— Eh ben, dit Martin, songeur. Bref, j'ai ton numéro et je t'appellerai.

— Ça me ferait plaisir.

— Allez, viens Croquette.

Turtle ouvre la portière, saisit quelque chose avec son orteil, le jette dans l'herbe discrètement et descend de voiture. Elle lance un dernier coup d'œil aux garçons et referme la portière, puis s'écarte de la voiture. Caroline adresse un salut de la main à Martin, fait demi-tour et redescend l'allée sous le regard de Turtle et Martin, côte à côte.

En silence, Martin retourne au fauteuil Adirondack et s'installe. Il récupère son cigare sur l'accoudoir, ouvre d'un coup sec le capuchon de son Zippo et l'allume, aspirant une bouffée et plissant les yeux à travers la fumée. Il retire le cigare de sa bouche, le cale entre deux doigts, elle grimpe les marches du porche et vient s'asseoir sur le genou paternel, il l'attire en arrière dans les profondeurs de la chaise et l'entoure de son immense bras aux senteurs de tabac, plaquant ses cheveux contre son cou, et ils restent ainsi longuement silencieux. Il pose le visage à la base de son cou et inspire. De sa main qui pend mollement au-dessus de l'épaule de Turtle, il fait un geste en direction du pré.

— Tu étais toute petite, tu devais peser à peine vingt kilos. Ta mère t'avait laissée jouer dehors. Tu étais loin dans le pré, à l'orée du verger, et l'herbe était haute cette année-là, aussi haute que toi. Et moi, je suis sorti sur le porche pour fumer, je regardais et j'arrivais à peine à t'apercevoir. Là-bas, tout là-bas avec ton petit monstre en jouet, un Godzilla miniature. Tu le faisais marcher dans l'herbe, je te voyais à peine. Et à dix mètres de toi, pas plus, à demi caché dans l'herbe, j'ai aperçu le plus gros puma que j'avais jamais vu. Assis, à te guetter. Le plus gros fils de pute que j'aie jamais vu de ma vie, Croquette.

Son bras repose toujours autour d'elle, une étreinte exceptionnellement douce, mais Turtle sent pourtant sa force. Il aspire soudain l'air à travers ses dents, il hoche la tête comme il le fait quand il a mal quelque part.

— Alors je suis rentré dans la maison, j'ai pris un fusil et je suis ressorti sur le porche, mais je ne voyais plus ce foutu puma.

Elle respire son odeur, blottie dans son étreinte, regardant le pré et imaginant la scène. À l'endroit où il regorge de vie, la fléole est haute, verte et agitée par le vent. La folle avoine se dresse, ses panicules arquées et ses épillets se balancent doucement. Bientôt, elle le sait, le chiendent envahira le pré. Elle observe le porche et remarque l'empreinte de ses chaussures, l'argile orange et grise. Elle reste assise à examiner ces marques, puis elle concentre son attention sur l'argile gris cendre sur les semelles de ses chaussures. Il n'y a pas d'argile de ce genre-là sur leur terrain, pas à sa connaissance.

Il la fait pivoter sur ses genoux pour pouvoir la regarder en face.

— Bon Dieu, Croquette. Je suis sorti sur le porche, j'ai regardé dans le viseur de mon fusil et je ne voyais plus le puma. C'était l'été, l'herbe était plus jaune que jamais, et le puma avait la même couleur. Je savais qu'il était là mais je ne le voyais pas dans l'herbe haute. Je suis resté immobile, Croquette, et je savais que ce putain de puma était quelque part dans le coin, et si je criais ton nom, il risquait peut-être de réagir, de se lancer à ta poursuite. Je te voyais. Tu avançais à quatre pattes dans l'herbe, et je suis resté là, et je… je ne savais pas quoi faire.

Elle passe les bras autour de son cou, elle pose l'oreille contre le tissu de sa chemise. Elle sent les poils naissants de sa barbe, l'odeur de fumée des Swisher Sweets, les effluves maltés de la bière. Il y a de l'argile sur le rebord des marches, à l'endroit où il a essuyé la boue de ses semelles, de l'argile et des petites feuilles cassantes de myrtilliers.

— Je ne suis pas sûr que tu comprennes ce que j'essaie de t'expliquer, Croquette. Parce que j'ai cru que j'allais te perdre. Et que je ne savais pas quoi faire. J'ai pensé… j'ai pensé… Tu sais ce que j'ai pensé, Croquette ? J'ai pensé que je ne pourrais jamais te perdre, jamais te laisser partir. Tu es à moi. Mais je ne serai pas toujours là. Je ne serai peut-être pas toujours assez rapide, ou assez intelligent, Croquette. Et le monde est un endroit terrible. Un putain d'endroit terrible, vraiment.

— Qu'est-ce qu'il s'est passé ?

— Tu t'es levée. Tu t'es levée et tu as observé l'herbe, ton putain de jouet dans la main, et je savais que tu regardais le puma. Bon Dieu, tu devais le regarder droit dans les yeux. J'étais au bord du porche, je ne le voyais pas dans l'herbe. C'était comme s'il était invisible. Il inspire entre ses dents. Des veines se dessinent sur ses avant-bras brunis et sillonnent le dos de ses mains. Ses articulations sont pareilles à des nœuds de cuir, ses doigts constellés de cicatrices. Elle baisse les yeux vers son genou, le jean taché de graisse et de rouille, elle tend la main et gratte une tache d'époxyde semblable à une plaie. De la boue et des feuilles s'accrochent à son pantalon au niveau de ses chevilles. Lovées dans un pli du jean, la minuscule clochette rose aux lèvres pincées et la pédicelle colorée d'une petite fleur de manzanita.

— Ces salopards, ils peuvent se tapir au ras du sol et attendre. Ce fils de pute. Je me suis agenouillé au bord du porche, je t'ai trouvée dans mon viseur, j'ai posé la croix juste sur toi. Au début, je me suis dit que je pourrais l'abattre juste à l'instant où il te sauterait dessus. Et puis je me suis dit ensuite que je préférerais te tuer plutôt que de laisser le puma t'emporter. Plutôt que de le laisser te traîner dans l'herbe et t'éviscérer. C'est comme ça qu'ils font. Ils t'attrapent dans leur gueule, ils te bloquent avec leurs pattes avant, et ils frappent de leurs pattes arrière pour t'éventrer. Et plutôt crever que de laisser un truc pareil se produire. J'ai posé le viseur sur ta tempe, et ça aurait été terminé aussitôt. Pffff, et un brouillard rouge. Plutôt que de laisser le puma t'ouvrir en deux.

— Tu l'as vu, le puma, Papa?

— Non. Tu as fait demi-tour et tu as gravi la colline, tu es montée sur le porche, et je savais que ce fils de pute était quelque part dans les parages, prêt à t'emporter loin de moi. Tu es arrivée, tu t'es accrochée à la jambe de mon pantalon, et je suis resté là, immobile, jusqu'à ce que tu sois rentrée dans la maison. La nuit est tombée et tu es sortie en disant que tu avais faim.

— Tu m'aurais vraiment tiré dessus?

— Tu es ma petite fille, Croquette. Tu représentes tout pour ton vieux père, et je ne te laisserai jamais, jamais partir, mais je ne sais pas. J'imagine que c'est difficile de dire ce qui est bien ou non.

— Toi et moi, lâche Turtle. Contre le monde entier.

— C'est exactement ça.

— Je suis désolée d'être partie, Papa.

— Tu es allée où ?

— À l'est. À l'est au-dessus de l'Albion. Il y a des séquoias là-bas, Papa.

Il acquiesce et regarde à l'est.

— Il y a des types qui cultivent du cannabis là-bas, et je ne pense pas qu'aucun d'eux ferait du mal à une enfant, mais ils ont des chiens qui pourraient te blesser. Et Croquette, ce sont des gens, et comme souvent avec les gens, ils ne sont pas tous bien. Fais attention. Je pense qu'il vaut mieux que tu ne t'en ailles plus jamais comme ça. Mais on va fermer les yeux, pour cette fois.

— Papa. Sur une crête au-dessus de l'Albion, il y avait une tarentule.

Il la serre un moment. Puis il dit :

— Non, Croquette, il n'y a pas de tarentule par ici.

— Si, Papa, j'en ai vu une. Elle était aussi grosse que ma main.

— Tu n'as pas vu d'araignée comme ça, Croquette.

— Mais Papa…

— Croquette.

— D'accord, Papa.

Ils restent assis dans le fauteuil Adirondack, Turtle sur ses genoux, entre ses bras, et ils observent les rangées de nuages approcher. La couronne du soleil couchant illumine l'océan bleu-vert et pourpre. La silhouette presque noire des pinacles se dresse, et sur leurs dos blanchis par les éléments, des cormorans attendent, les ailes déployées dans le jour déclinant. Ses biceps sont plus épais que les deux mains jointes de Turtle, du pouce à son auriculaire. Les veines qui les sillonnent sont plus larges que son doigt.

Elle saute de ses cuisses, il se lève, baisse les yeux vers elle et un spasme lui traverse le visage. Il tombe à genoux et la prend dans ses bras.

— Bon sang, dit-il. Bon sang. Nom de Dieu, Croquette. Sois prudente. Bon sang, Croquette. *Bon sang.* (Il l'étreint et elle ne bouge pas, la taille enserrée dans ses bras.) Tu deviens si grande, si forte. Mon amour absolu. Mon amour absolu.

— Oui.

— Rien qu'à moi?

— Rien qu'à toi, dit-elle, et il presse le côté de son visage contre la hanche de Turtle, il la serre contre lui avec urgence, il lève les yeux vers elle, les bras autour de ses reins.

— Promis? demande-t-il.

— Promis.

— Personne d'autre?

— Personne d'autre, dit-elle.

Il inspire profondément son parfum et ferme les yeux. Elle s'autorise à se laisser enlacer. Comme il ne l'avait pas trouvée, elle avait pensé qu'il n'était pas parti à sa recherche. Elle avait cru qu'il s'était contenté d'attendre son retour. Mais à présent qu'elle se trouve entre ses bras, qu'elle voit ses empreintes de chaussures boueuses, elle pense, Tu m'as suivie mais tu ne m'as pas trouvée. Elle avait toujours eu l'impression qu'il était capable de la déloger n'importe où, d'anticiper le moindre de ses mouvements, mieux qu'elle-même. Elle pense, Ç'aurait été mieux que tu me le dises, Papa, et on en aurait rigolé. Tu aurais pu en faire une blague. Tu aurais pu dire : "Tu es si grande et forte, si discrète dans l'absence de traces que tu laisses sur ton passage." Elle pense, Tu aurais dû dire quelque chose, plutôt que de me laisser regarder cette boue et me laisser deviner, me laisser deviner que tu m'a suivie mais que tu ne m'as pas rattrapée, si bien que tu as été obligé de revenir ici et d'attendre, simplement. Elle pense, Tu n'aurais pas baissé dans mon estime, si tu avais juste partagé ça avec moi.

Au milieu de la nuit, elle se réveille et reste étendue en silence, à mâchonner le rembourrage en coton de son sac de couchage. Puis elle se lève, ouvre la fenêtre et grimpe sur le chambranle, la lune éclaire ses membres nus. Elle passe par la fenêtre, descend en s'agrippant aux rosiers, aussi épais que des poignets noueux, elle traverse le jardin boueux et dans l'obscurité, elle arpente les hautes herbes. L'éclairage automatique s'enclenche avec un cliquetis et elle se plaque au sol, elle respire le parfum humide des ravenelles écrasées et de l'avoine odorante.

La porte du débarras de la grande chambre paternelle s'ouvre et Martin sort, se poste sur la petite terrasse de la chambre au sud de la maison, il inspecte le pré. Un fusil est posé avec nonchalance sur son épaule, elle ne voit pas lequel exactement. Aveuglée par les lampes qui lui font face, elle peine à le distinguer nettement, comme une silhouette debout juste à droite du soleil. Il attend là, jambes écartées et patient, et elle imagine son souffle mesuré tandis qu'il inspecte le pré. Elle enfouit son visage dans l'herbe, ne dévoile pas le blanc de ses yeux, et elle respire, elle l'attend, sachant qu'il ne la verra jamais. Elle pense, Il y avait quelque chose d'anormal dans cette histoire de puma. Il ne voit pas les choses telles qu'elles sont, pas clairement.

Martin rentre. Elle entend la porte claquer derrière lui. Elle exhale, haletante, et se faufile entre les tiges de folle avoine, elle tâtonne du bout des doigts jusqu'à trouver ce qu'elle cherchait, ce qu'elle a jeté discrètement dans l'herbe en sortant du siège passager.

Elle le ramasse, le porte à son visage et respire. À son retour, l'éclairage automatique s'enclenche une fois encore. Elle traverse rapidement le passage à découvert, pose le T-shirt sur son épaule afin d'avoir les deux mains libres et escalade le mur. Elle contourne une fenêtre et se glisse dans l'angle formé par les murs du couloir et du premier étage, grimpe sur le toit du hall d'entrée et suit le flanc du bâtiment jusqu'à sa fenêtre. Elle entend Martin ouvrir la porte qui claque, puis elle l'entend sortir sur la terrasse sud. Il est dissimulé par le mur du hall d'entrée. Au-dessus d'elle, la baie vitrée dessine un décrochement d'un mètre sur la façade. Elle s'agrippe au rosier au-dessous et à côté du chambranle, elle lève la tête vers la fenêtre, elle entend les pas de Martin, puis elle s'élance d'un bond dans l'air. Elle s'accroche aux montants, reste suspendue là d'une main, les pieds dans le vide. Elle attrape le chambranle de l'autre main, se faufile sur le sol, pleine de boue. Elle ne lâche pas le morceau de tissu. En contrebas, Martin avance dans le jardin. Elle jette un coup d'œil par la fenêtre, le souffle court. Il se tient près du bidon à ordures, il scrute l'herbe, puis tourne les talons et observe la maison. Quand il a disparu, elle se détend contre le mur.

C'est le T-shirt de Jacob Learner. Il représente une bougie au centre, enroulée d'un fil de fer barbelé. Au-dessus, un arc d'étoiles. On peut y lire AMNESTY INTERNATIONAL. Elle reste assise à se mordiller les doigts, ses jambes nues écartées sur le plancher froid, les empreintes boueuses de ses talons maculant le sol. Elle plonge les mains dans le T-shirt.

9

DEPUIS le champ de framboisiers, Turtle entend Rosy arriver lourdement jusqu'à la porte, s'ébrouer en faisant tinter son collier, puis Papy ouvre et baisse les yeux vers elle.

— Ma puce, dit-il, tu veux bien me donner un coup de main avec cette pizza ?

Elle pose le fusil contre le montant, tire la pizza du four d'un geste adroit et la laisse tomber sur la planche à découper. Elle accepte le couteau de chef que lui tend Papy, le teste du bout de son pouce, puis elle coupe la pizza en plusieurs parts.

— Oh, c'est bien, dit-il en regardant le couteau collant de fromage. C'est bien.

— Papy, il faut que tu manges autre chose, de temps en temps. Pas que de la pizza.

— Oh, c'est bien, dit-il. C'est bien. Ça fait longtemps que je ne m'inquiète plus pour ma santé, ma puce.

Ils se rendent à la table.

— C'est bien rare de t'avoir à dîner chez moi, dit Papy.

On dirait qu'il pose une question.

— Ouaip, répond Turtle.

Il s'assied, une main autour d'un verre de bourbon rempli de cubes de stéatite congelés. Ses bajoues pendent et il a l'air de froncer les sourcils. Elle dégaine le Sig Sauer, sort le chargeur, bloque la glissière et le pose sur la table. Il pue la poudre. Des restes de poudre maculent le canon à nu, une poussière sur la structure tout entière qui lui noircit le bout des doigts, son index semble cuivré. Elle écarte l'étui des cartes, tapote le paquet avec habileté et mélange.

— Bon, dis-moi au moins que tu n'as pas emporté ce truc à l'école.

— Je ne l'ai pas emporté à l'école, dit-elle avant de couper, de mélanger et de distribuer.

Il récupère ses cartes. Elles tremblent dans ses mains avec un bruissement parcheminé. Il dit :

— Les pins sur la face nord du ravin ont commencé à mourir, et vers l'Albion le long de l'autoroute au niveau du tournant, il y en a d'autres qui meurent. C'est peut-être cet insecte ravageur dont tout le monde parle, je sais pas, ma puce.

Turtle défausse ses deux cartes dans le pot. Ces pins sont morts depuis très longtemps.

Papy touche ses cartes et les classe d'une main tremblante.

— L'année touche à sa fin, lâche-t-il.

Elle lève les yeux vers lui. Elle ne comprend pas ce qu'il veut dire. Il trie ses cartes.

— Qu'est-ce que je... ? dit-il au bout d'un moment.

— Je ne sais pas.

Il a les yeux jaunes. Il se passe la langue sur les lèvres.

— Ben alors, qu'est-ce que je disais ?

— Les pins, la fin de l'année, mais ce n'est pas la fin de l'année, Papy.

— Oui, bon, je sais ça.

Le jeu s'est interrompu pendant qu'il réfléchit. Il finit par reprendre :

— Les abeilles sont en train de mourir. Six ruches, ma puce, et cinq sont en train de mourir.

Elle ne répond rien.

— Je ne sais pas pourquoi. (Il grimace d'un air renfrogné.) Une sorte de mite, peut-être. C'est peut-être de ma faute.

— Ce n'est pas de ta faute.

— Peut-être que j'ai... (Il fait un geste de la main.) Que j'ai oublié quelque chose.

— Tu n'as rien oublié.

— Six ruches, et cinq sont mortes, les larves encore bien protégées dans leurs alcôves. Les ouvrières ne sont pas revenues, je ne sais pas pourquoi. J'ai dû faire un truc pas comme il faut.

Elle attend qu'il jette ses cartes dans le pot.

— Mais je vois pas ce que ça peut être. Ah. Ah. La fin de l'année. Il n'y a pas quelque chose de particulier, à ce moment?

— Papy. On est en mai.

— Quelque chose de particulier en fin d'année?

— Je ne comprends pas du tout ce que tu racontes.

— Le bal de promo, dit Papy.

— Pas de bal de promo, dit-elle, parce que le bal de promo, c'est au lycée. La fête est le 13 mai, dans moins de deux semaines. Les cours s'arrêtent le 10 juin.

— Eh ben, dit Papy en jetant des cartes dans le pot.

Turtle coupe le paquet, Papy tire la carte d'ouverture, un valet, et Turtle marque donc deux points. Ils ont repris le rythme.

— Bon, dit-il. Bon alors.

Il ramasse ses cartes, lance un huit.

Turtle abat un sept, marque deux points.

Papy lance un neuf, marque trois points grâce à la suite 7-8-9.

— Alors, tu vas aller à la fête?

Elle éclate de rire. Il fait un geste du menton en direction du Sig Sauer, un geste qui ressemble tellement à Martin.

— Je n'arrive pas à croire qu'il te laisse te balader avec ça, dit-il.

— Ah ouais?

— Je n'arrive pas à croire qu'il t'élève comme ça.

— Il m'aime, dit Turtle.

Papy secoue la tête.

— Il m'aime beaucoup, insiste Turtle.

— Ne fais pas ça, ma puce.

— Quoi?

— Ne déforme pas les choses comme ça. On ne peut pas dire une chose pour une autre, ma puce, ne commence pas.

Elle fait craquer ses articulations, elle pense, Désolée, je suis désolée.

— C'est ta ville. C'est *ta* ville. Les gens qui y habitent sont tes proches. Et toi, tu te balades avec ce truc.

Il s'accroche à son verre de whiskey, ses yeux se font de plus en plus durs, son allure change à peine mais suggère pourtant une lente solidification de son amertume. Il prend une bouteille de Tabasco et se met à asperger la pizza. Puis il soulève une part, la tient un instant dans sa main tremblante, puis la repose. Il reprend ses cartes et le jeu continue en silence. Elle le perçoit à son visage, la façon dont il n'arrive pas à y voir clair, et la façon dont il aimerait tant y arriver.

Au bout d'un moment, il dit :

— Bon, alors, tu n'as pas un gars ?

— Je n'ai pas de gars.

Papy lève le regard vers elle et la dévisage avec une grande attention.

— Qu'est-ce que tu veux dire ?

— Que je n'ai pas de gars. C'est tout ce que je veux dire.

— Ça se passe mal à l'école ? On t'embête ?

— Non.

— Tant mieux.

Il se verse un autre verre de whiskey. Ils retournent le pot, calculent le score final, abattent leurs cartes et les comptent. Papy rassemble les cartes avec difficulté. Il les mélange. Ils jouent une main. Il se verse un autre whiskey et le contemple. Ils posent les cartes, marquent les points du pot.

— Si tu y allais, tu t'habillerais comment ? demande-t-il.

— Je n'y vais pas.

— Ça ne me plaît pas que tu n'ailles pas à cette fête.

— Bon, Papy, alors j'irai.

— Ah, alors tu as un gars ?

— Bien sûr, dit-elle. J'ai un gars.

Papy plisse les yeux de plaisir. Il ne peut contenir un sourire. Il se passe les mains sur le visage à plusieurs reprises, il s'efforce d'arrêter car il sait bien qu'il a l'air idiot, et elle voit qu'il ne veut pas gâcher l'instant en agissant comme ça, mais il ne peut se retenir de sourire et il reste assis là à faire semblant de ne pas sourire, il baisse les yeux vers son whiskey, les paupières mi-closes, ravi.

— Ce petit merdeux, dit Papy.

— Tu le connais pas. Il est très gentil.

— C'est un petit merdeux.

Il ne peut s'empêcher de sourire dans son whiskey. Il se passe à nouveau la main sur le visage. Son sourire disparaît un instant, puis il revient sur le côté gauche de son visage, et Papy fait tourner son verre dans le cercle de condensation.

— Bon, il te faudra une robe, ma puce.

— Non, pas de robe, réplique-t-elle en tenant le paquet coupé en deux, une moitié dans chaque main.

C'est comme si tout pouvait soudain se produire. C'est comme si le monde pouvait soudain s'ouvrir. Et Papy demande tout à coup :

— Martin n'a jamais... il ne s'en est jamais pris à toi, hein ?

— Non.

— Bien sûr que non. Bien sûr que non.

Il lève son verre, regarde la lumière qui tombe à l'oblique dans le whiskey, le boit cul sec. Il le repose sur la table. Il semble avoir oublié la partie de cartes.

— Demande-lui de t'emmener acheter une robe.

— Une robe, dit-elle avant d'éclater de rire.

— Une robe. Voilà ce que tu vas lui dire, voilà comment tu vas t'y prendre, dit Papy en acquiesçant. Ça va lui plaire. Tu vas lui dire "J'ai envie d'aller à la fête de l'école". Il dira ce qu'il dira. Et là, tu lui dis "Papa, emmène-moi choisir une robe". Et puis tu ne dis plus rien, c'est terminé, tu n'abordes plus le sujet, tu fais comme si tu avais abandonné cette idée, jusqu'à ce qu'il t'emmène acheter une robe, et puis là tu ne parles pas de la fête, et tu ne parles pas de ton gars. À ce moment, il n'y a qu'une robe, que toi et que lui. Et puis quand le jour de la fête arrive, tu y vas. Tu ne lui demandes pas sa permission. Tu y vas, simplement. Et quand tu reviens, tu ne dis rien, c'est comme si la fête était entre lui et toi, et qu'il n'y a peut-être même jamais eu de gars.

Turtle mélange le paquet, distribue et scrute les deux jeux. Ni elle ni Papy ne retournent leurs cartes. Elle pense, Bon Dieu, ça pourrait peut-être marcher, mais il n'y a pas de gars, et il n'y aura pas de robe, et puis elle pense, Tu oublies ce qu'est ta vie, Turtle, et tu ne peux pas l'oublier, et tu dois rester proche de ce qui est réel, et si tu arrives un jour à sortir de là, c'est parce que tu auras fait attention, que tu auras avancé avec prudence et que tu auras tout fait correctement. Et puis elle pense, Sortir de là, merde, ton esprit est pourri et tu ne peux pas te faire confiance, et tu ne sais même pas à quoi te fier, sauf à l'amour que tu as pour lui, et tout part de là.

Ils ramassent leur jeu. Turtle a de mauvaises cartes. Elle attendra de voir ce que lui donnera la carte d'ouverture, mais sa main de départ n'est pas bonne. Elle pourra faire quelque chose si elle joue bien, mais quand les cartes sont mauvaises, c'est toujours une partie pleine de regrets, parce que les cartes qu'elle défausse lui seront sans doute nécessaires mais impossible de savoir à l'avance ce dont on a besoin, et impossible de s'y prendre autrement. Elle trie ses cartes, elle essaie de voir si elle peut en faire quelque chose, et elle se demande ce que va lui apporter la carte d'ouverture. Papy reste là à faire lentement tourner son whiskey, les cubes de stéatite tintent contre le verre. Turtle attend qu'il joue, mais il ne joue pas.

Ce soir-là, quand elle émerge du verger et aperçoit la maison, il y a un autre pick-up garé dans l'allée, et la Coccinelle orange de Wallace McPherson. Elle s'accroupit dans l'herbe et dégaine le pistolet. Elle voit l'ombre des hommes autour de la table, et elle pense, Il va être de mauvaise humeur, ça c'est sûr qu'il sera de mauvaise humeur. Elle arrache de la petite oseille et mâchonne les feuilles aigres. Puis elle se lève, monte sur la terrasse et franchit les portes coulissantes. Martin est assis à table avec Wallace McPherson et Jim Macklemore, des bouteilles de bière éparpillées ici et là, des joints et des cigares écrasés dans les cendriers, Martin distribue une nouvelle partie de poker. Ils lèvent la tête vers elle, Martin abat sa main sur la table dans un bruit de détonation.

— Eh ben, te voilà, dit-il.

— J'étais avec Papy.

— Avec Papy, dit Martin à Wallace McPherson. On s'inquiétait pour elle parce qu'elle ne rentrait pas mais en fait, elle était seulement avec son Papy. Son Papy d'amour adoré. Je n'aurais pas dû m'inquiéter. Qu'est-ce que ça peut faire, de passer tout son temps libre en compagnie d'un impitoyable psychopathe? Un homme dépourvu d'imagination et reclus dans un mobile home lugubre et puant? Un mobile home qui pue le Jack Daniel's et l'odeur de ses rêves empoisonnés, les relents pitoyables d'un esprit étroit, amer et haineux? Passer un peu de temps avec ce cher vieux Papy qui a décidé de boire jusqu'à ce que mort s'ensuive.

Wallace McPherson lance un regard d'excuse à Turtle. Il se balance sur les deux pieds arrière de sa chaise. Sa barbe noire est impeccablement taillée, ses longues moustaches lustrées.

— Son cher vieux Papy, dit Martin à Wallace. L'homme le plus doux de la terre, vraiment. Le genre d'homme qu'on adore voir sa fille fréquenter.

Il frappe la table une fois encore et regarde Turtle.

— Qu'est-ce que tu vas faire, maintenant?

— Je vais au lit.

— Au lit? Bien.

— C'est un pistolet fichûment gros pour une fillette, non? Turtle le regarde droit dans les yeux.

— Avec un gros... c'est quoi la lunette que tu as là? Turtle ne voit pas l'intérêt de lui répondre.

— Tu sais tirer avec ce truc, au moins? Elle ne dit rien.

— Tu arrives à toucher quelque chose? Elle reste là à mâchonner ses feuilles d'oseille.

— Bon, lâche-t-il et il hoche la tête lentement. Peut-être que tu y arrives, ou peut-être pas.

Martin ne dit rien.

Turtle monte sans bruit dans sa chambre. Elle sort sa boîte à outils, étale une serviette et s'assied en tailleur. Elle prend son Sig Sauer, détache la glissière et pose les deux pièces séparées. Elle retire la tige du percuteur. Elle choisit un tournevis dans la boîte à outils et détache les fixations en polymère afin de mettre à nu la tige poussoir et le ressort principal. En bas, elle entend Wallace se lever et déclarer :

— Bon, ben je crois que je vais rentrer.

Puis des plaisanteries marmonnées et inaudibles, un rire et le bruit de Wallace qui enfile son manteau, le sifflement et double baiser de la porte coulissante en verre, les pas de Wallace sur les marches et dans l'herbe, la Coccinelle qui démarre, et Wallace qui fait marche arrière dans l'allée. Turtle se penche au-dessus de la serviette, elle s'attelle aux morceaux du pistolet avec ses doigts noirs de poudre. Elle noue ses cheveux en une queue-de-cheval haute, et elle entreprend la longue excavation de chaque ressort et de chaque pièce. Elle les connaît toutes et les pose soigneusement sur la serviette. En bas, elle entend Jim et son papa discuter. Leurs voix sont étouffées et interrompues de longs silences. Elle ne distingue pas les mots, mais elle perçoit très bien le ton. Elle se lève et marche jusqu'au couloir. Elle s'allonge sur le ventre et rampe jusqu'au palier dépourvu de rambarde, rien qu'une structure de planches en séquoia fendues, noircies par le temps et la cire. Elle avance jusqu'à la poutre principale, elle pose la joue dessus et elle écoute.

— Ta gamine, là.

— Bon sang, dit Martin.

— Elle est du genre sauvage, hein ?

— Bon sang, répète Martin.

— Elle ressemble vraiment à sa mère, dit Jim.

— Et pas du tout à moi.

— C'est dans les yeux, dit Jim.

Une longue pause s'étire tandis qu'ils réfléchissent tous les deux. Puis Jim ajoute :

— Des yeux bleus et froids, débordant de vitriol et d'envie de meurtre.

Il rit de sa propre plaisanterie. Martin frappe la table et s'esclaffe. Les deux hommes retrouvent le silence. Turtle roule sur le dos, elle reste étendue à écouter, à regarder le plafond.

— Sa mère disait qu'un puma lui avait fait ça.

— Hein?

Un autre long silence. Turtle entend les bruits secs de Martin qui ouvre et ferme la bouche, les préliminaires à sa prise de parole, mais il ne parvient pas à parler. Puis dans un rire semblable à un murmure, il dit :

— Elle racontait qu'elle dormait dans la chambre, que j'étais en train de scier des planches pour refaire le parquet de la pièce à l'étage. Dans la chambre principale, il y a un cagibi qui donne sur un porche à l'extérieur. Elle racontait que j'avais laissé la porte ouverte.

— Sans déconner?

Silence. Martin acquiesce peut-être. Le bruit discret de ses lèvres, une sorte de cliquetis avec sa langue, qu'il fait lorsqu'il réfléchit ou qu'il se perd dans ses souvenirs.

— Elle racontait qu'en se réveillant, le puma était dans le lit avec elle, plus de deux mètres de la tête aux pattes.

— J'ai jamais vu un puma aussi gros, dit Jim. Mais bon, j'habite pas par ici comme vous autres.

— C'était un gros puma.

— Elle aimait bien te faire marcher.

Un autre silence, puis :

— Elle racontait que ce foutu puma lui était monté dessus, qu'il lui avait attrapé la nuque entre ses mâchoires, et qu'il l'avait prise là, sur le lit, par-derrière, elle racontait qu'il avait une sorte de crochet au bout de sa bite, comme une épine.

Jim éclate de rire et frappe la table du plat de la main.

— Oh, putain. Elle avait un sacré toupet. Hein?

— Hilarant, ouais, dit Martin sèchement.

Un autre long silence.

66666666

666

— C'est ta fille, finit par dire Jim. C'est sûr. De la tête aux pieds et jusqu'à son foutu squelette. Elle doit peser, quoi, cinquante kilos, elle pète la forme et déborde d'une foutue envie de meurtre. Alors c'est ta fille, ça c'est certain.

Un autre long silence, et Martin dit :

— Bon sang.

— Tu sais quoi, la plupart du temps, je m'inquiète de voir grandir les filles dans notre monde, tu vois ? Tu vois ? C'est pas pareil avec des mecs, ce qui peut se passer. Mais avec ta fille... (Il rassemble les cartes dans un frottement de papier, il en cogne le bord sur le coin de la table.) Le truc, avec Julia. Le truc avec ta gamine. Un connard qui tenterait le coup, tu vois ? Eh ben, on... on a pitié de ce pauvre trouduc, comment il va comprendre sa douleur.

Jim tousse un rire rauque.

— Je ne trouve pas ça drôle du tout, dit Martin.

— Je sais, je sais, dit aussitôt Jim.

— C'est des connards comme toi. Des connards gras du bide comme toi, qui ont jamais rien vu de mal, et qui pensent qu'il suffit juste d'être bien. Mais la vérité, Jim, c'est que ça peut partir dans n'importe quel sens et parfois, peu importe que tu sois un gars bien.

— Je sais. Évidemment que tu as raison.

— Alors ce n'est pas drôle. J'ai fait tout ce que j'ai pu pour m'occuper d'elle, mais elle a quatorze ans, Jim.

— Je sais, je suis désolé.

— On peut jamais prévoir comment vont se passer les choses, dit Martin. L'issue n'est jamais certaine.

— Bien sûr, excuse-moi, Marty.

— Et bon sang, c'est le genre d'inquiétudes qui t'empêchent de dormir la nuit. On s'inquiète du monde dans lequel elle va grandir, de ce qu'elle va devenir. Bon sang, c'est horrible. Et j'aimerais que ça soit comme tu le dis. Mais en vérité, peu importe ta force.

Elle reste étendue au sol, elle écoute son papa, sa voix pleine de douleur, les yeux rivés aux planches du plafond.

Elles s'emboîtent les unes dans les autres, et elles continuent planche après planche sur ce plafond presque enveloppé de pénombre, et elles sont toutes miraculeuses dans leur étrangeté et leur particularité, et Turtle pense, La vie est étrange, si on regarde autour de soi, si on regarde bien, on peut presque s'y perdre, et elle pense, Arrête, tu raisonnes comme Martin. Un autre long silence se prolonge en bas.

— C'était vraiment un putain de truc horrible, dit Jim au bout d'un moment.

— Bon sang, dit Martin.

— Merde, Marty, arrête de parler d'elle.

— Bon sang, répète Martin. J'oublie presque, parfois.

— Ne parle pas d'elle. C'est fait.

Un bruit alors que Martin remue sur sa chaise. La table grince lorsqu'il y pose ses avant-bras, qu'il se penche peut-être.

— Et on se dit, continue-t-il. On se dit, qu'est-ce qu'on peut raconter à une fille, comment peut-on lui parler du monde, comment peut-on lui parler de la vie ? Qu'est-ce qu'on lui dit ?

— Oh, putain, Marty. J'en sais rien.

— La température risque d'augmenter de trois degrés au cours des prochaines décennies, et ce n'est pas une simple "hausse des températures", c'est un cataclysme. Tu crois qu'on peut empêcher ça ? Les gens ne croient pas en l'obésité, ils croient être capables de se regarder dans un putain de miroir. Ils ne savent même pas s'occuper de leur propre foutu corps. Combien de personnes meurent parce que leur cœur est encrassé par la graisse, à ton avis ? Beaucoup. Combien, déjà ? Soixante-dix pour cent des Américains sont en surpoids. Dont la moitié carrément obèses. Et tu crois que cette personne, cet Américain moyen, est capable de s'occuper de quoi que ce soit ? Non. Putain, non. Alors le monde naturel, cette nature qu'ils n'aperçoivent pas depuis leurs routes, depuis leurs stations-service, depuis leurs écoles, depuis leurs prisons, le putain de monde naturel, plus beau et plus important que ce qu'un Américain moyen n'a jamais vu ou n'a jamais compris dans sa putain de vie, le monde naturel va mourir, et on va le laisser mourir, et on n'a aucun moyen de le sauver. Putain.

— Et l'optimisme?

— L'optimisme, mon cul, dit Martin. Demande voir un jour, demande voir à quelqu'un ce qu'il ferait si la fin arrivait. Vas-y, demande-leur, il y en aura une partie qui te dira qu'ils se laisseraient simplement mourir, et parmi ceux qui n'auront rien dit, certains le penseront aussi. Les gens sont satisfaits de vivre si la vie est facile. Si ce n'est plus aussi facile... Eh ben...

Un silence. Ils restent assis là un moment, puis la voix éraillée, dure et rauque de Martin qui fait crisser ses ongles sur le bois :

— Eh ben, laisse-moi te dire que la question à poser... C'est qu'est-ce que tu feras quand ça deviendra difficile. Et la vie *va* devenir difficile. La vie va devenir difficile, et d'avouer que tu refuses de te battre pour elle. Eh ben... Quel genre de relations tu veux entretenir avec ces gens-là? Aucune. Leur vie n'est qu'une suite de concours de circonstances, leur soi-disant pouvoir n'est que perfidie, un mensonge social, et les considérer comme des êtres humains n'est que pur fétichisme. Alors de quel optimisme peut-on parler? Ils refuseront de se battre pour eux-mêmes. Alors tu crois qu'ils voudront en plus se battre pour un monde qui leur est étranger? Un monde trop compliqué à imaginer, trop compliqué à comprendre? Ils n'ont même pas les mots corrects pour le concevoir. Ils n'y perçoivent aucune beauté. Et qu'est-ce qu'on peut affirmer, dans tout ça? C'est que la fin est proche, et on est tous là à l'attendre, la bite dans la main.

— Oh, putain, Marty.

— Tu sais ce que je pense? Elle n'en avait rien à foutre, elle n'avait pas envie. C'était devenu trop difficile, et ses putains de migraines étaient trop douloureuses, alors elle a baissé les bras.

— Arrête de parler d'elle, dit Jim.

— Pourquoi?

— Tu l'as dit toi-même, il peut se passer n'importe quoi. C'était peut-être un truc complètement fortuit. C'était pas un truc qu'elle avait prévu. Tu le sais bien.

— Nom de Dieu, je sais que dalle.

— Allez, parlons donc pas d'elle.

— Ce n'est pas quelque chose qu'on peut savoir, j'imagine, dit Martin. Mais putain, ça laisse quand même songeur.

— C'était un accident, et si c'en était pas un, je vois pas en quoi ça a de l'importance.

— Ça a de l'importance.

— Non, Marty, je pense pas.

— T'es un type bien, pour un enculé. Tu le sais, ça, Jim ?

— Je suis pas un enculé.

— Ce n'est parce que t'es un pédé de républicain pétri de haine envers toi-même que t'en est pas moins un pédé, Jim. Ça fait quand même de toi un pédé, et aussi un fils de pute aveugle et abruti.

— Je me demande vraiment comment ça se fait que tu n'aies pas plus d'amis.

Turtle attend encore mais rien ne vient, elle recule à quatre pattes, se lève et retourne en silence dans sa chambre en se mordillant les doigts. Elle s'allonge et contemple sur le sol le carré de lune projeté par la fenêtre. Elle pense, Tu ne sais pas vraiment ce que tu as entendu, tu ne sais pas vraiment, alors arrête, et tu ne sais pas ce qu'ils voulaient dire, alors arrête, Turtle, arrête.

10

L'aube est à peine levée. Les longues tiges humides des fétuques rouges s'inclinent au-dessus d'elle. Turtle est allongée et observe à travers la lunette. Tout près du fusil, elle sent l'odeur de graisse et de poudre. Autour d'elle, le pré est lourd de rosée, la brume se détricote le long de la colline. À mesure que la journée se réchauffe, les longues tiges voûtées par les gouttes de rosée se démêlent soudain et jaillissent vers le ciel, leurs têtes gonflées de graines s'agitent. Il n'y a pas le moindre nuage dans le ciel, à l'exception d'un unique et lointain lenticulaire que la brise ballote et déchire en lambeaux. Turtle évalue la distance et reste immobile, la joue rivée à la crosse. La cible sur son chevalet semble très loin. Elle pense, Je ne tirerai jamais à cette distance. Aucune raison de le faire. À cinq cents mètres, tu te lèves et tu t'en vas. Je parie que beaucoup de gens pensent pouvoir tirer à cinq cents mètres, et je parie que peu d'entre eux y arrivent. Alors lève-toi, va-t'en et saisis ta chance. Mais, pense-t-elle, j'imagine que ce n'est pas toujours possible. Elle baisse la luminosité du viseur, la croix passe d'un rouge laser au noir. Elle appuie sur la détente. Le fusil éjecte la douille brûlante dans l'herbe. La cible fait *pang* et s'agite follement sur son support, Turtle sourit à cette chance d'avoir mis dans le mille du premier coup. Elle tire encore et la cible fait *pang* à nouveau, s'agite, et Turtle attend qu'elle se stabilise pour tirer encore, et la cible remonte, Turtle sourit, les douilles de calibre 308 nichées dans l'herbe mouillée, fumantes. Derrière elle, un rire étouffé. Elle se retourne aussitôt. Martin traverse le pré, son jean trempé jusqu'aux tibias, une bière contre le torse. Il vient s'allonger près d'elle.

— Putain, dit-il avec un lent plaisir.

Il secoue la tête et touche ses lèvres sèches d'un air interrogateur, il regarde la situation sous tous les angles, prêt à en parler mais ne disant rien, un instant où les choses qu'il désirait ont fini par s'effacer, et avec elles, tous les doutes, tout le travail nécessaire pour y parvenir, toutes les dépenses, et Turtle perçoit l'instant qui s'assombrit.

— Putain, dit-il en détournant le regard du flanc de la colline, au-delà de l'horizon ensoleillé, là où les vagues scintillantes ruent et se succèdent à l'infini sur les galets invisibles.

— Comment elle est morte? demande Turtle.

Il se tourne vers elle, l'air démuni.

— Comment elle est morte?

Il secoue la tête, pense à elle en silence, songeur, à l'instant, à la distance jusqu'à la cible, il porte le bout de son pouce à ses lèvres.

— Tu ne sais pas? Comment est-ce possible que tu ne saches pas? J'ai l'impression de te l'avoir raconté une centaine de fois. Un millier de fois.

— Non.

— Putain. (Il s'interrompt, réfléchit à tout cela.) C'est vrai?

— Je n'ai jamais su.

— Putain, eh ben voilà, dit-il en faisant un geste qui illustre la futilité de tout ceci.

Il plie une tige verte, arrache les épillets un à un, les gousses s'ouvrent entre ses doigts, humides. Il finit par dire:

— Eh bien, elle est partie plonger pour ramasser des coquillages et elle n'est jamais revenue.

— C'est vrai?

— Juste là. Dans Buckhorn Cove. (Il fait un geste du menton en direction de l'arrêt de bus, de l'océan, des pinacles noirs dans les vagues, ourlés d'écume.) Elle est partie seule, tôt ce matin-là. C'était une journée splendide. La houle n'était

142

pas forte. Vers midi, je suis descendu à la plage et j'ai trouvé son bateau. J'ai nagé jusqu'à lui. Elle avait disparu.

— Qu'est-ce qui lui est arrivé ?

Martin se gratte la mâchoire.

— Elle a plongé et elle n'est jamais remontée ?

— C'est ça.

— Est-ce que ça aurait pu être un requin ?

— Ça aurait pu être n'importe quoi. (Sans se redresser, il boit une gorgée de bière en inclinant difficilement la bouteille.) Je suis désolé, Croquette. Si on avait pu choisir entre l'un de nous, ça aurait dû être moi. J'aurais préféré que ce soit moi. Elle était tout ce que j'avais. Enfin. Pas tout à fait.

Il se lève et s'en va. Elle repose le visage dans l'herbe. Puis elle se relève avec peine, range le chargeur supplémentaire dans sa poche arrière et lui emboîte le pas vers la maison. Ils grimpent ensemble les marches du porche, il jette sa bouteille de bière dans le pré. Elle va au frigo, sort une Red Seal qu'elle lui lance à la cuillère de l'autre côté du plan de travail, il l'attrape au vol et l'ouvre d'un coup sec sur le comptoir. Elle reste près de la porte ouverte du frigo, casse des œufs et les gobe, termine la boîte et la jette. Ils attendent en silence. Il lui propose une gorgée de bière. Elle boit à la bouteille, s'essuie la bouche d'un revers de manche.

— C'est l'heure d'y aller ?

— Tu n'es pas obligé de m'accompagner jusque-là.

— Je sais, Croquette. Je le sais bien.

Elle acquiesce. Ils parcourent l'allée ensemble. Ils attendent à l'arrêt recouvert de gravier.

— T'es pas obligé d'attendre avec moi, Papa.

— Regarde-moi ce gros salaud d'océan, Croquette.

Les cormorans se dressent sur les rochers blanchis, les ailes déployées face au soleil. De l'écume jaillit au-dessus de Buckhorn Island comme d'un évent.

— Rien n'a de sens, dit-il.

Et elle ne sait pas pourquoi cela devrait avoir un sens, ni pourquoi il faudrait y chercher un sens, et elle ne comprend pas pourquoi on voudrait que cela soit autre chose, ou pourquoi on voudrait ramener cela à nous-mêmes. C'est là, tout simplement, et elle s'en est toujours contentée. Le bus arrive au virage en haletant, se gare devant l'allée gravillonnée et les portes aux joints de caoutchouc s'ouvrent grand, et avec sa bière, Martin adresse un salut militaire à la conductrice, et Margery garde les yeux rivés sur la route devant elle. Turtle longe les sièges en vinyle vert, personne ne la regarde et elle ne regarde personne.

Elle n'attend pas que le bus arrive au collège. Elle se lève avec les lycéens et descend au premier arrêt en ville. Elle suit la colline et part en direction du cap. Elle ignore où elle va, elle sait seulement qu'elle ne peut pas aller à l'école, que rien ne tourne rond dans sa vie et qu'elle a besoin de s'éloigner et de remettre ses idées à l'endroit. Ce qu'elle veut, plus que tout au monde, c'est être à nouveau perdue sur les flancs boueux au-dessus de l'Albion. Une joggeuse arrive en sens inverse, s'arrête devant Turtle, pose une main sur son genou et, de l'autre, elle enlève ses lunettes de soleil, elle essuie la sueur de son front avec le dos du poignet. C'est Anna qui tente de retrouver son souffle, vêtue d'un short de course rose et d'un débardeur bleu, ses cheveux noirs remontés en queue-de-cheval.

— Julia ? dit-elle. Qu'est-ce que tu fais ici ?

— Oh, merde, fait Turtle.

— Julia ? répète Anna, surprise.

— Oh, putain.

— Tout va bien ?

— Qu'est-ce que vous faites ici ?

— Je fais mon jogging.

— Mais vous ne devriez pas être à l'école ?

— Et *toi*, alors ? rétorque Anna. Je ne donne pas de cours avant midi et demi. Mais toi, tu devrais être en cours de maths avec Joan Carlson. N'est-ce pas ?

— Si. Ouais.

— Qu'est-ce qui ne va pas ? demande Anna.

— Rien. Tout va bien.

— Tu es sûre que ça va ?

Anna s'approche et la dévisage avec attention.

— Pour une fois que ça pourrait aller, putain, répond Turtle.

— Quoi ?

— Pourquoi je devrais aller à l'école ? Pourquoi je devrais ?

— Quoi ?

— Pourquoi je devrais y aller ? Est-ce que j'ai jamais eu la moyenne à un seul de vos putains de saloperies de petits contrôles débiles ? Vous me prenez à part et vous me dites, genre, "Oh, Julia, pourquoi tu n'as pas eu la moyenne à ce contrôle ?" Mais c'est pas évident pourquoi j'ai jamais la moyenne à ces putains de contrôles ? Qu'est-ce que je suis censée répondre ? Vous me demandez de vous mentir. Et je n'aime pas mentir. Je pense qu'il y a des bonnes raisons pour ne *pas* mentir, et je n'aime pas que votre cours exige de mentir. J'ai besoin de m'en aller, et évidemment, il faut que je tombe sur vous et que vous me disiez "Oh, mais pourquoi tu n'es pas à l'école, Julia ?" Allez vous faire foutre, espèce de salope tordue. Je suis nulle à l'école parce que je ne vaux rien, Anna. Voilà pourquoi. La voilà, votre réponse. (Elle lève les mains d'un geste impuissant et les rabaisse.) J'ai essayé, j'ai essayé et essayé encore, mais je rate à chaque fois, et je raterai toute ma vie.

Anna reste là, encore essoufflée, les mains sur les hanches. Turtle sent le parfum de cette femme, une odeur saine de sueur, son débardeur plaqué à son ventre humide. Elle s'essuie encore le visage, haletante, et elle semble cogiter.

— Julia, pourquoi penses-tu une chose pareille ?

— Évidemment, dit Turtle. Évidemment que vous alliez me demander ça. Je déteste ces questions. Pourquoi je pense une chose pareille ? Parce que c'est la vérité. C'est tellement la vérité, c'est tellement évident, je ne comprends même pas que vous me posiez la question. Vous la posez seulement parce que vous n'avez rien d'autre à ajouter que des questions ouvertes, et ce n'est pas de l'enseignement, ça n'aide personne. Pourquoi

je pense une chose pareille ? Je pense une chose pareille parce
que c'est la vérité. Vous savez que c'est la vérité.

— Tu crois vraiment que c'est la vérité ?

— Oh, putain de fils de pute de putain de merde, dit
Turtle. Mais qu'est-ce qui cloche chez vous ?

Le visage d'Anna devient écarlate. Même ses oreilles
rosissent. Elle détourne les yeux, regarde l'océan, la bouche
ouverte comme une personne frappée par la foudre. Des
mèches de cheveux se sont échappées de sa queue-de-cheval
serrée et des gouttes de sueur perlent à leur extrémité.

— Julia, c'est une réaction juste. J'ai tout gâché, d'accord.
Tu m'as dit que ça ne te plaisait pas, mais je l'ai quand
même fait.

La route sort de la ville où elles peuvent apercevoir les petits
bâtiments blancs aux toits en bardeaux de bois, aux façades
de style gingerbread, les châteaux d'eau noircis et brunis par
le temps. De l'autre côté de la zone urbaine, une vaste parcelle de prairie constellée de buissons de chaparral, de cyprès
rabougris et voûtés, et l'océan, les pinacles nus où se perchent
d'immenses groupes d'oiseaux. Anna prend une profonde
inspiration, semble à court de paroles. Turtle la regarde, sa
poitrine haute et serrée comme si elle n'arrivait pas à expirer.
Elle s'attend à ce qu'Anna fasse tout merder, et Anna semble
se reprendre et se dire, Ne fais pas tout merder, Anna. Turtle
pense, Je suis foutue. J'en ai trop dit, et je suis tellement foutue
que c'en est même pas drôle, et j'ai tout fichu en l'air et elle va
appeler les services sociaux, c'est sûr.

— Julia, tu sais ce que je pense ?

Turtle détourne le regard, gênée, et Anna continue en
rougissant :

— C'était une question rhétorique, pas une vraie question.
Ce que je veux te dire, Julia, c'est que tout ce que tu t'imagines
à mon sujet est faux. Il y a eu un malentendu entre nous.
Je t'observe chaque jour et je sais que tu es intelligente. Je sais
que tu gardes tes idées pour toi, que tu ne te consacres pas
vraiment à tes études, et c'est pour ça que tu as du mal. Mais

ça ne veut pas dire que tu es idiote. Ça veut dire que, en tout cas à l'école, tu es nerveuse et timide.

— Vous n'en savez rien, dit Turtle. Je suis nulle. Je suis nulle en tout. Je ne peux pas y arriver. C'est comme de dire que je suis bonne en maths, mais que je ne peux pas réussir en maths. Je ne suis pas intelligente, Anna.

— Si tu pouvais faire preuve d'un peu de volonté en classe...

— J'ai de la volonté.

— Ce n'est pas ce que je voulais dire, répond aussitôt Anna. Ce n'était pas la chose à dire, le terme volonté n'était pas approprié.

Elle regarde autour d'elle, lève les yeux au ciel comme pour s'admonester, et Turtle l'observe avec étonnement, et elle pense, Est-ce qu'elle lève les yeux au ciel parce que je suis agaçante et idiote, ou parce qu'elle veut que tout se passe bien et qu'elle est gênée d'avoir fait une erreur ? Turtle n'en sait rien.

Anna continue.

— Julia, écoute-moi, tu viens à l'école, tu restes assise là à regarder par la fenêtre. Tu ne te concentres pas. Tu n'étudies pas. Tu n'as pas d'amis, tu ne te sens pas en sécurité, et quand arrive la première question d'un contrôle, tu as la certitude de ne rien savoir, tu ne fais pas l'effort, tu t'arrêtes là et tu penses, "je ne sais pas", et tu restes assise à te détester, c'est l'impression que ça donne. C'est ma théorie. Mais je crois que la moitié du temps, ou la plupart du temps, *tu sais*, et tu en saurais encore davantage si tu étudiais, et tu serais capable de répondre à toutes les questions des contrôles si tu arrivais à surmonter cet instant de peur. Tu m'affirmes avoir fait de ton mieux, avoir essayé, mais c'est faux...

Elle s'interrompt, elle sait qu'elle a employé le mauvais mot.

Turtle reste figée devant elle sans trop savoir quoi répondre.

— Je suis désolée d'avoir dit ça, ce que je voulais...

— Je sais ce que vous vouliez dire, l'interrompt Turtle.

— Eh bien, je ne voulais certainement pas dire ça. Je me suis mal exprimée… Je veux seulement t'expliquer que si tu essaies, tu peux y arriver. Il faut juste que tu y mettes un peu de cœur.

— C'est ce que vous pensez?

— Tu t'en sortirais très bien. Essaie simplement.

— J'essaie vraiment.

— Non, c'est faux, dit Anna et elle se mord aussitôt la lèvre. Zut. Je veux dire…

— Non, c'est bon.

— Ce n'est pas bon, je suis désolée, Julia. Bon sang, ce n'est vraiment pas mon jour! Ce que je cherche à te dire, c'est qu'il faut que tu t'impliques, et non pas que ça te frustre ou que ça t'exclue du groupe. Parce qu'à mon avis, tu viens à l'école, tu es persuadée que tu es mauvaise en cours, alors tu *es* mauvaise en cours. Mais tu n'es pas mauvaise en cours. (Malgré elle, Anna tend le bras et attrape les mains de Turtle. Sans les lâcher, elle poursuit.) *Essaie* simplement. *Essaie* simplement.

— D'accord.

D'instinct, Anna lâche prise.

— Pardon, dit-elle.

— C'est bon.

— Pardon, répète Anna. Je ne suis pas censée toucher les élèves.

— Vous êtes une connasse. Vous le savez?

Anna affiche un air plus peiné qu'elle ne l'aurait jamais imaginé. Son visage se ferme, et Turtle est terriblement désolée.

— Ouais, dit Anna. Eh bien moi, je t'apprécie beaucoup Julia.

— Je peux vous poser une question? demande Turtle.

Anna marche jusqu'au garde-corps en bois traité sous pression, en bordure de route. Elle s'y assied. Elle pose les coudes sur ses genoux. Elle tourne le regard vers la prairie.

— Oui, quoi?

— Vous savez si je peux inviter un lycéen à la fête de l'école?

— Quoi?

— Est-ce que je peux inviter un lycéen à la fête de l'école?

— Bien sûr, dit Anna. Il doit avoir moins de dix-sept ans et tu dois demander une autorisation parentale.

— Il y a un gars que j'aimerais inviter à la fête, dit Turtle.

Elle se baisse, cueille une tige d'oxalide et la glisse dans sa bouche. Elle est aigre et croquante, et elle émet un craquement audible.

— C'est qui?

— C'est juste un papier que mon père doit signer?

— Oui.

Anna dévisage Turtle avec attention.

— Vous croyez que mon père me bat, dit Turtle.

— Je m'inquiète pour toi. Tu présentes beaucoup de symptômes classiques. La méfiance. L'isolement social. La misogynie.

— C'est quoi, la misogynie?

— La haine des femmes.

— Il ne me bat pas.

Turtle observe Anna afin de voir si elle la croit, car elle, elle y croit, et elle ne supporte pas que des gens, quelque part, puissent penser autrement.

— Vous saviez que ma mère était morte?

— Oui.

— Elle est morte et je crois qu'il ne s'en est jamais remis.

Anna la dévisage. Turtle pense, Je n'arrive pas à me souvenir d'une seule fois où il m'ait fait mal, et c'est la vérité. Elle pense, Et avec le couteau, alors, c'était quoi? Et elle pense, Ce n'était rien, et le couteau n'était rien, ce n'était qu'un couteau, et ça n'a aucun rapport avec l'affection, ni avec la personne que tu deviendras.

— Je sais comment il est, dit Turtle. Il souffre encore. Il souffre beaucoup. Mais il ne s'en est jamais pris à moi.

— D'accord.

— Je sais que vous pensez le contraire, qu'il me fait du mal, et c'est difficile de parler avec vous car je sais que vous pensez ça.

Turtle pense, Je ne sais pas si la mort de ma mère m'a fait souffrir. Elle pense, Si c'est le cas, je ne le sens pas, et je ne sens pas sa perte. Elle ne me manque pas, et je ne veux pas qu'elle revienne, et je n'éprouve rien de particulier, rien du tout, et si je souffre, c'est parce que Martin me fait souffrir, mais je pourrais presque croire que c'est à cause du drame, et pas de sa cruauté. Puis elle pense, Tu pervertis la personne que tu es, et une fois que tu commenceras à mentir, tu continueras, et tu concevras les choses par facilité, et une fois que tu atteins ce point, il est difficile de revenir en arrière. C'est ce que Papy dit toujours. Si tu commences à déformer les choses, tu risques de ne plus jamais pouvoir les reformer. C'est peut-être comme l'audition, elle ne revient pas, et chaque jour qui passe te prive d'une partie de toi-même.

Anna regarde Turtle très attentivement, à présent, et c'est presque comme si elle disait la vérité mais qu'Anna ne savait pas trop quoi répondre. Anna est douée pour observer une fille et l'évaluer mais Turtle a presque réussi à l'oublier, et c'est comme si c'était vrai et que la vérité étonnait Anna. La vérité et la façon dont elle l'a présentée.

— Oh, Julia. Je suis désolée d'entendre ça. Ça doit être terriblement difficile.

— Je pensais qu'il valait mieux que vous le sachiez.

— Julia, tu es incroyable.

Turtle ne répond rien.

— Tu es très inhabituelle, dit Anna. Tu le sais? Ton esprit est très inhabituel. D'accord, d'accord, Julia, c'est normal. C'est normal, ce doit être perturbant d'être face à une personne suspicieuse. Tu es incroyablement intelligente. Je vois bien que tu aimes ton père, et ce doit être perturbant pour n'importe qui d'être face à de tels soupçons, et je veux que tu te sentes en confiance pour discuter avec moi, et je veux pouvoir être ta professeur. Alors d'accord, ton père est pétri de chagrin, la situation est difficile à la maison, mais il ne se passe rien de mal. Je t'ai entendue et je respecte tes propos. Laisse-moi juste te dire…

— Non.

— Laisse-moi juste te dire ça.

— Arrêtez.

— Si la situation dégénère un jour, je serai là pour toi. Tu peux m'appeler, tu peux passer à n'importe quelle heure du jour ou de la nuit. Tu m'appelles de n'importe où et je viendrai te chercher, sans te poser la moindre question. D'accord? Et tu pourras rester chez moi autant de temps que nécessaire, et je ne poserai aucune question tant que tu n'auras pas choisi de parler, d'accord?

— Vous ne m'écoutez pas, dit Turtle. Ça n'arrivera jamais.

— J'espère que non. Mais je serai là. Tu m'entends, hein?

— Je vous entends. Et vous, vous m'entendez? demande Turtle.

— Je t'entends, et je te crois, tu dis la vérité. Mais si, pour une raison ou une autre, tu m'as menti, que tu t'es sentie obligée de me mentir, il ne faudrait pas que tu te sentes gênée. Tu pourrais quand même m'appeler et je ne t'en tiendrai jamais rigueur.

Turtle pense, Espèce de connasse méfiante. C'est vrai, ce que je t'ai dit. Tout est vrai, même moi j'y crois, et en pensant cela, elle sourit à Anna, elle se sent sourire d'un air affectueux, elle éprouve invariablement de l'affection envers les gens qui se montrent difficiles envers elle, elle sourit et fait craquer ses articulations, et Anna répète:

— Je t'entends.

Elle n'ajoute rien pendant un moment, puis elle jette un regard en coin à Turtle et lui dit:

— De jour comme de nuit, je ferai en sorte d'être là, Julia.

Turtle reste là, à détester cette autre femme, elle pense, Connasse, mais elle sourit, consciente de cette expression si laide sur son long visage de connasse.

— Tu veux que je t'accompagne à l'école? demande Anna.

Turtle regarde autour d'elle, gênée.

— Oui.

Elles marchent sur la route dans un silence presque total. Le vent souffle, l'herbe et les buissons de chaparral s'inclinent d'un côté puis de l'autre sous les rafales. La voiture d'Anna est une Saturn bleue surmontée d'un kayak accroché aux barres du toit, le rétroviseur du siège passager est maintenu par du ruban adhésif. Un grand héron bleu est perché sur le toit, plus d'un mètre de haut, gris-bleu, un poitrail ébouriffé et des ailes impeccables aux plumes droites. À leur vue, il s'envole, s'élève et s'éloigne au-dessus du cap.

Anna monte la première, fait quelque chose pour déverrouiller la portière de Turtle, et Turtle doit soulever une passoire pleine de raisins noirs sur le siège tandis qu'Anna écarte une pile de livres et de copies d'élèves, puis Turtle monte et referme la portière, qui refuse de claquer. Anna récupère un tendeur sur le plancher, se penche au-dessus des genoux de Turtle et le fixe à un mousqueton vissé dans le métal. Des pierres porte-bonheur nouées par des brins d'herbe et des cordelettes en cuir sont suspendues au rétroviseur et s'entrechoquent. Les sièges avant sont couverts de serviettes de plage. La banquette arrière est abaissée et protégée d'une bâche en plastique, où une combinaison de plongée à moitié sèche est posée sur une couche de sable noir. Anna tourne la clé plusieurs fois avant que le moteur ne démarre. Puis elle passe la marche arrière, elle s'acharne sur le levier de vitesse, et elles attendent.

— Qu'est-ce qui se passe ? demande Turtle.

Turtle entend la vitesse s'enclencher enfin, et la voiture sursaute puis bondit en arrière. Anna passe la première et elles sortent en cahotant du parking constellé de nids-de-poule, la voiture est agitée de soubresauts et émet des bruits de moteur inattendus. Anna arrive à Little Lake et se gare sur le parking des professeurs. Elles restent assises un moment dans la voiture, Turtle tient la passoire sur ses genoux. Elle observe l'habitacle. Elle pense, Ça ressemble un peu à la maison, en désordre, et elle pense, Mais c'est faux car la voiture fait penser à un foyer chaleureux, et je ne suis pas sûre que ce soit exactement le cas pour la maison, et cette voiture a l'air pleine de vie, et je ne suis pas sûre que ce soit le cas pour la maison, non plus. Elle pense, C'est étrange, non? J'aime les choses bien entretenues mais ça, c'est autre chose. Elle pense, Qu'est-ce que ça signifie, de s'accrocher à une voiture alors même qu'elle tombe en morceaux? Elle pense, Ça me plaît aussi. Anna finit par dire:

— Bon, je ne suis pas contente que tu aies séché les cours, mais je suis contente qu'on ait pu avoir cette discussion.

Turtle fait la moue, tourne son regard vers Anna, qui serre, puis desserre et resserre ses doigts autour du volant.

— Quoi? fait Turtle.

La sonnerie de la récréation retentit, les portes s'ouvrent à la volée et les enfants sortent en trombe. Turtle ne voit pas la cour d'ici, mais elle imagine les élèves jeter leurs sacs, s'asseoir pour déjeuner et discuter. D'autres aller à la bibliothèque, ou au terrain de sport, ou à la salle de basket.

— Vas-y, dit Anna. C'est l'heure de la pause.

— Quoi? répète Turtle.

Anna soupire. Elle regarde Turtle.

— Bon, c'est idiot. Mais tu sais que Rilke est harcelée?

Turtle acquiesce.

— Elle est nouvelle dans le secteur, et elle est du genre Madame-je-sais-tout, un peu fayote.

Anna pousse un autre soupir et Turtle l'observe. Elle est un peu choquée de comprendre que les professeurs voient la même chose que les élèves. Anna continue:

— Parfois, il suffirait qu'un autre élève dise simplement "Hé, c'est pas cool, ça".

Turtle toise Anna de la tête aux pieds, incrédule. Anna détourne le regard, puis le repose sur Turtle et dit:

— Ça me rend songeuse, parce que tu pourrais... Tu sais, si tu arrivais à te motiver pour intervenir, parfois, et juste dire "Ho, arrêtez". Ces filles, elles sont lâches. Je ne sais pas si tu as jamais discuté avec tes camarades. Je ne crois pas qu'ils t'intéressent, mais eux, ils te respectent, Julia. Tu dégages quelque chose. Je sais que tu n'as pas d'amis, pas vraiment, mais ils ont conscience de ta présence. C'est dans ton attitude. Tu as un certain, une sorte de… Tu n'es pas le genre de fille qu'on harcèle. Tu as un certain charisme, j'imagine. Je crois qu'une simple réflexion de ta part pourrait mettre un terme à tout ça. Et tu as besoin d'aide avec tes mots de vocabulaire, Rilke pourrait t'aider en échange. Ça me semble être une bonne occasion.

Elle regarde Turtle une fois encore.

Ce soir-là, Turtle est assise en tailleur, le AR-10 démantelé devant elle, le bouchon de culasse détaché de son réceptacle, il brille d'un rouge étincelant dans la lumière du feu, sans la culasse, l'extracteur, ni le percuteur. Elle a versé du dissolvant à carbone dans un verre rond. Le liquide ressemble à s'y méprendre à du whiskey. Turtle y trempe son chiffon et elle pense, Et si Anna avait raison et que j'aie peur d'échouer ? Elle pense, Est-ce étrange qu'Anna m'ait dit la même chose que Martin ? Que j'ai peur d'échouer et que pour cette raison, j'ai trop peur d'essayer ? Est-ce étrange qu'ils aient vu la même chose en moi, mon hésitation, ce doute envers moi-même qui me paralyse ? Elle pense, Tu es vouée à commettre des erreurs, et si tu n'es pas prête à en commettre, tu seras à jamais retenue en otage au commencement des choses, il faut que tu arrêtes d'avoir peur, Turtle. Tu dois t'entraîner à être rapide et réfléchie, ou un jour, l'hésitation te foutra en l'air.

Le lendemain matin, elle descend l'escalier et casse des œufs qu'elle gobe, et quand Martin arrive en boutonnant sa chemise à carreaux, elle lui lance une bière de l'autre côté du plan de travail. Il l'attrape au vol, la pose contre le comptoir et la décapsule d'un coup sec.

— Tu n'es pas obligé de m'accompagner, dit-elle.

Il boit, expire, tient la bouteille contre son cœur.

— Tout se passe bien à l'école ?

Elle craque un œuf, en verse le contenu dans sa bouche et jette la coquille dans le seau.

Pendant l'heure d'étude dans la classe de M. Krebs, elle effleure les lettres de ses mots de vocabulaire avec la tige de percuteur d'un pistolet, qu'elle fait tourner entre son pouce et son index. Derrière elle, Rilke porte son manteau rouge London Fog bien qu'il fasse trop chaud. Elise est devant elle, elle se penche pour parler avec Sadie, avec ses cheveux blonds et son baume à lèvres cerise, avec leurs airs sournois, leurs jeans brodés et leurs débardeurs assortis, rouge pour Elise et bleu pour Sadie, et Elise dit:

— Quelle salope. Enfin quoi, sérieux, quelle sa-lope. Et genre, si tu veux des raisons, (a) d'abord, son père est flic, et (b) encore pire, faudrait prononcer son nom Rilkey, et (c), pire du pire, elle se met, genre, du miel dans les cheveux, et, style, de l'huile de jojoba. Je peux même pas...

Turtle attend d'entendre ce qu'Elise ne peut même pas, mais son idée et ses propos s'arrêtent là. Elise ne peut même pas. Turtle se sent perdue. Perdue, plus que tout, et indifférente. C'est comme scruter une phrase de vocabulaire qui n'a ni queue ni tête: "Rilke se met de l'huile de jojoba dans les cheveux et Elise ne peut même pas." Turtle pense, C'est quoi, un jojoba? Une sorte de baleine? Elise écrit le nom de Rilke sur un mot qu'elle a rédigé, et elle dit: "Elle les rembourre. Ça se voit carrément trop qu'elle les rembourre. Genre, sa mère lui a acheté un soutif rembourré pour que les mecs l'aiment bien, mais sa mère ne se rend pas compte que personne ne l'aime, et que tout le monde voit ses faux nichons horribles, à quel point ils sont faux et rembourrés... (Elle plie le papier, appuie la pliure avec son pouce, met du rouge à lèvres et embrasse le mot d'un geste moqueur, ravi.) Elle se balade comme une princesse avec son soutif rembourré qui pointe devant elle. Mais je les ai vus, moi. Ils sont ridicules. Ils sont minables. Des minuscules nichons de bébé, tout ratatinés et dégueus avec des poils noirs autour des tétons. (Sadie ne peut réprimer un rire derrière ses mains.) Je suis sûre qu'elle n'arrive pas à dormir le soir à force de pleurer, parce que tout le monde est tellement méchant avec elle à l'école, et elle se met de l'huile de jojoba sur les poils de ses nichons, c'est sûr, pour qu'ils soient doux et soyeux, et pour qu'Anna puisse les lécher."

Turtle a glissé son Sig Sauer contre ses reins, c'est pour ça qu'elle porte sa chemise à carreaux. Elise tient le papier entre deux doigts comme une cigarette, il passe de main en main vers le fond de la classe où Rilke le déplie, se penche au-dessus et le lit. Elle se voûte de plus en plus vers sa table sans faire le moindre bruit. Elle porte son manteau, pense Turtle, parce qu'elle est gênée.

L'après-midi, Turtle se tient sur la dernière marche du porche, le baril du fusil ouvert et fumant, des silhouettes en carton fixées à intervalles réguliers dans le jardin, chacune criblée de chevrotine. Martin est assis dans le fauteuil Adirondack.

— J'aimerais bien aller à la fête de l'école, dit Turtle.

Martin se passe le pouce sur la mâchoire sans la quitter des yeux.

— J'aimerais bien aller acheter une robe avec toi, dit-elle.

Elle le regarde et elle pense, J'espère que tu comprends ce qu'on a ensemble, toi et moi, nous deux sur cette colline, et j'espère que ça te suffit, j'espère que ça te suffit car pour moi, ça représente tout.

Il ne répond rien et elle pose le fusil sur la balustrade avant de descendre dans le jardin. Elle y récupère les cartons et les rapporte sur le porche. Elle se penche au-dessus et mesure l'espace à l'aide d'un mètre ruban, puis elle note dans un cahier les détails du tir, l'écart entre les impacts et la distance en repères de cinq mètres. Martin l'observe, un livre ouvert sur ses cuisses. Quand elle a inscrit les mesures, elle ramasse le cahier et le fusil, puis elle rentre et monte dans sa chambre. Elle ferme la porte et s'y adosse. Elle sort le T-shirt de Jacob, l'étale sur le parquet. Ce n'est rien d'autre, pense-t-elle, qu'un simple objet. Le vêtement est raidi par la boue séchée, il sent les feuilles vertes des parviflores et puis, il sent Jacob aussi, et elle pense, Mon attention et mes objectifs sont liés, indissociables, mais elle ne comprend pas la moitié de ce qu'elle fait, ni pourquoi elle le fait, et elle ne connaît même pas son propre esprit.

Turtle rêve qu'elle tombe. Qu'elle tombe, et que le fusil lui glisse des mains, et c'est cette sensation, cette secousse qui la réveille en sursaut, elle se redresse dans son lit, silencieuse, le souffle court, l'oreille tendue pour percevoir un sifflement lointain, le son de ses propres cellules auditives à l'agonie. La maison sent le bois humide et l'eucalyptus. Le sac de couchage est froissé et moite de sueur, noirci par la graisse à certains endroits. Elle attend, se rallonge lentement et sans bruit sur sa couchette. Il ouvre la porte, elle prend soin de ne pas bouger. Le clair de lune projette un rectangle de lumière sur le sol.

Il la soulève, ses mains calleuses et sèches, et elle se débat dans son étreinte, émet un petit cri, il la serre et la sort de son sac de couchage, la déverse sur le sol où elle reste étendue. Il ne dit rien pendant un moment, ne la touche pas ni ne tend les bras vers elle, il reste agenouillé près d'elle dans l'obscurité.

Elle sent qu'il surestime sa résistance, qu'il l'interprète mal, comme à son habitude, il y lit trop de choses, mais elle reste muette par haine et pour d'odieuses raisons. Elle pense, Qu'il lise plus que nécessaire, alors, qu'il s'imagine que c'est plus profond. Elle reste étendue là, elle regarde le plancher qui s'étale, le clair de lune par la fenêtre, le halo faible du feu par la porte. Il se lève, traverse la chambre, se poste à la fenêtre et contemple la colline sombre.

Elle ignore elle-même ce qui cloche chez elle, mais elle le sent, et elle refuse d'admettre qu'elle ignore d'où provient ce sentiment, s'il est bon ou mauvais, aussi reste-t-elle étendue là, muette et immobile, accrochée à un grief qu'elle ne peut exprimer, qu'elle ne peut même pas englober dans son esprit. Elle aimerait tant pouvoir dire à Anna qu'il ne l'a pas rendue ainsi. Qu'il ne l'a pas rendue apeurée, esseulée et misogyne.

— Qu'est-ce qui se passe ? demande-t-il en se retournant. (Il met un genou à terre et replace une mèche de cheveux derrière l'oreille de Turtle.) Qu'est-ce qui se passe ?

Elle serre les dents.

— Allez, dit-il d'une voix dangereusement impatiente, qui ne fait que renforcer sa détermination. Parle-moi, dit-il, toujours à genoux.

Elle reste figée.

— Croquette, dit-il. Ne joue pas à ça avec moi.

Comme elle ne réagit pas, il se lève, s'approche de son lit. Ses armes sont suspendues aux clous sur les murs. Ses couvertures en laine sont soigneusement pliées. Le sac de couchage est ouvert. Il le soulève, soulève chaque couverture, les soupèse dans ses mains. Il contourne le lit, s'assied à son pied, il ouvre la vieille malle. Turtle se redresse, alarmée.

— Aah, dit-il avant de serrer les lèvres.

Il se penche, fouille le contenu de la malle puis pêche le T-shirt. Il le tend comme s'il ne savait pas ce que c'était, il le porte à son visage et le flaire. Turtle l'observe depuis le sol. Il se lève, marche jusqu'à la porte, le T-shirt drapé sur le bras, et l'espace d'un instant, elle ne réagit pas. Mais elle fait soudain volte-face et s'élance à ses trousses en hurlant :

— Non, Papa, non !

Elle le suit dans le jardin boueux. L'éclairage automatique s'enclenche et illumine la parcelle inondée de l'allée et la pénombre au-delà, la boue émet un bruit de succion entre ses orteils, l'herbe est glacée sous ses pieds. Son père se dirige vers le grand bidon où ils brûlent les ordures, il tend la main sous le rebord plein d'eau, sort le tisonnier, son bras baigné d'une eau grise, et il tient le tisonnier à bout de bras, le T-shirt enroulé à l'extrémité. Avec une bonbonne de butane dans l'autre main, il asperge le vêtement sans rien dire, elle s'élance et se jette sur lui, lui martèle le torse de ses poings. Il écarte les pieds, subit ses assauts tandis que le T-shirt s'imprègne de butane. Puis il ouvre son Zippo et porte la flamme sur le tissu blanc sale qui s'embrase dans un souffle. Turtle s'arrête et regarde le tissu noircir et des morceaux carbonisés s'envoler dans l'air autour d'eux, ourlés de braises étincelantes. Ils tournoient brièvement puis tombent, jonchent l'herbe et la boue avant de s'éteindre. Le T-shirt ne s'est pas consumé totalement, Martin le récupère d'un geste méprisant avec le bout du tisonnier et le laisse tomber dans l'eau. Il flotte un instant à la surface, puis coule.

— Tu es à moi, dit-il.

Il agite le tisonnier, la frappe au bras, et elle est propulsée sur le ventre dans la boue, son bras gauche engourdi, son épaule semble cassée, elle essaie de se relever, prend appui sur une main et se soulève, mais il pose sa chaussure sur ses reins, la rive au sol. Il lève le tisonnier, et elle pense, Va-t'en, va-t'en, Turtle, sauve ta peau et va-t'en, mais elle est bloquée là par sa chaussure, et elle pense, Il le faut – il le faut, mais elle ne peut plus bouger, et il abat le tisonnier sur l'arrière de ses cuisses, et elle rue, se contorsionne.

— À *moi*, dit-il d'une voix qui se brise.

Elle griffe la boue, en racle des poignées entières, essaie de se mettre debout et de se dégager de sa chaussure, en vain. Elle ne peut pas le laisser abattre une fois encore le tisonnier sur elle, elle ne peut pas. Son corps est submergé de douleur. C'est la seule chose qui lui vient à l'esprit, et dans sa tête elle se répète encore et encore – non, non, non, non – et son impuissance est la seule présence, une panique insensée lui verrouille le cerveau et il n'a pas l'air de s'en soucier, penché au-dessus d'elle, son poids dans son talon.

— Tu es à moi, dit-il. Espèce de petite connasse, tu à *moi*.

— S'il te plaît, Papa, dit-elle, les mains jointes comme en prière, le visage dans la boue. Arrête, s'il te plaît, arrête, s'il te plaît, Papa, *arrête*.

Du coin de l'œil, elle n'arrive pas à le voir correctement, sa silhouette voûtée, hésitante, et elle attend et elle pense qu'il a terminé, et elle le voit soudain lever le bras et la terreur est pire que de mordre dans un fil électrique, insoutenable, et il abat le tisonnier avec force sur ses cuisses, et le corps de Turtle se bloque et proteste.

— S'il te plaît, dit-elle.

— Écoute-moi bien, Julia Alveston. Écoute-moi, dit-il, et il redresse le tisonnier si bien que le crochet vient se caler sous

159

la mâchoire de Turtle et il l'utilise pour lui sortir le visage de la boue. *Si tu crois que je n'ai pas remarqué à quel point tu es différente. Si tu crois que je n'ai pas remarqué à quel point tu t'éloignes. Si tu crois que je n'ai aucun soupçon.*

— Non.

— Tu es à moi, dit-il, puis il jette le tisonnier dans l'eau grise et fait un pas en arrière. Lève-toi.

Turtle se débat. Elle glisse une main sous elle, se redresse sur un genou.

— Debout, putain de merde, dit-il très doucement.

Elle ne pense pas être en mesure de se lever, puis elle pense, *Prends appui sur tes pieds, Turtle. Prends appui.* Elle se redresse, s'agrippe au bidon à ordures, ses articulations blanches.

— C'est ça, mets-toi debout, putain de merde, lui dit-il. (Elle se redresse.) Retourne dans ta chambre. Et si on doit avoir cette conversation encore une fois, si je perçois ne serait-ce qu'une once d'hésitation en toi, de doute, crois-moi, je te défoncerai avec ce tisonnier.

Elle s'éloigne en boitant. Avec grande difficulté, elle gravit les marches du porche.

— Et, Croquette? lance Martin.

Elle s'arrête. Elle est incapable de pivoter. Elle ne peut que rester figée là.

— Ne te laisse jamais plus abattre comme ça. Compris? Je me fous que tu te fasses renverser par une voiture. Quoi qu'il arrive, tu retombes sur tes pieds. Tu m'entends, Croquette?

Elle acquiesce, fatiguée. Elle franchit les portes-fenêtres coulissantes, monte les marches en prenant appui au mur avec son épaule valide, émettant d'infimes gémissements de douleur. Elle boite jusqu'à sa chambre, ferme la porte et se baisse très lentement sur son lit. Elle ferme les yeux, des taches rouges et dorées fleurissent dans l'obscurité derrière ses paupières. Elle pense, *C'est moi. C'est moi. C'est ce que je suis, et c'est ici que je vis.* Elle pense, *Mon papa me déteste.* Puis elle pense, *Non, c'est injuste.* Elle s'endort en pensant à cela.

Quand l'aube frôle sa fenêtre d'une lumière grise, Turtle lutte pour sortir du lit. Elle s'accroche à la malle, voûtée, respirant douloureusement entre ses dents serrées, mais elle garde l'équilibre. Elle pense, Je ne tomberai pas. Elle avance jusqu'à la porte à pas mesurés et pénibles. Elle descend avec grande difficulté, un pas après l'autre, en grimaçant. Martin se tient dans l'embrasure de la porte donnant sur la terrasse arrière quand elle entre dans la cuisine. Elle ouvre le frigo, sort sa boîte d'œufs et une bière. Elle se retourne et lui lance la bouteille à la cuillère. Il l'attrape au vol et l'ouvre avec ses dents, grimace lorsqu'il les resserre sur la capsule. Il boit debout et porte la bouteille à son torse. Turtle saisit un œuf, le casse dans sa bouche, jette la coquille dans le compost. Martin approche et lui offre la bière. Elle boit une gorgée et s'essuie la bouche d'un revers de manche. Il récupère la bouteille, boit et pousse un soupir de plaisir. Elle traverse péniblement la pièce jusqu'à son sac à dos, s'agenouille et non sans difficulté, elle enfile ses vieilles chaussures militaires. Elle se démène avec la porte vitrée, la fait coulisser de sa main droite et arpente l'allée jusqu'à l'arrêt de bus. Il la suit jusqu'au bout du chemin. Ils attendent ensemble sur le bord de la route.

— Tu n'es pas obligé de m'accompagner, dit-elle.

— Ouais, dit-il.

Dans le silence presque total du matin, elle s'appuie à la boîte aux lettres, elle renifle et grimace. Quand le bus arrive enfin, sa démarche boitillante attire les regards de part et d'autre de l'allée centrale. Elle avance avec prudence, elle pose les mains sur les dossiers des sièges. Elle passe devant Rilke, qui se tourne vers elle et dit :

— Julia ? Tu vas bien ?

Turtle s'arrête, la haine grandit en elle, elle déteste que Rilke – qui est belle, qui a de jolis cheveux lisses et brillants de miel et d'huile de jojoba, qui est aimée de ses parents, et qui a toutes les barrettes et les baumes à lèvres et tant de choses encore, Rilke pour qui tout est facile, Rilke qui ira au lycée sans le moindre doute, qui intriguera Jacob et Brett et tous les autres avec son petit cerveau brillant et ses petits stylos à paillettes, et sa façon si appliquée et studieuse de faire les choses, cette Rilke-là, qui mène une vie enchantée, qui est bénie bien plus que ne le sera jamais Turtle dans l'ordre de l'univers –, Turtle déteste l'idée que cette Rilke-là puisse la voir faible et fatiguée, qu'elle puisse voir que son papa la hait, qu'elle puisse voir que Turtle n'aura jamais de copain, qu'elle n'aura jamais rien, aussi Turtle se tourne-t-elle lentement vers Rilke, le visage tordu en un rictus de dégoût et de mépris. Et elle dit :

— Qu'est-ce que ça peut te foutre, nichons en sucre ?

Une vague de rires parcourt le bus parmi les élèves qui tendaient l'oreille, et Turtle observe la confusion, la colère et la peine se succéder sur le visage de Rilke qui serre ses bras autour d'elle et tire son manteau rouge sur ses épaules, puis se penche sur son livre, ouvre la bouche comme pour dire quelque chose, mais ne trouve rien à répondre.

Turtle tourne les talons et continue, et elle pense, Ce n'est pas moi, ça, ce n'est pas ce que je suis, c'est Martin, c'est un truc que fait Martin – il a le chic pour trouver ce détail que l'on déteste en soi, et lui donner un nom. Elle pense, Bon sang, c'était du Martin tout craché, railleur, condescendant, ce n'était pas moi. Elle boite dans l'allée, s'assied et écrase son visage contre le vinyle du siège de devant. Elle pense, C'est la part de lui que je déteste le plus, la part que je méprise, et j'ai saisi l'occasion et elle m'est venue si facilement. Bon sang, elle pense, bon sang. Puis elle pense, Et alors, et alors qu'est-ce que ça fait si je suis misogyne ? Je n'ai jamais aimé les femmes, de toute façon.

Anna est debout devant la classe et dit :

— Numéro un. "Exacerber." Écrivez ce mot, définissez-le et employez-le dans une phrase.

Turtle pose son stylo sur la feuille. Elle pense, Tu es nulle pour ça, puis elle pense, Et si au lieu de te laisser jeter par terre, tu t'efforçais de te relever, et si au lieu de jouer les petites connasses, tu te battais, et elle pense, Tu as le couteau de

Papy, et il ne te l'aurait jamais donné s'il ne pensait pas que tu étais une battante, s'il pensait que tu étais lâche, même si tu t'es déjà montrée lâche et que ça arrivera encore, mais tu ne seras peut-être pas toujours lâche, et si tu ne laissais plus jamais personne te foutre par terre, et elle pense, Il faudrait un sacré paquet de courage pour être plus que ce que Martin pense de moi. Peut-être que je ne suis pas obligée d'être celle qu'il pense que je suis, peut-être qu'il me détesterait quand même. Peut-être qu'il me détestera et m'aimera, quoi que je fasse, et que ça n'a pas franchement d'importance. Mais pourquoi tu réfléchis, la différence c'est qu'aujourd'hui tu as appris ta leçon, tu es prête, tu n'avais encore jamais appris ta leçon avant, et l'héroïsme n'a jamais servi à personne tant que le boulot n'est pas fait. Elle pense, Pauvre Turtle, ta vie est si difficile. Pourquoi tu chialerais pas en y pensant ? Elle pense, Pourquoi tu vas pas chialer, pourquoi tu ne te contenterais pas de ne rien faire pour améliorer la situation et de ne jamais revoir Jacob, comme ça tu pourrais te contenter de chialer et de chialer encore comme la petite connasse que tu es. Elle pose la mine de son stylo sur la feuille et elle écrit :

> 1. Exacerber. Faire empirer. Jouer les petites connasses pleines de lâcheté ne fait qu'exacerber les choses.

Elle sourit à sa feuille, lève les yeux vers Anna sans cesser de sourire. Turtle pense, Tu vois, il te suffit d'arrêter de tomber. Elle pense, Oh, elle va te plaire cette phrase, Anna. Oh, elle va te plaire.

Devant la classe, Anna annonce :

— "Récalcitrant." Épelez, définissez et employez dans une phrase. *Récalcitrant.*

Turtle écrit :

> 2. Récalcitrant. Qui résiste obstinément à toute forme d'autorité. Je suis une élève récalcitrante

et cela m'a fait peu de bien, mais dans les autres domaines, cela m'a été bénéfique et a fait de moi quelqu'un de persévérant.

Durant le reste du contrôle, Turtle écrit avec plaisir et concentration. Quand ils ont terminé, ils échangent leurs feuilles, Turtle tend la sienne à Taz, et à la première question, Taz lève la main.

— Anna? dit-il. Je ne suis pas sûr que la phrase soit correcte. (Il jette un coup d'œil à Turtle.) Je ne suis pas sûr qu'elle marche dans le contexte.

Debout à l'avant de la classe, Anna arque les sourcils et attend qu'il la lise.

— Je suis pas sûr que je devrais la lire à voix haute, dit Taz.

Anna s'approche, se penche par-dessus l'épaule de Taz. Elle rit. Elle regarde Turtle.

— Effectivement, Taz. Je comprends ce que tu veux dire. Elle a employé le mot correctement, alors accordons-lui tous les points mérités, et Julia, je voudrais que tu restes après la classe.

Turtle sait déjà qu'elle n'en fera rien. Si elle reste, Anna remarquera la gravité de ses blessures.

— Qu'est-ce qu'elle a écrit? demande Elise.

— Ouais, dit Rilke. C'est quoi, sa phrase?

Anna lève les yeux et regarde les élèves autour d'elle.

— Peu importe, dit-elle. Mot suivant. "Récalcitrant." Quelqu'un?

Turtle scrute Taz afin de voir comment elle s'en est sortie, elle observe Taz qui serre les lèvres et inscrit un C pour Correct à côté de chaque mot, et qui marque 15/15 en haut de la feuille. Turtle lance un regard à Anna, un bref regard triomphant, et elle pense, Tu vois, sale pouffiasse, sale pute, mais elle s'interrompt car Anna a cru en elle depuis le début, et c'était Turtle elle-même qui ne croyait pas en elle, et si elle n'apprécie pas Anna, elle refuse de mentir à son sujet. Bon, pense-t-elle. Tu avais raison, je crois, mais ça ne veut pas dire que je t'apprécie. Quand la sonnerie retentit, Anna ramasse les contrôles et retourne à son bureau, penchée sur le paquet qu'elle lit en souriant. Imitant les élèves qui se lèvent et tirent leurs sacs de sous les bureaux, Turtle se redresse et boite parmi eux, puis elle sort de la classe avant qu'Anna ait pu la retenir.

Ce soir-là, elle est allongée sur le tapis persan devant la cheminée, accoudée sur le flanc et elle lit les mots de vocabulaire de la semaine suivante. Le feu est le cœur de la pièce, ses contours sombres dans les yeux éblouis de Turtle, et il y a un espace de cinq centimètres entre les pierres de l'âtre et le sol car la maison, sur ses piliers en séquoia, s'est déplacée par rapport à la cheminée avec le temps. Au-dessus d'elle, Martin scrute les flammes. Son attention est fixe, ses pupilles réduites à la taille d'une tête d'aiguille, son visage aussi tanné qu'un nœud de tronc sans âge.

Turtle se penche sur ses mots de vocabulaire. Puis elle s'arrête et se tourne afin d'observer deux salamandres brunes tachées d'or qui s'échappent du feu. Elles avancent d'une démarche prudente et maladroite sur l'âtre, lentes et apparemment intactes. Turtle jette un coup d'œil à Martin puis vers les salamandres. Elle les recueille dans ses mains et les porte, humides et agitées, jusqu'au tas de bois protégé par des bâches, de l'autre côté du pré. Elle se penche, les dépose parmi les bûches où elles reprennent leur marche. Tout autour d'elle, dans les fossés et le pré, s'élève le chœur des grenouilles. Elle regarde la maison derrière elle, où la lumière du feu diffuse un halo par la fenêtre, elle regarde en direction de l'océan sombre, et de la grand-route, cachée par la courbe de la colline.

11

TURTLE trouve Papy qui attend près du bâtiment d'accueil de l'école, appuyé aux bardeaux, vêtu d'un jean et de ses petits souliers en cuir ornés de glands et de sa grosse veste Carhartt, une bouteille de Jack enveloppée d'un sac en papier glissée dans sa poche. Un flot de collégiens passe devant lui et se déverse sur la pelouse à l'avant de l'établissement où se garent les bus. Rilke court depuis la bibliothèque jusqu'au bus, sous les cris d'accompagnement, "Hé, nichons en sucre!" Turtle boite jusqu'à son grand-père. Ils attendent dans ce tourbillon entre deux bâtiments. Il baisse les yeux vers elle et pose la main sur ses épaules avant de l'attirer contre lui. Turtle grimace de douleur, respire contre son torse l'odeur de fumée de sa chemise à carreaux. Elle repère une tache de café sur le pan gauche de la chemise. Dans sa poche de poitrine, les bonbons au caramel qu'il aime tant. Une semaine s'est écoulée depuis les coups, mais les ecchymoses sont encore visibles et Turtle en a honte. Il porte une casquette de camionneur où l'on peut lire VÉTÉRAN, elle lève le bras, la lui retire et la place sur sa tête à elle.

— Hé ben, salut, ma puce, dit-il.

— Salut, dit-elle un sourire aux lèvres, soulevant la visière de la casquette et la faisant tourner.

Elle n'est pas étonnée de le voir, mais c'est tout de même mauvais signe. C'est ce qu'il fait lorsqu'elle ne vient plus le voir au mobile home. Il descend au petit magasin Village Spirits avec sa devanture en bardeaux, au pied de la colline, puis il roule jusqu'au collège et il l'attend près du mur, elle est obligée de passer devant lui en chemin vers le bus. Il ne la laisse pas l'éviter très longtemps.

Il la mène à son Chevy rouillé garé sur le parking des profs. Elle boite. Papy ne fait aucune remarque. Rosy sautille et montre sa tête joyeuse et idiote à la vitre côté conducteur.

— Oh, ma vieille, dit Papy en ouvrant la portière tandis que Rosy tourne en rond sur la banquette et se lèche le museau.

Turtle grimpe et pose son sac sur le plancher. Dans les porte-gobelets, Papy a déposé un gobelet en plastique rempli de graines de tournesol et une bouteille de Tabasco. Rosy grimpe maladroitement sur les genoux de Turtle et agite la queue avec excitation. Ses griffes sont sales et mal entretenues.

— Comment ça va, à l'école ? demande Papy.

— Ça va bien.

Papy passe la première et ils s'engagent sur Little Lake Road, sous une haie de cyprès, prennent à gauche au carrefour et roulent sur Shoreline Highway. Turtle se penche, tâtonne sous le siège, tire des câbles de démarrage et des vieux pulls, et en dessous, un revolver calibre 357 dans son étui en cuir. Elle ouvre d'un coup sec le barillet, le fait tourner, inspecte l'intérieur du canon puis referme le barillet. Papy ouvre sa veste et en sort la bouteille de Jack dans son sac en papier, la coince entre ses jambes, dévisse le bouchon et boit une gorgée.

— Alors, tu as fini par inviter ton gars à la fête de l'école ?

— Non, dit-elle.

Il lui jette un coup d'œil.

— Non ?

— Non.

— C'est dommage, dit-il.

— J'ai déconné, dit-elle.

Ils sortent de la ville, traversent le Big River Bridge, continuent sur l'Highway 1 et longent Van Damme Beach. Ils rentrent vers Buckhorn Cove. Ce n'est qu'à une dizaine de kilomètres de là, six minutes en voiture, mais il leur faudra plus longtemps. Papy tourne lentement, le sac en papier

coincé entre ses cuisses. Il conduit toujours lentement quand il est ivre. Sur la plage, une fille solitaire en combinaison de plongée tire un kayak sur les galets et Turtle songe à Anna.
— Comment ça, tu as déconné ? demande-t-il en la regardant.
— J'ai pas de cran, c'est tout.
— Tu as du cran. Il y a peut-être des choses que tu n'as pas, mais du cran, ça tu en as.
— Je me suis dégonflée.
— Il te reste encore du temps ?
Turtle se penche par la vitre. La fête est dans une semaine. Ses cheveux s'agitent et s'emmêlent, se rabattent en mèches entières. Elle tire trois coups sur un panneau de signalisation annonçant des passages d'animaux, elle loge deux balles dans le corps noir du cerf, la troisième pas très loin.
— Ne tire pas depuis la voiture, ma puce, dit Papy sans colère.
— Comment il était, Martin, à mon âge ? demande-t-elle.
— C'était un enfant ingérable. Il se mettait toujours dans le pétrin, impossible de l'en empêcher. Mais tu sais quoi ? Il aimait ta mère, bon sang, il l'aimait plus que tout. Cette petite nana pâlichonne. Helena. Oh, oui. *Helena.* Tout le monde l'appelait Lena.
Papy boit une gorgée de la bouteille.
Ils empruntent la sortie juste avant Buckhorn Hill, au pied de leur allée. Papy enfonce la pédale de frein et coupe le moteur. Il descend et tient la portière ouverte pour Rosy en répétant : "Allez viens, allez viens" tandis que Rosy le regarde fixement et agite la queue avec excitation à chaque fois qu'il dit "viens".
Turtle récupère un seau orange sur le plateau du pick-up et descend avec Papy le sentier en grès qui mène à la plage, la falaise bordée par les fines tiges voûtées des ancolies. Slaughterhouse Creek jaillit d'une conduite et se jette dans une mare boueuse où les algues néréocystes prises au piège ont perdu leur couleur, blanches et molles comme des spaghettis

trop cuits. Dans l'écume, les gros galets bleus qu'on surnomme les boules de bowling s'entrechoquent.

Papy doit amadouer Rosy pour qu'elle accepte de descendre sur la plage, il frappe ses mains sur ses genoux et il crie "Allez viens, ma fifille !" Chaque fois que retentit un claquement, Rosy s'élance mais renonce. Quand elle finit par sauter du sentier et qu'elle atterrit sur le sable, elle décrit un cercle bref et enthousiaste autour d'eux.

Ils avancent ensemble péniblement dans le sable. Au large de la crique se trouve une île envahie de renouées sarrasin et de pinceaux indiens, rongée par les grottes marines et percée d'un geyser qui crache une eau blanche dans les airs. Papy et elle viennent sur cette plage d'aussi loin que remontent ses souvenirs. C'est là qu'est morte sa mère, et quelque part dans cette immensité, ses os raclent les galets. Turtle se tourne vers Papy. Le vent soulève et agite ses fins cheveux gris. Il affiche un air sévère et renfrogné, non pas qu'il soit malheureux mais parce que ses bajoues tirent son visage vers le bas.

Ils grimpent sur le bras rocheux qui s'avance dans la mer et se tiennent juste au-dessus de l'eau. Les pierres sont noires comme de la fonte, et d'anciennes flaques laissées par la marée y ont incrusté des anneaux de sel. Des torrents dévalent les falaises de grès au-dessus et sculptent des traînées d'algues vertes ébouriffées où des grenouilles naines observent l'océan. À son sommet, ce long bras rocheux est surmonté d'une forêt d'algues pareilles à de petits palmiers à peine plus hauts que le genou. Ils marchent jusqu'à atteindre un trou profond dans la roche, rempli d'une eau agitée et relié à l'océan par d'étroits passages souterrains.

Le bassin fait deux mètres de largeur et cinq de profondeur, envahi d'algues corallines violettes et de moules, les fissures regorgent de crabes, les plus grands d'une envergure de quinze centimètres et les plus petits à peine plus larges que des pièces de monnaie, rayés de noir, les pinces roses, leurs pattes et articulations d'un jaune cartilagineux. Quand les vagues les découvrent, ils font cliqueter leurs minuscules mâchoires aux barbes jaunes d'où l'eau jaillit en bouillons.

Papy et Turtle s'asseyent au bord du trou et contemplent sa profondeur obscure. Rosy boitille autour des rochers un moment puis, épuisée, elle s'affale à côté de Turtle et expose son ventre rose à la fourrure rêche. Turtle lui cherche les puces, les attrape et les lance d'une pichenette dans le trou d'eau où elles dessinent des fossettes à la surface bleu argenté, elles décrivent de minuscules cercles erratiques jusqu'à ce qu'une rascasse surgisse de la pénombre insondable et les avale. Elle semble aussi vieille que le monde – ses mâchoires massives et mécontentes à l'articulation saillante, ses yeux mi-clos énormes et spéculatifs. Turtle se demande si elle peut sentir le contre-courant froid des grottes sous-marines, et si elle a suivi ces sombres tunnels jusqu'à l'obscurité totale du fond, où les anémones tendent leurs tentacules collants aux doux reflets scintillants, et où elle peut contempler dans son entièreté la terrible structure abyssale de son univers.

Papy tend la main.

— Comment va notre vieux couteau, ma puce? Il prend soin de toi?

Turtle garde longuement les yeux rivés dans le trou d'eau, maussade. Elle finit par dégainer le couteau, le fait sauter afin de saisir la lame au lieu de la garde, puis elle tend le manche à son Papy. Il se penche, le saisit et examine l'acier de la lame entamé par l'aiguiseur. Il la teste avec son pouce.

— Eh ben alors, eh ben alors, dit-il.

Des indentations rouillées constellent le dos de la lame.

Elle veut lui faire comprendre qu'elle accordait de la valeur à son couteau, qu'elle voulait vraiment en prendre soin. Elle veut qu'il le sache.

— Je suis désolée pour le tranchant, dit-elle.

Papy hausse les épaules comme si cela n'avait aucune importance, son visage contient sa peine d'une manière tout à fait subtile, une sorte de résignation, un sentiment complexe de vexation et de désillusion, il regarde les vagues au-delà de Turtle et cille comme un vieil homme.

Elle songe à lui expliquer que Martin lui a pris le couteau et qu'il l'a fait passer à l'aiguiseur, mais elle ne dit rien car il n'y a rien à dire, et parce que les excuses et les explications n'ont jamais fait grande impression auprès de son grand-père. Elle pense qu'il peut comprendre plus ou moins ce qu'il s'est passé rien qu'en observant le couteau. Elle continue à caresser le ventre de Rosy, qui lève une patte afin de lui laisser la place, et sa patte s'agite doucement.

— Ah, mon vieux clébard. Rosy, tu n'as aucune dignité, hein? Regarde-la. Regarde-toi, Rosy, espèce de chienne. Redresse-toi.

Rosy lève la tête et tourne les yeux vers Turtle, essaie deux fois de lui lécher le bras avant de se recoucher.

Papy rend le couteau à Turtle en lui tendant le manche. Elle le rengaine, mortifiée. Puis elle se lève et ramasse le seau. Papy reste assis, il contemple fixement le trou d'eau, et il dit:

— Écoute, ma puce, ce n'est pas grave, ce qui importe... Mon Dieu, regarde-moi ce *monstre*.

Turtle se retourne et suit le regard de son grand-père. Au fond du trou, un énorme crabe est apparu, grand comme une assiette, et il avance péniblement entre les algues, agitant ses pinces dans l'eau.

— Bon Dieu, dit Papy. T'as déjà vu un crabe pareil?

Turtle retire sa chemise par le haut, déboutonne son pantalon, l'enlève et plonge dans l'eau froide. Elle entend son grand-père crier derrière elle, mais elle s'enfonce dans la pression toujours plus forte et les turbulences des flots. Elle sent les courants glacés aspirés dans les passages de roches autour d'elle. Douloureusement, elle bat des jambes, elle descend, puis elle ouvre les yeux dans l'obscurité verte et piquante. Elle distingue tout juste le crabe, une ombre difforme qui évolue à l'oblique sur les rochers, elle le suit, agite les pieds afin de rester pressée au fond du trou, puis elle pose la main sur la coquille fraîche et rugueuse, fait une pirouette dans l'eau, et elle remonte dans le tourbillon de sa propre chevelure, elle longe la roche noire, sinueuse et criblée d'anfractuosités, des lézardes rejettent l'eau et l'aspirent tour à tour, les algues se balancent en rythme dans un souffle laborieux, un jeu de lumière donne à la surface du trou des allures de miroir changeant, et en levant la tête elle devrait apercevoir son grand-père penché au-dessus de l'orifice, mais elle ne le distingue pas. Elle ne voit qu'un obscur tunnel qui monte et monte encore, puis s'ouvre sur un autre monde, un cercle argenté, agité de vagues et d'éclaboussures, aussi étranger à ses yeux que le cœur d'une étoile. Comme si ce cercle réfléchissant était une trappe, et qu'elle pouvait le franchir et émerger dans un autre univers.

Elle ferme les yeux et évolue avec le seul souvenir de ce qu'elle a vu, elle recrée dans son esprit l'ouverture argentée vacillante, puis elle la transperce, essoufflée, elle halète dans le jour étincelant, encerclée de roche noire, et loin de là, l'océan explose contre les falaises, et les galets s'entrechoquent dans l'écume. Au-dessus d'elle, Papy et Rosy, côte à côte, sont penchés au bord du trou et affichent une expression identique de surprise et de frayeur, sourcils arqués et bouche ouverte, les yeux écarquillés et alertes.

— Là-dedans, ma puce, là-dedans, dit Papy en lui tendant le seau.

Turtle y fait tomber le crabe, le souffle court et un sourire en coin.

— Ben ça alors, regarde-moi ça, dit Papy en reculant d'un pas, et Rosy s'éloigne à son tour du rebord. C'est un sacré morceau de crabe, un sacré foutu morceau de crabe.

Turtle est plongée jusqu'au cou dans l'eau agitée, les cheveux collés au crâne qui paraît lisse comme celui d'un phoque. Ses jambes lui font mal. Elle s'accroche au bord du trou et remue aussi peu que possible, elle reste immergée afin de dissimuler son épaule violette et verte.

Papy la regarde et dit:

— Si tu me trouves quelques moules, on aura notre dîner.

Elle s'empare du couteau qu'il lui tend et le glisse entre ses dents, mordant le dos de la lame afin de le maintenir en place. Elle attrape un coquillage d'une main et, de l'autre, elle tranche son pied velu. Quand le seau est plein au quart, elle le passe à son grand-père et se hisse hors du trou, dégoulinante, puis elle se redresse dans sa culotte rose, le couteau entre les dents.

Papy se remet péniblement sur pied, ses genoux craquent, et il dit:

— Julia, tourne-toi.

— Quoi?

— Julia, c'est quoi, ça?

Il s'approche, lui touche le bras à l'endroit où l'ecchymose du tisonnier s'est muée en une ligne noire et verte, le premier coup frappé par Martin pour la jeter à terre.

— C'est qu'un bleu, Papy.

— Tourne-toi.

— Papy.

— Tourne-toi, ma puce. (Elle pivote.) Bon sang.

— C'est que des bleus.

— Bon sang. Bon sang, dit-il.

— Papy, c'est rien, c'est pas important.

— Bon sang, dit-il, et il s'assied en tremblant sur le rocher.

Elle marche jusqu'à son jean, le ramasse et le déroule. Elle l'enfile à grands coups secs.

— C'est quoi, ces bleus? demande-t-il.

— Rien que des bleus.

— Comment tu t'es fait ça?

— C'est rien, vraiment.

— Bon sang, on dirait que ça vient d'une barre de fer.

— C'est pas important.

— Bon sang.

Elle reboutonne son jean et remonte la fermeture Éclair.

— Papy, je m'en fiche, c'est pas important. Vraiment.

— Tu t'es fait ça comment?

— C'est rien. C'est pas important. Vraiment.

— D'accord, ma puce, dit-il en se relevant non sans difficulté. Allez, on te ramène à la maison.

Ils retournent au pick-up, Turtle boite méchamment, son jean lui colle aux jambes, sa culotte dessine des contours trempés sur le denim, le seau lui heurte le genou et clapote.

Rosy galope en tête puis revient en une course maladroite, se poste devant eux, pattes raides, et affiche un sourire flasque.

— Mon vieux clebs, va, dit Papy.

Ils longent le chemin qui mène à la grand-route, Turtle cale le seau sur le plancher du pick-up et grimpe à bord. Le crabe escalade les moules entassées au fond. Papy s'efforce, non sans peine, de convaincre Rosy de monter dans la voiture, puis il se hisse à son tour. Il démarre, reste assis à faire tourner le moteur, s'adosse à son siège, serre et desserre les mains sur le volant, et il dit :

— Bon sang.

Ils s'engagent sur la grand-route, parcourent quelques mètres et prennent l'allée gravillonnée qui mène à la maison, le pick-up bondit et tressaute dans les ornières, le crabe claquette dans le seau, Rosy se roule en boule, épuisée, et elle toise Turtle avec de petits mouvements suppliants des sourcils. Papy boit une longue gorgée de Jack Daniel's, conduit d'une seule main, jette parfois un coup d'œil à Turtle qui reste assise, les mains jointes entre ses cuisses, et qui observe par la vitre passager les pins tordus et le pré.

Lorsqu'ils atteignent l'embranchement où le chemin en terre de Papy continue en contrebas du verger vers l'étendue de framboisiers et l'autre route monte à la maison, Papy s'arrête. Turtle prend le seau et descend. Il se penche vers elle :

— Dis à Martin que je viens dîner.

Turtle reste immobile près du pick-up. Elle ne se souvient pas que Papy soit jamais venu dîner chez eux. Elle se contente d'acquiescer.

Puis il s'en va, et Turtle reste là, le seau à la main, et le regarde s'éloigner. Elle ramasse ses chaussures attachées ensemble par les lacets, elle les place autour de sa nuque. Elle remonte la colline en boitant, le seau cogne contre sa jambe, et elle pense, Pauvre conne, pauvre abrutie, pauvre abrutie, abrutie, abrutie.

12

Des lignes vertes strient la porcelaine de l'énorme baignoire à pattes de lion. Les robinets en cuivre et les tuyaux sont fixés dans des trous sommaires perforés dans les planches de séquoia, des ouvertures irrégulières transformées en repaires d'arachnides regorgeant de poches d'œufs pareilles à des boules de coton, et de silhouettes d'araignées hantées par une gigantesque veuve noire, si gonflée qu'en arpentant le sol, elle traîne son abdomen massif derrière elle et laisse une trace dans la poussière, une créature que Martin aime surnommer "cette salope venimeuse de Virginia Woolf".

Au-dessus de la baignoire, une baie vitrée donne sur Slaughterhouse Gulch, les pins envahis de lichen et les mûriers qui grimpent parmi les fougères. La fenêtre est mal scellée, le linteau est noir et visqueux de moisissure. Des champignons rouges poussent sur le chambranle. Leurs chapeaux sont entourés des restes blancs de leur voile.

Elle l'entend poser les courses sur la table de la cuisine et entrer dans la salle de bains. Il s'assied sur la chaise en bois à côté du lavabo, deux bouteilles d'Old Rasputin dans sa large main. Elle s'installe dans la baignoire afin que seule sa tête dépasse de la surface, elle dissimule son épaule verte et violette.

Il soupire et glisse les capsules des bouteilles sur l'accoudoir de la chaise, les frappe l'une après l'autre de la paume de sa main. Il pose ensuite ses grosses chaussures sur le rebord de la baignoire, regarde au-delà de Turtle vers les pins de Slaughterhouse Gulch, reste assis là, une bière entre les cuisses, et il lui tend l'autre. Il lui adresse un hochement de tête encourageant. Elle la prend, boit au goulot et lui jette un coup d'œil en coin, pleine de ressentiment. Il rassemble ses idées et frotte le bout de ses doigts sur les poils naissants de sa barbe avec un crissement discontinu.

— Croquette, dit-il. J'ai déconné. D'accord?

Elle s'adosse à la baignoire et l'observe.

— Croquette… continue-t-il. Parfois, je ne suis pas bien. Mais j'essaie, tu sais, pour toi.

Il serre et desserre les mains, lui présente ses paumes.

— Comment ça, pas bien? demande-t-elle.

— Oh, Croquette, c'est dans notre sang, je crois.

Elle boit encore à la bouteille, écarte des mèches de cheveux mouillés devant son visage. Elle l'aime. Quand il est comme ça, quand elle voit à quel point il fait des efforts pour elle, même la souffrance de Martin a de la valeur à ses yeux. Elle ne supporte pas l'idée qu'il puisse être déçu, et si elle le pouvait, elle l'envelopperait de tout son amour. Elle pose la bière parmi les champignons. Elle veut le lui dire, mais elle n'en a pas les tripes.

Elle dit:

— Papy vient dîner à la maison.

— Oh, c'est bien, c'est bien. J'ai rapporté des os à moelle et j'ai vu les coquillages et ce foutu crabe monstrueux. On a de quoi préparer un vrai festin.

Turtle verse du shampoing dans sa paume. Elle l'applique sur ses cheveux.

— Croquette, dit-il. Tu es une personne si foutument belle. Regarde-moi ça.

Turtle rit, lève les yeux vers lui, sa tignasse rassemblée au sommet de sa tête, mousseuse de shampoing. Papa l'attire et elle s'approche, il pose ses doigts puissants dans ses cheveux et lui masse le cuir chevelu. Elle ferme les yeux, le visage vers le plafond où les toiles d'araignées pendent en cocons de poussière.

— Mon Dieu, Croquette, dit-il en faisant mousser le shampoing. Y a pas plus belle que toi au monde. Je te l'ai déjà dit? Pas plus belle que toi.

Elle lève les bras vers le plafond, les étire, et l'eau s'écoule en gouttes tremblantes sur son front et ses aisselles, et elle songe à quel point c'est agréable, le plaisir et le confort. Martin termine de lui shampouiner les cheveux et elle reste allongée là, la nuque contre la paroi de la baignoire, le regard au plafond, et il se penche au-dessus d'elle, lui embrasse une paupière, puis l'autre. Il dit :

— J'aime cette paupière, et celle-ci.

Il lui embrasse l'arête du nez.

— Et ce nez.

Il lui embrasse la joue.

— Et ce visage !

Elle passe ses bras mousseux autour de son cou, la mâchoire piquante de son père contre la sienne, glabre.

Il s'écarte :

— Oh, Croquette, je suis tellement désolé, tellement désolé.

— Tout va bien, Papa.

— Tu me pardonnes ?

— Oui, dit-elle. Je te pardonne.

Elle s'enfonce dans l'eau, elle pense avec horreur à ce qu'il adviendrait si Papy s'avisait de dire ce qu'il avait vu, et elle sait qu'elle devrait aborder le sujet. Chaque faux pas de Martin est un secret entre eux deux, et elle a le sentiment d'avoir violé cette intimité. Elle ne supporte pas l'idée que quelqu'un d'autre puisse voir ce qu'il a fait de mal. Elle se lève dans l'eau, attrape ses cheveux par poignées et les essore.

Elle sort de la baignoire, elle voit son reflet dans la baie vitrée, Martin derrière elle, penché sur sa chaise, les yeux plissés, frottant son pouce contre sa mâchoire, et ils regardent tous deux son image, ses longues jambes striées d'ecchymoses noires et vertes. Elle prend une serviette sur le portant et s'enroule dedans, passe devant lui à petits pas boitillants. Il se tourne pour l'observer, son œil gauche plus triste que le droit, son visage ridé d'amour et de chagrin, et elle monte s'habiller, chacun de ses pores empli de son amour, un amour qui la fait se sentir grande et heureuse, et elle pense, animée d'une force vengeresse, Advienne que pourra. Elle doit se pencher pour récupérer ses vêtements sur l'étagère, elle exhale doucement et douloureusement, elle s'habille avec précaution, elle prend tout son temps, et quand elle a terminé, elle regarde par la fenêtre en se mordant la lèvre. Elle pense, Non, ça ne mènera à rien. Elle contemple le flanc de la colline, l'étendue gracieuse de fléole des prés et de folle avoine, des parcelles abandonnées à l'herbe de la pampa et aux autres herbes invasives, et vers la route les ravenelles violettes et blanches en pleine floraison. Elle n'arrive pas à imaginer que sa vie puisse changer, elle n'arrive pas à imaginer comment le repas de ce soir pourrait aboutir à quoi que ce soit, elle n'arrive pas à imaginer comment cela pourrait mal tourner. Sa vie tout entière, son cours, les gens qui y évoluent, tout lui semble si immuable et il y a peut-être des difficultés, et il y a peut-être des désaccords, mais ça ne mènera à rien.

Elle descend l'escalier et Martin n'est pas à la cuisine. Elle le trouve dans le garde-manger, au milieu des caisses à fusils, des murs couverts de tableaux à outils, des étagères métalliques où sont stockées les caisses de munitions, les boîtes de balles, une palette de pigeons d'argile empilés contre la paroi. Elle appuie sa hanche contre le montant de la porte. Martin plonge la main dans l'eau rose sale du seau, il en sort les os à moelle ensanglantés et dégoulinants qu'il pose sur l'établi à côté de la scie circulaire. Il allume l'outil qui grince et se met à rugir, puis Martin glisse les os sous les dents de la lame, l'un après l'autre, les poussant prudemment du pouce et de l'index en suivant la trajectoire de la scie, plissant les yeux dans la projection de fine poussière blanche et de gouttes d'eau sanglantes. Les os se fendent et jonchent le plan de travail, et Martin laisse tourner la scie jusqu'à avoir coupé chaque os dans le sens de la longueur. Il les porte à la cuisine, rince la poussière dans l'évier, les dépose dans un plat qu'il glisse au four. Puis il attrape le crabe vivant par les pinces et l'enfourne à la suite. Turtle entend le crabe se déplacer dans le plat. Martin verse le seau de moules dans une passoire en émail bleu et entreprend de gratter leurs filaments, les tenant par paires et frottant leurs lèvres scellées les unes contre les autres en une grossière parodie de baiser, le front plissé et serein. C'est l'air le plus heureux que Turtle lui connaisse, il lui jette parfois un coup d'œil et plisse les paupières de plaisir. Il verse de la crème et du bouillon de poule dans une poêle qu'il met à mijoter. Il hache de la ciboule sur la planche à découper, moud des grains de poivre dans un vieux moulin noir, découpe un citron en quartiers qu'il presse. Il vide la passoire de moules dans la poêle, se penche contre le plan de travail et regarde Turtle. Il pose une deuxième poêle sur la première afin de permettre à la vapeur d'ouvrir les coquilles des mollusques. Ils écoutent le crabe gratter à l'intérieur du four.

Il trouve un couteau à pain constellé de rouille, il se redresse et s'appuie à nouveau au plan de travail en l'observant.

— Eh ben merde alors, regarde-moi ça, dit-il. On utilise jamais cette saloperie et il rouille quand même.

Turtle pince les lèvres. Il fait griller le pain dans une poêle en inox. Il prépare une salade de radis, d'ail, de ciboule et de persil, verse le tout dans un mélange de jus de citron, d'huile d'olive et de sel de mer. Ils attendent en silence, Papa le regard rivé sur les moules en train de cuire et Turtle, jambes croisées. Au bout d'un moment, il ouvre le four, sort le plat et, à l'aide d'une paire de pinces, il entasse les os sur la planche à découper en les entrecroisant, récupère le crabe mort et recroquevillé tout au fond du four et le pose près des os. Il transvase les toasts et installe la planche à découper au milieu de la table. Le long des découpes longitudinales des os, la graisse a grillé en une pellicule brune et grise, la moelle à l'intérieur est huileuse et liquide, bouillonnante, et la peau ondule et s'agite comme un être vivant.

— Nettoie-moi ce bordel, dit-il à Turtle qui se lève et débarrasse la table des canettes de bière, des douilles vides, des cendriers et des divers livres : *Les Principes de la connaissance humaine*, *Être et temps*, et *Les Philosophes présocratiques* de Barnes. Dans la cuisine, Martin verse les moules dans un grand saladier, Turtle sort leurs couverts dépareillés qu'elle dispose sur la table, puis Martin va chercher sur une étagère en hauteur les assiettes et les bols Bauer surmontés d'une épaisse couche de graisse et de poussière. Il les nettoie avec un torchon et dit d'un ton théâtral :

— Qu'on ne dise jamais que je n'ai pas mis les petits plats dans les grands en l'honneur de notre savant patriarche, Croquette, qu'on ne le dise jamais !

— Tu as préparé beaucoup de plats, Papa.

— Bon Dieu, oui.

Quelque part dans la maison, une porte s'ouvre. Pas la vitre coulissante du salon qui donne sur le porche, celle que Turtle et Martin utilisent habituellement, mais l'immense porte d'entrée en chêne avec ses renforts en fonte et qui donne dans le hall, la grande voûte de son plafond aux poutres en séquoia, le vieux lustre, les crânes d'ours aux murs. Au bout du couloir, une tête de cerf dont un œil a fini par tomber. Ils écoutent Papy arpenter le hall, tourner dans le couloir, puis il apparaît dans l'embrasure de la porte.

— Daniel, dit Papa. Je crois que c'est la première fois que tu passes par la porte d'entrée.

— Bon écoute, Martin, dit Papy.

— Assieds-toi, dit Papa en montrant une chaise. Je t'ai préparé les moules, là. Et la prochaine fois, papa, passe par la porte du salon, d'accord ?

Turtle ne trouve pas cela étrange que Papy ait emprunté la porte d'entrée. C'est une formalité qu'elle comprend, que Martin comprend aussi, mais il en a fait un sujet de plaisanterie, comme s'il s'agissait d'une erreur et non d'une formalité, et Turtle l'observe en espérant qu'il ne se moquera pas de Papy, il veut que les choses se passent bien, il ne veut pas que Papy se montre formel avec eux, et Turtle a peur.

Les yeux de Papy se posent tour à tour sur Martin et sur Turtle, et Martin adresse à sa fille un regard complice et mutin. Turtle n'aime pas l'air qu'a Papy sur le seuil de la porte. Elle pense, Allez, mais entre. Elle pense, Ne sois pas trop dur, Papy, entre et laisse tomber. Elle sait que Papy n'est pas du genre à laisser tomber, elle sait qu'il baisserait dans son estime s'il laissait tomber, mais c'est la seule chose qu'elle attend de lui. Ils sauraient tous les deux qu'ils n'ont aucun courage mais ça n'aurait pas d'importance. Martin lui a dit que c'était son problème à elle, c'est ce qu'Anna a dit aussi, qu'elle a peur d'affronter les choses, qu'elle hésite, mais elle a beau le savoir, elle est prête à ce qu'il en soit ainsi, que ce soit son échec à elle et que Papy ait le même manque de courage qu'elle. Que les choses en soient ainsi, et qu'ils dînent ensemble tous les trois.

— Martin, dit Papy.

— Bon Dieu, papa, assieds-toi et mange quelque chose. Je croyais que tu aimais les coquillages plus que tout.

— Commencez sans moi.

Il le dit d'un ton sombre et plein de reproches, Turtle voit bien qu'il ne laissera rien tomber.

— Putain, mais assieds-toi, prends un peu de moelle.

Papy tire une chaise, s'y installe. Elle a l'impression d'avoir passé sa vie entière à espérer qu'il soit l'homme qu'elle imaginait, et pas l'homme que Martin imaginait, et voilà qu'elle veut simplement le voir s'asseoir là sans rien dire. Martin fait un geste en direction de l'empilage d'os, les condyles striés pareils à des volutes de bois sculpté, la moelle répandue dans les canaux, les tendons gélifiés à l'os.

— Prends un peu de moelle, dit-il encore, et il en prend un peu qu'il étale sur son toast.

À l'aide d'une fourchette, il saisit une petite portion de radis et de persil, il mâche à grand bruit.

— Martin, écoute-moi, dit Papy en se penchant, les bras sur la table.

— Pas de moelle ? Je peux t'offrir une bière ?

— Je veux pas de bière.

— Laisse-moi t'apporter une bière. J'essaie toujours d'avoir un peu de ta bière en stock. Je sais que t'aimes cette merde fadasse et bon marché. Du bon whiskey et de la bière merdique, c'est tout Daniel Alveston, ça.

— Mais assieds-toi, bon Dieu, dit Papy.

Martin se rend au frigo, l'ouvre, se penche et cherche une bière. Il revient avec une bouteille de Bud Light et annonce :

— Tu vois, j'ai toujours une bière pour toi, Daniel.

Il la décapsule d'un coup brusque contre le rebord de la table et Papy l'observe, les mains croisées sur le ventre, ses bajoues accentuant le froncement de ses sourcils et lui donnant un air de mécontentement impénétrable. Martin lui tend la bière et la mousse déborde, coule le long de la bouteille, mais Papy ne la prend pas. Il dit :

— Je veux pas de ta bière, Martin.

Papa pose la bouteille à côté de l'assiette de Papy. Il tire sa chaise et s'assied.

— Eh bien, la moelle n'a pas beaucoup de succès, ce soir, mais j'ai fait de mon mieux, tu sais.

— C'est pas la moelle, dit Papy en regardant le crabe mort, les pattes en l'air.

— Je peux te préparer un sandwich au fromage grillé.

— Je suis pas venu dîner avec vous, Marty. Écoute…

— T'écouter ? T'écouter, mon cul, oui. Bois ta bière, Papa. T'as l'air idiot, avec cette bouteille devant toi.

— Martin, il faut que tu saches que c'est pas des façons d'élever une enfant.

— Espèce de fils de pute, dit Martin. Espèce de fils de pute. Tu crois que je le sais pas ? Connard. Tu viens *ici*, pour me dire, à moi, que *ça*, c'est pas des façons d'élever une enfant ?

Papy tend la main vers sa bière et la renverse, elle roule sur la table jusque sur les cuisses de Martin, ce dernier l'attrape aussitôt et lâche "Mais putain…" et il se débat avec la bouteille écumante qui roule de nouveau sur ses cuisses, il tente de se relever et fait basculer sa chaise, tombe presque à la renverse, puis il se redresse, de la bière lui coule sur les manches et la chemise, la bouteille roule et décrit des spirales au sol, heurte le plan de travail en rythme avec le

bruit humide de son contenu qui se déverse. Martin secoue
ses mains trempées et lâche :
— Bon sang ! Bon sang !

Il titube à la cuisine, saisit l'essuie-tout bleu qu'il déroule,
étale au sol, il éponge ses cuisses mouillées, sa chemise à car-
reaux qu'il retire et lance au milieu de la vaisselle sur le plan
de travail.
— C'est pas des façons d'élever une enfant, pas comme
ça, dit Papy.
— Bon sang, dit Martin en baissant les yeux sur ses
vêtements.
— Martin.
— Quoi ?
— C'est pas des façons d'élever une enfant.
— Bon sang, papa, dit Martin en ouvrant le frigo pour en
sortir une autre bière qu'il ouvre d'un coup brusque. Bon sang.
Redis-moi ça, vas-y, papa. Dis-moi que c'est pas des façons
d'élever une enfant.
— Il faut que tu le saches, Martin.
— Je le sais, rétorque Martin en s'approchant de la table
et en y déposant la bière. Bon sang, papa, dit-il en secouant
encore la mousse de ses mains et contemplant sa chemise
trempée.
— Mais bon Dieu, Martin, dit Papy. Putain de merde,
écoute-moi.
— Je fais de mon mieux, Daniel. De mon mieux, putain.
— Écoute-moi, Martin. Ça peut pas continuer comme ça.
— Ah ouais ? lance Martin en se ressaisissant. C'est vrai,
ça, papa ?

Il le dit avec un sous-entendu qui échappe à Turtle, elle
détourne les yeux de la table et se répète la phrase, en silence,
elle essaie de cerner son visage, son expression, le ton de sa
voix, *C'est vrai, ça, papa ?* Elle triture les mots pour en essorer
le sens exact, puis elle repose son regard sur eux.
— Et regarde-toi, Marty. Regarde autour de toi. T'as pas
envie que ta fille finisse comme ça, si ?

Martin dévisage Papy, une paupière plus baissée que l'autre.

— Elle pourrait devenir une jeune femme très bien, continue Papy.

Martin ouvre la bouche, regarde de côté et se touche la mâchoire.

— Martin...

— Je sais, papa.

— Elle pourrait être...

— Papa! Je le sais, putain. Tu crois pas que je me bats pour tout ça? Tu crois que je me le répète pas tous les matins quand je me lève? Prends soin de cette gamine, elle aura bien plus que tu n'as jamais eu, Martin, elle aura bien plus dans sa vie. Sa vie ne sera pas comme la tienne. Fais les choses bien pour elle et tout lui appartiendra, le monde, tout.

Papy reste assis, l'air renfrogné.

— Tu crois que je le sais pas? Tu crois que je ne me bats pas pour ça? Avec les maigres ressources dont je dispose, papa. Avec tout ce que j'ai, papa. Et je sais que c'est pas parfait, et je sais que ça suffit pas, qu'elle mérite mieux, mais je vois pas ce que tu veux que je fasse d'autre, putain. Je l'aime, et c'est déjà bien davantage que ce que tu m'as jamais donné.

— Écoute... dit Papy. Y a des contusions sur ses cuisses, à cette gamine, profondes comme pas possible. Des contusions. Noires comme pas possible. Des contusions, Martin, qu'on dirait que tu t'en es pris à elle avec une barre de fer. Je te pose la question. Je te pose la question, Martin.

— Ferme-la, répond Martin.

Papy fronce les sourcils, sévère, la chair de son visage jaunie, ses bajoues de vieil homme, des rideaux de chair pareils à de la couenne.

— Je te laisserai plus élever cette fille, et si tu sais ce qui est bon pour elle, alors tu...

— Mais ferme ta gueule, dit Martin. (Il gratte le rebord de la table avec son pouce, puis il repose les yeux sur Papy.) Putain, tu sais pas...

— Y a des contusions... continue Papy.

— Ferme ta gueule.

— On dirait que t'as...

— Retourne à ton mobile home, vieillard. (Martin fait un signe en direction de Turtle.) Tu sais rien du tout.

Il la regarde fixement. Ils attendent tous dans son silence.

— Mais apparemment, moi non plus, poursuit-il. Ni elle, je parie. Oh, elle t'apprécie. Elle t'aime. Pas vrai, Croquette?

Elle garde le silence.

— Croquette. Tu aimes ton papy?

Turtle entend les pinces du crabe craquer à mesure qu'elles refroidissent.

— Croquette?

— Je l'aime, oui, Papa.

— Tu vois? Tu vois? Mais t'as aucun droit de venir ici, puant le whiskey, de venir chez moi, dans ma maison, et de me dire qu'elle a des contusions. T'as pas le droit de faire ça.

— Marty, il faut que tu exiges bien davantage pour Julia. Pas ça, Marty. Pas ça.

Martin passe l'extrémité de ses doigts dans les poils naissants de sa barbe.

— Eh ben, merde. Je vois que c'est Croquette qui a ton couteau, maintenant.

Il tend la main, Turtle dégaine le couteau à sa ceinture et le lui donne. Il le soupèse.

— Tu sais combien de gorges il a tranchées, avec ça?

Turtle baisse les yeux vers son assiette.

— Quarante-deux, c'est bien ça?

— Quarante-deux, acquiesce Papy.

— En Corée, Croquette. Et à un moment, ils l'ont fait bosser en zone démilitarisée pour traquer les infiltrés, et ces pauvres cons, ces pauvres cons n'avaient aucune idée qu'un foutu psychopathe assoiffé de sang sorti tout droit d'un paysage sauvage à l'autre bout du monde, un homme dont les ancêtres avaient chassé les Indiens dans l'Ouest américain, les attendait tapi dans l'herbe. Comment pourrais-tu comprendre une chose pareille? Je pense que tu t'es jamais autant amusé.

Papy ne répond pas. Sa mâchoire frémit.

— Il aimait arriver dans le dos d'un pauvre con, un pauvre con envoyé de force au combat par la coercition gouvernementale et la pression socio-économique insoutenable, et Daniel arrivait par-derrière et le décapitait presque avec son couteau. C'est pas vrai ? Le bras autour du cou, il lui relevait le menton et sectionnait l'artère principale sur la gauche. C'est pas vrai ?

— On était en guerre, Martin.

— Et après, ils t'ont donné un fusil et ils t'ont envoyé au Vietnam. C'est pas vrai ? Voilà un fils de pute qui aime s'approcher et te tirer dans le bas du dos avec son foutu calibre 12, puis te regarder essayer de ramper, et qui s'agenouille sur toi et tranche ta putain de gorge. Le M12, c'était un bon fusil, hein ? Une antiquité, déjà à l'époque, mais le meilleur fusil jamais fabriqué.

Papy ne répond pas.

Martin abat la paume de sa main sur la table.

— Et pourquoi ? Une guerre pour quoi ? T'en avais quelque chose à foutre ? Est-ce que ça t'intéressait de comprendre pourquoi tu te battais ? Non, putain. Putain, putain, putain, non. T'aimais ça, rien de plus.

— Je comprenais pourquoi je me battais, Martin.

— Peut-être.

Martin pose lourdement le couteau sur la table et Turtle le récupère.

— Y a beaucoup de sang dans le cuir de ce manche qui sera jamais nettoyé, pas vrai ?

Papy baisse le menton contre sa poitrine comme s'il se reposait, ses bajoues s'écartent de son visage et accentuent son air renfrogné.

— Eh ben, continue Martin, Croquette peut être fière d'avoir ce couteau. Un vrai trésor de famille. Et Daniel, tu devrais réfléchir au fait qu'on a peut-être un trait commun dans cette famille. Tu devrais réfléchir aux conséquences que peut avoir ce trait commun chez ta petite-fille.

Martin se penche en avant et crache au sol.

Turtle baisse le regard vers la flaque de graisse et de crème dans son assiette.

— Rien de tout ça n'a d'importance, déclare Papy lentement.

— Rien de tout ça n'a *d'importance*? répète Papa, incrédule. Rien de tout ça n'a d'importance? Ce que j'essaie de te dire, c'est qu'elle a été aimée toute sa vie. Et ça, je ne l'ai jamais eu avec toi.

— Je ne peux plus te laisser seul avec cette enfant. Je ne peux pas.

— Parlons-en, alors, dit Papa. C'est les contusions qui t'inquiètent?

— C'est les contusions, et toutes ces conneries de fin du monde.

— Ce ne sont pas des conneries, papa, dit Martin.

— C'est des conneries, et c'est pas des façons d'élever une enfant, de faire comme si le monde touche à sa fin, simplement parce que tu préférerais qu'il en soit ainsi.

— Pas des façons d'élever une enfant? Si tu n'es pas convaincu que le monde va mal, papa, c'est que tu ne regardes pas autour de toi. Les cerfs, les grizzlys, les loups ont disparu. Les saumons aussi, presque. Les séquoias, c'est terminé. Des pins morts, on en trouve par bosquets entiers sur des kilomètres carrés. Tes abeilles sont mortes. Comment on a pu faire naître Julia dans un monde aussi merdique? Dans cette dépouille putride de ce qui aurait dû être, dans ces restes à l'agonie, violés? Comment tu veux élever une enfant en compagnie de tous ces connards égocentriques qui ont détruit et gâché le monde dans lequel elle aurait dû grandir? Et qu'est-ce qu'elle pourra jamais comprendre à ces gens-là? Rien. Aucune négociation n'est possible. Aucune alternative. Ils tuent le monde et ils continueront, et ils ne changeront jamais, et ils ne s'arrêteront jamais. Rien de ce que je peux faire, de ce qu'elle peut faire, ne les fera changer d'avis, parce qu'ils sont incapables de penser, de concevoir le monde comme une entité en dehors d'eux-mêmes. Si tant est qu'ils le voient tout court, ils estiment que ce monde-là leur est dû. Et tu me dis que ma rage envers ces gens-là, envers cette société, ce sont des conneries? Tu me dis que c'est pas des façons d'élever une enfant, et oui, je le sais. Mais qu'est-ce que tu veux que je fasse d'autre ?

— Bon Dieu, Marty, tu peux pas continuer...

Il s'interrompt.

— Je peux pas continuer à quoi ? demande Martin.

Il lance un regard sauvage à Turtle. Papy ouvre et ferme la bouche. Il ne trouve pas le mot. Turtle ouvre la bouche à son tour, elle y enfonce sa paume et mord férocement. Elle sent le sourire sur son visage, épouvantable.

Martin se penche en avant.

— Et alors, tu sais plus ce que tu veux dire, papa ?

— Si, dit Papy. Si.

— Eh ben alors, c'est quoi ?

— Eh bien, je te disais que...

— Ouais ?

— Oh, tant pis.

— Quoi ?

— Oh, eh bien, je... je voulais juste dire... fait Papy.

Martin regarde Turtle. Papy mâche ses mots.

— Papa ? lance Martin.

— Tant pis, dit Papy. Oh... Oh... Tant pis.

— Quoi ? Mais quoi ?

Papy pose son regard sur elle puis sur Martin, de son œil valide, sa paupière droite mi-close, il se repositionne sur sa chaise avec dignité. Il ouvre la bouche, et peinant à articuler, il dit :

— Je pense... Je disais juste que... C'est pas des façons de... de... de...

Il s'interrompt.

— Quoi, papa ? demande Martin.

— De...

Ils attendent.

— Oh, tant pis, fait Papy avec colère. Tant pis.

— D'élever une enfant ? C'est pas des façons d'élever une enfant ?

— Oui, dit Papy, et il s'arrête soudain.

Il postillonne à chacun de ses mots. Turtle le dévisage intensément. Le côté droit semble engourdi. La paupière est fermée. Elle se relève une fois, comme sortant du sommeil, et elle dévoile le croissant blanc de sa sclérotique, puis s'abaisse à nouveau d'un air endormi, et reste baissée. Papa attend, se penche, regarde Papy.

— Une... Une... dit Papy sans trouver le mot.

— Une enfant? fait Papa.

— Oh, oh, tant pis. (Papy tend une main au-dessus de la table vers Turtle avant de continuer.) Je...

Mais ce qu'il cherche à dire, il ne le trouve plus.

— Je... tente-t-il encore, et il cherche avec une douleur évidente, il agite les lèvres.

— Putain, papa, lâche Martin.

— J'allais... dit Papy. J'allais...

— Mais putain de merde, dit Martin.

Papy se lève, renverse la chaise, penche dangereusement sur le côté, Martin s'élance, tente de l'empoigner par la chemise, mais Papy s'affale de tout son poids.

— Croquette, appelle une ambulance. Tout de suite.

Turtle reste figée, elle regarde avec horreur son grand-père étendu, à demi entravé dans la chaise. Il se débat, roule sur le flanc. Il regarde Turtle. Le côté droit de son visage est flasque, la peau pend comme un rideau de chair sans âge, comme de la cire jaune fondue.

— Ma puce... dit-il. Ma puce.

D'un geste faible, il essaie de prendre appui sur sa main.

— Appelle une ambulance, Croquette.

Martin contourne la table et s'agenouille près de Papy. Ses chaussures craquent.

Turtle se lève, se dirige vers le téléphone fixé au mur, décroche et compose le numéro des urgences. Martin aide Papy à se dégager de la chaise renversée.

— Espèce de... Putain de fils de... Mais merde, Daniel. Merde quoi.

À l'autre bout du téléphone, quelqu'un dit:

— 911, quelle est la raison de votre appel ?

— Euh, dit Turtle. C'est quoi, la raison de notre appel, Papa ?

— Une attaque.

— Attends... Attends... Attends, Julia, répète Papy.

Il ouvre la bouche à plusieurs reprises et cherche ses mots.

— Attendre quoi ? Papa ? Attendre *quoi* ?

— Oh, tant pis.

— Qu'est-ce que tu vois ? demande Martin.

Turtle porte à nouveau le combiné devant ses lèvres et dit :

— Attendez.

— J'attends, répond son interlocuteur.

— Une attaque ! lui crie Martin.

— Une attaque, dit Turtle.

— Et vous êtes au... dit le répartiteur en citant leur adresse.

— Oui, dit Turtle.

— Oh, Martin, dit Papy. J'allais dire... Dire que... Ce que je veux dire...

Papa s'agenouille, tient la main de Papy et baisse les yeux vers lui :

— Quoi ? Daniel ? Dis-moi. Qu'est-ce qu'il y a ?

Turtle n'a jamais vu son père aussi désespéré.

— Mademoiselle ? lance le répartiteur. Mademoiselle ?

— Attendez, dit Turtle.

Elle veut que tout le monde s'arrête. Elle veut que tout ralentisse. Elle a besoin de plus de temps.

— Attendez, dit-elle encore.

— Pouvez-vous me dire ce qu'il se passe, exactement ?

— La ferme ! s'écrie-t-elle. Attendez.

— Mademoiselle...

Turtle presse le téléphone contre sa poitrine et observe la scène. Martin tient la main de Papy :

— Qu'est-ce qu'il y a, Daniel ? Qu'est-ce que tu cherches à dire ? Qu'est-ce que tu vois ? Dis-moi ce que tu vois.

Elle lâche le combiné, se rend à la table et s'assied à côté de Martin. Il est agenouillé au-dessus de Papy, il continue :

— Dis-moi ce qui se passe, papa. Dis-moi ce que tu vois.

Dans un coin, le combiné pend au bout du cordon et le répartiteur répète :

— Mademoiselle ? Mademoiselle ? Il faut que vous restiez en ligne.

Papy tourne le regard et le pose sur Turtle, il décolle légèrement la tête du sol. Elle s'approche de lui. Sa mâchoire semble chercher son nom mais ne le trouve plus, sa bouche s'ouvre et se ferme. Il dit :

— Julia... Je peux pas...

— Mais putain, Daniel ! Qu'est-ce qu'il y a ? Quoi ? Quoi ?

Martin attrape Papy par le menton et ils échangent un regard.

— Qu'est-ce que tu... Qu'est-ce qu'il... ? demande Martin.

— Julia... dit Papy.

— Croquette, monte dans ta chambre, lâche Martin.

— Je suis désolée, dit-elle. (Elle regarde Papy droit dans les yeux.) Je suis tellement désolée. Je suis désolée.

Papy la dévisage. Ce qu'il cherche à lui dire est si obscur pour elle. Son épicentre semble se liquéfier, sa substance, il dit les choses qu'il a l'habitude de dire, mais il ne dit pas ce qu'il veut et il n'arrive pas à formuler ce qu'il pense.

— Allez ! s'écrie Martin.

Et elle se lève et elle court à l'étage, et elle pense, Ce n'est rien. Il s'en sortira. Elle s'élance jusqu'à sa chambre, elle s'adosse au mur, haletante et l'oreille tendue. En bas, elle entend Martin parler.

— Dis-moi ce que tu vois, Papa. Explique-moi ce que tu cherchais à me dire.

Elle patiente dans un silence insoutenable, elle tente de calmer sa respiration. Elle a peur de ne pas entendre les paroles de Papy à cause des battements de son cœur, du bruit de sa respiration, mais elle est avide d'air, elle est assoiffée d'air. En bas, un raclement, le son d'un mouvement, et Turtle retient son souffle, elle écoute.

— Oh, je vois… je vois… dit Papy, incapable d'articuler, et le bruit de ses pieds qui raclent le sol, qui s'agitent à l'endroit où il gît, et Martin continue :

— Daniel, regarde-moi… Je suis… C'est moi, Martin. C'est Martin. Regarde-moi.

Et Papy dit :

— Oh, tant pis.

Incrédule, Martin lance :

— Quoi ? Quoi ?

Un long silence s'ensuit. Turtle essaie de calmer son souffle affolé, à l'affût du moindre son au rez-de-chaussée, mais il n'y a aucun bruit, puis la voix de Martin, rocailleuse et basse, assourdie par la stupeur ou autre chose.

— Espèce de connard, dit-il. Espèce de foutu connard.

Puis un long intervalle de silence, Turtle toujours adossée au mur, l'oreille tendue, mesurant son souffle pour l'apaiser. C'est alors qu'elle entend l'ambulance, elle la regarde remonter l'allée. Elle écoute les inconnus en bas qui échangent des paroles. Ils prononcent des chiffres qu'elle ne comprend pas, s'adressent les uns aux autres, et Turtle fait les cent pas dans sa chambre, elle va jusqu'à la fenêtre, observe Papy qu'on emmène sur une civière et qu'on charge à l'arrière de l'ambulance dans la cour boueuse. Papa s'entretient avec les brancardiers, puis il monte dans son pick-up et suit l'ambulance dans l'allée. Turtle reste seule, accoudée au chambranle de la fenêtre, encadrée par l'entremêlement de roses et de sumac vénéneux.

13

Tard dans la nuit, le pick-up de Martin remonte l'allée de graviers en rugissant et Turtle émerge de sa rêverie à la fenêtre, les mains sur ses épaules piquetées de chair de poule. Elle descend prudemment de l'encadrement où elle était installée, elle retourne au rez-de-chaussée et attend sur le porche. Martin monte les marches d'un pas lourd, puis il s'assied. Il sort un paquet de cigarettes qu'il tapote pour en sortir une, il l'allume. Il tire une bouffée. Elle vient s'asseoir à ses côtés, il lui passe sa cigarette et en tapote une deuxième hors du paquet.

— Décédé avant l'admission, annonce-t-il. (Il se racle la gorge, et il imite le ton discret et affecté du docteur.) "Daniel a subi une grave hémorragie de l'artère sylvienne gauche. Tout a commencé par un accident ischémique, autrement dit un caillot de sang s'est logé dans l'artère qui alimente l'hémisphère gauche du cerveau, les zones responsables de la parole et du mouvement. On ne sait pas d'où venait le caillot. Mais les vaisseaux sanguins d'un alcoolique sont très fragiles, et l'artère a donc lâché et l'hémorragie s'est étendue aux tissus du cerveau." Ce qui, apparemment, a été douloureux mais rapide. C'est pas comme si je pouvais te le confirmer. Le premier accident, l'ischémique, n'a pas été douloureux. Il n'a pas compris ce qui lui arrivait. Mais le deuxième, l'hémorragique, celui-là a été douloureux sauf qu'il n'avait plus les mots pour l'exprimer. Il s'est juste retrouvé bloqué dans son propre cerveau avec la pire saloperie de migraine au monde, même si ça a été très expéditif. Le docteur a parlé d'une "attaque de Dieu". (Martin souffle la fumée de sa cigarette.) Le fils de pute.

Puis ils restent assis côte à côte. Il ramasse des graviers entre les lattes du porche et les lance dans l'allée envahie de chicorée et d'ansérine blanche. Elle garde le silence et elle pense à l'ambulance roulant sur la Shoreline Highway, longeant tour à tour les baies et les péninsules, et elle, assise là à attendre. Elle pense, Je l'ai tué. L'idée lui vient si vite, si blessante, qu'elle en frissonne de dégoût, elle serre les dents et elle pense à nouveau, Je l'ai tué. Sa propre insignifiance lui est oppressante – que ce soit elle qui ait enfin eu raison de son grand-père quand tant d'autres choses avaient échoué, elle a le sentiment que sa relation avec Papy était superficielle, comparée à celle qu'il entretenait avec Martin. Et si sa relation avec Papy était moins conflictuelle, c'était parce qu'elle était moins profonde. Papy se montrait dur envers Martin car ce dernier le connaissait totalement, à l'image de Turtle qui connaît totalement son papa. Et Martin avait attendu quelque chose de son propre père. Une question était restée sans réponse.

Papa se lève et frappe la contremarche.

— Putain! hurle-t-il. (Il pivote et regarde le pied de la colline avant de hurler encore.) Putain!

Puis il entre d'un pas lourd et Turtle reste assise seule dans l'obscurité du porche jusqu'à ce qu'il revienne avec un bidon de vingt litres d'essence. Il se fige un moment, puis il passe devant elle et remonte le sentier qui serpente dans le verger jusqu'au mobile home de Papy parmi les framboisiers.

— Attends, dit-elle.

Il se tourne et la regarde, et son visage s'adoucit, son front se contracte de douleur, il reste debout le bidon à la main, les épaules voûtées, l'œil gauche plus plissé que le droit, et il dit très doucement, avec une emphase incroyable:

— Oh, Croquette. Oh, mon amour absolu.

Il pose le bidon au sol, il marche jusqu'à elle. Elle attend sur le porche, totalement désemparée. Il l'enlace.

— J'ai envie de mourir, dit-elle.

— Oh, Croquette.

— Je me déteste. Je me *déteste*.

— Oh, non, dit-il en la serrant fort contre lui.

Il passe le bout de ses doigts sur les côtes de Turtle, il en suit les courbes. Ses flancs se contractent et faiblissent au contact de son étreinte. Elle se sent petite entre ses bras. Son visage, lui semble-t-il, affiche une expression figée de peine et d'abandon, et elle répète :

— J'ai envie de mourir.

— Oh, Croquette, souffle-t-il dans son cou.

Il inspire l'air entre ses dents, un son douloureux qui exprime l'ampleur de son regret.

— Il s'est tué. J'espère que tu le comprends. Il s'est tué et on n'a rien pu y faire, ni toi, ni moi. Putain, et je le déteste pour ça.

— Ne le déteste pas, dit-elle doucement, surprise par l'intensité de sa propre voix.

Il frissonne sans la lâcher. Elle enfouit son visage contre son épaule, il l'enlace ainsi, la paume de sa main contre l'arrière de son crâne.

— J'aurais tellement aimé que tout soit différent, putain, dit-il. J'aurais aimé que tu aies le grand-père que tu mérites, et pas celui que tu as eu. Mais maintenant, y a plus que toi et moi, gamine. Allez.

Il la lâche, lui prend la main et la guide à travers le verger jusqu'au mobile home, et à leur arrivée, Rosy apparaît à la fenêtre, elle aboie, agitée. Martin ouvre la porte, il entre, et Rosy court maladroitement sur le sol en lino. Turtle gravit les marches après lui et reste dans l'embrasure. Elle observe le mobile home, les affaires de Papy, elles ont toutes leur importance et un symbole à ses yeux – elles paraissent emplies de sa présence, mais elles semblent aussi avoir rétréci, elles sont affreuses et douloureuses dans leur indigence. Elle observe la table pliante minable surmontée du plateau de cribbage bon marché, les jetons en plastique de leur dernière partie, le paquet de cartes, et elle regarde le sac en papier que Papy utilisait pour le recyclage, rempli de cartons de pizzas pliés. Il y a aussi un minuscule four d'une affreuse couleur moutarde. Elle pose les yeux sur le couloir qui mène à la chambre, les draps de rayonne moisis, les champignons noirs sur l'aluminium rouillé de l'encadrement de la fenêtre avec sa paroi en polycarbonate opaque. Bon sang, pense-t-elle, est-ce que ça a toujours été aussi horrible ? Elle se rend aux placards et en ouvre un, elle y trouve une bouteille de Jack Daniel's et deux verres à whiskey, un gobelet en plastique, mais rien d'autre, le revêtement intérieur s'écaille et laisse entrevoir le contreplaqué de mauvaise qualité. Bon sang, pense-t-elle. Elle ouvre le frigo qui contient une bouteille en carton de lait entier et des piles AA. Bon sang, pense-t-elle à nouveau avec une douleur grandissante. Elle s'appuie au plan de travail. La douleur surgit en vagues sourdes, suivie par la prise de conscience qu'il est mort, une prise de conscience qui semble constituée de plusieurs strates d'épaisseur, une prise de conscience dans laquelle elle pourrait sombrer encore et encore, comme dans une eau toujours plus profonde, où la pression monte. La douleur se niche dans son estomac et dans ses poumons, elle l'emplit de dégoût et de haine envers elle-même. Debout dans le mobile home miteux, elle pense, J'ai envie de mourir. J'ai vraiment envie de mourir. C'est seulement la lâcheté qui m'empêche de passer à l'acte.

Elle regarde Martin et secoue la tête.

— J'arrive pas à croire qu'il soit parti, dit-elle.

Martin serre les mâchoires. Il observe alentour, lui aussi. Il fait un geste du bras.

— Toute ma vie, je l'ai vu comme un homme costaud, dit-il. C'était mon père. Mais regarde-moi cet endroit. Papy a toujours été quelqu'un d'impressionnant. Il me répétait sans cesse que je ne lui arriverais jamais à la cheville. Il me le répétait. Et regarde-moi ça.

Il est obligé de se pencher pour franchir l'entrée de la chambre, il reste figé là et tripote le contreplaqué bon marché de la porte. Il lève le bras, plonge la main dans l'interstice entre le mur et le plafond, il tire le panneau de contreplaqué à l'intérieur qui révèle la mauvaise isolation. Il arrache le panneau du mur et reste les bras ballants, tourne son regard vers Turtle.

— Je ne sais pas tout ce qu'il t'a dit, commence-t-il, mais tu seras bien plus qu'on n'a jamais été. Tu seras bien plus qu'il n'a jamais été. Et bien plus que je n'ai jamais été. Ne laisse personne – personne, ni moi, ni Papy, ni toi-même – te dire le contraire. Regarde-moi ça.

Il soulève le bidon d'essence dans ses mains et dévisse le bouchon.

— Arrête, dit-elle.

Il la dévisage, secoue la tête et verse l'essence sur le lit. Il recule, se penche pour franchir la porte, verse l'essence sur le tapis. Il entre dans la cuisine, en verse sur la table, les chaises, les placards et le plan de travail.

Turtle attrape Rosy par le collier et fait sortir le chien excité tandis que Martin verse de l'essence à l'entrée. Turtle s'agenouille parmi les framboisiers, elle tient Rosy par le collier et regarde Martin asperger le mobile home d'essence. Il descend les marches et se poste à côté d'elle. Il enfonce les mains dans ses poches, cherche son briquet et il émet un rire bref et amer.

— Quoi?

— Tu sais, Croquette, j'ai passé la moitié de ma vie dans une terreur totale face à cet homme. Bon sang.

Il suffoque. Un son étrange et inattendu, pareil à un hoquet. Il trouve son briquet, le sort de sa poche et le contemple dans sa paume, puis il cherche autour de lui quelque chose pour démarrer le feu.

— Ah, mais il était bon envers toi, pas vrai? continue-t-il.

Turtle acquiesce.

— Ouais, dit-elle et son ventre se serre à entendre sa réponse si inadéquate.

Martin reste là à secouer la tête.

— Bon sang. Tant mieux, sans doute. Tant mieux. Je ne sais pas pourquoi je t'ai laissée venir le voir aussi souvent. Sûrement parce qu'une fille doit avoir un grand-père dans sa vie. Bon sang. Je pensais que sa capacité à me faire du mal s'était tarie, mais c'était autre chose de le regarder se comporter avec toi, laisse-moi te le dire. Tu sais quoi? Tu grandis avec un type comme lui pour père et t'es obligé de passer ta vie à te convaincre que ça n'a rien à voir avec toi, parce que laisse-moi te dire qu'il n'a jamais été aussi doux avec moi. C'était le pire salopard, le pire sadique qui soit, Croquette. Alors il te faut une bonne dose de persuasion. Et c'est difficile parce que c'est assez naturel de penser que ton père te déteste pour une raison valable. On a presque envie de le croire. C'est plus simple que de penser que sa haine est insondable. Ça n'a aucun sens aux yeux d'un enfant. Ce n'est pas rien, laisse-moi te le dire. Et pourtant, je l'ai vu faire preuve d'une sacrée patience avec toi, Croquette. Je l'ai détesté pour ça. C'est pas bizarre? Des années et des années plus tard. J'aurais cru que sa capacité à me faire du mal avait disparu. Eh bien...

Il tourne les talons. Il arrache une poignée d'herbe, ouvre son briquet d'un coup sec, l'approche des brins mais l'herbe refuse de s'enflammer. Elle fume et noircit mais ne brûle pas. Il regarde alentour. Turtle reste figée à ses côtés.

— J'aurais dû emporter un peu de papier, dit-il. (Martin contemple le tapis trempé d'essence.) Bon.

Il s'y dirige et la flamme de son briquet s'éteint. D'un geste prudent, il se penche à l'intérieur du mobile home, pose la main sur le plan de travail et tend le briquet vers le tapis détrempé. Il actionne la molette et fait un bond en arrière, s'attendant à voir le tapis s'embraser dans une explosion de flammes. Rien ne se produit. Frustré et agacé, Martin se frotte la mâchoire, rallume le Zippo et le jette dans une flaque d'essence à l'intérieur. Le briquet s'éteint à mi-chemin dans les airs et atterrit dans une éclaboussure.

— Eh ben merde, alors, dit Martin.

Il remonte dans le mobile home, ramasse le briquet, le tient entre le pouce et l'index et le secoue pour égoutter l'essence.

— À ta place, Papa, je ne me servirais plus de ce briquet, dit Turtle.

Il hoche la tête d'un air comique, muet et amer.

— Putain, c'est trop drôle, lâche-t-il.

Il ressort du mobile home, le contourne jusqu'à l'arrière, et Turtle lui emboîte le pas en entraînant Rosy. Elles patientent dans les hauts framboisiers, Martin rampe sous le châssis et il empoigne une bonbonne de gaz de vingt litres fixée au réseau de branchement du mobile home. Il dévisse la bonbonne reliée au tuyau, la traîne jusqu'à l'entrée et la hisse sur le seuil de la porte. Deux autres bonbonnes sont stockées sous le mobile home, il va les chercher et les aligne dans le couloir. Il revient se poster près de Turtle, dégaine son Colt .45 rangé à sa ceinture. Il actionne le chien avec le pouce, puis il tire.

La bonbonne émet un *ping*, la balle laisse une cicatrice visible et brillante sur la peinture blanche. Énervé, Martin tire encore, puis une troisième fois, et les balles laissent de minuscules impacts scintillants dans le métal. Martin cesse le feu. Il regarde Turtle, agenouillée dans les framboisiers avec Rosy.

Il remonte dans le mobile home qui grince sous son poids. Il avance vers les bonbonnes, les pieds dans les flaques d'essence, ouvre la vanne mais la bonbonne n'émet aucun son indiquant que le gaz s'échappe. Il se mord la lèvre. Puis il s'assène une claque sur le front.

— La valve, dit-il en parlant de celle qui empêche la bonbonne d'évacuer le gaz tant qu'elle n'est pas correctement raccordée à un tuyau.

Il ressort, rampe une fois encore sous le mobile home, attrape le raccordement, tire son couteau Daniel Winkler de sa ceinture, tranche le tuyau d'un seul coup. Il retourne dans le mobile home, visse le tuyau de gaz à la bonbonne et le propane se met aussitôt à jaillir du tuyau coupé. Il s'élance, saute par-dessus le jet de gaz, fait signe à Turtle de s'éloigner. Elle voit les nuages de gaz emplir le mobile home et s'échapper par la porte.

Le gaz qui fuit se met à former des flaques gelées en forme d'entonnoir sur le sol, là où le tuyau tranché repose, puis ce dernier se soulève soudain dans les airs et balaye le plan de travail. Le gaz se répand sur les placards, le revêtement en ersatz de bois se fripe au contact du froid, gondole et se détache de l'aggloméré. Martin essuie son Zippo sur sa chemise, il en secoue l'essence qui coule encore dessus, Turtle recule et tire Rosy par le collier. La chienne lâche plusieurs aboiements excités, lève les yeux vers Turtle, arque les sourcils et sourit. Martin ouvre son Zippo et le briquet tout entier s'enflamme.

— Merde, fait-il. Merde !

Il le lance dans le mobile home, fait volte-face et se précipite dans l'herbe en agitant sa main brûlée.

L'espace d'un instant, rien ne se produit. Le gaz se déverse par la porte ouverte en un flot blanc visible de loin.

— Putain, mais tu déconnes ou quoi ? lâche Martin.

Soudain, le feu jaillit par la porte et au-dessus de l'herbe en une vague qui lèche le sol. Martin porte les mains à ses oreilles. Les fenêtres se brisent et des pans du chambranle se détachent de la paroi. Une deuxième explosion retentit et les flammes s'élèvent vers le ciel, quelque chose jaillit de la porte ouverte, et Turtle songe un instant qu'il s'agit d'un corbeau qui fuit l'incendie, qui vole vers elle, mais Martin lui fonce dessus, les mains sur les oreilles, il la plaque au sol tandis qu'un objet siffle au-dessus d'eux. Les flammes se calment, ne laissant que la carcasse du mobile home qui se consume. Turtle aperçoit une plaque de métal dans l'entrée, le cylindre déroulé de la bonbonne. Derrière elle, elle distingue la tête de la bonbonne, propulsée comme un boulet de canon. Elle n'entend plus rien. Elle regarde Martin. Il lui parle. Dans son oreille gauche, un sifflement puissant et aigu. Dans son oreille droite, rien. Elle y porte la main. Elle pose les yeux sur lui une fois encore sans lâcher son oreille droite, il continue de parler. Il rit d'un air fou. À ses pieds, elle voit Rosy qui aboie frénétiquement, les pattes raides, et qui observe le mobile home en reculant. Ils le regardent brûler – les branches vertes des framboisiers se recroquevillent et noircissent. L'herbe s'embrase en parcelles sporadiques. Turtle observe son père, puis à nouveau le mobile home en feu. L'incendie retient longuement leur attention. Par-dessus le sifflement, elle commence à entendre

Martin. Elle commence à entendre les flammes. Elle est prise de vertige. Elle a l'impression que son oreille droite est vide, insensible aux sons, comme fichue à jamais.

— J'ai envie de mourir, dit Turtle, et elle s'entend parler d'une voix déformée et sous-marine.

Elle ouvre et ferme la bouche, touche sa mâchoire sous l'oreille, mais rien.

Martin tente de se détourner du feu, mais ses yeux y semblent définitivement rivés. Turtle s'assied, les mains toujours sur les oreilles. La chaleur de l'incendie a séché sa peau. Si les framboisiers n'étaient pas humides, ils se seraient embrasés aussi. Par endroits, l'herbe brûle. Martin ne semble pas s'en préoccuper. L'odeur nauséabonde des placards calcinés, des panneaux d'aggloméré et de l'isolation s'élève. Ils s'asseyent ensemble dans l'herbe. Il parle et elle l'entend dans le lointain, par-dessus le sifflement monotone, aigu et persistant. Rosy aboie, décrit des cercles, bondit sur place. Elle recule et avance.

— Viens là, Croquette, dit-il.

Elle s'approche de lui. Il la regarde, la dévisage. Ses paroles suivantes n'arrivent pas jusqu'à elle, elle lève sur lui des yeux emprunts d'incompréhension. La sueur a creusé des sillons dans la poussière de son visage.

— Tu en as marre de ton vieux, Croquette ?

— Non.

— Espèce de connasse, dit-il en lui enfonçant les doigts dans la chair de la mâchoire. À quoi tu penses, derrière ce petit masque ?

Elle peine à comprendre ses paroles. Elle scrute son visage, lit sur ses lèvres. Elle se sent malade, au plus profond de son estomac. Elle éprouve une étrange sensation dans son crâne, dans son oreille, très proche de la douleur, mais pas tout à fait de la douleur. Elle ouvre et ferme la bouche.

— Putain, dit-il en la dévisageant attentivement.

Elle ne l'entend pas prononcer le mot, mais elle voit ses lèvres le former. *Putain*. Il est immobile dans la lueur de l'incendie, comme s'il contemplait le fond d'un puits.

— Qu'est-ce que tu es ? Qu'est-ce que tu *es* ? Et qu'est-ce qu'il y a dans cette petite cervelle de pouffiasse ?

Elle se contente de secouer la tête, elle tremble dans cette main qui la bloque. Il tient son crâne dans sa main comme s'il pouvait l'écraser, il la regarde fixement dans les yeux.

— Qu'est-ce qu'il y a dans cette petite cervelle ? Et comment je pourrai jamais le savoir ?

Elle ferme les yeux. Dans l'obscurité, les couleurs se pourchassent sur la face interne de ses paupières. Elle voit les vagues contours rouges du mobile home en flammes. Des traînées rouges et orange. Par-dessus tout, le sifflement aigu et constant. Elle pourrait garder les yeux fermés et se noyer dans ce son monocorde. Il est dépourvu d'émotions, interminable. Martin lui serre la nuque, et elle ouvre les yeux pour le regarder.

— Il y a une intériorité terrible chez toi, dit-il. Regarde-toi. Tu es un si joli petit machin, bon Dieu. Tes foutus yeux. Je les regarde et je ne vois… rien. Il paraît qu'on peut connaître quelqu'un en le regardant dans les yeux, qu'ils sont le miroir de l'âme, mais j'ai beau regarder dans les tiens, c'est tout noir, Croquette. Ils ont toujours été noirs, pour moi. S'il y a quoi que ce soit en toi, c'est illisible, c'est insondable. Ta vérité, s'il y en a une, existe au-delà d'un fossé épistémologique infranchissable et impossible à combler.

— Je suis désolée, Papa.

Elle peine à l'entendre par-dessus la note aiguë et interminable. À l'intérieur, elle est complètement creuse. Dans son oreille gauche, Martin paraît distant, minuscule.

— Je ne crois même pas que tu le saches, dit-il en relâchant son étreinte et en s'écartant d'elle.

Elle se sent éventrée, vidée, rien en elle, rien à dire, elle n'arrive pas à penser, ne ressent rien. S'il y a du chagrin quelque part en elle, elle ne le sent pas. Elle a l'impression qu'on lui a arraché quelque chose dans les tripes, les racines et tout le reste, un grand aulne, et à la place ne demeure plus qu'un vide écœurant, mais c'est tout ce qu'elle éprouve, pas de chagrin, rien. Elle serait capable d'infliger de terribles dégâts, si elle le souhaitait. Elle pourrait faire n'importe quoi, il n'y aurait aucune limite à la peine qu'elle pourrait causer, sauf qu'en cet instant, elle souhaite simplement fermer les yeux, faire tourner son esprit autour de ce vide comme on fait tourner sa langue autour du trou laissé par une dent arrachée. Si elle en était capable, elle ferait cesser ce bruit constant dans ses oreilles, terrible et aigu.

— J'ai renoncé à tout pour toi, dit-il. Je te donnerais n'importe quoi, Croquette. Mais est-ce que c'est ça que tu veux? Qu'ils me traquent? Parce qu'ils le feront. Si cette prof finit par piger. Si ce gros connard de proviseur découvre la vérité, si les gens se mettent à poser des questions, si quelqu'un comprend un jour. C'est ça que tu veux?

Elle lève les yeux vers lui et s'en fiche. Elle l'entend à peine, elle n'est pas certaine de ce qu'il vient de dire. Elle détaille son visage, elle sait qu'il est sérieux, mais elle ne ressent pas son sérieux, elle n'arrive pas à s'en convaincre.

— Je suis désolée, Papa.

— C'est ça que tu veux?

— J'ai envie de mourir.

— Et même si tu n'en parles à personne, si tu ne montres aucun signe, si tu ne pipes pas un seul mot, mais que quelqu'un, n'importe qui, vient me voir et se contente de faire la moindre allusion, je tranche ta petite gorge et ce sera un putain de spectacle magnifique. Et on verra bien à ce moment si quelqu'un peut t'avoir. On le saura. Réfléchis bien. Tu fais partie du voyage, petite pouffiasse. On verra bien alors quel genre de lumière brille dans tes yeux, quel genre de petite étincelle ineffable s'y éteint. Je regarderai tes foutues petites cornées sécher comme des écailles de poisson.

Elle n'arrive pas à le suivre. Son esprit est ailleurs. Elle pense, Est-ce que c'était mon intention, sortir du miroir de la surface, émerger dans cet autre monde, est-ce que c'était mon intention de m'adresser à lui de façon à ce qu'il ne puisse pas refuser, de façon à ce qu'il soit difficile, terriblement difficile de me tenir pour responsable ? Est-ce que c'était ce que je voulais, est-ce que j'en avais conscience, et si oui – de quelle partie de moi-même s'agit-il, et qui est-elle à mes yeux, à faire ainsi la part entre le pourri et le mûr, à jauger le vide de mon esprit, à le jauger simplement, est-elle encore avec moi maintenant ? Elle l'entend à peine. Si elle se détournait de lui, elle ne l'entendrait plus. Peinte en travers de son champ de vision, l'image résiduelle du mobile home en flammes. L'obscurité de son esprit est éclairée par ces choses ; et matérialisée par la constance de ce sifflement.

— Oh, bon Dieu, dit-il. Croquette, je me rends malade pour toi. Pour cette vérité inatteignable en toi. Juste sous la surface. Et quand je te regarde – il y a des moments où... où j'ai presque, *presque*... Bon Dieu. Bon Dieu.

Elle patiente dans l'herbe, elle sent chacune de ses pensées stockées et inarticulées en elle. Martin se lève et s'éloigne. Elle baisse la tête, laisse la chaleur lui sécher la peau, elle écoute le sifflement, Rosy lovée à côté d'elle.

La brise se lève à l'aube, la rosée perle sur les tiges de flouves odorantes, Turtle serre Rosy contre elle, elles frissonnent toutes les deux dans le froid, Turtle n'a pas envie de se lever, le corps de la chienne blotti dans ses bras. Elle sent les os de Rosy, son ventre doux, ses poils courts, les arbres autour de la clairière sont soudain éclairés d'un halo rouge sombre. Quand elle se lève enfin, fourbue de crampes, elle fait descendre Rosy paresseusement allongée sur ses cuisses, la pose dans l'herbe, et elle sent une odeur de plastique brûlé. Elle porte une main à son oreille droite, la retire, n'éprouve quasiment aucune différence.

— Hé ho ? lance-t-elle.

Sa voix lui paraît distante et étrangère.

— Hé ho ?

Debout dans la clairière, elle ouvre et ferme la bouche. Rosy lève les yeux vers elle.

— Hé ho, dit-elle et Rosy fait un petit bond comme pour se mettre en action mais, ne sachant que faire, elle reste plantée là à regarder Turtle, qui ignore si elle parle fort ou non, mais elle entend le son de sa voix. Elle pense, Je n'ai aucune idée de tout ce qui a disparu. Rosy la dévisage, les sourcils en pointe. La chienne s'arrête, bâille, regarde alentour, s'assied, repose les yeux sur Turtle qui se tient toujours immobile dans la clairière à observer le mobile home ravagé, les contours du verger, la forêt, le verre noirci en cercle autour de la carcasse. Elle lève le regard vers le ciel, clair et bleu. Elle a envie de mourir.

Turtle tourne les talons et traverse péniblement l'herbe trempée de rosée. Elle arrive à la maison et gravit les marches du porche avec difficulté, ouvre la fenêtre coulissante pour trouver Martin assis dans le fauteuil rembourré, les pieds à plat sur le sol, les bras sur les accoudoirs. Il scrute la cheminée pleine de cendres, un livre ouvert sur les genoux. Turtle passe devant lui, elle espère un instant qu'il dise quelque chose, qu'elle puisse évaluer l'état de son ouïe au son de sa voix, mais il ne dit rien. Rosy attend sur le seuil. Turtle ouvre la bouche pour lui demander quelque chose, juste pour entendre sa voix, mais elle se ravise.

Elle se rend à la salle de bains, Rosy lui emboîte le pas, hésite, ses griffes cliquettent sur le plancher, elle observe autour d'elle d'un air timide. Turtle ouvre le robinet de la douche, Rosy se positionne juste à côté de la baignoire, et quand Turtle tire le rideau en plastique, la chienne gémit. Turtle incline la tête sous le pommeau de douche et elle écoute l'eau. Elle imagine l'eau goutter par son tympan percé et tourbillonner dans son oreille interne. Rosy décrit plusieurs cercles avant de s'affaler au sol, la tête sur les pattes avant, et elle l'observe. Turtle pense, Est-ce qu'il a vraiment dit toutes ces choses? Ou bien l'ai-je mal entendu? Elle se souvient de l'avoir vu penché au-dessus de Papy, l'avoir entendu répéter, *dis-moi ce que tu vois*. Elle pense, Est-ce qu'il a vraiment fait ça, a-t-il vraiment dit ça, ou quelque chose de ce genre? Elle ne se le rappelle plus. Elle reste là, les bras ballants, l'eau dégouline sur sa tête, et elle pense, J'aimerais tant ressentir quelque chose. Elle est couverte de piqûres de puces.

Quand elle sort de la douche, Martin est au téléphone. Elle suit le mouvement de ses lèvres, il dit :

— … pour votre sollicitude. Elle ne viendra pas aujourd'hui. Oui. Oui…

Puis il prononce des paroles qu'elle ne devine pas. Il doit s'adresser à quelqu'un de l'école. Ils ont dû l'appeler pour lui signaler son absence. Elle reste là et articule en même temps que lui, afin de comprendre ce qu'il dit, et Martin le remarque, il s'écarte du mur d'un air curieux, le front plissé, et il lui articule en silence, *Mais putain, qu'est-ce que tu… ?* Et elle se retourne, elle attrape Rosy avant de s'éloigner dans l'escalier tandis que le chien s'agite et se contorsionne, et Turtle se sent envahie par le froid.

Elle allume une bougie. Elle ferme sa porte. Elle cherche les puces sur Rosy, les pince entre ses doigts et les laisse tomber dans la flaque de cire chaude. La cire lui brûle l'extrémité des doigts et les puces flottent, points noirs prisonniers, Rosy lâche un puissant bâillement et dévoile ses crocs jaunes. Turtle se réveille au cours de la nuit en entendant Rosy gémir et gratter la porte. Elle fait descendre la chienne et la laisse sortir dans le jardin, mais Rosy continue, traverse le verger, agite nerveusement la queue, peine sur ses courtes pattes dans l'herbe haute, halète, puis se poste dans la clairière et reste là, bâille et regarde Turtle, et Turtle dit :

— Oh, Rosy, oh ma vieille.

Elle la prend dans ses bras et la porte à la maison.

Le lendemain, Rosy descend avec elle et attend dans la cuisine tandis que Turtle sort les œufs de la boîte et les avale, tête rejetée en arrière. Martin émerge de sa chambre en boutonnant sa chemise. Elle lui lance une bière qu'il attrape au vol, l'ouvre d'un coup sec contre le plan de travail. Ils marchent ensemble dans les ornières jumelles, Rosy agitant la queue et gémissant dans leur sillage, et ils attendent à l'arrêt gravillonné, ils contemplent les pinacles dans la mer et la ligne d'horizon. Ils ne disent rien. Enfin, le grondement épuisé du bus, l'ouverture brutale des portes dans un claquement de leurs joints en caoutchouc, le salut militaire de Martin à la conductrice, énorme dans sa salopette et ses bottes de bûcheron, Turtle en classe à essayer d'écouter mais incapable de se concentrer, copiant cependant tout ce qu'Anna écrit au tableau, chaque mot, puis assise près du terrain de sport à scruter les arbres, se sondant en quête d'un sentiment quelconque mais n'en trouvant aucun, et Turtle qui remonte enfin dans le bus qui la ramène chez elle, les banquettes en vinyle vert, le regard tourné vers l'océan brisé çà et là par les bancs d'algues, leurs bulbes et branches agités à la surface, Turtle qui s'interroge sur cette étrangeté, qu'elle oublie parfois car elle est invariablement là, un jour après l'autre, mais Martin a raison sur un point – cette étrangeté. Turtle remonte l'allée de graviers après son trajet en bus, elle ne trouve pas Rosy à la maison, elle traverse le pré, passe devant la vieille baignoire aux pattes griffues, franchit le verger jusqu'à la clairière et les framboisiers, elle y trouve Rosy étendue dans l'herbe, elle la prend dans ses bras et la porte à la maison.

Turtle est assise en face de Martin, des restes dans leurs assiettes, et Rosy gémit dans un coin, et Martin regarde le chien, et Turtle dit :

— J'irai chercher de la nourriture pour chien.

Et Martin ne quitte pas le chien des yeux et finit par répondre :

— Non, je m'en occupe.

Chaque jour, Turtle traverse le pré et le verger, et trouve Rosy qui attend dans la clairière, et chaque jour elle porte Rosy à la maison, et Martin arrive un jour de Mendocino avec un sac de croquettes, il les verse dans un bol, Rosy reste au-dessus du bol, tête baissée, elle se tourne à nouveau vers Turtle, lève ses yeux tristes, revient au bol, penche la tête avec chagrin, se tourne encore vers Turtle, morose, tête basse, lève le regard, révélant le blanc de ses yeux, et Turtle lui dit :

— Qu'est-ce qu'on va faire de toi, Rosy ? Qu'est-ce qu'on va faire de toi ?

Il rapporte à la maison de la paperasse qui captive son attention pour le reste du dîner, il se touche le sourcil du bout du pouce mais ne se plaint pas, il remplit les lignes l'une après l'autre, assis en face d'elle à la table dans leur salon éclairée par le feu de cheminée, un steak saignant dans une assiette Bauer bleue repoussée hors de portée, et c'est lors d'une telle soirée que Turtle demande :

— Il va être enterré ou incinéré ?

Et il lève les yeux de sa paperasse, les mains jointes sur la table, l'imposante largeur de ses épaules, et il répond :

— Tout ce que ton papy voulait, c'était qu'on le balance dans un trou et qu'on l'y laisse pourrir. Alors bon.

Réveillée à l'aube par les grattements de Rosy, Turtle se poste sur le porche, les lumières allumées, et elle fait feu sur des pigeons d'argile à la lueur des halogènes, tirant avec férocité la corde du lanceur de plateaux, puis soulevant le fusil à double canon dans le creux de son épaule, le recul agréable de l'arme, le pigeon transformé en poussière orange étincelante dans l'éclat aveuglant de l'halogène, puis elle se tourne et voit Martin appuyé au chambranle, le visage insondable, et elle se rend alors compte, sans savoir depuis combien de temps, que le sifflement s'est tu dans son oreille. Quand Martin se détourne et marche jusqu'à sa chambre, Turtle traverse péniblement les hautes herbes humides de rosée, elle trouve Rosy dans la clairière près de la masse calcinée du mobile home, elle prend la chienne dans ses bras et la porte dans sa chambre, et elle se réveille encore pendant la nuit alors que Rosy gratte à la porte, et Turtle refuse de la faire descendre, et Rosy refuse d'arrêter de gratter et de gémir.

Puis un jour, Martin vient chercher Turtle à l'école et l'emmène au cimetière de Little River. Ils se garent en bordure de route et franchissent le portail rouillé, et ils regardent le cercueil qu'on porte en terre. Les parois de la fosse creusées dans la terre sableuse de la côte s'émiettent comme un biscuit cassé. Le cercueil est simple. Dans le froid, Turtle a mal au bout des dents.

— Ce que je voulais vraiment, c'était un cercueil en carton, dit Martin.

Voûté, l'homme qui abaisse le cercueil à l'aide d'une poulie lève les yeux de temps à autre.

— La loi t'oblige à choisir un cercueil, continue-t-il, et aucun n'est bon marché.

Le cercueil est richement verni, Turtle est impressionnée par son aspect sombre, mais il ne ressemble en rien à ce qu'aurait dû être le cercueil de Papy, et elle ne veut pas, ne peut pas croire qu'il soit à l'intérieur, et elle reste là à regarder le cercueil descendre dans la morne terre noire.

— Ils ne m'ont pas autorisé, dit-il, à fabriquer un cercueil pour mon père. Il y a toute une procédure d'accréditation afin de réaliser un cercueil légal, pourtant j'aurais vraiment aimé en faire un. On n'enterre plus personne ici. Il n'y a plus de place, mais ton grand-père possède cette concession depuis longtemps. Et là aussi... (Il fait un geste du menton vers la pierre tombale noire adjacente, Turtle s'agenouille devant et lit VIRGINIA ALVESTON.) Croquette, je te présente ta grand-mère.

La tombe est couverte de pissenlits. L'herbe est couchée par les embruns et donne cet aspect de chiendent typique de toute la végétation côtière, et Turtle attend près de la pierre tombale, elle ne comprend pas, et elle lève les yeux vers Martin.

— Ne t'inquiète pas. Tu n'es pas du tout comme elle et je n'aurais pas aimé que tu la connaisses. Elle avait un cœur de pierre, cette femme. Tu ressembles à ta mère, de la tête aux pieds, et si tu as le moindre trait de Virginia en toi, c'est cette expression austère que tu affiches parfois. Elle gardait tout, ne jetait jamais rien. Elle lavait le plancher en y jetant un seau d'eau. Ça faisait pourrir les pieds de table. Elle aurait été fière de toi, je pense, si elle t'avait connue.

Elle s'écarte de la stèle, baisse les yeux vers la tombe de Papy. Martin passe un bras autour de ses épaules, elle sent les flancs de son père s'étirer et se contracter à chacune de ses respirations, elle lève la tête, voit les artères serpenter dans le large tronc qu'est son cou, pareilles à des câbles, pulsant au rythme des battements de son cœur. Il n'y a qu'eux deux aux funérailles. La brume descend à travers la cime des arbres dans le côté ouest du cimetière. Quand le cercueil est posé en terre, Turtle se penche et jette les ancolies qu'elle a cueillies le long de la clôture, et Martin l'observe, et il s'agenouille prudemment au bord de la fosse, il lance une poignée de terre, et il secoue la tête, se relève, la prend par l'épaule et ils s'éloignent ensemble. Turtle n'arrive pas à imaginer Papy avec une femme. C'était un homme toujours seul, et Martin aussi. Elle n'arrive pas à imaginer une femme dans la maison des Alveston, à l'exception d'elle-même. Elle se demande qui étaient ces femmes, à quoi elles ressemblaient. Virginia Alveston, pense-t-elle, c'est un bon nom, une femme au cœur de pierre. Elle pense, C'est une femme qui lavait le sol et prenait soin de la maison. Je ne l'ai pas connue mais je mange dans ses assiettes.

Martin se gare dans l'allée, elle descend sans un mot et suit le sentier qui passe devant la baignoire, elle traverse le verger et retrouve Rosy près du mobile home. Elle est étendue dans l'herbe, la tête sur les pattes, elle gratte parfois une puce, et Turtle s'assied à ses côtés, et elle regarde le mobile home calciné, et elle gratte Rosy sous le collier. La chienne lève les sourcils en pointe sans bouger la tête, mais elle lance un regard affectueux à Turtle, puis elle finit par dresser la tête, elle ouvre la gueule, tire la langue et lui sourit, et Turtle dit:

— Qu'est-ce qu'on va faire de toi, Rosy, vieux clébard?

Puis vient le dernier jour de classe, et après la cérémonie de fin d'année, Turtle descend du bus au bout de leur allée. Elle trouve Rosy endormie dans le pré, à côté de la carcasse du mobile home. Non loin de là, des corbeaux se massent dans les arbres, s'adressent des croassements et observent la chienne. Turtle s'agenouille près de Rosy dont les pattes s'agitent dans son sommeil avant de s'immobiliser à nouveau. Turtle trouve qu'elle respire vite, et elle pose la main sur son flanc, lève les yeux vers les arbres. Elle n'a pas le cœur de soulever la chienne, n'a pas le cœur de la réveiller, elle retourne seule à la maison, découvre que le pick-up de Martin n'est plus là. Elle traverse le salon désert, monte dans sa chambre et s'assied sur la paillasse de son lit. Elle pense, Cette vieille chienne, elle est bien là-bas, pour l'instant.

14

ELLE attend toute la soirée. Elle frotte l'intérieur de son pied contre la voûte de l'autre. Sa chair est sèche et tannée, et quand elle arque le pied, la plante est striée d'ondulations. La chair est grainée tel un nœud dans le bois, et des fissures constellent les cals comme autant de trous le long de la laisse de mer. Elle succombe au silence, et à son réveil, il fait encore noir et il n'est toujours pas là. Il est rentré à la maison chaque jour de son existence, et elle comprend d'instinct qu'il l'a abandonnée. Elle a tué son grand-père par lâcheté et égocentrisme obsessionnel, et voilà que son père l'a quittée pour les mêmes raisons. Elle s'assied, adossée au mur, se mordille les articulations, elle écoute la maison, elle écoute pour s'en assurer, mais elle en est sûre. La brise entre par la fenêtre ouverte et fait frémir le sumac. Les tiges qui se sont glissées à travers le linteau sont brunes et noueuses comme des pattes de merle. Le vent s'engouffre dans la chambre noire où est assise Turtle, tremblante, apeurée. Elle veut se lever et parcourir la maison, mais elle n'en fait rien. Elle attend. Au rez-de-chaussée, le vent ouvre brusquement la porte de derrière qui claque contre le flanc de la maison. Elle entend les feuilles d'aulne traverser le sol de la cuisine.

Quand Turtle était petite et qu'elle se promenait avec son grand-père, elle lui demandait: "C'est quoi, ça?" et il répondait: "Décris-le-moi." Et elle lui racontait ce qu'elle voyait. Elle faisait passer un brin de folle avoine dans la paume de sa main, les graines jumelles chacune ponctuée d'une pointe et

215

d'une longue barbe noire inclinée. Elles avaient une jolie forme de fléchette, gonflée sous la pointe et s'affinant au-dessus. La moitié inférieure de chaque graine était gainée d'une douce pellicule dorée, très évocatrice, légère comme la fourrure des bourdons mais lisse et collée à l'arrondi de la graine. Les longues barbes noires étaient rugueuses au toucher. Elle aimait la façon dont la balle s'égrainait dans sa paume. Il lui disait : "Quand une petite puce connaît le nom d'une chose, elle pense tout savoir à son sujet et elle ne regarde plus. Mais un nom ne veut rien dire, et affirmer que tu connais le nom de quelque chose revient à avouer que tu ne sais rien, moins que rien." Il aimait dire : "Ne pense jamais que le nom est la chose, car il n'y a que la chose qui existe, les noms ne sont que des pièges, des pièges pour t'aider à t'en souvenir." Elle repense à eux deux, Turtle qui courait sans cesse, s'arrêtait et revenait sur ses pas, tandis que Papy peinait dans l'herbe et sur le terrain accidenté. Seulement après qu'elle lui avait décrit avec ses propres mots où poussait la plante et comment elle était, lui expliquait-il de quoi il s'agissait, la dépiautant entre ses doigts. "Ça, ma puce, c'est l'épillet, et ça, les glumes, tu vois comme elles sont longues ? Ça, c'est la barbe. Tu vois comme elle tourne dans la partie inférieure, et comme le haut est incliné ? Continue à observer avec autant d'attention. Continue comme ça, à observer comme si tu ne connaissais rien, à observer pour comprendre de quoi il s'agit vraiment. C'est ça qui permet à une petite puce d'être calme et silencieuse pendant qu'elle marche dans l'herbe. Observe les choses pour comprendre ce qu'elles recèlent, ma puce, toujours, toujours." Mais il se trompait au sujet des noms. Ou du moins se trompait-il à moitié. Les noms voulaient dire quelque chose. Ça voulait dire quelque chose quand il la surnommait ma puce. Ça voulait tout dire pour elle.

Elle pense, Il faut que j'aille récupérer la chienne. Puis elle pense, Laisse-la tranquille. Elle attend, et son attente et son silence font office de discipline afin de remplacer le véritable chagrin, mais elle y sombre pourtant, la joue contre le sol, la respiration lente, les heures défilant, chaque heure semblable à la précédente, chaque respiration semblable à la précédente, elle regarde les poissons d'argent arpenter les interstices pelucheux entre les lattes du plancher, une sensibilité qu'elle a si longtemps mise en sourdine semble s'éveiller en elle, et elle la sent, l'accumulation de douleur, mais elle joue à marche/arrêt avec cette sensation, quand Turtle tente de l'observer, elle est lointaine et immobile, et quand elle suspend le cours de ses pensées, étendue là sur le sol, le regard rivé sur le plancher, sans réfléchir, elle la sent se rapprocher et l'envahir tout entière, le chagrin se rassasie dans le vide de son cerveau laissé sans surveillance, pareil à des ravenelles fleurissant dans une parcelle en friche. La tristesse a trouvé des recoins entiers d'elle-même dont elle ne soupçonnait pas l'existence.

Au matin, Turtle arpente d'un pas hésitant les couloirs et les pièces vides, ses jambes douloureuses tandis que la circulation se remet en place. Elle a mal au dos d'être restée longtemps assise. Dans le salon, elle regarde les fauteuils, la porte ouverte de la cuisine, la maison silencieuse, chaque objet teinté de la présence paternelle. Elle sort et laisse la porte ouverte derrière elle. Les pins se balancent sur la crête et les pommiers du verger tremblent, et l'herbe du pré se couche sous les bourrasques. Elle marche pieds nus dans le verger et arrive dans la clairière au mobile home en cendres. Les corbeaux ont tassé l'herbe à un endroit, Rosy est au centre, les pattes arrière écartées. Quand Turtle approche, ils croassent et s'envolent lourdement au-dessus d'elle. Ils ont extirpé les intestins de la chienne par le trou de son cul. Son pelage est maculé de sang séché, immonde, et un nuage de mouches bourdonne autour du cadavre. Ses globes oculaires ont disparu. Turtle s'agenouille dans l'herbe et remonte son T-shirt pour se couvrir la bouche. Les corbeaux l'observent dans les arbres. Turtle se sent vidée, elle aussi. Les intestins de Rosy ressemblent à des rubans couleur ver de terre séché au soleil.

Ce soir-là, elle prend une conserve dans le placard et découvre un grain d'herbe sur le couvercle. Elle sort les boîtes enveloppées dans des morceaux de journaux, les étiquettes grignotées, une puanteur de pisse. Elle les empile sur le plan de travail. Le nid est dans un coin du placard. Elle lave les conserves dans l'évier, en ouvre une et s'assied pour manger les haricots à la cuillère directement dans la boîte, pétrie de chagrin. Elle espère entendre le pick-up dans l'allée d'un instant à l'autre, mais chaque instant n'apporte que le silence de la maison vide. Elle attend dans sa chambre, le menton sur les genoux, les mains autour des tibias, les yeux fermés. J'ai envie de mourir, se dit-elle. J'ai envie de mourir.

Elle descend au rez-de-chaussée et hurle dans la maison obscure :

— Papa ?

Elle hurle encore, mais il n'est pas là, elle longe le couloir et ouvre à la volée la porte de la chambre paternelle. Elle allume la lumière, observe depuis le seuil. Les draps sont emmêlés. Des vêtements ont été abandonnés par terre. Elle s'assied sur le lit. Elle repense au mobile home de Papy en flammes. Elle pense, Je t'accuse. Je t'accuse de ça. Elle n'est pas certaine de ce qu'elle veut dire. Ça n'avait rien d'un adieu. Ça tenait plutôt de l'exorcisme. La table de chevet est couverte de bouteilles de bière à demi vides et de mégots écrasés dans les capsules. Elle tend une bouteille à la lumière. Des mouches mortes flottent à la surface. Elle pense, Tu crois connaître quelque chose. Tu connais le nom des gens et tu crois savoir quelque chose à leur sujet, ou bien ils te sont familiers alors tu arrêtes de les observer parce que tu penses avoir déjà tout vu. C'est de l'aveuglement, ma puce. Continue à observer avec autant d'attention. Continue comme ça, à observer comme si tu ne connaissais rien, à observer pour comprendre de quoi il s'agit vraiment. Elle repose la bouteille de bière. Martin croyait aux noms. Ils avaient tous les deux foutument tort. Tous les deux. Elle dépose les bouteilles, les capsules et les mégots dans la poubelle. Elle se lève et tire les draps emmêlés. De vieilles taches pareilles à du café ont séché, ne laissant plus qu'un contour imprécis et un centre pâli. Quelle raison y a-t-il à cela, elle l'ignore, peut-être pour la même raison que les flaques de marée déposent le sel en cercles concentriques. Peut-être que toute chose est en quête de ses limites et fuit son centre pour mourir ainsi. Les coquilles vides des bouteilles, des vêtements abandonnés et usés jusqu'à la corde, les coquilles vides de cette chambre silencieuse, de cette maison déserte. Elle traîne le matelas au bas du sommier. Des toiles d'araignées s'accrochent aux poutres. Elle s'approche des étagères de livres, sélectionne un ouvrage parmi les autres, couvert de poussière. Elle contemple les pages cornées. Des mûriers ont pris racine dans son estomac, des aulnes, des achillées millefeuilles et de la menthe sauvage ont germé de l'obscurité comme le font parfois les graines, les tiges des mûriers s'enchevêtrant dans l'entremêlement de ses poumons, et si elle venait à ouvrir la bouche, elle pourrait vomir cet enchevêtrement de branches pourries. Un accablement sans nom l'envahit. Elle pense, Continue à observer, ma puce. Continue comme ça, à observer comme si tu ne connaissais rien. Elle renverse quelques livres au bas de l'étagère. Elle tire la bibliothèque qui ne cède pas. Elle ressort dans le couloir et rapporte le pied-de-biche, le glisse derrière l'étagère et pousse. Les fixations s'arrachent du plâtre comme la racine mère d'une plante, les clous galvanisés plient et crissent. La bibliothèque bascule dans une avalanche de livres.

Elle longe le couloir jusqu'au garde-manger, récupère la tronçonneuse par terre et, de retour dans la chambre, elle la démarre d'un seul coup sec sur la corde. Elle pose la lame sur l'étagère puis l'abaisse dans le joli bois de merisier sombre, les longs copeaux projetés autour d'elle jusque sur les draps emmêlés. Elle tronçonne les planches et atteint les piles de livres en dessous. L'air s'emplit des confettis légers et volatiles du papier déchiqueté. Elle approche la tronçonneuse fumante du lit de son papa, pose la lame sur le sommier, le lit se brise et s'effondre. La tronçonneuse dans une main, elle traîne la tête de lit loin du mur. Elle la coupe. Le téléphone sonne, elle s'y rend, l'arrache du mur. Elle reste figée dans la chambre, le souffle court, elle regarde les meubles détruits, les draps emmêlés. Elle arrête la tronçonneuse et la pose à ses pieds. Elle va chercher une pelle et une pioche dans la cave. Elle les transporte à travers le hall d'entrée et sort. L'éclairage automatique s'allume dans un cliquetis. Elle marche sous les aulnes et les sureaux, les lampes se déclenchent à mesure qu'elle arrive à proximité d'une parcelle d'obscurité, et elles illuminent tout d'un halo brutal. Elle creuse une fosse parmi les pins, des branches et des arbres morts lors d'un cataclysme inconnu. Elle tranche les racines noueuses à coups de pioche, elle creuse avec régularité et soin, s'interrompt parfois pour s'agenouiller un instant. Elle creuse longtemps. Il faut juste que ce soit assez grand pour accueillir ce qui restera, les ruines, les cendres, les reliques calcinées des vis et des ressorts fondus. Elle s'arrête pour se détendre les épaules et masser d'une main la chair de sa paume. Puis elle se remet à l'ouvrage. Quand elle a terminé, elle s'assied au bord de la fosse, mélange la sauce habanero dans une conserve de purée de haricots à l'aide d'un couteau, et elle mange à même la lame. Elle essuie la lame sur sa cuisse et jette la conserve dans le trou.

Elle traîne les draps et le matelas hors de la maison. Elle traîne le sommier tronçonné et la tête de lit. Elle traîne le bureau et les étagères en merisier. Les coupes nettes brillent dans l'obscurité. Elle ouvre le coffre, il est rempli de photos d'elle et de sa mère. Elle le retourne, en fouille le contenu avec la lame de son couteau. Elle les entasse à nouveau dans le coffre et le sort. Dans un tiroir, elle trouve un chéquier où il reste deux cent cinq dollars sur la souche, trois enveloppes pleines de billets, des liasses de cent, de cinquante, de vingt. Elle compte la totalité, quatre mille six cent vingt dollars et elle les laisse dans la cuisine sur le plan de travail à côté du chéquier. Les factures, les relevés de banque, les documents, elle les balance tous dans la fosse. Elle récupère une brouette rouge dans les hautes herbes, elle regonfle le pneu avant de la faire rouler jusqu'à la cuisine où elle balaye du bras la vaisselle, vide tous les tiroirs et les cale contre le mur. Elle prend les poêles et la cocotte qu'elle porte à la cheminée, les dépose parmi les cendres et arrache les pages des *Frères Karamazov* qu'elle chiffonne et entasse dans l'âtre, puis elle fait un tipi avec le petit bois. Elle se penche et souffle pour raviver les braises.

Elle se rend au canapé près de la cheminée, s'y allonge et fait glisser ses mains sur la tapisserie. Puis elle en descend, prend la hache par terre, se redresse, luisante de sueur, la terre sableuse collée à son jean et à ses chaussures, et elle abat la hache de toutes ses forces sur le dossier du canapé. Elle s'affaire avec une détermination rythmée jusqu'à ce qu'il cède, et elle glisse alors son couteau sous le tissu. Elle coupe et déchire, arrache les agrafes jusqu'à ce que le canapé soit nu.

Dans la remise, elle pompe quarante litres d'essence dans la cuve enterrée, sort le bidon et grimpe sur le tas, et là, sur le matelas froissé, elle vide le bidon métallique, l'agite au-dessus des étagères brisées, des restes du coffre et du lit. Elle met le feu au tas qui brûle sous ses yeux, immense et noir de graisse.

Elle s'affaire ainsi toute la nuit. Au matin, agenouillée devant l'âtre de pierre, elle tire les poêles hors de la cheminée à l'aide du tisonnier. Une couche de cendre boursouflée les macule et elles semblent fichues, ravagées par le feu et rouillées. Elle remue les cendres chaudes et sort chaque poêle qu'elle pose sur la pierre de l'âtre, elle craint que les flammes ne les aient oxydées. Elle s'empare d'une poêle Griswold numéro 14 et la dépose sur le porche, elle ramasse le tuyau et asperge l'ustensile d'un violent jet d'eau. La graisse brûlée se détache par paquets. En dessous, l'acier nu est rutilant et propre, sans la moindre marque ni indentation, aussi impeccable qu'au premier jour. Elle lève la poêle afin de capter la lumière.

15

La maison de Turtle se situe à six kilomètres au nord de Mendocino en longeant la route côtière, et Turtle les parcourt chaque jour en quête de Jacob. Elle arpente le talus au-dessus de la voie, elle mange des pissenlits et de l'oseille crépue. Elle cueille des chardons qu'elle manipule avec l'ourlet de sa chemise, elle arrache les épines et mâchonne les tiges d'un air dubitatif, époussetant la terre de leurs racines tordues. Les automobilistes s'arrêtent pour lui demander si tout va bien, si elle a besoin qu'on l'accompagne quelque part, et elle frotte sa chaussure contre le bitume, elle fait craquer ses articulations et répond qu'elle va retrouver ses amis et qu'elle aime marcher. Un type se penche pour lui parler à travers la vitre passager :

— T'es en train de... manger un chardon ? (Turtle le dévisage.) Mais y a de la chair à manger, sur ces trucs-là ?

Elle fait non de la tête, pas vraiment, non. Il la dévisage intensément. Turtle s'éloigne de la portière du pick-up, gravit le talus et retourne dans le bois. Il lui crie quelque chose, mais elle ne comprend pas.

Elle traverse le Big River Bridge pour entrer dans Mendocino, s'arrête et les cherche sur la plage. Les marées ont creusé des puits sablonneux dans la rocaille de la berge sud, et dans le fond de ces orifices, l'eau stagne, d'un bleu saphir et épaisse comme du gel sous la surface agitée. Quelques personnes longent la mer, mais les garçons ne sont pas là. Elle suit la route jusqu'au centre-ville et se poste sur le haut trottoir bétonné devant la librairie Gallery, elle regarde en haut de la rue. Main Street fait face à la péninsule où les mûriers s'étendent contre les clôtures et au-delà, l'herbe veloutée fleurie, plus douce et violette qu'elle ne pourrait l'imaginer, les ombelles blanches des ancolies flottant au-dessus des prés. Elle attend là, se balance d'avant en arrière sur ses talons, elle observe la rue.

Le soir, elle rentre à la maison et met des orties à bouillir dans la casserole en cuivre, les feuilles se collent et flottent, et elle s'assied sur le porche pour manger des bouquets de varech qu'elle a récupérés sur la plage, ramassés par caisses entières, nettoyés au jet d'eau et laissés à sécher sur les étendoirs à linge en inox. À l'aide de baguettes, elle isole une feuille d'ortie, la fait rouler doucement dans l'eau, agite les baguettes, puis elle la sort de la casserole, dégoulinante. Assise en tailleur sur le plan de travail, elle souffle sur la feuille fumante, attend, la dépose dans sa bouche.

Dans le silence de la maison, les poutres craquent, le vent se faufile sous les bardeaux, les roses grattent à la fenêtre, son esprit est totalement vide, et quand ce n'est pas le cas, qu'elle ne parvient pas à y faire le vide, elle se répète de courtes phrases, encore et encore, pour noyer ses pensées. Souris et ravale, pense-t-elle, encore et encore, jusqu'à ce que les mots n'aient plus aucun sens. Elle ouvre son Noveske, extrait le chargeur, sa main aussi maculée de graisse que celle d'un mécanicien. La tige du percuteur est rendue gluante par les résidus de poudre, elle la fourre dans sa bouche, suce l'acier afin de le nettoyer, elle trempe un chiffon dans le dissolvant couleur whiskey, elle saisit le chargeur noir de poudre et elle pense, Souris et ravale, souris et ravale, souriéravale, roussiéravale, souriéralave. La pompe du puits s'arrête. Puis un soir, la lumière vacille. Elle lève les yeux. Les lampes s'éteignent. Un crépitement retentit, comme celui d'un poste à souder. Turtle prend son fusil, allume la lampe de son fusil, longe le couloir obscur vers le garde-manger. Elle ouvre le boîtier électrique et le balaie du faisceau de sa lampe. La plupart des fusibles ont été remplacés par des pièces de monnaie noires et rouillées. Elles sont très anciennes, couvertes d'une épaisse concrétion blanche. L'une d'elles fume, du cuivre fondu coule en longues gouttes. Elle abaisse le fusible principal et coupe l'alimentation générale. Elle prend l'extincteur et retourne au salon obscur, attend là et se demande ce qu'elle pourra bien faire si l'isolation prend feu. Elle passe de longues heures dans la pièce de la pompe avec ses deux réservoirs verts, elle y pompe l'eau à la main à l'aide du levier en aluminium, elle la tire du puits pour la verser dans la ravine jusqu'aux réservoirs qui alimentent les canalisations de la maison. Elle s'assied seule, pieds nus sur le sol en béton, et elle pompe, elle pompe. Elle s'installe parfois sur les rochers de Buckhorn Beach, elle craque des oursins et extrait leurs viscères, pieds nus, le regard plongé dans l'océan, elle rince le corail orange dans un tamis. Elle fait rouler des poignées entières de bigorneaux, comme des dés, elle en saisit un entre le pouce et l'index, elle attend qu'il se détende et quand c'est le cas, elle glisse la tige du percuteur sous l'opercule noir pareil à une hostie, à travers le corps musclé, et elle tire la masse entortillée hors de la coquille. Elle rapporte le reste des coquillages à la maison, amassés dans un pli de sa chemise, elle s'arrête et dégaine son couteau pour déterrer une grosse racine blanche de fenouil. Dans l'eau bouillante, les coquillages claquent au fond de la casserole. La nuit, elle se réveille parfois dans la fraîcheur et s'extrait de son sac de couchage, s'assied à la fenêtre, elle est malade de terreur, elle se dit, La solitude est bonne pour toi, ma vieille, ce n'est même pas de la solitude, c'est autre chose. Elle s'assied en tailleur sur le chambranle de la fenêtre et la brise fraîche de l'océan ronge peu à peu les parcelles engourdies de son être.

Au bout d'une semaine passée à les chercher à Mendocino, elle arpente Portuguese Beach à l'ouest de Main Street, et ils sont là. Jacob patauge dans l'écume tandis que Brett l'observe depuis le sable, avalant de la crème chantilly à même la bouteille. Turtle s'engage dans l'escalier qui mène à la plage à côté d'un panneau du parc national qui met en garde contre les

GABRIEL TALLENT

vagues dangereuses. Les falaises de grès qui la surplombent
sont envahies de chou sauvage et dans les guirlandes de capucines s'entremêlent des perles d'eau. Turtle avance sur la plage
et suit la laisse de haute mer où s'amassent des cadavres de
méduses, et elle s'assied à côté de Brett.

— Salut, dit-elle.

— Oh, putain de merde! s'exclame Brett, ravi.

Jacob se retourne pour regarder et s'écrie:

— Oh, putain de merde!

— C'est Beaver!

— C'est Turtle! dit Jacob.

— Turtle! (Brett se couche sur elle et Turtle rit tandis
qu'il la plaque au sol en criant:) C'est toi! C'est toi! (Il la fait
rouler dans le sable.) C'est toi!

— T'étais passée où? demande Jacob.

— Les Avengers t'ont appelée?

— Tu as l'air en *super* forme!

— Mais t'es maigre!

— Comment s'est passé ton été?

— Tu nous as manqué!

— Sérieusement, ma vieille, tu nous as manqué.

— Chez moi, répond-elle. J'étais juste chez moi.

Ils portent des shorts de surf, ils sont pieds et torses nus.
Brett a des coups de soleil sur le nez, les joues et les oreilles.
Du sable colle en paquets sur leurs tibias, ils ont les cheveux
en bataille. Elle aperçoit leurs chaussures sur un tronc d'arbre
un peu plus haut sur la plage, leurs livres, leurs T-shirts.

— Alors, dit Jacob en sortant maladroitement de l'eau. Ça
fait combien de temps?

Turtle n'en sait rien.

— Mec! dit Brett. Ça doit remonter à, genre, mi ou fin
avril, même si je sais pas quel jour on est.

— On est le sept juillet.

— On peut éviter de parler de ça? demande-t-elle.

— Bien sûr. Genre, de quand on a vu la mère de Brett
assise sur une estrade, à poil.

226

— Et qu'on n'en a *jamais* reparlé.

— Ce qui était sûrement une bonne idée.

— Parce que, bon, qu'est-ce qu'il y a dire sur le sujet?

Jacob allume un joint, tire une bouffée et le passe à Brett. Ils restent assis là, contre un tronc de séquoia plein de sable et d'échardes, le regard tourné vers l'océan. L'eau est étincelante et renvoie l'éclat du soleil, ils plissent tous les yeux. L'air est limpide, ils pourraient presque voir jusqu'à l'autre bout du Pacifique.

— Alors comment ça va?

Brett retient la fumée dans ses poumons, il acquiesce et lui passe le joint. Elle baisse les yeux.

— Bien, dit-elle. Ça va bien.

— Tu as envie d'en parler? lui demande Jacob.

— Mec! Elle vient de te dire que non.

— Mais est-ce que tu vas bien? Je peux te demander ça, au moins?

— Ouais, dit-elle.

Jacob reprend le joint et la regarde en plissant les yeux.

— Est-ce que tu manges ou pas?

— Hé ho, lance-t-elle.

— Hé ho, acquiesce Brett.

— Je fais que demander.

— Pars avec nous, Turtle, dit Brett.

— Hein?

— Turtle. Le lycée, c'est un peu... genre un peu... juste un tout petit peu naze.

— Mais non, proteste Jacob, scandalisé.

— Mais si, dit Brett. Carrément naze.

Turtle ne dit rien.

— Le lycée, c'est génial, dit Jacob.

— Hmm, dit Brett. Hmm... T'es vraiment sûr?

— Brett veut s'enfuir et devenir pirate.

— Mec! Tu le dis pas comme il faut.

— Comment ça, je le dis pas comme il faut?

— Ça a l'air débile quand tu le dis comme ça.

— D'accord. Alors comment on est censé le dire ?

— Pas comme ça ! Là, ça fait gamin. Turtle va me prendre pour un gamin.

— Comment il faut dire, alors ?

— Je veux m'enfuir *et devenir pirate* !

— C'est vrai. Ça fait vachement moins gamin.

— Qu'est-ce que t'en penses, Turtle ?

— Non, dit-elle.

— Z'êtes durs, les potes. Vraiment durs.

— Je me plais ici, dit Turtle.

— Jacob, parle-lui du truc, là.

— Non, toi, vas-y.

— Quel truc ? demande Turtle.

— Raconte-lui, s'il te plaît, Jacob.

— Quel truc ? demande-t-elle encore.

— Dans l'océan Pacifique, explique Jacob, il y a une vaste île de déchets flottants, aussi grande que le Texas. Un vortex de bouteilles en plastique, de protections en polystyrène, de sachets de cacahuètes, de sacs en plastique qui s'amoncellent sur les coques de bateaux à moitié coulés. Brett veut aller là-bas et devenir pirate.

— Tu le dis pas comme il faut.

— Brett veut aller là-bas *et devenir pirate* !

— Allez, avoue que ça a l'air génial.

— Ça n'a pas l'air génial, réplique Turtle.

Elle ne conçoit pas qu'on puisse avoir envie de quitter Mendocino. Elle n'a jamais compris les touristes, non plus. Elle ne voit pas l'intérêt.

— Mais… continue Jacob.

— Attention, ça vient, dit Brett.

— *Bâtir une nation*, dit Jacob. C'est plutôt attrayant. Non ?

— Non, dit Turtle. Pas du tout.

— Fonder une glorieuse république, poursuit Jacob.

— Hmm, fait Turtle, dubitative. C'est sûrement difficile.

— Se réapproprier les débris et les détritus d'une civilisation en déclin, et construire une Utopie à partir de ses cendres.

— Mes parents étaient utopistes, dit Brett. Et maintenant, ils sont divorcés, et ma mère est fatiguée en permanence. Elle dit qu'elle est à bout. Elle dit : "Brett, mon chéri, je suis à bout." Elle a mal aux mains. Elle est masseuse. Mais elle a de l'arthrose. Je te le dis, moi, c'est pas la solution. *Pirates*. Ça, c'est la solution.

— On pourrait élever des vers de farine, dit Jacob qui semble commencer à adopter l'idée. Dans ces déserts de polystyrène. Ils peuvent se nourrir exclusivement de plastique. Je nous vois bien : éleveurs de vers de farine le jour, et on se lirait Platon à voix haute le soir sous les constellations d'un ciel étranger, au rythme des grincements puissants d'un continent de bouteilles en plastique poussé par le courant et des délicats chuchotements des sacs de supermarché voletant sur les dunes de plastique.

— Je crois que vous vous faites des idées sur cette île de déchets, ça doit pas être si intéressant en réalité, dit Turtle.

— Si tu étais vraiment perchée sur plusieurs kilomètres de vers de farine, je parie que tu les entendrais la nuit. En train de mâcher. Et de mâcher.

— On pourrait élever des poissons dans des immenses filets, si on tissait les sacs en plastique.

— Je nous vois bien, une tribu sauvage et indomptable d'éco-pirates agitant leurs épées, aussi incroyablement beaux que visionnaires, franchissant les étendues de vers de farine, chevauchant nos iguanes de guerre géants.

— Des iguanes de guerre ?

— Oui, des iguanes de guerre. Évidemment.

— Quand t'y penses, il doit déjà y avoir des iguanes là-bas, qui vivent dans ces Galápagos post-modernes et arides, chaque nouvelle génération arborant des couleurs de sacs en plastique plus éclatantes que la précédente.

— *Mec.*

— Et en utilisant la rhizofiltration, on pourrait récupérer l'énergie des déchets nucléaires dans l'océan et la conserver dans des tétraèdres géants en verre laminé qui réchaufferaient lentement l'eau autour de notre île, et on pourrait élever plus de poissons.

— Imagine ces lagons fertiles chauffés à l'uranium, riches de homards et de varech élevés et cultivés par nos soins, où nageraient des bancs de saumons, ses profondeurs illuminées par l'éclat vert de mystérieuses pyramides suspendues à d'immenses ancres crissantes, tandis que sur ses berges plastifiées lézarderaient nos nobles, voire impétueux étalons reptiliens.

Le vent soulève des mèches de sa queue-de-cheval qui lui fouettent le visage. Elles se collent à ses lèvres gercées. Turtle les écarte et les glisse derrière son oreille. S'il existe réellement une île de déchets grande comme le Texas, alors ce doit être un endroit merdique, sans rien à récupérer. Mais inutile de le leur dire.

Ils retournent dans Main Street en débattant pour savoir si oui ou non il serait possible de chevaucher un iguane s'il était suffisamment grand, et s'il serait convenable de brandir un trident, et si les tétraèdres géants en verre laminé remplis de déchets nucléaires ne risqueraient pas de bouleverser les courants marins à l'échelle mondiale et de causer un épisode d'extinction massif. Ils entrent dans Lipinski's Juice Joint et quand Turtle voit les prix affichés sur le tableau noir, elle fait craquer ses articulations. Jacob sort son portefeuille, déplie des billets et déclare :

— C'est bon, Turtle.

Et Brett ajoute :

— Le film inspiré de notre histoire pourrait s'appeler *Pour une poignée de vers de farine*.

Et Jacob dit :

— Hé, Dean, on va bâtir notre propre république, ça t'intéresse ?

Et le barman barbu à large carrure répond :

— Y aura des touristes ?

Et Brett dit :

— Non.

Et le barman dit :

— Et y aura de l'herbe ?

Et Brett dit :

— On sera des pirates, donc notre psychotrope principal, ce sera évidemment le rhum, mais oui.

Et Jacob dit :

— On va faire pousser des champignons de mer hallucinogènes dans l'eau peu profonde des lagons réchauffée par des déchets nucléaires, et tu pourras les lécher pour triper.

Et Dean lâche :

— Alors, vous voulez quoi ?

Et Turtle ne commande toujours rien, alors Jacob dit :

— Elle va prendre les falafels. Enfin, je crois. Le capitalisme l'a rendue muette.

Et Dean fait :

— C'est à cause de ces foutus touristes. Ça a toujours été mauvais, évidemment, mais ils ont encore parlé de nous dans le *New York Times*. J'ai lu qu'à Mendocino, avec cent dollars tu peux t'acheter que pour quatre-vingt-deux dollars de trucs.

Et Brett rétorque :

— Ça n'a juste aucun sens. Par définition, avec cent dollars tu achètes pour cent dollars.

Et Dean fait :

— C'est ces foutus touristes.

Et Brett lâche :

— D'accord, Dean, je comprends que tu n'aimes pas les touristes, mais on ne peut pas les accuser de provoquer des maux qui sont, par définition, improbables.

Ils s'asseyent à une table en bois sur la terrasse à l'ombre du château d'eau. La clôture est envahie de clématites. Dean apporte trois mokas glacés, il tient les trois verres ensemble et ils suent des gouttes d'eau froide, le moka monté en crème, aussi épais que de la glace. Ils mangent des pitas dégoulinantes de concombre et de falafels, ils débattent de savoir s'il serait véritablement possible d'élever des saumons dans des aquariums géants en bouteilles de plastique scellées entre elles, et s'ils pourraient être nourris de vers de farine eux-mêmes nourris de plastique. Le plus difficile, répète Jacob, c'est que les vers de farine ça ira, mais ils se transforment ensuite en insectes venimeux. Turtle n'a encore jamais bu de café, et ses mains tremblent. Sa pita se défait, et elle est obligée de se lécher les doigts en permanence sans quitter des yeux les garçons pour ne pas perdre le fil de la conversation.

Jacob regarde Turtle.

— Tu veux venir chez moi?

— Ouais, dit-elle.

— Il faut que tu appelles ton père?

— Pas vraiment, dit-elle.

— Ah non? fait Jacob.

— Non.

À cinq heures, ils retrouvent la sœur de Jacob, Imogen, qui travaille dans un café en ville, et elle les conduit à la maison de Jacob. Leurs pieds et leurs tibias sont toujours couverts d'une fine couche de sable. Les deux garçons s'installent sur la banquette arrière, Turtle s'assied sur le siège passager à côté d'Imogen, qui la toise d'un air curieux. Jacob se penche entre les deux sièges pour faire les présentations.

— Turtle, elle c'est Imogen. Imogen, je te présente la seule et future reine de l'Amérique post-apocalyptique, maîtresse du maniement de la tronçonneuse, du fusil, et accessoirement bouddhiste zen.

— Ravie de faire ta connaissance, dit Imogen en sortant de la place de parking.

— Son règne sera implacable mais juste.

— En tant que conseillers personnels, on se tournera toujours vers l'équité.

— Mais personne ne peut tempérer totalement cette dureté stoïque qui compose sa nature profonde.

— Et comment tu as rencontré mon idiot de frère?

Turtle ne répond pas.

— Oh, allez, comment vous vous êtes rencontrés?

Turtle se tourne vers Jacob. Les deux garçons sont en train de lire, Brett appuyé à la portière et plongé dans un roman de science-fiction, et Jacob le dos droit, avec *L'Illiade*.

Ils roulent en silence pendant un moment.

— Alors, Jacob... C'est la nana qui a sauvé ta pauvre petite vie minable quand tu t'es perdu en forêt ?

— On n'était pas perdus.

— Moi, ça m'en avait pourtant tout l'air. Genre, *super* perdus, même.

— On n'était pas perdus. On savait où on était. On ne savait pas où était la route, c'est tout.

— D'accord. Donc vous étiez perdus.

— On n'était pas perdus.

— Alors, euh... Turtle. Ça te plaît les cours ?

— Ça va.

— Tu habites où ?

— À Little River.

— Oh, juste au sud, alors ! Dans les terres, ou près de la côte ?

— Sur la côte.

— Ça te plaît ?

Turtle ne répond pas.

Ils traversent le Noyo et Fort Bragg, la ville à quinze kilomètres au nord de Mendocino. Ils roulent dans MacKerricher Park, ils passent au-dessus de la Ten Mile River et quittent la grand-route. Ils sont à une bonne journée de marche de Buckhorn Hill. La maison de Jacob est une bâtisse contemporaine en séquoia au bout d'une longue allée sombre et sinueuse. Elle surplombe la berge nord de la rivière, entourée d'une prairie côtière.

— Vous habitez dans un manoir ? demande Turtle.

— Ce n'est pas un manoir, rétorque Imogen.

— Hé ! s'écrie Brett. Hé, Turtle. J'habite dans un mobile home double. Alors vise un peu le privilège que t'as, ma besta.

— Hein ? Quoi ?

— Y a, genre, cinq chambres là-dedans, les gars.

— Comment tu m'as appelée ?

— Ferme-la, Jacob. C'est un manoir.

— Tu viens de m'appeler besta ?

— On a fait des recherches, mon petit vieux. Il y a quelques années, une propriété voisine de la vôtre avec treize ares de terrain s'est vendue à un million huit cent mille dollars. Vous, vous avez *vingt-quatre hectares* avec vue sur l'océan, dans un des coins les plus chers des annales immobilières américaines.

— Techniquement, c'est pas un des plus chers... proteste Jacob.

— Mais c'est le meilleur coin! dit Brett. Le meilleur!

— Mais... dit Turtle.

— La ferme!

— Ouais, dit Jacob. Ouais. Et c'est pas un manoir.

— La ferme, Jacob.

Ils entrent dans un garage vide et propre, assez grand pour loger quatre voitures.

— Bon, dit Imogen en descendant. Amusez-vous bien les enfants avec... vos trucs, là.

Jacob fait visiter la maison à Turtle. Pour lui, ce n'est rien. Il est habitué à tout ça. Mais pour elle, c'est incroyable. Dans chaque pièce, les baies vitrées qui s'élèvent du sol au plafond donnent sur les promontoires balayés par le vent et sur l'estuaire de la Ten Mile. Dans la cuisine, les plans de travail et l'îlot sont en granit noir, des casseroles et ustensiles en inox sont suspendus aux portants du plafond. Tout est si propre. Turtle veut tout.

— Où sont vos outils et ce genre de trucs?

Elle n'en avait vu aucun dans le garage.

— Nos outils?

— Des outils... Tu sais.

— Oh, il y a quelques outils dans l'atelier de ma mère. Des torches à acétylène et d'autres machins.

— Alors qu'est-ce que vous faites quand quelque chose se casse? demande-t-elle.

Jacob la regarde en souriant, comme s'il attendait le reste de la phrase. Puis il dit:

— Tu veux dire, genre... tu veux savoir, genre, quel plombier on appelle? Il faudrait que je demande à mon père.

Turtle le dévisage sans bouger.

Ils franchissent un couloir bordé d'une vitrine qui s'élève du sol au plafond, remplie de paniers indiens Pomo.

Turtle admire les petits paniers finement tissés et ouvragés jusqu'à ce que Brett et Jacob aient atteint le bout du couloir et se retournent pour l'attendre. Dans le salon, un immense escalier en colimaçon dont les marches en chêne sont directement fixées dans un tronc de pin verni mène aux chambres de Jacob et d'Imogen. Une bibliothèque occupe un mur entier de sa chambre à lui, avec une échelle pour atteindre les étagères supérieures. D'autres livres sont empilés le long du mur et éparpillés sur son chevet, certains ouverts, cornés, lourdement annotés. Sur la moquette beige, des traces régulières tantôt sombres, tantôt claires prouvent que l'aspirateur a été passé le matin même.

Turtle s'assied sur le lit et regarde alentour.

— Je sais, hein ? fait Brett.

— Ouais, dit Turtle.

— Quoi ? demande Jacob.

— Ouais, répète Turtle, d'un air entendu.

— Son père a breveté un procédé pour détecter les erreurs de fabrication dans les micro-puces en silicone.

— C'est quoi, des micro-puces en silicone ?

— Tu sais... dans ton téléphone.

Jacob tend son portable.

— Oh.

— Sa mère est branchée nanas toutes nues.

— Quoi ?

Jacob explique :

— Elle sculpte des nus. Ses œuvres ne sont pas sans rappeler Rodin, dans leur corporalité soutenue et dans l'exagération de leurs idiosyncrasies humaines. Sur certaines sculptures, elle a remplacé le système vasculaire par des clématites.

— Ils sont toujours absents. Brandon va dans l'Utah, où ils fabriquent les wafers en silicone. Je sais pas trop pourquoi, peut-être parce que personne n'en a rien à foutre de l'Utah...

Et Isobel visite les endroits un peu artistiques à travers le monde.

— Ils ne sont pas *toujours* absents.

— Ils pensent qu'Imogen s'occupe de lui.

— Imogen s'occupe vraiment de moi.

— C'est faux. Elle le laisse aller au lycée en voiture tout seul. Il n'a pas son permis. Il fait lui-même la cuisine. Du mauvais gruau et du porridge. En gros, c'est Oliver Twist.

— Elle m'accompagne parfois.

— Ils vont au même lycée, mais elle ne l'y emmène jamais.

— Oui, mais elle commence plus tard le mardi et le jeudi.

— C'est de la maltraitance infantile.

— Mensonges. Rien que des mensonges.

— Imogen l'oblige à se poster à un carrefour avec un panneau qui dit: "Enfant Abandonné. J'accepte tout." Et le soir, elle récupère l'argent pour s'acheter du gloss et de la musique.

Jacob lève les yeux au ciel.

Plus tard, ils dînent avec ses parents autour d'une table en acajou aux pieds en forme de pattes griffues. Les fenêtres donnent sur la plage, où des mouettes s'élèvent en cercle et retombent, et le varech s'emmêle dans l'écume. Brett est assis, une jambe pliée sous l'autre, à moitié sur sa chaise, comme s'il était sur le point de se lever et de partir chercher quelque chose. Turtle ne quitte pas des yeux Brandon et Isobel Learner, puis revient à son assiette. Brandon est un homme mince et discret, vêtu d'une chemise blanche et d'un pantalon en toile. Au début du dîner, il roule ses manches avec soin. Turtle relève ses cheveux, sort la tige du percuteur de sa bouche et l'enfonce dans sa queue de cheval. Isobel Learner inspecte le contenu de son verre de vin rouge d'un œil critique, elle porte un peignoir noué par-dessus son jean et son T-shirt. Ses cheveux bruns sont striés de mèches grises et elle arbore de petites boucles d'oreilles en argent ornées de pierres bleues.

— Alors, Turtle, dit Isobel. Ton été se passe bien?

Ils mangent du thon ahi sur un lit de riz sauvage accompagné de broccolini grillé.

— Ça va, répond Turtle.

Maintenant que son travail et ses cogitations de la journée sont terminés, Isobel se détend, elle déguste son vin et affiche une curiosité contemplative et décontractée. Ses mains sont tachées de noir, comme des résidus de poudre d'arme à feu, mais c'est autre chose.

— Que fait ton père?

— Quoi?

Turtle se penche en avant pour mieux entendre.

— Ton père... Il a un métier?

— Vous pouvez répéter?

— Maman, intervient Jacob. Tu marmonnes et tu caches ta bouche derrière ton verre.

— Ah. (Elle repose son verre.) Que fait ton père, Turtle?

— Il est, euh... Il est charpentier. Mais il lit beaucoup, aussi.

Isobel incline son verre en avant, elle observe le contraste du vin rouge avec la blancheur de sa serviette.

— Regardez ça, dit-elle. Turtle, ma chérie. Viens voir. Tu vois ça? Le ménisque? Le ménisque, c'est... Tu as étudié la physique? Eh bien, tu vois le cercle très fin à l'endroit où le vin adhère à la paroi du verre?

Le vin est rouge sombre. Le long du bord, un ovale fin comme une lame de rasoir épouse les contours du verre, comme la minuscule bordure sablonneuse d'un étang, et à l'endroit où il s'atténue, le cercle dépose une couleur de thé. Turtle dévisage Isobel avec attention afin de comprendre ce qu'elle cherche à dire.

— Tu vois comme il devient un peu marron comme la chair blanche d'une pomme restée à l'air libre?

— Oui, répond Turtle.

— C'est de l'oxydation. Ça vient de l'âge du vin.

— C'est de la rouille?

— C'est comme de la rouille, oui.

Isobel repose le verre, se lève brusquement et retourne à la cuisine pour rapporter d'autres verres, les pieds coincés entre chacun de ses doigts. Elle les place sur la table et les remplit.

— Chérie, dit Brandon, tu crois que c'est une bonne idée?

— Oui.

Isobel pousse un verre en direction de Brett, puis de Turtle, de Jacob et d'Imogen. Turtle lève le sien, le compare avec la blancheur de la nappe. Elle regarde Isobel, qui lui montre comment le faire tourner, puis porter le vin à son nez.

— Qu'en penses-tu?

— De quoi? demande Turtle en flairant le vin.

— De quel fruit s'agit-il?

Isobel adresse un sourire à Turtle et se penche vers elle. Elle a une dent de travers qui se dévoile quand elle sourit.

— Ah, fait Jacob en tournant son propre verre. Des grosses mûres d'été, bien charnues, qui poussent contre une clôture blanche à Napa, tandis que le vigneron sort sur son porche, une tasse de café français fraîchement moulu...

— *Niet!* s'écrie Isobel en lui coupant la parole. Je sais ce que tu cherches à faire, monsieur. Eh bien non, elle peut se débrouiller. (Elle pose son regard impressionnant sur Turtle, qui reste assise là avec son verre devant elle, puis elle se tourne vers Brett.) Qu'en penses-tu, Turtle? J'adore ce nom. Turtle? Turtle! Super. Ça t'est apparu pendant que tu cherchais ton totem animal, ou tu l'as reçu à la naissance?

— Euh, répond Turtle.

— Ça n'a pas d'importance. Fais tourner ton verre, ma chérie.

Turtle fait tourner son verre.

— Qu'est-ce que tu sens?

— Je sais pas.

— Des fruits du verger? Des pommes, des poires, des fruits à noyau? Des baies: des mûres? Des fruits rouges: framboises, fraises? Cerises? Du cuir? Le sol de la forêt? Un parfum animal?

— Elle n'aime pas qu'on la mette dans l'embarras, intervient Jacob

— Elle n'est pas dans l'embarras. Des fruits sauvages: myrtilles? Des fruits cuits? Des fruits frais? Ou des fruits blets restés plusieurs jours dans la cuisine? Ou en confiture: cuits dans une tarte aux fruits?

Isobel est suspendue à ses lèvres. Elle ne dégage pas la moindre menace.

— Du raisin, dit Brett. Du raisin fermenté.

— Des baies noires, dit Turtle. Fraîches. Des mûres fraîches. Des cerises noires. Et puis un peu de... genre, des fleurs de capucine.

— Du poivre! Oui! Des baies noires et des épices, dit Isobel en reculant sur sa chaise. Un peu de merisier, aussi, tu le sens? Comme si on était sur le point de mordre dans un copeau de merisier tout frais.

Elle enfouit son nez dans le verre et inhale. Les expressions défilent subtilement autour de ses yeux et de ses sourcils, des expressions étudiées de comédienne, elle sait à quel point elle est amusante, et elle y prend plaisir.

— Très bien, dit Brandon en tendant la main pour saisir le verre de Turtle. On peut enlever le vin, maintenant.

Jacob avale le sien d'une traite avant que Brandon ait eu le temps de l'atteindre.

— Oh, laisse-la donc goûter, Brandon, dit Isobel.

Brandon baisse la main, regarde Isobel. Turtle a toujours su qu'elle avait grandi différemment des autres enfants. Mais elle n'avait jamais vraiment eu conscience, jusqu'à présent, de l'ampleur de la différence. Elle lève le verre, goûte. Le vin est plus fort que son parfum. Comme s'il emplissait sa bouche. Isobel la dévisage intensément. Turtle plisse le nez. Elle identifie la mûre, au milieu, et puis une sorte de texture, celle dont a parlé Isobel, comme si elle venait de plonger les dents dans une bibliothèque en merisier.

— Alors, ça fait quoi sur ton palais? demande Isobel.

— Beurk, dit Turtle. Yeurk.

— Bon, dit Isobel en s'adossant à sa chaise, sourire aux lèvres. Elle a le temps.

Ce soir-là, Brandon lui montre sa chambre, avec un lit king-size en acajou et une couette en lin. Il l'accompagne dans la salle de bains adjacente, se penche au-dessus de la baignoire et lui explique comment démarrer la douche, où trouver le shampoing et le dentifrice. Au bout du couloir, ils entendent les garçons se battre à coups d'oreillers et rire.

— Jacob m'a dit que tu as prévenu ton père que tu passais la nuit ici ? demande Brandon.

— Ouais, dit-elle. Bien sûr.

— Bien. Bien.

Ils attendent en silence.

— Tu es une taiseuse, pas vrai ?

Turtle n'en sait rien.

— Tant mieux.

Il sourit.

Turtle le regarde en plissant les yeux.

— Jacob dit que la situation chez toi est un peu, disons, libérale, continue-t-il en l'attirant hors de la salle de bains.

Turtle ne voit pas du tout ce qu'il veut dire.

— Ce qu'il a dit, c'est que... Eh bien, qu'on ne devrait pas t'embêter avec ça, parce que tu es un Ismaël sur les vastes mers bleues de cette période, l'adolescence. Je voulais juste te dire que cette chambre sera... comment dire... toujours là pour toi, au cas où tu aurais besoin d'un cercueil de Queequeg pour te maintenir à la surface, tu vois.

Elle ne comprend pas les paroles de Brandon, mais elle saisit chacune de ses intentions rien qu'en analysant l'expression de son visage.

— Ce n'est pas ce qu'on croit, dit-elle.

— Oh, non, bien sûr, lâche Brandon. (Il est gêné. Il tapote le lit.) C'est une mousse à mémoire de forme. La meilleure, paraît-il. Et tu es, euh, toujours la bienvenue chez nous. On fait tous de notre mieux, j'imagine.

Turtle reste étendue sur le lit cette nuit-là, elle écoute la maison. Au rez-de-chaussée, un appareil électroménager se met en marche, l'adoucisseur d'eau ou le frigo. Elle contemple le plafond texturé. Elle imagine que les garçons sont encore en train de discuter, mais elle ne les entend pas. Elle arrache la couette du lit, la pose sur le sol. Elle ne supporte pas d'être dans un lit. Elle s'allonge sur la moquette, le creux de son bras en guise d'oreiller.

Le lendemain matin, Imogen les conduit à Mendocino, ils passent la journée à la plage. Ils vont à Lipinski's, ils déjeunent sur la terrasse, se font passer un joint et boivent des mokas glacés. Les journées s'écoulent ainsi, Turtle rentre chez elle à pied ou bien Imogen la raccompagne, elle les retrouve le matin à Big River Beach ou à Portuguese Beach. Parfois, Caroline les conduit de Mendocino jusqu'au mobile home double de Brett dans Flynn Creek Road, où les éviers en plastique, la douche et les toilettes sont incrustés de calcaire, et où l'eau pue le soufre et le calcium. Dans le salon, une volière contient trois perroquets serrés les uns contre les autres, observant les humains dîner sur une table en Formica où s'amoncellent les factures et les publicités, ainsi qu'une vieille machine à coudre et un bocal en verre rempli de boutons.

Caroline ne quitte pas Turtle des yeux tandis qu'ils mangent.

— Maman, arrête de la dévisager, dit Brett.

— Je ne la dévisage pas, rétorque Caroline.

Ils mangent une sorte de ragoût.

— Je suis juste heureuse qu'elle soit là, dit Caroline.

Puis elle se penche et demande :

— Alors, comment va Martin ?

— Il va bien, dit Turtle.

— Il a des projets ?

— Euh, non, pas vraiment.

— On aurait dit qu'il avait *toujours* un projet. Avant. Construire quelque chose. Faire des recherches. Qu'est-ce qu'il devient ?

Turtle se mord la lèvre, regarde autour d'elle.

— Il lit, la plupart du temps.

— Oh, il a *toujours* beaucoup lu. Tu sais, je suis heureuse que tu sois là. Je commençais à croire qu'on ne te reverrait jamais. Il n'a jamais appelé. Le soir où je t'ai déposée, il m'a dit qu'il m'appellerait, mais je n'ai pas eu de nouvelles depuis. Et son ancien numéro ne fonctionne plus.

— Ah bon? dit Turtle, mais elle le sait.

— Ouais, dit Caroline. Vous avez changé de numéro?

— Les câbles téléphoniques passent à travers le verger et parfois, une branche les abîme ou de l'eau s'y infiltre.

— Oh, fait Caroline. Il en a parlé à la compagnie de téléphone?

— Ça ne le fait pas en permanence, dit Turtle.

— Et qu'est-ce qu'il te donne à manger, ces temps-ci?

— Maman, dit Brett.

— Beaucoup de thé aux orties, explique Turtle. Et des pissenlits.

— Le thé aux orties est plein de vitamines et de minéraux, et bien sûr il a des propriétés légèrement abortives, mais je ne pense pas que tu en aies besoin. Et sinon, il cultive encore?

— Cultive? demande Turtle. Non.

— Attendez, dit Jacob. Des propriétés *quoi*?

— Il cultive? répète Turtle.

— Il prend soin de toi? demande Caroline. Est-ce que tout va bien?

— Attendez... Il cultivait des choses? fait Turtle.

— Non, bien sûr que non... Je ne voulais pas... dit Caroline. Je voulais juste dire... Où est-il? Si tu continues à venir ici, j'aimerais pouvoir lui parler un peu. Il doit bien y avoir un moyen de le joindre. Vous avez discuté des cours que tu veux suivre l'année prochaine?

Turtle secoue la tête.

Elle aime les trajets de retour le soir avec Imogen et Jacob. C'est la fin d'une longue journée, elle est fatiguée. Elle rentre chez elle presque tous les soirs. Isobel ne se rend compte de rien. Elle est trop captivée par d'autres sujets. Elle s'intéresse beaucoup aux opinions de Turtle, elle aime discuter avec elle, mais elle ne semble rien remarquer d'anormal dans la situation familiale de Turtle, elle se fiche de savoir si Turtle rentre chez elle ou non. Brandon, par contre, lui accorde une attention discrète. Caroline aussi. Et puis les garçons l'épuisent. C'est agréable de s'asseoir près de la casserole tandis que le thé chauffe, d'être seule avec ses pensées qui flottent à la surface de l'eau. Elle les apprécie, mais leur présence l'exténue. Elle n'avait jamais passé autant de temps avec d'autres personnes. Ils se nourrissent de leur enthousiasme mutuel. Mais il met Turtle à bout. Elle n'est pas tout à fait certaine de savoir ce qu'elle éprouve en remontant les marches, seule dans la maison sombre, un retour au calme et, en quelque sorte, au réconfort – mais au regret, aussi. La maison dégage une sensation particulière quand elle rentre. C'est la même maison, Turtle le sait, mais elle lui semble plus différente que jamais. Elle s'assied en tailleur devant l'âtre de pierre, elle fait un feu, elle mange des morceaux de varech séché, elle écoute le silence tandis que les flammes s'élèvent devant elle et éclairent le sol du salon désert.

16

QUAND elle entend le 4Runner remonter l'allée le lendemain, elle se glisse dans son jean, rengaine son couteau à sa ceinture, enfile un T-shirt et sa chemise. Elle replie les couvertures, les pose près de l'âtre et ouvre la porte. C'est Jacob, sans Imogen cette fois. Debout sur le porche, il regarde derrière elle, elle l'observe qui contemple le plancher récuré et le plan de travail propre, la cheminée usée, les poêles suspendues aux crochets le long du mur de la cuisine. Le salon dégage une odeur de solvant et d'huile.

— Ça me plaît, ici. C'est rudimentaire.

— C'est pas rudimentaire, rétorque-t-elle.

— D'accord. Un peu minimaliste.

— Le salon est comme ça, c'est tout.

— D'accord. J'aime bien.

— T'as intérêt.

— Où est le capitaine Achab ?

— Il est sorti.

Il lève un sac en papier kraft à l'extrémité supérieure roulée.

— Mes parents pensent que je suis chez Brett. Brett est chez son père à Modesto. J'ai apporté de quoi faire un pique-nique.

— Tu as déjà mangé de l'anguille ?

— Je ne savais pas qu'on avait des anguilles par ici, mais maintenant que je le sais, je me demande comment ça se fait qu'on soit pas déjà en train d'en manger.

Dans la cuisine, elle récupère une poêle et prend une plaquette de beurre ramollie dans le frigo. Puis elle passe devant

Jacob et sort sur le porche, récupère une recharge de gaz à briquet et un seau. Ils descendent la colline, longent un profond fossé où ruisselle une eau limpide, envahi de groseilliers et de ronces parviflores. Des grenouilles jaillissent de l'herbe et bondissent dans le courant. Ils traversent un bosquet d'aulnes, Jacob lève le bras pour cueillir une feuille entre ses doigts et son T-shirt se soulève, laissant entrevoir son ventre musclé. Dans le creux de ses hanches, deux vallées, le sommet d'un V net et immature qui descend dans son pantalon. Ces creux emplissent Turtle d'un désir insoutenable, d'une sensation d'immédiateté, cette impression de descendre lentement les marches une à une. L'espace d'un instant, elle ne parvient pas à détourner le regard.

Ils se glissent sous une clôture de barbelés, ils traversent la grand-route, ils marchent jusqu'à Buckhorn Beach, un large croissant de galets noirs et d'écume blanche, les chaussées de pierre bleue pigmentée de quartz, les vagues vertes au milieu d'un jardin de grands galets lisses. Buckhorn Island est à trente mètres de la plage, entre deux langues de terre qui forment la baie, et les remous des vagues qui se retirent dans les grottes insulaires rencontrent la marée en sens inverse, heurtant l'île comme un tambour, soulevant des gerbes d'eau blanche dans les cavités, suspendant de l'écume dans les pins de l'île, et l'eau frappe la roche. Sur le bras sud de la baie s'élève une demeure en séquoia, où un jardinier va et vient sur un tracteur à gazon. Ce sont les plus proches voisins de Turtle, à moins d'un quart d'heure de marche depuis chez elle. Elle ne les a jamais vus. Le ciel est parcouru de bourrasques. Au-delà de la sécurité de la baie, les vagues s'écrasent dans toute leur blancheur sur la multitude d'îles rocailleuses et désertes qui ponctuent la côte.

Ils posent leur sac de pique-nique derrière un tronc de bois flotté, et Jacob se déchausse, roule le bas de son pantalon et porte le seau dans les rochers. Quand les vagues déferlent contre l'île, l'eau s'engouffre dans les flaques, monte et se retire. La marée n'est pas assez basse pour que la pêche soit efficace dans les flaques. Chaque fois qu'ils soulèvent une pierre, les anguilles s'échappent dans les canaux, les mares et les étendues d'algues, et Turtle et Jacob plongent les mains dans les goulets tapissés de bigorneaux. Quand Jacob réussit sa première prise, l'anguille agite la tête entre ses doigts, bouche ouverte, elle se débat et s'échappe de sa main droite, il la rattrape au vol de la main gauche, elle se dégage de son emprise et elle disparaît, serpentant follement sous un rocher, Jacob s'élance après elle, et le poisson se glisse sous le rocher suivant. Il y appuie son épaule, Turtle l'aide. Ils soulèvent le rocher et la mare en dessous est soudain striée de vaguelettes à mesure que les anguilles fuient dans toutes les directions, Turtle les capture par poignées entières et les lance dans le seau, Jacob en piège une dans un recoin. C'est un monstre d'un noir huileux, cinquante centimètres de long, épaisse comme un tuyau d'arrosage. Il la sort de la flaque, elle échappe à son étreinte, il tombe lourdement à genoux, s'élance, la capture à nouveau et la perd une fois encore. Le poisson passe devant la pierre bleue luisante, puis disparaît sous un rocher plus gros qu'un tonneau. Jacob y appuie son épaule mais ne peut le faire bouger.

Les anguilles sont noires et striées de bandes brunes comme le varech, leurs têtes aux airs canins, mâchoires saillantes. Turtle en a déjà placé une douzaine dans le seau. Jacob et elle trouvent des mille-pattes vert nacré, des doridiens cornus aux branchies dentelées et déployées, des incrustations de porcelaine des spirorbes. Ils déplacent d'autres pierres. Parfois, l'eau en dessous est immobile, les bigorneaux claquettent sur des tapis de nacre, les bernard-l'hermite lèvent leurs pinces bleu et rose et rentrent dans leurs coquilles coniques bleu et rose, et les gobies ternes couleur de pierre se collent à la roche. Parfois, encore, la mare est agitée par les dos épineux des anguilles. Jacob en suit une dans un bras d'eau, il marche péniblement entre les laitues de mer, la piège contre un rocher mais la perd, la soulève d'une main et la lâche encore dans une flaque pleine d'oursins.

— Bon, lui dit Turtle. Tu vas en attraper une, cette fois-ci.

— C'est ce que devaient ressentir les pilleurs de tombes, leur ravissement à ouvrir des cercueils pour voir ce qu'ils contenaient.

— Hein ? fait Turtle.

— Tu sais, soulever les rochers comme ça... C'est comme ouvrir une trappe qui mène vers l'inconnu. On pourrait soulever un de ces rochers et trouver... N'importe quoi.

— Quoi ? lâche Turtle. Non. Tu restes là, je les rabats vers toi.

— Qu'est-ce que ça doit leur faire ?

— Ça leur fait rien du tout, dit Turtle. C'est rien que des anguilles.

— Mais peut-être que, techniquement, c'est pas vraiment des anguilles.

— C'est des anguilles, c'est évident.

— C'est vrai.

Jacob s'agenouille près d'une mare, Turtle déplace une pierre. En dessous, les anguilles s'échappent dans toutes les directions, Turtle les rassemble, éclatantes et ondulant comme des serpents, et les dirige vers Jacob. Elles grouillent dans la mare, Jacob essaie de leur bloquer le passage, il en saisit une, la sort de l'eau à une main, elle agite furieusement la tête. Puis dans un gargouillis de succion, l'eau se retire soudain de leur mare.

Ils l'observent tous les deux, abasourdis. Ils restent figés là, Jacob avec son anguille à la main, Turtle se demande, Mais qu'est-ce qui vient de se passer ? Puis elle est prise d'un mauvais pressentiment, elle lève les yeux. Autour d'eux, l'océan a disparu. Il s'est retiré au-delà de l'île, les lits de varech et les flaques d'eau sont vides, nus et craquelés. Chaque trou, chaque surface de galet laisse échapper un long bruit de succion, comme si l'eau était brutalement aspirée vers le large.

— Turtle ! s'écrie Jacob.

Et il s'élance soudain à toutes jambes. Turtle, pieds nus, lui emboîte le pas, glisse sur un galet mouillé et tombe à quatre pattes. Jacob s'arrête, fait volte-face, la regarde. Il lève la tête.

Et soudain, elle est sous l'eau, traînée sur le sol rocailleux. Le sentiment qui la submerge est une surprise immense. Chacun de ses efforts, chacune de ses pensées, est réduit à néant. Elle est détachée de son corps, elle devient vaste, incommensurable, sans limites, tandis qu'autour d'elle, des branches de varech se déploient et s'étirent vers le ciel. Des rais de lumière brisent la surface, loin au-dessus d'elle. L'eau semble immobile, uniforme et bleue, mais dans les rayons obliques de soleil, elle voit les grains de sable et les crabes circuler à toute allure.

Les mouvements de Turtle mollissent. La pression monte dans ses oreilles. La lumière faiblit. Elle est prisonnière du flot qui ralentit. Elle le sent changer tandis que l'eau se retire de la baie inondée, en direction du large. Le courant sous-marin détache le sable du fond en longs rubans ondulés. Turtle pense, Nage, espèce de pouffiasse. Puis elle est traînée en arrière, impuissante, elle racle le fond rocailleux, des boules de bowling sont projetées et bondissent après elle. Le rugissement est si terrible que le moindre son est étouffé.

Elle remonte désespérément vers la surface, émerge au milieu de monceaux crémeux d'eau blanche, et elle inhale une longue bouffée d'air. La paroi noire de Buckhorn Island est là, rugueuse, si horriblement proche, des moules d'un bleu brillant s'accrochent à la roche comme autant de rasoirs de porcelaine. Si elle effleure cette paroi, elle ne s'en sortira probablement pas, elle le sait. Elle ne voit Jacob nulle part, mais devant elle, la plage est inondée, le bois flotté gronde contre la falaise. Impossible qu'il s'en soit sorti. Il est quelque part ici, sauf qu'elle ne l'aperçoit pas. La mer se retire encore, alors même que des vagues continuent de déferler sur la plage, si bien que la baie entière est un carrefour de courants inextricablement mêlés. Ils la ballottent et la soulèvent comme de l'eau dans un seau.

Elle plonge. Le fond rocailleux est juste là – ils sont sous trois ou quatre mètres d'eau. Elle voit Jacob à la surface. Il dérive, inerte, et du sang s'échappe de tout son corps en longues traînées. Elle l'empoigne par les cheveux et le tire.

— Respire! hurle-t-elle. Respire!

Il prend une inspiration et vomit aussitôt. Elle s'accroche à lui. Buckhorn Island est si proche d'eux. Ils sont entraînés vers la paroi. Une énorme masse d'eau a déferlé sur la rive et se replie à grands remous vers le large, longe l'île et s'engouffre dans les passages étroits et rocheux qui protègent habituellement la baie. Jacob et elle doivent absolument atteindre la plage. S'ils sont attirés par le courant vers le large, ils se retrouveront exposés au milieu du jardin de sculptures de pierre noire torturées qui ponctuent la côte.

Au-dessus d'eux, sur cette péninsule si bien entretenue où se dresse la demeure en séquoia, le jardinier continue ses allées et venues sur le tracteur.

— Jacob, tu peux nager?

Il acquiesce. Elle plonge et il la suit. Ensemble, ils prennent appui sur les galets bleus au fond de l'eau, de longues bandes d'algues passent à proximité. Ils ne progressent pas du tout dans le courant. Elle refait surface, hors d'haleine. Puis une vague de ressac s'écrase sur eux, Jacob est aspiré sous l'eau, hurlant, vers le tunnel de pierre qui longe l'île. Elle plonge et le suit dans la grotte sous-marine. Ils refont surface ensemble. Les vagues leur éclaboussent le visage. Turtle halète. Elle inspire avec avidité. Ils sont ballottés ici et là, l'eau lèche les parois et leur souffle lance un écho, et Turtle lève les yeux. Ils se trouvent dans la cavité rocheuse sous l'île, que la marée vient de vider.

Elle aperçoit les demi-cercles brillants des accès, de chaque côté, que le ressac bloque par intermittence. Une des extrémités donne sur la plage. L'autre, sur le grand large. L'eau se retire, résonne contre les parois et goutte depuis la voûte du plafond. Elle leur arrive à la taille, d'une couleur de verre ancien. Au-dessus d'eux, l'orifice de l'évent est ouvert face au ciel, des guirlandes de capucines y sont suspendues, les fleurs d'un rouge ardent. Le sol est jonché de bouquets de varech brun, d'immenses étoiles de mer orange s'accrochent partout sur la paroi rocheuse. Les frondes d'algues flottent d'avant en arrière dans les courants opposés.

— Merde, lance Jacob, et Turtle se retourne.

Un mur d'eau s'élève à une entrée de la grotte.

— Non, dit-elle.

Elle fait volte-face et regarde derrière eux. Un deuxième mur d'eau commence à balayer l'autre extrémité, et les deux murs convergent peu à peu. Une vague arrive de l'océan, l'autre est le ressac venu de la plage.

— Non, non, non, dit-elle.

Ses pensées sont vertes et jaunes de terreur. Elle pense, On va mourir, les sanglots lui contractent le diaphragme. Il l'attrape par la taille. Elle pose son menton contre son épaule. Elle pense, On va mourir, on va mourir dans un instant. L'eau monte autour d'eux, atteint bientôt leur torse, puis la vague la heurte de plein fouet, elle tournoie dans les algues, et elle est miraculeusement projetée dans les airs parmi les lustres d'eau et les immenses tresses suspendues des fleurs de capucine. La terreur lui tord douloureusement les entrailles et le cerveau. Elle tend la main pour amortir le choc et s'écrase contre la paroi. Ses doigts se cassent, ses bras ploient, elle passe sous une quille rocheuse de dix mètres, elle roule, se couvre le visage de ses avant-bras, percute la pierre en bruits sourds tandis que les coquilles de mollusques se brisent à l'impact. Quelque chose lui parle, quelqu'un juste derrière elle lui murmure à l'oreille, Tu ne vas pas mourir, tiens bon, tu ne vas pas mourir, et Turtle pense alors, Espèce de pouffiasse, espèce de petite moule, tiens le coup, ne baisse pas les bras, ne baisse jamais les bras.

Et ils sortent soudain de la grotte. Turtle nage de toutes ses forces. L'eau bondit au-dessus de sa tête et les vagues s'écrasent autour d'elle. La plage, la baie, Buckhorn Island sont derrière elle. Autour d'eux, la mer se soulève en collines vertes qui tournoient et déferlent sur les rochers noirs et torturés. Les frondes de varech s'élèvent, d'un vert indéchiffrable, plus larges que ses mains, striées de coups de pinceau sombres et bruns dorés, luisants. Jacob et elle ont été attirés dans le labyrinthe d'îlots et de rochers noirs, juste en bordure du rivage. Elle se démène dans l'eau, une main après l'autre. Ni douleur, ni impression d'effort. Elle aperçoit du sable, des galets, une paroi bleue. C'est un îlot rocheux anonyme à cent mètres des falaises, avec une petite entaille sablonneuse dans la face occidentale. Elle lutte dans le courant, une vague l'entraîne contre la roche bleue et rugueuse et la minuscule plage des pinacles. Elle s'élance, s'extirpe hors de l'eau qui se retire déjà, puis elle se retourne et patauge pour aider Jacob à se relever.

17

TREMPÉS, ils remontent ensemble la plage jusqu'au pied rocailleux de l'île, ils se hissent aussi loin que possible de l'eau, cinq ou six mètres à escalader, la roche bleue et humide s'effritant sous eux, les trous d'eau grouillants de petits poissons frémissants. Turtle atteint une parcelle de chiendent spongieux et dense, elle s'y allonge et vomit. À neuf mètres, le sommet de l'île est surmonté d'herbe rugueuse parsemée de petits ossements d'oiseaux blanchis par le soleil. Elle rampe sur ses coudes jusqu'au bord et elle observe. L'île est à la même hauteur que les falaises. Entre les deux, une centaine de mètres de rochers noirs battus par les flots, et l'ombre de la falaise s'étale sur l'eau bleu-vert. Entre les vagues, il semblerait presque possible d'atteindre le rivage à la nage, mais quand le courant s'abat dans le chenal, c'est une tout autre affaire. Elle reste étendue dans l'herbe et elle pense, On est foutus. Puis elle pense, On n'est pas foutus. S'il y a bien quelqu'un qui sait comment se sortir de là, c'est toi. Tu as perdu tes tripes ?

Jacob est allongé sur le ventre à côté d'elle, les mains jointes sous son torse, il frissonne et vomit. Il a un traumatisme crânien, elle en est sûre. Elle en a déjà eu plusieurs fois et elle sait ce qu'on ressent. Il saigne abondamment à la racine des cheveux. Du sang coule sur son visage et dans l'herbe autour de lui. C'est un saignement disproportionné qu'elle associe aux blessures du cuir chevelu. Il s'en sortira. Elle ne peut pas en dire autant pour elle-même.

— On peut nager jusque-là ?

Elle le dévisage. Elle n'est même pas sûre de pouvoir tenir debout.

— Ouais, je me disais bien que c'était impossible.

Un nuage solitaire flotte au-dessus d'eux, se dissout en bandes blanches. Elle extrait doucement sa main des plis sanglants de sa chemise et l'examine. Ses ongles se sont arrachés de leur pulpe. Une entaille profonde barre sa paume droite. Trois doigts de sa main gauche sont cassés. L'index est indemne. Elle remet ses mains sous ses aisselles et reste allongée sans bouger. Le simple fait de respirer est douloureux.

— Qu'est-ce qu'on va faire, Turtle?

Il a du sable collé sur la moitié de son visage, ses dents sont ourlées de sang. Il s'est vomi dessus.

— Turtle?

— Ouais?

— On va s'en sortir?

Elle a la bouche pleine de sable.

— Il faut qu'on mette une attelle à mes putains de saloperie de fils de pute de doigts.

Il se remet à vomir. Elle reste étendue dans l'herbe, elle contemple l'unique nuage qui change et se délite. Il finit par dire:

— Il vaudrait mieux qu'un médecin s'en occupe.

Elle ne répond rien.

Le vent balaie le sommet de l'île. Jacob rumine ses objections dans son esprit. Elle le voit en train de réfléchir. Il est secoué de violents frissons.

— D'accord, dit-il enfin.

— D'accord?

— D'accord.

— Il nous faut des bouts de bois pour faire les attelles, dit-elle. Des bandes de coton, deux centimètres de large et environ vingt ou trente centimètres de long.

Jacob se relève en chancelant. Turtle reste étendue sans bouger, grimaçante. Jacob arpente l'île. Son pas est mal assuré. Il dit:

— Y a pas beaucoup de bois par ici.

Elle l'entend tester la solidité de plusieurs petits os éparpillés dans l'herbe, mais ils sont légers et friables.

— Et un stylo? demande-t-il. Il m'en reste un dans la poche.

— Il te reste quelque chose dans la poche?

— J'en avais trois au départ.

— Prends mon couteau.

Il s'approche d'elle. Elle reste immobile. Il détache la boucle, sort le couteau du fourreau trempé. Il coupe le stylo en deux.

— C'était mon stylo porte-bonheur. J'ai écrit une très bonne dissertation sur Angela Carter, avec ce stylo.

— Maintenant, il nous faut des bandages en coton.

Elle se redresse et ils coupent des bandes de tissu dans sa chemise mouillée.

Avec prudence, elle sort sa main cassée de sous son aisselle et la tend.

— Bon Dieu, lâche Jacob.

Les os forment des protubérances à angle droit sous la peau. Son annulaire est visiblement disloqué.

— Comment ça se fait que tu sois pas en train de paniquer?

— Quoi?

— T'es pas, genre, en train de flipper, là?

— Jacob.

— Tu as besoin d'un docteur.

— Tire d'un coup sec et ferme, dans l'alignement du doigt.

— Oh, mon Dieu.

— Vas-y franchement. Tire cette saloperie d'un coup ferme.

Il saisit l'auriculaire cassé et dit:

— Oh, mon Dieu, c'est pas bon, oh mon Dieu, c'est vraiment pas bon, ça m'a pas l'air bon du tout, du tout.

Turtle lève les yeux au ciel. Son corps est crispé par l'attente, elle sent ses poils se hérisser.

— Maintenant?

— Oui, maintenant.

— D'accord.

— Attends! s'écrie-t-elle.

Il la regarde. Elle prend une profonde inspiration. Elle tremble de peur.

— Sois pas mou du poignet, Jacob, dit-elle.

— Je sais pas ce que ça veut dire.

— Fais-le du premier coup.

— Je vais essayer.

Elle souffle à travers ses lèvres pincées, elle tremble et frissonne.

— Allez. Maintenant.

Jacob tire d'un coup et le doigt se redresse dans le crissement audible des os. Turtle siffle entre ses dents. Jacob pousse un cri aigu quand le doigt se redresse.

— Fils de pute! dit-elle. (Elle halète et transpire.) Fils de pute! répète-t-elle en regardant Jacob presque avec impuissance.

Jacob place la moitié du stylo contre le doigt redressé et il l'enroule avec prudence dans la large bande de tissu qu'il noue.

— Tu as de la chance de ne pas être morte.

— Je sais.

— Je suis sérieux, Turtle.

Elle lui décoche un regard franc, elle essaie de comprendre comment elle pourrait être autre chose que sérieuse.

— La façon dont tu as été traînée sur les rochers…

— Je sais.

— J'arrive pas à croire que tu sois encore vivante.

Elle ne dit rien.

— Tu dois être quelqu'un de costaud, en fait.

Turtle reste ensuite allongée dans l'herbe pour retrouver ses esprits. Avec la douleur de la pose des attelles, c'est comme si la part pensante de son être avait disparu, et elle a besoin de la récupérer.

Jacob dit:

— Bon, j'ai regardé sur la petite plage en contrebas. Je crois que c'est plutôt sans risque. Je pense qu'on pourrait y descendre. Les vagues ne montent pas très haut. Il y a des troncs en bois flotté, des bouées de pêche avec des filins en nylon, des algues et quelques bouteilles en plastique. Je crois qu'on va pouvoir construire un radeau.

— La marée monte encore, dit-elle.

— Alors vaut mieux attendre.

La douleur lui fait fermer les yeux.

— Je suis un peu méfiant, continue Jacob et il scrute l'étendue d'eau. Si on arrive à faire un radeau, on aura une décision difficile à prendre.

— J'y pensais aussi. Si on se dirige droit sur les falaises, juste devant nous, on n'atteindra pas la plage à marée haute parce que la plage est sous l'eau, et on s'écrasera contre la paroi rocheuse. Mais à marée basse, on ne pourra pas traverser la zone des rochers. Alors il va falloir qu'on essaie de retourner dans Buckhorn Cove. De l'autre côté de l'île.

Jacob marque une pause.

— C'est vrai... il y a ça aussi. Mais genre, c'est toi Jim et moi Huck ? Ou genre, c'est moi Huck et toi Jim ? Ces parallèles sont un peu douteux, et ça risque d'être compliqué à dénouer. Parce que, genre, d'une certaine manière, je suis esclave d'une mentalité capitaliste coercitive et réductrice, mais toi aussi, tu es assez littéralement et physiquement captive. Alors c'est difficile à dire. Il va falloir qu'on en débatte.

— De quoi ?

— Eh bien, je dis juste que... C'est pas grave.

— Mais de quoi tu parles ?

— Rien. Je suis puéril et naïf. C'est pour ça que je n'ai pas de compte Twitter.

— De *quoi* ?

— C'est que... Je vais juste la fermer, maintenant.

Quand la marée descend cet après-midi-là, ils retournent à la plage et Turtle s'installe sur un tronc, tournée vers l'ouest. La plage est composée de sable grossier parsemé de galets, lovée dans une petite crique contre la face ouest de l'île, entourée par trois falaises de calcaire bleu inclinées, hautes de six mètres.

La plage fait à peine trois mètres de large. Elle émerge de l'eau en pente raide. À chaque vague qui se retire, les galets sont délogés de leur lit et roulent les uns sur les autres à grand bruit, comme si le monde grinçait des dents. Le vent souffle à l'oblique dans l'embouchure de la crique et s'écrase contre les falaises. Par rafales, les vagues soulèvent de l'écume dans l'air et la projettent en tourbillons filiformes le long de la plage. Dans la falaise de grès et de roche sédimentaire qui forme le mur arrière de la crique se découpe un triangle fissuré, l'entrée de la grotte. Elle doit traverser l'île de part en part car elle recrache parfois d'impressionnants bouillons de mer furieuse. Jacob assène des coups de pied dans les tas de bois flotté, et il informe Turtle de ses trouvailles :

— Une canette de Sprite ! crie-t-il. Turtle ! Une bouteille de deux litres de Coca !

Il s'approche d'elle et s'assied à ses côtés. Il frissonne. Il claque des dents. Malgré le soleil, ils n'arrivent pas à vaincre le froid qui semble s'être installé au plus profond de leurs os. Ils sont encore tous les deux trempés.

— Qu'est-ce qu'on peut faire ?

— J'en sais rien.

— Qu'est-ce qu'on peut faire avec ça ?

— J'en sais rien, dit-elle.

— Bon, qu'est-ce qu'il faut faire, maintenant ?

— Il faut qu'on fasse un feu.

— D'accord. Pourquoi ?

— Eh ben, on va pas rentrer chez nous ce soir. Sauf si quelqu'un vient nous chercher, mais personne ne va venir, je ne pense pas. Et si on veut survivre cette nuit, il nous faut un feu.

— Tu crois qu'on risque de ne pas survivre à cette nuit ?

— Ce ne sera pas très confortable. Il nous faut de l'eau, Jacob. Et avec un feu, on peut préparer de l'eau potable. Et puis on est très exposés aux intempéries, on va avoir froid. Pas assez pour mourir, mais bien assez pour se sentir vraiment mal.

— On peut faire un feu en frottant deux bâtons l'un contre l'autre ?

— Tout est humide.

— On peut utiliser un couteau pour faire des étincelles contre les rochers ?

— On arriverait peut-être à faire du feu par friction avec un archet.

— Et quelles sont les chances pour que ça marche ?

— Maigres, dit-elle.

— Alors on essaie !

— Il faut qu'on réfléchisse. Il faut qu'on soit sûrs. Avant de faire quoi que ce soit, il faut qu'on soit sûrs.

— Je suis motivé. (Elle garde le silence.) Il faut bien qu'on tente quelque chose. Et comme ton côté lourdement littéral ne nous permettra jamais de faire des étincelles contre ton cœur de pierre, au moins on peut chercher une solution tangible et concrète.

— D'accord.

— Parfait.

— Je n'ai pas un côté lourdement littéral.

— Je sais.

Turtle reste assise dans le croissant de soleil qui baigne la plage, les mains bloquées sous les aisselles, et elle explique comment fabriquer un archet à feu tandis que Jacob lui apporte plusieurs morceaux de bois flotté qu'elle inspecte.

— Il nous faut une branche souple pour fabriquer l'archet, et on fera le nœud avec une bande de tissu de ton T-shirt. Puis un morceau de bois identique pour une drille et une planche où démarrer le feu. Et enfin une pommette – ça, c'est moins important.

Elle lui enseigne à faire un nœud de cabestan afin d'attacher l'archet.

— Plus lâche. Encore plus lâche. C'est bon. Le tissu doit faire une boucle autour de la drille, et tu fais tourner la drille en actionnant l'archet d'avant en arrière.

— D'accord…

— Donc l'archet doit ployer juste à la limite de casser.
— Comme ça?
— C'est bon. Et maintenant, tu l'attaches avec un autre nœud de cabestan.

Un minuscule morceau d'os se déplace dans son annulaire et elle siffle entre ses dents, elle est en sueur.
— Ça va?
— Il nous faut une drille. Du bois sec.

Elle l'observe fouiller parmi le bois flotté.
— J'arrive pas à savoir si c'est assez sec, dit-il en regardant ses mains, trop éraflées et sablonneuses pour sentir l'humidité.
— Pose-les contre ton visage.

Il pose un morceau de bois contre son visage, lui adresse un regard inexpressif – il ne sait pas.
— Tu es vraiment un incapable, dit-elle en levant le menton.

Il pose le bois contre la joue de Turtle en rétorquant:
— Je ne suis *pas* un incapable.

Elle ferme les yeux, concentrée.
— Trop humide. Mais tout est humide.
— Et celui-là? demande-t-il en saisissant un autre morceau de bois.
— C'est du séquoia.
— Et alors?
— Il faut un grain serré et impeccable. Fais des entailles dans le bois avec ton ongle. Tu vois comme ce fils de pute est trop mou? Nul.
— D'accord. C'est bien. Continue de parler.

Elle fait un geste du menton en direction d'un morceau qu'elle a ramassé.
— La drille doit être maintenue entre la planche et la pommette. L'extrémité supérieure de la drille doit être aiguisée et tourner librement contre la pommette, comme une pointe. Et la partie inférieure doit être ronde pour loger dans le trou de la planche à feu aussi précisément que possible. Cette pointe ronde qui pivote d'un côté et de l'autre dans le

trou de la planche à mesure que tu actionnes l'archet, c'est ça qui produit les braises.

Il ramasse la drille et entreprend de la sculpter.

— Des petites lamelles, lui dit-elle. C'est plus comme si tu limais des ongles, c'est pas de la charpenterie.

Jacob essuie le sang qui lui coule dans les yeux.

— Voilà. Comme ça.

— C'est génial, dit-il.

— Ferme-la et concentre-toi.

Elle le regarde sculpter la drille et creuser un trou dans la planche à feu avec la pointe du couteau. Il étend les restes de son T-shirt et de la chemise de Turtle sur un tronc de bois flotté, gratte avec la lame du couteau la surface du tissu, dont les peluches serviront à alimenter les premières braises. Il arrache des échardes sur les troncs pour en faire du bois d'allumage qu'il met à sécher. Quand il a terminé, l'après-midi touche à sa fin, la lumière rasante éclaire leur petite crique, des méduses et du varech flottent dans les vagues bleues et transparentes dont les contours se dessinent contre l'horizon. La marée continue à monter. Une vague solitaire se détache des autres et déferle sur la plage en claquant jusqu'aux pieds de Turtle. Elle sent son ventre se serrer alors qu'elle regarde l'eau imprégner le sable.

— La marée?

— La marée.

Ils remontent au sommet de l'île et se blottissent l'un contre l'autre dans l'herbe rabougrie. Le sommet est exposé et le vent traverse leurs vêtements humides. Il doit être six heures, devine-t-elle, ou aux alentours, et la marée atteindra son pic juste après le coucher du soleil, vers neuf ou dix heures. Ils frissonnent. La marée va être très haute. Les plus grosses vagues inquiètent Turtle.

— On essaie de faire un feu maintenant? demande Jacob.

— Pas avec ce vent, non.

— Je crois qu'il faut qu'on fabrique un radeau.

— Peut-être, dit-elle.

Le soleil fond à l'horizon, la lune se lève au sud-est, gibbeuse et d'une teinte de cire, un jour ou deux avant la pleine lune, suspendue presque à l'opposé du soleil dans le ciel. Il fait froid. Le vent se calme au coucher du soleil puis se lève à nouveau. Jacob s'abandonne à un sommeil agité, il halète et tremble, et Turtle se colle à lui pour trouver un peu de chaleur, elle inspire l'air chaud et humide qu'il exhale, ses mains la font souffrir et elle n'arrive pas à dormir. Le vent aspire toute la chaleur en elle, elle reste étendue et résiste dans un silence amer, elle porte parfois la main à son oreille, la douleur s'insinue dans sa cochlée, dans sa mâchoire, jusqu'à la nausée. Elle ne trouve pas le sommeil et son esprit sombre dans des représentations hallucinées qui ne la délivrent pas des tourments que lui inflige le froid. Recroquevillée en position fœtale, son dos la fait souffrir et le froid s'insinue en elle, elle se sent privée de tout, démunie. Elle rampe dans l'herbe et regarde la plage en contrebas. L'eau sombre montante a avalé le sable. Les troncs de bois flotté tournent inlassablement contre la falaise. Elle aperçoit l'écume à l'endroit où les vagues déferlent sur l'île. Elle reste allongée là à s'insulter. Son dos, profondément tailladé là où les vagues l'ont projetée contre les colonies de coquillages, est gonflé et vibre de douleur. La sensation lui est familière, le gonflement typique d'une blessure qui empire au lieu de guérir. Les entailles doivent être sales, pleines de peluches de coton, de coquilles et d'autres choses encore. Il faut qu'elle s'abrite du froid, du vent, qu'elle se réfugie dans une pièce propre et chaude, éclairée par un feu de cheminée. Elle retourne auprès de Jacob et se colle à lui, tente de puiser autant de chaleur que possible. Les heures défilent ainsi. Quand Turtle entend enfin le bruit des vagues changer, passant du déferlement puissant contre la falaise au raclement lointain des galets, elle le réveille.

— Jacob.

— Quoi?

— Il faut qu'on s'abrite du vent.

— Turtle, mais si une autre vague...

— J'en peux plus, dit-elle en claquant des dents.

Elle le guide, Jacob lui tient le coude tandis qu'ils descendent vers la plage, leurs pieds engourdis et ensanglantés. La marée est toujours très haute et terrifiante. Le sable est mouillé.

— Jacob, j'ai trop froid, putain.

— C'est à cause du vent. Je pourrais supporter le froid sans le vent et les embruns.

— Il faut qu'on fasse un feu.

Il reste longtemps silencieux. Turtle est accroupie, les bras autour d'elle. Elle lit l'expression de son visage tandis qu'il s'interroge en silence et écarte aussitôt ses questions.

— D'accord, dit-il. Explique-moi ce que je dois faire.

Elle montre à Jacob comment tenir la planche à feu avec ses orteils, comment positionner la drille entre la planche et la pommette, comment appuyer avec douceur mais fermeté, comment actionner la drille à l'aide de l'archet afin qu'elle pivote, d'avant en arrière, d'arrière en avant. Puis elle s'assied à côté de lui et le guide.

— Plus lentement... Sois patient, régulier. N'accélère pas, ne ralentis pas. Fais des gestes identiques, d'avant en arrière, d'arrière en avant. Comme ça.

Il respire en rythme avec les mouvements de l'archet, d'avant en arrière, et elle l'accompagne :

— Tranquille. Tranquille.

D'un coup maladroit, il fait sortir la drille de son trou.

— Mais putain, dit-elle en tremblant. Écoute-moi, Jacob : lentement. *Délicatement.* Il faut que tu le fasses correctement.

Avec sang froid, il réassemble la drille et se remet à l'ouvrage.

— Ne réfléchis pas, lui dit Turtle. Si tu réfléchis, tu foires. Sois concentré mais ne réfléchis pas, range ton cerveau dans ta poche et mets-toi au boulot, une part de toi-même sait déjà comment faire, il faut que tu laisses cette part de toi-même travailler.

Elle s'allonge dans le sable mouillé, elle souffre toujours dans le froid, mais elle est désormais à l'abri du vent. Elle sent les battements de son cœur dans son dos enflé et dans ses doigts cassés, qui sont comme cimentés à ses aisselles par le sable et le sang. Elle ouvre la bouche et ses lèvres se décollent dans un craquement. Sa langue bouge bruyamment dans sa bouche. Ses yeux sont collants et elle cille avec difficulté pour mieux voir. Son visage tout entier est engourdi. La lune est toujours au sud-est, cachée derrière l'île. Elle se dit, C'est peut-être douloureux mais tu es loin d'être morte, ma vieille. Quand tu cesseras de trembler, tu le sauras. Mais tu es encore là. Les nuages au-dessus d'elle sont éclairés, argentés et fantomatiques, et elle observe leur texture de fumée claire. À l'endroit où les vagues lèchent le sable, elle distingue l'argent de leur surface, et la plage est noire, plongée dans l'ombre de l'île. Jacob est penché sur l'archet, concentré.

— Jacob, dit-elle.

Il ne répond pas.

— Jacob, il faut que tu réussisses.

— J'essaie.

— Ne merde pas.

Le froid et sa propre inutilité l'envahissent comme un vent de panique. Si elle pouvait se servir de ses mains, elle y arriverait. Bon Dieu, pense-t-elle en tremblant, pourquoi il faut que tu perdes tes moyens maintenant, Turtle?

Il faiblit et elle siffle:

— Putain de bon Dieu. *Concentre-toi.* Fais attention, espèce de larve pourrie gâtée...

Elle l'observe avec un sentiment d'urgence désespérée.

— Je suis désolé, dit-il.

— Putain, putain, putain, lâche-t-elle d'une voix amère et rauque. Jacob, il faut que tu assures un peu, là.

— Je suis désolé.

— Oh, t'es désolé? Putain, Jacob. Putain.

Elle risque de mourir. Elle risque de mourir sur cette île, brisée, déshydratée, épuisée par le vent et achevée de façon terrible par le froid et l'humidité. Elle risque de mourir à cause de son incompétence. Il faut qu'il le comprenne, mais elle ne veut pas non plus l'effrayer, alors elle se contente de l'observer en bouillonnant, la gorge serrée de rage.

— Espèce de sale petite merde minable, dit-elle, secouée de tremblements.

Les mots jaillissent d'un puits profond en elle.

— Je crois que c'est trop humide.

— Espèce de petite salope incapable, incapable, dit-elle.

— Je suis désolé.

— *Désolé.* Tu es désolé? Putain, y a de quoi être bien plus que désolé.

Turtle pense, Il ne sait pas comment faire et il a besoin de toi. Si tu ne le comprends pas, tu n'es d'aucune utilité à personne, ni à lui ni à toi-même. Si tu n'es pas capable de le lui dire, pas capable de lui expliquer. Elle reste étendue à frissonner dans le sable.

— Écoute, dit-elle. Jacob, il faut que tu réussisses. Pas le choix, Jacob.

— J'essaie.

— J'essaie, répète-t-elle d'une voix bêlante.

Mais qu'est-ce que je fais? se demande-t-elle, comme dans un cauchemar.

— T'es aussi nul dans chaque aspect de ta vie, ou juste quand il s'agit des trucs vraiment importants?

— Je crois que c'est trop humide, comme tu l'as dit toi-même.

Elle pense, Il a raison. Évidemment qu'il a raison. Elle pense, Il faut que tu lui expliques. Elle dit:

— C'est pas les outils, le problème. Le problème, c'est que tu es une petite merde d'incapable.

— Turtle. Je préfère que tu le saches tout de suite, je ne pense pas que ça va marcher. C'est pas seulement parce que l'humidité empêche les braises de se former. C'est parce que, genre, le bois est tellement mouillé qu'il s'effrite avant que j'aie pu mettre en place une friction suffisante.

— À mon avis, dit-elle, tu vas devoir sérieusement arrêter de tout faire foirer.

Elle pense, Mais qu'est-ce qui ne tourne pas rond chez toi ? Elle reste allongée dans le sable froid, des réponses lui viennent naturellement et elle les étouffe, elle pense, Tu dois y arriver, y aller prudemment. Elle pense, Tout repose sur toi, vraiment sur toi, tu dois lui dire quelque chose et que ce soit la bonne chose, et ça pourrait te sauver la vie. Elle dit :

— Un jour, mon papa m'a obligée à faire des tractions sur une poutre et...

Sa voix faiblit malgré elle, elle tremble, elle ne sait pas quoi dire, elle n'arrive pas à croire qu'elle est en train de dire qu'il a... quoi ? Elle ne le sait pas elle-même. Elle continue.

— Il a placé un couteau entre mes jambes. Alors si je tombais de la poutre...

Encore une fois, elle ne sait pas. Si elle était tombée de la poutre, alors *quoi* ?

— Et il... il...

Elle éprouve de l'horreur, presque de l'incrédulité, comme si elle n'arrivait pas à croire qu'elle puisse être en train de faire ça, qu'elle puisse être en train de raconter ça.

— Et il... il m'a demandé de faire des tractions, et je l'ai fait. Tu arrives à un point où la traction suivante est tellement *douloureuse*. Tu penses que tu peux faire des tractions jusqu'à un certain point. Que rien ne peut t'obliger à faire des tractions. Mais bon, tu as un couteau entre les jambes. C'est comme ça. Chacune de tes tractions est un choix, et pour les faire, ça demande de la discipline et du courage. Tu penses, je ne suis pas obligée de faire cette traction. T'as envie d'abandonner. Et tu commences à te dire que c'est peut-être une bonne idée parce que la douleur que tu éprouves à rester accrochée à la poutre devient plus insoutenable que la peur de la mort. Parce qu'après, tu n'aurais plus jamais mal. Parce que tenir le coup, c'est... c'est... On éprouve un terrible, un horrible sentiment d'incertitude, et l'incertitude est tellement douloureuse, elle te tord tellement le trou du cul qu'elle devient... C'est horrible à dire mais c'est plus simple de lâcher prise et de te laisser couper en deux que de t'accrocher, de persévérer, de souffrir *sans savoir* ce qui va se passer. C'est ça, le courage. Prendre ta putain de vie en main, quand ça semble la chose la plus difficile à faire. Personne n'y pense jamais. Les gens sont tous persuadés qu'ils prendraient la bonne décision, mais c'est faux. Ils ne comprennent pas à quel point c'est effrayant. À quel point c'est difficile. Personne ne peut comprendre à moins de l'avoir vécu. On est en train de le vivre, Jacob, et tu vas faire ce qu'il faut, *malgré* la peur, et *malgré* la douleur.

Il l'écoute, il continue à actionner l'archet d'avant en arrière et la drille tourne.

— Tiens le coup, dit-elle.

Il garde le silence, il respire en rythme avec les mouvements de l'archet, d'avant en arrière. Elle entend à sa respiration l'ampleur de son épuisement. Sa main droite bouge d'avant en arrière tandis que sa gauche tient fermement la pommette. Elle l'observe longuement. Elle est détachée, à la dérive dans son propre esprit. Elle pense, Reste éveillée. Reste éveillée. Elle se sent rivée au sable. Les vagues montent et descendent sur la plage, et malgré elle, et malgré le froid qui lui dévore les os, elle s'endort, et elle se réveille en se sentant à moitié morte, la lune a atteint le sommet de l'île, la lumière se reflète sur l'eau comme une marée pâle, se reflète sur elle, n'est pas encore arrivée sur Jacob, accroupi dans l'obscurité. Le couteau, enfoncé dans le sable, projette une ombre longiligne. Elle perçoit, par-dessus les remous et les grincements de l'océan, une sorte de susurrement haletant dans la respiration de Jacob, et elle se rend compte qu'il murmure *allez, allez, allez,* encore et encore, et que l'essoufflement de son intonation imite celui de sa respiration, imite celui de l'archet qui pivote. Une lueur orange s'étire et diminue avec les mouvements de la drille, l'éclaire par en dessous, son corps tout entier mû par la puissance de sa volonté. Du sang coule au bout de ses cheveux, les creux et les entailles de son visage ensanglanté reflètent la lueur des étincelles naissantes. Turtle, qui scrute avec attention le contour de ces ombres, perçoit une teinte, un rouge presque aussi sombre que le noir, comme l'image résiduelle d'une couleur. Elle n'avait encore jamais observé quelqu'un de cette manière, elle n'a pas de mots pour le décrire. C'est comme s'il avait enfoui en lui tous ses doutes, qu'il avait empli son esprit de la seule et unique idée d'un feu, la drille fume dans le trou, une poudre orange et brillante tombe de la planche sur le petit bois. L'estomac de Turtle se serre d'impatience.

Puis dans un craquement, l'archet en bois se casse et les susurrements de Jacob changent, deviennent *non, non, non*, et il jette l'archet, saisit la drille entre ses deux paumes ouvertes et la fait tourner, d'avant en arrière, il halète les mots sans vraiment les prononcer, allez, allez, allez, et elle voit alors ce qu'il voit aussi : le petit bois s'est mis à brûler. Il jette la drille, il saisit une poignée d'herbe et de tissu embrasé, les fait pivoter, les lève dans l'air froid de la crique. La lueur éclaire le sable, les englobe dans son halo rouge mouvant, Jacob isolé dans une intense concentration, voûté au-dessus du petit bois, soufflant dessus pour l'aviver, et Turtle reste étendue, les mains sous les aisselles. L'espace d'un instant, elle sait que le petit bois va prendre, faire naître une flamme, et elle ouvre la bouche dans une excitation douloureuse, elle pense, Oh mon Dieu, oh mon Dieu, et dans l'air humide de l'océan, le petit bois vire à l'orange morne, les braises pâlissent sur les bords du tissu, elles fument et blanchissent, puis le feu meurt. Jacob tient le petit bois au creux de ses mains, tombe sur les fesses, abasourdi, et elle l'attire contre lui, elle le prend dans ses bras, elle plonge ses doigts valides dans sa chair, elle s'enfonce en lui, et il se laisse enlacer, et ils attendent ainsi la fin de cette nuit glaciale.

18

TURTLE se réveille, de l'eau perle sur ses cils, elle la fait tomber d'un battement de paupières, et s'assied dans le trou de sable froid. Son dos est douloureux, enflé et la rend nauséeuse. Ses mains sont collées à sa chemise. Le brouillard dévore tout. Elle entend les vagues pousser les galets et les attirer à nouveau vers le large, et elle distingue la ligne sombre de l'océan, rien d'autre. Il n'y a pas de soleil, rien qu'une lumière grise et diffuse, le sable est noir et luisant, à l'exception de l'arrondi blanc des oursins plats. La rosée se condense sur l'inclinaison de la falaise au-dessus d'eux et goutte autour d'eux. Elle trempe ses cheveux.

Turtle grimpe au sommet de l'île. L'herbe est couverte de rosée gelée. Elle s'allonge sur le ventre dans l'herbe humide et s'humidifie la peau. Elle tremble et frissonne, pose sa bouche sèche sur les tiges d'herbe et en aspire les gouttes. L'eau est délicieuse. Elle roule sur le dos dans la végétation trempée.

— Jacob! croasse-t-elle. Jacob!

Sa voix ne porte pas, aussi rampe-t-elle au bord de la falaise pour croasser jusqu'à ce qu'il se réveille. Il lance des regards affolés autour de lui avant de lever enfin les yeux. Elle lui sourit. Du sang coule de ses lèvres et lui macule le menton.

— Ouah, dit-il d'une voix cassée. C'est la bande-son des cauchemars, ça.

Il rassemble leurs affaires et grimpe la rejoindre.

Ils s'allongent et lèchent les tiges d'herbe, aspirent la rosée. En contrebas, la marée grignote la plage. Turtle trouve des petites déjections noires et huileuses pleines d'éclats de coquilles de crabe.

— Jacob, dit-elle.

Il rampe dans l'herbe jusqu'à elle.

— C'est quoi?

Elle extrait sa main de sa chemise ensanglantée et incrustée de sable, et elle tâte les déjections à l'aide d'un os d'oiseau.

— Des déjections de raton laveur.

— Il y a des ratons laveurs sur cette île?

Elle y enfouit son visage, inhale profondément, ferme les yeux pour percevoir les effluves.

— Un parfum de baies sauvages? fait Jacob. Des notes de cuir? De gibier?

— C'est encore moite, dit-elle, emplie d'un ravissement immense, délicieux et plein d'espoir.

— Et au niveau des tannins? dit Jacob.

— Ça date d'avant-hier. La lune était gibbeuse, couleur de cire. Presque pleine.

— Les gens ne savent sûrement pas ça à ton sujet, mais tu possèdes une intelligence étrange et poétique, dans tes associations d'idées. Maintenant, j'imagine ce raton laveur en train de faire sa grosse commission dans l'éclat cireux d'une lune gibbeuse, tandis que les vagues déferlent langoureusement sur les rochers.

— C'est la pleine lune ce soir. Ou presque.

— J'aimerais bien comprendre de quoi tu parles.

— Je sais comment on va pouvoir rentrer chez nous.

Ils rampent jusqu'au bord de la falaise et scrutent le brouillard, étendus dans l'herbe. Des plantes grasses oblongues fleurissent dans les fissures du grès, leurs feuilles d'un bleu poudreux. La houle est plus douce que la veille. L'île constitue l'extrémité d'une longue crête rocheuse sous-marine. Elles sont plusieurs à jaillir ainsi dans les zones peu profondes. Elles sont d'un noir intense, séparées par des crevasses bleu-vert pleines de varech.

— Tu te souviens des marées, hier? demande Turtle.

Elle se tourne sur le dos dans l'herbe, contemple les nuages, et elle compte les marées sur ses doigts.

— Tu as débarqué chez moi un peu avant sept heures. Vers neuf heures, on est arrivés ici. La marée montait, elle était haute vers onze heures, mais elle n'était pas très haute. On est restés au sommet de l'île parce qu'on avait peur. Et puis à un moment, pendant l'après-midi, je dirais vers trois heures, elle a commencé à descendre. Elle était à environ soixante centimètres. À ce moment, on est redescendus sur la plage. On a récupéré des trucs pour fabriquer l'archet. Et puis on a dû revenir ici à cause de la marée haute qui montait vite. Elle était à un mètre cinquante ou deux mètres, elle a atteint son pic vers dix heures. Peut-être même minuit. Ça fait trois marées. Après minuit, la marée s'est remise à descendre. C'est là que je t'ai réveillé. On est retournés à la plage, tu as essayé de faire marcher l'archet, et quand ça a foiré, on s'est endormis sur le sable. Mais ce qu'on ne savait pas, c'est que la marée allait descendre toute la nuit. C'était la plus grande marée des trois, une marée très, très basse, et elle a dû être à son plus bas juste avant le lever du soleil. Elle devait avoir un coefficient encore plus important. Elle serait à deux mètres de moins qu'en ce moment.

Jacob observe les rochers.

— La plupart des rochers sont à peine à cinquante centimètres sous l'eau.

— Ouais.

— On pourrait... On pourrait traverser à pied tous ces rochers jusqu'à l'autre rive. Putain, on pourrait même patauger dans l'eau.

Les épaisses croûtes sèches sur les lèvres de Turtle se fendent et suintent.

— Donc tu es en train de dire que pendant notre sommeil, un passage s'est ouvert entre nous et le continent, et qu'on l'a loupé ? On était allongés sur la plage, frigorifiés, souffrants et même mourants, et il aurait suffi qu'on se lève et qu'on rentre chez nous à pied ?

271

— On n'aurait pas pu le voir d'ici, parce que la plage est face à l'océan, vers le large. Il aurait fallu qu'on regarde vers le rivage, de l'autre côté de l'île. Mais ouais… On n'a pas fait attention, on ne savait pas, on n'a pas réfléchi et on a loupé le coche.

— Tu as failli ne pas passer la nuit, Turtle.

Elle acquiesce. C'était une simple erreur, mais elle leur avait presque coûté la vie.

— Et cette marée basse, très basse, on l'aura encore cette nuit?

— Oui.

Ils attendent dans l'herbe humide que le brouillard se lève. Turtle sent son visage brûler, elle voit la peau blanche et luisante de ses bras qui craquelle. Elle se couvre la tête avec sa chemise et observe la scène sous un pan du tissu. Le soleil est haut, légèrement au sud-ouest. La lumière scintille et se reflète sur l'océan. Turtle observe les alentours.

— Hé, lâche-t-elle. Tu as dit que tu avais trouvé une canette de soda?

— Ouais.

— Tu peux me l'apporter?

— Bien sûr.

Elle prend la canette de Sprite et entreprend de lustrer le fond concave et brillant avec un pan de sa chemise. Elle met un peu de terre sur son index humide et l'utilise pour polir le métal et le rendre brillant comme un miroir. Elle place la canette à l'envers dans le creux de son genou, dirigée vers le soleil. Puis elle récupère le nid de tissu et de petit bois qui n'a pas brûlé, le maintient au-dessus du miroir concave. Une perle de lumière brillante apparaît et vibre dans les mains tremblantes de Turtle, projetant des ronds éclatants et entremêlés, et elle approche les brindilles du miroir jusqu'à ce qu'une étincelle se mue en une minuscule lueur brûlante et blanche. Au bout d'un quart d'heure, le bois fume. Des braises rouges apparaissent entre les brindilles. Elle les soulève et souffle doucement pour aviver le feu. Elle pose le paquet enflammé dans l'herbe et ajoute les échardes récupérées sur les troncs de bois flotté.

— Putain, fait Jacob.

Elle affiche un immense sourire. Jacob traîne des branches depuis la crique avant que la marée ne les recouvre, et les coupe à l'aide du couteau Bowie. Elle lui montre comment enfoncer la lame à l'aide d'un marteau de fortune en bois flotté, utilisant le couteau en guise de coin à fendre. Jacob œuvre avec régularité, fend des troncs entiers en bûches, et quand le feu est assez grand, elle lui demande de remplir d'eau la canette de Sprite. Elle la relie à une bouteille en plastique à l'aide d'une longue tige creuse de varech, elle découpe un bulbe d'algue afin qu'il loge sur la canette. Elle pose la canette dans le feu. La vapeur s'élève par le tuyau souple et se condense dans la bouteille en plastique. Les premières gouttes sont salées. Puis l'eau est limpide. Ils restent allongés là à veiller sur le feu, absorbés par le spectacle méditatif du dessalement de l'eau.

— Tu verras, dit Jacob. Quand tu seras piégée, seule et apeurée, sur l'île morne et ventée de ton premier cours de littérature au lycée, brisée par les écueils de *La Lettre écarlate*, je te prendrai par la main et je te dirai : "N'aie crainte. La lune est gibbeuse et couleur de cire. Les déjections sont humides et dégagent des effluves de baies de manzanita." Et toi, tu n'en croiras pas tes yeux.

Turtle prend garde de n'afficher qu'un faible sourire.

— J'ai l'impression d'avoir des coups de soleil. De quoi j'ai l'air ?

Elle le regarde en plissant les yeux.

— C'est moche, hein ?

— Moche, ouais.

— Ce projet d'évasion a intérêt à fonctionner. Mon unité parentale s'attend à me voir rentrer de chez Brett lundi.

— Ils vont pas être furieux ?

— Si, sûrement. Quand ils verront ma tête. Ma mère va s'écrier : "Tu veux mourir d'un cancer de la peau ou quoi ?!"

— Mais tu seras en sécurité ?

Il rit. Puis il s'interrompt.

— Quoi ? demande-t-elle.

— Rien.

— Dis-moi.

Il se contente de secouer la tête. Ils dorment presque toute la journée. Ils alimentent le feu et boivent de l'eau par petits bouchons. L'océan avale la plage puis se retire. Des remparts de nuages vaporeux apparaissent à l'horizon, le soleil se couche derrière, pareil à un poing fermé, lointain et rouge sang.

— Tu crois que ton père a raison de nier le contrat social ? demande-t-il.

— J'en sais rien.

— Mais qu'est-ce que tu en penses ?

— Si ça finit par arriver, par arriver vraiment, la maison est indéfendable.

Jacob garde le silence. Au bout d'un long moment, il s'allonge près du feu et s'endort. Turtle, assise sur l'île, se sent au même niveau que le soleil couchant. La lune est suspendue à l'est, elle s'élève au-dessus du continent, d'un rouge dense et profond. Des vagues lie-de-vin affluent autour d'elle puis s'écoulent, suivent l'inclinaison du plateau continental, leur large dos voûté brillant, écarlate et pourpre. Elles s'écrasent contre les falaises, jaillissent et retombent en tourelles d'écume, aussi hautes que la lune. Turtle monte la garde dans le crépuscule, tandis que la lune grimpe dans le ciel.

Au cours de la nuit, dans l'obscurité, elle entend les prémices de la marée descendante signalées par les crissements et le ballottement des galets révélés à l'air libre. Jacob est plongé dans un sommeil exténué. Elle est assise en tailleur et attend la lune. Elle devra décrire son arc de cercle dans le ciel et entamer sa descente à l'ouest avant qu'ils ne puissent partir. L'épuisement monte et retombe dans son esprit, pareil à une marée, et elle pense, Reste immobile et observe et attends. Elle pense, Attends. Attends, espèce de connasse, et observe, et ne rate pas le bon moment. Elle pense, Au moins tu as ça : tu t'as toi-même, tu peux faire ce que tu veux de toi-même, Turtle. La lune rouge et vaporeuse tourne dans la nuit, et quand elle éclaire l'île à l'oblique depuis le sud-ouest, projetant une longue bande argentée sur l'eau, Turtle se lève et s'approche du bord. Des éperons rocheux jaillissent des fonds marins en longues diagonales humides et scintillantes dans le clair de lune. L'île ressemble à un château à l'extrémité d'une chaussée maritime, le côté face au continent bien trop à pic pour être escaladé, la face occidentale descendant jusqu'à la petite baie baignée d'eaux profondes. Elle réveille doucement Jacob en lui touchant le visage et en prononçant son nom. Ils descendent à la plage. L'île est entourée d'une vaste flaque noire. Le sable s'enfonce en pente douce dans l'eau froide et immobile. Jacob a peur. Les profondeurs émettent un infime scintillement. La surface est constellée des reflets de la voûte étoilée. Ils pataugent dans l'eau, main dans la main, tremblant de froid, puis ils se lâchent et plongent, nagent péniblement, tous les deux blessés. Jacob s'accroche, haletant, aux rochers suivants. Turtle commence à grimper derrière lui, s'arrête, se fige. Une crête de chair noire brise la surface, elle tend sa main valide et la pose sur un flanc écailleux. Il se retourne, s'enfonce dans l'eau, Turtle n'arrive pas à en estimer la taille. Elle attend, le flanc rejaillit à la surface, elle y pose la main, sent une force incroyable s'en dégager, un corps ferme et musclé sous les écailles. Jacob se tient sur le rocher derrière elle, il la regarde, et Turtle fait un pas en arrière dans l'eau. L'obscurité et la lumière de la lune décrivent des motifs changeants sur la surface.

— Turtle, l'avertit Jacob.

Elle contemple l'eau sombre. Elle fait un deuxième pas pour descendre du rocher, quelque chose lui frôle la jambe, quelque chose tourne autour d'elle, elle sent le passage du flanc écailleux – environ deux mètres, peut-être davantage.

— Qu'est-ce que tu fais ? demande-t-il.

Elle lève les yeux vers lui, comme délivrée d'un enchantement, et elle ressort de l'eau. Les rochers sont glissants et difficiles à escalader, aussi Turtle et Jacob restent-ils dans les passages sablonneux entre les éperons, enfoncés dans l'eau jusqu'aux hanches. De part et d'autre, des crabes évoluent au sommet des pitons, leurs silhouettes se dessinent contre le ciel bleu et noir, ils tournent prudemment, lèvent les pattes en l'air, cliquettent sur la roche. L'eau devient moins profonde, plus rocailleuse. Main dans la main, Turtle et Jacob avancent par à-coups, à tâtons, ils prennent garde aux oursins.

Il leur faut moins de vingt minutes pour atteindre une petite plage privée en contrebas de la maison du voisin de Turtle. Un escalier en séquoia traverse une vaste pelouse, des cyprès de Monterey, une grande fontaine décorée d'une sirène et éclairée par des lumières dans l'eau. Non loin, la demeure du voisin, avec ses immenses baies vitrées, une pièce vide, des canapés vides, une table, un rayon de lune pénètre dans la cuisine.

Ils longent une allée de graviers jusqu'à la grand-route, où une voiture solitaire ralentit en les doublant, le faisceau de ses phares balaye les brins de grande brize et de folle-avoine, les inonde de lumière, puis continue son chemin. Ils marchent en bordure de route, écoutent l'océan discret. Ils boitent dans l'allée de la maison de Turtle, évoluent dans l'herbe de la bande centrale entre les ornières, ils franchissent la porte, Jacob laisse des empreintes de talons ensanglantées sur les lattes du plancher. Ils dorment à même le sol dans sa chambre, sur des couvertures et sous son sac de couchage, accrochés l'un à l'autre, épuisés, ils se réveillent à chaque fois que l'un d'eux se relève pour boire, avalant à grandes goulées et soupirant tandis que l'eau humidifie sa gorge sèche, puis ils se lèvent et écoutent les craquements de la vieille maison.

19

JACOB les réveille tôt.

— Allez, allez, allez, dit-il en la poussant sur le sol où elle est étendue sur le ventre et proteste dans les couvertures. Allez, dit-il encore. Il faut qu'on te nettoie, qu'on te nourrisse, et il faut que je rentre chez moi. Allez, allez. T'es fébrile, je le vois bien. Mes parents vont bientôt rentrer de l'aéroport et, franchement, j'ai intérêt à être chez moi.

Il l'oblige à se lever. Il a préparé des pancakes à la farine d'avoine. Ils sont posés dans une assiette sur le plan de travail.

— Y a plus de courant, dit-il, mais je pense que tu le sais déjà. J'ai vérifié les œufs dans un verre d'eau, ils m'avaient l'air encore bons, sans être parfaits. Ça doit faire un moment que tu n'es pas allée faire des courses, hein ? Par contre, tu ne manques pas de denrées non-périssables.

Elle est assise sur une serviette dans la salle de bains, sa main gauche posée devant elle, recourbée et brisée comme un crabe abandonné dans le sable par la marée. Jacob a trouvé le kit de premiers secours sous l'évier, il a fait bouillir une casserole d'eau, il a disposé les éponges stériles, les seringues d'injection, les attelles et la gaze. Il lit les explications sur chaque éponge et chaque pommade, Turtle l'observe avec une incrédulité froide.

— OK. OK, dit-il en se frottant les mains pour se motiver.

Il enfile les gants en latex et entreprend de couper le tissu de la chemise pleine de sable qui constitue le bandage de fortune. L'auriculaire se dégage bientôt.

— Ouah, fait-il. Oh… OK. Bon. Ouah.

— Je vais bien, dit-elle malgré le thermomètre dans sa bouche.

Il retire le thermomètre et le regarde en fronçant les sourcils.

— Trente-sept cinq. Tu as de la fièvre.

— J'ai une température naturellement élevée.

Jacob a tartiné certains pancakes de beurre de cacahuète. Elle en prend un, le plie en deux et mord dedans.

— Trente-sept cinq, c'est pas une température normale.

— Hmm, dit-elle en prenant une autre bouchée. Pour moi, si.

— Il faut qu'on aille à l'hôpital, Turtle.

— Ils sont pas mauvais, ces pancakes.

Jacob remplit une seringue dans la casserole en cuivre pleine d'eau savonneuse, et il nettoie la plaie. L'eau rougeâtre s'écoule dans la bassine.

— Bon… Qu'est-ce que tu as contre les hôpitaux ?

— Mon papa ne les aime pas.

— Il est où ?

De sa main valide, elle prend un autre pancake.

— Donc Marlow ne l'a pas encore retrouvé, constate-t-il. Et tu as peur que les services de protection des mineurs t'embarquent s'ils l'apprennent.

Elle n'a rien à répondre à ça. Il y a un peu trop de beurre de cacahuète sur son pancake et elle a du mal à le manger. Elle mâche longuement.

— Peut-être qu'ils feraient mieux de t'embarquer.

— Tu ne le penses pas vraiment, dit-elle après avoir héroïquement dégluti.

— Non. Je pense que le système est totalement pourri et kafkaïen. Je pense qu'il vaut mieux ne pas en faire partie. Mais je pense par contre qu'il te faut un docteur.

— Pas de docteur, rétorque-t-elle.

— S'il y a bien une personne en qui j'ai confiance pour prendre les bonnes décisions, c'est toi. Mais s'il te plaît… Turtle. Il faut qu'on aille à l'hôpital.

— Non.

— Je t'en supplie.

Elle garde le silence.

— Je t'en *supplie*.

Il n'y a rien à dire.

— La totalité inconditionnelle de ta confiance en moi...
ça n'a aucune importance à tes yeux?

Elle ne dit rien.

— Tu connais Bethany? demande-t-il. Ses parents
prennent de la meth. Alors Will, le prof de philo au lycée, il
l'a hébergée et elle a vécu chez lui un moment, et maintenant
elle habite dans Little Lake Road avec une copine du lycée.
C'est Mendocino tout craché, ça. Tout le monde déteste le
système en place. La moitié d'entre nous cultive, et l'autre
moitié est constituée de vieux hippies, non? Et puis il y a les
gens comme mes parents, des greffons de la Silicon Valley qui
croient aux bénéfices des services sociaux, mais qui déplorent
les aberrations de leur bureaucratie stagnante et leurs manques
de fonds, et qui voudraient les voir gérés par Google et finan-
cés par les Scandinaves. Ce que je cherche à te dire, c'est que
personne ne va te dénoncer. Personne ne veut te voir échouer
dans une institution fédérale ou nationale. Les gens prendront
soin de toi. Caroline le ferait, en un clin d'œil. Mes parents
aussi. Ce que je veux te dire, c'est qu'il nous suffit d'appeler
Will, c'est le prof dont je te parlais – ou merde, n'importe quel
prof, s'il y en a un en qui tu as confiance –, et ils t'emmèneront
à l'hôpital, et ils diront au docteur que tu es leur élève, personne n'appellera l'assistance sociale. Tu entreras et tu sortiras
de l'hôpital sans souci.

— Et ils me laisseront revenir ici?

Jacob hésite.

— Je ne veux pas m'éloigner de mon papa, dit-elle. Et je
ne pense pas qu'il l'autoriserait, de toute façon.

— Il faut que tu t'en ailles, Turtle.

— C'est mon papa.

— C'est une histoire assez grave que tu m'as racontée.

— Pas si grave que ça.

— Tu pourrais la raconter à n'importe quel prof et tu serais libérée de tout ça.

Elle garde le silence.

— Tu pourrais la raconter à n'importe quel prof, et en *une seconde*, tu vivrais avec moi, tu décocherais des regards cinglants à ma sœur chaque soir pendant le dîner, tu en apprendrais plus sur le vin et tu écouterais les récits *fascinants* de mon père sur ses voyages à Lehi dans l'Utah – où il y a toujours des histoires tragiques et captivantes dans le domaine de l'analyse des défauts des wafers en silicone, associées à des romances de bureau, des ingénieurs en chimie à la moralité douteuse, tu vois, des histoires très complexes sur tel ou tel détail qui a empêché de détecter une erreur quelconque. On a une chambre pour toi, et Isobel te paierait pour l'aider dans son studio. C'est plutôt pas mal, non?

Elle se mord la lèvre.

— Il aurait pu te faire très mal.

— Il ne l'a pas fait, réplique-t-elle. Il ne le fera jamais.

— Je pense que si.

— Tu sais pas de quoi tu parles, putain. Il ne veut pas me faire mal. Il m'aime plus que la vie elle-même. Il n'est pas toujours parfait. Parfois, il n'est pas vraiment l'homme qu'il voudrait être. Mais il m'aime comme personne n'a jamais été aimé. Je pense que ça compte plus que tout.

— Il n'est pas toujours parfait? répète Jacob. Turtle, ton père est un immense, un titanesque, un colossal enfoiré, un des pires qui aient jamais vogué sur les mers de verveine citron, un enfoiré de première dont les profondeurs et l'ampleur de l'enfoiritude dépassent l'entendement et défient l'imagination. Même si, bien sûr, Marc Aurèle a dit qu'il ne faut pas détester ceux qui nous ont blessés. Il dit qu'on doit comprendre qu'ils agissent par ignorance, contre leur propre volonté, presque, et que vous serez tous les deux morts d'ici peu, et que cette personne ne t'a pas vraiment blessée parce qu'elle ne t'a pas privée de ta liberté de choix. Et je crois qu'il a raison. Tu n'es pas obligée de le détester. Mais tu devrais véritablement, franchement, envisager de partir d'ici. Je veux dire, aller à l'hôpital pour commencer. Parce que seul un sociopathe narcissique t'empêcherait d'aller voir un docteur, dans la situation actuelle. Une personne qui se préoccuperait de toi, ce serait sa priorité numéro un si elle voyait ce que je vois en ce moment. N'importe qui dirait: "Putain, ma fille souffre, elle a des fractures multiples à trois doigts, on va à l'hôpital direct." Il a terminé avec son auriculaire, il le badigeonne de pommade antibiotique et l'enveloppe dans une bande de gaze. Puis il cale l'attelle en aluminium et la scotche. Il la regarde.

— Doigt suivant, dit-il. Prête?

— Tu ne sais pas de quoi tu parles.

— Je crois que j'ai une petite idée, si.

— Non.

Il coupe le bandage de fortune et met à jour l'annulaire gauche enflé, l'ongle noir. À l'aide de la seringue d'injection, il envoie un fin jet d'eau et, à leur grande surprise, l'ongle se soulève du doigt, tout juste maintenu par quelques infimes lambeaux de chair.

— Putain de fils de pute de putain de pute, dit Turtle.

— Qu'est-ce que tu veux que je fasse?

— Arrache-le.

— Mince, non, je peux pas l'arracher.

— Arrache-moi cette saloperie.

Il attrape l'ongle avec une pince, le retire à l'aide de ciseaux chirurgicaux, et il le laisse tomber dans l'eau.

— Fils de pute, dit-elle.

— Continue à parler. Je crois que parler aide un peu.

— Putain, fait Turtle. Putain, putain, putain.

— Parfait. Maintenant, essaie de faire des phrases.

— Tu ne le connais pas.

— Turtle. Ça m'a l'air vraiment mal en point.

— Jacob, tu ne l'as rencontré qu'une seule fois, et très brièvement.

— Tu veux dire quand Caroline t'a déposée?

— Évidemment que je parle de cette fois-là. De quoi tu parles, toi?

Il scotche la dernière attelle.

— Je m'attendais à voir jaillir tes os, mais je crois que les fractures ne sont pas ouvertes et que les entailles sont superficielles. C'est une bonne nouvelle. Je crois. J'en sais rien. Mais tu sais qui pourrait nous le dire? Un *docteur*.

— Jacob... Est-ce que tu l'as croisé une deuxième fois?

— C'est bon pour tes mains. Maintenant, fais-moi voir ton dos.

— Jacob?

Elle essaie de passer son T-shirt au-dessus de sa tête, mais il lui colle à la peau. Elle grimace et s'allonge sur la serviette. Jacob prend les ciseaux de premiers secours et entreprend de couper le tissu. Il découpe depuis l'ourlet jusqu'au col, il essaie de le soulever mais le coton adhère aux parties ensanglantées, et il prend son temps, il humidifie la peau pour ramollir les croûtes, puis il tire doucement.

— Il faut absolument que tu ailles à l'hôpital. Le tissu s'est enfoncé dans les plaies.

— Tu ne lui as jamais parlé, en plus.

— Si, je lui ai parlé. Il ne te l'a jamais dit? Je suis venu chez toi à pied depuis Mendocino après les cours. Ton père était sur le porche, il buvait une bière et lisait Descartes. Je suis monté et je lui ai dit que je te cherchais.

Turtle garde le silence.

— Il m'a répondu que tu étais partie chez ton grand-père, et je lui ai posé des questions sur Descartes, et il m'a dit qu'il lisait un texte sur les preuves ontologiques de l'existence de Dieu. Il avait un point de vue étrange et intéressant sur la preuve...

— C'était quand?

— Un peu après qu'on s'est rencontrés. Fin avril. Début mai. Dans ces eaux-là. Le bal de fin d'année approchait et je pensais...

— Tu lui as dit ton nom?

— Oui.

— Il t'a demandé de l'épeler?

— Certaines de ces plaies sont profondes, Turtle.

— Il t'a demandé où tu habitais?

— Oui.

— Pourquoi tu ne m'en as pas parlé plus tôt?

— Tu as eu des problèmes à cause de ça?

— Non, dit-elle.

— Tes blessures sont vraiment moches, Turtle. Comment... Comment tu as pu ne pas me dire à quel point tu avais mal?

Elle reste étendue au sol et le laisse humidifier les blessures et extraire les éclats de coquilles. Fin avril, pense-t-elle. Début mai. C'était à peu près à l'époque où elle passait du temps avec Papy, quand il lui avait expliqué comment demander une robe. Jacob était mal tombé. Et elle aussi. Elle n'arrive presque pas à y croire. Jacob arrache de longues bandes de coton sur les blessures de son dos. Elle pense, Il est venu ici et il a parlé avec Martin et je ne l'ai jamais su. Bon Dieu, pense-t-elle.

Après le départ de Jacob, elle retourne dans la chambre de Martin, ramasse l'annuaire téléphonique. Elle trouve une unique page cornée. Il y a des Larner et des Lerner, mais une seule famille Learner. LEARNER, BRANDON & ISOBEL, 266 SEA URCHIN DRIVE. Les coordonnées sont marquées d'une croix, un seul coup de stylo bleu dans la marge. Turtle reste plantée là, l'annuaire à la main. Jacob a discuté avec Martin. Il lui avait parlé, le jour même où Papy avait expliqué à Turtle comment demander une robe pour le bal. Peut-être que Jacob avait évoqué le bal devant Martin. Et quand elle en avait parlé avec lui, Martin avait compris, mais il avait fait semblant de ne pas comprendre. Il avait attendu un signe de sa part. Il était monté dans sa chambre, elle s'était débattue entre ses mains. Il avait pris cela très sérieusement, putain, et il avait eu l'air si clairvoyant. Elle avait été si surprise, étendue dans la boue du jardin, et Martin qui abattait le tisonnier en fer, encore et encore. Elle avait eu l'impression qu'il lisait dans son cœur,

GABRIEL TALLENT

mais non, il était simplement au courant. Il avait croisé Jacob, il lui avait parlé, et il le lui avait caché. Papy voulait qu'elle aille au bal. Jacob parle à Martin, Martin comprend, et quand Turtle hésite, quand elle recule, il sait exactement quoi faire. Et puis la pêche au crabe dans la mare résiduelle de Buckhorn Cove. La mort de Papy. La disparition de Martin. Et tout ça à cause de quoi ? pense-t-elle. D'un garçon, pense-t-elle. Non, pense-t-elle, en songeant à ce que représente un garçon.

Turtle longe le couloir et descend à la cave. Elle ouvre les placards et sort le flacon qu'elle connaît le mieux, SMZ/TMP. Elle regarde le médicament. Elle a déjà pris du sulfamethoxazole/trimethoprim à usage vétérinaire, pour des infections urinaires. Elle le regarde. Elle n'arrive pas vraiment à réaliser ce qui s'est passé. La marque bleue de Martin près de l'adresse, c'était à son intention. Elle sait ce que cela signifie : si tu ne peux pas être contrôlée, il s'en chargera. Jacob n'a aucune importance pour lui ; mais les doutes de Turtle, ses errements – ça, c'est réel. Elle saisit le papier où Martin a écrit ses commentaires au sujet du flacon de SMZ/TMP. Elle le lit pour la troisième fois. Elle avale trois comprimés de 80 mg. Elle en prendra deux fois par jour. Puis elle descend la boîte de Levaquin. Martin y a inscrit : INHALATIONS D'ANTHRAX 500 MG 60 JR ; PR PESTE NOIRE, SINON 250-750 MG/24 H. Elle brise la pellicule d'aluminium et sort les comprimés rouges de 250 mg dans leur bulle ovale en plastique, elle en avale deux. Elle remonte l'escalier avec les antibiotiques. Tu ne peux plus revoir Jacob, pense-t-elle. Tu ne peux pas l'impliquer dans tout ça, tu ne peux pas risquer de le blesser. Son grand-père est mort à cause d'une telle erreur. Et maintenant, Jacob veut qu'elle parte. Tout ça est inutile. Toutes ces discussions, les arguments de Jacob, ses cogitations à elle, tout est inutile, et ce qui importe est déjà profondément ancré en elle, et ça ne changera pas, et personne ne la persuadera du contraire. Elle étend une couverture devant la cheminée et s'allonge sur le ventre. Les pensées remontent à la surface de son esprit comme des bulles. Elle regarde son auriculaire dans le bandage et l'attelle en aluminium, il vibre au rythme des battements de son cœur, son dos pareil à une éponge à demi pourrie qui absorbe douloureusement l'eau chaude. Elle pense, Quand il a compris, quand il a eu la preuve qu'elle ne faisait qu'y penser, qu'elle hésitait, il l'avait plaquée sur le sol boueux. Elle se souvient de son impuissance. Elle avait alors saisi l'ampleur de son sérieux. Elle pense, Tu ne peux pas protéger Jacob. Puis elle pense, Non, la vérité, c'est que tu peux, mais tu ne veux pas. À son réveil, elle se lève et mange les pancakes de Jacob dans l'assiette. Elle avale les comprimés, boit un verre d'eau. Par la fenêtre, le soleil envahit la maison et elle s'accoude au plan de travail, elle regarde tournoyer les flocons de poussière, chaque flocon laissant une trace floue dans son sillage comme une comète. Elle va dans la salle de bains, s'assied contre le mur, le thermomètre dans la bouche, et quand elle le consulte, sa température est encore à trente-sept cinq. Elle porte son poing à son front. Tout va bien, Turtle, pense-t-elle. Tu es juste épuisée.

Elle prend les antibiotiques aussi régulièrement que possible. Le matin, elle se prépare un thé aux orties et sort sur le porche avec sa tasse pour contempler l'océan. Plusieurs fois par semaine, Jacob passe avec des sacs en papier regorgeant de nourriture, il les porte sous ses bras et pendus à ses poignets, et Turtle, assise en tailleur sur le sol devant la cheminée, les mains autour d'une tasse de thé, lève les yeux vers lui et l'admire. La première fois, c'était un ou deux jours après leur retour, et il lui avait annoncé :

— Mes parents ont flippé quand ils ont vu mon visage ! T'aurais dû voir leur tête ! Ils étaient là, genre, "Mais qu'eeeest-ce qui t'eeeest aaaaaaarriiiiivé ?!" Et j'ai dit que j'avais été emporté par le courant et que tu étais venue me sauver, et ma mère a dit : "C'est très dangereux de se jeter à l'eau pour sauver quelqu'un qui se noie." Et j'ai dit que tu n'avais pas peur du danger, mais que le danger avait peur de toi, et ils m'ont demandé où était Brett dans l'histoire, et j'ai dit qu'il avait été emporté par le courant lui aussi, mais qu'il avait sa bouteille d'Easy Cheese et qu'il avait simplement appuyé sur le bouton du vaporisateur et qu'il avait été projeté jusqu'au rivage.

— Alors tu as menti, constate Turtle.

— J'ai raconté toute l'histoire à Brett au téléphone. Il était dégoûté! Il était là, genre, "Mais je rate toujours les bons moments!" Je lui ai raconté comment on a été emportés par le courant, et quel effet ça faisait de faire l'amour violemment avec un troupeau de rhinocéros orgiaque dans une piscine remplie de verre brisé, et comment tu as réussi à démarrer un feu rien qu'en scrutant méchamment le fond d'une canette en aluminium jusqu'à ce que le miroir parabolique amplifie ton immense force de caractère, qu'il la transforme en une étincelle de pure rage turtlesque qui aurait pu embraser n'importe quoi, même le cœur des lycéens sans méfiance.

— Et qu'est-ce qu'il a répondu?

— Il a été obligé d'admettre que c'était possible.

— Je préférerais que tu évites de mentir.

— Et puis j'ai raconté comment tu as attendu l'obscurité la plus totale de la deuxième nuit, juste avant l'aube, et alors que la lune frôlait l'horizon, tu as écarté les bras et tu as ordonné à l'océan de s'ouvrir, et les flots se sont écartés aussi vite et aussi largement que les cuisses de sa mère, et on a arpenté le fond de l'océan tandis que les monstres marins se prélassaient dans les flaques et t'appelaient de leurs chants de sirène, et comment tu avais envie de descendre les rejoindre dans la pénombre, mais que je t'avais prise par la main pour t'entraîner avec moi. J'ai l'impression qu'il ne m'a pas cru.

Quand son dos a cicatrisé en épaisses croûtes roses, elle va faire des courses avec la famille de Jacob, affalée et mal à l'aise devant les vitrines des magasins tandis qu'Isobel choisit des robes d'été et dit : "Oh, mais ça t'irait *tellement* bien! Oh, mais tu as une silhouette idéale pour porter des robes. Oh, regarde celle-ci! Oh, s'il te plaît, s'il te plaît, Turtle! Je t'offrirai une glace! N'importe quoi!" Et Turtle masse ses doigts douloureux tandis qu'Isobel se tourne vers Jacob : "Jacob, dis-lui de l'essayer!" Et Jacob lève les mains et réplique: "Je n'ai aucun pouvoir sur elle, et si j'en avais, je ne le gâcherais pas à lui faire essayer des vêtements." Et Imogen lâche: "Je sais pour quoi tu l'utiliserais." Et Isobel s'écrie: "Imogen!"

Et plus tard, alors qu'ils passent d'une boutique à l'autre, Imogen annonce:

— Je l'emmène à Understuff. Besta a besoin d'un soutif.

— Non, fais pas ça, dit Jacob.

— Si, je le fais, abruti.

— Je suis pas un abruti.

— Les réseaux sociaux censureront toutes ses photos, elle n'aura pas d'amis et elle mourra seule, à boire du vin en cubi, et sa centaine de chats lui sauteront dessus pour lui dévorer le visage. C'est vraiment ce que tu veux, Jacob?

— Hein? fait Turtle.

Pour finir, Turtle est dans la cabine d'essayage d'une boutique de lingerie. Tout semble si chic. La cabine est trop vaste et la moquette trop étrange. Des pans de soie agrémentent les murs. Imogen et Isobel lui lancent des soutiens-gorge par-dessus la porte, et Turtle reste là et les pose sur la chaise tandis qu'elles lui décrivent la façon dont le sous-vêtement devrait être porté. Elle retire son T-shirt, n'arrive pas à défaire les agrafes. Sa main gauche est encore maladroite. Elle est gênée que les deux femmes puissent voir son dos blessé. Elle n'aime pas son long visage laid dans le miroir. Elle a des pommettes saillantes et des yeux plissés. Ses longs cheveux blonds ont une texture épaisse et indomptable pareille à une fourrure, ponctuée de quelques dreads. Elle reste là, grimaçante et revêche. Dehors, elle entend Imogen et Isobel qui s'adressent à Jacob, et Jacob qui leur répond: "Elle est *timide*, d'accord?" Elle demeure figée dans la cabine d'essayage. Elle soulève le soutien-gorge. Rien de tout ceci n'a d'importance, pense-t-elle. Elles se préoccupent de choses futiles, elles ne comprennent pas de quoi il s'agit, elles ne voient pas l'essentiel. Elle pense, Si c'est ça que possèdent les autres, alors je ne les envie pas.

Quand Isobel toque enfin à la porte, elle crie :
— Une minute !

Seule dans sa maison sans âge, elle attend près du feu avec une lampe à huile, elle contemple les flammes, elle écoute le vent, elle imagine les tiges du mûrier s'insinuer entre les lattes du plancher et envelopper ses épaules de leurs feuilles vertes. Chaque jour est agréable, et chaque jour pourrait être le dernier, bien qu'elle ait l'impression qu'il ne reviendra jamais. Sa vie pourrait ressembler à ça. Chaque jour, elle retarde le moment d'en parler à Jacob. Elle a conscience que c'est mal, et que c'est égoïste. Mais c'est le même mal, le même égoïsme depuis qu'elle a rencontré les garçons au-dessus de l'Albion. Elle a toujours su que cela les mettait en danger. Elle se sent presque rassurée, de savoir ce qu'elle doit faire mais de ne pas le faire pour autant. Elle masse ses cicatrices roses avec de l'huile d'olive. Sa joie est totale, sans horizon précis. Elle s'agglutine en strates sous sa peau et emplit totalement ses pores. Turtle dort blottie dans des couvertures devant le feu. Un soir, ses seins sont douloureux et tendus, elle se lève et va s'asseoir sur les toilettes, et en baissant les yeux, elle voit une tache de sang se dissoudre dans la cuvette. Elle touche sa chatte du bout des doigts, les inspecte, trempés par sa ménarche. Elle les glisse dans sa bouche, les suce, elle porte son poing à son front et pleure pour elle, pour Martin. C'est la fin de quelque chose. Elle est trop mince, son corps a eu trop peu de ressources. Elle se penche sur ses genoux nus et sanglote. Elle ne veut pas que les choses changent. Elle ne veut rien perdre.

— Tu me fais grossir, dit-elle à Jacob le lendemain.

Il sourit, range les provisions dans les placards. Il est insouciant. Il pense qu'elle plaisante. Il pense qu'ils continueront à vivre ainsi pour toujours. Il a hâte de l'aider à postuler à l'université. Il est dans sa cuisine, les ingrédients étalés sur le plan de travail, un morceau d'agneau baigné de sang sur une planche à découper, la cocotte chauffe sur le poêle, il épluche des gousses d'ail, les écrase avec le plat d'un couteau, les hache avec une facilité et une compétence domestique sereine qui est si étrangère à Turtle, une sorte de miracle. Il dit :

— Je suis amoureux de George Eliot ! Mon Dieu ! *Middlemarch* ! Quel putain de livre ! Non mais quel livre… Elle a un style si incroyable, affirmé et *généreux*. Sa façon d'écrire, je voudrais que mes lettres au Congrès ressemblent à ça, tu vois ?

Elle l'observe, elle imagine Isobel lui expliquer comment faire, un verre de vin sur le plan de travail, et toute la famille rassemblée, Isobel et Jacob et Brandon et Imogen, dans la cuisine à confectionner un repas ensemble, un plat que Jacob lui prépare en cet instant, et Turtle contemple le calme patient avec lequel il évolue dans la cuisine, un héritage d'amour. Quand Jacob est là, avec elle, son désir de le toucher grandit, devient une sorte de besoin, et elle laisse chaque instant de besoin s'écouler en elle, elle reste assise en tailleur près de lui, incapable de faire autre chose que de le regarder jusqu'à réussir à surmonter cet instant insoutenable par la simple force de son inactivité. Après le départ de Jacob, elle contemple les flammes dans l'âtre, elle tombe amoureuse de ce sentiment de désir impossible à satisfaire, et parfois, sur les couvertures devant la cheminée, elle repense à une de ses phrases et elle sourit, et elle s'allonge sur le dos sans cesser de sourire.

Elle trouve le bonheur juste à la lisière de l'insoutenable. Elle sait que cela ne durera pas et elle pense, N'oublie jamais, Turtle, comment c'était, ici, en son absence. Tu dois t'accrocher de toutes tes forces à ce sentiment, à quel point il est bon. Souviens-toi comme tout semblait propre et agréable. Aucune pourriture dans tout ça. Mais aussi, pense-t-elle, à quel point c'était dur. Rien n'est plus difficile que le contact permanent et incessant avec ton propre esprit. Elle pense, Est-ce que c'est grave que ce soit si difficile ? Peu importe. Ça vaut toujours mieux que le reste. Turtle Alveston, acceptez-vous ce néant, et ce vide, et cette solitude ? Elle pense, Acceptez-vous toutes ces nuits en solitaire, et acceptez-vous de n'avoir que ça, et rien que ça, pour le restant de vos jours ?

20

Un matin, elle descend à Buckhorn Beach avec un sac de petites pommes acides du verger. Elle est assise sur l'embranchement d'un tronc de bois flotté. La marée est basse et la baie est agitée. Le vent souffle fort depuis le nord et soulève des volutes de sable hautes de trente centimètres qui en dévoilent chaque courant. Des mouettes se blottissent dans les recoins des falaises au nord. Là où les troncs ont dérivé face aux bourrasques, des bancs de sable s'amassent à contrevent, épousant la silhouette des troncs. Un sifflement constant et grinçant se fait entendre.

Derrière chaque tas de varech, le vent dessine un V et laisse une indentation où s'accumulent des copeaux d'écorce et des morceaux d'herbe marine séchée, qui tournent et s'affalent, se roulent en boule. Parfois, de longues tiges d'algue ou des bouts de bois flotté tourbillonnent dans les flots et s'envolent au-dessus de la crique en direction du sud. Elle regarde l'autre extrémité de la plage, et Martin marche vers elle, dans ses chaussures militaires, son jean 501 et sa chemise à carreaux, il protège ses yeux du vent, les rafales plaquent le tissu à son torse. Des rayons de lumière tombent derrière lui. La grève est bleutée, les falaises marron-gris, et à chaque enjambée, Martin soulève des paquets de sable dans le vent. Il arrive à une dizaine de mètres d'elle, il écarte les bras, sa présence est une terrible intrusion, et elle aime ça chez lui, elle reste assise à l'observer, le vent agite ses longs cheveux autour de son grand et beau visage, ses épaules sont plus larges et il est plus immense que jamais. Elle se lève, époussette le sable de ses fesses et se blottit dans ses bras. Il sent le cigare et l'huile de moteur. Ils restent là, enlacés. Puis Martin la prend par le bras, et tout est comme avant. Il l'entraîne loin de la plage, ils suivent le sentier de terre qui grimpe sur le promontoire. Le pick-up est garé en bordure de route, en bas de l'allée.

Il s'engage sur la route et roule vers la ville, il passe les vitesses avec imprudence, il prend les virages trop large et sort de sa voie, il tourne la tête vers elle, se mord la lèvre inférieure. Un AR-15 à canon court est posé sur le plancher, appuyé au siège en vinyle. Une partie a été limée à la main pour en faire une arme automatique. Les orifices d'évacuation dans le canon à nu sont maculés de crasse. Elle s'assied à côté du fusil, à côté de Martin, et elle pense à ces moments de solitude qui lui ont procuré tant de plaisir, qui ont empli ses pores, mais qui se sont avérés si douloureux, si insoutenables qu'elle ne les choisirait pas si un tel choix était possible. Dans l'habitacle fermé, elle respire son odeur, elle le sent investi d'un poids terrible, une présence comme un puits profond à côté d'elle dans le pick-up, dégageant un parfum sucré d'huile WD-40 et de mauvais cigares écrasés dans le cendrier.

— Croquette, dit-il. J'ai merdé. Bon Dieu, je le sais.

Mâchoire serrée. Il conduit trop vite, trop imprudemment, mais il est concentré, il passe les vitesses, enfonce l'accélérateur, double une voiture dans un virage sans visibilité, le rugissement du moteur, retour sur la voie de droite, passage de vitesse, il attend, il la regarde d'un air presque furieux, puis il pose les yeux sur la route, il agrippe le volant et le levier de vitesse, un autre coup d'œil vers elle, un sourire en coin, plein de regret, Turtle l'aperçoit dans la périphérie de son champ de vision, juste à côté d'elle, il absorbe toute son attention, puis il dit :

— Putain, c'est pas de ta faute. C'était... Bon Dieu, tu te souviens de l'air qu'il avait ?

— Non, dit Turtle.

— Un air de stupeur. Un air de stupeur. Tu t'en souviens ?

— Non.

— Tu lui ressembles. Tu le sais ?

Elle scrute droit devant elle, les falaises, les rambardes de sécurité, l'immense océan bleu scintillant, un lit de varech. Puis le promontoire s'avance vers l'ouest, l'océan est caché par les maisons, les hôtels et leurs enseignes en bois suspendues, les clôtures en séquoia, les vieux cyprès majestueux. Il rétrograde, gravit une colline qui longe un bosquet d'eucalyptus, lui lance un regard.

— J'ai perdu la tête, Croquette. *Complètement* perdu la tête. Cette expression dans son regard, bon Dieu, cette expression. Je la revois encore. C'était douloureux, d'après le docteur, douloureux et rapide, mais c'est pas l'impression que ça donnait. Il avait l'air de comprendre quelque chose, et pas quelque chose de positif, Croquette, pas quelque chose de positif, plutôt quelque chose comme... J'ai ressassé ça une centaine de fois. Un millier de fois, et plus encore, et je ne sais pas ce que je peux en tirer. C'était mon *père*, et il a levé les yeux vers moi, et il a dû éprouver quelque chose, cette sensation insondable et unique qu'on doit éprouver à être aspiré par un néant obscur sans dieu, et c'est... Bon sang, Croquette. Je l'ai regardé mourir. Je l'ai tué, Croquette. Si j'avais géré la situation différemment... Si je lui avais parlé autrement, plus gentiment.

Turtle n'arrive toujours pas à regarder son visage, ses mains serrent et desserrent le volant, il est concentré sur le levier de vitesse, son large Levi's aux cuisses tachées, les déchirures dans le vinyle, le rembourrage jaune, les ressorts rouillés, les tapis en caoutchouc brun, les aiguilles de pin dans les irrégularités du plancher et les plis des tapis. Il la regarde et dit :

— J'ai perdu la tête et je suis parti, et putain, Croquette. Enfin quoi... Malgré tout le mépris que j'éprouvais à son égard, malgré tout le mépris que j'éprouvais pour ses échecs... Je suis *parti*. Avec mon vieux... Il n'a eu qu'une seule chance avec moi, je crois. Je ne lui ai accordé qu'une seule chance. Je n'ai jamais compris... qui il était. Je ne crois pas qu'il m'aimait, ou s'il m'aimait, c'était d'une façon très inadaptée. Toutes les erreurs qu'il a commises, je les ai retenues contre lui et je me disais toujours, Je ne commettrai jamais les mêmes erreurs. Sa vie n'est pas la mienne, et les erreurs qu'il a commises, il les a faites parce qu'il était lâche et impitoyable, un type minable, indécis, impatient, un bigot débordant de haine... Croquette, tout ce que mon père a pu être... Un enfoiré, un fils de pute alcoolique, un assassin. Et moi, j'étais jeune et je n'avais pas la moindre compassion, et j'étais déterminé à ne jamais *jamais* commettre les mêmes erreurs que lui. Je voulais désavouer tout ce qu'il était, et pire encore, j'étais convaincu d'y arriver. Aucun salut possible – je n'étais pas comme toi, Croquette, parce que malgré tous ses échecs, malgré toutes les erreurs qu'il a faites jusqu'à la fin, c'est vers toi qu'il s'est tourné, il s'inquiétait pour toi, il était prêt à tout te donner, et moi, j'étais où ?

Elle regarde son épaule, le tissu à carreaux, sa ceinture, son couteau Daniel Winkler, le siège, le cendrier, la route devant eux, puis vers le haut, sa mâchoire que la colère agite de gauche à droite.

— J'avais peur et j'ai *merdé*, et je ne sais pas comment... Bon Dieu ! Comment j'ai pu devenir l'homme que je suis aujourd'hui, bloqué dans mes convictions, effrayé comme il l'était, buté comme il l'était, incapable du moindre compromis *comme il l'était*, et je déteste tout ça, je n'ai jamais voulu être ce genre d'homme, et je pensais... Putain ! Je l'ai vu descendre vers cette obscurité sans dieu, et je t'ai vue... je t'ai vue, et tu sais ce que tu es ? La seule chose numineuse et sacrée dans ce monde sombre et profane, et sans toi, tout n'est que nihilisme. Tu comprends ?

Il la dévisage. Elle contemple l'océan, contemple les fétuques rouges balayées par le vent sur le promontoire. Non, pense-t-elle. Non, ça ne peut pas être la conclusion, je ne suis pas comme toi. C'est impossible. Ces parties de toi que je rejette, je les rejetterai pour toujours, et je ne découvrirai pas au final que je suis comme toi. Elle joint les mains et les glisse entre ses cuisses, elle les bloque là.

Ils prennent le petit déjeuner sur la terrasse de la MacCallum House qui surplombe la baie ventée de Mendocino. Le serveur apporte des burritos surmontés d'œufs de saumon et garnis de fleurs de capucine et de pousses de pois. Le visage de Martin affiche une expression qu'elle n'arrive pas à déchiffrer et qu'elle est incapable d'interpréter dans son propre esprit. Il tient sa fourchette dans une main, son couteau dans l'autre, ses avant-bras sur la table, il se penche vers elle, il focalise son attention sur elle et il dit :

— Regarde-toi un peu. Bon Dieu.

Elle ne répond rien.

Les femmes à côté d'eux portent des robes d'été ; les hommes sont en chemises blanches. Turtle ne sait pas s'il s'agit de touristes ou de greffons de la Silicon Valley qui possèdent des maisons secondaires ici. Martin n'a d'attention que pour elle. Turtle porte des vieilles chaussures militaires, un treillis kaki, un soutien-gorge de sport noir et un débardeur. Le vent ne cesse de souffler des mèches de cheveux devant son visage, qui se collent à ses lèvres. Martin l'examine comme un homme qui scruterait l'intérieur de sa bouche en quête d'aphtes.

— Vas-y, dit-il. Goûte ton burrito.

Elle prend sa fourchette, observe le tas d'œufs orange.

— Tu es la plus belle personne qui soit, dit-il. Voilà ce que je pense. Tout est parfait en toi, Croquette. Chaque détail. Tu es l'idéal platonique de toi-même. Chaque imperfection, chaque cicatrice est l'élaboration inimitable de ta beauté et de ton côté indomptable. Tu ressembles à une naïade. Tu ressembles à une fille élevée par les loups. Tu le sais ?

Elle coupe son burrito, elle étale ses frites maison et ses œufs brouillés, elle les pousse dans son assiette avec les dents du couteau.

— Tu as entendu parler d'Actéon ?

— Non, dit-elle.

— Actéon est un jeune chasseur qui s'aventure dans une forêt, et qui s'approche d'un étang où se baignent une déesse vierge et ses servantes.

295

Il regarde l'océan, il se mord la lèvre, puis il la regarde, le visage illuminé de plaisir, et il pousse un soupir par le nez, exprimant sa satisfaction.

— Artémis, cette connasse. Artémis. Pour le punir de l'avoir ainsi surprise, Artémis transforme Actéon en cerf, et il est pourchassé et déchiqueté par ses propres chiens. Bon Dieu; tu dois être le portrait craché d'Artémis. Donne ta main.

Elle se penche en avant, il lui prend la main, la serre dans la sienne.

— Bon sang, c'est si bon de te voir. Bon sang, c'est si bon.

Turtle attend qu'il remarque ses doigts cassés, mais il ne voit rien. De son pouce, il masse la chair de sa paume, il la dévisage attentivement de ses yeux bleus, les iris mêlés de filets blancs, ses épais cheveux noirs tirés en queue-de-cheval, ébouriffés mais un peu dégarnis, la peau de son cuir chevelu visible, les rides dans la chair autour de ses yeux pareilles à du bois fendu, de profonds cernes sous ses yeux, un homme large mais plus petit, diminué et voûté, sa présence physique dégageant toujours une gravité immense et si particulière, mais moins stupéfiante, comme s'il se retirait à l'intérieur de lui-même, plus tout à fait le genre d'homme qui pouvait se dresser sur le seuil d'une porte et en masquer la totalité par la largeur de sa carrure. Ils attendent, il lui caresse la main et l'observe, et elle ignore ce qu'il lit sur son visage, mais il reste là à la toiser, et cela semble le peiner, et il tourne le regard vers l'océan, et elle le voit qui rassemble toute sa patience, elle le voit qui essaie de se raisonner, elle le voit se répéter, *Accorde-lui une petite minute*, puis il pose à nouveau son regard sur elle et dit:

— Croquette?

— Ouais?

Elle pense, Tu vas avoir confiance en ta propre discipline, en ton courage, et tu n'y renonceras jamais et tu ne les abandonneras jamais, et tu seras plus forte, inébranlable et impitoyable, et tu ne t'assiéras jamais comme il est assis, tu ne contempleras jamais ta vie comme il contemple la sienne, tu seras forte et pure et glaciale pour le restant de tes putains de jours, et c'est une leçon que tu n'oublieras jamais.

Il attend qu'elle parle, elle ne sait pas quoi dire. Il attend quelque chose d'elle, une réponse quelconque. Elle ne se rappelle plus ce qu'il vient de dire. Il lâche sa main et s'adosse à sa chaise, presque furieux, presque impatient, et elle prend une fleur de capucine dans son assiette, elle la fait tourner entre ses doigts, sans savoir ce qu'il attend d'elle.

— Pourquoi ? demande-t-elle parce qu'elle ne comprend pas. Pourquoi tu avais peur ?

Il contemple la baie de Mendocino.

— Je ne sais pas si je peux l'expliquer correctement, même à moi-même. La mort d'un parent, Croquette, bon Dieu, ça t'envahit tout entier.

Elle acquiesce, mais elle ne comprend toujours pas, elle sait ce qu'il lui a fait, la tristesse infligée, à quel point ça l'a rongée jusqu'aux os, mais elle n'avait jamais eu peur, et elle ne saisit pas – peur de quoi ? – et elle l'observe et elle perçoit, elle perçoit véritablement à quel point elle ne le comprend pas.

— Tu es parti où ?

Il fait un signe du menton vers son burrito.

— Tu ne manges pas ?

Elle reprend sa fourchette, elle mange, puis, gênée d'être en train de mâcher, elle baisse les yeux.

— Dans le Nord, dit-il. Je suis allé dans le Nord. Je suis allé dans l'est de l'Oregon, dans l'État de Washington, et puis dans l'Idaho et le Wyoming.

— Qu'est-ce que tu as vu ?

— Rien.

— Alors, pourquoi ?

Il secoue la tête.

— J'ai déconné.

— Oh, dit-elle.

— Tu veux bien que je revienne ?

Elle baisse les yeux vers le burrito dans son assiette, éventré, les tripes à l'air, elle n'a pas envie de manger, la terreur et l'excitation la mettent au bord de la nausée. Elle veut tellement qu'il revienne. Il y a tant de choses chez lui, tant de profondeur, et elle veut retrouver cela, sa consistance et son poids, et tout ce qu'il lui arrache, mais elle porte pourtant le deuil de la perte, de cette fille qui vivait seule dans la maison, qui a tronçonné la bibliothèque, qui a brûlé les vêtements paternels, et elle n'estime pas qu'il soit de son ressort à elle de répondre oui ou non, c'est sa maison à lui, elle est sa fille, il peut revenir quand il veut, elle le sait et il le sait.

— Alors, dit-il en lui adressant un autre geste du menton. C'est comment ?

— C'est bon.

Ils paient l'addition et retournent au pick-up. Ils rentrent à la maison et se garent dans l'allée. Il y a une enfant sur le porche, le visage dans les mains, ses cheveux noirs emmêlés, des bras fins comme des brindilles et striés de contusions. La gamine a neuf ou dix ans, elle doit peser une trentaine de kilos. Quand Martin descend du pick-up, la gamine lève les yeux et s'élance vers lui. Il la soulève par les aisselles et la fait tournoyer en riant. Puis, le bras autour de ses épaules, il marche avec elle jusqu'à Turtle.

— Croquette, dit-il. Je te présente Cayenne.

Cayenne lui jette un coup d'œil en douce entre deux mèches de cheveux. Elle se gratte le tibia avec son talon calleux.

Turtle la détaille de la tête aux pieds.

— T'es qui ?

La gamine détourne les yeux, nerveuse.

— C'est qui ? demande Turtle.

— C'est Cayenne, répète Martin.

— Elle sort d'où ?

— Elle vient de Yakima.

Turtle fait craquer ses articulations. Ce n'est pas ce qu'elle voulait dire.

— C'est une ville dans l'État de Washington, ajoute Martin.

— Casse-toi, dit Turtle à la gamine, qui hésite. Casse-toi d'ici, putain.

Cayenne lui adresse un horrible petit regard noir, puis elle part en courant vers la fenêtre coulissante et s'engouffre dans la maison.

— Elle sort d'où, celle-là?

— On va prendre soin d'elle pendant quelque temps.

— Pourquoi?

— Viens ici, fait Martin.

Turtle s'approche de lui, il passe un bras autour d'elle, pose son visage contre son cou et respire son odeur.

— Bon sang, ton odeur, dit-il. Tu es contente que je sois rentré?

— Oui, Papa. Oui, je suis contente.

— Tu es toujours ma petite fille? demande-t-il.

Elle lève les yeux vers lui et il lui adresse un sourire en coin.

— Regardez-moi ce foutu visage magnifique. Tu es contente, pas vrai?

Elle le scrute. Il y a quelque chose en elle d'aussi dur que les galets de l'océan, et elle pense, Il existe une part de moi-même que tu n'atteindras jamais, jamais.

Il dit:

— Regarde-toi.

Il met les mains autour de la gorge de Turtle, il plaque délicatement ses cheveux contre sa nuque, et elle perçoit presque de la haine dans ses yeux, et elle pense, Fais-le. Putain, vas-y, fais-le. Tu en as très envie.

— J'ai mal rien qu'à te regarder, dit-il. Tu es belle à ce point. Ça me fait mal de te regarder.

Ses mains se contractent et se détendent autour de son cou. Elle repense à la traversée de l'océan à marée basse avec Jacob, la façon dont les anémones se repliaient comme des poings en attendant la marée, et à cette flaque autour de laquelle tournoyait la créature invisible. Elle veut être sa copine, la copine de Jacob, et elle veut aussi qu'on lui arrache ça. Elle lève les yeux vers Martin et elle pense, Prive-moi de tout. Prive-moi de ma dignité et de tout le reste, laisse-moi démunie, sans rien.

Ce soir-là, Turtle porte ses couvertures à l'étage, elle se poste sur le seuil de son ancienne porte, elle observe son ancienne chambre. Elle s'approche de sa paillasse en contreplaqué, elle y voit sa propre ombre d'antan, peinte de sueur et de crasse. Elle déroule les couvertures sur la paillasse, s'agenouille au pied du lit et les lisse. Elle ressort de la chambre, claque la porte et reste devant.

Elle descend au salon plongé dans l'obscurité, Cayenne est assise en tailleur sur le plan de travail de la cuisine. Martin soulève sa poêle à frire, il la fait tourner à la lumière de la lampe.

— Tu l'as foutument récurée, hein ? fait-il.

— Oui, dit-elle.

— Elle n'a pourtant pas l'air différente.

Turtle vient se poster à côté de lui, elle passe le bout des doigts sur la surface, noire comme si elle avait été peinte, et elle dit :

— Avant, le revêtement était épais et il s'effritait. Je l'ai recouvert de charbon, j'ai fait cramer toute la vieille graisse. J'ai tout récuré avec du saindoux bio. Si on prend son temps, ça finit par ressembler à ça.

Il hoche la tête et lève le bras vers les placards en merisier ouverts, il saisit la bouteille d'huile de colza et en verse de longues spirales dans la poêle, puis il soulève l'ustensile, le penche à gauche et à droite afin de répartir l'huile, et il le pose enfin sur le feu.

Cayenne observe en silence. Elle jette parfois un coup d'œil à Turtle, parfois à Martin. Dans l'obscurité, son expression est presque indéchiffrable – peut-être pensive. Elle a un visage massif et ovale, une mâchoire proéminente, des pommettes rondes et grossières, le livre *Twilight* est ouvert sur ses genoux. Turtle n'éprouve rien en regardant la fille. Rien. Elle est comme un trou vide à l'endroit où manque une dent. Elle pense, Les erreurs de Martin ne sont pas les tiennes. Tu ne seras jamais comme lui. Tu ne le seras jamais.

Martin ouvre une glacière posée au sol, en sort deux steaks enveloppés dans un papier de boucher, les fait claquer sur

la fonte, puis il les scrute avec intensité. Il plonge la main dans
sa poche, en sort une poignée de pièces de monnaie, les trie
avec le pouce, écarte une pièce de cinquante cents et la lance
à Cayenne qui l'attrape au vol. Il range le reste de la monnaie
dans sa poche, traverse le salon et s'appuie au mur.

— Viens ici, dit-il à Turtle.

Elle s'approche de lui. Il dégaine son Colt 1911 et le lui
tend.

— Tu t'es entraînée?

— Non, répond Turtle.

— Tu aurais dû t'entraîner.

Elle regarde la gamine qui tient sa pièce de monnaie à
l'autre bout de la cuisine. Elle regarde Martin. Elle a commis
une erreur avec la poêle à frire, elle en a dit un peu trop.

— J'ai pas envie de le faire, déclare Cayenne.

— N'importe quoi, lâche Martin avec un sourire narquois.
Tu ne sais même pas ce qu'on veut faire! Tiens-la plus haut.

Cayenne lève la pièce entre son pouce et son index, et elle
les regarde tour à tour.

— Tu n'es pas sérieux, dit Turtle.

Elle le dévisage.

— J'ai pas envie de faire ça, répète Cayenne.

— Tout ira bien, ma chérie, dit Martin. Ça va être marrant.

— Je ne me suis pas entraînée, dit Turtle.

— C'est pas grave, dit-il. Papa est là.

Et il rit en voyant l'expression de son visage.

— Tu n'es pas sérieux, répète Turtle.

Elle regarde la gamine assise en tailleur sur le plan de travail. Une mèche solitaire pend devant le visage de Cayenne,
elle ne fait aucun geste pour l'en écarter. Derrière elle, l'unique
lumière provient de la flamme bleue qui s'étale en un large
horizon sous la poêle.

— T'es pas sérieux, dit Turtle.

Elle retire le chargeur et bloque la glissière. Dans la
pénombre, le canon nu scintille de crasse couleur cuivre et
c'est mauvais signe. Elle sait que Martin choisit parfois

des munitions et des chargeurs bon marché et de mauvaise portée, aussi d'un coup de pouce retire-t-elle la première balle du chargeur. C'est du Federal HST .45 auto +P 230 Grain. Beaucoup trop puissant.

Elle le regarde pour voir s'il est vraiment sérieux, et il l'est. Elle replace le chargeur, fait coulisser la glissière et se met en joue. Martin passe derrière elle, pose les mains sur ses bras. Il lui repositionne les hanches, puis les épaules. Dans le creux de son oreille, il glisse :

— Détends-toi un peu. Du calme. Voilà. Bien stable.

Turtle aligne le guidon et le cran de mire, puis elle se concentre sur la pièce de monnaie calée entre le petit pouce et l'index de Cayenne ; elle semble incroyablement minuscule, un infime éclat d'argent dans le noir, la fille lui rend son regard fixe puis ferme les yeux, sa poitrine se soulève en inspirations régulières, la pièce bouge légèrement de haut en bas à chaque respiration. Cayenne a posé son livre sur le plan de travail et ses doigts se tendent vers lui, trouvent les bords solides de la couverture et elle laisse sa main là, en guise de protection.

Au-delà de la pièce de monnaie, Turtle voit la porte de la cuisine, sa peinture bleue qui s'écaille par lambeaux entiers, et dans le cercle vide où devrait se trouver la poignée, un lézard au ventre bleu se tient là, la tête inclinée, sa gorge bleue à peine visible et infestée de tiques pareilles à des graines de sésame bleues, les pointes des écailles de son cou dressées comme des épines, la crête piquetée de son dos se découpant parfaitement dans la lumière du soir qui s'infiltre par le trou de la serrure.

Turtle respire et reporte son attention sur le cran de mire, la gamine floue et indistincte, elle aligne parfaitement le guidon, se concentre sur la partie supérieure de l'acier, elle le place sur l'éclat argenté et flou de la pièce. Elle n'a jamais été aussi consciente des limites et de l'absence de profondeur de l'œil humain. Elle ne peut pas se concentrer à la fois sur la gamine et sur sa cible. Martin lui dit à l'oreille :

— Ne réfléchis pas, range ton cerveau dans ta poche et mets-toi au boulot. Ne réfléchis pas. Contente-toi de viser. Contente-toi de tirer.

Turtle dirige l'arme de côté, trouve une bande de peinture écaillée sur la porte, à quinze centimètres au-dessus et quinze à gauche de la pièce de monnaie, et elle tire. L'explosion du projectile de Federal HST 230 est affreusement bruyante, et son recul est puissant, il arrache une portion de bois de la porte. Cayenne frémit mais ne lâche pas la pièce, et Turtle réajuste parfaitement le canon, respire, repère l'impact de sa balle, tire encore, faisant jaillir un éclat de bois à deux centimètres sur la gauche du premier impact. Cayenne frémit et halète, la pièce s'agite involontairement dans sa main, elle plisse le front et des petites rides se creusent entre ses sourcils, la pièce tremble. Turtle prépare le pistolet pour son troisième tir, appuie sur la détente, mais rien ne se produit.

Elle regarde le haut du pistolet, elle voit la balle coincée dans l'éjecteur. D'habitude, quand la glissière ne s'insère pas correctement, elle sent la différence dans le recul de l'arme et elle entend la note différente, plus plate, du tir précédent. Elle ne fait pas assez attention. Elle n'est pas concentrée.

— Le pistolet est sale, dit-elle à Martin.

— T'es molle du poignet, dit-il, signifiant qu'elle ne serre pas assez pour permettre à la culasse de fonctionner.

— Non. C'est peut-être la crasse, là, ou le chargeur, peut-être même que l'extracteur est défectueux.

— Ou c'est ton poignet trop mou.

Elle baisse l'arme et laisse Martin observer les impacts dans la porte, il remarque la distance entre les deux, à peine deux centimètres. Il comprend ses propos.

— Eh ben, dit-il. Ça aurait été un foutu massacre, hein ?

— Ouais, dit Turtle.

— Elle a loupé son coup, dit Cayenne.

Turtle entend que la gamine essaie de parler d'une voix calme, mais elle est tendue et nerveuse. Comme aucun d'eux ne réagit, elle répète :

— Elle a loupé son coup.

Turtle s'avance vers le plan de travail, juste à côté de la fille. Elle éjecte le chargeur, laisse tomber la douille bloquée, fait sauter le percuteur de son ressort. Puis elle charge à nouveau le pistolet, tire la glissière afin de mettre en évidence les balles en cuivre scintillantes correctement installées dans le chargeur. Elle repose le pistolet. Si proche de Cayenne, elle perçoit le souffle erratique de sa respiration. Depuis qu'elle l'a vue pour la première fois dans l'allée, la gamine a enfilé des chaussettes roses. Peut-être que le plancher lui paraît trop froid. Les chaussettes sont grandes, le talon flotte au niveau de ses chevilles et l'extrémité des orteils est enfoncée sans la moindre régularité.

Turtle se tourne vers Martin.

— Je nettoierai ton arme plus tard. Elle est sale.

— Nan, dit-il en revenant à la cuisine. Elle n'est pas sale.

— J'ai vu des clébards dont le cul était plus propre que ça.

Martin s'approche de la poêle en riant, il teste la souplesse des steaks du bout du doigt, il compare avec la chair de sa propre paume, joint le pouce et l'index afin de sentir l'aspect d'une viande saignante. Il dégaine le couteau de sa ceinture, les retourne avec le plat de la lame, il secoue la tête. Les steaks cuisent, magnifiques, sur le revêtement noir.

— Espèce de connasse, dit-il en plissant les yeux vers la poêle, ses lèvres entrouvertes affichant un demi-sourire, et il essuie la lame du couteau sur la cuisse de son Levi's avant de le rengainer.

Cayenne prend des inspirations bruyantes et plus régulières. Turtle sent l'odeur de la gamine ; son corps sale, sa sueur enfantine, la fumée des Swisher Sweets de Martin sur ses vêtements.

D'une main tremblante, Cayenne écarte la mèche de cheveux qui s'accroche à ses cils. La sueur lui colle le T-shirt au sternum.

— Elle a loupé son coup, dit-elle encore en scrutant leur réaction.

Père et fille patientent dans la cuisine obscure, attentifs l'un à l'autre.

— Elle n'a pas loupé son coup, dit-il. Elle a touché ce qu'elle visait, et ce qu'elle cherchait à prouver, continue-t-il comme s'il s'adressait à une demeurée, c'est qu'elle a un trop grand décalage entre son axe de tir et son point de cible. Elle ne peut pas viser avec suffisamment de précision.

Il se rend à la porte, mesure la distance entre les deux impacts à l'aide du pouce et de l'index, deux centimètres à peine.

— Oh, fait Cayenne, encore visiblement secouée.

— Ramasse cette saloperie, dit Martin en pivotant sur ses talons, agacé.

— Je croyais que... lâche Cayenne.

— Ramasse cette saloperie.

Cayenne ramasse la pièce de monnaie.

— Croquette doit faire mieux que ça.

Il se tourne vers Turtle.

— Croquette, lui dit-il pour lui signifier qu'elle doit recommencer.

— Je vais louper mon coup, proteste-t-elle.

— Nan. Ça va aller.

Le regard de Cayenne passe de l'un à l'autre.

— Je croyais... Je croyais qu'elle pouvait pas viser avec assez de précision, dit-elle.

— Ne t'inquiète pas, fait Martin. Ne t'inquiète pas. Croquette est un génie en la matière. Elle s'en sortira très bien. (Il regarde Turtle.) Croquette ? Respire.

— Papa, t'es pas sérieux.

— Un dernier essai, dit-il en levant l'index.

— Mais...

— Pas de "mais".

Il traverse la pièce, les steaks sifflent dans la poêle.

— J'ai un Sig Sauer, dit-elle, un 9 mm propre et bien huilé, avec des Hornady 115 Grain FTX.

Les munitions pèsent moitié moins que les 230 Grain .45.

— Ce pistolet est très bien, dit-il en lui tendant le Colt.

— Il n'est pas très bien, non. Il est sale. L'extracteur ne m'inspire pas confiance.

— T'as plus de tripes ou quoi ? Une attitude mentale positive, Croquette.

— Bon Dieu, lâche Turtle.

— Croquette, dit-il d'un ton d'avertissement.

Turtle traverse le salon. Il se poste à ses côtés, lui tend le pistolet. Elle le prend, retire le chargeur, actionne le chien d'un coup de pouce, puis elle vise. Elle appuie sur la détente, elle fixe le guidon d'acier avec attention en quête du moindre mouvement. L'arme tire à vide, le guidon n'a pas bougé d'un millimètre, comme rivé là.

— J'ai vraiment des doutes sur ce pistolet, dit-elle bien qu'elle se sente rassurée par sa propre stabilité et par la légèreté d'action de la détente.

Elle replace le chargeur et enclenche une balle. Elle positionne ses mains autour de la crosse, entrecroise les doigts, ses pouces en cuillère sous la glissière comme deux amants. Elle redresse le pistolet afin d'avoir la pièce de monnaie dans son cran de mire, et elle expire.

— C'est ça que tu portes, ces derniers temps ? demande Martin.

Turtle s'interrompt et le regarde.

— Un soutien-gorge noir et un débardeur blanc ? Tu dois avoir de meilleurs vêtements que ça.

Cayenne, qui s'attendait au tir, lâche une respiration nerveuse lorsque la détonation ne retentit pas. Elle ferme les yeux de toutes ses forces.

— Où est-ce que tu as eu ce soutien-gorge ? Je ne t'ai jamais acheté de soutien-gorge.

— Non.

— Où est-ce que tu l'as acheté, alors ? demande-t-il.

— On peut en parler plus tard ?

— Dis-moi comment tu as eu ce soutien-gorge.

— Je l'ai acheté.

— Eh bien, il est affreux.

— J'avais besoin d'un soutien-gorge, dit-elle. Qu'est-ce que tu voulais que je fasse d'autre ?

— Eh bien, ce soutien-gorge est affreux.

— Je ne t'ai jamais vu m'aider à acheter un soutien-gorge.

— C'est parce que tu n'avais pas de nichons.

— C'est faux.

— Si, c'est vrai. Et comment je sais que c'est vrai ? Parce que si tu avais des nichons, je t'aurais acheté un soutien-gorge. Voilà comment je le sais.

— J'avais des nichons.

— Non. Parce que si tu avais des nichons, je t'aurais acheté un soutien-gorge.

— Eh ben, j'en ai maintenant.

— Si on peut appeler ça des nichons.

Turtle le dévisage.

— Tu vas appuyer sur cette détente ou quoi ? lâche Martin.

— Je n'ai pas envie de faire ça, Papa.

— Tu vas y arriver, ma chérie. Mon amour. Mon amour absolu. Tu vas y arriver. Prends ton temps, et fais ça bien ; range simplement ton cerveau dans ta poche et détends ton corps ; fais rouler la détente sous ton doigt sans appuyer, laisse l'arme s'engager doucement ; sache à quel moment le recul va se déclencher, et puis oublie aussitôt tout ça ; focalise ton attention jusqu'à sentir le premier battement de cœur *après* ton tir. À quoi tu penses ?

— À rien, ment-elle.

— C'est bien, dit-il. À rien.

Turtle fait le vide. Sa concentration est intense. Les balles ne suivent jamais une trajectoire linéaire. Elles décrivent un arc de cercle, infime, juste avant de redescendre. Turtle positionne son guidon pour un coup à vingt-cinq mètres, et à cette distance elle peut s'attendre à tirer un peu plus bas que prévu. Mais s'il a réglé l'arme pour un tir à cinquante mètres, son impact sera deux centimètres trop haut. Il est également possible qu'il ait réglé le viseur pour un tir à sept mètres. Elle ne peut pas lui poser la question. Elle doit se contenter de deviner au mieux. Elle retire toute la pression de son doigt sur la détente, place le guidon sur l'extrémité supérieure de la pièce de monnaie. La pièce monte et descend avec régularité, moins de cinq millimètres de variation, mais Turtle vise le sommet du cercle, puis elle attend l'inspiration de la gamine afin que la pièce se lève une fois encore.

— Ne foire pas ton coup, l'avertit Martin.

— Je peux pas faire un truc pareil, dit-elle.

— Mon amour absolu.

À l'autre bout de la cuisine, Cayenne ferme les yeux de toutes ses forces et pleure en silence, de la morve lui coule sur les lèvres. Des mèches de cheveux lui collent au visage. Turtle vide son esprit, elle ne se concentre plus sur la gamine et tout ce qu'elle voit clairement, c'est le guidon de l'arme, un horizon d'acier plat, et elle le positionne juste sur la pièce de monnaie floue, elle sait au plus profond d'elle-même qu'elle est capable de réussir ce tir, même avec un pistolet inconnu et sale, avec son canon qui crache une flamme comme des paillettes d'or mêlées à des copeaux de laiton, même avec les munitions brûlantes, même avec le souffle de Martin dans son cou. Toutes les vieilles habitudes lui reviennent et le guidon ne tremble pas, il obéit à chacune de ses intentions. La pièce de monnaie atteint son élévation maximale, Turtle appuie sur la détente et Cayenne se jette au bas du plan de travail en hurlant.

— Putain! s'écrie Martin, surpris.

Un frisson d'incrédulité glacée parcourt le corps de Turtle. Martin et elle regardent Cayenne affalée sur le sol, la main serrée contre sa poitrine. Turtle pense encore et encore, Oh merde. Les hurlements perçants de la gamine sont entrecoupés d'inspirations laborieuses.

Martin reste figé là, Turtle avance dans la cuisine. Cayenne est étendue sur le ventre, sa main blessée coincée sous sa poitrine, et elle secoue violemment la tête. Ses cris se muent en halètements. Turtle pense, Oh merde. Oh merde.

Martin la suit. Cayenne, gémissante et haletante, roule lentement sur le flanc. Martin cherche partout la pièce de cinquante cents. Elle a atterri dans la poêle à frire. Il s'en approche, la récupère et la pose sur le plan de travail. Turtle et Martin attendent, Cayenne lovée entre eux. La gamine ne prononce pas le moindre mot, une main contre la poitrine et l'autre, tendue, ses doigts grattant le plancher plein d'échardes. Elle laisse échapper un cri plaintif aigu.

Turtle fait deux pas dans la cuisine, s'appuie au rebord de l'évier, se penche, elle est sur le point de vomir. Martin touche Cayenne du bout de sa chaussure.

— Ça va? demande-t-il.

La gamine n'émet rien d'autre que des halètements. Turtle se retourne et regarde l'enfant. À la vue de sa petite cage thoracique frissonnante, Turtle est au supplice. Dans l'interstice entre son cuir chevelu et le col de son T-shirt, Turtle aperçoit les bosses articulées de ses vertèbres, et les petits cheveux fins à la base de sa nuque. Martin s'accroupit, ses genoux craquent, le cuir de ses chaussures grince et il pose la main sur l'épaule de la gamine.

— Hé, ma chérie, ça va?

Cayenne secoue la tête, qu'elle a blottie dans le creux de son coude.

— Dis-moi ce qui s'est passé.

Cayenne secoue à nouveau la tête.

— Elle t'a touchée où?

Cayenne tremble. Un frisson puissant lui parcourt le corps. Turtle agrippe le rebord de l'évier, ses articulations virent au blanc.

— Au doigt? demande Martin. Elle t'a tiré dans le doigt?

Et comme si elle découvrait soudain qu'elle pouvait parler, la gamine se soulève et tend le visage vers lui, mâchoires saillantes, yeux exorbités, et elle crie:

— Je veux ma maman!

— Ma chérie, dit-il en tendant les bras vers elle.

— Je veux ma maman! hurle-t-elle, les flancs agités de tremblements, mais elle lui laisse prendre sa main.

Des taches rouges lui maculent le T-shirt. Martin plie sa main blessée et Turtle voit que l'articulation supérieure de son index a été arrachée, ne laissant qu'un moignon de chair.

— Je veux ma maman! crie Cayenne à Martin, scrutant son visage en quête d'une réponse.

Elle semble possédée par une douleur terrible et par une perplexité totale qui laissent Martin et Turtle sans voix. Turtle n'a rien à dire. Les cris de Cayenne la gênent.

— Croquette, regarde voir si tu ne retrouves pas son doigt.

À ces mots, Cayenne pousse un cri déchirant et se remet à hurler:

— Je veux ma maman!

Elle halète et tremble. Elle fronce les sourcils avec colère. Turtle cherche dans la cuisine. Elle s'allonge sur le ventre et regarde entre les lattes du plancher, sous les fixations des placards. Le doigt n'existe peut-être même plus.

— Ça va aller, ma chérie, dit Martin.

La gamine serre son index dans son autre main. Du sang dégouline entre ses articulations et goutte sur son poignet. Elle garde le silence, sa bouche s'ouvre en spasmes, elle ferme les yeux de toutes ses forces, elle secoue la tête. Un flux coule sur son avant-bras et, en le voyant, Turtle est surprise de constater à quel point il est mince. Elle pourrait l'entourer de son pouce et son index.

— C'est bien, maintiens une bonne pression dessus, dit Martin, maintiens une bonne pression et on va laisser le sang s'écouler un peu, et ça va aller, c'est rien, et tu n'as pas besoin de ce petit bout de doigt, ça va aller. Croquette? Les steaks doivent avoir brûlé. Tu veux bien les retirer du feu?

Turtle s'approche du plan de travail. Cayenne lance un cri aigu. Turtle prend deux assiettes. Elle dégaine son couteau, le plante dans chaque steak qu'elle dépose sur les assiettes.

Cayenne s'écrie à nouveau:

— Je veux ma maman!

Et Turtle s'interrompt en pleine action, elle écoute, puis elle continue comme si Cayenne n'avait pas parlé. Elle coupe le feu.

Elle regarde Cayenne qui s'est assise et se balance d'avant en arrière. Elle a les yeux gonflés et des larmes lui trempent le col.

— Tu as été très courageuse. Tu as été très bien. Tout ira bien.

Turtle sort sur le porche en emportant les deux assiettes. La colline est là, et l'océan. Elle patiente dans l'obscurité naissante. À la cuisine, les gémissements haut perchés de la gamine se muent en cris. Martin essaie de panser la plaie. Turtle dépose les assiettes sur les bras des fauteuils Adirondack et s'y installe. Elle remarque une poussière sur le steak de Martin, la récupère du bout du doigt et l'inspecte. C'est comme un morceau vaporeux et friable de bouteille en plastique. Elle le jette d'une pichenette.

Quand Martin sort à son tour, il dépose la pièce de cinquante cents sur le bras du fauteuil de Turtle. Elle est tordue, avec une tache unique et noire au centre, maculé de graisse laissée par la poêle. Turtle la ramasse et regarde Martin. Il hausse les épaules pour lui indiquer qu'il n'a pas vraiment compris ce qui s'était passé. Il prend son assiette, la tient dans ses mains et contemple l'océan.

— Peut-être, peut-être que la balle a touché la pièce et qu'elle a ricoché dans son doigt.

Turtle acquiesce.

— C'était juste pas de chance, dit-il.

Turtle le dévisage.

— On n'aurait jamais pu le prévoir.

— Quoi ?

Il secoue la tête.

— On n'aurait jamais pu le prévoir.

— Vraiment ?

Il la regarde.

— Tu as atteint la pièce en plein milieu.

— On n'aurait jamais pu le prévoir ? répète Turtle.

Martin semble s'émerveiller devant sa colère.

— La pièce aurait dû simplement fuser d'entre ses doigts.

Sa main n'est pas un étau. La gamine ne peut pas s'accrocher à

311

une pièce au point qu'une balle ricoche dessus. La pièce aurait dû simplement fuser de sa main.

— On n'aurait jamais, dit Turtle, pu le prévoir?

— Pourquoi tu es en colère après moi? demande-t-il comme si la situation était inscrutable. Tu as touché la pièce. En plein dans le mille. Elle aurait dû simplement fuser d'entre ses doigts. C'est impossible, impossible qu'elle ait pu tenir la pièce assez fort pour qu'elle ricoche contre son index.

Turtle ouvre la bouche pour dire quelque chose. Elle la referme, se concentre sur l'océan.

— Tu n'as pas l'air très embêté, dit-elle.

— Pourquoi?

— Cette gamine, elle a mal.

— Tu sais, dit Martin, certaines personnes pensent que la douleur est une bonne solution au solipsisme.

— Hein?

— Le problème, c'est qu'on n'a aucune preuve que les autres humains sont conscients et vivants, comme nous. Nous, on sait qu'on est conscients car on fait l'expérience directe de nos pensées, de nos émotions, de cette manière inquantifiable qu'on peut éprouver à se sentir vivants, mais on n'a aucune expérience de la conscience des autres, si bien, si bien qu'on n'est pas certains qu'ils soient vivants, *vraiment* vivants, qu'ils aient une expérience de leur propre vie identique à la nôtre. Peut-être qu'on est la seule et unique personne réelle, entourée par des coquilles vides qui se comportent comme des gens mais qui ne sont pas dotées d'une vie intérieure comme nous.

"L'idée, en fait, d'après les philosophes, c'est de s'asseoir en face de quelqu'un et de lui casser les doigts avec un marteau. On voit sa réaction. Il hurle. Il porte sa main à sa poitrine. Tu en conclus qu'il agit ainsi parce qu'il a mal.

"Mais ce qui se produit véritablement, quand tu es face à quelqu'un qui souffre, ce qui se produit véritablement, c'est que le gouffre entre toi et lui se révèle soudain. Sa douleur t'est totalement inaccessible. C'est presque comme une pantomime.

312

"Quand l'autre ne souffre pas, quand vous êtes juste en train de discuter tous les deux de Hume ou de Kant, tu peux croire qu'il existe entre vous deux un échange d'idées et d'émotions. Mais de le voir en souffrance comme ça, une fois la surprise passée, ça met en lumière le gouffre infranchissable qui sépare ton propre esprit humain de tous les autres, des personnalités étrangères. Ça met en lumière le vrai, le véritable état des échanges humains, et non pas l'état *social* ou *imaginé*. La communication n'est qu'un fin vernis, Croquette.

Turtle baisse les yeux vers son steak. Elle le coupe, porte un morceau à sa bouche et commence à mâcher. Martin mange dans un silence pensif, le regard rivé sur le terne coucher du soleil et l'océan assombri, la courbe de la colline, les pins qui virent au vert-noir dans le crépuscule.

— Les gens condamnent ces remarques, Croquette. Ils pensent qu'insister sur l'isolement profond de l'esprit humain n'est que pure folie. Mais en pratique, tout le monde accepte ce fait. On n'accepterait jamais la stratification sociale si, sur un plan purement fondamental, on avait conscience d'être à l'abri des difficultés d'autrui. Et c'est le cas : ça ne nous affecte pas le moins du monde. Ces connards font des discours comme s'ils se préoccupaient de quoi que ce soit, mais c'est un mensonge social, et si tu fais bien attention, tu comprendras – tu es foutument livrée à toi-même. La société ne t'aidera jamais. Ce proviseur et cette prof, là, ils vont veiller sur toi parce que ça relève de leur travail, mais ils n'en ont pas grand-chose à foutre, Croquette. Tu es invisible à leurs yeux. En tant que personne, en tant qu'individu, avec des pensées, des difficultés et un esprit à toi, tu leur es invisible.

Le steak de Turtle est rouge sang à l'intérieur. Incroyable, la façon dont il se découpe sous la lame du couteau. Le sang et la graisse forment une flaque dans l'assiette. La viande a un goût puissant de gibier. Pour Turtle, la douleur de Cayenne a éclipsé tout le reste, dans son intensité, dans son époustouflante immédiateté.

— Qu'est-ce qui t'arrive ? demande Martin.

— Rien.

Il reste assis à la dévisager en mâchant.

— Ça ne te plaît pas ?

— Si, ça me plaît.

Il baisse les yeux vers sa propre assiette. Il coupe un morceau, l'empale avec la pointe de son couteau, le lui tend. Elle le regarde.

— Oh, allez, dit-il.

— Non. Je n'ai pas faim.

— Oh, allez, tu as faim.

— Ça va.

— Elle ira bien. C'était presque rien. Une petite égratignure au bout du doigt.

— Putain.

— Nan, te fais pas de bile. C'est juste l'extrémité.

— Putain.

— Mange ton steak.

— Je me sens mal, dit Turtle.

— Mais non.

Elle ouvre la bouche et il pose le bout du couteau dans l'étau de ses dents. Elle referme la bouche sur la lame et le dévisage, la pointe acérée contre sa langue humide, et il retire délicatement le couteau, l'acier racle les dents de Turtle. Elle se met à mâcher et le regarde.

— Je ne comprends pas, dit-il.

Il récupère la pièce de monnaie entre le pouce et l'index, il la tient comme l'avait fait Cayenne. Du bout de l'index, il indique la tache noire.

— Tu as touché la pièce, dit-il. Je savais que tu atteindrais ta cible, et tu l'as atteinte. Je ne comprends simplement pas ce qui s'est passé. C'est juste… juste un de ces coups de malchance.

Turtle l'observe en silence.

Il fait tourner la pièce de monnaie dans sa main, hoche la tête.

— C'est juste un de ces coups de malchance.

Après le dîner, elle retourne à sa chambre et se blottit en boule sur ses couvertures. La gamine est au rez-de-chaussée, étendue sur son sac de couchage devant la cheminée, le doigt bandé de gaze. Que doit-elle penser de cette maison ? Turtle écoute Martin marcher de pièce en pièce, et à l'aube, il monte l'escalier et ouvre la porte de sa chambre.

— Viens faire un tour avec moi, dit-il.

Elle reste allongée en silence.

— Je sais que tu ne dors pas.

Elle s'assied et il ajoute :

— T'as pas changé, Croquette.

Elle enfile son treillis et elle a parfaitement conscience de sa présence tandis qu'elle glisse ses cuisses blanches dans son pantalon et qu'elle le remonte sur ses hanches. Il s'appuie à la porte, le visage impassible, les yeux dissimulés dans le noir. Ils descendent ensemble et passent devant Cayenne allongée dans le sac de couchage près de la cheminée, tenant sa main blessée contre sa poitrine comme un oiseau. Ils franchissent la fenêtre coulissante, sortent sur le porche et s'engagent dans le pré humide de rosée. Martin semble possédé d'une admiration muette. À leur passage, l'herbe mouille leurs pantalons jusqu'aux hanches. Ils atteignent les portes ouvertes qui forment un cercle grossier en plein milieu du pré, sans aucune structure adjacente, trois sont cassées, quatre intactes. Martin s'approche d'un chambranle, s'y appuie, pousse la porte sur ses gonds rouillés. Ils se tournent vers la maison sur la colline, impressionnante et lugubre, sa façade blanche prise d'assaut par les roses et le sumac. Turtle aperçoit la fenêtre de sa chambre, les rosiers qui s'élèvent jusqu'au châssis et s'insinuent dans la pièce. Elle aperçoit la grande baie vitrée de la chambre parentale. À l'ouest, l'océan rue et se cabre. Elle lève les yeux vers Martin, il est toujours appuyé à la porte, tripote la poignée, le regard plongé dans le lointain.

— Comment elle va ? demande Turtle.

— Elle va bien. Elle ira bien, laisse-lui deux ou trois jours. Elle n'est pas comme toi. Bon Dieu. Toi, tu aurais pu mâcher des clous.

Turtle avance jusqu'au centre du cercle, entourée de toute part par les portes. Martin tripote l'antique poignée en verre, pousse la porte, ouverte, puis fermée, fait jouer le verrou. Le silence s'installe un long moment. Le vent souffle sur eux et les tiges s'entremêlent en longues congrégations silencieuses, et sur la plage, les rouleaux s'écrasent contre les galets, et Turtle, les cheveux agités, regarde son père.

— Eh ben, putain, lâche-t-il.

Turtle pense, Il t'a abandonnée et tu as eu le temps de ramasser les morceaux de toi-même, et tu en as fait quelque chose, et tu en as fait assez. Tu as le choix, maintenant, et ne te convaincs pas du contraire. Tu n'auras peut-être plus jamais un instant pareil, et tu n'auras peut-être pas beaucoup d'instants de la sorte dans ta vie, mais tu peux le faire, maintenant. Tu n'as peut-être pas eu beaucoup de temps, pas autant de nuits que tu aurais voulu en solitaire, mais c'était juste ce qu'il te fallait et, à présent, tu as le choix. Va-t'en, Turtle. Éloigne-toi simplement de lui, et s'il te suit et s'il refuse de te laisser partir, tue-le. Il t'a tout donné et tu n'as qu'une chose à faire : partir. Te souviens-tu quand le sang coulait dans tes veines comme une eau froide et limpide ? Tu pourrais retrouver ça, et ce serait difficile mais ce serait bien. Rien ni personne ne peut t'en empêcher. Il n'y a que toi qui puisses te permettre de retourner dans l'obscurité, il n'y a que toi qui le puisses. Il ne peut pas le faire pour toi, et ne te mens pas à toi-même. Alors va-t'en, Turtle. Songe à ton âme et va-t'en.

Il s'approche d'elle à grandes enjambées, la frappe de toutes ses forces en pleine mâchoire, et elle recule dans un jet de sang et une accablante sensation de soulagement. Il l'empoigne par les cheveux, la soulève et la projette contre la porte fermée, elle attrape le chambranle d'une main et la poignée de l'autre, elle s'y accroche pour retrouver son équilibre, le visage pressé contre le bois tandis qu'il lui baisse brutalement le pantalon, et elle pense, Oh putain merci mon Dieu, et il baisse le treillis autour de ses cuisses, il défait son jean et l'espace d'un instant, elle l'attend, accrochée au chambranle, son pantalon en accordéon autour de ses cuisses, sa chatte nue devant lui, et il se positionne derrière elle, son souffle brûlant dans sa nuque, et elle se tourne pour le regarder par-dessus son épaule, ses yeux si plissés que le visage de Martin est dissimulé dans l'ombre de ses cils, elle le regarde avec amour, un amour véritable, et Martin, le poing emmêlé dans ses cheveux, la pousse contre la porte, le grain du bois imprime une marque dans sa joue.

Elle sent dans ses mouvements quelque chose de trop dur, de trop profond, ses doigts tirent ses cheveux, les empoignent et les arrachent. Son visage est figé, concentré, comme s'il essayait de diriger son attention sur un principe quelconque au-delà d'elle, il la broie avec désespoir contre la porte fermée, chacun de ses mouvements teinté d'un mépris continu et répétitif. Il pourrait la réduire à néant s'il le voulait. Il lui tire les bras, les cheveux, comme s'il voulait la déchiqueter, et il répète en boucle "Espèce de connasse, espèce de salope" et ces mots ont quelque chose d'une incantation vide de sens. Turtle tourne son visage contre le bois, elle ferme les yeux, sa main entre ses jambes, elle sourit de douleur, laisse deux doigts autour de sa bite, ses couilles contractées comme des citrons ridés contre ses phalanges, et Turtle semble plus grande qu'elle-même, en dehors d'elle-même, elle voudrait mourir en cet instant, elle voudrait être défaite, elle sent la haine qu'il éprouve pour elle, une compulsion insoutenable et douloureuse, et Turtle s'y abandonne, s'y ouvre, chacune de ses pensées noire et envahissante. Il est pris de spasmes, il s'agrippe à l'arrière de son crâne, à son épaule, il enfonce ses doigts profondément, et Turtle ferme les yeux, son corps tout entier se crispe. Elle détourne le visage de la porte, le cache dans son biceps et pousse un cri, les cheveux plaqués à ses joues. Martin s'écarte d'elle, son sperme s'écoule hors d'elle, le long de ses jambes, elle en attrape dans le creux de sa main, se redresse, titube dans son pantalon toujours enroulé autour de ses cuisses, elle le remonte autour de ses hanches sans le reboutonner, ses pans flottent dans le vent, et elle se tourne vers lui. Il est voûté, le souffle court, les yeux ouverts et abasourdis par ce qui vient de se produire. Turtle est froide et résolue, sa chair désormais dépourvue de chaleur, son cœur glacial et sauvage et indomptable. Martin dégaine son pistolet, le pose contre le menton de Turtle, le souffle haletant à travers ses lèvres entrouvertes.

— Ça pourrait s'arrêter là. Juste toi et moi, et puis, rien. Rien...

C'est comme s'il ne pouvait s'accrocher à ses yeux ; il observe le paysage derrière elle, puis sa bouche, et il ne croise pas son regard. Il passe sa langue sur ses lèvres, un geste inconscient de douleur ou de délectation, puis il lui adresse un sourire grimaçant qui dévoile toutes ses dents, ses lèvres retroussées.

Avec le pistolet, il lui soulève le menton et elle le laisse faire, ses yeux suivent chacun de ses mouvements tandis qu'il fait tourner son visage vers le ciel.

— J'ai besoin de toi, dit-il. J'ai tellement besoin de toi. Et ça, tout ça, ça pourrait être notre monde, Croquette. Que le reste crève. Ce serait terminé. Je te buterais, et je me buterais ensuite. On brûlerait cette foutue maison. On la brûlerait totalement, et on n'en parlerait plus. Putain, je suis tellement crevé, Croquette. Je veux que ça se termine comme ça, Croquette, toi et moi, une fin parfaite. Je te prendrais jusqu'aux os, une bonne fois pour toutes. Tu sais qu'on ne peut plus faire demi-tour. On s'est trop enfoncés dans cette histoire, et ça ne me mène nulle part. J'ai passé trois mois loin de toi, et chaque jour, je savais que je me trompais. Qu'il était impossible de fuir cette situation, et qu'il est impossible de continuer. Alors on en finit, ensemble. Ici. Maintenant.

Il glisse le pistolet de son menton à son front, il scrute un point entre ses yeux, et elle lui rend son regard, elle tremble à présent, des frissons qui s'enchaînent rapidement puis se calment, et autour d'eux, l'herbe s'agite comme un océan.

— Tu veux me tuer, dit-elle simplement pour s'entendre le dire.

À ces mots, il frissonne. Il s'écarte d'elle, porte les mains à ses propres tempes sans lâcher le pistolet. Puis il se penche au-dessus de l'herbe comme s'il s'apprêtait à vomir.

— Putain! dit-il. Putain!

Il s'enfonce le pistolet contre le menton, lève les yeux vers le ciel sombre et les nuages ourlés d'argent. Et comme s'il avait oublié qu'il y avait une balle dans la chambre, ou parce qu'il veut une mise en scène, il fait claquer la glissière et Turtle entend l'arme s'enrayer. Martin lâche un son mécontent, regarde le pistolet, l'examine dans l'obscurité.

— Putain, dit-il, incrédule, frappant le flanc du pistolet contre la paume de sa main.

— Il suffit juste que tu le nettoies, c'est tout.

Il secoue la tête.

— Ne me parle pas sur ce ton, dit-il. Ne fais pas ta petite pouffiasse. Pas maintenant. Pas *maintenant*.

Turtle ne répond pas.

— Putain, dit Martin.

Il regarde à travers l'éjecteur. Rien qu'au bruit, Turtle sait que le pistolet a logé une autre balle dans la chambre sans éjecter la précédente. Elle sait qu'elle peut arranger ça, mais elle ne fait aucun geste pour l'aider. Martin tripote la balle à moitié bloquée dans la chambre, il essaie d'actionner la glissière, grimace.

— Il est enrayé, putain, dit-il comme s'il n'arrivait pas à y croire.

Turtle est gênée pour lui. Martin frappe le pistolet du plat de la main, il essaie de faire céder le mécanisme.

— Bon, dit-il en regardant autour de lui. Putain. Bon.

Il lève les yeux, il acquiesce, évalue la situation, se mord la lèvre inférieure, il halète de frustration.

— On continue comme on l'a toujours fait.

Turtle crache dans l'herbe et s'éloigne à travers le pré en direction de la maison, sombre et solitaire, au sommet de sa colline noire.

21

CE soir-là dans sa chambre, Turtle est allongée par terre sur le ventre, le menton entre les mains, elle regarde la flamme de sa lampe à huile, elle se frotte les pieds, et elle pense, Il est revenu et tout s'est échappé. Tous ces rêves sur la fille que tu pourrais devenir. Disparus. Tu pensais toujours que c'était à cause de lui. Mais tu avais envie de le retrouver. Tu joues un rôle dans tout ça, toi aussi. Tu étais une enfant, avant, mais ce n'est plus le cas, et ce que l'on pouvait pardonner à une enfant ne peut plus l'être à présent. Tu aurais dû utiliser un foutu préservatif, pense-t-elle. Elle ne sait pas exactement comment ça fonctionne, mais les choses ont changé. Elle pense, C'était peut-être à cause de toi, depuis le début. C'est peut-être quelque chose en toi. Quelque chose de pourri. Tu l'as cherché, ou tu l'as voulu. Bien sûr que oui. Tu l'as entraîné là-dedans alors que tu étais encore une enfant, et ta mère a compris, et quand elle l'a compris, elle s'est tuée, et à présent, il ne peut plus s'en sortir. Il te regarde dans les yeux et il a envie de mourir.

Turtle pourrait tout détruire. C'est un mauvais raisonnement, un raisonnement brouillon. Quand on envisage la situation, pense-t-elle, on voit que Martin a passé sa vie à tendre la main vers Papy, en quête du moindre signe, et Papy ne pouvait pas le saquer. Ton père a grandi dans une haine absolue de lui-même, dans un sentiment de rejet total et dévastateur, et c'est comme ça qu'il vit aujourd'hui. Mais il t'a aimée. Il t'a foutument aimée. Comment a-t-il pu trouver les ressources en lui, tu ne le sauras sans doute jamais. Toute cette force en toi, elle vient de lui. L'étincelle en toi, la moindre foi que tu portes à toi-même, tout ce qui, en toi, résiste à la pourriture, tout ça vient de lui. Il n'a jamais eu ça pour lui, mais il l'a trouvé pour toi. Et il devait pressentir ce monde pour lequel il te préparait, ce à quoi il allait devoir renoncer. Elle tremble. Et peut-être, pense-t-elle. Peut-être que tout ira bien. Et si c'est le cas, pense-t-elle, c'est parce qu'il t'aura tout donné. C'est ce qu'il a de meilleur.

Le lendemain matin, elle descend l'escalier grinçant et trouve Cayenne endormie devant la cheminée, roulée sur le flanc et légèrement recroquevillée, les genoux repliés et les talons presque contre les fesses, les mains blotties l'une sur l'autre contre sa poitrine. Turtle entre en silence dans la cuisine. Elle ne veut pas réveiller la gamine, elle attrape aussi doucement que possible la casserole en cuivre pendue à son crochet, et au lieu d'ouvrir le robinet, elle récupère l'eau dans les verres restés sur le plan de travail et les vide dans la casserole. Elle gratte une allumette avec son pouce, démarre le poêle. Elle se hisse sur le plan de travail et attend, assise en tailleur. Elle observe la gamine. Putain, pense-t-elle. La pire interprétation serait que Martin l'ait récupérée parce qu'il aime les enfants. Mais Turtle ne le croit pas.

Quand l'eau se met à bouillir, Cayenne remue et se réveille, se réfugie contre le mur. Elle reste assise là, voûtée, et elle tient son doigt dans son autre main. Elle observe Turtle en silence. Au bout d'un moment, elle récupère son livre, l'ouvre et se penche dessus. Turtle déteste son sale petit visage de conne.

— Qu'est-ce que tu lis ? lui demande-t-elle.

La gamine lève les yeux vers elle, impassible et maussade.

— Qu'est-ce que tu lis ?

— *Twilight*.

— Oui, ça je l'avais vu.

— Oh.

La gamine la dévisage.

— Ça parle de quoi ?

322

Elle feuillette le livre jusqu'à la page qu'elle a marquée, comme pour s'en souvenir.

— C'est juste...

Turtle verse le thé dans son quart en étain.

— Tu sais, dit Cayenne. J'avais pas besoin de ma mère. Pas vraiment. Mais j'étais tellement furax. J'ai juste dit ça parce que j'étais trop furax.

Turtle pense, *J'étais trop furax*. La gamine imite quelqu'un, un homme dans sa vie, le copain de sa mère, quelqu'un qui aurait prononcé cette phrase. Je pensais pas ce que je disais. *J'étais trop furax*.

— Ouais, dit Turtle.

Martin sort de sa chambre, entre dans la cuisine et se poste près d'elle devant le plan de travail. Il baisse les yeux vers la casserole de thé aux orties, il prend une bouilloire qu'il remplit d'eau. Il fouille dans les placards en quête de café, mais il n'y a pas de café, et il finit par regarder dans les sacs de courses qu'il a laissés par terre, il sort un pot bleu de Maxwell House, en dépose quelques cuillerées dans la cafetière à piston. Turtle attend que quelqu'un parle mais personne ne dit rien. L'eau bout et il la verse dans la cafetière, et il attend, les yeux rivés sur la couche fissurée, épaisse et noire du café dans le verseur. Cayenne tourne les pages de son livre. Turtle regarde la gamine, elle voudrait dire quelque chose, mais il n'y a pas grand-chose à dire.

Martin pose les mains à plat sur le plan de travail et se penche en avant.

— J'ai bien réfléchi, dit-il. Et je pense qu'il faut qu'on rouvre la plaie.

— Hein? fait Turtle.

Martin se rend au salon, s'agenouille près de Cayenne, tend les deux mains. Elle lui donne sa main blessée. Il la retourne.

— Je l'ai bien examinée en lui mettant le bandage, et l'os à l'intérieur a été réduit en miettes, la chair autour était méchamment contusionnée, peut-être même brûlée, et je ne crois pas que la peau puisse se refermer sur la blessure.

Je pense qu'il faut qu'on rouvre le doigt, qu'on rogne l'os jusqu'à l'articulation et qu'on recouse la plaie pour que la peau arrive à cicatriser par-dessus.

— Non, dit Cayenne en retirant sa main qu'elle porte à la poitrine. Non. Tu ne peux pas faire ça.

Martin ne semble pas l'entendre.

— D'accord, dit Turtle.

Cayenne recule en poussant sur ses talons, elle s'éloigne de lui sur le plancher jusqu'à se trouver contre le mur. Elle tient sa main blessée contre sa poitrine.

— Non. Non. Non. Non. Non. Non. Non, dit-elle.

— Surveille-la, dit-il à Turtle avant de se lever et de s'éloigner.

La gamine tremble de tous ses membres.

— Tu vas pas le laisser faire, hein? dit-elle.

Turtle détourne le regard, gênée pour elle. Et puis, plutôt que de rester dans le salon avec elle, Turtle suit Martin dans le couloir jusqu'au garde-manger.

— Il existe une sorte d'outil pour limer un os, dit-il, mais je ne sais pas ce que c'est et je n'en ai pas. Tu sais, j'ai toujours voulu rapporter plus de matériel médical, mais je n'ai jamais eu assez de temps ou assez d'argent, bon Dieu, Croquette, et maintenant, regarde-moi ça, je suis en train de chercher des scies à métaux et des pinces coupantes, et ce genre de trucs.

— C'est vraiment nécessaire?

— Oui, c'est nécessaire. J'y réfléchissais hier soir. À moins de pouvoir recoudre les deux pans de peau au bout du doigt, il ne cicatrisera pas. J'ai une illustration dans un livre à la cave – ça s'appelle une incision en bouche de poisson parce qu'on entaille l'extrémité du doigt comme une bouche de poisson. Il faut d'abord tailler les chairs intérieures, apparemment, sinon l'incision finit par gonfler ou faire un "effet champignon" au bout de l'articulation. Tout ce qu'il faut faire, c'est effectuer deux incisions profondes de chaque côté du doigt, détacher la chair jusqu'à mettre l'os à nu, on retire la chair excédentaire et on recoud. J'ai le matériel pour suturer, alors on s'en sortira bien.

— Tu crois que ça va être aussi simple que ça ? demande Turtle.

Il la regarde.

— Et pourquoi pas ?

— Et si on rencontre un détail anatomique qu'on ne connaît pas ? Ou juste un truc auquel on n'aurait pas pensé ?

— Écoute, Croquette, c'est juste un doigt. C'est pas banal, d'accord, mais ce n'est pas sorcier non plus.

Martin prend une lampe torche, ouvre la trappe de la cave et elle lui emboîte le pas dans l'escalier en colimaçon, entre les palettes de bidons de vingt litres recouverts de bâches. Il ouvre les placards en aluminium et les balaie du faisceau de sa torche, éclairant les rangées de flacons en verre à capuchons de plastique et les boîtes de médicaments, il sélectionne un flacon à dosage unique de dix millilitres de 25 % lidocaïne HCI, le retourne dans sa main et regarde la date de péremption.

— Périmé, annonce-t-il. Mais on va bien voir. C'est pur. Sans épinéphrine, donc c'est bien. Ça fera l'affaire.

— T'as pas quelque chose de plus générique ?

— Pour la mettre dans les vapes, tu veux dire ?

— Ouais.

— Elle n'en a pas besoin. Je n'ai rien de ce genre, et elle n'en a pas besoin. On pourrait trouver de la kétamine, peut-être, mais ça prendrait du temps et avec une gamine de cette taille-là, ça peut s'avérer plus dangereux qu'autre chose.

— Ça va vraiment marcher ?

— Oui, dit-il.

— Tu en es sûr ?

— Oui.

Ils remontent ensemble. Il va dans la salle de bains et en ressort avec la mallette de premiers soins. Le scalpel et le fil de suture sont dans un sachet stérile, mais la pince coupante, les pinces hémostatiques, les ciseaux chirurgicaux et la pince à épiler sont à l'air libre, et il les laisse tomber dans le thé qui bout encore. Il cherche des glaçons dans le congélateur, sauf que le courant est coupé et que le congélateur ne marche pas, et Martin sort le bac à glaçons avec ses rangées d'eau qu'il jette dans l'évier en décochant un regard morose à Turtle. Cayenne observe en silence, la main contre la poitrine.

— Je veux pas, dit-elle.

Martin se penche au-dessus d'une glacière par terre désormais pleine d'eau stagnante, il en sort une bière à l'étiquette délavée, l'ouvre d'un coup sec sur le plan de travail. Il se penche sur la table, regarde la gamine, tient la bouteille humide d'une main molle entre le pouce et l'index, il boit quelques gorgées. L'équipement chirurgical bout et claque au fond de la casserole.

— Je veux pas, répète Cayenne. Je veux pas.

Il vide la casserole de thé dans une passoire. Les instruments fument. Il porte la passoire jusqu'à Cayenne.

— Elle était propre, cette passoire ? demande Turtle.

— Bien sûr, qu'elle était propre.

— Tu as déjà fait une injection de lidocaïne ?

— Évidemment que non.

— Et dix millilitres, c'est suffisant ?

— C'est un flacon entier. Je suis sûr que c'est suffisant.

— On ne connaît pas les effets, une fois passé la date de péremption.

— Croquette, tu la rends encore plus nerveuse.

— C'est périmé ? demande Cayenne depuis le salon.

— Non, ma chérie, c'est une date recommandée d'utilisation. Pas vraiment de péremption. C'est rien que des détails légaux.

— Je voudrais qu'on fasse ça correctement, dit Turtle. Si on doit le faire, alors il faut le faire bien. Et si on prenait de la kétamine à usage vétérinaire ?

— Mais putain, rétorque Martin. On va faire ça correctement. La kétamine, ça coûte cher, cette merde. On veut pas l'euthanasier par erreur et pas besoin de lui faire une anesthésie générale non plus, c'est juste un foutu bout de doigt. Si on avait des glaçons, on aurait pu engourdir l'extrémité par le

froid, mais on n'a pas de glaçons. La lidocaïne, c'est parfait.
La lidocaïne conviendra très bien.

— Ça veut dire quoi, "euthanasier"? demande Cayenne.

— Croquette, il nous faut une serviette pour poser les
affaires, une bassine d'eau et une seringue d'injection.

Quand Turtle a apporté le nécessaire, Martin la regarde.

— Tu sais, on aurait bien besoin d'une table, là.

Turtle ne répond pas.

— Donne-moi ta main, Cayenne, dit Martin.

Cayenne porte sa main à sa poitrine.

— Non.

— Allez, ma chérie.

La gamine secoue la tête. Martin soupire et observe Turtle.
Elle ne sait pas quoi faire.

— Je veux pas, répète la gamine.

— Il le faut.

— Ça va guérir tout seul.

— Certaines blessures guérissent toutes seules, mais pas
celle-ci. Donne-moi ta main.

— Je te promets que ça va guérir tout seul, dit Cayenne.
Je le sais.

— Cayenne.

— Promis, promis, promis.

— Premier avertissement, gamine.

Turtle pense, Premier avertissement, gamine. Elle se mord
la lèvre. Cette phrase l'envahit et emplit ses poumons d'une
angoisse agréable.

— Cayenne, dit Martin.

— Non, je veux pas. Tu peux pas faire ça. Tu peux pas.
Non! Non! Non!

— Je compte jusqu'à trois.

— Je veux pas, dit Cayenne en pleurant. J'ai peur. J'ai peur,
Marty.

— Un.

Elle ferme les yeux de toutes ses forces. Son visage est
rouge. Elle sanglote et secoue la tête.

GABRIEL TALLENT

— Tu me fais peur, dit-elle. Tu me fais *peur*.

Un jour, Turtle allait devoir expliquer comment elle avait pu laisser se produire une chose pareille.

— Deux.

Cayenne et Martin hésitent. Cayenne semble terrifiée. Elle ne paraît pas savoir elle-même ce qu'elle va faire. Martin est implacable. C'est comme si aucun d'eux ne sait ce qu'il adviendra quand il aura compté jusqu'à trois.

— Trois, dit Martin, et Cayenne tend brutalement sa main.

Martin l'attrape par le poignet et enfonce la seringue pleine de lidocaïne dans la chair entre l'index et le majeur. Cayenne pousse un cri, Turtle voit la main de Martin se crisper doulou-reusement autour du poignet de la gamine tandis qu'il injecte le produit. Il retire la seringue, l'enfonce à nouveau de l'autre côté du doigt et injecte le restant de la solution.

— Voilà, c'était pas si dur que ça, dit-il.

Cayenne a les larmes aux yeux. Elle serre les dents.

— Faut t'endurcir un peu, dit Martin. Regarde-toi. T'es pas comme ma Croquette.

— Comme ta croquette ? répète Cayenne sans comprendre.

— Le diable a emporté son âme, continue Martin. Elle est vide, à l'intérieur.

— Ferme-la, dit Turtle. Tu la perturbes.

— Je ne suis pas perturbée, rétorque Cayenne, qui regarde désormais Turtle comme si elle était véritablement vide à l'intérieur.

Martin découpe le bandage. En dessous, le doigt est un moignon déchiqueté, sectionné juste sous l'ongle. La chair est rose, ourlée d'une croûte rouge et noire. Il commence à nettoyer la plaie, et Cayenne murmure et geint, elle essaie de retirer sa main, mais Martin la retient fermement. Quand il a terminé de tout nettoyer, il prend l'élastique dans les cheveux de Cayenne et l'enroule à la base du doigt en guise de garrot, enroulant le reliquat autour des pinces hémostatiques jusqu'à ce que le doigt vire au blanc.

328

MY ABSOLUTE DARLING

— Ça fait mal, Marty, dit-elle.

— Ça va empêcher le sang de couler. Vaut mieux que je voie clairement ce que je suis en train de faire, non?

— Marty, ça fait mal.

— Alors, Croquette, dit Martin, comment ça s'est passé ici?

Turtle scrute l'expression de son visage, incapable de répondre.

— Tu n'as pas réussi à payer la facture d'électricité, à ce que je vois?

— Il y a une coupure générale. Il doit y avoir un court-circuit quelque part.

— Bon. Je m'en occuperai.

Le doigt de Cayenne est cireux, le garrot a coupé la circulation.

— Très bien, dit-il. Bloque-lui la main.

Turtle appuie la main de la gamine sur une serviette par terre.

— J'ai peur, dit Cayenne. Tu me fais peur.

— Ferme les yeux et pense à l'Angleterre, rétorque-t-il.

— Hein? fait Cayenne, perplexe. Hein?

— Qu'est-ce qui débloque chez toi? dit Turtle en plaquant la main de la gamine au sol.

Martin se met à couper les restes de l'ongle, et Cayenne ouvre la bouche et pousse un cri. Le hurlement est insoutenable, aigu, et il dure, et il dure. Son corps se raidit, elle repousse Turtle, et Turtle ne peut pas la maintenir, bien qu'elle soit plus grande qu'elle.

— Ferme-la, dit Martin. Croquette, fais-lui fermer sa gueule! Bon Dieu, Cayenne, ferme ta gueule.

Cayenne s'interrompt pour reprendre son souffle. Elle tord sa main. Turtle ne parvient pas à la maintenir en place.

— Tu ne sens rien, dit Martin.

— Mais si. Je sens tout.

— Elle ne sent rien, affirme Martin. Ferme tes foutus yeux. Tu ne sens rien.

— Mais si, je sens tout.

— Écoute, dit Martin avant de faire une pause. Écoute.
Je sais que tu as peur, ma chérie. Je le sais. Et je sais que ça a
l'air vraiment, vraiment horrible. Mais il faut qu'on le fasse.
Tu m'entends ?

La gamine lève les yeux vers lui.

— Tu m'entends, Cayenne ?

— Oui.

— Il faut qu'on le fasse, et tu vas nous aider. Parce que si
on n'arrive pas à le faire, il faudra qu'on retourne à la station-
service où je t'ai trouvée, et on devra te laisser là-bas.

— Non, dit Cayenne.

— Alors il va falloir que tu sois très courageuse, d'accord ?

Cayenne ferme les yeux de toutes ses forces. Son petit
visage se plisse sous l'effet de la concentration. Elle fronce le
nez. Il plonge le scalpel dans la chair et coupe sur la droite du
doigt, au niveau de l'extrémité, puis descend vers la gauche.
Cayenne se débat mollement. Turtle maintient la main de la
gamine sur la serviette.

Martin fait glisser le scalpel sous le pan de peau. Avec le
garrot, il ne s'échappe qu'un faible filet de sang, pareil au latex
qui s'écoule quand on coupe un asclépias.

— Ça, explique Martin en soulevant le scalpel pour mettre
à nu un croissant de chair plate et rosée maculée de fins filets
de sang, c'est la membrane kératogène, Croquette. C'est la
matrice germinale qui sécrète l'ongle.

Il la coupe.

Cayenne se débat frénétiquement.

— Non non non non non non.

Ses mots sont interrompus par des sanglots haletants et
brisés. De la morve lui dégouline du nez. Ses cheveux se
collent à son visage. Elle ferme les yeux aussi fort qu'elle
peut. Son doigt est si petit que chaque mouvement doit être
minuscule, délicat. Il glisse le scalpel dans le désastre de chair
ensanglantée et jaune, il contourne prudemment une protu-
bérance submergée.

— Tout doux, tout doux, dit Martin. Tout doux, petite.

— Arrête! Arrête! Je sens tout, crie Cayenne.

— Ferme-la.

— On devrait peut-être attendre, dit Turtle.

— Elle est hystérique. C'est impossible qu'elle sente quoi que ce soit.

— Mais quand même, peut-être qu'un peu de kétamine...

— On a commencé, de toute façon, dit Martin.

Il met à nu un os coupé à son extrémité, petit comme une pointe de stylo. Cayenne ferme les yeux, des veines saillent sur son front. Son souffle est court et creux. Turtle aperçoit l'articulation de l'os en dessous. Martin pèle le pan de peau afin de le mettre en évidence.

— Coupe-moi ça, dit-il.

— T'es pas sérieux.

Cayenne gémit.

— Coupe-moi ça. Coupe-moi ce truc.

Turtle regarde le minuscule moignon jaune et blanc.

— Coupe-le, Croquette, dit Martin.

— Je peux pas.

— Coupe-le. Ne la regarde pas. Je te l'ai déjà dit, elle sent rien, putain.

Turtle prend la pince coupante, en ouvre les extrémités et les referme au bout de l'os. Elle les actionne et laisse tomber l'os sur la serviette. C'est alors qu'elle entend des pneus crisser sur l'allée de graviers.

— Mais putain de merde, pas maintenant, lâche Martin. C'est qui, bordel?

— Je ne sais pas, dit Turtle. Comment tu veux que je le sache?

— Eh ben, qui vient ici régulièrement?

— Personne, ment Turtle.

— Déconne pas avec moi, Croquette. Qui est venu ici régulièrement? Oh. Oh, me dis pas que c'est ton petit copain, là. Oh, laisse-le donc entrer. Laisse-le entrer et voir tout ça. Lui et moi, on aura une petite conversation qu'il oubliera pas de sitôt.

331

Turtle se lève et se dirige vers la fenêtre coulissante.
Elle aperçoit le 4Runner de Jacob qui remonte l'allée. Martin
isole la chair et la coupe à l'aide des ciseaux.

— Merde, dit-elle.

Elle entend la chanson qui rugit dans les enceintes, *Psychotic
Girl* des Black Keys. Elle l'entend se garer dehors dans un crissement de frein à main. Elle se sent paralysée. Elle n'a qu'une seule
pensée en tête, pas comme ça. Pas maintenant et pas comme ça.
Elle ouvre la fenêtre coulissante d'un geste brusque, sort sur le
porche et la referme derrière elle. Jacob est garé sur la parcelle
gravillonnée à côté du pick-up de Martin. Martin et Cayenne ne
sont pas visibles de là. Mais s'il monte sur le porche, il les verra.
Jacob coupe le moteur, la musique s'arrête, et il marche jusqu'à
l'avant de la voiture, s'appuie contre le capot. Turtle descend du
porche jusqu'à l'allée. Elle se sent creuse.

— Ben alors? dit-il.

— Ben alors quoi?

— Tu as loupé les inscriptions, aujourd'hui.

— De quoi?

— Les inscriptions au lycée. C'était aujourd'hui. Tout le
monde choisit ses cours, les profs et les élèves souhaitent la
bienvenue aux nouveaux. On fait des jeux de présentation.
C'est un reliquat de nos racines hippies. C'est pas franchement
super, mais je pensais te voir là-bas. J'imagine que ce n'est pas
une coïncidence, dit-il en montrant le pick-up de Martin.

Elle le dévisage.

— Je ne suis pas le seul à qui tu aies manqué, ajoute-t-il.

Elle reste figée là en silence. Il ressemble à une silhouette
en carton de lui-même.

— Ça va pas marcher, déclare-t-il.

Elle ne voit pas du tout ce qu'il veut dire.

Il écarte les bras comme pour enlacer l'aberration d'une situation quelconque, comme pour l'inciter à se montrer raisonnable.

— Tu ne crois pas que Caroline était impatiente de te voir
aux inscriptions? Ça faisait des semaines qu'elle attendait ça.
Elle veut que Brett et toi, vous choisissiez les mêmes options.

Elle pense que tu aimerais les cours de menuiserie. Et maintenant, tu changes de lycée et tu vas à Malta, dans l'Idaho ? Dans l'Idaho ? Mais putain, Turtle...

Turtle marche jusqu'à lui. Il ressemble à un fragment d'une vie d'antan, qu'elle a dû abandonner derrière elle, sa présence inadaptée et étrange.

— Enfin quoi, continue Jacob. Allez. Tout d'un coup, c'est, genre... Brandon, Isobel et Caroline, ils sont tous là, "Ben elle est où, Turtle ?" et moi, je suis là, "J'en sais rien." Qu'est-ce... (Il écarte à nouveau les bras.) Qu'est-ce qui se passe ?

— Jacob, tu ne peux plus venir ici.

— Hein ?

— Va-t'en, Jacob. Il faut que tu partes et que tu ne reviennes jamais. J'ai des trucs à régler ici. Tu ne peux pas m'aider, et je ne veux pas que tu m'aides. Si tu m'aimes, et si tu me fais confiance, va-t'en.

Il gesticule et semble incapable de pouvoir lui répondre.

— Quoi ? Mais de quoi tu parles ?

— Jacob.

— Quoi ?

— Je veux que tu t'en ailles.

— Ça ne me suffit pas. (Il fait un geste en direction du pick-up de Martin.) Enfin quoi... Tu comptes vraiment partir dans l'Idaho ? Tu vas vraiment t'inscrire là-bas ? Ton père vous fait déménager là-bas ? Ou bien il s'est chargé de te faire transférer là-bas en espérant que les documents administratifs se perdent en chemin et que personne ne remarque rien ? Parce que personne ne va gober ça. Et tu sais pourquoi personne ne va gober ça ? Parce que certaines personnes s'inquiètent pour toi, putain, Turtle.

— Jacob, je te l'ai déjà dit. J'ai des trucs à régler ici.

— Et alors, c'est quoi ton plan ?

— Tu ne m'écoutes pas.

— Allez, dit Jacob. C'est débile. Enfin quoi. Grimpe dans le pick-up avec moi, viens t'inscrire. On sait tous les deux que tu n'as pas envie de quitter Mendocino.

— Jacob, il faut que tu t'en ailles.

— Non.

— Jacob, écoute-moi.

— Non, Turtle. C'est simple! Enfin quoi... C'est débile! On y va et...

— Espèce de sale petit con de pourri gâté. (Elle l'empoigne par le T-shirt et l'attire à elle.) Je sais pas de quoi tu parles, putain, mais c'est pas simple. C'est pas simple du tout, et tu ferais mieux de te casser d'ici. Tu m'entends? Je ne veux pas que tu fasses style que tu comprends la situation alors que tu sais que dalle. Je ne veux pas que tu me dises quoi faire. Alors barre-toi de chez moi. (Elle le repousse contre le pick-up.) Retourne à ta sale petite vie minable et fade. Moi, je continue ma vie ici. Et ne me dis jamais ce que je dois faire, pas comme ça, plus jamais.

— D'accord. D'accord, je m'en vais. Mais si tu crois que je ne reviendrai pas...

Elle crache dans les graviers entre eux. Il grimpe lentement dans le pick-up et démarre, sans la quitter des yeux derrière le pare-brise. Il fait demi-tour et la voiture rugit dans l'allée. Elle reste là un instant encore. Tu n'arrêtes pas de renoncer. Tu n'arrêtes pas de renoncer comme ça. Ce que tu veux véritablement, pense-t-elle, c'est ne pas avoir le choix. Mais il a raison, pense-t-elle. Il a raison à ton sujet, c'est pour ça que tu ne peux plus jamais le voir. Il a raison au sujet de Martin, et si tu pouvais lui parler de Cayenne, il saurait quoi faire. Bordel, pense-t-elle. Raison? Tu crois qu'il a raison? Il ne sait rien de rien. Martin n'a que moi, et je ne peux pas le laisser comme ça. Je ne peux pas. Elle pense, Quand ton Papa y voit clair, il veut tout pour toi, et quand il n'y voit pas clair, quand il ne voit pas que tu es une personne à part entière, alors il veut t'entraîner avec lui dans sa chute. Comment Jacob pourrait-il savoir tout ça, comment Jacob pourrait-il avoir raison au sujet de Martin? Martin a plus de souffrance en lui, plus de courage en lui que Jacob ne pourrait jamais le concevoir. Ils te regardent et ils pensent tous savoir ce que tu es censée faire. Va-t'en, dirait-il.

Fuis. Mais ils ne conçoivent pas les choses de ton point de vue. Ils ne voient pas qui tu laisserais derrière toi, ce que ça signifierait à tes yeux. Ils ne peuvent pas comprendre. Ils ne voient les choses qu'à leur manière. Et Jacob a raison simplement parce qu'il dirait ce que n'importe qui dirait, comme si ça n'avait rien de compliqué, mais il ne comprend rien. Il ne comprend foutument rien, il ne comprendra jamais, et ce monde, pense Turtle, ne t'a jamais bien traitée et tu ne lui es pas redevable. Ce n'est pas parce que tout le monde croit en quelque chose, ce n'est pas parce que tout le monde y croit sauf toi, que tu as forcément tort.

À l'intérieur, Martin est accroupi maladroitement au-dessus des doigts écartés de Cayenne et il recoud la blessure.

— Nom de Dieu, dit-il. C'était ton sale petit copain? Je me ferais un vrai plaisir de le rencontrer, tu sais.

Cayenne est adossée au mur, elle a enfoncé son T-shirt dans sa bouche, le visage fermé. Elle ouvre un œil, le lève au plafond puis le pose sur Turtle, la peau tout autour se plisse sous le coup de la douleur.

— Tais-toi, dit Turtle. Je sais que tu l'as déjà rencontré.

Elle voit son visage se durcir, elle pense, Si tu t'avises de lui faire du mal, je t'éventre comme un foutu poisson et j'arrache tes foutues tripes par poignées entières et je te laisse crever. Martin fait passer l'aiguille dans les pans ensanglantés et pincés de la blessure.

22

TURTLE est étendue dans son bain froid et regarde les planches du plafond. Une semaine s'est écoulée depuis l'amputation. Les cours au lycée ont commencé sans elle. Elle pose les mains sur le rebord de la baignoire et se lève, avance jusqu'au lavabo, s'agenouille devant et fouille dans le bazar amassé là en quête d'un rasoir jetable. Ses jambes sont presque glabres, mais elle fait tout de même remonter le rasoir sur son tibia avant de regarder la lame, et elle pense, Mais qu'est-ce que tu fais, Turtle, qu'est-ce que tu fais, et elle retourne au lavabo, saisit la crème à raser de Martin, en verse dans sa main et reste plantée là, dégoulinante d'eau, elle en badigeonne ses poils pubiens, puis les détache délicatement de sa peau. Quand elle a terminé, elle va s'asseoir sur les toilettes, jette le rasoir par terre et se prend la tête entre les mains.

Elle sort de la salle de bains, se rend à la cuisine. Martin a défoncé le mur et mis à nu la vieille couche d'isolation en papier journal, les câbles électriques noircis. Il est assis sur un bidon de vingt litres retourné, il arrache les lattes du plancher à l'aide d'un pied-de-biche en fumant un cigare. Des longueurs de câbles rongés par les rats sont posées au sol à côté d'un ohmmètre. Une pince de cuisine est posée contre le bidon. La porte arrière est maintenue ouverte à l'aide d'une scie circulaire. Turtle, vêtue d'un Levi's 501 et d'un T-shirt, se sèche les cheveux avec une serviette. Dans le salon, Cayenne a installé la ponceuse à l'envers et aiguise des morceaux de bois pour une utilisation connue d'elle seule. Elle travaille d'une main, l'autre est blottie contre elle, blessée. Elle semble absolument captivée. Qu'est-ce qu'elle peut bien foutre ? Turtle n'en sait rien.

— Oh, Croquette, dit Martin. Les gars vont venir faire une partie de poker. Je crois qu'il vaut mieux qu'ils ne traînent pas autour de Cayenne. Je pense que tu devrais prendre le pick-up de Papy, aller en ville, lui montrer un peu Mendocino pendant quelques heures. Tu reviens vers onze heures, quand les gars seront partis.

— Elle me déteste, dit Turtle.

— Elle ne te déteste pas.

Il prend les pinces de cuisine, les enfonce dans le mur et en retire un rat mort qu'il balance dans le fossé par la porte ouverte.

— Elle me déteste et elle a bien raison de me détester.

— Elle va s'en remettre.

Turtle regarde Cayenne qui ne les entend pas avec le bruit de la ponceuse. La gamine devrait mettre des boules Quies. D'autres lattes ont été arrachées dans le salon. Elles sont empilées sur le sol près de Cayenne et les morceaux déchirés de papier journal noircis et calcinés par le court-circuit y sont encore accrochés. Martin est allé acheter des meubles. Un nouveau lit dans la chambre et une nouvelle table dans le salon, à présent couverte de spirales de câbles électriques, de bouteilles de bière, de cigares et d'assiettes sales. Une liasse de billets et une lettre du lycée. Martin n'a pas pris la peine d'y répondre. Turtle est certaine que quelqu'un suivra son dossier, après son absence de l'école. Martin n'a rien fait. Il ne semble pas s'en préoccuper. Elle le regarde. Elle le déteste avec une telle intensité qu'elle peine à l'observer. Il est penché en avant vers le mur, il arrache les câbles là où ils se sont collés aux clous.

Turtle passe la journée à tirer sur des pigeons en argile depuis le porche. Le soir, elle traverse le verger avec les clés de Papy, son Remington 870 et des câbles de démarrage. Elle atteint l'endroit où succombent lentement les cendres et la carcasse du mobile home parmi les framboisiers. Elle déverrouille le

pick-up, s'assied sur le vieux siège en vinyle et elle contemple
la structure noire et brûlée à travers le pare-brise fissuré. Dans
le porte-gobelet, un verre de Big Gulp rempli de graines de
tournesol, et dans l'autre, une bouteille de Tabasco. Elle se
sent un instant abattue, elle pense à Papy, à leurs parties de
cribbage, à la façon dont il versait du Tabasco sur ses pizzas.
Elle serre et desserre les doigts autour du volant, elle essaie de
faire tourner les clés dans le contact. Le moteur crisse et crisse
sans démarrer, puis il s'enclenche, elle passe la marche arrière,
fait demi-tour dans l'herbe haute du pré et roule jusqu'à la
maison sans regarder en arrière, elle se touche la mâchoire à
deux doigts comme si elle était engourdie. Elle sait conduire
mais ne l'a encore jamais fait seule sans Martin dans l'habitacle
avec elle, et elle avance doucement. Elle gare le pick-up de
Papy à côté de celui de Papa, elle laisse tourner le moteur et
elle entre dans la maison obscure. Cayenne lit près du feu.
Du bout du pied, elle pousse la gamine.

— Allez, viens, dit-elle.

Cayenne ne lève pas les yeux. Son index est enserré dans de
la gaze et fixé avec une attelle à son majeur afin qu'elle ne le
sollicite pas. Elle est allongée sur le ventre, plongée dans son
livre. Elle balance les pieds et ignore Turtle.

Turtle touche l'épaule nue de la gamine avec le bout de sa
chaussure. La fille lève la tête, le visage fermé et maussade.

— Tu viens avec moi.

— Quoi ? fait Cayenne.

C'est comme ça qu'elle répond toujours. Turtle la toise, lui
dit quelque chose et la gamine lui rend systématiquement son
regard et répond "Quoi ?"

— Mais putain de merde, lève-toi.

La gamine corne sa page et se hisse sur ses pieds. Elle fait
tout d'une seule main.

— Qu'est-ce que tu lis ?

— Quoi ?

— C'est un autre livre, non ?

La gamine le ferme et regarde la couverture.

— C'est lui qui t'a acheté ce livre ?

— Et alors ?

— Allez viens, dit Turtle en empoignant la fille par le bras, la gamine la suivant comme une poupée plus qu'une enfant, et elle la pousse sur le siège passager du pick-up.

Puis elle grimpe sur le siège conducteur.

— On va où ?

— Je ne sais pas, répond Turtle. Mais on ne peut pas rester ici.

Elle a envie d'empoigner par les cheveux cette gamine qui la hait et de la projeter contre la vitre. Elle a envie d'entrer dans l'esprit de cette petite conne et d'étouffer sa haine comme on étouffe la flamme d'une bougie, et elle pense, Tu n'as pas le droit de me haïr, tu n'as pas le droit de penser les choses que tu penses à mon sujet.

— D'accord.

La gamine dit ça d'un ton sombre, comme si elle n'était pas franchement d'accord, elle le dit avec une résignation passive, amère et haineuse, comme devait le dire sa mère, ou sa tante, ou quelqu'un d'autre, face à chaque nouvelle difficulté.

— Hé, dit Turtle. Hé, fais pas ta petite conne avec moi.

La gamine reste assise, les yeux baissés sur son livre.

— T'as envie d'aller quelque part en particulier ?

Cayenne fait non de la tête.

— C'est bien ce que je pensais, rétorque Turtle.

Elle passe une vitesse et s'engage sur la route. Elle part vers le nord sur la route côtière, sans trop savoir où elles se dirigent. Jacob n'est pas venu la voir de toute la semaine. Pour s'empêcher d'aller au nord, vers chez lui, elle prend la direction de l'est dans Comptche Ukiah Road, passe devant le Stanford Inn et le Ravens Restaurant. Sur leur gauche, le terrain plonge vers la Big River. La lumière s'insinue entre les arbres, vert-mauve. Turtle ne sait toujours pas exactement où elle les emmène. La gamine est assise à côté d'elle en silence. Elles arrivent à un ensemble de panneaux d'avertissement en bordure de route, puis à une longue section où la voie de gauche s'est effondrée.

Elles aperçoivent des plaques entières de bitume tombées entre les arbres en contrebas. La route se rétrécit en une voie unique que Turtle arpente lentement, et elles regardent toutes les deux le rebord en bitume abîmé. Puis elles traversent la ville de Comptche, une poignée de maisons bordant la route, une école en séquoia avec ses deux paniers de basket, une épicerie et l'intersection avec Flynn Creek Road. Turtle reste sur Comptche Road et elles grimpent dans les collines, elles serpentent entre des ranchs, s'enfoncent dans des voies de plus en plus étroites et difficiles. Elle roule lentement. La seule façon dont elle peut envisager ce problème, c'est d'imaginer qu'elle essaie d'entrer en contact avec elle-même, quelques années plus tôt. C'est une mauvaise idée, mais elle ne trouve rien d'autre. Elles bifurquent dans un chemin aux profondes ornières, l'argile orange couvert de feuilles de chêne. Elles le suivent sur cinq cents mètres jusqu'à une barrière jaune du service forestier, où Turtle se gare.

Elle descend, s'immobilise. Elle range le Tabasco de Papy dans sa poche, vérifie le chargeur du fusil et le glisse sur son épaule. Puis elle contourne la voiture jusqu'à l'autre portière, l'ouvre et dit :

— Allez, on continue à pied.

Cayenne la dévisage.

— Allez, répète Turtle.

La gamine ne bouge pas. Elle affiche une expression neutre.

— Bon Dieu, dit Turtle. Putain de bon Dieu.

Elle s'éloigne, laisse la portière ouverte et les phares allumés. Au bout d'un moment, la gamine saute de l'habitacle et la suit. Turtle se retourne, attend, puis elles marchent ensemble. Des branches mortes jonchent le chemin. Des arbustes poussent entre les ornières. Elles atteignent une large parcelle où sont entassés des bûches et du bois mort, et des piles de bardeaux en papier goudronné laissés à pourrir sous les imposants séquoias, et elles aperçoivent, en bas d'une pente marécageuse menant à un ruisseau, un cottage solitaire planté au milieu d'une clairière, les corniches envahies de lichen, les bardeaux couverts de mousse et éparpillés par les corbeaux, dévoilant le papier goudronné par sections entières. Jacob et Brett lui avaient un jour montré cet endroit. Un projet immobilier abandonné en cours de construction par les propriétaires.

— Julia, dit Cayenne. Qu'est-ce qu'on va faire ?

— Allez, viens.

Turtle se dirige vers un tas de bois, de vieilles lattes de plancher, couvertes d'aiguilles de séquoia. Elle s'accroupit, glisse le bout des doigts sous une planche et la soulève. La latte d'en dessous est couverte d'une poussière de moisissure où s'impriment les empreintes d'un animal rampant. Des mille-pattes fuient s'abriter. Cayenne s'approche et regarde, maussade, avec un intérêt dissimulé. Turtle soulève la planche suivante, et celle-ci est vide également à l'exception d'une mince salamandre dorée de Californie, dix centimètres de long, sa peau souple et humide comme l'intérieur d'un œil, ses pattes minuscules presque atrophiées. Turtle montre la salamandre et Cayenne fait la moue. Turtle déplace la planche et la pose délicatement. Entre les lattes s'entremêlent des feuilles mortes et de la terre, et des racines blanches sinueuses, et Turtle s'apprête à soulever une nouvelle planche quand elle voit le scorpion : énorme, avec des pattes jaunes articulées, son corps comme une croûte noircie par le temps, affichant la même teinte profonde. Sur son dos, ses bébés, blancs et humides comme des œufs de fourmis, avec de petits points noirs en guise d'yeux latéraux, et une tache unique et noire pour l'œil central.

Turtle attrape l'animal par sa queue piquante. Elle dégaine son couteau et l'enfonce directement dans le dos du scorpion, balaie les petits dans les feuilles mortes. Ils saupoudrent la planche en bois, s'éparpillent en tous sens, d'un blanc éclatant sur la poussière. Le scorpion se débat et se contorsionne sous le couteau, arque le dos et agite ses pinces en gestes désespérés, ouvre et ferme ses mandibules ocre.

Cayenne étouffe un cri.

— Fais gaffe !

Turtle brandit le scorpion dans le faisceau des phares, la lumière brille à travers les anneaux de ses entrailles. Cayenne s'approche. Le scorpion se raidit, tend les pattes en l'air, s'enroule et tombe en arrière de toute sa longueur. Turtle porte à sa bouche le scorpion qui se débat, arrache la queue qu'elle recrache parmi les rejetons grouillants et affolés. Elle mâche, fait passer d'une rangée de molaires à l'autre la forme arachnéenne agitée, son tégument craque sous la dent. Elle déglutit.

— Oh, mon Dieu! s'écrie Cayenne.

— Tu veux goûter?

— Oh, mon Dieu! répète-t-elle.

— Allez.

— Non!

— Mais essaie, au moins.

— Non!

— T'es sûre?

— Je sais pas.

— Fais pas ta chochotte.

— D'accord, d'accord, dit Cayenne. Peut-être.

Le scorpion suivant est plus grand, son armure d'une couleur rouille tachetée. Il se tourne, perdu, de gauche à droite, puis il arque le dos, tend sa queue et ses pinces. Son bulbe est d'un jaune pus, le dard est un fin crochet noir. À l'endroit où se rejoignent les plaques de son armure, le tégument est ponctué de verrues chitineuses.

Turtle prend le Tabasco dans sa poche arrière, en secoue un peu sur le scorpion qui frémit.

— T'aimes la sauce piquante? demande-t-elle.

— C'est dégueu, dit Cayenne en serrant les genoux et en joignant le bout des doigts.

— Ah ouais?

— J'arrive pas à croire qu'on fasse ça, dit Cayenne, mais sa voix est pleine d'excitation, d'urgence presque.

— Ça te fait pousser des poils aux ovaires, dit Turtle.

Cayenne lâche un rire surpris et nerveux. Puis elle ajoute:

— J'aime bien la sauce piquante.

— Parfait.

Turtle verse davantage de Tabasco sur le scorpion qui agite les pinces, les ouvre et les ferme, et se déplace pour frapper avec sa queue. Le Tabasco scintille dans la lumière des phares.

— Tu veux l'attraper, ou je le fais?

— Fais-le, toi.

Turtle saisit le scorpion par la queue et le secoue tandis qu'il se débat. Il tend ses pinces vers elle, dégoulinant de Tabasco, ses pattes jaunes articulées battant l'air, s'abaissant l'une après l'autre comme une imitation grossière de marche. Il projette des gouttes de Tabasco à chacun de ses mouvements saccadés. Turtle le tend.

Cayenne fait:

— Oh mon Dieu.

— Allez, tu vas y arriver, dit Turtle.

— Oh, mon Dieu.

Elle s'éloigne presque en dansant, nerveuse et excitée, elle revient.

— Vas-y, fais-le.

Le scorpion tend les pinces, essaie de s'enrouler en arrière afin d'atteindre les doigts de Turtle. Ses yeux sont de petits points noirs enfoncés dans sa carapace couleur rouille. Leur aspect luisant reflète la lumière des phares.

— Je peux pas! dit Cayenne en sautillant sur place.

Le scorpion se cambre à nouveau puis se relâche et retombe en avant, dégoulinant, les gouttes rouges coulent sur ses pinces. Cayenne ouvre la bouche, se place sous le scorpion et referme la bouche autour de lui.

— Mords la queue, dit Turtle. Arrache-moi ça.

Cayenne y plonge les dents et la queue se détache entre les doigts de Turtle, et Turtle jette le reste dans l'humus. Cayenne hésite, ferme la bouche de toutes ses forces.

— Mâche! dit Turtle. Mâche!

Cayenne a les yeux exorbités. Elle mâche fort, puis elle déglutit. Turtle lui assène une claque sur l'épaule. La gamine met les mains sur ses genoux, haletante et désemparée.

— Ça va ? demande Turtle.

— Bon Dieu ! lâche-t-elle en portant les doigts de sa main valide à son cœur. J'ai mal au cœur tellement j'ai peur ! Je te jure !

Turtle rit, puis Cayenne rit à son tour.

— C'était trop dégueu !

— Nan. Nan. C'était pas mauvais.

— Allez, on en prend un pour Martin !

— D'accord, dit Turtle.

Elles soulèvent des planches jusqu'à trouver un autre scorpion que Turtle rapporte au pick-up et laisse tomber dans le gobelet Big Gulp. Elles rentrent dans la nuit, la route à présent déserte, leurs phares balaient la forêt. Cayenne suce son pouce. Elles s'engagent sur l'Highway 1 en direction du nord. Buckhorn Hill est au sud. Elles roulent vers la ville.

— Où on va ?

— Il faut que je récupère un truc, répond Turtle.

— D'accord.

— Je viens juste d'y penser.

— C'est quoi ? demande Cayenne.

— Rien.

— Julia, tu t'es déjà fait piquer ?

— Non.

— Jamais ?

— Jamais.

— Oh.

Elles roulent en silence.

— Julia ?

— Oui ?

— Rien.

— Quoi ?

— Moi, j'ai déjà été piquée.

— Ah ouais ?

— Ouais. Y a des insectes qui te piquent et pondent des œufs sous la peau. Et puis après, tous les petits insectes éclosent sous ta peau.

— C'est vrai?

Turtle n'avait jamais entendu parler d'une chose pareille

— Ouais, et moi j'avais un gros bouton, et alors ce que mon beau-père a fait, enfin, le copain de ma maman, mais bon, c'est genre aussi mon beau-père, je crois, ce qu'il a fait, eh ben il avait, genre, une bouteille de bière, alors il l'a fait chauffer sur le poêle, avec, tu sais... eh ben il l'a fait chauffer jusqu'à ce qu'elle soit, genre... mais super chaude, et l'air à l'intérieur était super chaud aussi, et puis il l'a posée sur mon bras, et le goulot s'est collé sur ma peau, et puis quand ça a refroidi, genre, ça a aspiré tous les œufs d'araignée. Comme un aspirateur. Ils étaient, genre, blancs et pleins de fils. Il a tout aspiré et après, j'ai pas eu de problème.

— Bon Dieu.

— Quoi?

— Bon Dieu, c'est tout. Enfin, je crois.

— Ça t'est déjà arrivé, Julia?

— Non.

— Vraiment?

— J'avais jamais entendu parler d'un truc pareil.

— Ça arrive tout le temps. Vous avez pas ce genre d'insectes ici?

— Tout le temps?

— Ouais. Que les gens aient, genre, des insectes sous la peau? Ben ouais.

— Mais ça peut marcher?

Turtle a du mal à imaginer le coup de la bouteille.

— Ouais, ça marche. T'as jamais été piquée par un insecte comme ça?

— Non.

— Ils sont... Tu sais. (La gamine se gratte le bras.) Tu sais... ils sont sous ta peau.

— Non. Je savais même pas que c'était possible.

— Oh, ben si. Et genre, les gens à l'hôpital, ils te croient pas.

— T'es allée à l'hôpital?

— Ouais. Oh, ouais, plein de fois. Genre, si tu peux pas payer pour aller voir le docteur, tu peux juste aller aux urgences. Ils sont obligés de te prendre. C'est la loi. C'est ce que dit mon beau-père. Mais si tu y vas, le docteur te regarde même pas. Ils font semblant que ça existe pas. Ils te font même pas un scanner, rien du tout.

— Ha.

Elles traversent Mendocino et remontent dans Fort Bragg, où Turtle sort de la grand-route et se gare dans le parking d'un magasin Rite Aid. Elle laisse Cayenne dans la voiture et franchit les portes automatiques. Elle est la seule cliente dans la boutique. La lumière est éclatante et lugubre, et une employée solitaire attend derrière la caisse. Turtle se rend au fond dans le rayon pharmacie. Elle arpente les allées jusqu'à trouver les tests de grossesse. Elle s'agenouille devant les boîtes, en prend une rose et se presse à l'avant du magasin où elle paie en liquide, sélectionnant les billets d'une main tremblante. La caissière est une femme âgée aux cheveux bouclés roux, elle ne regarde pas Turtle, mais elle dit :

— Tout va bien, ma chérie ?

Turtle récupère la boîte qu'elle fourre dans sa poche.

— Ouais, ça va.

— Tu es sûre, ma chérie ? Tu as besoin de quelque chose ?

Turtle s'apprête à tourner les talons pour partir quand la femme ajoute :

— Tu as quelque part où dormir cette nuit ?

Turtle se retourne.

— Je vais bien. Ouais, j'ai quelque part où dormir.

La femme garde les yeux baissés, elle ne regarde pas Turtle. Elle dit :

— Très bien, mon cœur. Sois prudente. Bonne nuit.

Turtle fait volte-face et retourne au pick-up. Quand elle grimpe dans l'habitacle, Cayenne demande :

— C'est quoi ?

— Rien.

— T'as acheté quoi ?

347

— J'ai rien acheté.

— Oh.

— Cayenne... ça fait combien de temps que tu es avec Martin ?

Cayenne se mordille la lèvre. Elle est si petite. Ses pieds n'atteignent même pas le plancher du pick-up. Elle les balance un instant. Elle a la poitrine plate et les coudes pointus. L'espace d'un moment, Turtle l'observe et pense, Je pourrais la déposer chez Anna. Aller chercher un annuaire, trouver l'adresse d'Anna et la déposer à sa maison. Dire à Martin qu'elle s'est enfuie.

— Combien de temps, Cayenne ?

— Genre, un peu plus de deux semaines.

Turtle fait craquer ses articulations.

— Quoi, Julia ?

— Je suis juste en train de perdre la boule, putain, c'est tout.

Turtle détaille le parking.

— Quoi ?

— C'était comment, avec lui ?

— Bien, dit Cayenne.

— Qu'est-ce que ça veut dire, ça ?

— Vraiment très, très bien.

— Bien.

— Ouais.

— C'était bien ?

— Pourquoi, Julia ?

— Est-ce que t'as besoin de voir, je sais pas moi, un docteur ?

— Pour mon doigt ? Ça fait encore mal mais moins qu'avant, Julia.

— Tu viens d'où, Cayenne ?

— De Washington. Genre, dans l'est de l'État.

— Je sais, mais qu'est-ce qui s'est passé ?

Cayenne glisse son pouce dans sa bouche, se tourne pour observer son propre reflet sombre dans la vitre. Turtle reste assise à côté d'elle dans l'habitacle, mal à l'aise. Elle démarre le pick-up, fait un demi-tour ample dans le parking et s'engage sur la route. Elle roule doucement, elle attend que Cayenne en dise davantage, mais elle n'en fait rien. Le silence règne à l'exception du scorpion qui cogne contre la paroi du gobelet Big Gulp, et Turtle se souvient de son grand-père, de la fois où ils étaient rentrés à la maison avec l'énorme crabe qui cognait les parois du seau. Elle pense, J'aimerais tellement qu'il soit là, putain, il saurait quoi faire, lui. Mais Turtle pense aussitôt, Peut-être que non, peut-être qu'il serait inutile, encore et encore. Il y a tant de choses qu'elle ne comprend pas dans sa vie. Elle sait ce qui s'est passé, mais le pourquoi ou le sens des événements lui échappe.

Elles retournent sur la voie rapide. Il n'a pas touché Cayenne, elle en est certaine. Mais bon Dieu, pense-t-elle, ce qui ne va pas, c'est que tu es convaincue que tu le saurais. Papy ne pouvait rien savoir, et peut-être que tu n'en sais rien, toi non plus. Peut-être qu'il baise avec elle tout le temps et que tu ne vois rien, comme personne n'a jamais rien vu avec toi. Elle lui mange dans la main, putain. Bon, pense Turtle. Il sait se montrer foutument persuasif. Et si elle venait d'un endroit où tout le monde se contrefout d'elle, et que Martin débarque soudain ? Qu'est-ce que tu ferais, toi, si tu n'avais jamais eu ça dans ta vie ? Si tu étais enfant ? Tu ferais beaucoup de choses, pense-t-elle. Tu supporterais beaucoup de choses. Rien que pour attirer son attention. Rien que pour être proche de cet esprit immense, imposant, parfois généreux et parfois si terrifiant. Turtle regarde la route sombre. Il n'y a aucune autre voiture. Peu importe qui est cette gamine, Turtle ne peut pas l'aider. Turtle a ses propres problèmes.

23

ELLES s'engagent dans l'allée, tressautent dans les ornières. Il est tard mais le pick-up de Jim Macklemore et la Coccinelle de Wallace McPherson sont toujours garés près du véhicule de Martin. Turtle se range dans l'herbe, elle et Cayenne descendent, Turtle plonge la main dans le gobelet pour récupérer le scorpion. Elle marche vers la maison, le fusil en bandoulière sur une épaule, tenant l'animal par la queue. La gamine la suit en portant son livre. L'électricité fonctionne à nouveau, mais la maison est sombre. Les hommes jouent aux cartes à la lueur d'une seule lampe.

Elles gravissent les marches du porche et franchissent les fenêtres coulissantes. Cayenne se rue dans la maison et s'élance vers les hommes installés à la nouvelle table.

— Martin ! s'écrie Cayenne. J'ai mangé un scorpion !

Martin lâche un rire moqueur sans lever les yeux.

Jim Macklemore se retourne, gros et blond, ses cheveux clairsemés tirés en arrière et dégageant son visage rougi, sa chemise hawaïenne déboutonnée sur son torse gras et la touffe épaisse de poils blonds où se cache une petite croix argentée. Il a deux petites boucles d'oreilles en saphir. Wallace McPherson est assis en face dans une chemise blanche, un veston en soie noire et des boutons de manchettes en forme de chasseur stellaire X-Wing, un chapeau melon est posé sur la table à côté de lui et ses bras sont constellés de tatouages.

— On a mangé un scorpion, insiste Cayenne.

— Cayenne, pas maintenant, dit Martin. Va dans la chambre de Croquette.

— Bon sang, Julia, comment tu as *grandi*! dit Jim en souriant et en lui tendant la main.

Turtle passe près de lui en l'écartant d'un coup d'épaule et laisse tomber le scorpion sur la table. Il atterrit sur un tas de pièces de vingt-cinq cents, la queue dressée, agitant les pinces par réflexe.

— Oh putain, fait Wallace. Oh putain.

Martin allume une cigarette.

— Y a un scorpion, là, dit Wallace. Sur la table.

— Je l'ai fait pour de vrai, insiste Cayenne. J'ai mangé un scorpion.

— Nan, dit Martin d'un ton patient, écartant la cigarette de ses lèvres pour se pencher et inspecter l'animal.

— Elle l'a vraiment fait, dit Turtle. Et on a rapporté celui-là. On s'est dit que tu aurais peut-être faim.

Martin affiche une expression neutre, mais il attend avant d'exhaler la fumée de sa cigarette, qu'il laisse enfin échapper dans un souffle irrégulier.

— Goûte Marty, dit Cayenne.

— Tu ne vas pas bouffer ce truc, hein? fait Wallace.

Jim Macklemore pose la main sur l'épaule de Turtle et dit:

— Qu'est-ce que tu apprends d'intéressant à l'école? Moi, j'aimais surtout la politique.

Turtle se dégage de son emprise et demande à Martin:

— Alors, tu le manges?

Martin tient sa cigarette à la verticale. L'extrémité rougeoyante est à peine visible dans l'obscurité; au-dessus s'élève une tourelle de cendres. Il la fait pivoter lentement, la détaille sous toutes les coutures.

— Tu veux que je mange ce scorpion? demande-t-il.

— Goûte! répète Cayenne.

Turtle voit que la gamine a envie de partager cette expérience avec Martin. Elle veut que cela devienne un souvenir commun. Mais Turtle ne veut pas qu'il le fasse. Elle veut prouver quelque chose d'important à Cayenne, quelque chose au sujet de sa propre substance et celle de Martin. Parce que Martin, pense Turtle, a peur.

— Vous n'avez pas mangé de scorpion, dit Martin.

— Pourquoi on inventerait une connerie pareille? rétorque Turtle.

Martin tire sur sa cigarette, plisse les yeux et les regarde à travers la fumée.

— C'était carrément délicieux, putain, ajoute Turtle.

— Tu ne vas pas bouffer ce scorpion, dit Wallace. Ce serait dingue. De bouffer ce scorpion. Ça doit pas être bon pour la santé. Ils sont pas pleins de poison, ces trucs-là?

— Nan, dit Turtle. Nan, aucun problème.

— Allez, Marty! fait Cayenne.

— Ouais, dit Turtle, allez Marty.

— Si je peux le faire, toi aussi tu peux, dit Cayenne.

— Les filles marquent un point, là, dit Jim.

— Allez, fais pas ta petite connasse, Marty, dit Turtle.

Martin se mord la lèvre. Il finit par dire:

— Vous voulez vraiment me voir manger ce scorpion, hein?

— Ouais, Marty, dit Cayenne. Julia en a mangé un, aussi.

— C'est un truc qu'on doit tous faire, hein?

— Oui! lâche Cayenne.

— D'accord, dit-il.

Il se penche en avant, se frotte les mains en vue d'un examen préliminaire. Le scorpion est tapi sur le monceau de pièces, la queue dressée et les pinces ouvertes.

Martin écarte le pouce et l'index, tend la main puis la retire. Il frotte ses deux doigts comme s'il les préparait au contact de la texture de l'animal.

— Comme ça, dit Turtle. Comme ça. (Elle mime comment attraper le scorpion par la queue.) Allez.

Martin tend à nouveau la main. Wallace se penche pour mieux voir, sans cesser de fumer son cigare. Il n'a pas lâché ses cartes et il hoche la tête, étonné. Martin écarte le pouce et l'index, hésite juste au-dessus du scorpion qui lève la queue et ouvre ses pinces. De minuscules expressions, trop rapides pour être déchiffrées, défilent sur le visage de Martin.

— Vous n'avez pas mangé de scorpion, dit-il.

Il dégaine son couteau Daniel Winkler et enfonce la pointe dans l'animal qui se tord, arque le dos sous la douleur, frappe la lame avec sa queue. Il tend les pinces, les ouvre avec difficulté, avec une urgence déchirante. Martin soulève le couteau, le scorpion empalé au bout, puis il se baisse et le plante dans le sol, et d'un coup de talon, il déloge le corps déformé du scorpion avant de l'écraser sous sa semelle. Il essuie le plat de sa lame contre le bord de la table et lance le couteau au milieu des pièces, des cartes et des canettes de bière.

Cayenne pousse un cri de surprise et porte la main à sa bouche. Turtle tire une chaise et s'assied. Martin la scrute. De cette voix qui dit *allez, soyons sérieux*, un ton sec et légèrement affectueux, magnanime, il dit :

— Bon, allez, vous n'avez pas mangé de scorpion.

Turtle soutient son regard.

Depuis leurs chaises, Jim et Wallace échangent des coups d'œil.

— Mais si, rétorque Cayenne. Je t'ai dit qu'on en avait mangé un.

Martin s'esclaffe, son rire se mue presque en un gloussement, et il ramasse les cartes qu'il entreprend de mélanger.

— C'est ça, dit-il en riant encore. C'est une de ces conneries pour créer des liens affectifs, et voilà que j'ai tout fait foirer. Bien. Bien. Espèces de connes. Bon sang. Faut toujours que j'aie des putains de problèmes pour des putains de conneries. Je fais jamais comme il faut.

Il s'exprime d'un ton mécontent et lésé, il tape les cartes violemment contre le rebord de la table, puis il les coupe, les mélange, tape à nouveau le paquet contre la table, les recoupe et les rebat en pont. Tout le monde reste assis en silence. Il dit :

— La merde, la merde si j'ai des problèmes pour avoir refusé de bouffer un putain d'insecte. La merde. C'est pas comme ça que ça marche à chaque fois ? Bon Dieu, bande de connasses. Toutes les mêmes, avec vos sales esprits tordus de bonnes femmes.

Martin distribue une autre partie et le jeu recommence, le magnifique Daniel Winkler artisanal encore sur la table, la lame maculée de morceaux de carapace et d'entrailles. Après la première manche, les filles sont toujours assises là et la partie s'achève. Quand les hommes se préparent à partir, Turtle attrape Wallace par le bras et lui dit :

— Je te raccompagne.

Wallace acquiesce, ferme le couvercle de son pot de yaourt plein de monnaie, puis se dirige vers la porte, Turtle dans son sillage. Cayenne est assise sur le plan de travail, tient sa main blessée contre elle et regarde partir les joueurs de poker.

Turtle marche avec Wallace jusqu'à la Coccinelle. Turtle sait qu'il a obtenu un diplôme de philosophie dans une université du Nord, elle ne sait pas grand-chose à son sujet, mais elle sait qu'il est différent, dix ans de moins que les autres, plus proche de Jacob dans sa vision du monde que de Martin. Il ouvre sa portière et se poste juste à côté.

— Wallace, dit Turtle, je ne crois pas que Cayenne soit ici de son plein gré. Je crois qu'elle ne devrait pas être ici. Je ne crois pas qu'elle soit en sécurité ici.

Wallace lâche un rire surpris.

— Tu crois qu'elle a été kidnappée ? (Il rit encore.) Julia ! Écoute. Si elle avait été kidnappée, tu crois pas qu'elle serait là à crier : "Au secours ! Au secours !" Non mais… Franchement. La gamine va bien, c'est évident.

Il plisse les yeux et la regarde. Il se tourne vers Martin, qui rit et aide Jim à monter dans son pick-up avant de frapper le toit de la cabine d'un geste guilleret et de s'écrier :

— Les connasses ! J'ai pas raison ? On peut jamais savoir, putain !

Turtle se penche vers Wallace.

— Tu peux en parler à quelqu'un, non ?

— Oh, allez, Julia, dit Wallace. C'est vraiment pas mes oignons, tout ça. Il doit sûrement s'occuper d'elle parce que ses parents sont junkies ou une connerie comme ça. C'est un mec bien. Il a un peu pété les plombs ce soir, d'accord, mais c'est quelqu'un de bien. Et puis, ma chérie, c'est vraiment pas mes affaires, tu sais ? À qui tu veux que j'en parle ? Aux services sociaux ? Allez. Elle est mieux ici. Je connais Martin. C'est un type bizarre, mais il ne ferait jamais de mal à personne. Toi, tu t'en es bien sortie, non ? Une jeune femme forte, voilà ce que tu es devenue.

— Parles-en à quelqu'un, aux flics, je m'en fous, à n'importe qui, dit Turtle.

Wallace s'esclaffe et lève les mains.

— Ouais, dit-il. Ouais, c'est ça !

— S'il te plaît.

— C'est ça. Appeler la police ! Et puis, quelqu'un sonnera chez moi en plein milieu de la nuit, j'ouvrirai ma porte et je me retrouverai face à lui et à son M16.

Wallace rit encore, rien qu'à y penser. Turtle le dévisage. Il ne le croira jamais, pense-t-elle. Il ne le croira pas. Il ne veut pas y croire.

— Et peut-être qu'il aura une bouteille de Jim Beam, continue-t-il avant de rire doucement. Non. Non, Julia. Personne n'est jamais prisonnier.

Il referme la portière, la regarde à travers la vitre, et Turtle y plaque la paume de sa main. Elle a envie de lui hurler quelque chose. Elle a envie de crier. Elle reste plantée dans les hautes herbes, tandis que Wallace s'éloigne, passe une vitesse et redescend la route.

Turtle retourne à la maison et monte dans sa chambre. Là, elle se poste à la fenêtre, le clair de lune baigne la pièce autour d'elle, et elle fait tourner la boîte rose entre ses mains. On y lit, TEST DE GROSSESSE NUMÉRO UN : LE SEUL TEST À VOUS DONNER UN RÉSULTAT 6 JOURS APRÈS L'AMÉNORRHÉE. Dos à la fenêtre, elle s'assied sur le rebord et se mordille la lèvre. Elle pense, Est-ce que Papy était au courant, et est-ce qu'il a laissé couler, et un homme que j'aimais aurait-il pu faire une chose pareille? Elle pense, Non, Turtle, tu t'égares. S'il ne s'est rendu compte de rien, c'est parce qu'il savait à quel point ton papa t'aimait foutument fort, et que s'il t'avait fait du mal un jour, ce n'était qu'une petite goutte dans l'océan de son amour. Papy le savait, alors arrête de penser à lui comme ça car ça ne veut rien dire, et ce qu'il a décidé de faire à la fin, ce n'était pas quelque chose qu'il retardait depuis longtemps, c'était quelque chose qu'il n'aurait jamais dû faire, ni avant, ni à ce moment-là.

Elle tend l'oreille jusqu'à ce que Martin rentre dans la maison. Elle l'entend parler avec Cayenne. Leurs voix murmurent et s'élèvent. Puis il va dans sa chambre et fait les cent pas. Turtle cherche à percevoir un mouvement de Cayenne, mais la gamine est allongée devant la cheminée et lit son livre sans le moindre bruit. Turtle ouvre la boîte et fait tomber les trois petits paquets roses plastifiés dans sa main. Elle les fait rouler en avant et en arrière. Elle pense, Ce n'est pas possible. Ce n'est pas possible que ça m'arrive. Turtle pourrait abattre les murs autour d'elle. La rage l'étouffe, l'étrangle, la possède. Elle pense, C'est impossible.

Elle entend s'ouvrir la porte de la chambre de Martin. Elle l'entend arpenter le couloir. Elle entend ses pas dans l'escalier. Sale enfoiré, pense-t-elle. On ne peut pas continuer comme ça. C'est trop dangereux, putain. C'est un jeu complètement différent, maintenant. Il se poste devant sa porte. Elle détache les pressions de l'étui et dégaine à moitié le Sig Sauer. Il ouvre la porte, reste sur le seuil. Elle se fige. Elle se sent paralysée. Le monde tournoie autour d'elle. Elle regarde les chaussures de Martin. Des tremblements se succèdent le long de ses jambes jusqu'à ses cuisses. Sa main droite est posée sur le Sig, contre ses reins, et se resserre autour de la crosse en polymère.

Il entre dans la chambre. Il lève le menton de Turtle avec l'articulation de son index, elle passe un bras autour de lui et inspire son odeur, laine et cigarette et graisse à fusil. Elle n'a toujours pas lâché le Sig Sauer. Il la porte jusqu'à sa chambre en bas, et elle éprouve un besoin irrépressible d'être avec lui. Il est si imposant que se retrouver entre ses bras lui donne la chair de poule tant c'est bon, c'est comme revenir chez elle, comme retourner en enfance. Martin la tient tendrement dans un bras tandis qu'il actionne la poignée ronde en verre ciselé de l'autre main, puis il ouvre la porte d'un coup de pied et fait entrer Turtle dans cette chambre où les vêtements sont éparpillés au sol, où elle voit un nouveau lit et de nouveaux draps et une nouvelle table de chevet. L'ombre des feuilles et des chatons d'aulne joue parmi les blessures béantes des murs à l'endroit où elle a arraché les vis et démonté les étagères. L'étrange interstice familier subsiste entre le mur et le sol, et cette ligne sombre lie les éléments de la pièce, un fossé infranchissable où les deux se rejoignent, un fossé s'ouvrant sur la pénombre des fondations qui exhalent leur parfum froid, minéral et féminin, et Turtle imagine les larges poutres de ces fondations posées sur le grès et la terre sous la maison, sous le plancher, les recoins obscurs envahis de toiles d'araignées. Il la porte jusqu'au lit et la jette en l'air, elle reste suspendue un instant dans la lumière argentée et striée d'ombres, puis elle retombe sur le lit, sur la couette en plumes, les draps imprégnés d'un parfum de sueur et de tabac, elle reste étendue à l'endroit où elle a atterri comme si elle était incapable de bouger, comme si elle n'était qu'une marionnette et non une fille, la tête inclinée, les yeux ouverts et rivés sur le mur en contreplaqué, Martin lui retire son pantalon et le lance sur le côté, puis il fait glisser sa culotte et la jette aussi, et le dessin des feuilles sur le mur est tantôt net, tantôt flou. Elle voudrait pouvoir étancher sa solitude, d'une manière ou d'une autre. Elle voudrait rester étendue là et qu'on l'essore de toute sa personnalité. Il s'agenouille entre ses cuisses, elle pose la main dans ses cheveux et crie de chagrin, de haine envers elle-même, elle crie d'un plaisir suspendu et terrible. Quand c'est terminé, elle reste allongée dans les draps emmêlés, indifférente et insensible, tandis que Martin s'assied au bord du lit, appuyé à un genou, haletant, sanglotant presque – tout ce qu'elle a à faire, c'est attendre en silence tandis que l'éventail de ses flancs monte et descend, peiner et lutter jusqu'à ce que disparaisse tout ce qu'elle percevait de sacré en lui, et ensuite... elle ignore quoi. Ils attendent un long moment dans la pénombre après ce qu'ils viennent de faire, et c'est différent d'avant, et Turtle refuse de parler, refuse de bouger. C'est comme si elle pouvait rester immobile, qu'elle pouvait détendre chaque vestige d'elle-même dans ses membres. Elle ne passera pas de longues nuits en compagnie de son propre esprit, elle ne devra plus se lever de ce lit ni admettre qu'elle y est venue, elle ne peut rien faire, elle ne peut rien être, et il n'y aura pas de douleur. Elle la sent pourtant, partout dans la chambre, qui grimpe aux murs, tapie dans l'ombre des draps, qui respire dans l'interstice noir entre le plancher et le mur, une douleur menaçante qui s'amasse et grandit et l'attend, la douleur d'être elle-même, chaque instant long, et particulier, et atroce.

— Putain, dit-il au bord du lit.

Elle ne le regarde pas.

— Putain. Tes foutues entrailles, Croquette.

Turtle ne dit rien.

— Dans ces entrailles remplies de haine, dans cette crasse humide et gluante, et à nouveau dans la haine et dans la crasse et dans le néant.

— Ferme-la, dit Turtle.

— Dans la haine et dans la crasse et dans le néant.

— Mais ferme ta gueule, dit Turtle en s'asseyant.

— Tes entrailles pleines de pourriture, Croquette.

Turtle se lève et il l'observe. Elle se dresse au milieu de la chambre, elle cherche sa culotte mais ne la trouve pas, elle marche çà et là tandis qu'il reste assis, ses larges épaules voûtées, maussade et strié par l'ombre des aulnes, sa silhouette énorme et silencieuse et penchée tandis qu'il la regarde ramasser les éléments sombres de ses vêtements et les manipuler afin de les identifier, et trouver enfin son pantalon qu'elle enfile sous ses yeux, et elle soutient son regard avec haine, et elle pense,

Tu aurais au moins pu m'accorder ça, tu aurais au moins pu faire ça, mais la vérité, c'est que tu ne me donnes rien, pense-t-elle en remontant son pantalon et en le laissant pendre à ses hanches et en rengainant son pistolet tandis que Martin la regarde s'habiller, et elle pense, Vas-y, regarde, connard. Je ne sais pas comment sortir de là, et je ne sais pas si je peux sortir de là, alors on verra bien, j'imagine. Vas-y, regarde, pense-t-elle, parce qu'il y a un truc qui cloche chez moi, si j'accepte de prendre ce risque, si je te laisse me faire tout ça. Il la regarde et elle reboutonne son pantalon, et puis elle s'interrompt, elle se tient droite devant lui et le laisse l'admirer, puis elle sort de la chambre, longe le couloir et s'approche de la table de poker. Il y a une règle, pense-t-elle, une règle que la vie t'a enseignée, que Martin t'a enseignée, cette règle c'est que toutes les petites moules aux cuisses humides comme toi ont ce qu'elles méritent. Une lumière faible entre par les fenêtres et se dégage du feu mourant. Cayenne pleure doucement devant la cheminée, et Turtle pense, Putain.

Elle n'a pas pensé un seul instant que la gamine puisse les avoir entendus, et elle ne peut rien lui expliquer, elle reste plantée à la table de poker et pense à tout ce que Cayenne a entendu, et elle pense, Putain, putain, putain. Elle ne supporte pas l'idée que Cayenne l'ait entendue entrer dans la chambre, elle ne supporte pas l'idée que Cayenne l'ait entendue consentir. Ça a toujours été si intime. Turtle reste là à écouter Cayenne pleurer et pleurer. Elle pense, Je vais remonter dans ma chambre et laisser cette connasse pleurer. Tu crois franchement que j'en ai quelque chose à foutre d'elle ? Tu crois qu'elle a de l'importance pour moi ? C'est une connasse comme les autres, et sa féminité creuse des trous dans son esprit. Et moi, je n'ai rien pour elle, elle ne m'aura pas, et je n'ai rien à donner, et personne ne peut s'attendre à ce que je le fasse, personne ne pourrait s'attendre à ce que j'en aie quelque chose à foutre d'elle.

Bon, pense-t-elle, Jacob s'attendrait à ce que tu l'aides. Jacob ne douterait pas un instant que tu l'aides. Mais Jacob est un petit merdeux pourri gâté qui ne comprend pas la profondeur des choses, parfois. À quel point elles sont terribles, jusqu'à quelles abysses insondables la pourriture peut se propager. Retourne dans ta chambre, Turtle, parce que cette gamine n'est rien pour toi. Mais en pensant à Jacob, elle s'approche de la fille et s'assied à côté d'elle et la prend dans ses bras. Elle n'éprouve rien, et elle ignore pourquoi elle le fait, juste comme ça. Elle enlace la petite fille et elle pense, Elle n'est rien pour moi. Cette connasse n'est rien pour moi. Je pourrais la tuer s'il me le demandait. Je pourrais le faire, et ça me pèserait un peu, mais ça ne signerait pas la fin de moi-même. Elle lui demande de se taire et Cayenne dit :

— J'ai peur, Julia, je veux ma maman. Je veux vraiment, vraiment ma maman.

Elle le répète, encore et encore, comme si elle espérait que Turtle lui réponde quelque chose, mais Turtle ne peut que la serrer davantage contre elle.

Turtle répond enfin :

— Hé, Cayenne.

— Ouais ?

— Ne m'appelle pas Julia.

— Ah bon ?

— Non, dit Turtle

— Ça te plaît pas ?

— Ça me donne la gerbe.

— Pourquoi ?

— Je sais pas. C'était le nom qu'utilisait ma mère.

— Alors comment je t'appelle ?

— Turtle.

— Turtle ? répète Cayenne.

— Ouais.

Cayenne renifle, mais sa curiosité est un peu piquée. Elle suçote une mèche de cheveux humides de morve qu'elle finit par glisser derrière son oreille, elle se mouche et jette un coup d'œil à Turtle, des rides apparaissent et disparaissent sur son front en rythme avec la colère et l'amusement.

— Mais, c'est... dit-elle. Non, c'est débile. Non.

— Ah non?

— Tu peux pas t'appeler *Turtle*. T'as rien d'une tortue.

— Et pourquoi ça?

— Parce que t'es tellement jolie.

Turtle s'esclaffe.

— Mais si. Tu es tellement jolie.

— Cayenne. Il y a des choses qui m'importent. Mais il y a un truc dont je me contrefous totalement, tu sais ce que c'est?

— Quoi?

— La beauté.

— Oh.

— Quoi?

La gamine secoue la tête.

— Qu'est-ce qui va pas?

La gamine se sent réprimandée. Turtle l'enlace et la berce d'avant en arrière, elle éprouve quelque chose de féroce, une émotion qu'elle ne parvient pas à identifier. Quelque chose de très semblable à de la volonté.

— C'est bon. Je te taquine juste.

Cayenne acquiesce. Mais elle affiche encore un air blessé.

— Je ne dis pas que tu ne devrais pas t'intéresser à la beauté, toi. Je ne dis pas que c'est mal de s'y intéresser, ou que tu as tort. J'essaie juste de te dire. Tu sais. J'ai d'autres trucs en tête.

— D'accord, dit Cayenne.

Sa voix est faible et haut perchée, elle ne dégage aucun ressentiment. Turtle enlace la gamine et pense, Je ne laisserai rien ni personne te faire du mal. La pensée lui vient spontanément et elle sait que c'est faux. Mais ça lui plaît, ça lui plaît de songer qu'elle puisse être quelqu'un comme ça – et elle répète cette pensée, elle suspend un instant sa propre incrédulité et pose la joue contre les cheveux de la gamine, et elle dit:

— Je ne laisserai rien ni personne te faire du mal.

Cayenne pleure et pleure.

— Pourquoi tu l'as fait? demande-t-elle.

— Je ne sais pas, répond Turtle.
— Pourquoi tu l'as laissé faire ?
— Je ne sais pas.
— Turtle ?
— Je crois que les gens ne savent pas vraiment pourquoi ils font ce qu'ils font. Ils pensent juste le savoir.
— C'est vrai ?
— C'est seulement quand la situation devient difficile qu'on se voit mal agir.

Cayenne sanglote.

— Tu n'as pas peur ? demande-t-elle.
— Si, dit Turtle, et elle sait que c'est la vérité seulement après s'être entendue le dire.

Les sanglots de Cayenne redoublent, elle tremble et halète, et Turtle serre l'enfant dans ses bras, l'attire sur ses genoux. La gamine mord l'épaule de Turtle qui sourit. Cayenne secoue la tête comme un chien agacerait un rat. Turtle serre la gamine dans ses bras, elle est menue, des tibias minces et de minuscules pieds osseux, et ses cheveux sont rêches et rugueux contre la joue de Turtle. Ils lui collent aux lèvres, et la gamine tend les bras et les passe autour du cou de Turtle, et Turtle ne dit rien, mais elle la serre, et en la serrant ainsi, elle pense, Voilà un truc dont je peux m'occuper, et si je ne peux pas lui donner d'amour, je peux au moins m'en occuper, et je peux faire ça, peut-être. Je ne suis pas comme lui, et je sais m'occuper des choses, et je peux m'occuper d'elle, aussi, peut-être, même si je ne suis pas sûre que tout ça soit vrai, et même si ça ne me tient pas tant à cœur que ça, je peux peut-être sauver quelque chose, en m'occupant simplement de cette petite connasse. Turtle l'enlace, elle fredonne un peu, son menton contre la tête de Cayenne, les jambes de la gamine blotties contre le pli de son coude.

24

Turtle se réveille quand la lumière extérieure s'allume. Elle récupère le fusil sur les clous au mur, enfile son jean et un T-shirt blanc. Elle coiffe une casquette en toile afin de ne pas avoir les cheveux dans le visage, et elle sort discrètement de sa chambre, descend l'escalier. Martin est debout dans le salon avec un AR-15 modifié, il observe le pré par la fenêtre coulissante. Il se tourne et la regarde, les yeux plissés, lorsqu'elle descend les marches. Cayenne est assise devant l'âtre éteint et froid, emmitouflée dans sa couverture. Turtle approche. De son pouce, Martin gratte sa barbe naissante. Il fait un geste de la main en direction de la fenêtre et du pré baigné de la lueur froide de l'halogène.

— Tu crois qu'il y a quelque chose là-bas dehors ? demande-t-il.

— Non, dit Turtle.

— Non ? répète-t-il. Mais tu n'en sais rien. On ne sait pas ce qu'il y a dans le pré. Pas vrai ?

— Non, on ne sait pas.

Il secoue la tête lentement et sourit.

— C'est un cerf, lui dit-elle.

— C'est pas génial ?

Il s'approche de la paroi de verre, pose la main dessus, s'y appuie, le pré au-delà est un ensemble d'ombres disparates et difformes, la lumière se reflète sur les tiges d'herbe.

— On est là, dit-il, aux limites de l'incertitude, et on s'interroge non seulement sur les particularités d'un tel instant, mais de tous ces instants. Qu'est-ce qui se tapit derrière le visible? Qu'y a-t-il dans l'herbe, Croquette? Qu'est-ce qu'il y a, là-bas?

— Rien, Papa, dit-elle.

— Rien, Papa, répète-t-il d'un ton agacé.

Puis il se moque d'elle, sans détacher sa main de la vitre, scrutant le pré au-delà de son propre reflet, et de là où elle se tient, il semble affronter cette image délavée de lui-même, incliné en avant, épuisé contre le verre.

— C'est bien le problème avec toi, sale petite conne : tu crois savoir ce qu'il y a dehors. Mais tu n'en sais rien. Tu es habitée d'une telle pauvreté intérieure, une pauvreté d'esprit, d'imagination, de cœur. En vérité, parce qu'on ne sait pas, eh bien pour nous, il y a à la fois quelque chose et rien dans ce pré. C'est le paradoxe de Schrödinger. Le monde est riche de potentiel, Croquette, et ces deux états coexistent en nous, conjointement en cet instant; il n'y a rien dans le pré; et au même moment, il y a quelque chose là-bas, quelque chose d'inconnu. Sans aucun doute une pauvre merde sur le point de mourir. Peut-être ton petit copain, peut-être qu'il est là-bas en ce moment même, dans l'herbe, et qu'il se chie dessus tellement il a peur. Il s'est dit qu'il passerait te dire salut, voler à ton secours en ces temps difficiles. Eh bien. On ne peut pas le savoir avant d'en avoir eu le cœur net. Pour l'instant, rien n'est vrai, ce n'est que suggestions, et ce que tu crois n'explique rien sur le monde, mais tout sur toi. Et ainsi tu dessines ton chemin à travers la vie.

Turtle s'approche de la vitre. Père et fille, côte à côte, présents face à leurs reflets partiels et jumeaux. Au-delà, la lumière éclaire l'herbe, un entrelacement intriqué d'ombres et de tiges dorées. Un potentiel fertile semble s'étaler juste là, devant la fenêtre. Elle sent le test de grossesse contre sa cuisse, toujours dans son emballage.

La lumière s'éteint. Il lui ébouriffe les cheveux. Sans un mot, il s'éloigne. Elle ne voit rien d'autre que la buée de son souffle sur le verre devant elle. Elle ouvre la fenêtre et sort sur le porche froid et mouillé, elle le traverse jusqu'à la balustrade, elle inspire le parfum du pré, elle écoute les frémissements de l'herbe, les doux soupirs lointains de l'océan. La nuit lui semble endeuillée. Elle espère presque, avec une sorte d'amertume, que quelque chose jaillisse. Elle supplie, elle le souhaite de toutes ses forces.

Putain, pense-t-elle. Putain. Y a rien là-dehors. Elle descend les marches du porche, la lumière se rallume dans un cliquetis. Elle traverse les graviers de l'allée jusqu'à l'extrémité du pré. Elle pense que Martin doit l'observer depuis la fenêtre, et elle songe au spectacle qu'elle doit offrir, une fille baignée de lumière, tenant un fusil par la culasse, dans l'herbe jusqu'à la taille, vêtue d'un T-shirt blanc et d'une casquette en toile, contemplant un flanc de colline lisse et évoluant dans une ronde patiente.

Elle avance péniblement, l'odeur puissante de végétation écrasée lui parvient, moutarde sauvage et ravenelles. Elle marche jusqu'à la route et se poste au bord de l'asphalte. À côté d'elle, Slaughterhouse Creek coule dans une ravine aux parois abruptes si envahies d'épais fuchsias que le cours d'eau est invisible, ses berges en grès orange. Elle descend, pénètre dans l'eau jusqu'aux genoux. Elle doit écarter les fuchsias à deux mains pour suivre le courant, le froid lui engourdit les pieds. Elle arrive à une buse qui passe sous la route, assez large pour qu'elle s'y engouffre, et l'eau résonne dans le tunnel.

À l'autre bout, l'océan déferle sur les galets. La marée est basse; une masse noire de cailloux s'étend, chaque galet pareil à un œil de lune, chacun d'eux arborant la texture douce et moite de la chair, leur multitude étalée là devant elle. La plage respire comme un être vivant, et elle sent les relents boueux de l'estuaire. L'eau commence sa course à la source de Slaughterhouse Creek, dans l'immense tambour rocheux, et se jette ici.

Dans la bouche du tunnel, elle se déshabille. Et nue, sans lâcher le fusil, elle se glisse dans le caniveau gluant d'algues, une main sur la paroi d'acier ondulé, le sol sablonneux. Le tunnel

GABRIEL TALLENT

sent le métal et l'eau calcaire, le ruisseau projette d'étranges quadrillages de rubans de lune sur le plafond. Elle écarte les rideaux de capucines orange en pleine floraison et elle saute dans le bassin. Au fond s'étale une boue d'argile froide qui modèle l'empreinte de ses pieds. L'eau lui monte jusqu'à la poitrine, elle respire tout autour d'elle, la zostère s'enroule çà et là autour de ses jambes. Turtle passe le fusil sur ses épaules. Ses pieds impriment des traces tièdes dans la boue. Elle repousse le bois flotté et grimpe sur une avancée de roche granuleuse ponctuée de cailloux et de gros galets noirs. Le tablier blanc d'écume avance et recule dans l'obscurité. Quand les vagues s'étirent, elles poussent la mousse jusqu'à ses pieds. Turtle est couverte de vase de l'estuaire. Des morceaux de zostère lui collent aux jambes. L'océan dégage une odeur aussi âcre et puissante qu'une bouche ouverte autour d'elle.

Elle pense, Turtle Alveston, il t'a violée et tu en as redemandé. Soit tu es déjà enceinte, soit tu le seras bientôt. Si tu pars, il ira dans le salon et tuera Cayenne. Puis il roulera jusqu'au 266 Sea Urchin Drive et tuera Jacob. Il faut que tu comprennes dans quelle situation tu te trouves. Tu dois vraiment bien comprendre, bon Dieu, sans te mentir à toi-même.

Elle éjecte une munition de la chambre, la soupèse dans sa main, la fait rouler d'avant en arrière. C'est un fin cylindre vert de plastique, avec un petit rebord en cuivre, assez lourd pour sa taille. Elle reloge la balle dans la fente, fait glisser la pompe jusqu'au bout, sent le verrou se refermer, la balle fermement logée dans la chambre. Elle s'assied en tailleur sur la pierre mouillée et humide, elle place le canon dans sa bouche, goûte les résidus de poudre, pose le pouce sur le pontet et place le canon contre son palais. Elle s'imagine appuyer sur la détente. Le coup partirait. Une charge brûlante de chevrotine 00 et de coque en plastique granuleux jaillirait du canon, contenue dans la cartouche en plastique. La cartouche heurterait son palais et exploserait en un éventail de doigts plastifiés, les billes de plomb se déverseraient. Elle s'imagine assise, raide et droite, tandis que son esprit déferle de son crâne béant et

368

fendu, fleurissant, vaste, rouge, trempé, s'étirant l'espace d'un unique souffle profond et fugace.

Turtle pense, Appuie sur la détente. Elle n'imagine aucune autre voie. Elle pense, Appuie sur la détente. Mais si tu n'appuies pas, retourne dans le ruisseau, franchis à nouveau la porte, prends possession de ton esprit car ton inaction est en train de te tuer. Elle reste assise à contempler la plage et elle pense, Je veux survivre à tout ça. Elle est surprise par la profondeur et la clarté de son désir. Sa gorge se serre, elle retire le fusil de sa bouche, des filets de salive accompagnent le mouvement, elle les essuie. Elle se lève, regarde les vagues, pénétrée par leur beauté. Son esprit tout entier lui paraît réceptif et brut. Elle éprouve une gratitude fulgurante et immense, un émerveillement spontané pour le monde entier.

Elle patauge à nouveau parmi la zostère, se hisse dans le caniveau, le fusil posé négligemment sur une épaule. Elle fouille dans les poches de son jean roulé en boule, elle déchire l'emballage rose d'une main et sort le test de grossesse. Elle s'adosse à la paroi du caniveau, elle dirige le faisceau de la lampe du fusil sur le plafond et lit les instructions, puis les relit. Son visage est engourdi. Ses lèvres sont engourdies. Elle porte son poing fermé à son front, elle tremble de tous ses membres, et elle pense, Si c'est ça, si c'est à l'intérieur de toi, tu pourras t'en occuper aussi. Elle éteint la lumière et s'accroupit, nue, dans le caniveau et le quadrillage de lumière argentée qui se reflète sur elle depuis le ruisseau, et elle pisse sur le petit bâton en plastique fragile, pieds nus, dans l'eau froide jusqu'aux chevilles. Puis elle demeure assise dans la pénombre, le dos contre la paroi ondulée, le canon du fusil posé, réconfortant, contre son visage, contre son front, elle laisse filer le temps, elle attend que les deux lignes roses du résultat positif apparaissent peu à peu, elle enfonce son poing dans sa bouche. Elle sent peser en elle le poids mort de la certitude.

Elles n'apparaissent pas. La petite fenêtre ovale du résultat n'affiche qu'une unique ligne rose. Le test de grossesse est négatif. Elle rallume la lampe du fusil, la dirige sur le bâton en plastique. La lumière est si éclatante, si aveuglante, qu'elle peine à voir. Même chose. Négatif. Elle n'éprouve aucun soulagement. Ce n'est peut-être même pas vrai, elle l'a peut-être fait trop tôt. Mais si c'est la vérité, pense-t-elle, si cela aurait pu se produire mais qu'il n'en est rien... Elle s'interrompt. Tu as eu de la chance, pense-t-elle. Ne gâche pas ça. Elle tremble. Son visage se fige en une expression qu'elle ne comprend pas. Elle se baisse jusqu'à s'asseoir, jambes écartées dans l'eau froide, les bras enroulés autour d'elle, elle se sent brisée et vide.

25

TURTLE est assise en tailleur par terre et nettoie le Remington 870 quand Martin sort de la salle de bains et dit :
— Mais putain, Croquette.
Puis il s'arrête, la regarde comme s'il la voyait pour la première fois.
— Tu nettoies encore ce flingue ?
Turtle ne lève pas les yeux.
— Tu pourrais tirer avec ce truc chaque jour pendant des années avant qu'il te fasse faux bond. Ce truc est bien assez propre. Et puis, de toute façon... à quand ça remonte, la dernière fois que tu as tiré avec ? Il n'est pas sale. Tu n'as pas pu le salir.
Turtle ne lève toujours pas les yeux.
— C'est une sorte d'obsession chez toi, pas vrai ? dit Martin.
Turtle soupire et lève les yeux.
— T'avise pas de me regarder comme ça, dit-il.
— Qu'est-ce que ça peut te faire ?
— J'en ai rien à foutre. C'est juste que tu passes ton temps à le nettoyer, le nettoyer, le nettoyer, et bon Dieu, ça n'a aucun intérêt. Laisse-le donc tranquille. Les flingues, c'est sale, un point c'est tout.
— Qu'est-ce que tu t'apprêtais à dire ?
Il entre dans la cuisine, sort une bière du frigo. C'est comme s'il avait envie de dire quelque chose mais qu'il n'y arrivait pas, ou peut-être qu'il n'arrive pas à le formuler dans son propre esprit.

— Ça me dérange pas, dit-il. Je m'en fous. C'est juste…
Turtle attend.

Martin fait un geste furieux en direction de la salle de bains.

— Je sais pas ce qui lui pose problème, tu peux juste demander à Cayenne de se bouger le cul et d'aller au bain ?

Turtle se lève, range son kit de nettoyage et son fusil, jette la serviette sur son épaule et se rend à la salle de bains où Cayenne se tient au milieu de la pièce, bras croisés, le front plissé d'un air féroce, tandis que la baignoire se remplit d'une eau vert bleuté et que de la vase s'accumule sur le fond en porcelaine.

— J'ai pas envie de prendre un bain, annonce-t-elle à Turtle.

— Ah non ?

Turtle jette un coup d'œil à la veuve noire dans sa toile derrière le support de la douche, près du renfoncement du chauffe-eau. Elle a presque la couleur du cuir noir, avec un abdomen bulbeux et mince, des pattes pareilles à des aiguilles articulées, et elle tape sur sa toile d'un air menaçant, fait trembler la structure tout entière. Son sablier rouge est visible. Sa toile est emmêlée et désorganisée, constellée de cocons de proies mortes. Turtle pose ses affaires par terre. Elle s'approche du mur, tend la main dans l'interstice et brise les fils de la toile dans un crissement semblable au son de la gazéification.

— Non, Turtle ! s'écrie Cayenne. Attends ! Arrête !

Turtle retire la main du trou. De vieilles toiles d'araignée soyeuses s'accrochent à ses doigts. Cayenne porte les mains à son visage :

— Laisse-la tranquille. S'il te plaît, laisse-la tranquille.

L'araignée s'agite dans sa toile cassée.

— Laisse-la tranquille, répète Cayenne.

Turtle s'assied à côté de son fusil.

— Tu restes avec moi ? demande Cayenne.

En guise de réponse, Turtle étale la serviette et y dépose le fusil, ouvre le coffre en bois qui contient son kit de nettoyage. Elle démonte le canon qu'elle installe sur la serviette.

— Je croyais qu'elle te faisait peur, dit Turtle.

— Ouais, dit Cayenne en tournant le robinet d'eau chaude.

Ouais, c'est vrai. Elle a quel âge?

— Presque deux ans, dit Turtle. Habituellement, elles vivent pas aussi près de la côte. Elle est arrivée dans un tas de bois que Marty a acheté à Comptche.

— Martin l'apprécie beaucoup, dit Cayenne.

— Pas sûre qu'"apprécier" soit le bon terme.

Cayenne s'approche nerveusement de la baignoire et actionne encore le robinet d'eau chaude. Puis, en jetant quelques coups d'œil à l'araignée agitée, elle commence à retirer son pantalon. Turtle entreprend de nettoyer le canon à l'aide d'une brosse en cuivre de diamètre 12.

— Turtle, dit Cayenne.

— Hmm?

Turtle enfonce l'écouvillon dans le canon.

— Turtle?

— Ouais?

Turtle lève les yeux.

— Rien, dit Cayenne en secouant la tête.

Elle entre dans la baignoire et s'y assied, pose le menton sur le rebord et dévisage Turtle.

— Turtle.

— Hmm?

— Comment ils s'appellent, ces champignons?

Turtle reste assise là, le canon en travers de ses cuisses. Cayenne inspecte les champignons qui poussent sur le chambranle de la fenêtre.

— Dis-moi ce que tu vois, quand tu les regardes, dit Turtle.

— Mais comment ils s'appellent?

— Qu'est-ce que ça peut faire, comment ils s'appellent?

La gamine reste à réfléchir un long moment, murmurant "hmm" et "oh" comme pour elle-même, émettant des petits bruits audibles tout au long de son observation, puis elle se tourne vers Turtle, puis à nouveau vers les champignons. Turtle enfonce toujours la brosse dans le canon.

— Peut-être que j'aurais envie d'écrire un livre sur toi, dit Cayenne, et je voudrais parler de ta salle de bains, et dire que la fenêtre était couverte de champignons, que c'était telle et telle sorte de champignons, et du coup, j'aurais besoin de connaître leur nom.

— Tu n'es pas en train d'écrire un livre.

— Mais peut-être plus tard.

— Leur nom n'a pas d'importance, réplique Turtle.

— Ils ont comme des petits volets sur eux.

— Hmm.

— Comment ça s'appelle, ces trucs-là?

— Des petits volets.

— Ça s'appelle pas comme ça.

— Mais quel intérêt de savoir comment ça s'appelle?

— Ça m'intéresse, moi, dit Cayenne. Est-ce que ça s'appelle des stores?

— Toi et moi, on peut les appeler des stores.

— Des persiennes, dit Cayenne.

— Tu viens d'inventer le mot?

— C'est un genre de store. Ils en ont dans les châteaux.

— Ah.

— Mais comment ils s'appellent vraiment?

— Eh bien, à quoi d'autre ils ressemblent? À quoi ils servent?

Cayenne grimace, agacée. Elle retrousse le nez et tire la langue à Turtle, et Turtle retourne à son canon.

— C'est des champignons vénéneux? demande Cayenne. Est-ce qu'on peut les manger?

Turtle secoue la tête.

— Je croyais qu'on pouvait manger des champignons pour survivre.

— La plupart du temps, ça ne vaut pas la peine de manger des champignons, dit Turtle. C'est un peu comme l'herbe. Ce serait comme manger des rognures d'ongles, ça ne te ferait aucun bien, il y en a très peu qui sont comestibles, mais la plupart sont dangereux et quasiment impossibles à différencier.

— Mais si tu es en train de mourir ?

— Seulement si tu es vraiment sûre de toi.

— Parle-moi des champignons, dit Cayenne. Dis-moi comment les choisir pour rester en vie.

Turtle ne répond rien.

— Raconte-moi les champignons que tu mangerais si tu étais obligée.

Cette fois encore, Turtle ne répond pas. Cayenne la dévisage, ne semble pas savoir quoi dire pour solliciter une réaction.

— Turtle.

— Hmm.

— Turtle.

— Oui ?

— Turtle, raconte-moi les champignons que tu mangerais si tu étais obligée, pour survivre.

— Je n'en mangerais pas, dit-elle en enfonçant la brosse dans l'orifice du canon.

— Turtle.

— Quelqu'un d'autre le ferait peut-être. Moi, je n'ai jamais appris.

— Turtle, dit Cayenne d'un ton pressant. Je veux pas que tu la tues.

Turtle ramasse l'exemplaire de *Tentation* par terre, elle l'ouvre à une page blanche, vise la surface immaculée en guise de rétroéclairage du canon. L'intérieur est propre, l'acier impeccable, son reflet sombre, la lumière épouse parfaitement la courbe.

— Tu sais pourquoi ? demande Cayenne.

— Non.

— Demande-moi pourquoi.

— Pourquoi ?

— Je la trouve plutôt belle. Tu trouves pas, toi aussi ? Que Virginia Woolf est plutôt belle ? Et aussi plutôt effrayante ?

— Hmm.

— Turtle ?

— Oui ?

— Tu vois ce que je veux dire ? Que tu n'es pas obligée de la tuer, pas vraiment ?

Turtle observe Cayenne.

— Oui, je comprends.

— Tu l'aurais tuée, juste comme ça ? À mains nues ?

— Oui.

— Pourquoi tu ne l'as pas fait avant, alors ?

Turtle ne dit rien.

— Turtle ?

— Hmmm ?

— Turtle ?

— Oui.

— Pourquoi tu ne l'as pas tuée avant, si tu étais prête à le faire ? Si c'est si simple pour toi. Pourquoi tu ne l'as pas fait avant ?

— Je crois que je ne m'en suis jamais inquiétée avant qu'elle ne t'embête.

— Alors tu l'aurais tuée pour moi ?

— Oui.

— Turtle ?

— Bon sang. Quoi ?

— Rien, dit Cayenne, gênée.

Elle s'enfonce dans l'eau de la baignoire, hors de vue. Turtle termine de nettoyer son arme et entreprend de la réassembler. Le téléphone sonne.

— Turtle, dit Cayenne doucement, se redressant dans la baignoire.

Le téléphone sonne à nouveau.

— Va décrocher, dit Cayenne.

— Pourquoi ?

— Parce que. J'ai envie de savoir qui n'arrête pas d'appeler.

— C'est personne.

— Turtle.

— Quoi ?

— Je sais qui c'est.

Elle le dit d'une voix espiègle, taquine.

Dans le salon, le téléphone sonne à nouveau.

— Je crois que tu devrais aller répondre, dit Cayenne. Depuis que Martin a rapporté le nouveau téléphone, ça sonne tout le temps.

— Il est dans une frénésie d'achats, dit Turtle. Une table, des chaises, un nouveau lit, un nouveau téléphone. Le téléphone sonne et sonne encore.

— Tu as jeté l'ancien téléphone, insiste Cayenne.

Turtle reste assise à nettoyer l'arme.

— Martin dit que c'est ton *amoureux secret*.

Cayenne s'intéresse beaucoup à Jacob. Turtle se lève et va dans le salon. Martin est accoudé au plan de travail avec sa bière, et il fait un geste du menton en direction du téléphone au mur.

Turtle s'y rend et décroche le combiné.

— Turtle?

La voix de Jacob est nette, une brosse en cuivre de dimension parfaite qui plonge à travers sa gorge serrée et jusqu'à ses entrailles. Elle appuie la base de sa paume contre le mur.

— Je peux pas te parler, dit-elle.

— Écoute-moi.

— Non, toi, écoute.

Turtle ne peut pas s'autoriser à laisser diminuer sa haine, elle ne peut pas commencer à avoir besoin de lui, pas maintenant, et elle ignore ce que cela signifierait d'avoir besoin d'une chose qu'elle ne peut pas avoir, et elle ne supporte pas de penser à Jacob tandis qu'elle est étendue, moite de sueur, à regarder l'ombre des feuilles d'aulne, tantôt nette, et tantôt floue sur le mur en contreplaqué.

— Turtle, dit Jacob. Je...

— Non.

— Turtle...

— Non.

— Je t'aime, dit-il. Je ne sais pas quoi...

Elle raccroche. Du bout du doigt, Martin touche le grain du bois sur le plan de travail. Cet homme contient la somme de toutes les vérités qu'elle comprend, et elle ne peut pas le regarder sans les voir en lui.

Elle retourne à la salle de bains, où Cayenne se lave avec le savon Dr. Bronner. Turtle s'assied sur le rebord de la baignoire. La pièce sent la menthe. Elle regarde les champignons qui poussent sur le chambranle de la fenêtre, puis elle regarde Cayenne, elle la regarde vraiment, et elle se surprend à aimer la ligne de ses épaules, la crête de son omoplate qui roule sous sa peau brun-rouge, la courbe incurvée et glabre de ses aisselles lorsqu'elle lève les bras. Son doigt est encore enveloppé dans l'attelle et la gaze, et protégé par un sachet en plastique. Turtle pense, J'espère que rien de mal ne t'arrivera jamais. J'espère que tu resteras toujours comme ça, exactement comme ça, et en pensant cela, elle reste figée, elle regrette tout, elle pense, Bon sang, qu'on puisse faire du mal à une gamine comme elle, regardez-la. Non mais regardez-la.

Cayenne montre les champignons sur la fenêtre :

— Comment ça ferait, d'être tout petits, Turtle ? Les champignons ressembleraient à des arbres, non ?

Turtle sourit et ne sait pas quoi répondre, elle se contente de secouer la tête, puis elle se ravise.

— On vivrait dans la crainte permanente du furet à queue noire.

— Celui qui vit sous le sol de la cuisine ?

— Exactement.

À ces mots, Cayenne acquiesce d'un air sombre – elle n'avait pas songé aux périls, mais elle les accepte désormais.

— Je crois qu'il faudrait qu'on lui donne un nom, au furet, dit-elle. C'est mal de le laisser sans nom.

— Comment tu voudrais l'appeler ?

— Dilbert, répond Cayenne.

— Dilbert ?

— Ou alors Rodrigo.

Elles restent toutes les deux assises en silence. Turtle reprend l'arme et l'essuie avec le chiffon.

— Je ne sais pas comment ils s'appellent, dit Turtle.

— Oh.

Cayenne scrute chaque mouvement de Turtle.

— Turtle?

— Des branchies.

— Ah. Mais je préfère "persiennes".

— Moi aussi, dit Turtle. Mais c'est pas aussi un pays, ça? La persienne?

— Non, dit Cayenne.

— Oh. Je croyais que c'était... un endroit.

— Comme quoi, Turtle?

— Je sais pas.

— Où ça?

— En Europe?

— Tu crois que l'Europe, c'est plus grand que Wenatchee? demande Cayenne.

— Je sais pas, j'y suis jamais allée.

— À Wenatchee?

— Ni là, ni en Europe.

Après le dîner, Martin et elle s'installent sur le porche et discutent, Martin fume un cigare et inspecte la cendre qui se forme à l'extrémité rougeoyante dans le noir. Cayenne lit à l'intérieur. Le soleil s'est couché. Il boit et balance les bouteilles vides sur le côté, dans le pré. Turtle est assise, la crosse de la carabine de ball-trap en équilibre sur sa cuisse et elle tire sur chaque bouteille lorsqu'elle atteint le sommet de son arc de cercle. Dans l'obscurité, les bouteilles éclatées semblent disparaître, leur trajectoire scintillante simplement interrompue.

— Tu as déjà entendu parler d'un insecte qui pond ses œufs dans les gens?

Il récupère son cigare sur le bras du fauteuil, semble s'installer au creux de lui-même.

— Papa?

— Eh bien, voyons... Je ne sais pas.

— Tu n'en as jamais entendu parler?

— Eh bien, je ne sais pas.

— Quoi ?

— Où as-tu entendu parler de ça ?

Turtle garde le silence.

— Les accros au crack, Croquette, ils ont des hallucinations de ce genre, des insectes sous la peau. Ils se grattent toutes les croûtes sur les bras, les cuisses, les joues. Parfois, ils cherchent à s'arracher les yeux. C'est de ça que tu parles ?

— Et rien d'autre ?

Il ne dit rien.

— Tu crois que Cayenne aurait pu consommer du crack ?

— Non, Croquette. Je ne pense pas.

Il boit à la bouteille. Turtle plie la carabine dans le creux de son bras et sort toutes les douilles. Elle charge deux cartouches à chevrotines, referme l'arme.

— Bon sang, dit-il. Peut-être.

Là, juste à l'intérieur de lui, flottent toutes ces choses qu'elle a besoin de savoir.

— Si elle n'avait pas pris de drogue elle-même, si un drogué lui avait parlé d'insectes qui pondent sous la peau, elle ne l'aurait jamais cru, explique Turtle. S'ils étaient allés à l'hôpital et que les docteurs lui avaient expliqué que c'est impossible, elle saurait que c'est faux. Elle saurait que la personne se trompait.

Martin passe le pouce sur le contour du goulot.

— Tu as déjà tout pigé, Croquette, dit-il.

— Non.

— Essaie celle-là, dit-il.

Il se lève et projette la bouteille au-dessus du pré comme un lanceur de disque. Turtle tire sans se redresser, sans même épauler la carabine. La bouteille décrit sa trajectoire dans le ciel bleu-noir, puis elle s'évapore simplement.

Il sourit. Il s'assied sans cesser de sourire.

— Déconcertant, dit-il.

— Tu n'as pas écrit à l'école.

— Non.

Elle déteste être obligée de lui poser la question.

— C'est le genre de choses dont tu dois t'occuper, sinon quelqu'un va le remarquer.

Il se mord la lèvre.

Il est possible qu'il n'ait pas rempli les documents car il n'est pas persuadé qu'ils continueront à vivre ainsi longtemps, ou bien il est possible qu'il n'ait pas rempli les documents dans l'espoir que quelqu'un lui retire Turtle. S'il se montre délibérément négligent, il faut qu'elle en ait le cœur net.

— Papa.

— Tu crois que je joue la montre.

— Et c'est le cas ?

— Non.

Elle attend encore. Elle pense, Je ne parlerai pas avant lui. Elle dit :

— Et s'ils envoient quelqu'un à la maison ?

— Eh bien...

— Eh bien quoi ?

— Tout le monde s'en fout, Croquette. Tu crois qu'il y a quelqu'un, quelque part, qui prend des notes sur toi ? (Il se passe la langue sur les lèvres, lentement, comme pour y trouver une fissure.) On va s'occuper de ton inscription. On va trouver quelque chose.

Non, pense-t-elle. Ils ne s'en foutent pas.

— Qu'est-ce que tu faisais avec Cayenne ? demande-t-elle.

Elle se tourne vers lui. Il garde les yeux rivés sur la colline en direction de Buckhorn Bay.

— Alors ?

— Mais putain, Croquette.

— Avant que tu reviennes. Pourquoi elle était avec toi ?

— C'est une sacrée putain de question, que tu poses.

— Alors ?

— Bon Dieu. Bon Dieu de merde.

Elle attend.

— Putain de bon Dieu de merde, Croquette.

— Alors, quoi ?

— Putain, j'en sais rien.

381

— T'en sais rien? C'est tout? T'en sais rien?

— Je l'ai récupérée, c'est tout. Rien d'autre. Je l'ai trouvée et je l'ai emmenée avec moi.

— Comment?

— Comment quoi?

— Comment tu l'as récupérée?

Il fait un geste en silence, comme pour suggérer qu'il l'avait trouvée comme on trouve naturellement les gamines de dix ans. Elle veut attendre qu'il continue. C'est si particulier de devoir ainsi lui poser des questions. Si particulier d'avoir ainsi besoin de lui. Un sentiment si particulier.

— Comment tu l'as trouvée, Martin?

— Bon Dieu.

— Comment?

Elle attend. Elle n'arrive pas à croire qu'il va s'en tenir à ça. L'espace d'un instant, elle est déterminée à ne rien demander.

— Comment?

— Bon Dieu. Si c'est tellement important pour toi, putain.

Il lance la bouteille dans l'obscurité.

— Ouais, dit-elle. C'est important.

— C'était rien du tout. J'étais à une station-service, j'ai contourné le bâtiment pour aller pisser et un type agrippait Cayenne par le bras, il lui parlait. Il l'agrippait par le bras et lui parlait. Y avait personne d'autre aux alentours. T'aurais dû l'entendre. Deux heures du matin, et les trucs qu'il disait. Le genre de trucs qui te rappelleraient ton vieux pote, Papy. J'ai pensé, Alors là, je laisserai pas passer ça, putain.

Il fait un geste. C'est la fin de l'histoire.

— Tu l'as juste…

— On a arpenté un tas de vieux chemins reculés et envahis de végétation, dans l'État de Washington, puis dans l'Idaho. Elle posait des questions. Comment fonctionnent les voitures? Comment sont fabriquées les pièces de monnaie? Qui a inventé l'argent? Qui gagnerait un combat entre un tel et un tel, ou un tel et un tel? On se rangeait sur le bas-côté, on soulevait des pierres, on trouvait des lézards, des crapauds, ce genre de trucs. On allait à la pêche et on faisait frire les poissons pour le dîner. On faisait seulement quelques kilomètres par jour, et puis on campait. Et c'est là que ça m'a frappé d'un coup. J'avais fait le mauvais choix en t'abandonnant. Ce que je n'arrivais pas à comprendre, c'était pourquoi je l'avais fait. J'avais perdu la tête.

— Et qu'est-ce qui va se passer, pour nous? demande-t-elle.

— Je ne sais pas.

— Tu ne sais pas.

— Bordel. Ça va aller, Croquette.

— Tu crois?

— Bordel.

— C'est tout ce que tu as à dire? Bordel? Rien d'autre?

Il garde longtemps le silence.

Elle pense, Ça n'est jamais allé, chez nous et ça n'ira jamais. Elle pense, Je ne sais même pas à quoi ça ressemble, d'aller bien. Je ne sais pas ce que ça signifie. Quand il est au meilleur de sa forme, on va mieux que bien. Quand il est au meilleur de sa forme, il s'élève largement au-dessus de la masse et il est plus incroyable que tout le reste. Mais il y a quelque chose en lui. Un défaut qui empoisonne tout. Que va-t-il advenir de nous...

26

ELLE ne descend plus le voir. Chaque nuit, elle se réveille quand la brise s'insinue par sa fenêtre, son esprit brûlant et vivant, l'eau serpente sur le rebord noir du chambranle. En bas, il y a une chambre où tout se termine. Elle laisse la terre tourner lentement autour d'elle, et elle pense, Tu fais ça pour une bonne raison, et si tu n'es pas en mesure de prévoir ce qui va arriver, tu peux accepter chaque instant comme il vient. Un matin, elle s'assied en tailleur sur le plan de travail près de son thé d'orties fraîches. Les feuilles sont pareilles à d'énormes pointes de lance vertes et dentelées constellées de pics de silice. Elle verse le thé dans son quart en étain, Martin remonte l'allée après sa promenade matinale sur la plage. Il entre par la fenêtre coulissante, des fleurs humides de grande brize accrochées à son jean, et il brandit une enveloppe matelassée timbrée.

— Un colis, annonce-t-il, pour TURTLE ALVESTON. Sans adresse d'expéditeur. Qu'est-ce que tu en penses, Croquette ? (Il déchire le sceau, sort un livre et une lettre.) Marc Aurèle, dit-il. *Méditations*. (Il le feuillette.) Un putain de livre. Un sacré putain de livre. Tu ferais mieux de lire ça, plutôt que *Lysistrata* ou je ne sais quelle autre merde que tu as encore pu choisir.

Il lâche un rire amer, se lèche les lèvres, les frôle de son pouce et entreprend de parcourir la lettre. Il la plie, la déchire en morceaux et la jette au feu. Turtle se verse une autre tasse de thé. Martin s'éloigne dans le couloir et claque la porte.

— Turtle ? dit Cayenne.

— Ouais ?

— Je savais pas que tu lisais quelque chose, Turtle.

— C'est un connard.

— Oh.

Turtle boit son thé.

— Alors tu lis quelque chose ?

— Non.

Elle démonte et nettoie le Sig Sauer à la lueur d'une lampe à huile. Elle réengage le chargeur, fait coulisser la glissière et pose le canon contre sa tempe, juste pour se rappeler qu'elle n'est jamais prisonnière au point de ne pas pouvoir s'échapper. Elle pense, Tu as perdu tes tripes, tu as perdu ton courage, tu es une honte ambulante, mais tu es toujours là.

Voilà une semaine qu'elle est descendue pour la dernière fois dans sa chambre. Quand elle retourne au rez-de-chaussée le matin, Martin prépare des pancakes dans un saladier Bauer ébréché, la hanche appuyée contre le plan de travail, le saladier sous le bras, il verse sa bière dans la pâte et fait de larges gestes avec la spatule. Elle détourne lentement les yeux de la fenêtre, les pose sur Martin qui affiche un sourire narquois, il lui a posé une question. Elle souffle sur sa tasse de thé, elle observe la vapeur se déliter et se reformer. Elle récupère le fusil sur le comptoir, saute au bas du plan de travail et s'éloigne. Elle s'assied sur les toilettes, le pantalon autour des chevilles, et elle tient le test de grossesse trempé d'urine, elle le fait tourner entre le pouce et l'index, elle regarde le résultat négatif s'effacer lentement dans la petite fenêtre plastifiée. Sans trop savoir ce que cela signifie. Le faisant tourner entre ses doigts.

Ce soir-là, elle a désassemblé le fusil et les morceaux sont posés devant elle quand elle entend Martin sortir de sa chambre. Turtle s'interrompt, ses tripes semblent suspendues au-dessus de son corps et le monde s'élève autour d'elle, se soulève, et elle écoute Martin gravir les marches de bois ornées de nœuds. Elle assemble le fusil, le canon dans la pompe, le ressort contre le percuteur, le percuteur en tension contre le canon, la pompe bloquée contre la carcasse, la pompe qui coulisse et s'enclenche, le chargeur dans le support, puis elle réenclenche la pompe afin de charger une balle, elle s'arrange pour que Martin l'entende. Il se fige devant sa porte. Elle l'attend. La poignée tourne. Il entre, semble surpris de la trouver là, en tailleur près de la lampe à huile, de ses flacons de dissolvant, de dégraissant, et la graisse étalée autour d'elle.

— C'est propre, ici, dit-il.

Elle ne dit rien.

— D'accord, Croquette. D'accord.

Elle referme la porte derrière lui, elle s'y adosse et s'assied, elle le déteste. Il me punira pour ça, pense-t-elle. Il va vouloir me donner une leçon, sur ce que je suis en train de faire, et je suis sûre que je la retiendrai.

Turtle fait bouillir son thé, assise sur le plan de travail, et elle regarde Cayenne remuer dans son sac de couchage. Elle a terminé ses livres de vampires et lit à présent *Délivrance*.

— C'est comment? demande Turtle.

Cayenne plisse le nez.

— C'est *bizarre*.

— Comment ça?

— C'est juste... (Elle plisse le visage tout entier.) Juste *bizarre*.

Cette nuit-là, Turtle aiguise son couteau, elle écoute les murmures de la pierre, regrette tout. Elle pense, Viens, monte. Je veux que tu montes. Je suis désolée, je suis désolée, je suis désolée et si tu montes, tout ira bien. Ce sera exactement comme avant. Elle sait ce qu'elle devrait faire. Elle devrait descendre à sa chambre. Elle ne peut pourtant pas s'infliger ça à elle-même.

Au matin, Martin affiche une expression triste, sombre et pleine de haine de soi, il ouvre le frigo, prend sa bière, l'ouvre d'un coup brusque, sort et descend les marches du porche, elle le regarde s'éloigner et elle pense, J'accepterai ce qui adviendra.

Il est là-bas, les yeux fixés sur Buckhorn Cove, pendant longtemps. Cette nuit-là Turtle attend, elle désassemble le Sig Sauer et le réassemble, le pistolet posé à côté d'elle avec une ceinture de cinquante-cinq munitions, elle prend le Marc Aurèle, elle l'ouvre et lit à la lumière de la lampe à huile, puis elle jette le livre, elle reprend le pistolet, retire la glissière, et elle scrute les pièces, une dans chaque main.

Puis elle entend s'ouvrir la porte de la chambre d'en bas, elle entend Martin longer le couloir jusqu'au salon où grimpe l'escalier qui mène à sa chambre. Le corps de Turtle tout entier tressaille. Elle écoute. Il entre dans le salon, il se poste au bas de l'escalier et elle attend, elle pense, Monte, espèce d'enfoiré. Tu me fais peut-être souffrir, mais tu ne me briseras jamais, alors monte, fils de pute, et voyons ce que tu as dans le bide. Des frissons lui parcourent le cuir chevelu. Comme si la peau rétrécissait. La peur l'envahit. Elle l'entend chuchoter quelque chose à Cayenne, puis un bruit de frottement tandis qu'il la soulève, toujours dans sa couverture, et ses pas lourds et irréguliers dans le couloir lorsqu'il porte la gamine dans sa chambre.

Turtle pense, Heureusement c'est elle, et pas moi. Puis elle se lève et s'empoigne les cheveux. Elle se dirige vers la porte, y pose la base de son poing. Ce n'est pas de ta faute, pense-t-elle. Ce n'est pas à cause de toi. Tu ne lui dois rien, à cette gamine. Tu ne peux rien y faire. Elle retourne à sa fenêtre, s'assied, mordille l'articulation de ses doigts. Jacob ne douterait pas une seule seconde que tu serais capable d'empêcher tout ça, ce qui prouve à quel point il te connaît mal, ce qui prouve à quel point il connaît mal ta vie. Elle ramasse le Sig Sauer, le rengaine, prend le fusil, glisse la ceinture de munitions en bandoulière, puis elle ouvre la porte et elle pense, Fils de pute, qu'est-ce que tu es en train de faire, Turtle, qu'est-ce que tu es en train de faire ?

Elle longe le couloir, ses chaussures légères et usées. Elle s'arrête, tend l'oreille, elle n'entend rien par-dessus le souffle de sa propre respiration et de son cœur, et elle pense, Bon sang, fillette, respire correctement. Elle descend dans le salon. Elle reste figée là, avec le fusil. Au bout du couloir, le nouveau lit grince, et grince encore. Turtle passe devant la salle de bains sur la gauche, et puis le hall d'entrée sur la droite avec ses vingt-deux crânes d'ours, puis le garde-manger sur la gauche, et elle arrive à la porte de Martin, sans lumière, avec sa poignée en verre ciselé.

Elle a profondément conscience de sa propre odeur dans le noir. Ses genoux tremblent; elle pose le front contre le panneau en bois. De l'autre côté, un halètement douloureux, une respiration qui accélère. Un silence prolongé, puis un nouveau petit cri à demi étouffé. Turtle reste là, et elle pense, Tu peux tourner les talons maintenant car tu n'as aucun plan, tu ne peux rien faire, tu ne peux emmener cette gamine nulle part. Tu ne peux pas l'emmener, tu ne peux pas la protéger, et penser autrement serait de l'aveuglement total. Pense à qui il est. À quel point il est plus grand que toi. À quel point il est plus fort et plus intelligent que toi, plus expérimenté que toi. Elle pense, Tu vas mourir. Tu vas échouer et tu vas mourir, et pour quoi? À l'instant même où tu sortiras de la maison avec la gamine, il roulera jusqu'à la maison de la côte et il le tuera. C'est ça que tu mets en jeu, la vie de Jacob, et la tienne. Et il ne lui fera pas trop de mal, à la gamine. Il lui fera ce qu'il t'a fait nuit après nuit, des années durant, et tu es toujours là.

Puis elle pense, Si je remonte à l'étage, je devrai garder une part entière de moi-même en éveil, pour ne pas oublier, et je ne trouverai jamais la paix, mais si j'entre là, maintenant, et que je fais de mon mieux, c'est une histoire que je pourrai me raconter à moi-même, quelle qu'en soit la fin. Elle tient plus que tout, plus qu'à la vie, à retrouver Jacob Learner, à retrouver sa dignité. Elle pense, Bon, pauvre conne, si tu veux le faire, alors il faut le faire parfaitement.

Elle tente d'ouvrir la porte. Puis elle défait le bouton de sûreté du fusil, actionne la pompe qui révèle la gueule béante de la chambre, elle enclenche la munition, fait glisser la pompe vers l'avant, sent la culasse se verrouiller. Elle épaule le fusil et fait exploser la poignée. Sensible au silence précédent, elle perd aussitôt l'ouïe. D'un coup de pied, elle ouvre la porte en grand, actionne le fusil en franchissant le seuil. Martin jaillit de sous les couvertures et plonge vers la table de chevet, balaye des bouteilles et des chargeurs, tend le bras vers le Colt, que Turtle éjecte d'une balle bien logée, son fusil lâche un jet de flamme, une bouteille de bière secouée projette de son goulot un liquide écumant, la douille éjectée semble flotter dans l'air à côté d'elle, tournoie et décrit un arc de cercle dans l'obscurité. Martin se débarrasse de la couverture qui l'entrave, descend du lit, fait un seul pas vers elle, immense et nu, ses cuisses gigantesque et brillantes, son torse large et noir de poils, et Turtle lève le fusil.

— Attends... dit-elle.

Mais il est sur elle. Il lui assène une gifle du revers de la main. Elle se cogne la tête au chambranle de la porte et s'étale dans le couloir. Il émerge de la pénombre, menaçant, immense, et s'agenouille au-dessus d'elle, lui saisit le cou à deux mains, la plaque au sol. Elle émet un hoquet étouffé, puis le son meurt. Elle l'attrape par les poignets, ne parvient pas à desserrer son emprise, pas plus que si elle s'était trouvée rivée là par un tire-fond sur le rail d'un train.

— Tu oses me tirer dessus ? dit-il. Tu oses me tirer dessus ? Je t'ai faite. Tu es à *moi*.

Ils ne se débattent pas, ne bougent même pas, mais ils se serrent l'un contre l'autre dans le couloir. Le visage de Martin affiche un rictus meurtrier. L'esprit de Turtle s'emplit d'une agonie silencieuse. Elle sent les doigts plonger et s'enfoncer profondément dans son cou, sa chair se tend jusqu'au point de rupture. Son visage semble s'épaissir en une croûte semblable à un masque. Elle a conscience de tout cela malgré la soif d'air qui hurle et lui déforme l'esprit, et elle a conscience aussi des démangeaisons sur le palais de sa bouche, et des démangeaisons dans ses yeux à mesure que les vaisseaux sanguins éclatent sous sa peau.

Turtle s'accroche aux doigts de Martin. Ils s'insinuent entre les plis de sa chair. C'est comme essayer d'arracher des racines dans un sol rocailleux. Elle griffe des pans entiers de sa propre peau. Martin soulève un instant sa paume et elle insère son pouce dans l'interstice, son ongle imprime un sillon profond et ensanglanté dans sa gorge. Elle fait désespérément évoluer son pouce le long de la paume de Martin, vers l'auriculaire de la main gauche paternelle. Sa bouche lutte pour aspirer de l'air. Son visage enfle, le sang afflue trop, son champ de vision diminue, vire au gris sombre et perd en profondeur, de petits vaisseaux d'un noir d'encre se déploient dans toute la partie gauche.

Il la soulève et la projette contre le sol, son intensité est désespérée, elle s'acharne sur l'auriculaire de la main gauche, elle le griffe, enroule son pouce en dessous. Lentement, péniblement, elle entreprend d'écarter le doigt. Elle lutte pour faire levier.

— Tu me tires dessus, connasse ? dit-il. C'est moi qui t'ai *faite*.

Il la soulève et la projette encore contre le sol, essaie de l'assommer, essaie de se libérer de l'emprise de son pouce. Le champ de vision de Turtle se constelle d'étincelles. Elle parvient à glisser tous ses doigts sous l'auriculaire, qu'elle referme en un poing serré, elle tire et écarte la main. Il se relève en hâte avant qu'elle ait le temps de lui casser les petits os des phalanges.

Même une fois libérée de l'étreinte, Turtle reste étendue là. Elle ne peut plus se relever. Elle ne peut plus respirer. Elle ignore pourquoi. Alors même qu'il n'est plus sur elle, elle ne parvient pas à prendre d'inspiration. Elle n'émet aucun gargouillement, aucun halètement. Ça n'a aucun sens. Elle roule sur le ventre et rampe. Je vais mourir, pense-t-elle. Je vais mourir dans cette putain de maison. Dans ce couloir. Elle a envie d'appeler à l'aide mais n'y parvient pas. Quelque chose a été écrasé dans son cou. Elle reste vautrée là, se démène pour respirer, quand Martin se poste soudain derrière elle et lui assène un coup de pied dans l'aine.

Elle recule en silence et s'effondre.

— Espèce de foutue connasse. Foutue... foutue... foutue connasse. Tu es à moi. À moi. À moi, halète-t-il d'une voix rauque.

Il ne paraît pas comprendre pourquoi elle est étendue à terre. Il s'interrompt un instant, perplexe. Elle n'arrive toujours pas à respirer. L'urgence de cette soif d'air est dévorante. Il lui donne un autre coup de pied. En proie à une douleur insoutenable, elle griffe le plancher. Son diaphragme est secoué de violentes convulsions. Elle se redresse sur les coudes et parvient à sentir l'air qui entre dans sa bouche – une goulée d'air froid, froid contre ses dents. Elle prend appui sur la porte à demi ouverte du garde-manger. Elle pense, Relève-toi, Turtle. Il faut que tu te relèves. Il faut que tu te relèves.

— Espèce de connasse, dit-il. Espèce de *pute*.

Elle s'agenouille péniblement, prend une longue inspiration ensanglantée, s'agrippe à la poignée ronde du garde-manger pour retrouver l'équilibre. Elle pense, Très bien, pauvre conne. Voyons ce que tu as dans le bide. Elle inspire à nouveau. C'est froid et douloureux et bon. Très bien, pense-t-elle. Maintenant, on arrête de déconner.

Martin ramasse le fusil et s'approche d'elle.

— À moi, tu es à moi.

Il marche jusqu'à elle, lève le fusil devant son visage. Il est trop près d'elle. Il ne fera donc jamais rien correctement. Turtle scrute l'intérieur noir du canon, c'est comme regarder la pupille d'un œil, et elle pense, Il n'a jamais fait attention à toi, il n'a jamais cru en toi. Tout s'écroule, chaque geste, chaque détail s'effondre sur lui-même, soudain dénué de doute et d'hésitation. Elle tend le bras et attrape le canon juste derrière le guidon. Puis elle le tire brusquement vers elle comme une rambarde qui l'aiderait à gravir l'escalier, elle détourne le canon, le repousse loin d'elle. Elle le fait sans effort, sans aucune sensation d'effort. Ses intentions se mettent simplement en action.

Le fusil aboie. Il projette un jet blanc et brûlant de tonnerre et de feu qui lui frôle la hanche et pénètre dans le mur. Martin n'a pas lâché la crosse, il avance et titube, perd l'équilibre, la bouche ouverte, effaré. Tout se déroule trop vite pour lui, il ne peut rien faire. Elle l'attire à l'endroit exact où elle le souhaite.

Puis elle prend appui sur ses pieds et lui enfonce le coude dans la mâchoire.

Aucune douleur, bien qu'elle sente le choc jusque dans ses talons. Martin chancelle et recule. Il heurte le mur et s'effondre. Turtle retourne le fusil, l'attrape par la crosse et l'enclenche. La douille jaillit et cliquette sur les lattes du plancher, encore fumante. Elle ne bouge pas. À chacune de ses respirations, le monde autour d'elle gagne en couleurs, gagne en profondeur. Elle ne marche pas vers lui. Une gerbe de sang macule le mur. Elle essaie de parler mais ne produit qu'un grincement rauque et douloureux. Quelque chose s'est abîmé dans sa gorge. Ses cordes vocales, peut-être. Martin est étendu sur le ventre.

Tue-le, pense-t-elle. Il ne te laissera jamais tranquille. Il se redresse un peu et regarde autour de lui. Un bout de dent est tombé par terre, Martin l'observe. Des filets de sang gouttent de sa bouche. Ses pupilles sont grosses comme des cerceaux. Ses jambes s'agitent en mouvements involontaires. Turtle pense, Contente-toi d'appuyer sur la détente. Elle pourrait le faire si besoin, mais elle doute justement de ce besoin. Il prend appui sur les mains et se redresse, s'assied contre le mur, jambes tendues et écartées, le regard fixe. Ses bras pendent, inutiles, à ses flancs. Son torse se soulève régulièrement. Il semble sous le choc.

Elle ouvre la bouche pour lui poser une question mais n'émet qu'un son rauque et ensanglanté. Il lève les yeux, elle essaie d'évaluer le sens de son regard, mais il est vide, presque inexpressif. Elle serre et desserre les doigts autour de la pompe striée du fusil. Sur les épaules de Martin ses tendons saillants et les nœuds de ses larges muscles. Son corps est constellé et strié d'ombres. Des muscles se dessinent comme des cordes en travers de ses côtes qui se soulèvent et s'abaissent au rythme de son souffle laborieux. Dans cette position voûtée, son ventre puissant affiche une série de plis. Il a relevé les jambes et ses pieds nus sont posés à plat sur les lattes du plancher, les veines y serpentent au-dessus d'un éventail d'os, la plante décrit un arc profond, ses courts orteils massifs semblent agripper le sol. Il ne la quitte plus des yeux.

Elle titube devant lui, longe le mur jusqu'à l'endroit où Cayenne s'est pelotonnée dans le lit et s'accroche aux draps froissés. Turtle tend sa main gauche aux doigts tordus, la gamine la toise dans le noir. Turtle peine à tenir debout. Elle pointe le fusil sur la gamine, agite le canon pour lui signifier de bouger, et Cayenne pousse un hurlement, elle porte les mains à son visage, elle disjoncte. Turtle grimpe sur le lit, attrape la gamine par les cheveux et la traîne dans le couloir, elle essaie de l'empêcher de regarder Martin, elle l'attire dans le hall. Les crânes d'ours brillent dans l'obscurité, jaunâtres, le lustre plane, menaçant sous les poutres envahies de toiles d'araignées, les grands cols de cygne en laiton reflètent la lumière. Turtle tient le fusil d'une main, la gamine de l'autre.

Il se racle la gorge et tousse.

— T'en va pas, dit-il.

Sa voix est épaisse et inarticulée.

Turtle dirige le fusil sur lui, Cayenne se colle à elle, elle enfonce le visage contre le ventre de Turtle, passe ses bras autour de son dos, s'accroche au débardeur et à la chemise avec ses petits doigts. Il écarte les mains, les tend en une supplique muette. Turtle ouvre l'immense porte en chêne et pousse Cayenne dans l'allée. Elle marche jusqu'au pick-up de Papy, ouvre la portière passager, la gamine y grimpe, maladroite et nue, les bras autour de son torse. Elle se tourne et adresse à Turtle un coup d'œil effrayé, les cheveux emmêlés. Turtle claque la portière, fait volte-face. Elle aperçoit Martin par la porte d'entrée ouverte. Elle essaie d'anticiper ce qu'il compte faire. S'il le sait lui-même, il n'en montre rien. Il semble fixer le sol ou la paume de ses mains. Ne me suis pas, c'est tout, pense-t-elle. Ne me suis pas, espèce de fils de pute.

Elle contourne le pick-up et y grimpe. Elle pourrait tirer dans ses pneus mais s'il se lance à ses trousses, elle veut qu'il le fasse maintenant, et elle veut qu'il soit à bord d'un véhicule qu'elle puisse reconnaître. Les clés sont sur le contact. Elle allume les phares, passe une vitesse, et le moteur rugit dans l'allée. Cayenne rampe sur la banquette en vinyle, pose la joue sur la cuisse de Turtle, elle ferme les yeux de toutes ses forces, agitée de tremblements et de spasmes, et Turtle lui touche les cheveux, la joue. Le pick-up s'engage en dérapant sur la grand-route noire et familière, et à la vue de cette large étendue d'asphalte déserte, sa ligne médiane jaune, les boîtes aux lettres, les monticules garnis de tisons de Satan, elle pousse un soupir de soulagement. Elle lève la main, touche les tranchées creusées par ses propres ongles dans la chair de son cou. Elle tourne le rétroviseur. Dans le reflet, elle voit son visage strié de capillaires sanguins noirs provoqués par l'étranglement. Quand elle ouvre la bouche, l'intérieur est d'un violet sombre, ses dents sont ourlées de rose.

Turtle essaie de parler mais n'y parvient pas ; ses lèvres s'ouvrent et se ferment dans un cliquetis. Cayenne tend la main, s'accroche au jean de Turtle et replie lentement les doigts en un poing, Turtle baisse les yeux vers la gamine. Cayenne serre les cuisses, sa main blessée sur son ventre. Sans la lumière du plafonnier, l'habitacle est presque entièrement plongé dans le noir, mais Turtle devine la silhouette de la gamine éclairée par la lumière intermittente des phares en sens inverse. Turtle distingue les contours d'une demi-joue argentée, le croissant d'un globe oculaire, une demi-bouche entrouverte, les parties plates de son visage réfléchissent la lumière là où sa chevelure noire semble l'absorber.

27

À ENVIRON deux ou trois kilomètres, Turtle arrête le pick-up juste à la sortie d'un virage aveugle. Elles se trouvent sur une route sombre qui serpente le long des falaises au sud de Mendocino. Cayenne est assise, muette. Turtle fait marche arrière et recule dans le virage. Elle regarde dans le rétroviseur d'un œil prudent. Elle n'arrive pas à tourner suffisamment le cou par-dessus son épaule. Sur la droite, le bas-côté est plongé dans l'obscurité. Sur la gauche, les phares éclairent la rambarde de sécurité, la falaise. Elles s'avancent en surplomb au-dessus de l'océan. Turtle passe une vitesse, franchit à nouveau le virage, lentement, elle observe le bas-côté, elle observe la rambarde, elle observe la route qui se déroule devant elle dans son champ de vision. Le faisceau des phares touche la rambarde mais pas la pente boisée sur sa droite. Elle parcourt encore une centaine de mètres, se range sur la gauche de la route et reste dans l'habitacle à écouter les cliquetis du moteur.

— Qu'est-ce qu'il y a, Turtle ? Qu'est-ce qui se passe ? demande Cayenne.

Turtle arrive à peine à secouer la tête. Elle la bouge légèrement à droite, légèrement à gauche.

— Qu'est-ce qui se passe, Turtle ?

— Attends-moi ici.

— Quoi ?

— Attends-moi ici.

— Turtle, je peux pas... Quoi ?

Elle pleure et secoue la tête.

Je ne le laisserai pas faire du mal à quelqu'un, pense Turtle. Je ne le laisserai pas s'en prendre à Jacob ou à Cayenne pour me punir. Mais je ne lui ferai pas de mal à moins d'y être obligée. Elle sait qu'il connaît l'adresse de Jacob. Elle imagine que c'est là-bas qu'il ira ensuite, pour l'y chercher. Elle ne peut aller nulle part, de toute façon, de crainte qu'il ne se rende chez Jacob même si elle n'y est pas. Il a réussi à réduire ses options à une seule et unique.

— Turtle ?

Turtle s'adosse à la banquette en vinyle. Elle est épuisée. Son cou s'engourdit. Sa bouche est pleine de sang, ses lèvres sont crevassées. Elle peine à déglutir. Elle ouvre la bouche pour parler et un filet de sang en jaillit, lui trempe sa chemise. Elle essaie de secouer la tête, mais sa nuque la fait trop souffrir. Elle ouvre la portière d'un coup de pied, s'appuie contre l'aile arrière, masse un muscle de son aine.

— Ne pars pas, dit Cayenne. Non, non, non, ne pars pas.

Turtle cherche le ceinturon de munitions et se rend compte qu'elle l'a perdu. Elle a quatre balles dans le fusil, cinq dans le porte-cartouches, et quinze à pointes creuses de 9 mm dans le Sig Sauer. Elle claque la portière, traverse la route en glissant les munitions en acier cireux et ondulé dans le chargeur, sentant chacune se loger en place dans un cliquètement. Elle grimpe sur le bas-côté, s'allonge dans un buisson de chaparral afin d'avoir le champ libre pour viser le pare-brise du pick-up. Elle est à l'intérieur du virage. L'angle n'est pas bon, mais elle ne sera pas prise dans le faisceau des phares, et Martin regardera plutôt devant lui et sur la gauche. Elle s'attend à ce qu'il freine en apercevant le pick-up de Papy. Elle n'aura qu'une seule chance de tirer. Peut-être deux. Puis elle visera les pneus. Elle ne peut pas se redresser sur le coude. Il est noir et contusionné. Elle ne se rappelle pas avoir eu mal à l'impact. Tout avait semblé se dérouler sans efforts. Mais son bras tout entier commence désormais à se bloquer. Elle pense, Dès qu'il franchit le virage, s'il franchit le virage, ne réfléchis pas une seule seconde. Pile dans le pare-brise. S'il t'en donne l'occasion, colle-lui en une deuxième dans le corps. Son visage la fait souffrir. Elle ne sent plus ses lèvres. La gifle qu'il lui a assénée du revers de la main a été assez puissante pour la soulever de terre. Elle essayait de lui dire quelque chose, à cet instant-là. Elle avait le dessus et elle pensait qu'il n'aurait rien tenté. Elle pensait qu'il aurait fait marche arrière, qu'il aurait levé les mains en l'air. Mais il s'était rué sur elle. Sans la moindre hésitation. Elle regarde dans le viseur du fusil vers la route déserte, elle frissonne dans la brise. Cette erreur l'a presque tuée. C'est passé tellement près, putain. De la chance, pense-t-elle. Un coup de chance qu'elle ait pu retrouver son souffle. Quand la trachée se retrouve ainsi écrasée, il arrive qu'elle ne se rouvre pas. Turtle avait vraiment eu chaud. On avait déjà vu des gens mourir pour moins que ça.

Bon Dieu, elle regrette de ne pas avoir son .308. Bon, elle va devoir se débrouiller avec ce qu'elle a. Avec le fusil et l'arme de poing, elle est plus ou moins réduite à un combat personnel, au corps-à-corps. Elle attend, la nuit se fait plus froide, le vent trempe l'herbe autour d'elle, et elle pense, Peut-être, peut-être. Aucune voiture ne passe. Il est possible, peut-être possible, qu'il les ait simplement laissées partir. Elle entend approcher une voiture. Elle attend. Ce n'est pas lui, se dit-elle. Ce n'est pas lui parce qu'il nous a libérées. Cela va faire deux heures, bientôt trois. Elle attend, tremblante. Elle voit le pick-up de Papy, plus loin sur la route, mais elle n'aperçoit pas Cayenne. Elle espère que la gamine va bien. Elle doit être terrifiée, à attendre seule dans l'habitacle, mais elle n'en mourra pas.

Une Subaru verte apparaît dans le virage. Les phares balaient le pick-up, la voiture ralentit à l'instant où elle passe dans le champ de vision de Turtle. Dans le viseur du fusil, Turtle observe la femme au volant. Un enfant est assis sur la banquette arrière et contemple la forêt. Son souffle embue la vitre, puis ils disparaissent.

Son corps tout entier est souffrance. Elle pense, Où est-ce qu'on va ensuite ? Qu'est-ce qu'on fait ensuite ? Mais elle ne peut aller qu'à un seul endroit. Turtle reste étendue dans l'herbe à attendre qu'il franchisse le virage. Allez, espèce d'enfoiré, pense-t-elle. Il ne vient pas. Au terme de plusieurs heures d'attente, elle se relève, ménageant son cou tuméfié, et elle retourne en boitant au pick-up.

Cayenne a trouvé l'épais manteau de Papy et l'a enfilé. Elle est recroquevillée sur la banquette, elle tremble de tous ses membres et frissonne comme un chien. Turtle pense d'abord que la gamine s'est endormie, mais en montant dans le pick-up, prenant soin de ne pas tourner la tête, elle distingue l'éclat blanc d'une sclère dans le noir. Turtle pose la main sur les clés dans le contact. Peut-être, pense-t-elle. Peut-être. Elle se penche, crache dans le gobelet Big Gulp de Papy. Elle fait tourner la clé.

Elles roulent en direction du nord et traversent Mendocino. Puis Caspar. Fort Bragg. Des parkings déserts défilent en trombe, des bâtiments sombres. Elles attendent à un feu rouge, aucune autre voiture en vue. Elles continuent vers le nord. La lumière verte de l'horloge clignote indéfiniment sur 00:00 mais le matin doit approcher. Les dunes empiètent sur la route sinueuse et obscure, tout juste visibles à travers les bosquets d'eucalyptus, les promontoires plongent un peu plus loin. Puis elles traversent le Ten Mile Bridge, l'estuaire est noir et envahi d'herbes folles en contrebas, des pontons pourrissants s'avancent sur les berges couvertes de roseaux, dans la vaste étendue scintillante de l'eau marécageuse. Turtle et Cayenne franchissent ainsi le pont, arpentent une voie d'asphalte fraîchement posé qui longe des maisons aux bardeaux de séquoia, leurs murs décorés de coquillages, leurs allées bétonnées et vierges de traces de pneus, leurs jardinets ornés de cistes et de pins pleureurs aux pieds protégés par des copeaux de bois frais.

Elles tournent et manquent renverser une fille vêtue d'une robe froncée rouge. Elle est à califourchon sur le dos d'un garçon en smoking, sa robe remontée sur les cuisses, et le garçon s'efforce d'avancer à quatre pattes sans lâcher sa bouteille de bière. Ils plissent les yeux dans le faisceau des phares. Cayenne et Turtle attendent en silence que la fille, prise d'un fou rire si puissant qu'elle parvient à peine à bouger, descende du dos du garçon et tombe sur la route. Elle tient ses chaussures à talons hauts dans une main et les agite en guise d'excuse. Cayenne et Turtle attendent. Un garçon engoncé dans un pantalon de smoking blanc pattes d'eph jaillit des buissons, poursuivi par une oie. Il s'arrête pour aider la fille à terre, l'oie écarte les ailes et siffle. Le garçon soulève la fille et l'entraîne péniblement sur le bas-côté, l'oie dans son sillage. Turtle jette un coup d'œil à Cayenne, elle retire le pied du frein et le pick-up s'éloigne des adolescents.

La route se déploie devant elles, les phares semblent trancher les hautes herbes dorées et agitées par le vent. Elles passent un virage et la maison de Jacob apparaît, une quinzaine de voitures sont garées dans l'allée. Turtle éteint les phares et s'engage dans le chemin. Une grande rousse coiffée d'une tiare est debout sur le porche, les mains sur la balustrade, et observe les voitures garées. Son écharpe argentée annonce REINE DU BAL. Elle tient un fin mégot de cigarette entre deux doigts. Mais c'est quoi ce bordel, pense Turtle. C'est quoi ce bordel ? Quoi que ce soit, la fête semble sur le point de finir.

Turtle se range derrière une large camionnette aux pare-chocs couverts d'autocollants où l'on peut lire LES RÉPU-BLICAINS SOUTIENNENT VOLDEMORT, MON AUTRE VOITURE EST UN CHAMPIGNON MAGIQUE et LES ARMES À FEU NE TUENT PAS LES GENS / LES BLESSURES BÉANTES DANS LES ORGANES VITAUX TUENT LES GENS. Des lycéens dorment à l'intérieur. Elle tire le frein à main et coupe le moteur. Cayenne se penche en avant, le manteau autour des épaules, elle suce son pouce et, par-dessus le tableau de bord, elle lève les yeux vers la grande rousse. Turtle ouvre la portière et met un pied à terre. Un muscle de son aine s'est contracté. Elle attend un instant, le souffle coupé par la douleur, puis elle descend et s'appuie au pick-up, se masse l'articulation de la hanche avec le poing. Elle contourne péniblement l'avant du véhicule jusqu'à la portière de Cayenne qu'elle ouvre, elle appuie le fusil contre le capot, passe les mains sous les aisselles de la gamine, la soulève et récupère le fusil avant de prendre l'enfant par la main et de la guider entre les voitures, des Subaru et des Volvo rouillées, la lune constellée de cratères décrit son arc blanc à l'ouest et se reflète sur les vitres noires. À l'intérieur se dessinent les ombres monochromes des dormeurs. La rousse les regarde gravir les marches du porche. Turtle ouvre la double porte qui donne dans le hall d'entrée. Sur le mur, deux portraits d'hommes, peau tannée et barbe broussailleuse, l'un tenant un fusil de la guerre de Sécession, l'autre un fusil à double canon. La légende explicite : CHASSEURS D'INDIENS – EEL RIVER. Ils ont les yeux vitreux. Un couple s'embrasse contre le mur, la fille engoncée dans un immense costume de dinosaure vert. Le sol est jonché de bottines et de chaussures habillées, de baskets et d'escarpins. Elles longent le couloir aux paniers Pomo dans leurs vitrines en verre qui s'élèvent du plancher au plafond, traversent un autre couloir. Un rai de lumière s'échappe d'une porte à demi ouverte devant elles. Turtle voit des murs où s'alignent des livres, un bout de tapis blanc, la flaque en soie rouge d'une robe par terre. Elle entrouvre la porte avec le canon de son fusil et toutes deux entrent dans le salon. Au milieu de la pièce, une demi-douzaine de lycéens jouent au Monopoly. Brett est parmi eux, allongé à même le sol et vêtu d'un costume en velours marron avec empiècements de cuir sur les coudes. Les autres garçons portent des smokings de location, les filles, des robes. L'argent est éparpillé sur le sol et coincé sous les rebords du plateau de jeu. Les baies vitrées donnent sur la terrasse qui entoure la maison et sur le jacuzzi où deux filles sont assises, nues, sur le rebord éclairé de bougies, leurs robes posées sur la rambarde et leurs chaussures de bal rangées côte à côte, leurs colonnes vertébrales pâles s'arquent et les crêtes de leurs omoplates roulent au rythme du mouvement de leurs bras. Dans un coin de la pièce trône un magnifique piano, dessus, une paire d'escarpins rouges et un petit sac à main assorti.

Parmi le groupe au sol, une fille se redresse. C'est Rilke, qu'elle a connue une éternité plus tôt dans la classe d'Anna, et qu'elle a connue une éternité plus tôt lors des trajets en bus. Ses cheveux sont coiffés en boucles qui encadrent l'ovale de son visage. Elle porte une robe rose sans bretelles et des collants, pas de chaussures. Elle dévisage Turtle, ouvre peu à peu la bouche aux lèvres brillantes, et forme un O de surprise. Turtle entraîne Cayenne dans la pièce. Brett lève les yeux, s'interrompt.

Dans le silence stupéfait, Turtle souffle le nom de Jacob. Mais même à ses propres oreilles, le son de sa voix est horrifiant.

— Oh, mon Dieu, dit Rilke.

— Turtle ? lâche Brett.

— Oh, mon Dieu.

Turtle fait un geste du fusil. Tous, il faut qu'ils partent tous. Elle ne sait pas comment procéder. Il faut absolument qu'elle le trouve. Trouver Jacob est la priorité, tout le reste passe après. Elle établit ce plan dans son esprit – trouver Jacob. Faire sortir tout le monde de la maison. Se tapir. Martin viendra ou ne viendra pas. Mais, pense-t-elle, il ne viendra pas. S'il devait venir, il aurait déjà fait le premier pas. Il n'aurait pas attendu près de quatre heures avant de la pourchasser. Il se serait aussitôt lancé à ses trousses. C'est du moins ce qu'elle pense. Et elle peut réussir à protéger Jacob. Elle en est convaincue. Tous les deux ensemble, ils peuvent y arriver.

— Elle est… ? demande une des filles.

— Turtle, dit Brett. Turtle. On dirait que tu as été *pendue*.

— Jacob, dit-elle, mais sa voix se brise et s'éteint.

— Mais quoi ?

— Bon Dieu, mais écoutez-la.

— Oh, mon Dieu.

— Turtle, j'entends pas ce que tu dis, fait Brett. Tu veux voir Jacob ? C'est ça que tu me dis ? Qu'est-ce… Qu'est-ce qui s'est passé ? Qu'est-ce qui se passe ?

Cayenne se cache derrière Turtle, elle lui tient la main et s'agrippe à sa chemise. Rilke s'est levée et scrute la gamine, puis elle porte lentement les mains à sa bouche, sous le choc.

— Oh, mon Dieu, dit-elle.

Turtle l'ignore.

— Brett, continue Rilke en parlant à travers ses mains jointes.

Comme il ne répond pas, elle répète :

— Brett.

Une des filles dit :

— Il faut que quelqu'un trouve un téléphone fixe. Il faut appeler les flics.

Les téléphones portables n'ont pas de réseau ici, se rappelle soudain Turtle.

— Où est Jacob ? demande Turtle avec difficulté.

Jacob saura quoi faire. Il fera évacuer tout le monde. Puis ils traverseront tout ça ensemble.

— Euh… dit Brett en se mordant la lèvre et en regardant autour de lui comme si Jacob pouvait se trouver dans la pièce. Ben, il pourrait être un peu n'importe où. Mais où exactement ? Ben… J'en sais rien.

— Brett, murmure Rilke avec insistance.

Brett la regarde.

— Brett, la petite fille, dit-elle.

Turtle baisse les yeux vers Cayenne. Au premier abord, elle ne remarque rien. Puis elle le voit. Le sang, entre les jambes de Cayenne. Il a coulé le long de ses genoux et sur ses tibias, il a séché en croûtes épaisses. Ça ne dit rien qui vaille.

— Oh, mon Dieu, dit Rilke.

Elle tombe à genoux, elle ne semble pas savoir quoi faire de ses mains. Elle tend les bras pour toucher Cayenne, puis les joint à nouveau devant sa bouche comme pour s'empêcher de hurler. Cayenne recule, apeurée.

— Oh, mon Dieu, oh, mon Dieu, répète Rilke.

Turtle empoigne Brett, le pousse.

— J'ai besoin de Jacob.

Sa voix est rauque et brutale.

— Turtle, répond Brett. On dirait que t'as du sang dans le blanc des yeux… ça va ?

— Jacob, dit-elle encore.

C'est tout ce qu'elle parvient à dire.

Brett lève les bras, puis les laisse retomber.

— Je te le dis, Turtle. J'en sais rien! Il n'est pas dans sa chambre. Il n'est pas ici. Tout ce que je sais, c'est que quand Imogen a décidé d'organiser cette fête, il a dit qu'il n'y participerait pas. Il a essayé de me convaincre d'aller faire une rando avec lui à Inglenook Fen, j'ai dit: "Fais pas chier, j'vais faire la teuf." Je pensais que tu l'avais largué. Bordel, lui aussi, il pense que tu l'as largué.

Turtle reste plantée là. Jacob n'est pas ici. Elle ne sait plus du tout quoi faire. En songeant à cette improbabilité, elle sent son élan l'abandonner. Le monde devient gris et plat sous l'effet du stress, son champ de vision se referme de chaque côté comme si la pièce s'éloignait d'elle, et dans cette rétraction, la scène, les convives, la maison, tout devient plus étranger, plus sombre, plus impénétrable et innavigable. Le sol roule sous ses pieds et, l'espace d'un instant, elle croit qu'elle va s'effondrer.

— Turtle? lâche Brett.

Elle les observe, bouche bée. Brett s'adresse à elle, et Rilke est agenouillée devant Cayenne, elle s'efforce de façon contreproductive et incontrôlée de la réconforter en lui tapotant le dos. Les gens parlent. C'est sur elle que repose toute la responsabilité, comprend Turtle. De faire sortir ces gens. De les mettre à l'abri au cas où Martin viendrait. Elle commence à réaliser avec effroi l'erreur qu'elle a commise, et elle s'efforce, malgré la panique étouffante et grandissante, de trouver une solution.

— Turtle? dit encore Brett.

Elle reste plantée là.

— Turtle... Qu'est-ce qui se passe?

Elle s'avance vers la bibliothèque. Près d'un serre-livre, elle trouve un pot en argile rempli de stylos, elle le renverse, choisit un marqueur indélébile et sur leur mur, elle écrit:

FAIS SORTIR TOUT LE MONDE D'ICI

— Quoi? fait Brett, les yeux rivés sur ces mots. Quoi?
Elle écrit :

FUYEZ

Un demi-cercle d'inconnus la dévisage.
— Oh, non, lâche Rilke.
— Genre, tout de suite? dit Brett.
— Ça craint, dit Rilke.
Avec le fusil, Turtle leur fait signe de sortir.
— Attends, dit Brett. Pourquoi? Comment? On a pris
toutes les clés de voiture…
Elle fait un autre geste avec le fusil, et alors même qu'elle le
fait, elle se rend compte de la futilité de tout ceci. La maison
est pleine de gens endormis. Les voitures encombrent l'allée.
Elle change d'avis.
— Il faut que j'y aille, dit-elle. Il faut que je sorte d'ici.
— Turtle… Je te… Je comprends pas ce que tu dis.
Elle tourne les talons et entraîne Cayenne vers la porte.
Si elle se dépêche, elle pourra peut-être mettre en place une
embuscade. Juste avant le pont.
— Arrête, dit Rilke.
Turtle la regarde.
— Tu ne peux pas l'emmener avec toi, continue Rilke.
Turtle porte un doigt devant sa bouche. Tout le monde
hésite.
— Brett, elle a été…
Turtle fait un geste avec le fusil. Rilke s'interrompt.
— Turtle, mais putain… Où tu vas? demande Brett.
Turtle garde le silence. Elle entend un pick-up remonter
l'allée. Elle entend le moteur s'arrêter, et elle l'entend ouvrir la
portière d'un coup de pied, elle entend la portière se refermer.
Ses tripes s'engourdissent peu à peu, une sensation de suc-
cion, de serrement, d'atroces piqûres, comme si ses entrailles
visqueuses n'étaient que des guenilles dont on essorait le sang.
Rilke parle, ses mots sont déformés et dépourvus de sens, et

Brett aussi, et les autres, ils parlent tous en même temps, et Turtle pense, Il ne m'a pas laissée partir. Il ne m'a pas libérée. Il attendait que je revienne à lui, comme il avait attendu après avoir découvert, pour Jacob. Il m'a donné une chance de me repentir, parce que ce qu'il veut vraiment, c'est que je revienne à lui de mon propre chef. Mais le voilà maintenant ici. Elle n'a que quelques secondes pour faire le bon choix, et si elle se trompe, des gens vont mourir. Merde, pense-t-elle. Merde.

28

TURTLE pousse la gamine vers Rilke.

— Reste ici, dit-elle.

Cayenne secoue la tête. Turtle pose un genou à terre, se met à son niveau.

— Je vais revenir.

Sa voix n'est qu'un murmure enroué. La gamine secoue la tête.

Promis, articule Turtle en silence.

— Tu me le promets?

Turtle acquiesce lentement, avec douleur.

À l'intention des autres, elle fait un geste vers l'escalier.

— Non, non, lance Brett. Pas question. Je te laisse pas seule ici.

— Brett, insiste Rilke. Quelqu'un a essayé de la tuer, et cette personne est ici. Cette personne est ici, avec nous, en ce moment.

— Je m'en fous, dit Brett. Je la laisse pas seule ici.

— Brett! (Rilke s'accroche à Cayenne.) Brett, il faut qu'on parte…

Turtle les laisse à leur discussion et traverse le salon, se glisse dans le couloir et ferme la porte en silence derrière elle. Elle entend les pas de Martin sur la terrasse. Le couloir débouche dans le hall d'entrée au niveau de l'intersection, elle s'allonge à plat ventre afin de ne pas être éclairée par les vitrines du couloir, elle rampe sur le tapis et oriente l'extrémité du canon de son fusil en direction de l'entrée. Le couple est toujours là, à s'embrasser contre le mur. La fille en costume de dinosaure tourne la tête vers Turtle. Elle écarte une mèche de cheveux de son visage puis, reconnaissant la forme du fusil, elle se fige et ouvre la bouche. Turtle porte un doigt devant ses lèvres. Ils la dévisagent. Turtle arque les sourcils et pose les yeux sur la porte. Ils suivent son regard.

Martin doit être juste derrière, debout sur la terrasse. Elle entend craquer les lattes de bois. La fille se tourne en silence et regarde Turtle. Le fusil n'est clairement pas dirigé sur elle, mais certaines personnes pensent qu'un fusil peut arroser de chevrotine un couloir tout entier. Turtle lève la main : *Ne bougez pas.* Elle essaie de dire : *Restez où vous êtes.* Elle veut leur expliquer qu'elle ne leur fera aucun mal. Le garçon ne quitte pas la porte des yeux. Ils attendent. Les munitions à faible recul que Turtle utilise peuvent dévier d'environ un demi-centimètre pour chaque mètre parcouru. Elle est à cinq mètres de la porte. Turtle pense, Allez viens. Allez viens. Elle attend, ses entrailles se déroulent à l'intérieur d'elle-même, elle se plaque au mur et regarde de l'autre côté de l'angle, le fusil prêt, et elle reste à demi cachée sous un guéridon. Elle pose la joue contre la crosse. Le tapis dégage une espèce d'odeur de shampoing. Dans la cuisine, le frigo se met à vibrer. Turtle ne voit pas son ombre à lui, mais elle sait qu'il est juste derrière la porte et elle attend, elle pense, Viens me chercher, enfoiré.

La poignée tourne, la porte s'ouvre lentement, une légère impulsion. La fille sursaute mais garde le silence. Le doigt de Turtle prend appui sur la détente, elle ne voit aucune ombre sur le seuil, aucun signe de sa présence, et elle l'imagine plaqué juste à l'extérieur afin de l'attirer dehors. Il paraît déterminé. Allez, viens, pense-t-elle. Viens. La crosse est moite de sueur à l'endroit où sa joue est en contact. L'acier du guidon brille sur le canon. Sur la terrasse, une lueur jaune sombre passe devant le carrelage de l'entrée. La peur lui dessèche la bouche. Elle essaie de déglutir, en vain.

Le garçon repousse la fille, fait un pas vers Turtle qui secoue la tête, lui articule en silence de s'arrêter et il obéit. Martin est capable de tirer dans le hall à travers la porte, et il le fera s'il entend un bruit de pas. Il sait que Turtle risque de l'attendre, et il aura conscience du danger que représente un passage classique par la porte. Le garçon hésite. Le silence se prolonge. La fille enroule ses bras autour d'elle-même et tremble. Le garçon est à moitié dans sa ligne de tir, mais elle ne veut plus qu'il bouge. Les planches de la terrasse craquent, Turtle serre et desserre les doigts de sa main gauche posés sur la pompe.

Elle commence à croire qu'elle a manqué un indice. Le silence dure trop longtemps. Turtle pose le canon du fusil sur le sol et s'en sert pour se relever, elle pense, Non, non, non. Elle retourne vers le salon en boitant, prend appui sur les vitrines, et alors qu'elle atteint la porte du salon, un faisceau de lumière y apparaît un instant. Elle sait de quoi il s'agit : Martin a contourné la maison, grimpé sur la terrasse et il balaye à présent l'intérieur avec la lampe de son fusil, il cherche une autre entrée, et c'est alors qu'elle entend le sifflement de la baie vitrée coulissante du salon, le double baiser des joints qui se referment, et Turtle pense, Merde, merde, merde. Dans l'autre pièce, juste derrière la porte, Cayenne pousse un cri, Turtle entend la voix étouffée à travers les longs hurlements de Cayenne entrecoupés de halètements, mais elle ne bouge pas d'un pouce. Franchis le seuil de cette porte et tu meurs, pense-t-elle. Franchis le seuil de cette putain de porte et tu meurs. Les hurlements de Cayenne s'interrompent.

— Croquette, dit Martin.

Turtle franchit le seuil de la porte. Martin est debout au milieu de la pièce. Il porte son AR-15 à canon court, qu'il a modifié en automatique. Deux chargeurs de trente munitions sont scotchés à l'extrémité. Il aura fixé d'autres chargeurs à sa ceinture, dans son dos. Ses lèvres sont crevassées. Rilke serre Cayenne contre elle.

— Qu'est-ce que tu as fait ? dit-il.

Il écarte les bras. Elle ne s'en rend compte que maintenant. Il est désormais impossible de faire marche arrière. Pas avec autant de témoins.

Turtle ouvre la bouche, incapable de parler.

— Croquette, répète-t-il en pinçant les lèvres.

Il tend les bras vers elle. Turtle demeure figée.

— Maintenant, Croquette.

Il crache du sang sur le tapis blanc. Comme Turtle ne parle toujours pas, Martin regarde autour de lui.

— Pourquoi vous nous laisseriez pas une minute, vous tous ? dit-il.

Les lycéens se ruent vers la porte. Brett et Rilke ne bougent pas, Brett lève les mains, Rilke s'accroche à Cayenne. Un des convives va appeler les flics. Peut-être que quelqu'un s'en est déjà chargé. Si elle va le rejoindre comme il le souhaite, se demande Turtle, qu'adviendra-t-il de Cayenne ?

Turtle essaie de parler, n'y parvient pas. Elle déglutit, fait une nouvelle tentative.

— La gamine.

— Laisse-la ici, répond Martin.

— Non non non non, dit Cayenne. Non non non, il va te tuer. Il va la tuer.

Turtle tient son fusil à une main, le long de sa jambe.

— Croquette, fait Martin.

Il marche vers elle. D'un coup de pied, il bazarde le plateau du Monopoly. Il écarte à nouveau les bras en un geste raisonnable, son fusil pend au bout de sa main, et il dit :

— Écoute, Croquette. Écoute. Il faut que tu viennes avec moi.

— Non non non non non non non, gémit Cayenne.

— Je t'aime trop pour te laisser partir un jour, continue Martin. Tu as commis une erreur. Tu as sans doute oublié qu'on avait déjà tenté le coup. (Il sourit, se tait un instant puis fait un geste, comme acculé à une extrémité muette du langage.) On a déjà essayé et on s'est rendu compte qu'on n'était rien, l'un sans l'autre. On ne peut pas traverser ça à nouveau. C'est impossible. Il faut que tu le comprennes. Et les autres…

Il fait encore un geste. Des morceaux. Des objets. C'était là son erreur. De croire à un monde en dehors de lui. Il fait un dernier pas vers elle, tombe à genoux, passe les bras autour d'elle, pose sa joue contre son bassin. Brett et Rilke observent en silence, Cayenne ferme les yeux. Turtle lève les bras comme si elle se trouvait dans l'eau froide jusqu'à la taille. Elle pense, Tue-le. Tue-le maintenant. Fais-le avant qu'il ne te tue, toi, ou Cayenne, ou Jacob, ou Brett. Mais elle n'a pas le courage de le tuer là, à genoux, et elle pense, Quelle idée Brett aurait de toi, alors, et quelle idée Cayenne aurait de toi, une meurtrière, un bourreau, et c'est là que tout se termine car, elle le sait, il n'y a pas d'obligation. Au moins, il lui parle.

Les épaules de Martin s'agitent de soubresauts. Il s'accroche à elle, ferme les yeux si fort que des rides se dessinent au coin, et il dit :

— Je t'aime, putain.

Il l'étreint plus fort encore. Elle ne sait pas quoi répondre. Elle lance un regard de supplique muette à Brett, mais ce dernier refuse de partir. Le visage de Martin se plisse sous l'effet de l'intensité et Turtle ouvre la bouche pour parler, en vain.

— Putain! s'écrie Martin. Putain! Regarde-toi! Putain! Putain!

Il s'interrompt et, dans le silence, il l'observe. Puis il se relève.

— Viens avec moi, Croquette.

Elle reste plantée là.

— Allez, dit-il. Que tout le monde sorte.

Personne ne bouge.

— Tout le monde, répète-t-il. Que tout le monde sorte, putain!

— Non, mec, dit Brett. Non, pas question.

Martin se tourne vers lui.

— T'es le fils de Caroline, c'est ça? demande-t-il.

— C'est ça.

— Alors tu ferais mieux de te grouiller de dégager d'ici. (Martin gesticule avec son fusil.) Avant de te faire trouer la peau.

Brett ne bouge pas, les mains en l'air.

— Je peux pas. Désolé. C'est mon amie.

— Toi et moi, Croquette. Qu'est-ce que t'en dis?

Turtle écarte les bras, vidée, impuissante.

— D'accord.

— D'accord?

— N'y va pas, Turtle, dit Brett. On laissera pas ce connard t'embarquer.

Martin la scrute, un œil plus plissé que l'autre.

— J'y vais, dit-elle.

Elle ne sait pas ce que cela signifie. Qu'elle ira avec lui, ou qu'elle l'attirera dans le couloir pour le tuer là-bas. Il faut qu'elle arrive à l'éloigner de Brett et de Cayenne.

Il l'évalue, fait un signe du menton en direction du fusil.

— Lâche-le.

Elle hésite. Elle tente de parler. Sa voix se brise. Elle redoute qu'il les abatte tous une fois qu'elle aura lâché le fusil.

Il se détourne d'elle. Il regarde le mur. Il regarde la pièce. Il fait la moue, affiche une sorte de grimace spéculative et se passe les mains sur le visage. Il essaie de décider quoi faire.

— Je vais venir, dit-elle.

Il lui adresse un sourire narquois, d'un air entendu, il secoue la tête, son sourire se mue en un rictus haineux, un rictus amer, mâchoire serrée, interrogatif et sombre. Il passe son pouce sur ses lèvres. Il a dû percevoir une expression sur le visage de Turtle, ou bien a-t-il pris une décision soudaine.

— Pose-le, Croquette.

Turtle retire la bandoulière de son fusil, le laisse tomber à terre.

Brett fait un pas en avant.

— Vous ne l'emmènerez nulle part, dit-il.

Martin l'ignore. Il dévisage Turtle.

— Allez viens, Croquette.

Brett s'interpose, pose la main sur le torse de Martin.

— Non, dit-il. Je ne vous laisserai pas…

Turtle voit le visage de Martin. Elle cherche à attraper le Sig Sauer. Son bras droit ne lui obéit pas comme prévu.

Elle voudrait désespérément pouvoir dégainer son arme, et l'espace d'un instant atroce, elle s'emmêle dans sa chemise qui bloque le bouton de l'étui, et elle n'arrive pas à sortir le pistolet, elle se démène, incrédule, elle regarde Martin faire un pas en arrière afin d'instaurer une bonne distance entre lui et Brett, qui lève toujours les mains, puis elle voit l'éclair du canon. Brett se penche en avant, voûté, le dos plié, et la balle semble gonfler sa chemise comme la voile d'un bateau. Martin observe Turtle derrière Brett. Elle voit le deuxième éclair du fusil, et le projectile la percute à la joue avec la force d'une masse. Elle s'effondre, elle voit trente-six chandelles, son œil gauche est aveugle, son visage pâlit de douleur, elle est étendue sur son fusil. Cayenne hurle et s'élance vers elle. Puis Turtle se lève et court, le fusil dans la main. Quelque chose l'atteint au bas du dos, elle voit un jet de sang projeté sur le mur devant elle, l'impact de balle perce le centre de la tache, minuscule brûlure de cigarette. Elle s'écroule sur le seuil de la porte, rampe dans le couloir, son esprit rendu jaune et vert de terreur. Elle jette un coup d'œil par-dessus son épaule, elle perçoit un éclair de lumière comme quelqu'un qui gratterait une allumette, des points verts et rouges constellent son champ de vision, une éclaboussure d'images résiduelles, et quelque chose la frappe juste sous l'omoplate droite. Elle entend le *poc* d'une détonation ; le bruit paraît plus faible et moins important qu'il ne devrait, et il intervient après l'impact. Elle tombe à quatre pattes dans la cuisine. Elle porte les mains à son ventre, un flot de sang chaud entre ses doigts. Elle entend le *poc poc* d'autres détonations, mais le son est absolument perturbant. Elle ne comprend pas où frappent les balles, ni si elle en est la cible. Elle ne parvient plus à respirer.

Elle rampe sur le sol de la cuisine, elle pense, Il faut que tu te relèves. Sa respiration n'est que halètements creux. Cayenne la tire. Turtle pose les mains dans une mare de sang, elle glisse et perd son appui. Elle reste étendue, le visage contre le carrelage de granit. La gamine tire sur sa chemise. Turtle aperçoit son fusil par terre à côté d'elle. Elle roule sur le dos, relève les genoux et sort le Sig Sauer de son étui avant de le ramener à elle. Elle ne parvient pas à se stabiliser pour viser, sa vue se brouille, son œil gauche est plein de sang et elle le ferme. Elle maintient ses poignets entre ses cuisses à l'instant où Martin entre dans son champ de vision. Elle tire, il plonge à nouveau derrière le mur. Elle tire à travers le contreplaqué afin de l'obliger à reculer plus loin dans le couloir.

Cayenne empoigne Turtle par le bras et essaie de la traîner sur le sol, Turtle se soulève de son mieux, ses chaussures et ses mains glissent sur le carrelage baigné de sang, elle récupère son fusil et boite vers la porte qui donne sur la terrasse à l'arrière de la maison. Elle s'immobilise soudain. Elle regarde le plan de travail de la cuisine, s'y élance en prenant appui d'une main sur l'îlot central, l'autre pressée sur son ventre comme un coureur victime d'un point de côté, le fusil en bandoulière et le sang dégoulinant entre ses doigts moites. Sa chemise est trempée. Le tissu émet un horrible bruit de succion quand il bouge sur son ventre. Elle ne parvient plus à prendre de respirations profondes.

— Il faut qu'on parte! crie Cayenne. Turtle! Allez!

Turtle ouvre un tiroir et elle trouve ce qu'elle veut: ampoules, tournevis, marteau, clous, chatterton. Du sang goutte de son visage jusque dans le tiroir. Il lui tombe dans l'œil gauche qu'elle ne cesse de ciller. Ce n'est qu'une simple égratignure, se répète-t-elle. Ça ne donne pas l'impression d'une simple égratignure. Elle relève sa chemise. Ça va, se dit-elle. Il suffit juste de tout bien faire correctement. Et ça va aller.

Martin apparaît à l'angle. D'une main, Turtle lève le fusil ensanglanté et fait un trou dans le mur à l'instant où Martin se replie. Il passe le canon de son arme au coin du mur et tire à l'aveugle dans la cuisine, arrose le mur d'une rafale automatique, Turtle vise à nouveau et tire. La chevrotine traverse les carreaux, mettant à nu les câbles électriques et les clous, l'isolation, puis ressort de l'autre côté de la paroi, et elle entend l'éclat des vitrines qui explosent, elle entend Martin tâtonner dans les débris de verre et s'éloigner d'elle. Elle lève le canon du fusil et tire dans le plafonnier de la cuisine. Ils se retrouvent plongés dans l'obscurité. Puis du pouce, Turtle actionne la lumière stroboscopique installée sur le fusil. La pièce s'emplit soudain de clignotements aveuglants. Les ombres semblent aplaties en contours bruts dénués de perspective, les couleurs se muent en masses blanches. Elle sait d'expérience à quel point il est difficile de tirer avec cette lumière intermittente. La lampe est installée sur le canon à l'aide d'une fixation temporaire, elle la détache et la fait rouler sur l'îlot de cuisine, à trois mètres d'elle en direction de la porte du couloir. Dans les pulsations de lumière nauséeuses, elle remonte sa chemise. Elle voit la blessure sur son ventre. Le sang ruisselle sur ses abdominaux, lui trempe le jean et l'intérieur des chaussures. Elle déchire une bande de tissu, le plaque sur le trou béant et entreprend de le fixer à l'aide du scotch. Une chance pour elle que Martin n'utilise qu'un fusil à canon court. D'après ce qu'elle peut deviner de l'orifice de sortie, la balle l'a transpercée de part en part et n'a pas explosé à l'intérieur, n'a pas fait de crochet. Avec des canons longs et des vitesses plus importantes, les munitions de calibre 5,56 peuvent se désagréger ou ricocher. Il est négligent, pense-t-elle. Il néglige ce genre de détails, il l'a toujours fait. Martin tire sur la lampe. Turtle l'ignore. Le scotch ne va pas servir à grand-chose, mais ça aidera un minimum. C'est faux. Là où elle va, ça va lui sauver la vie.

— Turtle! s'écrie Cayenne.

Turtle l'ignore, elle aussi, et entoure son ventre et sa poitrine d'un corset de scotch bien serré. Un éclat de lumière, Turtle lève les yeux. La crédence en granit derrière elle explose et se décroche du mur en éclats acérés. Dans la lueur intermittente, elle ne perçoit aucun mouvement. Rien que des éclairs de lumière blanche. Il ne tire plus par la porte. Il est dans la pièce voisine, il tire à travers le mur juste à côté d'elle. Turtle plonge et plaque Cayenne à terre. Au-dessus d'elles, des morceaux de carrelage et de verre constellent soudain l'air. Une fleur de poussière de particules s'épanouit. Les filles se recroquevillent derrière l'îlot central, Cayenne hurle et hurle, le visage contre le carrelage. L'îlot de cuisine n'offre pas franchement de couverture. Les balles de 5,56 ne sont peut-être pas grosses, à peine plus larges et lourdes qu'une cartouche à percussion .22, mais elles peuvent quand même transpercer les parois. Turtle s'assied, prend appui sur les placards et continue d'enrouler le scotch autour d'elle. Elle ne veut pas tenter de lui tirer dessus à travers le mur. Elle n'a pas assez de munitions et elle ne sait pas qui peut se trouver dans la pièce avec lui. Les détonations se taisent et Turtle entend qu'il retire son chargeur, puis le claquement d'un nouveau chargeur qu'il enclenche, le bruit du métal contre le métal à l'instant où la culasse coulisse, mais quelque chose ne va pas. L'arme s'enraye. Espèce de fils de pute, pense-t-elle, espèce de connard d'incapable. Il a dû s'y prendre comme un manche pour modifier et réassembler l'arme en automatique, sans doute, et voilà qu'elle s'enraye. Cayenne est plaquée au sol et ferme les yeux de toutes ses forces, elle convulse sans un bruit et griffe le carrelage. Turtle l'empoigne par les cheveux, la soulève, la gamine attrape le poignet de Turtle à deux mains, et elles franchissent la porte de la terrasse en chancelant. La lampe stroboscopique annihile toute perception de profondeur, elles traversent la pièce à tâtons, Turtle tire dans la porte devant elles, elle l'ouvre d'un coup de pied et franchit le seuil. Des détonations retentissent à nouveau dans la cuisine, les filles s'élancent sur la terrasse et se dirigent avec maladresse vers l'escalier. La lampe stroboscopique le retiendra quelques secondes encore. Turtle s'accroche à la rambarde, se traîne au bas des marches, et elles débouchent sur une petite plage rocheuse couverte de varech séché qui émet un craquement creux sous leurs pieds. Un vent fort souffle du nord, soulève leurs cheveux et rabat des mèches en travers de leur visage.

29

TURTLE marche avec difficulté, ses pieds dessinent des halos brillants quand ils font jaillir l'eau du sable humide. Devant elle, la rivière est bordée d'oies endormies. On dirait qu'elles sont des centaines. Turtle chancelle, s'appuie à la gamine, titube et fait un pas, titube et fait un pas. Le scotch la serre et s'accorde au rythme des battements de son cœur, elle se rend compte que le rouleau est toujours accroché derrière elle et pend comme une longue queue adhésive. Elle fait encore plusieurs tours autour de son ventre, arrache le rouleau et le laisse tomber dans le sable. Elle a le souffle court et laborieux, elle n'arrive pas à inspirer assez d'air.

Les falaises ne sont pas hautes. La rivière coule en contrebas sur environ vingt-cinq mètres encore, puis les falaises plongent à pic. Au-delà, l'estuaire peu profond est envahi de bois flotté, de bancs de sable et de monceaux de varech échoué, quarante mètres jusqu'à la ligne de laisse où trois pinacles se dressent, leurs contours noirs, les vagues blanches s'y écrasent et roulent sur une étendue de plage qui longe tout l'horizon, du nord au sud, chaque vague charriant son lot de sable et d'eau qui semble secouer l'air. La maison de Jacob culmine au bord de la falaise, au-dessus de la rivière et de la plage. Turtle et Cayenne titubent, les oies s'envolent peu à peu autour d'elles. Turtle atteint la berge de la rivière, entraîne la gamine dans l'eau froide qui leur arrive bientôt aux cuisses, elles pataugent au milieu d'une confusion de battements d'ailes et elles progressent dans le courant. Puis Turtle lâche prise, elle nage de toutes ses forces dans le lit sablonneux. La rivière n'a qu'environ deux mètres de profondeur, mais le courant l'emporte avec une force inattendue. Turtle remonte à la surface pour respirer, les oies s'envolent encore sur la rivière, la maison a disparu de son champ de vision, elle replonge et nage. Elle nage au-delà des falaises, elle atteint un tronc de bois flotté retenu à la berge au-dessus de l'eau, elle s'y accroche et passe de l'autre côté. Elle tire la gamine hors du courant, sur la pente de la rive ciselée derrière le tronc.

À quarante mètres de là, Martin sort sur la terrasse et balaie la plage de sa torche, le faisceau tombe à l'oblique sur la surface de la rivière. Des reflets ternes tournent comme un manège sur la paroi de la falaise. Turtle et Cayenne restent étendues derrière le tronc, dans l'eau jusqu'au menton, abritées contre le sable de la rive. Il a un léger avantage dû à sa hauteur – la terrasse est à huit ou dix mètres et surplombe la plage tout entière.

Dans son fusil, elle n'a que de la chevrotine. Martin est tout juste hors de portée de tir. Si elle avait une balle de fusil, elle pourrait l'atteindre sur ces marches, mettre un terme à sa vie, aussi simplement que ça. Ses pensées défilent lentement dans son esprit, son champ de vision se resserre, le monde est creux et vidé de sensations. Elle attrape la gamine, lui montre l'aval de la rivière, Cayenne secoue la tête. Une vingtaine de mètres les séparent de l'endroit où la rivière se jette dans l'océan. Elle veut que la gamine suive le courant jusqu'à la mer, puis qu'elle prenne au sud le long de l'eau. C'est sa meilleure chance. Turtle lève trois doigts – *à trois* – en lançant un regard profond à l'enfant qui secoue encore la tête, et Turtle l'attire contre elle, lui embrasse les cheveux, elle la repousse, toutes deux respirent avec difficulté, le bruit de leur souffle semble amplifié par l'eau et le banc de sable ciselé, Turtle tourne les talons, dégaine le Sig Sauer au chargeur et au canon dégoulinants, elle prend appui sur le tronc, trouve la lueur verte du tritium dans la lunette, repère Martin avec sa lampe torche qui balaie la plage, et elle tire.

Il a dû voir l'éclair de son canon car sa torche se dirige vers elle et il répond à ses tirs. Des gerbes d'eau s'élèvent dans l'air, noires et nébuleuses dans la lumière du fusil tel un soleil, des copeaux de bois se détachent du tronc, aussitôt avalés par l'obscurité. Turtle vise cet éclat annihilant. Les ombres de son viseur dessinent un cadran solaire sur le canon, sur son bras, et le Sig Sauer fait une éclipse, projette sa fine ombre sur l'œil droit de Turtle, le guidon entouré d'un halo de lumière blanche et aveuglante, et elle appuie sur la détente. La lumière s'éteint un instant. Turtle continue à tirer, parfaitement attentive aux cliquetis de la détente qui se remet en place, sa vue maculée d'images résiduelles. Le Sig Sauer s'ouvre, elle le laisse tomber dans la rivière, l'arme siffle et disparaît. Elle ferme les yeux, sa conscience lui glisse entre les doigts, et elle pense, Il faut que tu te relèves, Turtle. Il faut que tu te relèves.

Cayenne n'est plus là. Ça, au moins, ça a fonctionné. La gamine s'est échappée. Dans l'eau, Turtle rampe à la force de ses coudes et de ses genoux, longe la berge de sable, se souvient à peine de ce qu'elle est en train de faire, la rivière se fait moins profonde à mesure qu'elle s'élargit autour d'elle. Devant, un monceau de varech forme un îlot dans le courant. Turtle s'y dirige à plat ventre. Elle trouve un banc de sable jonché d'algues et de bois flotté. Elle se hisse sur le varech. Des mouches et des puces de sable jaillissent alentour, surprises. Le monticule dégage une odeur de pourriture et de sel. Elle prend des inspirations rapides et incontrôlables, elle traîne son fusil par la bandoulière. Elle reste étendue là, tremblant de froid et de peur. À ses côtés, une méduse fripée à l'ombrelle violette, ses longs tentacules emmêlés, ses orifices envahis de puces de sable gonflées et grossies sous la chair pareille à un verre de lunette. L'eau est saumâtre. Le courant de la rivière se mêle aux vagues, change de direction, çà et là. L'écume déferle vers elle en un grondement cacophonique de galets, palpable dans l'eau et contre le lit de sable, palpable dans ses entrailles secouées au milieu de leur membrane mucilagineuse et déchirée, chaque vague qui se brise projette une gerbe liquide qui s'élève autour d'elle avant de retomber. Turtle reste étendue à rassembler ses idées fuyantes comme on cherche des anguilles au râteau dans les tas d'algues, elle pense, Je pourrais fermer les yeux et tout ça, tout ça serait terminé. Puis elle pense, Non, et puis merde – tu as eu une occasion, pauvre connasse, et maintenant tu es dans la merde.

Turtle se redresse, l'observe derrière le monceau de varech. Martin parcourt la plage en boitant, il longe la rivière, Turtle éprouve soudain une joie immense. Elle l'a touché, cet enfoiré, elle ne sait pas à combien de mètres de distance, et rien qu'avec un 9 mm, alors qu'il a un AR-15, alors qu'il était posté en surplomb, qu'il l'aveuglait avec sa torche, et elle l'a touché. Elle avait dû atteindre la torche aussi, sans quoi il s'en servirait en cet instant. Viens me chercher, pense-t-elle. Viens me chercher dans l'obscurité, espèce d'enculé. Viens me chercher et crève. Elle s'avance dans l'eau qui lui monte jusqu'aux yeux, elle s'enfonce plus loin contre l'entremêlement lourd et huileux du varech.

Il faut longtemps à Martin pour parcourir la plage, elle reste immobile, les battements de son cœur envahissent son corps tout entier, elle halète, prise de vertige, et elle pense, Encore un petit moment, Turtle. Accroche-toi, ne lâche pas prise, ne fais pas tout foirer.

Martin suit le cours d'eau. Il doit penser qu'il est impossible de se cacher sur cette vaste étendue de plage déserte. Il s'arrête non loin de là où elle est tapie dans le tas d'algues. Tout comme elle, il attend que ses yeux s'accoutument à l'obscurité. Il contemple la rivière, à l'affût du moindre mouvement, il plisse les paupières comme font les gens qui voient mal dans le noir. Il porte le fusil relevé contre son épaule. Le fusil de Turtle est bloqué sous elle. Elle ne veut pas l'en retirer au risque de bouger. Elle veut que Martin la dépasse et continue son chemin. Elle bougera si elle y est contrainte, mais elle sait que ses chances seraient maigres. Elle veut qu'il continue son chemin. Il continue à scruter l'embouchure de la rivière, à l'endroit où les trois îles jaillissent des flots. Il refuse

de tourner le dos au tas de varech. Turtle ferme les yeux. Non,
pense-t-elle. Il abaisse le fusil et tire, il fouille le monticule
d'algues avec ses rafales automatiques, Turtle reste étendue
là, les yeux fermés, la mâchoire serrée, dans le bruit humide
des balles qui s'enfoncent au milieu des algues, mais rien ne se
produit. Il ne l'atteint pas. Il cesse le feu, il inspecte le tas de
varech. Puis il prend une décision. Il dirige le fusil vers le large
et continue son chemin. Turtle exhale fort, enfonce les articulations de son poing
dans sa bouche afin de réprimer un sanglot. Puis elle s'écarte
en rampant de derrière les algues, le fusil couvert de sable se
libère sous elle, elle se relève et boîte derrière lui, dans le cours
d'eau peu profond, et elle pense, Ce n'est plus très loin, Turtle,
il te suffit de garder fermement les pieds sur terre, espèce de
connasse. Elle titube et marche dans l'eau jusqu'aux tibias,
titube et marche, et elle a l'impression que Dieu l'a empoignée
par l'abdomen, qu'il serre, la plage se vide de couleurs, se vide
de parfums et de sons, un drap noir et blanc, le blanc des
vagues, la silhouette des îles, et Martin. Devant elle, il approche d'un étroit couloir entre deux îles,
pareil à une grotte sinueuse. Il pense qu'elle s'y trouve, qu'elle
se terre là-bas, devant lui. Le champ de vision de Turtle forme
un tunnel dirigé vers une seule et unique idée, déterminée.
Il se tient au bord de la mer, dans l'eau jusqu'aux genoux,
face à l'océan. La lune est devant lui, l'éclaire à contre-jour.
Elle frôle l'horizon. Turtle lève le fusil, des gouttes coulent du
chargeur, elle n'est pas certaine qu'il pourra faire feu.

— Papa, dit-elle doucement derrière lui, et il fait volte-face, et la nuit se décompose dans les ellipses stroboscopiques
d'un éclair de fusil.

Turtle appuie sur la détente. L'éclair de son propre canon
dessine une auréole, une lueur brisée par la silhouette du fusil,
et une immense lance de lumière qui tend vers lui, et elle
perçoit les contours de Martin, puis l'obscurité. Elle ne le voit
pas tomber. L'écho de la détonation roule sur la plage, tout
est effacé, disparu, les images rémanentes, blanches et vertes

et rouges, chacune retenant une impression de couleur mais chacune sombre comme la nuit. Elle tombe à quatre pattes, avance vers lui, pose la main sur sa jambe. Le jean de Martin est trempé, incrusté de sable, elle l'attrape par l'épaule, l'attire à elle. Sa main, énorme et calleuse, couverte de sable, l'empoigne brusquement, et sa force est comme dans son souvenir. Elle le hisse sur ses cuisses, elle se penche au-dessus de lui, chaud et vivant dans l'eau glaciale, sa respiration laborieuse mêlée d'un bruit de succion. Turtle pose une main sur le visage de son père et lui maintient la mâchoire. Sa bouche s'ouvre de façon spasmodique, et elle croit qu'il va parler, qu'il va lui dire quelque chose, mais il ne peut que haleter, qu'aspirer de l'air dans sa poitrine creuse, et elle y pose la main, elle tâte la blessure qui dégouline sous sa paume, et il prend une pénible inspiration. Elle pense qu'il va parler, mais il ne parle pas. Elle dit :

— Je t'aime.

Ses jambes s'agitent dans le sable, un mouvement convulsif, un réflexe, et quand une vague déferle sur eux, son corps se soulève entre les bras de Turtle, l'eau tire leurs vêtements, aspire le sable sous elle, les laisse à demi enfouis sous un dépôt humide. Sa mâchoire bouge, il répète à n'en plus finir "Je... Je... Je..." mais il ne va pas plus loin que ce premier mot, elle voit les puissants tendons de son cou, le grain de sa chair, ses taches de rousseur sombres, les poils naissants de sa barbe, les veines sinueuses et épaisses comme ses doigts, la pomme d'Adam dans sa gorge comme un nœud dur, les deux cordes saillantes comme des câbles de part et d'autre du creux, et tout ce qu'il voudrait dire est avalé dans le rugissement de la marée, il agrippe les poignets de Turtle, il résiste, et elle enfonce la lame dans le cuir tanné de sa peau. Les bandes blanches des tendons sont un instant mises à jour, puis un jet de sang s'élève et éclabousse la figure de Turtle, Martin se cambre et arque le dos, ses hanches décollent du sable, sa trachée un vide noir sous la lame, puis une autre vague s'abat sur eux, elle sent l'écoulement chaud du sang sous l'eau. La lame bute contre un nœud d'os, elle fait aller et venir le couteau qui finit par transpercer le cou de Martin et toucher sa propre cuisse en dessous, et elle est désormais assise au milieu d'une mare de sang chaud, dans l'intervalle creux où la vague se retire, la lune brille entre les îles, elle maintient Martin sous l'eau, ses doigts se serrent et se desserrent tandis qu'il convulse et se débat. Le déferlement artériel et chaud agite la surface. Elle essaie de retirer son couteau de son cou, en vain. Elle se démène, serre les dents, mais ne parvient pas à le dégager. Puis la vague se retire totalement, elle voit le sang qui s'écoule en immenses bandes noires sur le sable humide. Elle se penche au-dessus de lui, il est irrémédiablement parti. C'est pourtant bien son corps entre ses bras, elle s'agrippe à la chemise, c'est bien sa chemise à carreaux, son jean détrempé, ses chaussures qui se dressent là dans le sable, mais il s'est détaché d'elle. Cayenne approche depuis l'allée sombre entre les îles, elle passe les bras autour du cou de Turtle, elle pose la joue contre son épaule, et Turtle la laisse faire, mais elle ne peut pas, elle ne veut pas le lâcher. Cayenne tire sur la chemise de Turtle, qui lève les yeux et regarde la plage. Les vagues se déroulent sur le sable, la lune effleure la surface de la mer, et elle pense, Bon Dieu, si c'est pas incroyable, tout ça.

30

TURTLE est assise dans le jardin au bord d'un potager en carré surélevé, la forêt silencieuse autour d'elle, les séquoias d'envergures variées, des deuxièmes pousses larges de cinquante à quatre-vingts centimètres partant des nœuds d'énormes souches pleines d'humus, dont les plus grosses avaient jadis été réduites en cendres, pareilles à des chaudrons de quatre mètres de diamètre. Des monotropes, des fougères et des arbousiers poussent en bordure de la clairière. Au-dessus se dresse le cottage d'Anna, ses larges fenêtres donnant au sud, des vitraux faits main dans la cuisine, et un attrape-rêves à la chambre du premier étage, le toit couvert de panneaux solaires, la bâtisse et les terres héritées de sa grand-mère. La forêt a regagné du terrain, plus sombre, depuis la construction de la maison. Assise sur la balustrade de la terrasse, Zaki, la chatte d'Anna, baisse ses yeux bleu pâle vers Turtle, ferme et ouvre les paupières d'un air approbateur.

Turtle enfonce ses mains gantées dans la terre du carré surélevé, riche et noire après la récente pluie. Elle n'a pas à creuser loin pour trouver les racines. Elle se met à quatre pattes. Le carré est installé sur des contremarches en béton de quinze centimètres. Un doigt crochu de racines a jailli du sol, suivant le tracé des écoulements d'eau, il a franchi l'espace entre la terre et le carré de jardin, puis s'est faufilé dans un des conduits d'évacuation.

Turtle avait commencé à jardiner huit mois plus tôt, entravée dans chacun de ses mouvements par la douleur et la poche d'iléostomie. Une des balles l'avait atteinte dans le bas du dos, s'était insinuée entre ses deux artères intercostales, lui avait perforé le jéjunum et avait émergé très bas, à gauche, une autre lui avait écorché la pommette gauche, et la troisième avait ricoché dans son flanc droit sur la septième côte, juste sous l'omoplate. La côte avait crevé le sac pleural autour de ses poumons et lorsque la cavité s'était emplie d'air, son poumon droit s'était affaissé.

— Rien qu'un petit pneumothorax, avait déclaré le Dr Russell, le pouce et l'index très légèrement écartés afin d'en mimer la taille. Rien qu'un tout petit.

Le Dr Russell était un homme mince, calme et minutieux, à la peau pâle constellée de taches, et au crâne dégarni. Il se penchait en avant lorsqu'il parlait, pinçait le pouce et l'index comme pour capturer la texture de sa voix, puis il demandait encore : "Pourquoi t'es-tu enroulé le ventre de scotch, Turtle ?" Et elle secouait la tête car elle n'en savait rien, et il souriait, s'adossait à la chaise. Il était enthousiaste devant son cas, devant ses blessures, ce que Turtle appréciait. Il aimait cet aspect de son travail, elle le devinait. Le contenu de son intestin grêle s'était déversé dans sa cavité abdominale, et au terme d'une première opération visant à stabiliser son état général, deux autres interventions importantes avaient eu pour objectif d'éradiquer l'infection. Si le scotch n'avait pas tenu autour d'elle, Turtle n'aurait sans doute pas survécu. L'eau de mer, aimait répéter le Dr Russell, était très nocive. Sa survie le stupéfiait.

Les chirurgiens avaient rattaché un morceau de son intestin à la peau de son flanc droit, juste au-dessus de l'aine, qui dessinait un trou du cul rouge et plissé sur sa hanche, et pendant six mois, elle avait chié par là, ou du moins avait-elle évacué. Un patch adhésif souple équipé d'un joint d'étanchéité avait été placé sur sa stomie, et les poches de recueil s'y fixaient. Turtle se réveillait parfois en pleine nuit, griffait la collerette où la poche s'accrochait à l'anneau, et une fois, elle avait bien failli l'arracher, s'était réveillée juste à temps, avait titubé jusqu'à la salle de bains, s'était posée devant le lavabo, s'imaginant dérouler plusieurs mètres d'intestins roses à travers l'orifice à son flanc, elle s'était agrippée au meuble de la salle de bains, haletant de douleur, les yeux rivés sur le miroir, secouant la tête, et elle avait pensé, Martin a essayé de te le dire, il a essayé de te dire qu'un jour, il te faudrait être bien davantage qu'une pauvre petite connasse apeurée, une pauvre petite connasse qui se contenterait de bien viser, qu'un jour tu devrais faire preuve d'une conviction absolue, que tu devrais te battre comme un putain d'ange, tombé sur cette putain de terre, avec un cœur et un courage absolu, et tu n'as jamais réussi. Tu étais pleine d'hésitation, de faux-fuyants, jusqu'à la fin. Elle était restée devant le lavabo à penser, Tu n'as jamais été assez, tu ne seras jamais assez. Ce jour-là, elle avait attendu le retour d'Anna, et quand cette dernière avait ouvert la portière de sa voiture, Turtle avait dit :

— Je veux faire un potager.

Et Anna s'était levée, portant un carton plein de copies à corriger, molle d'épuisement, elle s'était adossée à la Saturn, puis elle avait reposé la boîte dans l'habitacle, Turtle avait ouvert la portière passager pour grimper à l'intérieur, et l'avait refermée à l'aide du tendeur.

Ensemble, elles avaient soulevé des planches de séquoia de cinquante centimètres par trois mètres dans la scierie de Rossi, elles les avaient inspectées en quête de mauvais nœuds, les avaient tournées pour y déceler d'éventuelles déformations, elles avaient mis de côté celles qui leur plaisaient, puis un homme à grosse bedaine, vêtu d'un jean et d'une chemise à carreaux avec des bretelles en mètres à mesurer, avait réajusté les planches pour obtenir des découpes de trois et deux mètres. Et sans quitter Turtle des yeux, il avait retiré ses gants, les avait fait claquer dans sa paume gauche, et avait tendu la main droite. La main dégantée était très large, il avait empoigné la sienne fermement, presque douloureusement.

Elles étaient entrées dans la boutique afin de payer les planches, les clous en acier galvanisé et le terreau, et une femme se tenait derrière le comptoir, les mains sur le plan de travail, mâchonnant un chewing-gum en mouvements impressionnants, ses cheveux blond platine aux racines noires, et arborant une veste sans manches orange fluo. Cindy, annonçait son badge. Elle les avait dévisagées. Anna avait inscrit les mesures de leurs planches dans un petit carnet qu'elle portait sans cesse dans sa poche arrière, afin d'y prendre des notes pour un roman qu'elle comptait écrire, ne sachant jamais quand une idée risquait de surgir. Elle avait sorti le carnet et annoncé :

— Huit planches de séquoia de trois mètres.

— Hmm-hmm, avait dit la femme en pianotant sur la caisse enregistreuse.

— Huit sacs de terreau premier choix.

— Hmm-hmm, avait fait la femme.

— Cinq cents grammes de clous galvanisés.

— Hmm-hmm, avait fait la femme, et son intonation avait poussé Anna à lever les yeux, curieuse de savoir si elle se montrait hostile envers elle ou pas.

— C'est tout, avait conclu Anna.

— Hmm-hmm, avait encore dit la femme.

Elle avait reposé les mains sur le comptoir et s'était penchée en avant.

— Bien, avait dit Anna en sortant son portefeuille. Combien je vous dois ?

— Rien du tout.

— Rien du tout ? avait répété Anna.

— Hmm-hmm.

— Pour les planches de séquoia ?

— Hmm-hmm, avait dit la femme, et il n'y avait rien d'aimable ou de cordial dans sa façon de le dire.

— J'aimerais les payer, avait insisté Anna.

Elle tenait son portefeuille ouvert entre ses mains.

— Hmm-hmm, avait dit la femme avant d'acquiescer.

— Alors, je vous dois combien ?

— Rien du tout.

— Je ne comprends pas.

— Hmm-hmm, avait encore fait la femme.

— Vous voyez bien que je souhaite payer, non?

— Hmm-hmm.

— Eh bien alors, avait dit Anna. J'insiste. Combien je vous dois?

La femme avait penché en avant son imposante masse. Elle avait relevé les coudes. Elle avait des épaules larges. Son décolleté laissait entrevoir une peau bronzée et rêche comme du cuir.

— C'est encore une petite ville. Ça donne plus vraiment cette impression, c'est vrai, mais c'est encore une petite ville. Je vais pas vous faire payer ces planches.

— Eh bien, merci, avait dit Anna.

— Hmm-hmm, avait répondu la femme. Ne me remerciez pas. Elle n'aura pas assez avec ce terreau, il lui en faudra plus, et là, ce ne sera plus gratuit.

— Eh bien, merci quand même, avait insisté Anna.

Cindy avait observé Turtle et Anna quand elles avaient franchi la porte. Anna s'était contentée de hocher la tête.

Elles étaient arrivées à la pépinière de North Star à l'heure de fermeture. Tout était verrouillé et un jeune homme en jean, sweat vert et bottes de sécurité boueuses, avançait vers son pick-up à l'instant où elles s'engageaient sur le parking. Il les avait observées puis s'était approché de la Saturn d'Anna alors qu'elle se garait et descendait du véhicule.

— Anna? avait-il dit.

— Tim, avait-elle répondu.

Ils avaient échangé une accolade, et il avait ensuite regardé Turtle avant de dire:

— Alors, c'est elle.

Et Turtle avait tourné les yeux vers l'ouest, vers les nuages au-dessus de l'océan. Elle se demandait où était Cayenne en cet instant, et si elle était en sécurité. La gamine était partie vivre chez sa tante. Turtle avait parlé à la femme au téléphone, elle lui avait dit:

— Je veux discuter avec elle chaque semaine, je veux entendre à sa putain de voix qu'elle va bien, et je le saurai si c'est pas le cas.

La femme avait fait une pause, puis elle avait lâché :

— D'accord...

Son ton était moqueur et renfrogné à la fois, elle avait fait traîner le mot avec une résignation passive-agressive, elle dégageait quelque chose de muet et de supérieur dans cette dernière syllabe, comme si elle trouvait Turtle ridicule. C'était exactement l'intonation qu'avait employée Cayenne dans ses humeurs les plus maussades, et le choc de cette découverte avait transpercé Turtle, l'avait ramenée à l'instant où elle surplombait la gamine qui lisait, allongée par terre, et qu'elle essayait de la convaincre de l'accompagner à la chasse aux scorpions. Elle savait que Cayenne grandissait dans un mauvais environnement, mais que pouvait-elle y faire ? Ce n'était pas comme si elle avait été en sécurité avec elle.

Tim les avait menées à l'arrière de la pépinière, et Turtle avait pris un petit chariot rouge qu'elle avait traîné derrière elle tandis que Tim et Anna l'attendaient près de la porte en discutant. La pépinière était agrémentée d'une cour clôturée où étaient agencées des tables en lattes de bois couvertes de bacs de germination en plastique noir et de bidons. C'était le début de soirée, le ciel était violet. Turtle avait fait rouler le petit chariot sur les allées gravillonnées. Tim voulait aller lui parler, sa posture tout entière le laissait penser, mais il était resté avec Anna près de la clôture à l'observer. Les gens s'attendaient à ce qu'elle n'aime pas parler aux hommes, mais c'était faux. Elle avait soulevé un bac en plastique noir de pois mange-tout, elle aimait leurs feuilles vert sombre, le terreau noir. À les tenir ainsi contre sa poitrine, à regarder les rangs et les rangs de jeunes plants, tout lui semblait soudain possible. Une table entière était surmontée de laitues disposées par quatre dans leurs barquettes, laitue frisée, pommée butter-crunch, mascara, feuille de chêne colorée. Elle voulait du chou kale, et des blettes, et des petits pois sugar snap, et de l'ail, et des artichauts, et elle voulait des fraisiers. Elle voulait tout. C'était la mi-février, il faisait encore froid, mais Anna estimait qu'on pouvait planter des laitues en toute saison, là où elle vivait. Les artichauts et les pois mange-tout s'en sortiraient bien. N'importe quel crucifère. Mieux valait attendre si elle voulait planter des tomates, par contre.

Elles avaient payé les plantes à l'intérieur, Tim plissait les yeux au-dessus du chariot rouge de Turtle et, non sans difficulté, il entrait les chiffres sur la caisse enregistreuse, consultant parfois ses documents plastifiés. Turtle avait une cicatrice qui lui balafrait la joue gauche. Un épais repli de chair engourdie qu'elle touchait d'un air absent quand elle était songeuse. Des plantes décoratives et des fontaines ornaient l'intérieur, mais les pompes et les lumières étaient éteintes. Anna et Turtle patientaient devant la caisse. Sur le comptoir était affiché un prospectus noir et blanc où Turtle émergeait des vagues, appuyée à Cayenne, son fusil à la main. Turtle n'avait aucun souvenir d'avoir ainsi marché sur la plage. Le prospectus annonçait SOUTENEZ TURTLE ALVESTON. La photo avait été prise par un des ambulanciers. Le papier était corné et taché par une quelconque plante fraîchement arrosée qui avait goutté sur le comptoir. Turtle avait été touchée, aimaient lui répéter les gens, par trois balles, elle avait sauvé tout le monde à la soirée, et elle avait surgi des vagues par la simple force de sa volonté. C'était une héroïne. Ils adoraient ça. Tu es sortie seule des vagues, lui disaient les gens, les médecins, les infirmières, les aides-soignants, les inconnus. Brett, qui était venu la voir, le lui avait dit aussi. *T'es une héroïne, Turtle.* Dans sa chemise d'hôpital, assis dans un fauteuil roulant poussé par une infirmière. La balle l'avait atteint à la poitrine. Mais contrairement au pneumothorax de Turtle, le sien avait été grave. Le poumon droit s'était entièrement affaissé et il avait eu de profondes plaies ouvertes de chaque côté.

— T'es, genre... une héroïne, avait dit Brett. Ma vieille, mais genre, comment tu pouvais encore marcher ? Je sais pas comment t'as fait pour sortir de la mer.

Il lui avait souri d'un air émerveillé.

Tout ceci avait tant manqué à Turtle. Brett lui avait tant manqué. Il avait dit:

— Quand la fin du monde arrivera, tu viendras me chercher. Tu viendras me chercher, d'accord?

— D'accord, avait-elle répondu.

Elle était allongée dans le lit, le drain pleural scotché à son flanc, le goutte-à-goutte faisant passer les fluides sérosanguins.

— D'accord. Je viendrai te chercher.

Rien de tout ceci ne lui semblait réel. Elle voulait savoir quel était le pronostic à long terme pour Brett. Comment sa vie s'en verrait affectée. Elle n'était pas une héroïne. Elle n'avait pas été à la hauteur avec Cayenne, pas à la hauteur avec elle-même, pas à la hauteur avec Martin, elle avait mis tout le monde en danger, elle avait échoué encore et encore, elle avait erré d'une pièce à l'autre en commettant une erreur idiote après l'autre, elle avait tenté en vain de contrôler une situation incontrôlable, et elle n'avait aucun souvenir d'être sortie des vagues, et tout ça pour quoi? Une vie sans lui, une vie qu'elle ne voulait pas et qu'elle ne comprenait pas. S'ils savaient qu'elle avait ouvert sa porte d'un coup de pied, qu'elle l'avait découvert avec Cayenne, qu'elle avait eu l'occasion de mettre fin à tout ça avant même que cela ne débute, qu'elle n'avait pas appuyé sur la détente. Elle avait regardé Brett, incapable d'expliquer quoi que ce soit. Sa vie à lui ne serait plus jamais la même. Plus jamais. Entraîne-toi à te concentrer sur un objectif absolument unique, lui avait dit Martin, et elle n'en avait rien fait.

— Très bien, avait enfin déclaré Tim. Ça fera vingt-deux dollars.

— Vraiment? avait fait Anna. Ça ne semble pas très cher.

— Ah bon? avait-il dit en regardant les plants.

Elle avait commencé son potager le soir même, courant dans la maison et branchant la batterie de la perceuse sans fil d'Anna. Anna avait acheté un ensemble d'outils quand elle avait décidé d'habiter seule à Comptche, mais elle ne l'avait jamais utilisé car elle avait peur des outils électriques.

— Tu vas utiliser la perceuse ? avait-elle demandé.

Et Turtle avait acquiescé, enfilé son pantalon Carhartt sur son collant Smartwool, et Anna avait ajouté :

— Tu sais t'y prendre ?

Et Turtle avait acquiescé, et Anna avait continué :

— Tu feras attention ?

— Je ferai attention, avait dit Turtle.

— Tu vas pas te percer le doigt ou je ne sais quoi ?

— Non, je ne me percerai pas le doigt.

Elle portait une lampe frontale, son pull en laine et ses vieilles chaussures militaires, et elle avait regardé Anna d'un air franc et honnête car cette dernière paraissait gênée et inquiète, et Turtle voulait lui montrer qu'elle pouvait lui poser toutes les questions qu'elle souhaitait.

— D'accord, avait dit Anna un peu timide. D'accord.

Turtle avait expliqué au Dr Russell l'opération chirurgicale qu'ils avaient effectuée sur le doigt de Cayenne, elle avait fait un croquis sur une feuille. Le Dr Russell avait dit qu'une telle amputation était envisageable dans un environnement parfaitement stérile, mais que ça n'avait aucun intérêt de la faire sur le sol d'un salon. Si c'était le genre d'opération qu'il effectuait régulièrement, elle n'était pourtant pas nécessaire. Il y avait une épithélialisation de la peau – elle finissait par repousser au bout de la phalange si on changeait régulièrement les pansements. Et quand Turtle avait expliqué qu'ils avaient tranché au-delà de l'articulation et qu'ils avaient limé l'os suivant, le Dr Russell avait marqué une pause, presque imperceptible, il avait incliné la tête de côté, et il avait dit :

— Eh bien… Peut-être que cela semblait avoir un sens, dans ce contexte précis.

Et Turtle avait compris ce qu'il omettait de dire. Elle avait elle-même limé l'os, et Martin s'était sans doute arrangé pour qu'ils y soient obligés.

Turtle avait porté les planches en bas de la pente, les avait disposées dans la clairière et s'était agenouillée sur la couche de feuilles mouillées afin de forer les trous. Ce qui aurait jadis demandé une simple soirée de travail s'avérait désormais un projet éreintant de plusieurs jours. Même la simple descente en bas de la colline déclenchait une douleur dans son ventre qui la faisait grimacer. Le Dr Russell avait dit que cela finirait par s'estomper, mais qu'elle souffrirait sûrement de maux chroniques pour le restant de sa vie, et qu'elle pourrait pallier cela avec ou sans médicaments. Turtle avait choisi sans. La poche de stomie était une présence moite et plastifiée fixée à son flanc. Elle positionnait la planche de trois mètres entre ses jambes, maintenait celle de deux mètres à angle droit, les vissait ensemble, ses cheveux lui tombaient devant le visage, elle souriait, son corps tout entier endolori par le simple fait de garder la perceuse droite.

Le lendemain, elle avait trimballé les sacs de terreau de vingt-cinq kilos dans la brouette jusqu'au pied de la colline, suant et jurant et souriant, et elle les avait jetés un par un sur la litière de feuilles mortes à côté des planches, s'était redressée et s'était essuyé le visage d'un revers de main, sourire aux lèvres, plus heureuse qu'elle ne l'avait été depuis des mois, elle s'allongeait dans la brouette, contemplait le ciel et respirait simplement. Loin en altitude, la cime des séquoias d'un vert délicat se balançait dans la brise, et Turtle était vivante. Ridiculement vivante, compte tenu de toutes les erreurs qu'elle avait commises.

Elle avait ouvert les sacs et rempli le potager de terreau, puis elle avait creusé des trous à mains nues, chaque jeune plant avec sa terre noire et son entrelacs de racines blanches. À son réveil le lendemain matin, elle avait préparé un gruau et elle était descendue avec le bol en terre cuite tiède surmonté d'une cuillère de miel Cinnamon Bear, et la brume s'élevait du sol de la forêt, et c'était tellement, tellement agréable. Puis le lendemain matin, elle était sortie pour découvrir que les cerfs avaient tout mangé jusqu'aux racines, à l'exception des courges. Elle était restée là dans ses collants Smartwool et son large T-shirt de pyjama, son pull en laine, et elle s'était demandé ce qu'il se serait passé si elle n'était pas allée chez

Jacob, si elle avait continué à rouler, sachant que Martin connaissait l'adresse de Jacob, et qu'il s'y serait rendu, qu'elle y soit ou non, et elle avait pensé, S'il était arrivé là-bas et que le pick-up de Papy n'y était pas – qu'aurait-il fait? Aurait-il passé son chemin? Ou bien se serait-il garé, serait-il monté sur la terrasse en écartant les gobelets Solo en plastique rouge d'un coup de pied? Parfois, elle pense que si elle avait continué à rouler, les choses se seraient bien terminées. Elle n'arrive pas à former une image claire de lui, de son visage, rien que son dos, large et plongé dans l'ombre. Elle s'était attendue à le voir à côté d'elle, quand elle s'était réveillée à l'hôpital. C'était juste après la première opération. Anna était là, l'air ravagé, rouge d'avoir tant pleuré, et Jacob était là aussi, il lisait. Martin n'était pas là et elle avait pensé, Putain, il va être furax. Et puis elle s'était rappelée.

Après que les cerfs avaient eu accès à son potager, elle était retournée à la quincaillerie, elle avait acheté des rouleaux de grillage à poulailler haut de trois mètres, des poteaux métalliques et une masse pour les enfoncer en terre, et comme ni les poteaux ni les rouleaux n'entraient dans la Saturn, et que Turtle ne pouvait pas les porter, elle avait payé la livraison à domicile, et elle avait tenté de tout faire seule, creuser une tranchée de cinquante centimètres tout autour du potager, mais elle s'était rendu compte qu'elle n'arrivait pas à soulever la tarière, alors Jepson et Athena, les enfants de Sarah qui habitaient juste à côté, étaient venus l'aider à les enfoncer en terre et à tirer le grillage d'un poteau à l'autre. Ils avaient un an d'écart, tous deux lycéens, et ils prenaient soin d'elle. Elle avait racheté des plants chez Tim à la pépinière North Star, elle les avait replantés et avait installé des treillis en bambou pour ses pois mange-tout, et elle s'était sentie si fière en nouant les treillis, en imaginant les pois qui grimperaient bien au-delà, puis elle était sortie et avait découvert que les ratons laveurs avaient renversé ses treillis et déposé leurs étrons noirs, huileux et puants dans tout le potager, que les corbeaux avaient mangé les jeunes plants, que les étourneaux volaient la ficelle des treillis pour fabriquer leurs nids, mais Turtle avait persévéré, elle avait replanté, elle avait croisé les doigts, et lentement, les plantes avaient survécu.

Puis, un matin, Turtle était sortie dans le jardin et avait trouvé un faon pris au piège derrière la clôture du potager. La biche attendait, nerveuse, à l'orée de la clairière, s'élançait vers la forêt et revenait, et le faon se ruait contre la clôture, encore et encore, sans parvenir à la franchir, il s'était rué dessus jusqu'à ce que les poteaux s'inclinent, il s'était emmêlé une patte dans les fils métalliques, s'était débattu de toutes ses forces, bloqué. Turtle était allée dans la remise à outils, y avait pris une pince et une corde. Elle avait fait un nœud de tête d'alouette autour des deux pattes de l'animal, elle avait entouré les pattes de quatre tours supplémentaires, les avait fixées à l'aide d'un autre nœud de tête d'alouette, un nœud léger mais qui empêchait le faon de se débattre. Puis elle avait enlacé l'animal qui haletait et se démenait, ce faon étonnamment chaud, petit comme un chien, son cœur battant à tout rompre dans sa cage thoracique agitée, elle avait passé le bras sous la gorge palpitante, et de l'autre main elle avait actionné la pince, respirant dans la fourrure rousse et brune du faon, respirant son parfum sauvage d'humus, puis elle l'avait soulevé et porté hors du potager, l'avait posé au sol et avait détaché ses pattes. Le faon n'arrivait pas à marcher. Il se levait et s'affalait, se levait et s'affalait. Turtle l'avait laissé là toute la nuit, recroquevillé, le museau contre la queue, et quand elle était ressortie le lendemain matin, le faon était encore là, mais la biche avait disparu. Turtle s'était posté dans la clairière, le faon à ses pieds. Ses flancs frêles étaient parcourus de frissons. Turtle s'était assise à côté et elle avait pensé, Relève-toi, bon Dieu, mais le faon ne se relevait pas.

Cette nuit-là, Turtle avait retiré la tête de la pioche, elle était sortie avec le manche. Le faon était toujours recroquevillé, museau contre queue, il tremblait de tout son corps, de la morve s'échappait de ses naseaux. Il avait tourné la tête et posé sur Turtle un œil immense, si sombre qu'il était presque noir, à l'exception d'un croissant d'iris brun, et Turtle l'avait tué d'un seul coup. Puis elle s'était assise, jambes écartées dans la poussière, sans lâcher le manche de pioche, et elle avait regardé le petit cadavre sans savoir que faire, et si elle le savait, elle n'était pas sûre de pouvoir le faire jusqu'au bout. Elle avait lancé une corde au-dessus d'un tronc d'arbousier, elle avait hissé le cadavre à peine plus grand qu'un enfant, elle avait dégainé son couteau, et tremblant de tous ses membres, elle avait lâché le couteau, s'était assise, s'était relevée, s'était éloignée, était revenue, avait ramassé le couteau et avait ouvert le faon, depuis la gorge jusqu'au trou du cul, et c'était aussi horrible que dans son imagination, la sensation de la chair sous la lame, et elle s'était éloignée, elle s'était penchée et avait vomi dans les myrtilliers, puis elle avait écarté les pans de peau dure comme du cuir, elle avait arraché les entrailles sanglantes, ne s'était plus arrêtée, avait cessé de réfléchir. Elle avait découpé le faon en steaks qu'elle avait rangés dans le congélateur, puis elle s'était lavé les mains à l'évier de la cuisine. Avec l'aide d'Athena, elle avait abattu la clôture, et elles avaient porté les rouleaux de grillage et les poteaux dans la remise.

Turtle arpentait les allées de la pépinière North Star les jours de printemps, brumeux et sombres, engoncée dans son pull en laine, les mains blotties sous les aisselles, évoluant entre les tables désormais familières, choisissant des plants qu'elle déposait dans son chariot rouge, un processus qui n'avait jamais perdu son côté merveilleux, et le plaisir de la nouveauté faisait peu à peu place au plaisir de l'habitude, et elle se livrait encore à cet exercice par les jours d'été limpides et chauds, vêtue d'un T-shirt et de son Carhartt, tandis qu'Anna l'attendait dans une chaise longue en lisant *La Prisonnière* et *Albertine disparue*, qui faisaient partie de son projet des "Grands Classiques" qu'elle avait manqués à l'université, quand elle avait été davantage occupée, disait-elle, par le kayak de rivière et les garçons. Elle avait donc lu *Guerre et Paix*, *Moby Dick*, *L'Infinie Comédie*, *Les Frères Karamazov*, et elle venait de se plonger dans *À la recherche du temps perdu* de Marcel Proust.

Anna n'avait aucune patience pour les "poivrots à gros bras", en d'autres termes les types comme Hemingway et Faulkner. Non loin de la pépinière s'étendait une sorte de marécage avec une petite île verte et une eau saumâtre pleine d'algues, et au-delà, un bosquet d'arbres entremêlés, et parfois Turtle tirait son chariot rouge jusqu'à la clôture de la pépinière, et elle scrutait la parcelle de forêt indomptable et décrépite, son corps tout entier submergé d'un sentiment impossible à identifier, sa terreur et son émerveillement se mêlant aux rayons du soleil et aux allées de plantes et au crissement des graviers, dans cette nouvelle vie parmi tous ces gens, avec Anna qui lisait Marcel Proust, assise sur une chaise longue.

Quand Anna avait trop de travail, Turtle marchait parmi les séquoias jusqu'à la maison de Sarah, qu'elle avait construite avec son mari à la fin des années 1970, elle frappait à la porte et Sarah la faisait entrer, et Turtle s'installait au plan de travail de la cuisine sombre – la maison n'était pas reliée à l'électricité, aussi utilisaient-ils le moins d'énergie possible – et elle ouvrait des noix dans un grand panier tressé, Sarah lui parlait du conseil d'administration de l'école de Mendocino, ou de l'élection décisive pour le poste vacant au sein du conseil d'administration du service des eaux de Mendocino, et Turtle écoutait sans mot dire, elle observait simplement la femme qui circulait à grandes enjambées dans sa maison, avec énergie, incoercible, ses mèches blanches prématurées et sa prothèse de hanche, et quand Sarah avait terminé son ménage, ou sa cuisine, elle se penchait sur le plan de travail et disait :

— Bon, ma chérie, tu veux sans doute aller faire un tour à la pépinière.

Et Turtle acquiesçait, elles montaient en voiture et Sarah les conduisait jusqu'à Fort Bragg, elle attendait à la grille et parlait à tous ceux qui passaient, elle parlait du conseil d'administration de l'école de Mendocino, ou du réchauffement climatique, ou de la meilleure façon de faire fonctionner sa maison à l'énergie solaire, le tout avec une sorte de vigueur inépuisable, et Turtle tirait son chariot rouge dans les allées entre les plantes, elle les observait et pensait, Oui, oui.

Parfois, en regardant Sarah ainsi les bras croisés et tenant séance, ou Anna qui tournait une page de livre, Turtle avait le sentiment d'observer ces personnes à travers le cercle ballottant d'une eau limpide et imprévisible, et elle ne souhaitait alors qu'une seule chose, passer au travers de cette eau, mais elle ignorait comment s'y prendre. Elle se réveillait au beau milieu de la nuit dans sa petite chambre sous les combles, elle se rendait à la fenêtre à tâtons, incrédule, abasourdie, sans comprendre, pensant, Ce n'est pas ma chambre, puis elle pensait, Il va venir chercher Cayenne, il faut que j'aille la reprendre, il faut que je la retrouve, et Jacob, et Brett, et elle longeait le mur à tâtons, elle oubliait la lampe torche qu'Anna avait posée près de son lit, aveuglée par la panique, et elle pensait, Il faut que je parte d'ici, ils ont besoin de moi, et elle essayait de garder ses esprits tandis qu'elle agrippait le lambris en quête d'un élément familier, et se répétant, Garde tes esprits, Turtle, garde tes esprits, puis elle trouvait l'interrupteur, elle restait accroupie contre le mur à sangloter, incapable de se rendormir, haletante et terrifiée, et pensait, Qu'est-ce qui ne va pas chez toi, de quoi as-tu peur, tu es à Comptche, tu es chez Anna, et tu es en sécurité, et Cayenne est repartie à Yakima chez sa tante, et Brett n'est pas loin d'ici, il est chez lui à Flynn Creek Road avec Caroline, et Jacob est à Ten Mile, endormi dans son lit bateau en acajou, bercé par les sons de l'estuaire qui montent jusqu'à sa fenêtre, et toi, tu es ici, tu essaies de te rétablir. Martin est mort et tu es vivante. Pendant la journée, elle se sent très loin de ces terreurs nocturnes, elle se sent très loin de tout ça, de l'idée que Martin puisse être encore vivant, et pourtant elle n'est pas à Mendocino, elle n'est pas à Buckhorn Hill, elle n'est pas franchement de retour chez elle, pas encore, et le plus proche qu'elle s'y sente, c'est avec les plantes dans leurs barquettes en plastique, quand elle les sort de leurs pots, que le terreau se détache des entrelacs tendres des racines blanches.

Six mois après sa sortie d'hôpital, et deux mois après qu'elle avait commencé son potager, Turtle avait subi une nouvelle opération pour retirer sa stomie. Les docteurs estimaient qu'ils pouvaient essayer de reconnecter son intestin, et comme elle était jeune, et comme elle était forte, ils avaient espoir que l'opération soit un succès, et ce fut le cas. Le Dr Russell lui rappela de bien mâcher ses aliments.

— Mâche, et mâche, et *mâche*, dit-il, assis sur son lit, l'observant de ce regard émerveillé qu'il lui avait toujours réservé, impressionné et inquiet et un peu ravi, frottant son pouce contre son index, et il avait conclu : Bon, Turtle, j'aimerais beaucoup te revoir, mais j'aimerais vraiment que ce ne soit pas *ici*.

Elle était ressortie de l'unité pédiatrique de l'hôpital universitaire de Stanford pour découvrir que tout était mort, que la terre était compacte et étouffée par les racines de séquoia. Cela devait couver depuis des mois, mais dernièrement elles avaient poussé vite. Elle avait démantelé les planches, et les racines étaient si étroitement entremêlées dans le potager que la terre avait gardé sa forme, même après que les planches avaient été retirées, et Turtle avait dû la casser à coups de pioche. Le terreau et le compost, des kilos et des kilos, n'étaient pas réutilisables.

Sa solution avait été de reconstruire le potager sur des blocs de béton surélevés avec des orifices d'évacuation. Elle avait fabriqué les moules, mélangé et versé le béton, elle avait installé des grilles métalliques sur les tuyaux, elle avait ajusté le bas de la structure. Puis elle avait fait venir de la terre, à soixante-dix dollars le mètre cube plus soixante dollars de livraison, qu'elle avait ensuite dû descendre à la brouette depuis l'emplacement de livraison jusqu'à son nouveau potager. Cette fois, elle était certaine que cela fonctionnerait. Elle bâtissait son petit jardin, et cela ferait l'affaire, et pendant un temps, ce fut le cas.

Le mardi était sa journée en ville. Elle s'y rendait en voiture avec Anna à 4 h 30 du matin, l'heure où Anna aimait se rendre à la plage, et Turtle s'installait au Lipinski's Juice Joint pendant qu'Anna surfait, elle y buvait un thé vert, assise à une table en bois aux décors étranges peints à la main, puis à huit heures, elle marchait jusqu'aux bureaux des Études Indépendantes*, un bâtiment de plain-pied en séquoia dans une partie peu fréquentée de l'école, de l'autre côté du terrain de sport, en face de l'amphithéâtre. Là, elle retrouvait Ted Holloway, un type calme qui faisait pousser son propre blé et ses céréales, qui les broyait lui-même et préparait son pain. Il était patient, parlait d'une voix douce. Turtle restait avec lui dans son bureau qui donnait sur le terrain de sport toujours vide, toujours troué des terriers d'écureuils terrestres, toujours trempé de pluie, et ils discutaient, et ils parcouraient ses livres de classe, et il évaluait ses progrès. Il la traitait comme n'importe qui et ça lui plaisait, elle voulait qu'on l'accepte telle qu'elle était. Ted et elle se retrouvaient tous les mardis de huit heures à neuf heures, mais leur conversation se prolongeait bien souvent. Turtle prenait garde de partir avant 11 h 30 car Jacob venait souvent déjeuner et travailler sur son projet indépendant de grec attique, et elle ne voulait pas le croiser, et elle ne voulait pas qu'il la voie. Elle ignorait de quoi elle avait peur, elle ne pouvait mettre des mots dessus, elle ne pouvait pas y réfléchir, pas franchement, mais l'idée de le voir lui était pourtant intolérable, envisager tout ce qu'elle pourrait perdre, intolérable, car elle avait l'impression de l'avoir déjà perdu, d'avoir tant perdu, et elle ne savait pas ce que cela impliquerait d'autoriser Jacob à garder foi en elle, et elle pensait que voir Jacob lui prouverait de façon définitive, irréversible, tout ce qu'elle avait perdu.

Pour l'anniversaire de Ted, elle lui avait apporté une meule à grains Country Living et des pierres à moudre. Elle était rangée dans la cave de sa maison, Turtle n'en avait pas l'utilité, et elle aimait discuter avec lui. La meule était chère et il

---

* Littéralement, Bureau des études indépendantes. Cours ou projets menés en autonomie par les étudiants, dans le cadre du système académique, avec ou sans supervision d'un professeur. (Note de la traductrice.)

l'avait d'abord refusée, puis il avait fini par l'accepter. Après le rendez-vous avec Ted, elle avait une séance particulière de quatre heures de karaté shotokan au dojo du centre-ville, et de là, elle remontait jusqu'à Little Lake et retrouvait Anna à sa voiture. Pendant ce temps, ses plants de courges étaient devenus énormes, avec leurs airs préhistoriques, leurs épaisses tiges vertes en forme d'étoile couvertes de petits poils rêches.

À présent, dans la clairière, Turtle retire à la pelle la terre du potager détruit, la dépose dans une bâche. Elle travaille avec régularité, sans interruption, et elle s'applique avec la terre, prend soin de ne pas abîmer l'intérieur du potager. Plus elle s'enfonce profondément, et plus elle trouve de racines. À dix centimètres de profondeur, elle est obligée d'utiliser une herminette. Les racines se sont étendues, pareilles à des artères, au fond du potager. Quand le premier potager installé à même le sol s'était soldé par un échec, Turtle avait été persuadée que cette structure surélevée fonctionnerait. Les blocs de béton paraissaient une solution si solide et permanente. À présent, elle se rend au nouveau potager, s'agenouille et regarde en dessous. Elle y voit une forêt de racines qui jaillissent de terre, de longs troncs bruns qui serpentent dans les conduits d'évacuation, qui s'insèrent dans chaque interstice. Elle s'assied, s'appuie contre le flanc du potager. Merde, pense-t-elle. Les structures sont foutues. Il va falloir tout vider et tout replanter, et elle va devoir contrôler les racines partout, à partir de maintenant. Elle veut juste que le potager fonctionne. Elle veut juste faire un potager, l'arroser, voir pousser les plantes, que tout reste vivant, et elle ne veut pas se sentir assiégée. Elle veut une solution qui en soit vraiment une, une solution qui perdure. Elle ne veut rien d'autre. Elle veut un potager dans une parcelle ensoleillée, sans clôture, près de la maison, et elle aimerait y planter des pois, des courges, des haricots verts, de l'ail, des oignons, des pommes de terre, des laitues et des artichauts.

31

Perchée sur le poteau de la clôture, Zaki tourne la tête, et Turtle lève les yeux et elle l'entend à son tour, le grincement rouillé du portail du service des forêts. Puis la Saturn qui roule sur les ornières de la route devant la turbine. Turtle avance dans l'allée à la rencontre d'Anna, qui descend, épuisée, s'appuie à la voiture, se frotte les yeux en émettant un bruit de succion désagréable. Des mèches de cheveux lui pendent devant le visage, elle pince les lèvres et les écarte d'un souffle. Turtle lui sourit, d'un air fatigué elle aussi, elle ouvre la portière arrière et sort les cartons de copies à corriger. Ce soir, c'est le bal de fin d'année, presque un an jour pour jour après la fusillade, et Turtle sait que Mendocino débordera de lycéens en pleins préparatifs. Anna fait un geste du menton vers la maison, elles s'y dirigent ensemble. Dans le jardin à l'avant se trouve une terrasse équipée d'une petite douche extérieure et d'un auvent où des planches de surf et des kayaks sont appuyés contre le mur. Turtle hisse le carton de copies sur sa hanche et ouvre la porte à Anna, puis elle porte le carton dans le salon avec ses grandes fenêtres donnant au sud, jusqu'au bureau. Les murs sont bleus et ornés de nuages peints à l'éponge, il y a aussi un fauteuil de hobbit avec une peau de mouton et un large bureau en chêne, un calendrier *SurfGirl* au mur. Turtle dépose le carton et retourne au salon. Anna est vautrée dans le canapé en velours vert comme si on l'y avait jetée, elle adresse à Turtle un air théâtralement éreinté et plein d'humour. Zaki entre en trombe dans un *flip-flap* de chatière et traverse la pièce à toute vitesse, prend position au bout du canapé. Elle les regarde tour à tour, puis elle baisse à demi ses paupières avec approbation.

— On mange? demande Turtle, d'une voix encore rauque.

— On mange, dit Anna.

Turtle se rend à la cuisine et démarre la gazinière couleur vert avocat qui claque plusieurs fois avant de s'éveiller dans une étincelle. Elle met à cuire le quinoa avant de mettre à chauffer de l'huile d'olive et une courge butternut dans une poêle. Elle observe un moment la courge qui grésille. Elle coupe une grenade, et lorsqu'elle fait couler l'eau afin de remplir une bassine, elle entend Zaki – que l'eau fascine toujours, pour une étrange raison – sauter du canapé et avancer d'abord dans un cliquetis de griffes sur le carrelage, puis faire un tête-à-queue à l'angle de la pièce, un son qui ressemble à *galope galope galope scriiiiiiiich! galope galope galope.*

Zaki bondit sur le plan de travail, enroule sa queue autour de ses pattes et scrute l'eau qui coule. Turtle immerge une passoire dans la bassine et entreprend de séparer à la main les grains de grenade rubis de l'épaisse membrane blanche. Zaki lâche un large bâillement, saute du plan de travail et s'éloigne d'un air impérial, la queue dressée et l'extrémité se balançant de gauche à droite. Dans la pièce voisine, Anna soupire. Puis elle soupire encore, se lève, entre dans la cuisine, tire un seau de dix kilos de riz brun au couvercle vissé, s'assied dessus. Elles achètent la nourriture en gros, et elles utilisent les bidons et les seaux de dix ou vingt kilos comme meubles. Turtle sort une bouteille d'Atrea Old Soul Red pour Anna et lui verse un verre, Anna l'accepte et sourit. Elle fait tourner son vin, Turtle remue le contenu de la poêle, coupe un chou kale, verse quelques poignées de graines de courge.

— Alors comment s'est passée ta journée? demande Anna.

Turtle baisse les yeux vers la poêle, se mordille la lèvre avant de répondre:

— Un des carrés de potager est envahi par des racines.

— Mais tu les avais surélevés, dit Anna.

— Ouais.

— Oh, mon bébé.

— Je ne sais pas quoi faire, dit Turtle.

Elle se met à pleurer, elle en rougit d'agacement. Elle pleure pour n'importe quoi, maintenant. Une semaine plus tôt, elle lisait un texte pour son projet d'études indépendantes, quand Anna avait poussé un cri dans la douche. Le sang s'était glacé dans les veines de Turtle, il avait quitté ses entrailles et son visage, il s'était échappé par ses pieds et l'avait laissée froide. Et sans se souvenir d'avoir franchi l'espace entre elle et Anna, elle s'était retrouvée devant la porte, mais la porte était verrouillée, et Anna avait crié de l'autre côté :

— Arrête ! Turtle, tout va bien ! Tout va bien !

Et Turtle avait fait un pas en arrière, elle avait pensé, Il faut que tu franchisses cette porte, et les gonds avaient cédé, elle avait déboulé dans la salle de bains embuée, Anna enroulée dans le rideau de douche.

— Turtle, c'était juste une araignée. C'était juste une araignée, ça m'a fait sursauter.

Et Turtle avait pris appui contre le mur et s'était mise à pleurer, son cœur martelait et martelait sa poitrine, et Anna était sortie de la douche, ruisselante, elle s'était agenouillée près de Turtle, elle avait posé sa tête contre la sienne, et elle avait répété, encore et encore :

— Tout va bien, Turtle. Tout va bien. Personne ne te fera de mal.

Et Turtle n'avait rien pu répondre, n'avait même pas pu exprimer ses inquiétudes, et elle n'avait pas pu dire, Je sais, je sais que personne ne me fera de mal, mais elle ne pouvait plus s'empêcher de pleurer.

À présent, dans la cuisine, Anna la prend dans ses bras et tapote son front contre le sien, et elle dit :

— Turtle, on va trouver une solution. On va trouver une solution, d'accord ? Je suis désolée pour le potager, mais il y a une solution, et ça, c'est facile.

Turtle secoue déjà la tête, appuie son front de toutes ses forces contre celui d'Anna, et elle dit :

— Il n'y a pas de solution. Il n'y a pas de solution. Comment tu peux dire ça ?

Elle a l'impression qu'Anna lui ment, comment Anna peut-elle dire que les choses vont s'arranger, alors qu'elle connaît la vie de Turtle ? La vérité, c'est que la situation ne s'arrangera pas, qu'il n'y pas de solutions, et on peut passer une année, une année entière, sans que ça aille mieux, sans guérir, peut-être même empirer, être tellement à fleur de peau qu'en marchant dans la rue avec Anna, en entendant une portière de voiture s'ouvrir, en entendant quelqu'un descendre et claquer la portière, tu te retournes, prête à tuer, tu fais volte-face tellement vite qu'Anna – qui comprend ce qui se passe – n'a même pas le temps d'ouvrir la bouche, et tu es là, debout, en pleurs, devant un type quelconque en veste de cuir et Borsalino qui sort de sa Volkswagen Rabbit et qui te dévisage d'un air de dire : *elle va bien, celle-là ?* Et toi tu as juste envie de dire, *non, elle va pas bien, celle-là, elle n'ira plus jamais bien, celle-là.*

Turtle voudrait juste que le potager pousse. Elle a donné un an à Jacob. Ils l'avaient transférée de l'hôpital universitaire à l'unité de chirurgie pédiatrique, et alors que le gonflement de ses cordes vocales endommagées persistait malgré tout, elle lui avait dit de sa voix sèche et rocailleuse qu'elle ne voulait plus le croiser pendant un an. Elle ne voulait pas qu'il la voie ainsi brisée et inutile, vide, allongée dans sa chemise d'hôpital à évacuer ses déchets septiques par ces longs anneaux de tuyaux transparents reliés à des réceptacles en plastique gradués et des poches à urine. Elle ne voulait pas subir la situation. Elle ne voulait pas lui parler, ni le voir, ni penser à lui, et il pourrait revenir au bout d'un an, et si on prenait le bal de promo comme date anniversaire, alors cela faisait une année jour pour jour, mais si on prenait la date du calendrier, il avait encore deux jours, et si on prenait la date de leur dernière conversation – il lui restait davantage, et elle regrette de ne pas avoir été plus précise, mais ça ne paraissait pas correct d'entrer dans les détails, sans savoir pourquoi.

Peu importe, car elle est persuadée qu'il ne reviendra pas, et pour savoir si les gens ont raison quand ils te disent que tout ira bien, tu en auras la preuve si Jacob revient, tu en auras la preuve si Jacob estime lui aussi que tout ira bien pour toi. Au-delà de son retour, elle a surtout besoin de cette foi que Jacob place en elle.

Turtle glisse contre le frigo jusqu'au sol, et elles s'asseyent toutes les deux par terre dans la petite cuisine encombrée, les rebords de la fenêtre abritant des bocaux en verre où germent des petits plants, et Turtle sanglote pendant qu'Anna l'enlace et lui dit :

— Turtle, je suis désolée que les racines aient gagné du terrain dans le potager. C'est très frustrant.

Les pleurs de Turtle redoublent car elle veut juste un carré de bonne terre pour y faire pousser des choses, pour y arracher le chiendent et regarder les pois grimper le long de ses treillis, regarder les courges grandir et grossir, énormes et envahissantes, mais ça ne marche pas. Les autres y arrivent, alors pourquoi pas elle ? Les cerfs. Les ratons laveurs. Les corbeaux, les étourneaux, les perce-oreilles, les limaces-bananes, et les racines qui s'insinuent par le bas du potager. Elle n'a pas envie de mener un combat perdu d'avance contre tous les éléments, contre *tout*, et elle se déteste, elle déteste cette personne pleurnicharde et incapable qu'elle est devenue, elle déteste se voir ainsi blessée, profondément et terriblement blessée, et comme la route sera longue avant de pouvoir rentrer chez elle.

— Turtle, dit Anna. Je suis désolée, mais je vais devoir repartir.

— Quoi ? dit Turtle en levant les yeux.

Elle entend le chou frire dans la poêle.

— Quoi ? répète-t-elle.

— Ils ont besoin d'un autre surveillant au bal. Deux profs ont la grippe, alors je dois aller surveiller le bal à leur place.

— Quoi ? dit Turtle, incrédule. Non.

— Je suis obligée. Ça va aller pour toi, ce soir ?

— Quoi ? Mais je ne veux pas rester ici.

Anna s'adosse au frigo et pince les lèvres. C'est l'expression qu'elle affiche quand elle doit faire un compromis qu'elle accepte, mais qu'elle n'avait pas envisagé, et Turtle voit qu'elle va céder, qu'elle va appeler quelqu'un et dire qu'elle ne peut pas y aller, que Turtle a besoin d'elle à la maison, que Turtle ne peut tout simplement pas rester seule ce soir, et Turtle secoue la tête car elle déteste être cette personne-là pour Anna.

— Non, tu ferais mieux d'y aller. Tu dois y aller.

— Je vais rester, Turtle. Si tu as besoin de moi.

— Non, ça ira.

— Il leur faut vraiment un autre surveillant pour le bal, précise Anna.

— Mais tu es tellement fatiguée, dit Turtle.

Elles restent assises par terre, genou contre genou, tête contre tête, puis Turtle se lève. Le chou kale a brûlé et elle retire les morceaux les plus abîmés. Les graines de courge sont bien plus grillées qu'elle ne l'aurait voulu. Elle prend les bols en terre cuite d'Anna, elle y verse le quinoa, le kale et la courge, les graines brûlées et la grenade, et elles mangent par terre dans la cuisine, adossées aux placards, et Turtle doit se rappeler qu'il n'est pas là, qu'aucune balle ne traversera les murs, que la maison restera silencieuse, à chaque instant qui passe. Elle mélange les légumes frits avec ses baguettes. À côté d'elle, jambes écartées, Anna dit :

— Il vaut mieux que je n'y aille pas, pas vrai ? C'est vraiment dégueulasse de te faire un coup pareil, Turtle, je suis désolée. J'ai juste… Je n'ai pas réfléchi, tout simplement.

— Non, dit Turtle. Tu ferais mieux d'y aller. Ça va aller.

Anna pose l'arrière de son crâne contre le placard. Elle se tourne et regarde Turtle et lui sourit et éclate de rire, et Turtle rit, et Anna dit :

— Regarde-nous. On fait un peu pitié, Turtle, non ?

— Si j'avais envie d'aller au bal, j'aurais le droit ?

Le visage d'Anna s'agite comme si elle essayait plusieurs expressions différentes.

— Ouais, dit-elle. Je pense que tu pourrais venir si tu avais envie. Mais, Turtle...

— Je sais.

— La musique... dit Anna.

— Ouais.

— Elle va être vraiment très forte.

— Tu as raison.

Anna se cogne l'arrière du crâne contre le placard, frustrée. Elle observe la fenêtre et sa rangée de petites pousses dans les bocaux en verre. Les couvercles ont été remplacés par des petites grilles. Les plants qui y grandissent ont tendance à s'entrelacer. Turtle a la charge de les nettoyer et de les démêler, deux fois par jour.

— Il y aura du monde, aussi, dit Anna.

— Peut-être une autre fois, alors.

Anna acquiesce.

— Peut-être une autre fois. On a des films sur Netflix.

— Oh. Lesquels ?

— Je ne sais plus exactement.

— Je vais regarder.

— Non, j'y vais.

Elles restent assises sur le sol de la cuisine. Anna boit une gorgée de vin, pose son verre à côté d'elle, pose son bol comme si elle était sur le point de se lever et d'aller vérifier la liste des films sur Netflix, mais elle reste immobile.

— Si j'allais quand même au bal, dit Turtle, et que je me rendais compte que je n'y arrivais pas, je pourrais prendre tes clés et attendre dans la voiture.

Anna hésite.

— Je crois qu'on a peut-être le film *Indiscrétions*, ou un truc de ce genre. Ça te parle ?

— Jamais entendu parler, répond Turtle.

— J'aurais tellement aimé que tu connaisses ma grand-mère. J'aimerais tellement qu'elle soit encore là.

— Moi aussi.

— Je parie qu'elle aurait su jardiner sur ce terrain.

451

— Mais je pourrais, non? continue Turtle. Je pourrais y aller et si c'est trop d'un coup, j'attends dans la voiture.

— Je ne crois pas que ce soit une bonne idée d'attendre dans la voiture, Turtle. Je pense que si tu y vas et que ça se passe mal… je ne pense pas que ça te ferait du bien d'attendre dans le noir sur un siège de voiture, à la sortie d'une fête. Je ne pense pas que ce soit une bonne idée. Ça risque de faire remonter des souvenirs.

— Je sais.

— Une autre fois.

— Une autre fois, acquiesce Turtle.

— On reste au chaud et on regarde un film.

— Et si ça ne s'améliore jamais?

— Ça ira mieux.

— Mais si ça ne va jamais mieux?

Anna tourne la tête, toujours adossée au placard.

— Turtle, dit-elle. Je suis tellement désolée. Je suis tellement désolée de tout ce qui s'est passé. Je regrette de ne pas avoir su. De n'avoir rien fait.

— Non, dit Turtle, car elles ont déjà abordé le sujet, et ça n'apporte jamais rien de bon.

La culpabilité qu'Anna éprouve est épuisante et déplacée, aux yeux de Turtle.

— Mon Dieu, dit Anna. Je regrette. Je regrette tellement.

— Tu ne pouvais rien faire.

— C'est faux.

— Mais si, dit Turtle.

— J'ai merdé. J'étais au courant. Je n'avais aucune preuve mais je savais, et j'ai merdé. J'ai baissé les bras. Et je regrette que ça se soit passé comme ça. Et je suis convaincue, Turtle, que tout ira bien. Et le problème, c'est que tu voudrais aller mieux maintenant, tout de suite. On va y arriver, mais ce soir… (Elle laisse échapper un filet d'air entre ses lèvres pincées.) Ce soir, ce n'est pas le bon moment, tout simplement.

— Ouais, dit Turtle.

— Ça te convient? Ça te convient comme ça?

Turtle observe la cuisine autour d'elle.

Anna ne dit rien, et Turtle sait qu'elle envisage tous les domaines dans lesquels elle n'est pas encore prête, tous les domaines dans lesquels elle ne va pas encore bien, incapable de mettre des mots dessus, et Turtle est furieuse à l'idée que le jugement d'Anna puisse être plus sévère que le sien, que même Anna, qui croit pourtant en elle, qui est la seule personne au monde à être convaincue que Turtle ira bien, que même Anna ne pense pas que Turtle soit encore prête. Turtle reste assise dans la cuisine à penser, Turtle, ta situation est bien pire que tu ne l'imaginais, mais Anna n'a pas envie de te l'avouer dans le détail.

— Pourquoi je ne me battrais pas pour y arriver? demande Turtle.

— C'est juste que... commence Anna avec délicatesse.

— Je veux y aller.

— Pourquoi? Tu n'es pas obligée. Turtle, tu ne devrais pas y aller.

— Je m'en fiche. J'ai envie d'essayer.

— Jacob y sera, l'avertit Anna.

— Je sais.

— Turtle, tu finiras par y arriver.

— Tu es sûre?

— Je pense, oui.

Turtle ne dit rien.

— Et quand tu seras prête, alors on ira. Mais là, comme ça? C'est précipité.

Elles attendent en silence. Turtle se lève, ouvre le robinet, remplit son verre d'eau, et Zaki descend du canapé, galope dans le couloir, déboule en trombe, la queue dressée, et se poste face aux deux femmes, les observe, bâille à s'en décrocher la mâchoire, se lèche les babines, semble profondément comblée, baisse et relève les paupières avec lenteur d'un air d'approbation paresseuse et satisfaite, enroule sa queue autour de ses pattes, puis la redresse, la repose.

— Zaki pense que je devrais y aller, dit Turtle.

Anna rit, puis elle place son bol par terre d'un geste épuisé, comme si elle était incapable de se relever.

— Je suis tellement fatiguée, dit-elle avant de regarder Turtle. Tu veux vraiment y aller?

— Je veux essayer.

— D'accord, dit Anna.

Turtle patiente à côté d'elle dans la petite cuisine en séquoia, toutes les deux assises par terre, Anna avec son vin, Turtle avec son bol de quinoa, et aucune ne se lève. Elles attendent simplement, s'observent et prennent la mesure de l'autre.

Remerciements

Pour son indéfectible soutien, j'aimerais remercier mon agente, Joy Harris, la meilleure et la plus fervente des alliées. Pour son aide et ses conseils, Michelle Latiolais. Pour le dur labeur, la perspicacité et le courage, mon éditrice, Sarah McGrath. Pour son brillant intellect et ses convictions, Jynne Martin. Pour toute son aide, Danya Kukafka. Pour avoir été le premier à y croire, William Daniel Hough. Pour son intelligence, Shannon Pufahl. Pour sa bienveillance et son soutien, Scott Hutchins. Pour leur amitié, Charles et Philip Hicks. Pour avoir partagé son amour de la nature sauvage, Ray Tallent. J'aimerais aussi remercier Teresa Sholars pour avoir patiemment répondu à mes questions sur la botanique et la phénologie. Pour les questions liées à l'école, Meghan Chandra. Pour les questions médicales, Steve Santora, Ross Greenlee et Patricia Greenlee. Je dois aussi remercier Ross et Patricia Greenlee pour leur amour et leur soutien, en plus de leurs apports scientifiques. Les nombreuses erreurs seront intégralement les miennes. Pour avoir toujours en stock les meilleurs livres, Christie Olson Day et la librairie Gallery. Je souhaite remercier les professeurs qui ont eu tant d'importance pour moi : Jenny Otter, Derek Hutchinson, Jim Jennings, Ryan Olson Day, Tobias Menely, Mike Chasar et Gretchen Moon. Mes parents, Gloria et Elizabeth, bien plus que les mots ne peuvent l'exprimer. Et enfin, Harriet, qui me rattrape toujours quand je tombe.

DERNIÈRES PARUTIONS

Retrouvez l'ensemble de notre catalogue sur
www.gallmeister.fr

Cet ouvrage a été imprimé sur du papier
dont les fibres de bois proviennent
de forêts durablement gérées

IMPRIM'VERT®

CET OUVRAGE A ÉTÉ COMPOSÉ PAR
ATLANT'COMMUNICATION
AU BERNARD (VENDÉE).

ACHEVÉ D'IMPRIMER
SUR ROTO-PAGE
PAR L'IMPRIMERIE FLOCH À MAYENNE
EN AOÛT 2019
POUR LE COMPTE DES ÉDITIONS GALLMEISTER
30, RUE DE FLEURUS
75006 PARIS

DÉPÔT LÉGAL : MARS 2018
15ᵉ ÉDITION
N° D'IMPRESSION : 94830
IMPRIMÉ EN FRANCE